PROJET

D'UN ORDRE FRANÇOIS

EN TACTIQUE

PROJET

D'UN ORDRE FRANÇOIS

EN TACTIQUE,

OU

LA PHALANGE COUPÉE ET DOUBLÉE,

SOUTENUE PAR LE MÉLANGE DES ARMES,

PROPOSÉE comme *fyftême général, dont on prouve l'excellence & la fupériorité, comparant perpétuellement à la méthode actuellement en ufage, celle-ci, qui n'eft autre chofe que* le Syftême du Chevalier DE FOLARD *étendu & développé, auquel on a joint les idées des plus grands Maîtres, particulierement du* Maréchal DE SAXE; *fortifiant le tout par un grand nombre de nouvelles preuves, autorités & réponfes aux objections.*

Craint-on de s'égarer fur les traces d'Hercules ? *Rac.*

A PARIS,

DE L'IMPRIMERIE D'ANTOINE BOUDET,

IMPRIMEUR DU ROI.

M. DCC. LV.

AVEC APPROBATION, ET PRIVILÉGE DU ROI.

PREFACE.

CET ouvrage, rare dans son espéce, est très-mauvais ou très-bon; fort inutile ou de la plus grande importance. Pour savoir lequel des deux, il faut le lire; pour ne pas s'y méprendre, le lire sans prévention; & comme c'est un tout, le lire tout entier.

TABLE DES TITRES

CONTENUS EN CE VOLUME.

TABLE.

DISCOURS

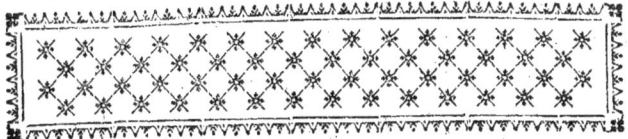

DISCOURS PRÉLIMINAIRE.

LES Romains étoient celui de tous les peuples qui quittoit le plus facilement ſes anciens uſages pour en prendre de meilleurs. (a) Ils ont fait la conquête du monde. Je ne fais ce que feroient les François, déja aſſez rédoutables, s'ils étoient Romains en cela. La Providence y a pourvû. Je ne crains pas de faire ce reproche à la nation, après tant d'auteurs célébres. (b) Aſſez inconſtants en toute autre choſe, pour ce qui regarde la guerre nous ſommes idolâtres des vieilles mœurs. C'étoit le caractère des Gaulois nos ayeux. Ni la raiſon, ni leurs continuelles défaites, ni leurs victoires ſous Annibal, qui les avoit armés à la Romaine, ne purent les détacher de leurs anciennes armes, qui étoient tout ce qu'on peut imaginer de plus mépriſable. Dans tous les ſiécles depuis l'établiſſement de la Monarchie, on a pû remarquer que nous avions hérité de ce défaut, comme de leur valeur & de leur vivacité. Quand les Suiſſes s'aviſerent de mettre quelque ordre dans leurs troupes, qui en avoient grand beſoin, ainſi que toutes celles de l'Europe, quoique leurs plus proches voiſins, & perpétuellement leurs alliés ou leurs ennemis, nous ne les imitâmes qu'après tous les autres.

Si nous avons ſi peu d'empreſſement pour les coutumes étrangeres, on peut croire que nous ne prenons pas plus volontiers des uſages tout nouveaux. Dans la guerre comme dans la médecine, dit

---

(a) *Quod ubique apud ſocios aut hoſtes idoneum videbatur, cum ſummo ſtudio domi exequebantur. Imitari quàm invidere bonis malebant.* Ceſ. apud Salluſt.

(b) C'eſt aſſez chez nous qu'une choſe ait été ou qu'elle ſoit, pour qu'elle doive toujours être. Il y a tel point qui paroîtroit un monſtre aux yeux des plus clairvoyants, & dont la propoſition ſeroit univerſellement rejettée, que l'uſage, dont l'origine eſt inconnue, a conſacrée pour jamais, & que perſonne n'oſe prendre la liberté d'attaquer. *Maréchal de Saxe.*

*b

le Chevalier Folard, la nouveauté déplait : on aime mieux laisser mourir ses malades, que de les guérir par des remédes qui ne sont point en usage. Nous nous tenons donc religieusement aux méthodes de nos peres. Nous y faisons par-ci par-là quelques changements en bien ou en mal, mais toujours peu considérables. Chez nous l'art de la guerre est, comme dit encore Folard, un champ consacré à quelque Divinité, que personne n'oseroit défricher. De là presque aucune invention militaire ne nous appartient : ce qui doit étonner, vû le goût décidé & le talent supérieur de la nation pour la guerre. Nous n'avons pas laissé de perfectionner quelquefois : mais nous n'avons guères eu la témérité de penser les premiers.

Si un auteur s'éleve contre l'opinion publique, & blâmant ce qui lui paroît mauvais, propose quelque chose de meilleur ; on le traite d'homme à systêmes. Et c'est une grosse injure. Peut-être aucune idée nouvelle n'a-t-elle été reçûe en France sans avoir passé par ce noviciat de contradictions. Le Maréchal de Vauban fit bien rire son monde, quand il parla de batteries à ricochet. Mais malheureusement pour les rieurs & pour la garnison d'Ath, l'expérience suivit de près, & fit baisser le ton aux opposants & au canon des assiégés. Les bayonnettes à douille furent rejettées sur la premiere expérience qu'on en fit. Enfin quoique l'exercice & la discipline des Prussiens leur ayent fait battre en toute occasion des ennemis supérieurs en nombre, plus aguerris, aussi braves, je crois qu'il y a encore des gens qui les appellent eux & leurs imitateurs des marionettes.

Si, à l'exemple des antinovateurs, je voulois donner des plaisanteries au lieu de raisons, Horace (a) m'en fourniroit une assez bonne. Je leur demanderois quel âge doit avoir une invention militaire, puisque, semblables aux vins, elles ne sont bonnes qu'après un certain nombre d'années.

Cette prévention, contre toutes découvertes, ne nuiroit pas beau-

---

(a) *Si meliora dies, ut vina, poëmata reddit.*
Scire velim pretium chartis quotus arroget annus.
Scriptor ab hinc annos centum qui decidit,

inter
Perfectos veteresque referri debet ? An inter
Viles atque novos ?

coup à la perfection de l'art, si elle se renfermoit, comme de raison, dans le peuple de notre état. Mais ce qui est bien extraordinaire & bien fâcheux, ce préjugé, tout préjugé qu'il est, s'étend
jusqu'à mille gens de tous grades, blanchis sous les lauriers, plusieurs desquels ont un très-grand mérite. Qu'après avoir vû tant de
productions extravagantes en tout genre, on se défie de ce qui est
nouveau, on l'examine scrupuleusement ; rien de plus raisonnable.
(a) La vérité y gagnera. Mais souvent on condamne sans examen,
ou du moins après avoir examiné légérement & dans la ferme per-
suasion que cela étoit mauvais. Je prends sur le fait à la seconde page
plus d'un lecteur qui a déja porté ce jugement de mon ouvrage. De
pareilles décisions n'entraîneroient pas beaucoup de suffrages, si dans
la foule de ceux qui rejettent une idée nouvelle, parce que elle est
nouvelle, il ne se trouvoit des gens qui autorisent leur opposition
par des arguments usés, mais auxquels on fait encore trop d'attention.

Le plus fort & le plus répété, c'est qu'il y a toujours du danger
à innover dans la guerre ; parce que si ce qu'on éprouve ne réussit
pas, celui qui fait l'expérience en souffre seul : si elle réussit, ses
ennemis en profiteront comme lui. La premiere partie de l'objection prouve seulement qu'il ne faut rien éprouver de douteux. (b)
J'admettrai volontiers ce principe. La seconde n'est pas tout-à-fait
vraye. Nos ennemis ne prendroient peut-être une nouvelle méthode
qu'après qu'elle nous auroit fait gagner trois ou quatre batailles,
peut-être jamais. Je crois toutes les nations de l'Europe en général, & quelques-unes en particulier, au moins aussi attachées aux
Bataillons que les Grecs l'étoient à leurs armes, qu'ils ne quitte-
rent jamais pour celles des Romains. Mais supposons que, voyant
nos succès, tout le monde prenne après nous la Phalange coupée.
Eh bien ! nous serons à deux de jeu alors comme à présent. Mais
nous aurons par devers nous le premier, ou les premiers avantages

(a) Raisonnable pourtant, pourvû qu'on examine du même œil ce qui est ancien.

(b) C'est selon encore & l'impor-tance de la chose,& la difficulté de l'ex-périence.

b ij

que nous aura procuré la nouvelle Tactique, & qui auront déterminé les étrangers à la fuivre. Encore quand je dis que nous ferons à deux de jeu, cela feroit vrai pour un autre fyftême, mais
non pas pour celui-ci, qui, étant fait pour la vivacité de la nation,
lui donneroit toujours un grand avantage, lors même que tout le
monde l'auroit adopté.

Une feconde raifon qu'on allégue pour s'en tenir aux anciens ufages, c'eft que nous nous en fommes bien trouvés jufqu'ici, que nous
avons le plus fouvent battu nos ennemis. Oui. Mais ils s'y prenoient
comme nous. Et quand notre méthode auroit été encore bien plus
mauvaife, cela feroit arrivé de même dans les mêmes circonftances.
Les deux armées étant dans le même fyftême, ils n'auroient jamais
eu fur nous l'avantage d'une Tactique fupérieure : nous aurions toujours eu fur eux les mêmes à qui nous devons ces victoires. Mais,
dira-t-on, que voulez-vous faire de plus que de les battre ? Rien.
On pourroit pourtant fouhaiter des victoires plus complettes & moins
cheres que la plus brillante que nous ayons remportée depuis un
fiécle. Ainfi fans vouloir difconvenir que nous avons fur nos ennemis quelques avantages, je ne craindrai pas d'avancer que de nouveaux nous fiéroient très-bien.

Je dis plus. Tandis que nous dormirons fur nos lauriers, qui fait
fi les étrangers n'imitant point notre indolence, ne nous feront pas
perdre même l'égalité, s'ils ne s'armeront pas contre nous de nos
propres découvertes ? Je ne ferois pas fort étonné de voir dans leurs
armées des Colonnes, & pareille chofe eft déja arrivée. Folard n'eft
pas malheureux en prédictions. En voici une de lui qui pourroit
bien s'accomplir à fon tour. *Le tems & la guerre nous obligeront un
jour de recourir à cette méthode, & je ne doute nullement que les étrangers ne commencent les premiers.*

Une troifiéme raifon fort drôle qu'on nous oppofe quelquefois,
c'eft que Turenne, Condé, Luxembourg, étoient de grands hommes. Qui peut en difconvenir ? Mais ils faifoient la guerre comme
on la fait aujourdhui. Pas tout-à-fait. Vous ne voulez pas vous en
tenir à leur méthode : vous voulez en favoir plus qu'eux. Eh ! pourquoi non à certains égards ? N'a-t-on rien inventé depuis ces grands

hommes ? Parce que Archiméde étoit un Turenne en Méchanique, eft-il impoffible ou défendu d'inventer une machine aujourdhui ? Si une idée militaire, la Colonne par exemple, avoit été mûrement examinée par Céfar & Turenne, & qu'ils ne l'euffent pas goûtée, ce feroit un grand préjugé contre elle : qu'ils ne s'en foient pas avifés, c'eft autre chofe. La Gréce, Rome, & Carthage, ont eu bien de grands Généraux. Pas un n'inventa la poudre, ni les baftions, ni les ouvrages détachés, ni mille autres chofes introduites par les modernes.

Mais, dit un autre, accordez-vous du moins entre vous, Meffieurs les inventeurs. L'un veut des piques, l'autre ôte jufqu'aux efpontons & aux hallebardes, celui-ci nous donne des Légions, celui-là la Phalange coupée, le tout à leur guife. On ne fait auquel croire. Il faut même un grand fonds de patience pour parcourir tous leurs fyftêmes.

Si toutes les fois que fur quelque matiere les auteurs ne font pas d'accord, on fuppofoit qu'ils ne favent tous ce qu'ils difent, on fe jetteroit bientôt dans le Pyrrhonifme le plus outré. Et fi de cette différence d'opinions on concluoit fans autre examen qu'il faut s'en tenir à la plus ancienne, il faudroit reprendre les rêveries & le galimathias de la Philofophie de l'école, puifque les nouveaux Philofophes qui l'ont rejettée, ne font pas d'ailleurs toujours d'accord entre eux.

Il n'eft point du tout étonnant que fur un fujet auffi grand & auffi vafte que la Tactique, différents efprits ne s'accordent pas en tout. Mais il doit le paroître à ceux qui trouvent fort bonne la méthode ufitée, que le Maréchal de Puyfégur, le Maréchal de Saxe, le Marquis de Santa-Cruz, le Chevalier de Folard, fe foient comme donné le mot pour la blâmer, les uns la rejettant prefque entiérement, les autres tâchant à force d'additions & de corrections, de la rendre moins défectueufe ; & il me paroîtroit affez vraifemblable à moi ; toute autre raifon à part, que le plus mauvais des fyftêmes de ces auteurs célèbres, vaut mieux que celui qu'ils ont tous défapprouvé. Je dis plus. Il n'y a pas tant de différence entre les idées de tous ces grands hommes. J'ajouterai même, quoique cela

ait l'air d'un paradoxe, qu'ils fe réuniffent tous en faveur de la
Colonne : & on verra en avançant dans la lecture de cet ouvrage,
qu'ils me donneront tous des preuves de fon excellence. Tel qui
ne l'a pas goûtée, fera cité ici plus fouvent que Folard. En attendant j'obferverai que la bafe de notre fyftême eft ce principe, qu'on
augmente la force de l'infanterie, augmentant la hauteur des files,
que tous les défauts d'une ordonnance viennent ou du peu de profondeur ou de la trop grande étendue du front. Ces principes ad-
mis, on va droit à la Colonne. Or je dis que de tous nos auteurs
militaires, il n'y en a pas un qui n'en ait reconnu la vérité. Le Maréchal de Saxe réduit au tiers le front des Bataillons, ne touchant
point à la hauteur des files : le Maréchal de Puyfégur augmente un
peu la hauteur des files, fans beaucoup diminuer l'étendue du front :
le Marquis de Santa-Cruz augmente fouvent de beaucoup la profondeur, diminuant le front confidérablement : quoique les Bataillons fuffent encore à fix de hauteur, Montécuculi a propofé quelquefois de les doubler ; mais aucun d'eux n'a propofé de les allonger encore, ou de diminuer la hauteur. Tout le monde eft donc
d'accord des principes. Mais perfonne n'en a tiré la même conféquence que Folard. La raifon en eft fenfible. Il ne s'eft point embarraffé de ce qui étoit en ufage, a taillé la Colonne en plein drap.
Les autres n'ont pas tant fait un fyftême neuf, que reformé l'ancien. De-là l'étoffe qu'ils mettoient en œuvre ne leur a pas permis
de fuivre les principes d'affez près, & ils en font reftés plus ou
moins éloignés, felon qu'ils ont eu plus ou moins d'attachement &
d'égard pour le fyftême ufité. Ainfi mettant à part celui de Folard,
il n'y en a aucun qu'on puiffe comparer à celui du Maréchal de
Saxe. Pourquoi ? parce que il eft plus neuf, plus éloigné de la route
tracée.

Un auteur moderne dit qu'une idée propofée par un homme,
vaut tout au moins la peine d'être examinée par un autre homme.
On ne peut donc me refufer cette faveur. A plus forte raifon ne la
refufera-t-on pas à Folard. Ce n'eft ni par prévention, ni fur des
objections vagues & frivoles, ni même fur des objections plus folides, qu'on peut nous juger. C'eft après avoir examiné à fond &

comparé de tout point notre fyftême & celui qui eft actuellement
en ufage , & auquel nous l'oppofons , qu'on verra lequel des deux
mérite la préférence. S'il y a quelque point de cette comparaifon
qui paroiffe foible chez nous , il ne faut pas tout de fuite s'en prendre au fyftême. C'eft peut-être notre faute ; & non la fienne. Si
on croit voir que la méthode accoutumée ait quelque avantage fur
la nôtre, il ne faut pas encore s'effaroucher. Il faut voir fi cet avantage eft un peu capable de compenfer ceux que la Colonne a fur
le Bataillon. C'eft la Théorie qui doit faire cet examen. C'eft par
la Géométrie, le calcul, le deffein, les principes épars dans les
livres de Tactique & d'Hiftoire anciens & modernes. Bien des gens
veulent juger par leur expérience. Je la refpecte infiniment : mais
ceci n'eft pas de fon reffort. Pour éprouver une machine nouvelle ,
ou telle chofe qu'on voudra , on s'en fert. Ils ne fe font pas fervis
de Colonnes. La pratique leur a donc appris toute autre chofe ,
mais non pas le mérite ou les défauts de ce qu'ils n'ont jamais vû
pratiquer. Vouloir , fur ce qu'on a toujours vû des Bataillons, pro-
noncer fur la Colonne, c'eft , fi je ne me trompe fort , raifonner
comme un homme qui voyant de la poudre pour la première fois , auroit décidé que cela ne valoit rien , parce que il avoit toujours vû
l'arc & la fronde , & que ces armes tuoient beaucoup de monde.
C'eut été, il y a quelques années , un blafphême que de foutenir qu'il
y a dans la fcience de la guerre des chofes qui ne font point du
tout du reffort de la pratique. On regardoit la Théorie comme une
chimere. Mais tout le monde doit être bien guéri de cette idée
par nos Tacticiens modernes, fur-tout par le favant Maréchal
de Puyfégur. Ce grand homme foutient qu'on peut apprendre la
guerre de campagne comme celle des places, fans troupes , fans fortir de chez foi. *Dans cet art,* dit-il, *il y a des parties que l'on peut
démontrer , comme la force des ordres de bataille , parce que cette partie eft pure Géométrie , & qu'il ne faut pas avoir été à la guerre pour
pouvoir en juger.* A plus forte raifon il n'eft pas néceffaire d'avoir
vû le fuccès d'une ordonnance pour favoir fi elle eft bonne ou mauvaife. Auffi le même auteur dit ailleurs que *la plûpart des parties
de la guerre de campagne , & particulierement les ordres de bataille ,*

ont en elles-mêmes une source de regles certaines, & fondées sur des principes solides, qui ayant été une fois enseignés, n'exigent plus qu'une longue & périlleuse expérience nous fasse discerner le bon d'avec ce qui ne l'est pas. De toutes les parties de la guerre il n'y en a point effectivement qui soit plus théorique que celle dont il est question, & qu'on appelle proprement Tactique. On n'a pas besoin d'avoir blanchi sous le harnois pour savoir que tel ordre sera supérieur à tel autre, lorsque le premier opposera de plus grandes forces dans la partie où s'engagera le combat, quoique il ne soit pas réellement supérieur en nombre ; lorsque, quelque mouvement que fasse le second, l'avantage du premier lui reste, ou s'augmente même, soit par sa premiere disposition, soit par quelque mouvement plus court, plus facile & meilleur que celui de l'ennemi. Il n'est pas nécessaire d'être un vieux militaire pour voir qu'Epaminondas devoit battre Cleombrotte ; Scipion, Annibal ; Gustave, Walstein ; la Colonne, le Bataillon.

Si je me suis arrêté à prouver que la question que nous allons discuter ne peut être décidée que par la Théorie, ce n'étoit ni pour excuser ma hardiesse de traiter une pareille matiére, ni pour récuser une partie de mes juges. Mais puisque je me sers de la plume pour soutenir ma thèse, il falloit bien établir la force des preuves de cette espéce en cas pareil, & prévenir les lecteurs contre ce que bien des gens pourroient objecter, n'ayant rien de mieux à dire, que la Colonne est admirable sur le papier.

J'ai commencé par une assez longue apologie des nouveautés. Cela étoit encore nécessaire. Il falloit d'abord parler au plus grand nombre de nos adversaires, pour ne m'occuper dans le corps de cet ouvrage que de ceux qu'on appaise par de bonnes raisons. D'ailleurs je l'avouerai, je suis un peu piqué contre ces perpétuels frondeurs des idées nouvelles, qui peut-être sont l'unique cause que plusieurs inventions qui auroient pû être utile à l'Etat, ont été étouffées en naissant, que quelques autres n'ont servi qu'à immortaliser un nom & orner les bibliothéques.

Tel a été jusqu'ici le sort de la Colonne. Elle a eu bien des partisans, mais la plûpart un peu étonnés du grand nombre de ceux

qui

qui la rejettoient. Le miniſtère ne l'a jamais abſolument déſapprou‑
vée : mais ne l'a pas encore adoptée. On a pourtant quelquefois or‑
donné d'apprendre cette manœuvre aux troupes , & quelques‑unes
la font tant bien que mal. On voit dans tout ceci batailler contre
l'éloignement que l'on a pour la Colonne , la conviction intime &
involontaire de ſon excellence , qui oblige de lui faire plus d'hon‑
neur qu'on n'en fait à ce que l'on trouve mauvais. Quoique on faſſe
la Colonne dans les exercices d'un front beaucoup trop petit , con‑
tre le ſentiment de Folard , qui ne le ſouffre point au‑deſſous de 16 ,
quoique elle n'y ſoit pas armée comme elle doit l'être , qu'elle y
ſoit ordinairement toute nue & ſans même le pelotton que Folard
lui joint toujours , dès qu'on la voit on eſt reconcilié avec elle.
Cette maſſe paroît bien rédoutable comparée à la fragilité du Ba‑
taillon , & bien légére à des yeux qui viennent de le voir flotter.
Auſſi ai‑je vû des Officiers dire d'abondance de cœur dans le mo‑
ment où elle étoit formée , *on a beau dire & critiquer , cela eſt bien*
reſpectable.

Voilà où en eſt la Colonne. Si tout le monde ne l'approuve pas ,
tout le monde admet du moins les principes ſur leſquels elle eſt éta‑
blie : & comme ces principes ſont évidents , & leurs conſéquences
néceſſaires , la plûpart des Géométres ſont pour elle. Bien des gens
la rejettent : mais ne ſont pas dans cette oppoſition ſi fermes qu'ils
ſe l'imaginent. Enfin tout le monde enſemble en a aſſez bonne idée ,
puiſque le livre de Folard eſt très‑recherché , & ſon nom très‑cé‑
lébre. Or je demande à propos de quoi cette grande réputation ,
ſi la Colonne n'eſt qu'une rêverie. Ceux qui vieilliſſent , comme dit
un de nos Poëtes ,

Dans les honneurs obſcurs de quelque Légion ;

ont beau avoir du mérite & des talents , leur réputation ne ſortira
guères de cette Légion. Voilà le cas où devoit ſe trouver le Che‑
valier de Folard. N'ayant pû rien faire de bien conſidérable , puiſ‑
que il ne commandoit pas , il n'eſt connu du public que par ſon li‑
vre : & ſi ſon ſyſtême n'eſt pas bon , ſon livre ne vaut rien : car il
roule tout là deſſus. Le Commentaire ſur Polybe n'eſt autre choſe
qu'un traité de l'excellence de la Colonne & de ſon uſage dans les

différentes parties de la guerre ; & , comme le dit l'auteur lui-même, le Commentaire n'est point fait pour Polybe , c'est Polybe qui est là pour le Commentaire. De tout ceci on peut conclure que le système a pour lui en quelque façon la voix publique. Aussi n'ai-je pas à me plaindre qu'on l'ait blâmé : mais qu'on ne l'ait pas assez approuvé. J'ajoûterai même qu'on ne l'a pas assez examiné. Les uns s'en sont tenus à applaudir froidement , les autres à critiquer superficiellement.

Me mettre en tête de faire une tentative en faveur de la Colonne , & d'appeller au jugement du public de celui qu'il paroît avoir porté après avoir entendu l'auteur lui-même plaider sa cause , c'eût été un dessein déja trop hardi. Je ne m'en suis pas tenu là. Peu de lecteurs ouvriront mon livre sans être étonnés de ma témérité. Je le fais d'avance , & n'en suis ni surpris ni piqué. J'avoue même que j'ai entrepris cet ouvrage sans m'en appercevoir. Etudiant la guerre , je n'avois garde d'oublier Folard. Ce système me frappe : plus je le lis & relis , plus je le vois critiqué , plus je m'y confirme. J'y mets un peu du mien. J'apperçois ensuite que ce mien , du moins le point le plus considérable , semble si bien copié sur les idées d'un grand maître , qu'un seul homme témoin de mes travaux , pourra croire que je ne l'ai pas pris de lui. Plus encouragé par une pareille autorité que je n'avois été flatté d'une idée que je croyois neuve , je continue de travailler sur la Colonne , & bientôt ce n'est plus seulement une manœuvre très-utile dans bien des circonstances , mais un système général de Tactique , peut-être destiné à remplacer un jour celui que l'on suit aujourdhui. Examinant ce nouveau système , j'ai cru voir qu'il est bon , qu'il est fait pour le caractère de la nation : y ayant peu de part , je ne me suis pas soupçonné de prévention : & voyant après tout moins d'inconvénient à rendre publique une mauvaise idée , qu'à ensevelir par timidité un projet avantageux , je me suis déterminé à donner cet ouvrage. Je crois même que je ne l'aurois pas gardé pour moi quand il seroit moins étendu , quand je n'aurois rien ajoûté à la force de la Colonne. Il ne lui suffit pas d'être en état de battre les ennemis ; ce n'est pas à eux qu'elle a affaire pour le moment ; ils ne sont qu'en

feconde ligne. La premiere eft compofée de critiques ou d'indif-
férents : j'aurois été bien tenté de leur faire une nouvelle attaque ,
efpérant qu'après avoir été ébranlés par la premiere charge, ils n'en
foutiendroient pas une feconde , fur-tout fi on ajoûtoit quelque chofe
aux preuves , fi l'on répondoit plus amplement à certaines objections
un peu négligées par l'auteur, ou même qui lui ont été inconnues,
fi l'on prouvoit que toutes ces objections , fuppofées même folides
dans ce qu'elles contiennent , ne difent rien, n'ont fait qu'effleurer
la Colonne , aujourdhui n'approchent pas d'elle. Enfin un nouveau
traité de la Colonne m'auroit paru très-utile, celui qui eft à la
tête du Commentaire fur Polybe n'étant pas fuffifant. Il eft vrai
que ce Commentaire en eft comme la fuite, n'en doit pas être diftingué : mais cela ne fait pas le même effet : bien des lecteurs , &
les critiques fur-tout, l'en ont féparé. J'avouerai d'ailleurs que mon
maître , car je n'en fuis point idolâtre , n'eft pas très-méthodique.
Je tâcherai de l'être davantage , & de préfenter nos raifons au lecteur de maniere qu'il ne puiffe pas les oublier.

Cet effai réuffira comme il pourra. Si mes foibles efforts font inutiles , j'aurai au moins le plaifir & la gloire d'avoir tenté l'aventure.
Au refte, quelque téméraire que paroiffe mon projet, je ne renonce
point du tout à l'efpérance de le voir réuffir. En vain l'entreprife
paroît au-deffus de mes forces : c'eft précifément ce qui m'enhardit.
Je vois que les plus habiles ne font plus eux-mêmes quand ils tirent
fur la Colonne. Que fais-je ? Peut-être qu'elle fera fur fon défenfeur un effet tout contraire , & que je me furpafferai. S'il en arrive
autrement, il me refte encore une efpérance. Devant des juges éclairés un mauvais avocat gagne une bonne caufe. Nos raifons même
auront plus de force ou du moins de faveur dans ma bouche que
dans celle du Chevalier de Folard. Il a eu une idée grande , il l'a
bien foutenue, cela eft tout fimple, il étoit affez habile pour cela.
Mais je crois qu'il eft peu d'Anti-Folardiftes qui ne fuffent étonnés ,
s'ils voyoient un écolier foutenir un peu bien cette même thèfe , &
n'être pas fort embarraffé des arguments des docteurs de la fecte oppofée. Il y a mieux que tout cela. Il ne faut peut-être pour la fortune de la Colonne que la faire rentrer en lice , dans un tems plus

heureux que celui où elle parut. Elle fut rejettée, on regarde cela comme une affaire finie; on n'y penfe prefque plus; fi quelqu'un en reparle par hafard, c'eft pour la critiquer affez légérement, ou dire négligemment qu'elle feroit bonne dans telle circonftance. Si on la voyoit maintenant pour la premiere fois, on l'examineroit avec d'autres yeux; elle ne trouveroit point, dans la Cour au moins, cette antipathie pour toutes fes chofes nouvelles, qu'elle rencontrera peut-être par-tout.

Je croirois encore affez volontiers que l'averfion que l'on avoit pour toutes nouveautés, ne fût pas la feule chofe qui difpofa peu favorablement pour la Colonne. Le Chevalier de Folard s'étoit fait beaucoup d'ennemis: fa vivacité, fa fupériorité & fa franchife y étoient tout-à-fait propres. Il prenoit un ton de maître qui ne pouvoit manquer de déplaire à des perfonnes qui auroient eu affez de peine à adopter fes idées, de quelque ménagement qu'il les eût affaifonnées. Il faut être fon partifan zelé, fon difciple, pour ne pas rire quand il dit que fon livre devroit être un perpétuel fujet de méditation pour mille gens qui fe creufent la cervelle à le critiquer. Propos peut-être très-bon dans la bouche d'un autre, révoltant dans la fienne. Ce n'eft pas qu'on puiffe taxer cet auteur célébre de vanité. Il prenoit à peine de fon invention la gloire qui lui en appartenoit.

Il me fiéroit plus mal qu'à un autre d'imiter fa hardieffe: mais comme je fuis de très-bonne foi, je parlerai en homme bien perfuadé. Je ne ferois pas fort étonné que quelqu'un trouvât que je n'ai pas affez de refpect pour une méthode actuellement en ufage par toute l'Europe, & fuivie depuis long-tems par tant de grands hommes. Peut-être même fera-t-on fcandalifé que j'en aye relevé plufieurs. Je prie ceux qui feront ces obfervations d'en faire en même tems quelques autres; c'eft qu'il n'eft pas aifé de contredire fans contredire, de répondre à des critiques fans les critiquer, de vanter le Bataillon dans un ouvrage fait pour montrer fes défauts. Eh pourquoi tant de façons pour dire ce qu'on penfe? Il fuffit que cela fe faffe non-feulement fans aigreur, mais encore avec politeffe, & même refpect, felon les perfonnes à qui l'on a affaire. Je crois que s'y prenant ainfi, il eft fort permis de critiquer.

Et hanc veniam petimufque damufque viciffim.

J'établis des principes que je crois auffi évidents qu'ils font fimples. Quand la conféquence eft violente contre les Bataillons, je ne la diffimule point. Quand elle exalte la Colonne, même fincérité. Et je ne fuis pas obligé d'en faire les honneurs. Pareille modeftie me fiéroit fort mal. Je fens bien que j'aurois trouvé plus d'indulgence prenant un ton hypocrite, propofant des doutes en tremblant. Grimace. Je propofe des chofes qui me paroiffent très-bien prouvées, très-vrayes. Si je penfois autrement, je ne propoferois rien. Mes doutes en effet feroient quelque chofe de fort intéreffant pour la République. Mais de ce que je compte toujours prouver, il ne s'enfuit pas que je prétende que tout le monde doit être auffi content que moi de mes preuves. C'eft fur cela que je doute un peu, & c'eft ici la place de le dire : dans le corps de mon ouvrage, ce ton ne ferviroit qu'à jetter un voile fur mes raifons. La moindre liberté offenfe, dit Dacier : mais la modeftie ne perfuade perfonne. J'ai grande envie de n'offenfer qui que ce foit, pas même ceux qui fe font déchaînés un peu trop vivement contre mon maître : mais j'avoue que j'ai plus d'envie encore de perfuader ceux à qui je parle. Au refte, fi on n'eft pas content de tout ceci, cela ne doit point prévenir contre mon livre. Il n'eft pas queftion ici de favoir fi les difciples de Folard manquent de refpect au fyftême de Tactique actuellement en ufage. Ce que nous avons à examiner, c'eft s'il eft vrai, comme ils le prétendent, qu'il n'eft pas très-bon, & que le leur eft excellent. Je ne dirai plus qu'un mot à ce fujet. Si on reproche à ma plume un peu trop de jeuneffe & de vivacité, je n'y faurois que faire. J'ai, à ce que je crois, bien de bonnes raifons : mais non pas affez pour en affoiblir ou fupprimer une partie par ménagement. Et je refpecte trop le public, & le fujet que je traite, pour ne pas écrire de toute ma force.

Si on peut me taxer en quelque chofe de témérité, c'eft fans doute fur la maniere dont j'en ai ufé avec le Maréchal de Puyfégur. Très-fouvent je l'ai contredit : plus fouvent encore j'ai pris de lui des paffages tout entiers, pour prouver la bonté de ce fyftême,

c iij

qu'il n'a pas goûté. J'ai pour cet auteur célébre plus de vénération que ceux qui me feroient cette querelle : mais pas plus qu'il n'en avoit pour Céfar & Turenne, qu'il a relevés quelquefois. Il falloit bien le contredire, puifqu'il n'eft pas de notre parti, & repouffer les traits qu'il lance en paffant contre la Colonne. Ce n'eft pas à de pareils adverfaires que l'on peut fe difpenfer de répondre. Il étoit néceffaire que j'attaquaffe fon quarré de retraite & fon Batail- lon circulaire ; puifque une des raifons que je mets en avant pour décider la préférence de la Colonne fur le Bataillon, c'eft qu'elle n'eft jamais en peine dans le cas d'abandon, & que le Batail- lon dans cette circonftance n'a aucune bonne reffource, aucun ef- poir de falut que dans la molleffe de fes ennemis. Enfin je ne pou- vois faire meilleure guerre au fyftême que je combats, qu'en l'at- taquant dans le livre du Maréchal. Et comme, n'étant pas parti- fan de Folard, il n'eft pas fufpeét, je ne pouvois mieux faire que de me fervir de fes propres paroles pour montrer les défauts du Ba- taillon, qu'il fait très-bien voir, voulant y remédier.

On fera peut-être étonné que, les connoiffant fi bien & ne fe diffimulant pas qu'il y en a beaucoup qu'il n'a fait que diminuer, le Maréchal n'ait pas entierement rejetté cette ordonnance : mais il faut remarquer qu'il n'a prétendu, comme je l'ai dit déja, que tra- vailler fur le fyftême reçû, & point du tout en donner un nouveau : quand il dit que la façon de combattre de la cavalerie des anciens n'eft pas praticable aujourdhui, parce que elle ne peut convenir à des Efcadrons, il n'examine pas fi ces Efcadrons font préférables aux turmes, ou pourquoi ; quand il examine fi on a bien ou mal fait de fupprimer les piques, il appelle cela une difgreffion. En un mot, fon livre eft l'art de faire la guerre avec nos Bataillons. Il eft donc bien contre la Colonne une autorité refpeétable, puifque il ne l'a pas approuvée : mais n'en eft pas une pour les Bataillons, qu'il n'a comparés qu'à eux-mêmes. Et la maniere dont il s'y eft pris pour remédier à leurs défauts, fait affez voir que plein de nos principes, il auroit goûté notre fyftême, s'il n'eut été ébloui, fi j'ofe me fervir de cette expreffion, par quelques difficultés qui lui ont paru infurmontables, & fur lefquelles j'efpére ne laiffer aucun fcrupule.

Il me refte à indiquer la route que j'ai fuivie dans la compofition de cet ouvrage, que j'ai fuivie autant que j'ai pû s'entend ; car les matiéres font fi liées, qu'il eft prefque impoffible de mettre chaque chofe à fa place, à moins de repéter continuellement. C'eft de quoi il eft bon d'avertir dès ce moment : car il y a tel point qui paroîtra prouvé légérement, ou même avancé fans preuve, & dont on fera content dans la fuite. Je me fuis attaché à huit principales raifons de préférer la Colonne au Bataillon. Elles ont fait le fujet d'autant de Chapitres.

1° Le Bataillon manque abfolument des propriétés que l'on doit chercher dans toute ordonnance : la Colonne les poffédé fupérieurement.

2° La façon dont le Bataillon eft compofé eft défectueufe : les plus habiles l'ont trouvée telle. La compofition & l'arrangement de nos Colonnes donnent non-feulement le parfait mêlange des armes, fi recommandé par tous les maîtres de l'art : mais encore conduifent le foldat à la valeur & à la difcipline, par conféquent à la victoire.

3° Le Bataillon n'eft capable d'aucun mouvement ; car il faut compter pour rien ceux qui font mauvais, ceux qui ne peuvent fe faire devant l'ennemi. Ceux même qui, bons & praticables, ne feroient que des remédes à fes maux, ne pourroient être comptés vis-à-vis de la Colonne, qui n'a point les défauts qui rendent ces mouvements néceffaires. La Colonne au contraire a tous fes mouvements prompts, faciles, praticables dans les affaires les plus engagées. Et ce ne font pas des remédes à des défauts, puifqu'elle en eft exempte : ce ne font que des moyens de multiplier fes avantages, de tourner contre le Bataillon lui-même les manœuvres dont il pourroit s'avifer.

4° Le fyftême eft invincible aux armes blanches, réduit néceffairement à cette façon de combattre, la rend toujours poffible. Grande raifon de l'adopter, puifque cette méthode eft la meilleure pour tout le monde en général, pour notre nation en particulier. Quand je dis qu'avec les Colonnes on peut toujours combattre aux armes blanches, je fais qu'il y a quelques exceptions : mais on verra qu'elles font prodigieufement rares, & que même dans ce cas elles feront au moins égales aux Bataillons.

5° Nous avons dans l'hiftoire ancienne une foule d'exemples de l'excellence de la Colonne. Je cite & examine les principaux qu'a rapportés le Chevalier de Folard & beaucoup d'autres. Dans une partie de ces exemples on voit la Colonne véritable, les troupes fur un front moindre que la profondeur : dans d'autres ce n'eft pas précifément la Colonne, mais pour cela ils ne laiffent pas de nous être très-favorables : dans quelques-uns des traits que j'ai rapportés, on ne voit clair qu'à l'aide des conjectures. C'eft la faute des hiftoriens. Mais quand ces conjectures font en grand nombre, & d'une certaine force, quadrant bien d'ailleurs avec ce qui eft dit plus clairement & avec ce que nous favons de la Tactique des peuples dont il eft queftion, cela peut s'appeller des preuves. Si l'on ne veut que des démonftrations, on retranchera quelque chofe de cet ouvrage : mais il en reftera affez pour prouver la bonté du fyftéme. Dans les paffages qui m'ont ainfi obligé d'aider un peu à la lettre, j'ai eu foin de le faire remarquer. Les exemples dont je me fuis armé tout uniment, font extraits avec la plus grande fidélité. Je m'en ferois tenu à ces derniers, & il y en avoit bien affez ; mais j'ai été bien aife de faire voir qu'en y regardant bien on trouve la Colonne dans des actions où bien des lecteurs ne l'ont pas apperçûe.

6° On connoît l'ordre appellé par les Romains *Cuneus*. On le connoît par fes actions, car pour fa figure tout le monde y a été trompé par quelques auteurs de la moyenne antiquité. Ce n'étoit autre chofe que la Colonne. Elle a donc droit de reclamer toutes les merveilles que le Coin a operées. Je fais que l'on peut me contefter ce que je dis de la forme du Coin. Folard n'a pas perfuadé tout le monde, & réellement n'avoit pas apporté contre le Triangle toutes les preuves dont il auroit pû fortifier fon opinion. Je ne les donnerai point non plus, on en verra les raifons.

7° Dans les cas d'abandon dont la Colonne fe tire glorieufement, le Bataillon n'a aucune reffource que le rond, le quarré, l'octogône, & autres figures fermées dont la meilleure ne vaut rien, ne pouvant fervir tout au plus qu'à maintenir le Bataillon dans le

danger,

danger, lorfque il ne fera pas attaqué vivement encore, mais jamais à l'en tirer. Auffi les exemples qu'on cite pour prouver l'excellence de ces ordres, & ils font en fort petit nombre, font précifément contre eux, puifque enfin ils y ont péri.

8° Si l'on examine les différents fyftêmes, particulierement ceux des Grecs & des Romains, on trouvera à chacun fon mérite & fes défauts. Si on leur compare la Colonne, on verra qu'elle a les avantages de tous deux fort augmentés, fans avoir rien de ce qu'ils ont de mauvais. Si on leur compare l'ordre actuellement en ufage, on verra qu'il en a tous les défauts, fans en avoir le mérite ; qu'il eft fur-tout fort au-deffous de celui qu'il a pris pour modéle, & a pris pour modéle celui qui convenoit le moins aux armes modernes. On a imité les Romains dans leur méthode de former plufieurs lignes, ce qui étoit très-bon pour eux, eft aujourdhui peu utile, mais fera de la plus parfaite inutilité lorfque on aura affaire à des Colonnes.

Après toutes ces raifons de préférer la Colonne au Bataillon, je les mets aux prifes enfemble tête à tête. Je fais enfuite combattre une Colonne par de la cavalerie. J'examine après cela le fyftême dans les batailles rangées, & dans prefque toutes les opérations de la guerre, pour prouver que la Colonne eft au moins auffi univerfelle que l'a crû Folard. Enfin je réponds aux objections auxquelles je ne m'étois pas arrêté : Chapitre peu intéreffant, & dont bien des lecteurs, parvenus à ce point, m'auroient volontiers difpenfé.

Voulant être clair, & ne rien omettre d'intéreffant ou du moins d'indifpenfable, j'ai été obligé de faire cet ouvrage un peu plus long que je n'aurois fouhaité : cela lui donne moins de force que fi les grandes preuves étoient plus rapprochées, femblable en cela au Bataillon, que fon étendue rend plus foible. Pour réparer un peu ce défaut, j'ai fait une récapitulation qui feroit rire fi on la lifoit d'abord ; mais pourra ébranler ceux qui ne la liront qu'à fon tour.

Je prie le lecteur de ne pas perdre de vûe le titre de cet ouvrage, de ne pas oublier que je donne la Colonne comme un fyftême de Tactique à part, & non pas comme une manœuvre du Bataillon. Je la lui compare perpétuellement, il le faut bien. Du refte j'ai prétendu la traiter auffi indépendamment de lui que de la Phalange.

d

Je n'ai pas feulement dit comment je voudrois mettre un Bataillon en Colonne. Je ne me fuis point aftreint en la formant au nombre de troupes qui compofent nos Bataillons. En un mot, faifant cet ouvrage j'ai oublié qu'il y eût des Bataillons au monde, ou du moins ne m'en fuis fouvenu qu'autant qu'il étoit néceffaire pour comparer le fyftême des modernes à celui que je propofe. Il faut que le lecteur en faffe autant. Sans cela il ne faifiroit pas mes idées, & me feroit beaucoup d'objeétions déplacées. Il ne faut pas faire dépendre de la méthode ordinaire une méthode toute différente, que je lui oppofe, qui lui eft fi étrangere qu'elle pourroit être celle d'une nation qui n'auroit jamais entendu parler de Bataillons. Or fi quelqu'un de cette nation venoit en Europe, & connoiffant notre maniere de faire la guerre fe mettoit en tête de nous perfuader que celle-ci eft préférable, que quelqu'un lui répondît, & foutînt la Taétique en ufage chez nous, celui-ci ne diroit pas : mais avec les Bataillons on ne peut pas faire telle chofe, que vous demandez : avec vos Colonnes, vous n'avez point de Bataillons, vous êtes privé de leur ufage, vous n'avez pas telle manœuvre : ce ne feroient pas là des raifons. Il faudroit fe borner à comparer les deux fyftêmes, pefer les avantages & les défauts de l'un & de l'autre, pour choifir. C'eft à quoi il faut auffi fe réduire pour juger de cet ouvrage. Je vois d'ici plus d'un leéteur délibérer s'il ira plus avant dans la lecture d'un livre militaire qui n'a aucun rapport avec ce qui fe fait à la guerre, s'il fuivra un homme qui, s'écartant de la route tracée, fe prépare à s'enfoncer dans un pays perdu. J'ai entré dans ce pays, parce que j'ai cru y appercevoir le chemin le plus court pour aller à la viétoire. Voilà tout ce que je peux dire pour le préfent des raifons qui m'ont engagé à m'éloigner fi fort de la méthode ufitée. Celles que je pourrois ajoûter paroîtroient très-mauvaifes ici, & les rejettant à la fin de cet effai, feront peut-être trouvées meilleures. Mais, dira-t-on, à quoi fervira jamais cet ouvrage ? On ne quittera pas notre méthode pour prendre celle que vous propofez, & tout ce que vous avez à nous dire étant fort étranger à la premiere, fera parfaitement inutile. Cela pourroit bien être. Mais ne lifant point dans l'avenir, je ne fais point fi *on ne quittera pas* les Bataillons pour la Phalange coupée, dans quelques années ou dans quelques fiécles. Quand elle n'auroit jamais un fuccès fi complet, cet ouvrage pourroit n'être pas fi inutile. On fait quelquefois rapprocher les chofes les plus éloignées. Pour moi je n'ai penfé à autre chofe qu'à donner au fyftême que je défends toute la force que j'ai pû lui donner. Je travaille comme un homme qui fait fur le papier un fyftême de Fortification le plus fort qu'il peut, fauf à ceux qui le goûteront de l'employer comme ils l'entendront, & felon leur terrein, leurs moyens & leurs lumieres.

On a reproché à Folard que *l'ambition de créer un fyftême le faifoit retomber comme les autres dans le défaut des méthodes générales.* On a trouvé extraordinaire qu'il fît de fa Colonne *le fondement de toute fa Tactique*, & l'employât *fur toutes fortes de terreins.* L'ambition de créer un fyftême n'eft rien moins que blâmable, s'il eft prouvé que celui qui eft en ufage n'eft pas bien bon ; elle eft même très-louable s'il eft pofitivement mauvais. Ce reproche ne feroit donc de quelque poids, ne feroit placé même qu'à la fuite d'une belle & bonne défenfe de la méthode ordinaire. Au refte, Folard n'a point crû la Colonne plus générale que celui même qui lui fait cette querelle. Ce critique la trouve bonne dans les cas *qui demandent qu'on employe la maffe & la vîteffe pour opérer un effort puiffant. La petiteffe du front*, dit-il, *fait la vîteffe en fupprimant le flottement, & la profondeur des files donne le poids & la force d'impulfion.* Cela eft très-bien dit. Mais Folard, toute univerfelle qu'il prétend la Colonne, l'a-t-il employée dans d'autres circonftances ? Il la deftine uniquement à charger & renverfer un corps ennemi. Une charge eft un effort, & le plus puiffant eft apparemment le meilleur. Il faut donc la maffe & la vîteffe ; car, comme dit le Maréchal de Puyfégur, deux corps qui fe chargent font deux forces mouvantes qui agiffent l'une contre l'autre. J'employerai donc, comme a fait Folard pour ne rien dire de plus, & fur la parole même de nos critiques, la Colonne en tout terrein, en toute occafion, excepté dans une feule, où je n'employerai pas encore le Bataillon, mais feulement la Colonne développée. Ceux donc qui n'ont pas paffé à cet auteur l'idée où il étoit de l'univerfalité de fon fyftême, la

trouveront chez moi une manie. Mais je les prie de faire une petite réflexion. Quelque manœuvre que ce foit n'eſt pas bônne à faire
en toute circonſtance : on s'eſt préſenté la Colonne comme une manœuvre : il a paru ridicule ſur l'étiquette de l'employer par - tout.
Mais encore une fois regardons-la comme un ſyſtême à part ; il ne
ſera plus extraordinaire de l'employer auſſi univerſellement que chaque nation a employé le ſien , les Grecs leur Phalange , les Romains
leurs Cohortes , les modernes leurs Bataillons. La Colonne , dira-
t-on , ne ſuffira pas à tout , on ſera quelquefois obligé de quitter
cet ordre. Soit. Mais tous les autres n'étoient - ils pas dans le même cas ? Rien ne l'empêche de manœuvrer comme eux , quand cela
eſt néceſſaire. Et la différence qu'il y a entre la Colonne & les autres
ordonnances , c'eſt que ſon ordre naturel étant toujours bon par-tout
où il lui eſt poſſible de charger , dans les cas très-rares où elle ſera
obligée de ſe développer , elle le ſera fort tranquillement , & ſans
crainte d'être troublée par l'ennemi.

Je dois dire avant de finir ce diſcours, que s'il y a un peu trop
de citations dans cet eſſai , ce n'eſt point que j'aye voulu faire un
pédanteſque & ridicule étalage d'érudition , ce n'eſt point ma faute ,
mais celle de mon âge. Il ne me ſiéioit pas de marcher ſeul , je
me ſuis fait conduire par les anciens ; non-ſeulement parce que j'ai
cru , mais parce que Folard , Puyſégur , & beaucoup d'autres à qui
j'ai foi , m'ont dit que c'étoient de bons guides. Et quand j'ai eu
à contredire mes maîtres , n'oſant le faire moi-même , j'ai emprunté
leur voix.

Un autre point demande plus d'indulgence. J'ai fait cet ouvrage
aſſez à la hâte ; & depuis que je l'ai conduit à ſa fin , me ſuis occupé de toute autre choſe que du ſoin de le rendre agréable. On
s'en appercevra aiſément , ſur-tout dans les parties les moins importantes , que j'ai moins travaillées. Peut-être même y trouvera-t-on
des inutilités , du déplacement , des redites. Deux ou trois mois
auroient ballayé tout cela. Je n'ai pû me déterminer à les y employer , moins par pareſſe que parce que j'écris pour être lû , examiné , critiqué , ſi beſoin eſt , & ſi l'ouvrage en vaut la peine. Tout
ceci ſe fera beaucoup mieux à préſent qu'en tems de guerre. On a

alors affez d'autres chofes à penfer. Je n'ai donc pas voulu qu'elle trouvât cet effai dans le cabinet ou fous la preffe, comme cela pouvoit arriver fi j'avois différé de le mettre au jour. Et je n'aurois jamais pû ôter toutes les répétitions. Cet ouvrage confifte en un petit nombre de principes qui prouvent toutes les vérités qu'il renferme. Ces principes reviennent donc fouvent. Varignon, dans fa Méchanique, répéte bien autrement. Et non-feulement les mêmes principes reviennent pour prouver différentes propofitions, les mêmes propofitions font fouvent ramenées par différents principes. Je ne l'ai pas toujours fait voir : mais quelquefois j'ai fuivi ma plume, & répété, puifque elle le vouloit, fur-tout quand c'étoient des points fort importants & fort contredits.

On ne me trouvera peut-être pas toujours très-exact à citer Folard dès que je prendrai quelque chofe de lui. J'aurois trop à faire, & cela feroit affez inutile. Je n'ai rien à féparer, tout lui appartient. S'il y a quelque idée nouvelle, c'eft lui qui l'a fait naître. Et je puis dire avec vérité ce qu'a dit un auteur de nos jours, travaillant fur une matiére fort différente, il n'y a ici de moi que les fautes.

AVIS AU LECTEUR.

IL s'eſt gliſſé quelques fautes dans l'impreſſion de cet ouvrage : le lecteur le plus difficile n'en ſera pas auſſi fâché que moi. Je ne peux remédier à cela que par un errata. Je n'ai pas crû néceſſaire d'y mettre celles qui ne ſont d'aucune conſéquence. C'eſt pourquoi je prie chaque lecteur de corriger ſur ſon exemplaire celles dont voici la liſte, ſur-tout celles qui ſeront marquées par une étoile. Quelques moments d'ennui lui en épargneront davantage.

FAUTES A CORRIGER.

Page	ligne		liſez
xx	7	rencontrera,	rencontra.
26	17	c'eſt,	ceci eſt.
36	12	auſſi,	ainſi.
46	10	ſi forts,	ſi fort.
* 77	13	2,	C.
* 78	5	1, 2,	A, C.
* 80	34	chacun,	chacune.
* 86	18	l'embarraſſer,	l'embraſſer.
98	3	faiſoient,	firent.
* 133	25	la diſpoſition de Porus,	la diſpoſition de celle de Porus.
137	3	alloient,	allerent.
* 141	17	la foibleſſe des Cohortes,	la foibleſſe des flancs des Cohortes.
153	29	effet,	effort.
* 160	32	décharge,	charge.
* 162	18	la cavalerie tiendra,	la cavalerie le tiendra.
163	28	de Fabius,	des Fabius.
172	15	qu'au rang,	qu'un rang.
* Idem.	29	le reſte de la face,	le reſte du feu de la face attaquée.
* 183	6	par cette manœuvre, *ajoûtez*	découvriroit.
* 194	14	le faire,	le ſuivre.
217	7	celui-ci,	celle-ci.
220	10	c'eſt ſans doute par-là,	c'eſt en cela.
* 214	28	c'eſt préciſément celle qui,	c'eſt préciſément de tout ce qui,
228	23	propoſer,	ſuppoſer.
232	*dans la note*,	armés de flambeaux,	armé de flambeaux.
* 241	8	le mettront au moins,	le mettront moins.
243	8	l'aîle de la cavalerie,	l'aîle de cavalerie.
* 252	12	A 4 de hauteur; à 3 ils n'en mettroient que 9000. *Ces mots devoient être à la marge par apoſtille : on peut pour corriger la faute, les ſéparer du diſcours par une parenthéſe.*	
261	14	& ſi,	*ſupprimez* l'&c.
* 273	12	il ne peut ici,	il ne peut ni.
* 277	7	l'ordinaire,	l'ordre ordinaire,
283	3	la victoire décida,	la victoire ſe décida.
292	17	parce que tant,	parce que de tant.
301	13	étant ſi ſerré,	étant ſerré.
* 315	30	quelqu'un,	quelqu'une.
* 344	20	que tout va être attaqué,	qu'il va être attaqué.
* 365	6	eſpéces,	eſpaces.
384	18	m'entraîneroit,	m'entraînoit.
* 397	19	la partie,	la perte.
* 399	10	tous les corps,	tous les coups.
* 403	5	au point 7,	*avant ces paroles mettez deux points:*
413	25	Maréchal de Puyſégur,	*mettez ici la marque* (a).

Je dois avertir de plus que le Chapitre VI ayant été conſidérablement diminué pendant l'impreſſion, pour les raiſons qu'on verra en le liſant, & les autres n'ayant pas été retouchés en conſéquence, ce qui en effet n'étoit pas fort néceſſaire, ni pour lors fort aiſé ; il en eſt arrivé que dans quelques endroits de cet ouvrage l'auteur ſemble devoir dire ou avoir dit choſes que l'on n'y trouve point. Mais il n'y a pas grand mal: ce ſont choſes peu importantes, la plûpart traits d'hiſtoires, qui ne touchent point le fond du projet ni les preuves.

PROJET

PROJET

D'UN ORDRE FRANÇOIS

EN TACTIQUE.

CHAPITRE PREMIER.

Propriétés néceffaires à une Ordonnance.

E but d'un corps qui combat, eft de rompre & de n'être pas rompu : il faut donc que fon ordre foit fort & folide.

Toute la force qu'une ordonnance auroit dans fon front fouvent lui ferviroit peu, fi fes flancs étoient fans défenfe ; ce feroit le talon d'Achille : il faut donc qu'elle n'ait point de parties foibles.

Dans le combat il faut marcher ; le plus vîte vaudroit bien le mieux, fi l'on ne craignoit le défordre. Il faut donc une ordonnance qui puiffe marcher légérement fans fe déranger.

A

La folidité, la fécurité des flancs, la légéreté, (a) font donc trois propriétés effentielles. De ces trois premieres ré-fultent plufieurs autres, qui ne font pas moins importantes, la variété, l'indépendance, &c.

Si un ordre manque de quelqu'une de ces propriétés, il eft défectueux; s'il manque de toutes, il eft déteftable. Si manquant de quelqu'une il en poffède quelqu'autre fupé-rieurement, il ne laiffe pas d'être bon en certaines circonf-tances; s'il les poffède toutes à la fois, il eft parfait en tout & par-tout.

Pour commencer le parallele des deux ordonnances que nous avons à comparer, nous allons examiner l'une après l'autre ces trois propriétés fondamentales, faifant voir qu'on les chercheroit en vain dans le Bataillon, & qu'elles fe trou-vent dans la Colonne au fuprême dégré. Nous en prouve-rons en même-tems la néceffité un peu plus amplement que je n'ai fait dans ce prélude; mais il ne faut pas attendre que j'épuife la matiere dans ce Chapitre, ni même dans tout le cours de cet ouvrage. Comme c'eft à ce petit nombre de principes que fe reduit le fyftême de Folard, &, fi j'ofe le dire, la force de l'infanterie, je prie le lecteur de ne pas s'ennuyer de ces trois ou quatre expreffions, qui fe rencon-treront plus fouvent dans cet effai que les Triangles fembla-bles dans les élémens de Géométrie.

La Colonne eft un corps d'infanterie ferré, fur une grande profondeur & peu de front. (b) Cette définition fuffit pour le moment, & étoit néceffaire pour ceux qui liroient ceci

---

(a) Cette expreffion ayant un air d'an-tithefe, avec folidité, j'aurois préféré célérité, fi cela ne m'avoit obligé de for-ger un adjectif. Au refte, le terme dont je me fers fera toujours bon, pourvû que le lecteur ne perde pas de vûe l'idée que j'y attache, fe fouvienne que j'ap-pelle légére une ordonnance qui a la pro-priété de marcher très-vîte fans déran-gement, péfante celle qui a le défaut op-pofé. Puifque nous en fommes là, j'a-vertis encore le lecteur de bien diftin-guer deux expreffions, qui, prefque fi-

nonimes dans le langage ordinaire, ont ici une fignification fort différente; la Colonne, quoique légére, a le poids de la Phalange doublée; le Bataillon, quoi-que pefant, n'a pas ce poids: la pefanteur n'eft que la lenteur, le poids eft la force du choc.

(b) Je déterminerai fes dimenfions à 24 & 32; au refte, avec tous autres nom-bres, pourvû qu'ils fuffent à peu près dans le même rapport, & ne fuffent pas fort éloignés de ceux-ci, elle auroit les mêmes propriétés.

fans avoir lû le Chevalier de Folard ; ce qui , foit dit en
paffant, feroit contre l'intention de l'Auteur. J'écris pour être
jugé., non pour inftruire ; & fi mon livre eft à la portée de
tout le monde , il n'eft pas moins vrai que je ne l'ai deftiné
qu'à ceux qui en fçavent plus que moi.

ARTICLE PREMIER.

Solidité.

Qu'une troupe en bataille fur beaucoup de rangs bien ferrés , ne puiffe être rompue par une troupe qui eft fur une
profondeur beaucoup moindre , foit au contraire fûre de la
renverfer aifément , c'eft ce qui n'a prefque pas befoin de
preuves ; & ce feroit, comme dit Folard , un prodige de
lâcheté , fi des files de 32 hommes fe laiffoient enfoncer par
des files de 4 ; car les derniers rangs foutiennent les premiers ,
les pouffent , augmentent la force de leur choc & les empêchent de reculer , s'ils en avoient envie. C'eft ce qu'un paffage de Quint-Curce peint bien naturellement. *Non timido ,
non ignavo , ceffare tum licuit...... cùm hoftis inftaret à fronte , à
tergo fui urgerent.* Elien dit , parlant de la Phalange , que les
dix derniers rangs ne peuvent fe fervir de leurs piques , ce
qui n'empêche pas qu'ils n'augmentent la force de l'ordre ,
pondere fui corporis prominentes , & d'ailleurs ôtant aux premiers rangs tout moyen de fonger à la fuite , *nec ullam du-
cibus & præftitibus fugiendi relinquunt occafionem.* Polybe ,
Plutarque , tout le monde raifonne de même fur la caufe de
la force de la Phalange , que j'examinerai plus amplement.
La même chofe faifoit celle du quarré plein ; ordre affez
mauvais d'ailleurs , mais dont la folidité , fuite néceffaire
d'une grande profondeur , donna toujours beaucoup de peine
à qui voulut l'enfoncer. Cyrus au fein de la victoire en fit
une expérience un peu chere.

Dans la bataille de Chéronée , gagnée par Sylla contre
Archelaüs , Général de Mithridate , les Barbares fe préfen-
terent en bon ordre & bien ferrés ; les Romains les attaquerent avec beaucoup de mépris & de fureur en même-
tems , parce que 15000 de leurs efclaves déferteurs formoient

les premiers rangs des Barbares. Sur quoi un Centurion dit plaifamment, qu'il fembloit qu'on voulût faire les Saturnales. La fête fut férieufe cette fois, *les efclaves, contre leur natu-rel, eurent tant de fermeté & d'audace, qu'ils foutinrent le choc de l'infanterie Romaine fans branler.* Plutarque n'a que faire d'être fi étonné de la bonne contenance des efclaves, il en dit lui-même la raifon ; *leurs Bataillons étoient fi ferrés, que les Romains ne purent ni les entr'ouvrir ni les faire reculer.* Ainfi la hauteur des files mit de nouveaux foldats, par con-féquent très-peu aguerris, tirés encore de la plus vile canaille, les derniers des hommes, en état de faire tête aux vainqueurs du monde.

On trouve dans la guerre du Mexique un exemple à peu près femblable. Les Tlafcalteques venant attaquer les Efpa-gnols, furent d'abord effrayés de leurs armes à feu, & s'ar-rêterent tout court à quelque diftance ; mais bientôt voyant qu'à combattre de loin ils laiffoient à leurs ennemis tout leur avantage, & perdoient beaucoup par l'artillerie, ils prirent leur parti, &,, jetterent tout d'un coup fur les Efpagnols un ,, gros fort ferré & pouffé, comme il fembloit, par ceux qui ,, venoient derriere, & cette épaiffe multitude tomba fur nos ,, gens & fur leurs alliés avec tant d'impétuofité & de fureur, ,, qu'elle rompit les rangs & mit leurs Bataillons en défordre. ,, On eut befoin en cette extrémité de toute la valeur des fol-,, dats, de toute la préfence d'efprit des Capitaines, de la ,, furie des chevaux & de l'ignorance des Indiens dans l'art ,, militaire, afin de pouvoir reformer les Bataillons, comme ,, on fit avec beaucoup de peine. ,, Sans l'avantage de la pro-fondeur ces Barbares n'auroient jamais eu l'honneur de rom-pre des Efpagnols. La victoire demeura enfin à ces derniers, qui pour cela ne furent pas moins humiliés de cet affront. ,, La nouveauté de l'infulte, dit l'Hiftorien, fit une telle ,, impreffion fur leurs efprits, qu'ils retournerent au quartier ,, triftes & abbattus ; en un mot, comme des troupes vain-,, cues. ,,

Ces exemples, & beaucoup d'autres que l'on rencontrera dans cet ouvrage, font voir que la profondeur fait la force de l'infanterie ; & c'eft une vérité très-bien connue des na-

tions qui ont le mieux fait la guerre. Je fuis fâché d'être
obligé de contredire formellement un auteur moderne, qui
a avancé que la Phalange doublée étoit fur 16, nombre que
les Grecs *n'ont jamais paſſé, comme celui qui étoit ſuffiſant pour
ſoutenir tous grands efforts, eſtimant que de donner plus de profondeur à leur Phalange, c'étoit employer des hommes inutilement, & qu'il valoit mieux étendre la bataille en longueur. (a)*
La Phalange ſimple n'étoit point fur 8, mais fur 16, & quand
on la doubloit fur 32 : c'eſt ce qu'Elien dit très-poſitivement.
Polybe met de même la Phalange fur 16 dans ſon état naturel, & approuve fort qu'on la double encore, parle de *l'impétuoſité toute particuliere de la Phalange doublée.* On dira peut-
être que ces auteurs parlent de la Phalange des Macédoniens, & non pas de celle des Grecs ; cela n'y fait rien, le
ſyſtême étoit le même : mais voici de quoi trancher toutes
difficultés, s'il pouvoit y en avoir ici. A Nemée *les Athéniens,* dit Xenophon, *ſans ſe ſoucier de faire leurs files de 16
de hauteur à l'ordinaire, ſe rangerent en bataille avec beaucoup
de hauteur, pour empêcher leur bataille de flotter ;* c'étoit donc
16, & non 8, qui étoit la hauteur *ordinaire,* & cette hauteur
de 16 n'étoit pas un nombre qu'on ne paſſât jamais, puiſqu'ici
on fait les files beaucoup plus fortes, ſans que Xenophon
diſe de combien. Il ne contredit pas moins ce que l'auteur
moderne a dit de l'opinion des Grecs fur l'inutilité d'une
grande profondeur : dans le récit de la même action il dé-
bute par dire que les Athéniens délibérerent avec leurs alliés
*s'ils donneroient peu ou beaucoup de hauteur à leur bataille pour
s'empêcher d'être inveſtis ou enfoncés.* C'eſt ainſi que le même
hiſtorien dit dans un autre endroit, qu'Epaminondas mit ſa
Phalange fur 50 de hauteur *pour mieux enfoncer la bataille où
étoit le Roi.* On voit donc & par leurs actions & par leurs
écrits, que les Grecs ſçavoient très-bien que la profondeur
fait la force de l'infanterie. Quelquefois elle varia chez eux,
quelquefois même la victoire ne ſe déclara pas en faveur de

(a) L'auteur convient pourtant un peu plus bas que dans le beſoin les armés à la légere ſe colloient contre la Phalange pour en augmenter l'épaiſſeur, qu'ainſi ce corps pour ſoutenir un grand choc ſe trouvoit pour lors avoir 24 de hauteur.

la plus grande. Pour épargner à ceux qui me critiqueront la peine d'en rapporter des exemples, je vais leur en citer moi-même.

Les Athéniens perdirent la bataille de Nemée dont je viens de parler, cela ne doit point étonner ; il ne suffit pas d'être dans un ordre excellent, il faut se conduire bien dans l'action, ce qu'ils ne firent pas ; ils s'étoient mis par leur grande profondeur en état d'enfoncer l'ennemi par la force de leur choc, il falloit donc le charger brusquement, au lieu de s'amuser à marcher par le flanc pour n'être point débordés : les Lacédémoniens les chargerent de front & en flanc, enfin les battirent: même les Colonnes s'y prenant ainsi pourroient trouver le secret de se faire battre.

Une autre fois les Athéniens étant sur 8 de hauteur, battirent les Syracusains qui étoient sur 16 ; mais ce ne fut pas là ce qui décida cette victoire, d'ailleurs peu considérable. D'abord les Syracusains furent surpris: quand les Athéniens les attaquerent, *une partie s'étoit retirée dans la ville, d'où elle revint à la course & se mêla parmi ses gens qui étoient déja aux mains.* Cela n'auroit peut-être pas suffi pour les faire battre, s'ils ne s'étoient effrayés d'un grand orage qui s'éleva ; tandis que les Athéniens, qui ce jour-là n'avoient pas de foi aux prodiges, combattirent comme s'il avoit fait le plus beau tems.

Lorsqu'il n'y avoit point de terreur panique sur jeu, & qu'il ne se faisoit point dans l'action de sotise décisive, l'avantage étoit pour la profondeur. A Délie les Athéniens se mirent sur 8, les Thébains sur 25, mais les alliés de ceux-ci ne les imiterent pas ; qu'en arriva-t-il ? les Athéniens prirent d'abord quelque avantage sur les alliés, dont l'ordre n'avoit rien de supérieur au leur, puis furent défaits par les Thébains. A Milet les Argiens pour *s'être trop étendus affoiblirent leur aîle, & ayant été battus par les Milesiens qu'ils méprisoient, perdirent 300 hommes.* Ces exemples & beaucoup d'autres, qui seroient encore en bien plus grand nombre si tous les historiens étoient des Xénophons ou des Thucydides, & sur-tout la façon dont ils sont rapportés par ces auteurs, Généraux eux-mêmes, font voir combien ces Grecs qui possédoient si fupérieurement la fcience de la guerre, étoient partifans de la profondeur.

Alexandre ne l'étoit pas moins : contre les Triballiens *il donna beaucoup de hauteur à fa Phalange*, c'eft-à-dire qu'il avoit encore fort augmenté la profondeur ordinaire ; l'hiftorien ne nous en apprend pas davantage. D'Ablancour ne connoiffant ni l'ufage de la profondeur ni la force de l'infanterie, nous régale ici d'une bonne obfervation : il prétend qu'Alexandre en ufa ainfi, parce que *dans un bois on ne fçauroit entrer fur un grand front ;* & c'eft pour cela, comme il le dit lui-même, qu'il met les Triballiens dans le bois, au lieu que l'hiftorien dit *le long du bois.* Il n'étoit pas fort néceffaire d'altérer le fens de l'auteur pour donner à Alexandre une raifon d'augmenter la hauteur des files, & celle-ci eft d'autant meilleure, qu'il n'attaqua ni ne penfa jamais à attaquer le bois ; il envoya fes gens de trait tirailler fur les Barbares, pour les ennuyer & les attirer dans le milieu de la plaine, où il les chargea & les rompit aifément : la grande profondeur de la Phalange dans cette occafion n'auroit point tant exercé d'Ablancour, s'il avoit fait attention à un autre endroit de ce même premier Livre, où on la voit fur 120.

Un autre traducteur fe trouve encore en mon chemin, il faut lui répondre ; car quelqu'un pourroit fe laiffer prendre à la même réflexion, & croire que Cyrus étoit fort oppofé à la profondeur ; ce feroit une autorité contre nous.

Dans la bataille contre Créfus, qui étoit fort fupérieur, Cyrus mit fon infanterie à 12 de hauteur : un Officier vint lui dire, *mais penfez-vous que nos Bataillons foient affez épais pour oppofer à ceux des ennemis qui le font fi fort ? Penfez-vous vous-même,* répondit Cyrus, *que le Bataillon qui a tant de hauteur que les armes des derniers rangs ne puiffent atteindre jufqu'aux ennemis, foit d'un grand effet ? Je voudrois que ces Egyptiens qui font à 100 de hauteur, le fuffent auffi bien à 1000.* De tout ceci Charpentier conclut qu'il ne faut jamais paffer la profondeur des Bataillons de Cyrus, il regarde ceci comme une régle de Tactique. A réduire à fa jufte valeur ce paffage, on voit premierement par la queftion de l'Officier que dès ce tems-là on connoiffoit bien l'avantage de la profondeur. La réponfe de Cyrus eft très-raifonnable en pareil cas ; un Général au moment de combattre ne va pas vanter à fes troupes l'ordre de bataille de l'ennemi ; mais quand Cyrus femble ne compter pour quelque chofe les derniers rangs qu'autant que leurs armes dépaffent les premiers, notre héros fçait mieux qu'il ne dit ; s'il avoit penfé ainfi, il auroit encore diminué fes files de moitié, car les piques, euffent-elles été auffi longues que celles des Macédoniens, les armes du feptiéme rang ne pouvoient atteindre jufqu'aux ennemis. Il eut mieux aimé les Egyptiens à 1000 qu'à 100 de hauteur, je le crois bien. Si le propos de Cyrus n'eft pas une preuve qu'il ne fût point partifan de la hauteur des files, fi au contraire il paroît clairement par fa conduite qu'il penfoit fur cet article à peu près comme nous, puifqu'il aima mieux en plaine être débordé & enveloppé, que de fe mettre fur 6 ou 8 de profondeur : il ne faut pas croire non plus que le fuccès de cette bataille doive être regardé comme un exemple de corps renverfés par d'autres beaucoup moins profonds ; l'armée de Cyrus ne chargea point de front, ne rompit point par fon choc celle du Roi de Lydie ; la déroute commença par les aîles, l'une fut chargée en flanc par Cyrus, l'autre culbutée par la frayeur que les chevaux eurent des chameaux des Perfes ; ce défordre fe communiqua au centre, qui fut en même-tems chargé par les chariots armés, & ne rendit aucun combat ; tout fuit, excepté les Egyptiens qui fe défendirent bien, repoufferent même quelquefois les Perfes, tant leur profondeur outrée étoit rédoutable.

Je ne m'arrêterai point à parcourir les autres nations anciennes, pour faire voir que toutes combattoient fur une profondeur beaucoup plus grande que celle qui eft actuellement en ufage : après les Grecs & Cyrus, on ne doit citer que les Romains.

Si quelque peuple a été dans le cas de diminuer la hauteur des files, c'eft celui-ci fans contredit : non-feulement ils eurent prefque toujours affaire à des ennemis très-fupérieurs en nombre, ce qui fembloit les inviter à étendre leur front, mais encore leur façon de combattre à files ouvertes & l'efpéce de leurs armes, les mettoient dans le cas de ne tirer

de

de la profondeur qu'une très-petite partie des avantages qu'elle procuroit aux Grecs & qu'elle procureroit aux modernes. Les Romains fe fervoient beaucoup de l'épée Efpagnole, & le plus fouvent de taille; &, comme le remarque Polybe, les derniers rangs ont beau foutenir & pouffer les premiers, ils n'augmenteront pas la force des coups de taille que portent ceux-ci. Avec tout cela ils fe mirent toujours à 10 ou 12 de hauteur, l'augmenterent fouvent, ne la diminuerent guères; auffi ne manquoient-ils pas d'exemples, propres à les convaincre de la néceffité de la profondeur. Je n'en citerai ici que deux, je tire le premier de Denys d'Halicarnaffe. Parlant de la bataille gagnée par les Tyrrhéniens contre le Conful Menenius, cet hiftorien dit, que *leur corps de bataille ayant beaucoup de hauteur, le refte de leur troupe qui les foutenoit & les preffoit par derriere, leur donnoit un grand avantage pour enfoncer les rangs de l'armée ennemie.* Je tire le fecond exemple de Tite-Live dans le combat d'Herdonea, où le Préteur Cn. Fulvius fut défait par Annibal. ,, La premiere Légion & l'aîle ,, gauche fe rangerent d'abord en bataille, s'étendant beau- ,, coup en longueur ; les Tribuns avoient beau crier qu'on ne ,, laiffoit point de force à la ligne, & que l'ennemi enfon- ,, ceroit aifément telle partie qu'il jugeroit à propos de char- ,, ger, on ne fit point attention à cet avis falutaire, on ne ,, l'écouta même pas. Cependant Annibal s'avançoit dans un ,, ordre plus fenfé, auffi les Romains ne foutinrent-ils pas la ,, premiere charge. ,, (*a*) On voit par cet exemple & beaucoup d'autres que les Romains raifonnoient (*b*) fur la profondeur comme les Grecs.

Les meilleurs auteurs que nous ayons parmi les modernes penfent, comme les anciens, que la hauteur des files

---

(*a*) *Prima Legio & finiftra, ala primò inftructæ, & in longitudinem porrectæ acies, clamantibus Tribunis, nihil introrfùs roboris ac virium effe, & quacumque impetum feciffent, hoftes perrupturos: nil quod falutare effet non modò ad animum, fed ne ad aures quidem admittebant : & Annibal quidem haud quaquam fimili exercitu, neque ita inftructo, aderat; ergò ne* clamorem quidem, atque impetum primum eorum, Romani fuftinuerunt.

(*b*) *Si nimium fuerit acies attenuata, citò ab adverfariis factâ impreffione perrumpitur, & nullum poftea poterit effe remedium.* Veg.
Denfi undique....... fic tenuem noftrorum aciem perfregerunt. Tac.

B

fait la force de l'infanterie. *Il eſt certain*, dit le Maréchal de Puiſégur, *que des Bataillons ſur ſix rangs, quand ils chargent des Bataillons qui n'en ont que trois, par leurs poids les renverſent dans le moment;* à plus forte raiſon des corps ſur 32 rangs renverſeront ceux qui ſeront ſur 4 ou ſur 10, puiſque la différence de poids eſt encore bien plus grande. Je ſçais bien que l'on peut me répondre que l'utilité de la profondeur a des bornes, qu'en l'augmentant à l'infini on n'augmentera pas la force de l'infanterie dans la même proportion; que par exemple un corps qui ſeroit ſur 1000 de hauteur, n'auroit peut-être aucun avantage contre un qui ſeroit à 50 : je ne diſconviens point de ceci ; mais ſi je ne ſçais pas, ni perſonne, quelles ſont préciſément les bornes de la force que peut donner la hauteur des files, je ſçais au moins qu'à 32 elle n'eſt pas outrée : c'étoit celle de la Phalange doublée, & juſques-là la profondeur augmente la force, puiſque la Phalange doublée étoit très-ſupérieure pour le choc à la Phalange ſimple & à tout autre ordre moins épais.

Je pourrois rapporter beaucoup d'autres traits du Maréchal de Puiſégur, qui ſont favorables à la profondeur : il dit, par exemple, qu'on la diminue pour faire paroître les troupes plus nombreuſes, puis ajoûte, *mais comme cela eſt contraire à la force de l'ordre,* &c. Cet article lui tient au cœur, il y revient ſouvent; je prie le lecteur de remarquer la façon dont il s'en explique dans ce paſſage.

,, Dans la minorité de Louis XIV les armées étoient très-
,, petites....... & ſe mettoient en bataille ſur 8 rangs, & cela
,, dans les armées de M. de Turenne & de M. le Prince......
,, où ces grands hommes, qui avec de petites armées au lieu
,, d'étendre leur front, aimoient mieux ne pas occuper tant
,, de terrein en longueur, & laiſſer plus d'épaiſſeur à leurs li-
,, gnes, n'ont pas connu en quoi conſiſtoit la force des or-
,, dres de bataille, ou cela même n'eſt pas connu de ceux
,, qui depuis eux ont commandé des armées ſouvent quatre
,, fois plus nombreuſes, & qui pour augmenter encore leur
,, front ont diminué l'épaiſſeur de leurs Bataillons...... en ſorte
,, que ces grandes armées ſur deux lignes forment deux lon-
,, gueurs ſans épaiſſeur; or comme ces derniers Généraux

,, n'ont point encore effacé la mémoire de M. le Prince......
,, &c. (a) ,,

La plûpart des autres maîtres de l'art, & particulierement le Marquis de Santa-Cruz, ont été auffi fort partifans de la profondeur ; c'eft ce qu'il n'eft pas néceffaire de prouver ici.

La vérité ne fe faifant jamais mieux fentir que par la foibleffe des raifons qu'on lui oppofe, après avoir prouvé par des faits, par l'exemple des Grecs & des Romains, par le fentiment des plus grands Généraux anciens & modernes, que la hauteur des files fait la force de l'infanterie, il eft tems d'examiner ce qu'alléguent en faveur des corps minces & étendus ceux qui approuvent cette façon de combattre.

,, Ceux qui penfent qu'il faut former le Bataillon fur moins ,, de rangs, difent qu'en le faifant trop épais l'on rifque d'être ,, débordé par l'ennemi, dont la ligne plus longue que la ,, nôtre peut fe replier fur les aîles & nous battre avec faci- ,, lité. ,, L'auteur qui eft de ce fentiment, dit lui-même ail- leurs : ,, On fait encore doubler ou pour mieux dire entrer ,, le quatriéme rang dans les trois premiers, afin de n'être ,, pas débordé par une troupe ennemie dont le front feroit ,, plus étendu, & lorfqu'on en veut déborder une dont il ,, feroit égal ; cette manœuvre n'eft pratiquable que dans les ,, exercices, car à la guerre il vaut mieux être débordé que ,, de courir rifque d'être enfoncé. ,, Il a grande raifon, car celui qui eft débordé chargeant brufquement, peut enfoncer l'ennemi affez aifément avant qu'il puiffe profiter de fa fupé- riorité pour embraffer les flancs : on en verra dans le cours de cet ouvrage affez d'exemples, & c'eft pour cela que le Marquis de Puifégur veut que lorfqu'on eft débordé on aille *aux armes blanches décider l'affaire au plus vîte.* Le Maréchal penfe en cela comme fon pere : ,, s'ils marchoient bien fer- ,, rés & bien réfolus, & que réuffiffant à enfoncer feulement ,, l'étendue de leur front, ils fe repliaffent de droite & de

---

(a) Si les Généraux qui fe font fait battre fur la fin du dernier regne combattoient fur une profondeur de moitié moindre que celle qui étoit en ufage fous les Turennes & les Condés, on avoit déja vû arriver la même chofe. Sous les Scipions & les Céfars, les Cohortes étoient à 10 & 12 de hauteur ; dans la décadence de l'Empire à 6.

B ij

,, gauche pour attaquer ce qui réſiſteroit encore , je ne doute
,, pas qu'ils n'en vinſſent à bout. ,, Il faut obſerver que ces
deux auteurs ne ſuppoſent pas à ce corps débordé la légéreté
de la Colonne , qui donne moins de tems encore à l'ennemi
pour embraſſer les flancs , ni ſa force , qui la rend ſûre de
percer au moment où elle aborde , ni ſa facilité de ſe replier ſur les flancs de ce qui reſte après qu'elle a percé , ſans
avoir aucun autre mouvement à faire que le ſimple à droite.
Si donc des Bataillons peuvent eſpérer qu'ils perceront ſans
que l'ennemi ait le tems d'attaquer leurs flancs débordés ,
les Colonnes en ſont ſûres.

Mais quand l'ennemi ſe replieroit ſur les flancs d'une ligne de Colonnes , il n'en ſeroit pas plus avancé , il ne la
battroit point avec facilité , puiſque ſes flancs ſont auſſi forts
(a) que le front. Cette raiſon qu'on allégue pour diminuer
la profondeur & allonger la ligne , ſeroit donc excellente par
rapport au ſyſtême ordinaire , qu'on ne pourroit s'en ſervir
contre nous.

Autre raiſon des ennemis de la profondeur ; ,, ils obſer-
,, vent qu'aujourd'hui preſque toutes les actions ſe paſſent à
,, coups de fuſil , & que ſi l'infanterie eſt en bataille ſur plus
,, de 4 rangs , les derniers rangs ſont de peu d'utilité , n'é-
,, tant guères poſſible qu'ils puiſſent tirer ſans riſque pour les
,, premiers rangs. ,, Ils concluent ,, qu'il vaut mieux faire
,, uſage de ces bras inutiles & les employer dans les quatre
,, autres rangs , qui étant bien ſerrés & bien conduits , ſuffi-
,, ront pour enfoncer l'ennemi , fût-il ſur plus de rangs ,, mal
ſerrés & mal conduits apparemment.

La plûpart des actions ſe paſſent à coups de fuſil , rien n'eſt
ſi vrai ; mais ce n'eſt pas la faute de Folard : c'eſt en conſéquence de cette méthode de combattre de loin que l'on
ne s'embarraſſe plus de la ſolidité ; le principe par lequel
j'ai débuté eſt devenu faux ; le but d'un corps qui combat
n'eſt plus de rompre & de n'être pas rompu , mais de donner des coups de fuſil & d'en recevoir. Suivant un pareil

---

(a) En attendant que je prouve cette propoſition , le lecteur peut jetter les
yeux ſur la planche 8.

fyftême on n'a pas tort de rejetter la profondeur, on devroit même aller plus loin & prendre une certaine difpofition dont je parlerai (ch. IV, art. II, vers la fin.) Il eft vrai que pour fe mettre dans de pareilles difpofitions, qui ne font bonnes qu'à faire du feu, il faut être fûr que l'ennemi ne viendra pas à la charge.

Ce n'eft pas ici la place d'examiner fi c'eft par le fer ou par le feu, fi c'eft en tuant quelques hommes dans des rangs qui fe refferrent auffi-tôt, ou en renverfant des corps & entrant dans la ligne ennemie, que l'on pourra fe procurer des victoires décifives, promptes & par conféquent peu fanglantes. En attendant que j'entre dans cette difcuffion, je répondrai feulement à cette feconde raifon que l'on oppofe à la profondeur, qu'elle ne nous regarde pas plus que la premiere ; celle-là étoit fondée fur la foibleffe des flancs, & nos flancs ne font point foibles ; celle-ci ne concerne que le feu, & nous ne formons point les Colonnes pour tirailler, ne les laiffons point formées lorfque nous fommes obligés de combattre de cette maniere. Si cela ne m'écartoit un peu de mon fujet, je prouverois aifément que cette raifon de diminuer la hauteur des files eft très-mauvaife, même par rapport au fyftême ordinaire, & le lecteur le remarquera en lifant le chapitre IV, qui a quelque rapport à ceci.

On oppofe à la profondeur une troifiéme raifon affez finguliere : ,, les ennemis contre lefquels nous faifons la guerre ,, fe mettent d'ordinaire fur 4 rangs, il faut leur oppofer une ,, ordonnance femblable ,, ou une meilleure.

Telles font les raifons des ennemis de la profondeur, qui, comme on voit, quand elles feroient bonnes pour les Bataillons, n'atteindroient pas jufqu'à la Colonne.

Si quelque nation avoit réfifté au torrent & confervé une profondeur raifonnable, nous n'aurions pas befoin de répondre à des objections ni de citer les Grecs ; la facilité avec laquelle elle auroit culbuté fes ennemis en toute occafion feroit un argument fans réplique : étant de niveau avec toute l'Europe, l'expérience ne peut nous démontrer la foibleffe de l'ordre accoûtumé, finon cependant en ce que nous voyons l'infanterie craindre la charge de la cavalerie, tandis que les anciens s'en moquoient, quoique dépourvûs d'armes à feu.

La folidité n'eft pas le feul avantage que nous donnera la profondeur, mais auffi la profondeur n'eft pas la feule chofe qui nous donne la folidité.

Montécuculi dit, & perfonne n'en difconviendra, que c'eft l'attaque unie & ferrée qui rompt l'ennemi ; donc l'ordre le plus uni & le plus ferré feroit le plus fort, toutes chofes égales.

L'attaque du Bataillon n'eft jamais affez unie, parce que la grande étendue du front le rend non-feulement *difficile à mouvoir*, mais encore *fujet au flottement, au défordre & à la confufion*, c'eft le Maréchal de Saxe qui parle ; & c'eft de-là qu'il conclut que cet ordre eft *mauvais & contraire à tous les bons principes*. Le Maréchal de Puiségur penfe de même que c'eft fa grande étendue qui le rend fi fujet au dérangement, & obferve que ce défaut eft en lui bien plus grand *depuis la fuppreffion des piques ; car auparavant le Bataillon étoit au moins divifé en trois parties*. La Colonne dont le front eft très-petit ne pourra fe déranger ni flotter, fon attaque fera toujours unie ; & ce n'eft pas feulement la petiteffe du front qui empêche le flottement, la profondeur y contribue beaucoup, parce que les rangs fe foutiennent, fe réglent les uns les autres : les Grecs le fçavoient bien, comme on a dû le remarquer dans quelques paffages que j'ai cités.

L'attaque de la Colonne eft plus ferrée que celle du Bataillon, c'eft ce qu'il eft aifé de voir. Quand les rangs & les files font bien ferrés, deux foldats n'occupent pas 3 pieds ; l'ordre eft alors certainement plus fort & plus folide, les foldats fe foutiennent mieux l'un l'autre, & oppofent plus grand nombre d'hommes à même nombre d'ennemis, oppofent par exemple 4 files à 2 cavaliers ou à 3 files d'infanterie ennemie ferrée à deux pieds. Mais, dira-t-on, les foldats n'auront pas *la liberté du coude*, ne pourront pas fe fervir de leurs armes. Je ne crois pas que pour fe fervir de la pique ou de la bayonette il faille tant de liberté, puifqu'on n'a aucun mouvement à faire que de la préfenter à l'ennemi : je dis cela affez hardiment, parce que le Maréchal de Puiségur ne convient pas non-plus de la néceſſité de cette aiſance dans les rangs. Je trancherai donc le mot, au moment du choc on ne peut être trop ſerré. Mais en marchant on ne peut être qu'un peu au large; & il faut, comme dit le Maréchal, *quand on eſt préciſément au moment de charger, ſerrer les rangs & les files*. Si ce Bataillon de 150 de front les reſſerre d'un demi pied chacune, c'eſt pour le ſoldat de la droite & celui de la gauche la valeur de 19 pas (a) à faire de côté ſe jettant ſur le centre. Il n'eſt pas aiſé ni ſûr de marcher ainſi au moment du choc; ſi pour cela le Bataillon s'arrête un tems tout près de l'ennemi, cela eſt fort dangereux; ſi au contraire tout en marchant en avant la droite & la gauche ſe jettent ſur le centre; cela augmente encore beaucoup le flottement & la confuſion : ainſi il me paroît preſqu'impoſſible qu'un Bataillon qui va à la charge ſoit beaucoup plus ſerré au moment du choc qu'il n'étoit en marchant.

Il n'en eſt pas de même de la Colonne ; quand on voudra reſſerrer chaque file d'un demi pied, ce ne ſera pour celles de la droite & de la gauche que la valeur de 3 pas à faire ſe jettant ſur le centre : quand donc il y auroit à les reſſerrer d'un pied, ce qui ſeroit exorbitant, cela ſeroit encore très-faiſable en arrivant à l'ennemi, & ne la retarderoit pas d'un moment.

J'ai prouvé par aſſez de raiſons, d'exemples & d'autorités que la profondeur fait la force de l'infanterie ; on vient de voir que l'étendue du front y eſt contraire. La Colonne a la profondeur de la Phalange doublée, & le front le plus petit de tous les ordres anciens & modernes, c'eſt donc le plus fort & le plus ſolide ; le bataillon eſt le plus mince & un des plus étendus, c'eſt donc le plus fragile, le plus foible.

(a) J'appelle *pas* celui de deux pieds, comme le plus ordinaire, & d'ailleurs le plus commode pour meſurer des mouvemens, puiſque c'eſt la largeur d'un homme ; mais quand je cite des auteurs Romains, il faut ſe ſouvenir que leur pas eſt le Géométrique de 5 pieds. Quelques écrivains ayant formé des difficultés là-deſſus, & voulu mettre 4 de leurs milles pour une de nos lieues, je crois qu'il n'eſt pas inutile de leur oppoſer ce paſſage de Végéce : *Singuli armati in directum ternos pedes inter ſe occupare conſueverunt, hoc eſt, in 1000 paſſibus 1666 pedites ordinantur in longum.* On verra que cette obſervation étoit néceſſaire.

De cette énorme disproportion de forces il suit nécessairement qu'un Bataillon qui chargeroit une Colonne, iroit se
briser contr'elle ; qu'une Colonne chargeant un Bataillon le
perceroit avec la plus grande facilité : c'est une chose si évidente, que personne n'en a pû disconvenir, les critiques
ont été obligés de se retrancher à dire que la Colonne ne
chargera pas le Bataillon. Nous examinerons dans la suite
la solidité de cette réponse.

ARTICLE II.

Sécurité des flancs.

Une troupe n'a pas toujours sa droite & sa gauche couvertes par une autre troupe ou par le terrein. Dans le cas
même où elle auroit cet avantage, la moindre chose peut
l'en priver, alors si ses flancs sont sans défense, elle se trouvera au moins en grand danger. Ce défaut la gêne dans tous
ses mouvemens, les lui défend presque tous, quelque avantageux qu'ils fussent d'ailleurs, l'empêche d'oser seulement
sortir de la ligne à portée de la moindre troupe ennemie,
lui fait tout sacrifier à la crainte de découvrir ses parties foibles. Cela seul fait voir l'importance de notre seconde propriété.

Polybe comparant les armes de la Phalange à celles des
Légions, prononce en faveur de celles-ci, parce que „ quand
„ chaque soldat est une fois armé pour le combat, il est prêt
„ pour quelque lieu & quelque tems que ce soit, contre tou-
„ tes sortes d'ennemis, de quelque côté qu'ils puissent ve-
„ nir, soit qu'il faille combattre avec une Légion entiere,
„ soit avec une partie, soit avec une bande seulement, ou
„ enfin homme à homme. „

Polybe n'a pas tort sans doute : cependant cette raison de
préférence n'est pas si forte qu'elle le paroît ; car il est assez rare
qu'un corps d'infanterie combatte par petites bandes, beaucoup plus rare encore qu'il combatte homme à homme. Mais
il est assez ordinaire en revanche qu'un corps peu nombreux,
comme une Cohorte chez les Romains, ou chez nous un
Bataillon, combatte séparément, même dans une affaire générale,

hérale , & cela feroit bien moins rare encore fi on étoit dans
le cas de ne pas craindre ce genre de combat : il faut donc
que l'ordre de chaque corps ait la propriété des armes Romaines, ne foit pas moins propre au combat particulier qu'à
combattre en ligne avec toute l'armée , foit en défenfe *contre toutes fortes d'ennemis , de quelque côté qu'ils puiffent venir.*

Depuis qu'on fe mêle de faire la guerre , on n'avoit imaginé aucune ordonnance qui eût la propriété que je demande. La Phalange n'avoit de force que dans fon front, les
Cohortes craignoient toujours d'être attaquées en flanc , nos
Bataillons étant plus minces le craignent encore davantage ;
il y a bien les ordres fermés , à qui pour le moment je ne
contefte point l'avantage de faire front de toutes parts , mais
qui ne peuvent entrer ici en comparaifon , n'étant bons tout
au plus que dans les cas d'abandon , mais point du tout pour
en faire fon fyftême général de Tactique. Il étoit réfervé au
Chevalier de Folard d'inventer ou plûtôt renouveller & perfectionner cet ordre unique , qui fans être obligé de combattre toujours de pied ferme, comme le rond ou le quarré ,
a fes flancs au moins auffi affurés que les leurs , & ne s'informe point de quel côté l'ennemi fe préfentera , fûr de le
combattre toujours de front , toujours avec le même avantage; fingulier problême de Tactique, dont tant de grands
Généraux n'avoient pas même cherché la folution. On double les ,, files pour augmenter la hauteur d'un Bataillon atta-
,, qué par le flanc ; lorfque le peu d'étendue du terrein rend
,, la converfion impoffible ou inutile. ,, On reconnoît donc
que la profondeur eft ce qui affure les flancs, que leur foibleffe ne vient que de ce que le Bataillon eft trop mince.
La converfion ne les fortifie pas , elle ne fait que les changer de place, & c'eft beaucoup lorfque l'on n'a affaire qu'à
ce qui fe préfente fur la droite ou fur la gauche ; mais fi l'on
a en même-tems des ennemis en tête , il n'y a pas moyen
de fe contenter de la converfion , il y auroit toujours un des
deux corps à qui on préfenteroit une partie foible : on a donc
recours au Bataillon quarré , c'eft-à-dire à la hauteur des
files ; car chaque rang des faces latérales eft file, par rapport au front. Mais laiffons là pour un moment les conver-

C

fions & le quarré, nous y reviendrons plus d'une fois.

Puifque c'eft la profondeur qui affure les flancs d'un corps, plus il eft épais moins ils ont à craindre, conféquemment la Colonne eft tranquille fur cette partie, tout autrement que le Bataillon, quelque hauteur qu'on lui ait donnée, & autant que le plus fort Bataillon mis en quarré plein. Le doublement des files propofé au défaut de la converfion ne donnera pas une profondeur capable d'affurer les flancs; cela eft fi vrai que lorfque les Bataillons étoient à 8 de hauteur, on trouvoit leurs flancs foibles, on ne fe difpenfoit point de les couvrir d'ailleurs; on a toujours reconnu ce défaut dans les corps de cette épaiffeur. ,, Quelques-uns fortirent par une ,, autre porte & vinrent prendre Mnafippe en flanc, ce qui ,, l'obligea de faire un quart de converfion pour fe mieux ,, défendre, à caufe de la foibleffe de fon Bataillon, qui ,, n'avoit que 8 hommes de hauteur. ,, Les Cohortes Romaines étoient fur 10 & 12; on voit par toutes leurs hiftoires qu'elles n'étoient plus en force quand on les attaquoit fur leurs flancs.

Xénophon.

Le Maréchal de Puiségur a fi bien fenti toute l'étendue de ce défaut dans les Bataillons, qu'il ne veut pas qu'on les mette autrement qu'en ligne pleine, parce que fi on laiffoit des intervalles, l'ennemi y entrant & fe repliant fur leurs flancs, ils ne pourroient tenir un moment; au lieu qu'ainfi arrangés ils ne préfentent que le front, ils font dans toute leur force: ,, mais comme cet arrangement ne fubfifte que ,, dans le premier moment que les lignes fe chargent, que ,, pour peu que l'affaire foit difputée, un nombre de Batail- ,, lons & d'Efcadrons renverferont ceux qui font devant eux, ,, tandis que de leur côté il y en a auffi de renverfés, de ,, forte que ceux qui menent battant peuvent être battus à ,, leur tour par d'autres, qui étant fupérieurs (ou inférieurs, car un pareil avantage tient bien lieu de fupériorité,) & ,, trouvant les flancs de ces Bataillons ou Efcadrons décou- ,, verts, ne manquent pas de les tourner pour les charger: ,, il faut convenir que la figure du Bataillon ne peut pas fuffire ,, pour toutes les opérations de la guerre. ,, Je conclus quelque chofe de plus, c'eft que cette figure ne vaut rien, je ne crains pas de trancher le mot. Il n'eft pas queftion ici d'une occafion de la guerre, mais de toutes. Si ce défaut, fi bien remarqué par le Maréchal, ne fe faifoit fentir que dans quelque circonftance particuliere, comme une attaque d'arrieregarde ou telle autre qu'on voudra fuppofer, on pourroit dire que le Bataillon n'eft pas propre à cet ufage ; mais ce défaut fe retrouve toutes les fois qu'il combat en ligne ; s'il n'eft pas bon à cela, à quoi eft-il propre ? Vous mettez 50 Bataillons en ligne, vous appuyez les flancs, parce que s'ils étoient découverts cela vous feroit battre aifément, & tout ce bel arrangement fi néceffaire, ne fubfifte que dans le premier moment ; donc le fecond feroit celui de votre défaite, fi vous n'aviez affaire à un ordre auffi mauvais que le vôtre.

Mais n'eft-il point quelque reméde à un défaut fi incommode ? Le Maréchal dit que quoique la figure du Bataillon foit la plus ufitée, il en faut dans ce cas une autre qui n'ait point de parties foibles. Rien de plus vrai : mais, comme il dit encore, il faudroit qu'on eut pris cette nouvelle difpofition auffi-tôt *qu'on fe feroit apperçû de la néceffité de le faire, de forte que le tems qu'il faut pour cela le rend impratiquable.* Cela eft fi bien impratiquable effectivement, que l'on ne voit guères d'exemples de pareilles manœuvres dans ce cas, qui pourtant n'eft pas rare. Que peut-on en effet demander à un Bataillon qui a le flanc découvert, foit par fa faute, foit par la défaite ou la fuite de fon voifin ? Que peut-il faire avant d'être chargé en flanc, fur-tout fi le corps ennemi qui menace cette partie eft fort léger, & pour la charger n'a aucun mouvement de converfion à faire, fi c'eft une Colonne enfin ? Mais je veux que le Bataillon dont le flanc eft découvert eut abfolument & géométriquement le tems & le terrein néceffaire pour faire ce qu'on lui demande : efpére-t-on que le mouvement fe fera bien & fans trouble, ayant l'ennemi fi fort fur les bras, & d'une maniere fi dangereufe ? Il ne faut pas s'y attendre. Il eft donc pernicieux d'être obligé de manœuvrer, de changer d'ordre en pareil cas, par la défectuofité de celui dans lequel on s'étoit préfenté d'abord. Cet ordre eft donc préférable à tout autre, qui autant & plus avan-

C ij

tageux pour le *premier moment*, fuffit pour le fecond, n'a befoin que de lui-même pour pouffer fa victoire ou reparer le
défavantage de la premiere charge, fi on en a eu dans quelque partie de la ligne.

Mais fuppofons que l'ennemi laiffe le temps au Bataillon
découvert de faire tout ce qu'il lui plaira, & que celui-ci ait
toute la difcipline & la fermeté néceffaires pour cela, que fera-
t-il ? doubler ou tripler les files ; cela ne fert à rien, les flancs
font toujours foibles, à moins qu'il n'approche de la profondeur
de la Colonne. Se formera-t-il en rond ou en quarré ? On
verra quand j'en ferai à l'examen de ces ordres que ce n'eft
pas une reffource bien admirable, quoique meilleure ici qu'en
aucune autre circonftance où on puiffe l'employer ; mais encore a-t-elle un grand défaut, le corps qui aura pris cette
difpofition fera cloué là, il ne pourra plus remuer, impunément du moins, pour peu que l'ennemi laiffe quelques troupes à le tenir en échec : d'ailleurs, fi cet ennemi eft en Colonnes ou feulement dans un ordre plus profond qu'à l'ordinaire, le rond ni le quarré ne feront pas en état de réfifter : lorfque, entré dans la ligne & courant dans les flancs,
il rencontrera une de ces figures, cela l'étonnera peu, l'arrêtera encore moins, il la brifera & continuera fon chemin
& fon ravage.

Dira-t-on que lorfqu'un Bataillon fera chaffé de la ligne,
les collatéraux feront tête fur le flanc par un quart de converfion ? ils ne le feront pas fur le centre, comme on voit
en *X*, (Planche 1, fig. 1.) ils tendroient le flanc à la ligne
ennemie, il faudra donc faire le mouvement en arriere, comme on voit en *C*, & il en fera plus long de moitié : de plus,
fi dans la ligne il y a quelques intervalles, c'eft encore autant de chemin à faire après le quart de converfion ; fi le
Bataillon *A* avoit refté au point où il l'a fini, il préfenteroit
le flanc à l'ennemi. Mais je ne veux point ici differter fur
le danger, la longueur & la difficulté de ces mouvemens,
je fuppofe qu'ils fe font bien & à tems, les troupes ayant
toute la fermeté, l'ennemi toute la lenteur qu'on peut défirer, qu'en réfultera-t-il ? cela n'aura fervi qu'à augmenter
la bréche qui étoit dans la ligne, pour un Bataillon en voilà

trois de déplacés, & tout à l'heure cinq; car les deux côtés
de la bréche font deux portions de Bataillon quarré vuide,
préfentantes à l'ennemi un angle très-foible qu'il renverfera
aifément. On dira peut-être que cet angle & toute la face
latérale font protégés par la feconde ligne; cela fait une protection un peu éloignée, je ne crois pas qu'elle fervît beaucoup, même contre des Bataillons qui perdent du tems &
apportent par leur converfion un flanc foible au devant de
cette feconde ligne; contre des Colonnes il eft fûr qu'elle ne
fera d'aucune utilité, mais il n'eft pas moins inutile de m'arrêter à le prouver, puifque ces mouvemens n'auront pas lieu
vis-à-vis d'elle.

Contre ce que je dis de la foibleffe de ces angles de quarré,
on dira peut-être que les deux Bataillons qui ont fait le quart
de converfion en arriere, forment deux flancs, dont le feu
croifé joint fur-tout à celui de la feconde ligne qui bat de
front, rend les angles difficiles à aborder, les faces latérales
encore davantage : je réponds à cela premierement, que le
feu de la feconde ligne eft à compter pour peu de chofe, à
moins qu'elle ne foit beaucoup plus près qu'elle n'eft ordinairement, & même dans ce cas défendroit l'angle affez mal;
fecondement, que l'ennemi marchant contre un angle P, n'effuye point le feu du Bataillon A, qui en eft éloigné de plus
de 150 toifes fi la ligne étoit pleine, de plus de 200 s'il y
avoit des efpaces de 10 ou 12 toifes; troifiémement, que
quand les deux flancs fe trouveroient à portée de faire le feu
le plus vif & le mieux dirigé pour la défenfe des angles, l'ennemi n'en foufffiroit point; car pendant qu'on prendra cette
difpofition, qu'on fera ces converfions, on ne tirera pas, &
dès qu'elles feront finies, fi même l'ennemi en a donné le
tems, il chargera cet angle, & alors il ne fera plus queftion de tirer des coups de fufil.

Le Marquis de Santa-Cruz pour empêcher qu'une ligne ne
foit repliée auffi-tôt qu'elle aura été percée quelque part,
met en interligne des corps, qui par des converfions fe trouveront fur les flancs de l'ennemi lorfqu'il entrera. On peut
juger par ce que je viens de dire que ce reméde n'eft pas très-
fûr; il racourcit d'ailleurs beaucoup le front de l'armée, &

pour tout autre fyftême que le nôtre, c'eft un inconvénient.
J'aurois plus de foi aux corps que le même auteur met dans
fa ligne d'efpace en efpace fur 30 de front, 16 de profondeur, ce qui fait des points de force où l'ennemi fe trouvera
arrêté ; de forte que, comme le dit cet auteur célébre, il n'arrivera peut-être pas grand mal à la ligne pour avoir été percée ; mais il faut avouer que ces corps de 30 de front fur 16
de hauteur, reffemblent bien aux Colonnes.

Voici encore un reméde à la foibleffe des flancs que je
trouve dans le Maréchal de Puiségur, *que les foldats de la
droite & de la gauche fe tournent un peu, de façon à en arrondir
le flanc pour faire tête à l'ennemi* : que diroit-on fi un ordre que
l'on propoferoit aujourdhui, fi la Colonne, par exemple, fe
trouvoit quelquefois réduite à de pareilles reffources ? ce flanc
de 4 hommes arrondi foutiendra-t-il l'attaque d'un pelotton
de 25 ?

Rien ne prouve mieux que l'expérience combien tous ces
remédes à la foibleffe des flancs font impraticables ou inutiles ; on ne voit point une armée manquer d'être battue lorfque l'ennemi a percé la ligne, où, fi on l'a vû quelquefois,
c'eft qu'en même tems l'ennemi fe trouvoit avoir le même
défavantage dans d'autres parties, & il falloit bien que le
champ de bataille reftât à un des deux ; d'autres fois une ligne percée a pû fe rétablir par la lenteur & la molleffe de
l'ennemi, le plus fouvent parce que l'on fe battoit de loin,
au moyen de quoi il n'a pû entrer dans la ligne avant qu'on
ait remplacé le corps qui avoit fui.

Si l'inconvenient de la foibleffe des flancs ne fe faifoit fentir qu'après quelque défavantage, ce feroit peu de chofe encore, mais il précéde le combat & ne finit pas par la victoire. (a) En marchant à l'ennemi la crainte de déranger la
ligne, & par là découvrir les flancs, oblige de marcher
très - lentement ; fi l'on a pris quelque avantage, la même
crainte empêche de le pouffer vivement, il faut toujours que
la ligne fe conferve droite & toute d'une piéce, tant qu'il
refte des ennemis, autrement on court rifque d'être ramené.

_____

(a) On verra tout ceci plus amplement dans la fuite.

Voilà encore un de ces inconvéniens que le Maréchal de Puiségur ne nous dissimule point : ,, si un Bataillon pouſſant ,, ce qui eſt devant ſoi, un autre venoit pour lui tomber ſur les ,, flancs...... ſix Compagnies marcheroient à ce Bataillon qui ,, ſeroit en tête, & ſix feroient un quart de converſion pour ,, aller à celui qui veut tomber ſur le flanc. ,, Le reméde n'eſt pas trop ſûr, oppoſer à l'ennemi la moitié moins de troupes dans un ordre pareil au ſien ; & parce qu'on ne pouvoit garantir deux flancs en faire quatre, je ne m'y fierois pas ; mais que faire de mieux avec des Bataillons ? Le Maréchal a bien ſenti la foibleſſe & le danger d'une pareille manœuvre : *ce n'eſt*, dit-il, *qu'avec du courage & de la préſence d'eſprit qu'on peut ſe tirer de ces fâcheuſes ſituations* ; mais ſi l'ennemi ne manque ni de l'un ni de l'autre, on ne s'en tirera point.

J'ai dit que la profondeur aſſure les flancs, & c'eſt une vérité qui paroît avouée de toutes les nations & de tous les ſiécles ; on nous l'a pourtant conteſtée. Ce n'eſt pas ici la place de répondre ; mais quoique les réponſes que je ferai me paroiſſent très-ſuffiſantes, je ne me diſpenſerai pas de placer ici quelques petites obſervations qui pourroient y ſuppléer dans le beſoin.

Si une ordonnance avoit les flancs foibles, mais chargeoit ſi bruſquement & ſi vîte que l'ennemi n'eût pas le tems de ſe replier pour les embraſſer, de cette foibleſſe il n'arriveroit aucun accident ; quand le recourbement ſe feroit il ne ſeroit point du tout dangereux pour le flanc, que je ſuppoſe toujours foible, ſi ce flanc devenoit front par un mouvement beaucoup plus court & plus aiſé que la converſion de l'ennemi ; quand le flanc ne deviendroit pas front, il craindroit encore fort peu d'être attaqué, ſi l'ennemi ne pouvoit le faire ſans ſe faire charger en flanc lui-même, ſoit que la troupe dont nous parlons eut cette protection en elle-même ou d'ailleurs, à plus forte raiſon ſi elle avoit les deux à la fois. Le lecteur ſe démontrera en avançant dans cet ouvrage que toutes ces circonſtances ſe trouvent dans la Colonne & concourent à aſſurer ſes flancs, d'où il ſuit qu'elle poſſéderoit la propriété qui fait le ſujet de cet article, plus parfaitement même que les ordres faits uniquement pour cela, quand il ne ſeroit pas vrai que la hauteur des files feule la lui donne.

Je ne tenterai point d'expofer dans cet article tous les avantages qui naiffent de la fécurité des flancs, toute l'incommodité que reffent l'ordre accoutumé du défaut de cette propriété ; j'en ai déja touché quelque chofe, j'y reviendra fouvent, & je n'épuiferai pas la matiére ; c'eft la partie brillante du fyftême, c'eft cette propriété qui met les Colonnes dans le cas de ne jamais compter leurs ennemis & de fe prêter avec la plus grande facilité à toutes les difpofitions que peut imaginer un Général habile pour multiplier fes avantages & déconcerter fon ennemi.

Mais le plus grand fans contredit que donne à la Colonne la fécurité des flancs, c'eft l'indépendance : qu'un Bataillon foit rompu, fon voifin ne peut tenir un moment ; fi le vainqueur ne s'endort point, le mal eft fans reméde ; ôter un Bataillon de la ligne c'eft rompre un anneau d'une chaîne, auffi a-t-on vû plufieurs fois la mauvaife manœuvre d'un feul corps faire perdre la Bataille, & cela arriveroit bien plus fouvent encore fi on ne fe battoit de loin, & fi la lenteur des Bataillons vainqueurs ne donnoit quelquefois à la chaîne rompue le tems de fe renouer, ne pouvant pas courir comme les Colonnes dans les flancs des corps ennemis, & ayant au préalable un quart de converfion à faire.

Les Colonnes ne craignant point pour leurs flancs, s'il y en a quelqu'une battue & chaffée de la ligne, cela ne fait rien aux collatérales, (a) non-feulement elles ne font pas obligées de plier, mais elles courent beaucoup moins de danger que le Bataillon vainqueur qui voudroit charger leurs flancs ; d'où il fuit que fi une ligne de 50 Bataillons combat une ligne de 50 Colonnes, que ces dernieres n'étant pas à beaucoup près égales en valeur aux Bataillons, trouvent le fecret d'avoir tout le défavantage de la premiere charge, malgré la fupériorité de l'ordre ; de forte qu'il y ait 7 ou 8 Colonnes rompues & feulement deux Bataillons, la victoire demeurera cependant aux Colonnes, parce que la fuite de quel-

_____

(a) Cela fera prouvé encore plufieurs fois, & particulierement au ch. VIII, art. II.

ques-unes

ques-unes d'elles n'aura pas eu de suites bien considérables ni
bien promptes, aura peu influé sur la décision du combat, au
lieu que dans les parties où les Bataillons auront eu du défavantage, les Colonnes victorieuses courant rapidement dans
les flancs de ceux qui restent en ligne, mettront dans le moment tout en désordre. Cet avantage de gagner la bataille lors
même qu'on a eu plus de corps déplacés que l'ennemi, est si
important, si énorme, que je ne crains pas d'avancer qu'une
nation qui l'auroit sur ses voisins ne pourroit jamais être battue, puisque dans toutes les batailles il y a toujours quelques
corps vainqueurs dans chacune des deux armées, & qu'avec
cet avantage il faudroit pour être battue que toute la ligne
tournât le dos à la premiere charge, sans rendre aucun combat, sans prendre dans aucune partie le plus petit avantage.

En voilà assez pour le présent sur la sécurité des flancs,
cette matiére m'a même entraîné à bien des choses auxquelles je serai obligé de revenir. Je finirai cet article par une réflexion que je crois juste. Ne voyant aucun ordre qui ait cette
propriété, on s'est aveuglé sur sa nécessité, on ne la voit plus
dans toute son étendue. Si jamais on adoptoit le systême, on
ne feroit pas deux campagnes sans être étonné de la prodi-
gieuse différence qu'elle apporteroit dans l'art de la guerre,
on ne pourroit plus concevoir comment toutes les nations &
tous les siécles ont pû se passer de quelque chose si nécessaire.

ARTICLE III.

Légéreté.

Avant d'examiner la pesanteur du Bataillon & la légéreté
de la Colonne, je ne peux m'empêcher de dire quelque chose
de l'importance de cette propriété, quoique cela soit peut-
être peu nécessaire, & que personne n'ignore combien elle
est essentielle.

Le premier avantage de la légéreté, c'est qu'elle augmente
la violence du choc, unit, comme nous avons dit dans le
discours préliminaire, la vîtesse à la masse pour faire un grand
effort, une force mouvante plus capable de renverser l'ennemi.

D.

Le second, c'est qu'elle encourage le soldat, étonne l'ennemi ; une troupe qui court à la charge ne s'amuse pas à regarder derriere elle, chacun s'anime, s'échauffe, s'étourdit sur le danger, ne pense qu'à joindre promptement l'ennemi, croit qu'on le méprise ; quelqu'un même qui penseroit différemment, ne peut supposer la moindre inquiétude à ses camarades, qu'il voit aller de si bonne grace, & se croit sûr de la victoire par leur valeur. Cette vitesse fait sur l'ennemi un effet tout opposé, voyant qu'on ne le craint guères, il craint lui-même, & tandis que le danger s'approche à grands pas, se dépêche aussi de faire des réflexions, qui souvent le conduisent à ne pas l'attendre : c'est le sentiment de Végéce : *Bellator cum cursu veniens adversarii perstringit oculos, mentemque deterret.* (a) La lenteur au contraire éteint l'ardeur du soldat, & non-seulement lui laisse voir le danger tout entier, mais le grossit à ses yeux, la circonspection avec laquelle on marche semble l'avertir que c'est une affaire très-sérieuse.

Un troisiéme avantage de la légéreté, c'est qu'elle épargne les hommes ; n'essuyant le feu de l'ennemi qu'un moment, on arrive à lui presque sans perte ; ce feu d'ailleurs est bien moins rédoutable & bien moins assuré : c'est un fait d'expérience dont on sent assez la raison.

Un quatriéme, qui n'est pas encore à négliger, c'est qu'elle prévient tous les mouvemens que l'ennemi pourroit faire, il n'en est guères d'assez prompts pour les entreprendre devant une armée qu'on aura sur les bras dans la minute ; c'est l'avantage de la cavalerie contre l'infanterie. Que sert à un Ba-

---

(a) Rien ne prouve mieux l'effet de la vitesse, tant sur les troupes que sur l'ennemi, & la force qu'elle donne à la charge, que la méthode que l'on a vû réussir si souvent aux François, mais qui a un peu passé de mode : les Officiers vouloient charger, & très-brusquement, sçachant bien que c'étoit de cette maniere que la nation étoit la plus rédoutable ; ils sçavoient bien aussi qu'étant en Bataillons, ils ne pouvoient pas courir en ordre, ils s'en détachoient, sûrs que la légéreté les en dédommageroit bien, & quand ils étoient à une petite distance de l'ennemi, partoient comme des fous, se jettoient sur lui, criant à moi ; la troupe les imitoit, chargeoit sur leurs pas par petites troupes assez mal arrangées, où plûtôt tout-à-fait en désordre, cela n'empêchoit pas de percer, si grand est l'effet de cette impétuosité. C'étoit là cette premiere charge Françoise si rédoutable, on peut s'imaginer ce qu'elle seroit si on pouvoit faire une attaque unie & serrée avec la même violence.

taillon de déborder les flancs très-foibles d'un Efcadron, qui paffe fur lui comme un trait, & fans lui laiffer le tems de fe replier pour les charger ?

De tout ceci on doit conclure que la légéreté eft une propriété très-effentielle, & que de deux ordres celui qui a la facilité de marcher plus vîte fans dérangement, a un grand avantage fur l'autre.

Mais à quel point peut-on augmenter la légéreté d'une troupe ? au point de la faire courir en bataille ; ceci eft neuf dans notre fiécle : il faut donc un peu de latin, afin qu'on ne me faffe pas honneur d'une idée qu'on trouvera folle.

Végéce nous a déja parlé de charger en courant, *cum curfu*: il nous dit encore plus pofitivement que le pas militaire des Romains étoit de 20 milles en 5 heures d'été, ce qui revient par heure de 60 minutes à 2400 toifes, que le pas plein étoit de 24 milles dans le même-tems : dès que vous paffez cette vîteffe, dit-il, ce devient la courfe, dont on ne peut pas abfolument déterminer l'efpace ; mais il eft fort néceffaire d'y exercer les troupes, afin qu'elles foient capables d'un plus grand effort, d'une charge plus violente. (*a*).

C'étoit donc l'ufage des Romains de charger en (*b*) courant, & un ufage dont ils ne s'écartoient guères. Les autres peuples d'Italie, avant d'être fous leur empire, en ufoient

---

(*a*) *Militari ergo gradu viginti millia paffuum horir quinque duntaxat æftivis conficienda funt : pleno autem gradu qui citatior eft, totidem horis 24 millia peragenda funt ; quidquid addideris jam curfus eft, cujus fpatium non poteft diffiniri ; fed ad eurfum præcipuè affuefaciendi funt juniores, ut majore impetu in hoftes procurrant.*

(*b*) On aura de la peine à fe mettre ceci dans l'efprit, fi on fe fouvient que Végéce a comparé la Légion Romaine à un mur de fer, a dit ailleurs : *Jus Legionis eft facilè nec fugere nec fequi.* Mais il ne faut pas donner à ces expreffions un fens trop étendu, puifqu'elles contrediroient tous les hiftoriens, & le paffage que je viens de rapporter de Végéce lui-même. Tant qu'il reftoit des ennemis, toute l'armée Romaine ne pouvoit pas

fuivre également, les feuls corps devant qui on avoit plié auroient pû fpouffer leur avantage ; mais comme les autres à qui on réfiftoit encore ne les auroient pas fuivis, cela auroit rompu l'ordre de bataille, & découvert les flancs des Cohortes ; c'eft ce que les Romains ne vouloient pas, & c'eft pourquoi les pefamment armés reftoient comme un mur de fer ; mais lorfqu'il n'étoit queftion que d'arriver à l'ennemi, ou encore lorfqu'on le pourfuivoit après avoir abfolument renverfé toute fa ligne, rien n'empêchant les Cohortes de marcher auffi vîte les unes que les autres & toutes de front, elles s'abandonnoient à toute leur légéreté, & le mur de fer couroit à toutes jambes.

de même. On trouve cette méthode dans un paſſage de Tite-Live , qui montre en même-tems combien elle étoit rédoutable : *Prælio inito , adeò concitato impetu ſe intulerant Etruſci , ut ipſo incurſu funderent Aricinos.*

On voit dans Plutarque que *Sylla mena ſon aîle droite ſi vivement*, dans la bataille contre (a) Archelaüs, *que franchiſſant avec une extrême rapidité l'eſpace qui étoit entre les deux armées , il empêcha l'action des chariots armés de faulx.*

Quand ces traits ne prouveroient pas que ce fût l'uſage des Romains , au moins prouveroient-ils qu'ils chargeoient en courant quand ils vouloient , & que cela leur réüſſiſſoit très-bien ; mais c'étoit ſi bien leur méthode, qu'ils n'avoient pas d'autre terme pour exprimer l'action de charger, que le mot *concurrere* ; & ſi l'on m'accuſe de le prendre mal à propos au pied de la lettre, on n'a qu'à lire toutes leurs hiſtoires, on verra ſi j'ai tort de l'entendre ainſi. Attachons-nous au récit de la bataille de Pharſale.

Céſar commence par nous dire que ſon armée voyant celle de Pompée attendre le choc de pied ferme , s'arrêta au milieu de ſa courſe , parce que l'eſpace à parcourir ſe trouvant doublé, elle craignit d'arriver hors d'haleine ; *ne conſumptis viribus appropinquarent.* Et quand il dit que ſes troupes s'arrêtèrent , il ne dit pas *gradum ſteterunt* , mais *curſum repreſſerunt.* Elles couroient donc très-réellement , & ſans cela il n'y auroit pas eû à craindre d'être hors d'haleine abordant l'ennemi. Après un inſtant de repos , ou du moins de marche plus tranquille ; l'armée s'ébranle une ſeconde fois pour charger. Comment ? *Renovato curſu.* Je ne rapporterai pas tout ſon récit qui eſt un peu long ; mais ſi l'on veut y faire attention , on verra que les deux premieres lignes, la troiſiéme, la réſerve des ſix Cohortes de la droite , chargérent en tems différent , mais toutes en courant , & fort vîte. C'eſt ce qui rendoit l'abord des Romains ſi redoutable, que ſouvent leurs ennemis ne pûrent le ſoutenir un moment. Je n'aſſurerai pas que ce fût chez les Grecs & les Perſes un uſage établi ; je citerois bien des occaſions où ils ont chargé

(a) La même bataille de Cheronée dont j'ai déja parlé.

en courant, Cunaxa, Marathon, Iffus, &c. (a)

Màis, dira-t-on, quand il feroit poffible de courir en bataille fans défordre, quel eft l'homme qui feroit en état de
combattre, après avoir franchi avec tant de rapidité un fi
long efpace ? Celui qui y feroit un peu exercé. Frontin nous
apprend que Ventidius dans une action contre les Parthes,
ne fit partir fes troupes que lorfque l'ennemi fut à 500 pas,
& qu'alors l'armée courut fi vîte, qu'abordant les Barbares
dans le moment, elle rendit leurs fléches inutiles, ce qui
fit encore un autre bon effet, donnant aux Romains un air
d'audace & de confiance qui étonna les ennemis. Quand ces
500 pas ne feroient pas des pas géométriques, mais des pas
de 2 pieds, cela feroit toujours 166 toifes. Il n'eft pas néceffaire, ni même utile aujourdhui de prendre fa courfe de
plus loin, puifque cela paffe la portée du fufil. Cet exemple de Frontin n'eft rien moins qu'unique. On voit par plufieurs paffages des anciens, qu'on laiffoit entre deux armées
un efpace bien plus que fuffifant pour n'être pas à portée
des fléches de l'ennemi, & quand chacune faifoit la moitié
du chemin, c'étoit toujours d'une haleine.

A Pharfale il n'y avoit entre les deux armées que l'efpace néceffaire pour le choc, c'eft-à-dire, pour la courfe, *ad
concurfum*. Le Maréchal de Puifégur prouve que c'étoit environ 110 * toifes. Les troupes de Céfar le parcoururent tout
entier, mais reprirent au milieu, & n'en firent que la moitié d'une haleine ; c'eft beaucoup moins que celles de Ventidius. Mais quand nous fuppoferions qu'on ne peut courir que 55 toifes, on iroit tout doucement jufqu'à cette diftance de la ligne ennemie, & jufques là le feu n'eft pas fort
à craindre ; de là on partiroit pour franchir le refte de l'efpace
où il devient plus dangereux, ou bien encore on partiroit
de 110 toifes reprenant haleine au milieu, comme l'armée
de Céfar ; mais je n'aimerois pas cette maniere ; à moins
d'être bien fûr des troupes.

*Par ce que dit
Céfar dans le pre-
mier livre de la
guerre civile,
qu'entre le camp
d'Afranius & le
fien il y avo't
2000 pieds, dont
les deux armées
occupoient les
deux tiers, le ref-
te *vacabat ad in-
curfum.*

(a) Alexandre marcha d'abord au petit pas & en bon ordre, pour ne point
rompre les rangs ni le front de la Phalange ; mais comme il fut à la portée du
trait, il courut avec impétuofité vers la
riviere, pour étonner les Barbares &
rendre leurs fléches inutiles. *Arrien.*

Au reste ce n'est qu'à l'exercice, & ce ne sera pas le premier jour qu'on pourra voir de quelle longueur de course les troupes sont capables. En attendant on peut assûrer que ce qui fût possible aux Romains, l'est aux François, que ceux-ci ont même sur les premiers beaucoup d'avantage, étant armés bien plus légérement, & ayant plus de vivacité; mais on ne peut trop le répeter, il faut s'y exercer comme eux. Après la prise de Carthagène, Scipion donnant quelques jours à faire manœuvrer ses troupes, consacra le premier à la course, & ne leur fit faire autre chose que parcourir en armes l'espace de 4000 pas. Le cinquiéme jour il fit encore la même chose.

Nous avons vû qu'il est fort avantageux pour une troupe de pouvoir marcher légérement sans desordre, à plus forte raison de pouvoir courir en bataille; nous venons de voir que cette idée qui paroît folle aujourdhui, n'est rien moins que chimérique, puisque les Cohortes Romaines avoient cette propriété; la Colonne aussi légére qu'une ordonnance puisse l'être courra tout aussi bien qu'elles. Quel avantage si on la compare à un ordre aussi pesant que le Bataillon! On ne peut guères prendre plus mal son tems pour lui reprocher ce défaut. Ce n'est pas dans un moment où on est tout émerveillé de son agilité, où les troupes marchent mieux qu'elles n'ayent jamais fait, qu'il faut lui faire cette querelle. Mais qu'est-ce que cette vitesse? Ne comparons pas le Bataillon marchant bien, au Bataillon marchant mal; comparons-le à une ordonnance véritablement légére, nous le trouverons encore très-pesant. La marche cadencée que l'on a apprise aux troupes empêchant à certain point le Bataillon de se desunir, & mettant plus d'uniformité dans le mouvement, diminue considérablement le flottement, & met le Bataillon qui ne pouvoit marcher un peu vite sans se rompre, au point de parcourir 40 & même 43 toises par minute: c'est quelque chose. Mais ce pas redoublé n'est que le pas militaire des Romains, ce n'est pas leur pas accéléré, beaucoup moins leur course. La plus grande légéreté d'un Bataillon bien exercé marchant en terrein égal & loin des coups de fusil, est donc fort inférieure à celle d'une Cohorte ou d'une Colonne. Il ne faut pas croire encore que devant l'ennemi le Bataillon confervera fa plus grande légéreté, qu'il marchera comme à l'exercice. Cette légéreté ne fubfifte en lui, qu'autant que tout le monde marche avec beaucoup d'harmonie, ce qui ne peut fe faire que par une troupe bien exercée, & bien attentive. Mais en tems de guerre il y a toujours beaucoup de foldats neufs, qui par conféquent ne font pas bien exercés, & il n'en faut qu'un très-petit nombre qui marche mal, pour déconcerter toute cette harmonie. Il ne faut pas compter non plus fur l'attention entiere de toute la troupe. Les coups de fufil donnent des diftractions; ils font quelque chofe de pis encore, ils tuent du monde, cela fait perdre la mefure à une partie des furvivans, il eft même impoffible que cela foit autrement; car il faut fe refferrer, cela dérange ce mouvement uniforme en avant, pour le rattrapper il faudroit arrêter toute la troupe & la faire repartir enfemble. Je conclus que cette marche cadencée ne s'exécutera pas parfaitement dans l'action, tout ce qui en reftera c'eft que la troupe marchera beaucoup mieux qu'une autre qui n'auroit pas été exercée de la même maniere: mais quel efpace parcourra-t-elle? c'eft ce que ne peut dire ni moi ni perfonne, cela varie felon les circonftances & felon la différence des troupes; il eft certain feulement qu'elle parcourra tout au plus 40 toifes par minutes, c'eft le *nec plus ultrà.*

Cette maladie incurable qui s'oppofe à la vîteffe du Bataillon, le flottement ne peut être attribué qu'à la trop grande étendue du front & la foibleffe des files. *Cette grande étendue de 150 hommes fans intervalle,* dit le Maréchal de Saxe déja cité à ce fujet, *fur-tout devant marcher ferrés, eft très-difficile à mouvoir fans flottement, encore le plus fouvent les Bataillons crévent & fe rompent; on ne peut remédier à cet accident qu'en faifant halte, & fi cela arrive en préfence de l'ennemi, on court rifque d'être battu.*

Je m'arrête peut-être trop long-tems à quelque chofe de fi clair, mais on me le pardonnera; ce point eft affez important & affez décifif en notre faveur.

Le nom de flottement a été employé par les Romains avant

nous, pour exprimer le mouvement d'ondulation qui fe fait fur le front d'un corps étendu en marchant ; & dans un cas où ce flottement eft très-grand, Plutarque le compare à une tourmente. Ces expreffions font juftes autant qu'énergiques ; c'eft réellement le même mouvement, il a les mêmes pro- priétés. Dans une petite riviere un grand vent ride à peine la furface de l'eau, un beaucoup moindre éléve des flots dans un grand fleuve, parce que dans celui-ci ces flots s'augmen- tent, fe nourriffent les uns des autres ; ainfi les mêmes cau- fes, difficulté du terrein, vîteffe de la marche, mal-adreffe de la troupe, ne produiront prefque aucun dérangement dans une ordonnance à petit front, tandis que dans une plus éten- due le défordre fe répétant, fe multipliant par chaque foldat, fe trouvera au point de la rompre entierement.

Quand l'étendue du front ne rendroit pas l'ordre plus diffi- cile à maintenir pour chacun en particulier, il y a une rai- fon bien fimple qui rendroit toujours le défordre plus rare dans un front court. Pour qu'un Bataillon fe rompe, il fuffit qu'il foit rompu dans quelque partie : de 6 divifions de 24 de front, une feule qui fe dérange va le mettre en défordre, ou du moins oblige les 5 autres de s'arrêter & d'attendre qu'il foit réparé : dans la Colonne il faut que cette divifion nom- mément de 24 de front fe dérange ; quand elle eft en ordre toute la troupe y eft, quand même elle fe dérangeroit il n'eft pas fûr qu'elle dérangeroit les autres.

L'expérience prouve mieux qu'aucun raifonnement & que toutes les autorités du monde, la facilité de marcher fur un petit front fans défordre, la difficulté de l'éviter quand on eft fur un grand. Qu'on prenne une troupe toute neuve, qu'on veuille lui apprendre à marcher, on la met d'abord en pe- lottons qui ont à peu près l'étendue du front de la Colonne, & dès les premiers jours cela va à merveille ; on met enfuite les foldats en Bataillon, ils ne fçavent plus ce qu'ils font. Il en eft de même des troupes exercées ; marchent-elles par di- vifion, rien de fi beau ; marchent-elles en bataille, cela devient fort différent. Mettez 100 hommes de milice levés depuis deux mois à 4 de hauteur, faites-les marcher à côté d'un Bataillon bien exercé, faites marcher légérement les

deux

deux troupes, fans jamais de halte pour les redreffer, vous verrez laquelle fe rompra la premiere.

La hauteur des files contribue encore beaucoup à préve‑ nir le flottement. Quatre rangs fe dérangent plus aifément que 8, & 8 plus que 16 : les rangs fe réglent & fe foutiennent les uns les autres, cela eft évident. Mais comme cette caufe n'eft pas la principale, je m'en fervirai peu.

Puifque c'eft la crainte du défordre (*a*) qui empêche une troupe de marcher auffi vîte qu'un homme feul, & qu'il eft prouvé par la raifon & l'expérience que ce défordre eft plus ou moins à craindre, à proportion que le front eft plus ou moins étendu, le Bataillon eft plus pefant qu'aucune ordonnan‑ ce ancienne & moderne, puifque c'eft la plus allongée, (*b*) la Colonne eft la plus légére, puifque c'eft celle dont le front eft le moins étendu. Et puifqu'une Cohorte Romaine char‑ geoit en courant, à plus forte raifon la Colonne fera la mê‑ me chofe.

Si quelque ordonnance pouvoit approcher de la légéreté de la nôtre, ce feroit fans doute les petits Bataillons du Ma‑ réchal de Saxe. Leur front réduit à 50, ils n'ont plus cette horrible pefanteur des grands, mais ils ne laiffent pas d'avoir encore quelque flottement à craindre par la foibleffe des fi‑ les, ce front d'ailleurs eft toujours double de celui de la Co‑ lonne. Il eft vrai que lorfqu'on veut de la vîteffe, on peut leur faire doubler les files, alors ils n'auront rien à défirer à cet égard. Dans leur état naturel je crois difficile (*c*) de les faire courir : je n'oferois pourtant pas avancer que cela eft impoffible. J'imagine qu'en Cohortes toute autre nation que les Romains exercés fupérieurement, auroit eu bien de la peine à pouffer fi loin la légéreté. Cet ordre devoit pourtant en avoir un peu plus que celui du Maréchal de Saxe. Les

(*a*) L'Officier général Hollandois qui a tant critiqué Folard, a eu à ce fujet une bonne idée. Dans quelque occafion où la légéreté de la Colonne l'embarraffoit apparemment, il dit qu'après tout le Ba‑ taillon arrivera auffi vîte qu'elle, *au bon ordre près* : lui‑même avoit dit dans fa premiere lettre que la Colonne femble *faite exprès* pour la légéreté.

(*b*) La Phalange l'étoit un peu davan‑ tage, mais en revanche n'étoit pas fi mince. Nous en parlerons ailleurs.

(*c*) Je ne parle ici de la courfe que pour chaque Bataillon en particulier ; car pour toute une ligne, cela eft encore bien plus difficile.

E

files étant ouvertes il étoit moins expofé au flottement, & le foldat avoit plus d'aifance pour courir. On ne manquera pas de rétorquer ces difficultés que j'objecte aux nouvelles Légions, à la Colonne qui a les files ferrés comme elles, mais le cas eft fort différent : premierement, fon épaiffeur & fa briéveté la garantiffent abfolument du flottement. A l'égard de l'aifance néceffaire pour courir, elle peut aifément & fans danger fe la procurer ; car s'il n'eft pas aifé de courir les files très-ferrées, il n'eft pas néceffaire non plus qu'elles foient très-ouvertes. Les Grecs ne leur donnoient que trois pieds, & couroient à merveille quand l'envie leur en prenoit ; je crois même qu'il n'en faut pas tant, c'eft ce que l'expérience apprendra. Cela pofé il faut un peu lâcher les files, & les refferrer au moment du choc. Or s'il eft long, difficile & dangereux pour le Bataillon de faire cette manœuvre, elle eft très-fimple & très-aifée pour la Colonne, comme nous avons vû à la fin du premier article. Le ferrement des files ne s'oppofera donc point à fa légéreté.

J'ai vû des gens qui lui refufoient cette propriété, prétendoient qu'elle eft au moins auffi pefante que l'ordre ordinaire. On pourroit en appeller à l'expérience qu'il eft aifé d'en faire, à celle qui s'eft faite fouvent par les anciens. Mais examinons ce qui peut retarder fa marche, voyons fi elle ne perd pas d'un côté ce qu'elle gagne de l'autre. Toute la différence qu'il y a entre les deux ordres fe réduit à ces deux points ; l'un a les rangs fort longs, les files fort courtes, l'autre tout au contraire. La premiere différence, comme je l'ai prouvé de refte, eft toute à l'avantage de la Colonne, lui donne la plus grande légéreté. La hauteur des files y nuit-elle en quelque chofe ? & dans le cas où cela feroit, ce qu'elle ôte de vîteffe peut-il fe comparer à ce qu'en ôte au Bataillon l'étendue du front ? La queftion n'eft pas épineufe. La feule chofe qui retarde une troupe, comme je l'ai tant dit, & comme on le fçait fi bien, eft la crainte du défordre ; il faut à chaque inftant faire halte pour le réparer, fi on ne l'a prévenu par la lenteur. Il y a dans le Bataillon beaucoup de dérangement à craindre de la part des rangs, point du tout de la part des files. Dans la Colonne il n'y en a point de la part des rangs; quand il y en auroit un peu de la part des files, cela ne feroit jamais comparable à celui des rangs du Bataillon, la longueur des files de la Colonne n'en approchant pas; mais quand elles feroient de 300 au lieu d'être de 32, elles n'en occafionneroient point du tout. Nos yeux font fitués de maniere que nous voyons très-bien devant nous, affez mal de côté; de-là il eft fort difficile de régler fon pas très-uniformément à celui des autres, fe tenant toujours alligné avec eux, & très-aifé de fuivre quelqu'un, fe tenant toujours derriere lui. Il eft donc bien plus facile de maintenir une file qu'un rang de même longueur; & cela eft fi vrai que lorfqu'on a un Bataillon très-mal exercé & qu'on ne peut venir à bout de le redreffer, on fait faire à droite à toute la troupe, alors les rangs devenus files s'allignent dans l'inftant.

Mais, dira-t-on, il ne fuffit pas d'être à l'abri du dérangement pour avoir toute la légéreté qu'on peut défirer; quand vous parlez de courir en bataille, comment comptez-vous mener la Colonne à la charge? la ferez-vous marcher ferrée ou laifferez-vous plus de jeu entre les rangs, comme 3 ou 4 pieds? Si elle eft ferrée non-feulement elle ne courra point, mais elle fera plus pefante que le Bataillon. Si elle a les rangs ouverts, elle pourra courir, foit; mais elle ne fera pas en force. A cela je réponds que la Colonne les rangs ouverts n'eft point en force à la vérité, mais qu'elle n'a pas befoin de forces pour marcher, & qu'au moment de la charge elle fera forte de refte. Suppofons que tandis qu'elle court en avant les rangs ouverts, un corps ennemi marche pour la charger en flanc; c'eft ce qui peut arriver de pis, n'eft-ce pas? Eh bien, je démontrerai dans le chapitre III, que quand elle auroit les rangs même plus ouverts qu'il n'eft néceffaire pour courir librement, elle fera refferrée & en force à tems pour battre l'ennemi, pourvû qu'elle faffe attention à lui lorfqu'il eft encore à 25 ou 30 pas, fuppofant, s'il vous plaît, qu'il court lui-même. Eft-ce par rapport à un corps contre lequel elle marche pour le charger de front, que l'on craint que la Colonne ayant les rangs ouverts ne fe trouve pas en force? J'avoue qu'elle n'y eft pas, tant que les rangs font ouverts, qu'elle n'a fa force totale que lorfqu'ils font tous ferrés. Mais il n'y

a pas grand mal à tout cela. L'expérience seule pouvant déterminer précisément quel espace il faut entre les rangs pour
courir, on ne peut apprendre que d'elle aussi quel tems précisément il faut pour resserrer tel nombre de rangs. Je suis
sûr, autant qu'on peut l'être sans avoir fait cette expérience
avec une Colonne, qu'elle courra facilement les rangs ouverts à 4 pieds. Cela ne seroit pas possible si l'on couroit comme des gens qui jouent aux barres, s'abandonnant en avant
de toute leur force, par conséquent d'une vîtesse inégale, &
dont ils ne sont pas maîtres; si les rangs qui ont à courir
étoient par leur étendue sujets au flottement & en prise aux
inégalités du terrein; enfin s'il falloit courir aussi long-tems
de suite, parce que le plus petit dérangement à force d'être
répété devient considérable. Mais la Colonne n'a pas toutes
ces difficultés. 1° Sa course ne sera pas abandonnée comme
celle dont je viens de parler, ce ne sera autre chose que
celle des coureurs, qui, quoique fort vîte, est unie, rete-
nue, mesurée, & dont on est très-fort le maître. 2° La briéveté de ses rangs la garantit du flottement, & même des inégalités du terrein; il en est peu de si gauche, qu'à en prendre une largeur de 8 toises il ne soit assez facile. 3° La Colonne n'a pas à courir long-tems de suite, dans ce cas où elle
marche à l'ennemi: dans tout autre il ne peut y avoir aucune
difficulté. Le feu n'est pas fort à craindre à 100 toises, &
rarement elle prendra la course de si loin. Mais supposons-le:
qui l'oblige à cette distance d'avoir les rangs serrés à 4 pieds?
elle peut en prendre 6, & même plus pour courir tout à son
aise, à mesure qu'elle approche se racourcir peu à peu; cela
est fort aisé, la tête n'accélérant point sa marche. A ce moyen
lorsqu'il sera question de se resserrer tout de bon, les rangs
se trouveront n'occuper que 4 pieds chacun, le dernier n'aura
sur le premier que 31 pas à regagner, le huitiéme n'en aura
que 7, ainsi des autres: le second rang forçant de vîtesse un
tems pour regagner un pas, n'a pas à craindre de se déranger, le premier qui est en ordre lui sert de régle, comme
il en sert lui-même au troisiéme. Cette compression de rangs
se fera donc très-vivement; les rangs qui se resserrent feront
bien tout au moins deux fois plus de chemin que ceux qui,

étant déja ferrés, ne font plus que marcher le pas redoublé;
la fuppofition n'eft pas trop forte. Si donc la Colonne qui
avoit les rangs ouverts à 4 pieds, commence à fe refferrer
à 30 pas de l'ennemi, elle fera maffe en l'abordant, &
frappera le coup de Phalange doublée. Si elle commence à
15, il n'y aura que 16 rangs de ferrés au premier coup de
pique, & le choc ne fera que celui de la Phalange. Si enfin
on marche jufqu'à 7 pas de l'ennemi avant de fe refferrer,
il n'y en aura que 8 en arrivant : il eft vrai que contre un
Bataillon à 3 de hauteur c'eft plus de force qu'il n'en faut.
On voit de là que foit que la Colonne ne fe refferre pas affez
adroitement, ce qui eft pourtant fort aifé pour peu qu'elle y
foit exercée, foit que la tête s'abandonnant trop à fa légéreté, ne laiffe pas à la queue, quoique celle-ci fe preffe tant
qu'elle peut, le moyen de faire la compreffion des rangs,
foit que les chefs la commandent un peu trop tard, foit que
l'ennemi s'avife de marcher quand on eft à 15 ou 20 pas de
lui, la Colonne au moment du choc aura toujours des forces
plus que fuffifantes pour être abfolument fûre de renverfer
le Bataillon ennemi; & quand n'ayant pas d'abord toute fa
force elle trouveroit quelque réfiftance, cela ne dureroit pas,
elle acheveroit très-promptement de fe refferrer tout en combattant. J'avoue que fi nous avions affaire à des Phalanges,
nous en uferions moins cavalierement; qu'avec la cavalerie
même, nous n'irons pas fi légérement. Mais contre la cavalerie nous n'avons pas befoin de cette grande légéreté; n'effuyant pas de feu nous marcherons comme le Bataillon, le
pas redoublé, les rangs ferrés, & parcourrons ainfi 40 toifes par minute. C'eft une expérience déja faite avec des Colonnes d'un front égal à la nôtre, & d'une profondeur plus
que double. Et quand il ne feroit pas poffible de faire marcher 32 rangs ainfi ferrés, il n'y auroit pas grand mal.
Chaque fection marcheroit féparément, il ne faudroit pour
cela que 2 pas de diftance de l'une à l'autre, cela feroit 6
que la derniere auroit à regagner pour refferrer entierement
la Colonne.

Sur cet article de la légéreté de la Colonne, je n'ai pas
dit tout ce que j'aurois pû dire, & je ne fçai pas même tout

E iij

ce que je pourrois fçavoir. Mais en attendant ceux qui n'ad-
mettront pas qu'elle puiffe courir n'ayant que 4 pieds pour
chaque rang, en mettront cinq, fix, comme ils voudront. Ils
conviendront toujours néceffairement, qu'allant à la charge
elle peut franchir en courant, au pied de la lettre, une bonne
partie de fa carriere; qu'elle peut faire toujours en courant,
tous les mouvemens d'où réfultent les changemens d'ordre,
& généralement tous ceux qui ne fe font pas fi près de l'ennemi, qu'elle n'ait pas le tems d'être refferrée, avant qu'il
puiffe la charger, tems qui, quelque fuppofition que l'on faffe,
fera toujours fort court; qu'elle peut courir encore, toutes
les fois qu'elle marche pour charger un flanc, puifqu'il n'eft
queftion que d'arriver, & qu'elle n'a pas befoin de force pour
le renverfer, ni à craindre d'être chargée de front. Enfin que
s'il eft des momens où elle ne peut courir, ce que je n'admets
point contre l'infanterie, ni même contre la cavalerie un peu
éloignée, dans ces cas du moins elle ne feroit pas inférieure
au Bataillon en vîteffe.

Puifque le grand nombre des rangs ne s'oppofe point à
la légéreté de la Colonne, & qu'elle n'a par conféquent aucun défaut particulier qui foit contraire à cette propriété,
qu'elle n'a point le défaut général des autres ordonnances,
l'étendue du front, qui caufe le flottement & le défordre,
par conféquent la lenteur, elle aura toute la légéreté qu'une
ordonnance peut avoir.

Mais il ne fuffit pas de marcher en avant fort vîte fans fe
déranger, de n'être pas gêné dans fes mouvemens, & arrêté
dans la ligne par la foibleffe des flancs; il faut marcher en
tout fens, fe gliffer facilement par le plus petit paffage qu'on
fe fera pratiqué dans la ligne ennemie, s'accommoder à toutes fortes de terreins & de difpofitions. Il faut qu'un ordre
ne foit pas léger feulement quand il eft tout d'une piéce,
mais que toutes fes parties féparément ayent la mobilité néceffaire, fe divifant & rejoignant facilement; qu'il puiffe prendre & quitter rapidement, dans l'affaire la plus engagée, les
différentes formes qu'on voudra lui donner, fe dérober aux
manœuvres de l'ennemi, les lui rendre même pernicieufes
portant tout l'effort fur les parties qu'il découvre.

La foibleffe des flancs, & l'étendue du front, rendent peu capable de tout ceci non-feulement le Bataillon, mais tout ce qui n'eft pas Colonne. C'eft ce qu'on remarquera en avançant. Pour ce qui eft des manœuvres proprement, cette matiere fera bientôt traitée dans un chapitre particulier.

ARTICLE IV.

Légéreté d'une ligne des Colonnes.

Ne traitant dans ce premier chapitre, des propriétés fon-damentales que par rapport à la Colonne comparée au Batail-lon en particulier, l'ordre le plus méthodique renvoyoit cet article à celui où je comparerai ces deux ordonnances, en bataille rangée : mais j'ai préféré de le placer ici, parce que cela me fauve des répétitions, que je voudrois bien pouvoir toujours éviter. C'eft par la même raifon que la légéreté d'une ligne de Colonnes, dans le combat, & lorfqu'il eft queftion d'achever la victoire, fe trouvera dans le chap. VIII, art. II.

Puifque la Colonne eft très-légére, & le Bataillon très-pefant, il faut bien qu'une ligne de Colonnes foit infiniment plus légére qu'une ligne de Bataillons; mais ce n'eft pas là tout. La différence de légéreté des deux lignes ne fe réduit pas à cette différence particuliere ; parce que la ligne de Colonnes n'eft pas moins légére qu'une Colonne feule, & la ligne de Bataillons bien plus pefante qu'un feul Bataillon.

,, En voyant marcher en ligne deux armées l'une devant
,, l'autre pour fe charger, il eft aifé, dit le Maréchal de
,, Puiſégur, de juger fuivant l'ordre & l'exactitude avec la-
,, quelle l'une ou l'autre marche, quelle eft celle qui bat-
,, tra l'autre. Car lorfque deux armées s'approchent en ba-
,, taille pour fe charger, des Bataillons ou Efcadrons qui
,, n'auront pas été bien inftruits, & exercés dans tous les
,, mouvemens qu'ils doivent pratiquer un jour d'action, vont
,, les uns plus vîte, les autres plus lentement, fe jettant trop
,, les uns fur la droite, les autres fur la gauche; de forte que
,, marchant hors de ligne ils découvrent tous leurs flancs, tandis
,, qu'une armée bien inftruite & habituée à ces mouvemens,

„ marche lentement, toutes ſes parties ſe reglent l'une ſur l'au-
„ tre, de maniere que celle qui ſe trouve trop avancée s'ar-
„ rête & attend les autres, & la ligne fait de tems en tems
„ halte pour ſe redreſſer & maintenir ſon ordre. „

On voit par ce paſſage que le dérangement de chaque Bataillon en particulier n'eſt qu'une des moindres cauſes du dérangement, & de la peſanteur de la ligne; & que quand chaque Bataillon pourroit ſeul marcher bien & vîte, la ligne
n'en ſeroit guères plus légére. Le Maréchal indique les deux
principales ſources de cette difficulté de marcher en ordre.
Pour les raſſembler toutes, rappellons-nous ce qu'a dit ailleurs
le même auteur, qu'une armée n'eſt autre choſe qu'un grand
Bataillon, comme un Bataillon eſt une petite armée. Puiſque ce qui retarde le Bataillon eſt le flottement, la crainte
du déſordre, & que ce flottement eſt d'autant plus difficile
à éviter, que le front eſt plus étendu; la ligne de Bataillons,
n'étant qu'un Bataillon d'une étendue immenſe, doit y être
infiniment ſujette. En vain répondroit-on qu'il y a des diviſions: elles n'empêchent pas que la ligne ne ſoit un ſeul
corps, ne doive être conſidérée comme telle, puiſque toutes ſes parties doivent ſe régler l'une ſur l'autre, ſont dé-
pendantes les unes des autres, comme ſi c'étoit réellement
un ſeul Bataillon.

Le Maréchal remarque d'abord qu'il eſt à craindre que
des corps qui ſont en ligne, les uns aillent plus vîte, les
autres plus lentement. Il eſt preſqu'impoſſible que cela ſoit
autrement, ſur-tout allant un peu vîte; & cela dérangera la
ligne à un point très-ſenſible, ſi on ne fait de fréquentes haltes
pour ſe redreſſer, parce que le dérangement augmente à
chaque inſtant: alors les flancs des corps les plus avancés ſont
tous découverts; mais ces flancs ſont la foibleſſe même,
les Bataillons n'ont de force qu'autant qu'ils ſont dans la
ligne, les plus avancés ſont donc ſûrs d'être battus, & par la
même raiſon les autres auſſitôt après.

La ſeconde cauſe du dérangement d'une ligne, obſervée
par le Maréchal, eſt que les corps en marchant ſe jetteront
les uns ſur la droite, les autres ſur la gauche. Qu'arrivera-t-
il de là? Si on étoit en ligne pleine, il ſe formera des vuides

des dans certaines parties, dans d'autres les corps se redoubleront, se confondront, ou plûtôt la ligne crévera. Si elle étoit tant pleine que vuide, ce dernier accident arrivera moins, mais en revanche il se trouvera dans quelques parties des intervalles d'une grandeur démesurée, qui donneront entrée à l'ennemi, & la plus grande facilité de mettre l'armée en déroute. Végéce a très-bien remarqué ce défaut, & le donne pour une des raisons qui font peu estimer des habiles sa premiere disposition, qui est l'ordre ordinaire dont nous parlons.

On rencontre à chaque pas dans le livre du Maréchal, combien il est difficile pour les Bataillons de se mettre en bataille, & de marcher devant eux quand ils y sont. *Sans principes*, dit-il, *ces marches, ces mouvemens ne peuvent s'exécuter. Avec des principes sans un grand exercice, & sans s'en être fait une étude on n'en approchera pas encore. Sans principes ni exercice ce n'est que confusion.* Il dit ailleurs que ,, des lignes si ,, étendues ne peuvent marcher sans se rompre, qu'en allant ,, doucement.... quand même elles seroient à cet égard dans ,, un grand usage, & qu'elles n'auroient à marcher que dans ,, une plaine unie, où il ne se rencontreroit aucune occasion de ,, rompre la ligne, la chose seroit bien difficile ; à plus forte ,, raison quand il se présente dans la marche des haies, villages, ou fossés, qui obligent de s'ouvrir & se reformer. ,,

Il faut donc, comme il le répéte si souvent, marcher lentement, & faire de fréquentes haltes. Il n'y a pas d'autre moyen de marcher en ligne, heureux encore si on peut la maintenir en ordre à ce prix. On a vû dans l'article précédent les avantages de la légéreté, les inconvéniens de la lenteur ; je ne puis pourtant m'empêcher de rapporter ici un passage de Tite-Live, que les fréquentes haltes des Bataillons me rappellent, & qui fait voir de quoi elles sont capables. *Cùm cursu penè adversum subissent, primò incerti restitêre, dein cum ipsa cunctatio his animum minuisset, & auxisset hosti, impulsi retro ruere.* Voilà l'effet d'une halte marchant à l'ennemi : elle refroidit l'ardeur du soldat, pour ne rien dire de plus ; fait un effet tout contraire sur l'ennemi, & la ligne qui s'est ainsi arrêtée, est toute prête à tourner le dos.

F

Si à préfent nous examinons la légéreté d'une ligne de Colonnes, nous verrons que n'ayant point à craindre les mêmes accidents que celle de Bataillons, elle aura la vîteſſe d'une ſeule. Chacune eſt indépendante des autres; être en ligne ou n'y être pas, ſont pour elles des circonſtances fort indifférentes. Une ligne de Colonnes ne fait point corps, c'eſt chaque Colonne qui eſt une petite armée à part.

La ligne de Colonnes courant à l'ennemi, il leur arrivera comme à des Bataillons de ne pas marcher toutes du même train, de ſorte que leurs têtes ne ſeront pas bien allignées. Quand je dis que cela leur arrivera comme à des Bataillons, cela n'eſt pas encore tout-à-fait vrai, parce que chacune en particulier ne ſe mettant pas en déſordre, aucune ne ſera retardée conſidérablement; mais ſuppoſons-le gratuitement. Suppoſons que la ligne ſe dérange, au point où on la voit, (pl. 1 fig. 2). Qu'en arrivera-t-il ? Que toutes ne chargeront pas dans le même inſtant les corps qu'elles ont en tête. Rien de plus. Les flancs ſont découverts, mais cela ne leur fait rien; ces flancs ſont auſſi forts que le front, & d'ailleurs l'impétuoſité de leur charge ne donnera pas le tems à l'ennemi de les embraſſer. Mais quand on ſuppoſeroit que la Colonne 1, qui eſt trop avancée ſe trouveroit arrêtée, 2 & 3 ſeroient dans le moment allignées avec elle, & encore plûtôt ſur les flancs de ce qui voudroit charger les ſiens. Mais rien ne voudra charger des flancs : la ligne ennemie ſe tiendra toujours droite, & fera bien. Elle ſe romproit elle-même, ſi elle vouloit profiter du déſordre de la ligne de Colonnes, & ne ſe remettroit plus en défenſe, tandis que cette ligne ſeroit à peu de choſe près dans toute ſa force. Mais quand la Colonne 1 ſeroit battue, ce que je veux bien ſuppoſer; il n'y auroit pas grand mal : j'en ai déja dit quelque choſe, & j'y reviendrai. Au reſte il eſt aiſé d'arrêter un peu celles des Colonnes qui s'avanceroient exceſſivement, cela n'empêchera pas que la ligne toute entiere n'aille fort vîte, ne coure. Il ne faut pas abuſer de l'indépendance. C'eſt bien aſſez d'avantage de n'être point obligé de faire des haltes pour ſe redreſſer, de pouvoir courir ſans crainte de ſe déranger, & charger dans un déſordre apparent qui ſeroit aſſez réel dans une ligne de Bataillons, pour ne lui laiſſer aucun lieu de douter de ſa prochaine défaite.

Il arrivera encore aux Colonnes, comme aux Bataillons, de ſe jetter allant à la charge, les unes ſur la droite, les autres ſur la gauche. Mais il n'en reſúltera aucun mal. Leur front étant fort petit, & les eſpaces très-grands à proportion, elles ne peuvent ſe confondre, à moins qu'elles ne le faſ-ſent exprès. Les intervalles diminueront dans certaines par-ties, augmenteront dans d'autres; mais leur grandeur ne nous fait rien; & une armée de Colonnes eſt ſi peu hors de dé-fenſe, pour avoir de grands vuides ſur ſon front, qu'une des meilleures diſpoſitions qu'elle puiſſe prendre eſt de former des diviſions ſéparées, de maniere à laiſſer place quelque-fois à une vingtaine de Bataillons ennemis, s'ils vouloient y entrer. C'eſt ce que nous verrons au chapitre des batailles.

On a vû dans l'article précédent que la Colonne eſt plus légére qu'aucune autre ordonnance, & qu'une ordonnance aſſez légére peut courir, puiſque les anciens, ſur-tout les Ro-mains, couroient en bataille. On a vû dans celui-ci qu'une ligne de Colonnes eſt à peu près auſſi légére qu'une ſeule, courra de même. On a vû enfin les avantages de cette légé-reté, comparée à la lenteur de l'ordre ordinaire. Ce ſont donc les Colonnes ſeules qui donneront des victoires promptes, complettes, peu ſanglantes; puiſqu'elles n'eſſuieront le feu de l'ennemi qu'un inſtant, le chargeront avec toute la violence Françoiſe, augmentée par la force de l'ordre & la vîteſſe de la marche; & ſuivront avec tant de vivacité que rien ne ſe ralliera, & que la fuite la plus ſincére ſauvera ſeule quelques débris du naufrage. Avantages trop grands pour être recon-nus aiſément, & déja pourtant bien prouvés, ſi je ne me trompe; mais que la ſuite de cet ouvrage mettra dans un plus grand jour.

CHAPITRE II.

Expofition de la Colonne.

AVant d'expofer la Colonne, de déterminer fa force &
fes dimenfions, je ne puis m'empêcher d'en changer le
nom. Par refpect pour Folard, & pour ne pas paroître vouloir me l'approprier, je lui ai laiffé jufqu'ici celui qu'il lui
avoit donnés; mais il caufe trop d'équivoques, & même de
galimathias. Et fi cela eft incommode dans le ftile, cela ne
le feroit pas moins en campagne. Je ne l'appellerai plus que
Pléfion. Il eft jufte que cette ordonnance porte un nom Grec,
(*a*) & Folard lui-même me fuggére celui-ci. Si elle n'en avoit
jamais eu d'autre, tant de gens n'en auroient pas parlé fans
la connoître, & on n'auroit pas pris pour elle des difpofitions
qui n'y reffembloient en rien.

Folard ne détermine point les dimenfions de la Colonne:
il veut feulement qu'elle n'ait pas moins de 16 files, ni
plus de 30 en terrein libre. Pour fa force il permet de la faire
depuis un Bataillon jufqu'à fix, aimant mieux cependant deux
Colonnes qu'une trop forte. En quoi je crois qu'il a grande
raifon : car enfin cette groffe Colonne de 3000 hommes ne
renverfera jamais que ce qu'elle chargera, & ne chargera
qu'un Bataillon à la fois. Quatre ou cinq qui en feroient la
monnoye, chargeroient, & battroient dans le même-tems chacune le leur.

C'eft fur ces confidérations que je fixe la Pléfion à 768
hommes, 24 de front, 32 de hauteur. Ces nombres m'ont
paru les plus naturels & les plus commodes, fe divifant &
fubdivifant en nombres pairs, ce qui, quoique moins néceffaire peut-être à cette ordonnance qu'à une autre, n'eft certainement pas inutile pour la facilité des manœuvres.

(*a*) Il change un peu de fignification :   genre : la langue dans laquelle je le fais
il n'y a pas grand mal. Il change auffi de   entrer a paru le défirer.

Je divife la Pléfion, la coupant fur la longueur, en deux parties de 12 de front, 32 de hauteur. Je les appelle *manches* après Folard.

Je la divife encore la coupant en deux fur la largeur, chaque moitié, dont les côtés font 16 & 24, s'appellera *Pléfionnette* ; quand elle fe préfentera à l'ennemi par fa plus petite dimenfion, ce fera une petite Colonne ; quand elle préfentera à l'ennemi fa plus grande, ce ne fera plus qu'un morceau de Phalange. Dans ce cas, qui fera rare, je l'appellerai *fauffe Pléfionnette.*

Chaque Pléfionnette coupée en deux parallelement au front de la Pléfion, donne deux *fections* de 24 de front, 8 de hauteur. Chaque fection fera compofée de deux Compagnie placées l'une à côté de l'autre, formant chacune un quarré long de 12 de front, 8 de hauteur.

Il n'eft pas fort néceffaire de parler ici de l'arrangement des Officiers, tant fupérieurs que fubalternes, (*a*) dans chaque Compagnie. On fent bien qu'il faut fortifier la tête & les flancs de la Pléfion, qu'il faut encore que tous les foldats fe trouvent à portée de quelque Officier : mais tout cela eft bien aifé à une troupe fi ramaffée.

Folard met à la queue de chacune de fes Colonnes une Compagnie de grenadiers. Cette idée me paroiffoit heureufe, & cette réferve d'un grand ufage. Je voulus aller plus loin fuivant la route qu'il me traçoit, & en tirer de nouveaux avantages, ne perdant point de vûe ce principe qu'il a tant repété lui-même, de foutenir une arme par l'autre. Je joignis donc à la Colonne non-feulement la Compagnie de grenadiers, comme fait Folard ; mais je la divifai en deux pelottons, la faifant affez forte pour cela, & y ajoûtai une Compagnie de grenadiers à cheval. Peu après j'eus le plaifir de voir que je m'étois rencontré avec le Maréchal de Saxe, qui donne à fes Légions la même chofe précifément que je don-

---

(a) J'ai fupprimé ces détails & quelques autres. Si j'avois voulu y entrer & prouver amplement l'excellence de l'arrangement intérieur de la Pléfion, j'aurois rapporté les principes du Maréchal de Puifégur, & ceux fur-tout du Maréchal de Saxe, & fait voir aifément qu'avec les Pléfions il eft plus facile de les fuivre pleinement qu'avec les Légions même.

nois aux Pléfions. Il faut pourtant l'avouer, une des raifons qui me déterminoit à flanquer ainfi la Pléfion de pelottons, c'eft que cet accompagnement détruit entierement les objections faites à Folard, les principales au moins qui tomberoient de ce moment quand elles auroient été fondées contre lui. Recherchant depuis fi perfonne n'avoit eu une idée fi naturelle, j'ai retrouvé dans Xénophon des pelottons d'infanterie légére, entre les Colonnes; dans le Marquis de Santa-Cruz de petites troupes de cavalerie, à la queue de fes Bataillons dont j'ai parlé déja, & qui font fi forts dans nos principes. Voilà bien des autorités en faveur des pelottons, ils n'en ont pas befoin.

Chaque Pléfion aura donc une Compagnie de grenadiers à pied de même force que les autres, c'eft-à-dire 96, (a) qui fe mettront en deux troupes à 3 de hauteur, un peu en arriere de la Pléfion, & à quelque diftance par côté. Il y aura de plus 50 grenadiers à cheval qui fe mettront à 2 de hauteur, auffi en deux troupes, en arriere & en dehors des grenadiers à pied. La figure 3 de la planche 1 repréfente la Pléfion en bataille, avec fes quatre pelottons. Ils font rapprochés de maniere que le front du tout n'excéde guères la moitié de celui d'un Bataillon: mais l'on voit bien que rien n'empêche de s'étendre, laiffant entre ces cinq troupes des efpaces plus marqués. L'on fent bien auffi que la place qu'occupent les pelottons fur cette figure, ne leur eft pas fi néceffaire, qu'on ne puiffe les arranger autrement, quand on le jugera à propos.

(a) On les voit à ce nombre fur les planches: mais dans le difcours je les ai toujours compté à 100. Il faut remarquer encore que les planches les repréfentent à 4 de hauteur, & que les diftances des Colonnes font réglées là-deffus; parce que quand j'ai fait ceci, notre infanterie fe formoit fur 4 rangs. Sur ce qu'on a reconnu que pour la moufqueterie il vaut mieux être à 3 de hauteur, on a pris le parti d'y mettre les Bataillons toutes les fois qu'il fera queftion de tirer. C'eft l'ufage le plus fréquent de nos grenadiers à pied: ainfi il n'y a pas de raifon de ne point nous conformer à cette régle, quand l'étendue de ces pelottons nous embarraffera, nous les ferons doubler, ou tripler. La même raifon qui m'avoit fait mettre les grenadiers à pied fur 4 rangs, m'avoit fait fuppofer les Bataillons dont je parle dans le cours de cet ouvrage, à 4 de hauteur, 150 de front. Il n'y a que fur les deux dernieres planches qu'ils font à 3.

Fig. 1.

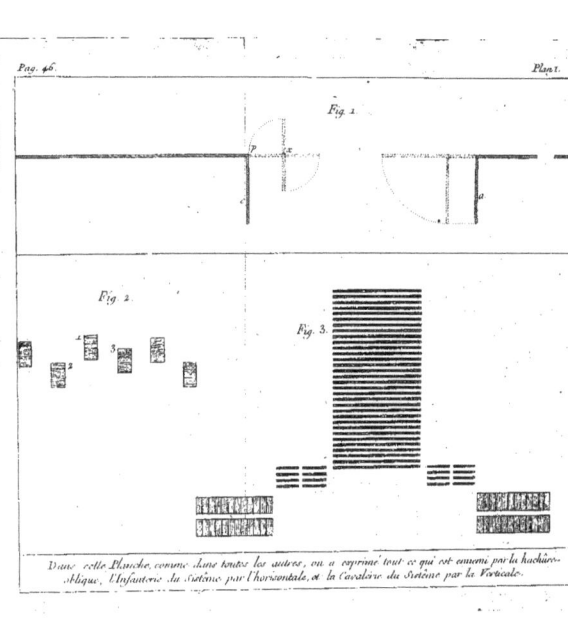

Fig. 2.   Fig. 3.

La Pléfion avec ce qui l'accompagne eft de 918 hommes. Comme les Bataillons font rarement auſſi nombreux, il n'eſt pas étonnant fans doute qu'un feul ne tienne pas contre elle, & cette victoire ne fera pas une grande preuve de la force de cette ordonnance. Auſſi n'aurois-je pas fait la Pléfion ſi forte, fi je ne l'avois deſtinée qu'à combattre & vaincre un Batail-lon; mais comme elle ne s'en tiendra pas là, que dès qu'elle en aura renverfé un, elle courra à d'autres, fe promenera dans la ligne ennemie, ne craignant pas d'être chargée en flanc & ramenée; que pour fe multiplier & faire plus de ra-vage, elle fe féparera ou par manches, ou par Pléfionnettes, j'ai été bien aiſe qu'elle fût d'une certaine force. Non qu'il lui en faille beaucoup pour tous ces nouveaux combats, puiſ-qu'elle chargera toujours les Bataillons ennemis en flanc ou en défordre; mais fi elle avoit été d'abord ſi foible, qu'elle eut perdu quelqu'un dans le premier combat, qu'enſuite on la diviſât ainſi, à la fin elle fe trouveroit réduite à rien. Avant d'avoir fait ces réflexions, je ne lui donnois que 18 de front, 24 de hauteur, nombre que je regardois, & que je regarde encore, comme plus que fuffifant pour percer quelque Ba-taillon que ce foit.

On fera peut-être un autre reproche à mes pelottons, que cela multiplie la cavalerie, & qu'il y en a déja trop dans les armées. Ce reproche ne feroit pas bien fondé. J'en mets quel-ques compagnies, pour en ôter bien des régimens.

On verra continuellement dans cet ouvrage les avantages de la compofition de la Pléfion, de fes diviſions & de fes pe-lottons. En attendant j'en rapporterai ici quelques-uns, qu'il n'eſt pas néceſſaire de placer ailleurs.

ARTICLE II.

Avantages du mêlange des armes.

Montécuculi dit que du tems de Charles-Quint les diffé-rentes efpéces d'armes étoient extrêmement mêlées enfem-ble, afin que l'une pût foutenir l'autre, & qu'en quelque fitua-tion qu'on fe trouvât, on eut toujours des moyens d'attaquer & de fe défendre: que depuis on remarqua que l'infanterie

ne s'accommodoit pas bien avec la cavalerie , premierement
pour les marches , l'une étant plus vîte que l'autre ; secondement pour les logemens , la cavalerie étant obligée de camper toujours à portée des fourages ; troisiémement pour la forme & la conduite du commandement , qui est très-différent
dans ces deux corps. Ces raisons firent entierement séparer
l'infanterie de la cavalerie. Les deux premieres sont assez foibles , sur-tout lorsqu'il n'est question que d'un très-petit corps
de cavalerie , attaché à un corps d'infanterie beaucoup plus
nombreux. La derniere est encore moins solide , lorsque cette
cavalerie est tirée de l'infanterie , habituée à toutes ses manœuvres , perpétuellement exercée avec elle , commandée par
les mêmes chefs , de sorte que lorsqu'on donnera un ordre à
toute la troupe , cette cavalerie composée de vieux soldats
sçaura ce qu'elle a à faire dans ce moment ; quand il sera question d'un mouvement qui ne regarde qu'elle , on lui adressera
la parole. Ainsi l'on dit tous les jours , *à vous telle division ,*
telle compagnie.

En tout Montécuculi n'est pas fort satisfait des raisons qui
ont fait séparer les armes , & regrette fort leur mêlange. ,, Pour-
,, quoi , dit-il , mêloit-on plusieurs sortes d'armes dans un mê-
,, me corps ; si ce n'est pour faire voir l'extrême besoin qu'el-
,, les ont l'une de l'autre , & le secours qu'elles peuvent s'entre-
,, donner ? Dans les ordonnances modernes où toute l'infante-
,, rie est ordinairement au milieu de la ligne , la cavalerie sur
,, les aîles qui s'étendent à plusieurs milliers de pas , en bonne
,, foi quels secours ces deux corps peuvent-ils recevoir l'un de
,, l'autre ? Il est clair que les ailes étant battues , l'infanterie
,, qui demeure abandonnée & découverte par les flancs , ne
,, peut manquer d'être défaite. ,,

Ces dernieres paroles font bien voir que l'ordre actuellement en usage est précisément celui à qui le mêlange des armes seroit le plus nécessaire. Si cette raison ne subsiste pas par
rapport aux Plésions , il y en a assez d'autres qui prouvent combien il leur sera avantageux , ainsi qu'à tout autre systême.

,, La Légion , dit le Maréchal de Saxe , est mêlée d'infan-
,, terie & de cavalerie , mais d'une cavalerie élevée , formée &
,, tirée de cette infanterie , qui aura autant d'attachement pour
,, elle ,

„ elle , que ces deux corps ont aujourdhui d'averfion l'un pour
„ l'autre , qui eſt faite au feu & aux manœuvres de l'infante-
„ rie , compofée de foldats que leur âge ou leurs bleſſures
„ rendent peu propres au métier de l'infanterie...... Il eſt im-
„ poffible qu'une troupe qui eſt un peu en défordre , & fe
„ trouve attaquée par d'excellente cavalerie & de bonne in-
„ fanterie , puiſſe fe rallier promptement pour en foutenir le
„ choc. Si la Légion renverfe l'infanterie ennemie , les gre-
„ nadiers paffent à travers les intervalles , & elle eſt perdue
„ fans reffource. La défaite eſt entiere , fans qu'il foit nécef-
„ faire que la Légion fe dérange en aucune façon. „

Ce grand Général dit ailleurs qu'il regarde fes grenadiers à
cheval *comme capables de décider du fort d'une bataille.*

Aux raifons qu'il rapporte fuccinctement , j'en ajoûterai une
que je crois mériter quelque attention. Deux troupes marchent
l'une contre l'autre pour fe charger, ou feulement l'une d'elles , l'autre attendant de pied ferme. L'une n'eſt qu'infanterie , l'autre a des pelottons de grenadiers à cheval. Celle-ci
s'avife à quelque diſtance de l'ennemi de renverfer fon ordre
par un mouvement qu'elle a le tems d'achever avant qu'on
puiſſe la charger. Je fuppofe que l'ennemi auroit le tems de
répondre, s'il n'avoit en tête que de l'infanterie. Mais cette
cavalerie le tient en échec ; s'il quitte un inſtant l'ordre du
combat, les grenadiers à cheval s'abandonnent fur lui, & s'ils
ne le mettent pas entiérement en défordre, comme cela doit
arriver malgré fa fupériorité , ils l'empêcheront du moins d'a-
chever fon mouvement & de fe mettre en état de recevoir
l'infanterie, fa défaite ne fera que différée d'un moment. Il
eſt donc certain que la préfence des pelottons de cavalerie empêchera l'ennemi de tenter aucun mouvement, l'obligera de
fe laiſſer battre faute de faire ceux qui lui font devenus néceffaires. Quand il ne feroit queſtion pour lui que de fe former,
les grenadiers à cheval l'en empêcheroient de même. Pareille chofe fit battre Annibal par le Conful Claudius, peu
de tems avant la défaite de fon frere. Et celle-ci n'auroit
peut-être pas été moins complette, fi la proximité du camp
des Carthaginois ne leur eut donné un afyle au moment de
leur deſtruction.

G

Ce que je dis en général que les pelottons empêchent l'en‑
nemi de faire aucun mouvement, dès qu'on eſt un peu à por‑
tée de lui, eſt bien plus vrai encore, comme on verra dans la
ſuite, par rapport à ceux préciſément dont le Bataillon nous
menace le plus.

Je remarquerai encore que ce jeu des pelottons paſſants à
travers la ligne, nous eſt bien plus facile qu'à aucun autre ſyſ‑
tême. La ſolidité des Pléſions & la grandeur des intervalles,
leur donnent moyen de paſſer tant & ſi vîte qu'ils veulent,
ſans rien déranger. Il n'en eſt pas tout‑à‑fait de même chez
le Maréchal de Saxe; les eſpaces entre ſes Bataillons n'étant
que de 20 pieds, un pelotton de 24 chevaux ſur deux rangs
n'y peut paſſer ſans ſe rompre.

Dans les raiſons qui autoriſent nos pelottons, je n'ai point
appuyé ſur ce que dit encore ce grand Général, que lorſqu'une
troupe ſera renverſée elle ſe ralliera ſous leur protection. Cet
accident n'arrivera guères aux Pléſions; mais on verra dans la
ſuite toute l'étendue de ce ſecours qu'elles en tireroient au
beſoin.

Je ne vois pas qu'aucune nation ait pouſſé le mélange des
armes auſſi loin que le Maréchal le propoſe. Il paroît ſeule‑
ment dans Tacite, & ailleurs, que les Germains l'entendoient
aſſez bien. On peut citer des Barbares comme ceux‑là. Ils
ne poſſédoient pas moins l'infanterie, & la mettoient tou‑
jours, comme nous le verrons, dans un ordre formidable. Avec
tout cela les Romains les battoient le plus ſouvent. Il ſemble
que ces pauvres gens, ainſi que les Gaulois leurs voiſins, fuſ‑
ſent créés & mis au monde pour prouver par leurs continuel‑
les défaites, que le nombre, la valeur & même la force de
l'ordre, ſervent peu contre la ſupériorité des armes & de la
diſcipline.

La plûpart des grands Généraux ont mis des pelottons d'in‑
fanterie avec la cavalerie. Je n'en vois guères qui en ayent mis
de cavalerie avec l'infanterie.

Les Romains en uſoient ſinguliérement. Chez eux la cava‑
lerie faiſoit partie des Légions, & dans les combats ils les ſé‑
paroient, mettoient comme aujourdhui la cavalerie ſur les aî‑
les. C'eſt ce qu'on voit par toutes les relations de leurs ba‑

tailles, dans Végéce encore, *equites locantur in cornibus*. Ce
n'étoit pas la peine d'unir la cavalerie à l'infanterie, pour l'en
détacher toutes les fois qu'elles auroient pû être utiles l'une
à l'autre. J'ai cru un moment que Végéce contredisoit les
historiens & ses propres paroles que je viens de rapporter,
dans un endroit où il distingue deux espéces de cavalerie, la
légionaire & celle qu'il appelle aîles, parce qu'elle couvroit
les flancs de l'armée, *ad similitudinem alarum*. Il sembleroit
donc que les aîles seules étoient aux flancs, & que la cavalerie légionaire combattoit avec l'infanterie. Tite-Live m'a
expliqué l'énigme, *& alarii equites postquàm Romanorum equi-
tum*, &c. c'est que la cavalerie Romaine faisoit seule partie
des Légions. Celle des alliés s'appelloit aîles, leurs troupes
n'étant pas sur le même pied. Aussi les auteurs comptent-ils
toûjours les Romains par Légions, les Latins & autres alliés
par tant de mille hommes. Cette petite disgression peut servir à consoler notre siécle de la supériorité des anciens, montrant ces célébres Romains en défaut sur un point aussi important.

Le Maréchal de Puiségur approuve fort que l'on soutienne
l'infanterie par la cavalerie, mettant quelques corps de cette
derniere à la tête de la seconde ligne, pour se porter brusquement sur les parties de la premiere qui en auront besoin.
Mais puisque l'on sent l'utilité de ce mêlange, pourquoi ne
pas le faire entrer dans le systême général de Tactique?

ARTICLE III.

L'arrangement de la Plésion donne en quelque façon la valeur
& la discipline.

Sans la valeur & la discipline, l'excellence de l'ordre sert
peu. Où manque une de ces deux qualités on ne peut rien espérer d'heureux, à moins d'avoir affaire à des ennemis aussi
méprisables. Donnez toutes les forces du Mogol à Turenne,
il se fera battre par 4 ou 5 brigades d'honnête infanterie, commandées même par un homme médiocre, pourvû qu'il soit
brave, jusqu'à ce qu'après plusieurs campagnes & par conséquent plusieurs défaites, le grand homme ait fait dans ses Bar-

G ij

bares la même métamorphofe que fit avec tant de peine le Czar dans fes fujets. Ce feroit donc pour une ordonnance, quelque excellente qu'elle fût d'ailleurs, un grand mérite de plus, d'infpirer la valeur aux foldats, de leur rendre la difcipline la plus parfaite fi facile, qu'ils ne puffent guères la manquer, & en même-tems de rendre le défaut de cette grande & parfaite difcipline fi peu dangereux, que fi quelque ordre pouvoit s'en paffer, ce fût celui-là. Ces avantages fe trouvent dans la Pléfion. Cela eft trop beau pour être crû fans preuves. Il eft bien jufte d'en apporter.

Que le même homme foit plus brave, ou du moins fe comporte mieux dans la Pléfion que dans le Bataillon, c'eft de quoi il eft aifé de fe convaincre. J'ai déja remarqué que la vîteffe de la marche anime les foldats, les échauffe, leur dérobe le danger. Ce n'eft pas celui qui attaque qui regarde l'ennemi avec effroi, fur-tout lorfqu'il voit qu'il va l'aborder dans le moment, & qu'alors le danger fera paffé, l'inftant de la victoire arrivé. Mais les foldats fçauront-ils tout cela ? oui. Je m'arrêterois un peu plus à ceci, fi je n'écrivois pour des François, dont on connoît l'intrépidité lorfqu'il n'eft queftion que d'attaquer brufquement, & qu'on ne les tient pas long-tems expofé à la moufqueterie, qui eft de tous les dangers celui qui leur déplaît le plus.

Quand on veut qu'une troupe faffe bien fon devoir, on met ce qu'on a de meilleur aux parties les plus dangereufes. Le foldat médiocre courant moins de rifques fait meilleure contenance, & fuit fans peine les hommes d'élite qui lui montrent le chemin de la victoire. Ces parties les plus importantes font le premier ou plûtôt les premiers rangs & les flancs : il faut auffi dans les derniers rangs quelques gens fûrs. Qu'on veuille en mettre par-tout là dans le Bataillon, ces pretendus hommes d'élite compofent la moitié de la troupe, pour ne pas dire tout : car il n'y a pas une place où il n'y ait & beaucoup de danger, & beaucoup de facilité pour déranger la troupe, & faire une mauvaife manœuvre fi on en a envie. Dans la Pléfion au contraire il n'y a de poftes réellement périlleux & importants, que les premiers rangs & les premieres files des flancs, pas dans toute leur longueur encore. Ce nombre eft

aſſez petit pour qu'on n'y mette que des hommes choiſis. Suppoſons dans la Pléſion 50 miliciens qui ont eu le billet ce ma-
tin. Remparés de pluſieurs rangs & files de toutes parts, ils
ſe croiront invulnérables, & n'auront pas tout-à-fait tort. Le
bruit les étonnera d'abord, mais il n'y a pas moyen de fuir,
il finira par les animer. On court. Ils croiront qu'on pourſuit.
Malgré tout ce qui les environne, quelques-uns cependant
apperçoivent que la ligne ennemie ne ſonge à rien moins qu'à
s'en aller ; ils ne ſçavent plus ce que cela veut dire, mais n'i-
ront guères juſqu'à beaucoup craindre ce que la troupe paroît
ſi fort mépriſer, & ce qui eſt d'ailleurs moins rédoutable pour
eux que pour la plûpart de leurs camarades.

Rien n'eſt plus propre à faire faire bonne contenance aux
ſoldats que la proximité des Officiers, ſur-tout quand ils ſont
à leur compagnie. Un homme ſe déterminera difficilement à
fuir, ſe voyant ſous la main de quelqu'un qui le connoît perſonnellement, le voit ſouvent, peut tous les jours de ſa vie
lui faire du bien ou du mal. De plus le ſoldat étant à côté de
l'Officier eſt plus à portée du bon exemple. Mais la troupe
étant ſi ramaſſée, quand il y auroit moins d'Officiers que dans
le Bataillon, il y en auroit à proportion encore beaucoup davantage ; il n'y auroit pas un ſoldat qui ne fût tout près de
quelqu'un, pas un rang où il n'y en eût. L'hiſtoire de Mal-
the prouve combien ce voiſinage éléve les ſoldats. Dans pluſieurs occaſions les Chevaliers ſe mêlerent dans leurs rangs,
il en arriva toujours que les ſoldats firent comme les Chevaliers, c'eſt-à-dire, des prodiges.

Je ne peux me refuſer une petite obſervation en paſſant.
Cet avantage d'avoir plus d'Officiers que le Bataillon, quoiqu'on en ait réellement moins, épargneroit au Roi conſidérablement, en même-tems que la troupe en iroit mieux. Et
comme il ne ſeroit pas fort néceſſaire de tourner cette diminution d'appointements toute entiere au profit de Sa Majeſté,
cela mettroit dans le cas d'en donner de plus conſidérables,
ce qui n'eſt point du tout indifférent pour le bien du ſervice,
comme le Maréchal de Saxe l'a aſſez prouvé. Il remarque encore que les corps ſeroient mieux compoſés, s'ils étoient moins
nombreux en Officiers, parce qu'à la ſuite d'une longue guerre

on ne laiſſe pas d'être embarraſſé pour remplir les emplois. Enfin cela encourageroit l'émulation, dans les Pléſions ſur-tout: on n'auroit pas tant de gens à percer , & on verroit toujours à portée de ſoi quelque avancement. Cela encourageroit même l'émulation du ſoldat. Il y auroit plus de bas Officiers , quelques-uns même qui ſeroient aſſez bien traités. Cette perſpective retiendroit de bons ſoldats , les empêcheroit de demander un congé, qu'à la fin on eſt obligé de leur donner. Revenons.

Quand un Bataillon ſe trouve un peu dérangé au moment de la charge , quelque braves que ſoient ceux qui le compoſent , ils ne ſont plus les mêmes. Ils ne peuvent ſe diſſimuler qu'ils ne ſont plus en force. La Pléſion qui ne ſe dérange ni ne craint jamais de ſe déranger , aura de moins ce motif de frayeur.

Un autre qui n'eſt pas moins puiſſant , c'eſt la foibleſſe des flancs , très-bien connue des ſoldats. Quand un corps ſe comporte mal , preſque toujours le déſordre commence par ces parties qu'on voit s'inquiéter , lâcher pied les premieres. *(a)* De plus , le Bataillon qui voit faire une mauvaiſe manœuvre à ſon voiſin, n'a rien de plus preſſé que de l'imiter , ſçachant bien que s'il s'opiniâtre malgré cet accident , il ſe fera tailler en piéces. En attendant même qu'il ſoit ainſi découvert , il ſçait au moins que cela peut arriver , & voit , comme dit Céſar , *ſalutem in alienâ virtute poſitam* : de ſorte que pour peu qu'il apperçoive quelque inquiétude dans le Bataillon collatéral, le croie diſpoſé à la fuite, ſçachant le danger qu'il courra lui-même auſſi-tôt après , il s'étonne , combat avec moins de réſolution. Auſſi voit-on la même troupe s'opiniâtrer rarement dans une bataille rangée , autant que dans un combat particulier contre une troupe égale qu'elle rencontre en campagne. Dans ce dernier cas ſa victoire ou ſa défaite ne peut venir que d'elle-même , elle a la grace plus aſſûrée. La Pléſion qui ne craint point pour ſes flancs , s'embarraſſe aſſez peu de ce

---

(a) Si elles ne vont pas juſqu'à fuir , elles ſe replient très-ſouvent derriere le centre, & forment, malgré tous les ſoins des Officiers, d'un Bataillon bien rangé une Colonne informe.

que font les autres. Leur défaite, à plus forte raison la crainte de cette défaite, ne l'inquiétera guères. C'est un événement presque étranger pour elle. S'il arrive, tant pis ; mais pour cela on ne défespére point de la victoire, encore moins de la retraite.

Mais il y a quelque chose de mieux que tout cela. Dans la Pléfion il n'est pas possible de s'enfuir. Cela le feroit si l'on veut aux derniers rangs ; mais ils ont une si petite part du danger, que l'envie ne leur en prendra pas. Pour le reste de la troupe, les premiers rangs fur-tout, ils font trop bien foutenus pour pouvoir reculer. Il n'y auroit pour eux qu'un moyen de s'en aller ; par côté. Mais cela n'est point encore possible à ceux du centre. Il faudroit déranger bien du monde : ils font d'ailleurs emportés en avant. Ceux des flancs auroient plus de facilité ; mais ce font la plûpart Officiers ou Sergens, au moins tous gens fûrs. D'ailleurs c'est une fuite trop raifonnée : le feul mouvement naturel à la peur, c'est de tourner le dos, s'éloigner du danger par le plus court chemin. Je veux malgré tout cela que de la tête de la Pléfion, quelqu'un s'en aille par côté. Où ira-t-il ? L'infpection de la pl. 1 (a) nous le dira. Ou il filera tout le long de la Pléfion, & très-près, fe faifant affommer, car cela ne manquera pas de lui arriver ; elle est intéreffée à punir fa lâcheté, & les Officiers répandus par-tout auront foin de cette exécution : ou il ira donner dans le front des Grenadiers à pied qui feront la même opération, la feroient même fouvent quand ils ne le voudroient pas, par leur feu perpétuel que les fuiards effuieroient tout en plein. S'ils traverfent devant eux fans accident, ils iront donner dans les Grenadiers à cheval qui ne les traiteront pas mieux. La fuite est donc beaucoup plus dangereufe que le combat ; & comme on aura eû foin d'en inftruire la troupe, qu'il faut d'ailleurs raifonner pour trouver le moyen de s'enfuir, il n'y a affurément perfonne qui ne faffe un au-

---

(a) Quoique ce foit l'ordre de bataille le plus ordinaire d'une Pléfion, quelquefois, comme j'ai dit, les pelottons feront un peu plus au large : mais ils n'en feront guères moins à portée de faire ce que j'en attends ici ; & quand cela ne feroit pas, ceux qui auroient envie de fuir, habitués à les craindre, ne profiteroient pas de l'occafion.

tre raiſſonnement très-ſimple ; c'eſt que de deux périls il faut ſe tenir à celui qui eſt en même-tems le moins grand, & le plus honnête.

Le Maréchal de Saxe n'a eû garde d'omettre cet avantage des pelottons. » Les Soldats, dit-il, voyant en arriere & à
,, portée, trois troupes de leurs camarades de la fermeté &
,, de l'intrépidité deſquels ils ſont ſûrs, & ont été ſouvent les
,, témoins, ſçavent qu'ils ſont bien ſoutenus, qu'en cas de be-
,, ſoin leur retraite eſt aſſurée, & combattent avec plus de
,, ſécurité. Ils n'ignorent pas non plus que ces Grenadiers,
,, dont la Légion eſt devenue l'unique patrie, & qui s'en re-
,, gardent comme les chefs & l'honneur, ne ſouffriront pas
,, impunément qu'aucun ſoldat oſe ſonger à la fuite, & le
,, feroient ſur le champ repentir de ſa lâcheté aux dépens de
,, ſa vie. Voilà un moyen preſque ſûr de contenir les ſoldats
,, dans leurs rangs vis-à-vis de l'ennemi, ſans mettre derriere
,, un ſi grand nombre d'Officiers, qui ſont preſque toujours
,, inutiles, parce qu'étant à pied & en bien plus petit nom-
,, bre que les fuiards, au lieu de les arrêter, ils ſont entraî-
,, nés eux-mêmes ſans pouvoir réſiſter au torrent.

Oüi ſans doute, c'eſt un bon moyen d'obliger les ſoldats à être braves, ou du moins à faire comme s'ils l'étoient. La vé- ritable valeur viendra après, quand ils ſe ſeront habitués au danger, & auront trouvé la victoire où ils n'attendoient que la mort. Pluſieurs auteurs, & entre autres Montécuculi, ont fait un précepte de cette ſévérité contre les fuiards. Peut-être que tout le monde ne le croiroit pas auſſi efficace, que l'ont penſé les grands hommes que je viens de citer. On dira que les grandes paſſions ne raiſonnent pas, * que ſouvent on a inu- tilement menacé de traiter en ennemis ceux qui fuiroient. Je réponds à cela 1°. Qu'à moins que la peur ne ſoit pouſſée à un point rare, & dont peu de gens ſont capables, elle laiſſe aſſez de ſens pour préférer un danger à un plus grand, à plus forte raiſon à une mort certaine. S'il eſt vrai, comme dit Quint-Curce, que quand une fois la peur s'eſt emparée d'un homme, il ne voit plus que le premier danger qui l'a frappé, *ubi intravit animos pavor, id ſolùm metuunt quod formidare cœ- perunt.* A la bonne heure. La premiere choſe que craindront

les

* Dans la Plé- ſion on ne fuira donc point.

les foldats, ce fera la promeffe qu'on leur fera de faire main-
baffe fur tout ce qui fuira. Dans leur ame remplie de cette
idée, il n'y aura plus de place pour la crainte de l'ennemi.
C'eft un fait d'expérience. Si l'on en cite de contraires, je les
récufe. Les fuiards que de pareilles menaces n'ont pû contenir, favoient bien qu'on ne les exécuteroit point à la rigueur.
Elles auront tout leur effet, quand ils verront que ce n'eft pas
plaifanterie, qu'on ne s'en tient pas à des injures & à des coups
de plat d'épée. Veut-on des exemples?

Les Ruffiens étoient, comme on fait, il n'y a pas bien des
années, les plus mauvaifes troupes de l'Europe. Actuellement
il n'en eft peut-être pas de plus fermes. D'où eft venu un fi
grand changement? De la févérité perpétuelle contre les
fuiards. La fanglante bataille de Lefno, qui fut la caufe & le
prélude de celle de Pultava, fut moins une bataille que plufieurs combats furieux entre deux armées s'opiniâtrant jufqu'à
extinction, l'une contre le nombre, l'autre contre la valeur &
la difcipline. Le dernier coûtoit l'empire au Czar, fi voyant
que fes troupes commençoient à fuir, il n'eût couru aux Co-
faques & aux Tartares qui étoient en arriere, pour leur ordonner de maffacrer le premier qui fuiroit, & lui-même s'il étoit
affez lâche pour prendre ce parti. Cela réuffit au-delà de fon
efpérance. Ses Généraux en uferent toujours de même. Menzicoff au Sifterbex donna les mêmes ordres, qui furent réellement exécutés fur les premiers qui voulurent s'en aller, ce qui
fit perdre à tous les autres l'envie de les imiter, & les Ruffes
battirent les Suédois, inférieurs à la vérité, mais dans un pofte
excellent. Je pourrois citer une belle quantité de pareils exemples. On en trouve chez toutes les nations, & dans tous les
fiécles. Ce n'eft pas la peine d'en ennuier le lecteur.

Non-feulement dans les occafions ordinaires, la Pléfion montrera plus de valeur que le Bataillon, mais il ne lui arrivera encore jamais, comme cela arrive quelquefois au meilleur Bataillon, de fe démentir totalement, de prendre une terreur
panique fans qu'on fache trop pourquoi. Ces fraieurs ridicules paroiffent un peu rares, parce que l'on ne parle guères de
quelque chofe de fi humiliant, & d'ailleurs parce que celles
qui n'ont regardé qu'une troupe en particulier, ne tiennent

H

pas beaucoup de place dans l'hiftoire. Elles ne laiffent pas d'être affez fréquentes pourtant, fur-tout chez les nations fort vives, & dans des circonftances malheureufes. Leur fource la plus ordinaire eft la crainte d'être coupés. Qu'une troupe en- nemie, même un peu éloignée, paroiffe prendre fa marche de maniere à ôter la retraite à un régiment, ou que quelqu'un de ce régiment par ignorance, fraieur ou malice, prononce ce mot fatal, *nous fommes coupés*, il n'eft plus au pouvoir des of- ficiers de retenir la troupe, tout le monde perd la tête. Cela n'arrivera point aux Pléfions. Elles fauront que par la force du choc, elles font en état de percer aifément l'ennemi qui leur barreroit le chemin, comme par leur légéreté elles font en état de le prévenir. Et pourquoi les foldats fuiroient-ils? pour s'éloigner du danger apparemment : mais fi l'on trouve cette troupe dans un fi grand danger, on ne l'y laiffera pas long-tems, on la ramenera prefque auffi vîte que chacun fui- roit féparément. Les foldats aimeront donc mieux refter à la troupe, pour faire leur retraite fi befoin eft, avec plus de dé- cence & de fûreté.

Ce qui épouvante une troupe pour l'ordinaire, ou plutôt la feule chofe qui en épouvante une bonne, c'eft le grand nom- bre d'ennemis. Cela n'étonnera point les Pléfions. Elles fauront que leurs flancs n'ont rien à craindre, que la propriété de leur ordre eft de n'avoir affaire qu'à ce qu'elles chargent de front, que tout ce qui les déborde eft à compter pour rien. Elles ne s'informeront donc nullement de la force des corps qu'elles au- ront à combattre, fûres de le faire toujours à peu près avec le même avantage. Il n'y a affurément perfonne à qui cette idée ne donne de la valeur. Quand on aura mis des foldats au point de ne pas s'embarraffer du nombre de leurs ennemis, on en aura fait des gens invincibles.

On voit de-là combien eft frivole l'objection faite à Folard, qu'à la guerre comme en amour les yeux font les premiers vaincus, & que le foldat fe voyant fi fort débordé fe croiroit perdu. Cela pourroit être vrai, tout au plus pour des gens qu'on feroit combattre dans cet ordre, & qui n'en auroient ja- mais entendu parler. Mais ceux qui, comme dit le Maréchal de Puiségur, *auront connu dans les exercices les avantages de*

leur ordre , marcheront affûrés que ce qui leur est opposé ne pourra
tenir. C'est ce qui a fait dire à Végéce, que pour des soldats
bien exercés le combat n'a rien d'effrayant, devient un badinage. *Huic taliter instructo tironi , pugnare adversùm quoslibet*
hostes in acie , formido non erit , sed voluptas. La science de la
guerre , dit-il encore , donne l'audace dans le combat. *Scien-*
tia rei bellicæ dimicandi nutrit audaciam (a). Aussi Pyrrhus disoit à celui qui faisoit ses recrues de lui choisir de beaux hommes seulement, qu'il sauroit bien les rendre braves. *Grandes*
elige , ego fortes reddam. Les Romains sont une assez belle
preuve du courage que donne aux troupes la certitude où elles
sont de la supériorité de leur ordre & de leur exercice. Ils
méprisoient toutes les autres nations , les Gaulois même. Et ce
n'étoit pas du côté de la bravoure, ils leur voioient faire tous
les jours des prodiges de valeur. Les troupes de Césat méprisoient celles de Pompée , des Romains supérieurs de moitié;
parce qu'elles savoient bien que cette armée n'avoit pas autant d'art. Ainsi les soldats qui composeront les Pléfions prendront confiance en cet ordre & en tous ces mouvements, pourvû qu'on prenne la peine de leur en faire connoître l'usage &
l'excellence. Il feroit étrange qu'avec assez de bon sens pour
sentir le ridicule d'une mauvaise manœuvre qu'on lui feroit
faire , critiquer même quelquefois assez bien la conduite des
Généraux, le soldat n'eût pas l'esprit de concevoir, quand on
le lui montrera , que la Pléfion est toujours supérieure dans
la partie qu'elle attaque, que ses mouvements rendroient inutiles ou pernicieux ceux de l'ennemi , si sa légéreté ne les pré-
venoit tous. C'est en apprenant ainsi à certain point la science
de la guerre aux soldats, qu'on en fera des gens qui se croiront invincibles , & le seront dès ce moment. Mais pour cela,
dira-t-on, il faut beaucoup d'exercice ? Et qui ne sait que
dans quelque ordre que ce soit, il faut exercer les troupes ?
Je ne sai pourquoi on y voudroit trouver de la difficulté. Il
n'y a qu'à y donner assez de tems & de soins, on trouvera la

_____

(a) Végéce aime cette pensée., il la re-   citat ad victoriam promptior est..... benè
présente souvent. *Nemo facere metuit quod*   exercitatus miles prælium cupit , formidat
se benè didicisse confidit..... exercitata pau-   indoctus.

H ij

chofe très-facile (a). Xenophon compare les Perfes manœu-
vrants, à une troupe de danfeurs qui exécutent un ballet,
chaque foldat fachant précifément où eft fa place, marchant
avec la plus grande précifion. Il fe fert plufieurs fois de cette
comparaifon, employée depuis par Plutarque, parlant des
troupes de Céfar. Pour être plaifante, elle n'eft pas moins jufte. Et j'avouerai que fi j'avois entrepris d'apprendre un certain nombre de manœvres fort fimples, à une troupe de gens
en âge de raifon & entiérement à mes ordres, que je ne pûf-
fe en venir à bout, je me croirois fort inférieur à Laval ou
Deheffe, qui dans une année apprennent mille mouvements
plus baroques les uns que les autres, à une troupe de jeunes
garçons & filles, tous fort étourdis, la plûpart fort indociles.
Ils les mettent pourtant au point de les exécuter avec la plus
grande jufteffe. On m'objeĉtera qu'ils ne danfent pas fous le
feu de l'ennemi. J'en conviens. Mais quand on poffède parfaitement quelque chofe, la peur n'empêche pas de le faire,
à moins qu'on n'en foit dominé à un point qui eft très-rare.
Ainfi parce que le foldat eft fort habitué à charger fon fufil,
celui qui a peur ne laiffe pas de le charger également dans
l'aĉtion. Le mouvement eft pourtant plus compofé qu'aucune
de nos évolutions, & de plus eft particulier à ce foldat; au
lieu que dans une manœuvre, fans même trop favoir ce qu'il
fait, il fe trouve emporté par les autres.

C'eft d'après l'idée que l'on s'eft faite de la difficulté de faire manœuvrer les troupes comme il faut, que bien des gens
ont adopté ce principe, qu'il ne faut point faire de mouvements devant l'ennemi. Il n'en faut point faire, quand on les
fait mal. Je crois que c'eft le Maréchal de Puifégur qui eft
auteur de cette maxime, plus vraie que la précédente. S'il
me convenoit d'en faire auffi, j'y en joindrois une autre. C'eft
que plus on fera de mouvements bons & bien exécutés, plus
on déconcertera fon ennemi. Et encore une fois on les exécutera bien devant lui, quand on fe les fera rendus familiers.
Végéce dit que les Romains faifoient dans le combat fans le
moindre trouble, ce qu'ils avoient fait fouvent à l'exercice:

_____

(a) *Nihil eft quod non affidua meditatio facillimam reddat.*

en fe jouant. *Sine trepidatione faciebant in acie, quod ludentes in campo fecerant.* Ce qui fut poffible aux anciens l'eft aux modernes, & la nature humaine n'a pas dégénéré. *Nec effœtæ funt terræ.* Je ne prendrai donc pas la peine de répondre à l'objection qu'on fait à notre fyftême, qu'il faudroit des troupes bien difciplinées. C'eft bien comme cela que nous l'entendons. Il eft vrai que je foutiens que l'ordre ordinaire auroit encore plus befoin de difcipline, que celui-ci; parce que toutes fes manœuvres font bien plus difficiles, que les nôtres, comme on verra dans le chapitre fuivant, & dans bien d'autres endroits de cet ouvrage, où je ne prendrai pas toujours la peine de le faire remarquer; parce que même nous n'aurons pas la moindre évolution à faire, s'il ne nous y oblige par des mouvements qu'il ne peut exécuter, à moins d'être à un point d'exercice & de difcipline bien fupérieur à celui dont nous aurions befoin pour lui répondre. Bien des gens ont dit que les manœuvres de la Colonne étoient difficiles. Pourquoi? parce qu'ils ne les avoient pas vû faire. *Omne opus difficile videtur antequàm tentes.* Des chofes toutes nouvelles, un langage nouveau même, tout cela étonne d'abord quelqu'un, qui s'eft trouvé toute fa vie en pays de connoiffance. Ainfi un homme qui ouvre au hazard pour la premiere fois un livre de Géométrie, croit qu'il lui faudroit un an, pour connoître des parallelogrammes, des angles alternes, & autres pareils monftres, dont il aura bientôt raifon, s'il y va pied à pied & travaille tout de bon.

Mais il fied bien mal au Bataillon de reprocher à la Pléfion la difficulté des manœuvres, la néceffité d'une difcipline admirable pour les exécuter. Pour elle tout eft aifé, pour lui tout eft difficile. Ne parlons que de ce que nous avons déja vû. Il eft très-difficile au Bataillon de marcher à l'ennemi fans dérangement, très-dangereux de n'y pas marcher dans l'ordre le plus parfait. Les Pléfions n'ont point à craindre de fe déranger, & quand quelqu'une en particulier fe dérangeroit, cela feroit réparé dans le moment, comme je le dirai bientôt; quand la ligne fe dérangeroit, & ne feroit plus droite, cela n'y feroit rien, comme je l'ai déja prouvé. On verra que tout le refte eft conforme à cet échantillon, que la plus grande exactitude est aussi difficile que nécessaire au Bataillon, & pour la Pléfion très-aisée & presque inutile. Je ne fais pourquoi je dis tout cela. Car, je le répéte, j'accepte en plein le reproche qu'on nous fait d'avoir besoin de troupes bien disciplinées. Ce n'est pas un grand inconvénient. Il faut en faire. Dira-t-on, comme je l'ai entendu cent fois, que les François ne s'accommodent pas de cette grande discipline ? Cela tombe de soi-même, puisqu'il y a des régimens François très-bien disciplinés, & qui tirent de l'ordre accoutumé à peu près tout ce qu'on en peut tirer. Folard a cité un passage du testament politique du cardinal de Richelieu, qui trouve fort étrange cette idée que l'on s'est faite sur le cáractère de la nation, *qui n'a d'autre fondement que l'incapacité des chefs.* Ils cherchent, ajoute-t-il, la guerre aux quatre coins du monde, vivant comme les Espagnols & les Suédois dans leurs armées. C'est un fait d'expérience. De nos jours encore il y a beaucoup de François dans les troupes Prussiennes, qui observent la plus grande discipline, & ils s'en accommodent fort bien.

On a allégué une plaisante raison pour autoriser cette opinion vulgaire, car elle mérite ce nom. On a dit que le François n'est pas habitué dans son village à être traité comme l'Allemand, que le gentilhomme rosse sans qu'il ait l'audace d'y trouver à redire, de sorte que ce paysan dans les troupes ne se trouve pas subordonné plus durement qu'il l'étoit chez lui (*a*). Je ne sai pas s'il seroit impossible de maintenir la plus exacte discipline, sans battre les soldats. Je ne le crois pas même. Mais je ne déciderai pas. Ceci appartient à l'expérience. Quoi qu'il en soit je ferai à ceux qui font cette objection une petite question. Les Grecs & les Romains étoient-ils bien disciplinés ? étoient-ils chez eux plus soumis aux nobles que le sont les François ? Il s'en falloit beaucoup. Ils étoient presque de niveau avec eux, parvenoient tous les jours aux mêmes dignités, se trouvoient

---

(*a*) Si ce raisonnement avoit quelque fondement, il serviroit tout au plus à prouver qu'il auroit fallu laisser à la no- blesse Françoise une portion un peu moins limitée de cette autorité dont elle avoit abusé.

très-souvent dans le cas de décider de l'honneur & de la vie, des mêmes gens qui les avoient commandés plusieurs fois. Je ne vois de différence entre les François & les autres nations, & dans ceci je parle d'après tout le monde, qu'en ce que la nôtre est plus vive, & plus sensible à l'honneur. Je ne vois pas comment l'exercice & la discipline pourroient lui faire perdre cette derniere qualité, comme on semble le craindre. Je crois au contraire qu'on peut aisément en tirer parti, faisant consister chez nous, comme chez les Romains fort jaloux d'honneur aussi, la gloire du soldat à bien faire ce qu'on lui demande, la honte à s'en aquiter mal. Les Grecs étoient François en cela. Philopémen qui leur connoissoit cette bonne qualité, choisissoit pour faire manœuvrer ses Achéens, les lieux où il auroit le plus de spectateurs.

La vivacité bien loin de nuire à l'exercice, ne servira qu'à faire saisir plus promptement au soldat ce qu'on lui demande, à le lui faire exécuter plus légérement & avec plus d'aisance. Mais cette vivacité fait que le François s'ennuye ? eh bien, il ne faut pas le tenir trop long-tems de suite, ou lorsqu'on y est obligé, il faut varier un peu ses occupations. D'ailleurs il s'ennuye de manier un fusil pendant toute sa vie, & ne faire presque autre chose. Entre nous cela n'est pas fort amusant : mais quand on ne donnera à cette partie de l'exercice que le tems qui lui est nécessaire, il est impossible que la variété des manœuvres ne plaise beaucoup à une nation qui aime si fort la guerre, sur-tout quand on en fera sentir l'utilité aux soldats, qu'on raisonnera un peu avec eux tout en les commandant. Cela peut se faire sans que la subordination en souffre, cela est très-propre à donner aux Officiers leur confiance & leur amour ; cela est nécessaire enfin, puisqu'il faut, comme je l'ai dit déja, qu'ils connoissent l'excellence de leur ordre & de leurs évolutions. Plutarque, dans le passage que j'indiquois tout à l'heure, dit que les Achéens obéissoient avec grand plaisir à Philopémen. *Et il y avoit entr'eux une sorte d'émulation, à qui manœuvreroit avec plus de facilité & de promptitude. L'ordre de bataille qu'il leur enseigna leur plût merveilleusement, parce que ces rangs ainsi serrés leur parurent plus difficiles à rompre. Il les rendit si robustes, si adroits, si courageux,*

& ce qui eſt le principal dans les Tactiques, SI LÉGERS ET SI PROMPTS, &c. Ne diroit-on pas que Plutarque a fait ce paſſage tout exprès pour que je le rapporte ici (*a*)?

Mais ſans plus nous arrêter à ce qui a rapport aux manœuvres, matiere que j'aurai occaſion de reprendre plus d'une fois, voyons s'il eſt vrai, comme je l'ai avancé, qu'il eſt plus aiſé à la Pléſion qu'au Bataillon d'obſerver une bonne diſcipline, & que cette ordonnance ſuppléeroit même dans le beſoin à ce qui manqueroit à ſa perfection.

La troupe étant fort ramaſſée & chaque ſoldat ſous la main de quelque Officier, ce qu'il y a de moins bon entouré de ce qu'il y a de meilleur, en tout elle eſt plus aiſée à contenir. Cela eſt évident.

Un des plus grands inconvéniens du manque de diſcipline, ce ſont les décharges faites mal à propos. *Toute troupe qui a tiré en préſence de l'ennemi eſt une troupe défaite, ſi celle qui lui* **·Maréchal de** *eſt oppoſée conſerve ſon feu.* * La Pléſion conſervera toujours **Saxe.** ſon feu, le ménagera, ne le donnera jamais ſans ordre. Quand on ne veut point qu'elle tire, qu'elle eſt par conſéquent dans ſon état naturel, il n'y a que la circonférence qui pût tirer: mais ce ſont gens qui ne font rien mal à propos. Les piquiers d'ailleurs ſont à ces premiers rangs; tant qu'on ne leur fera pas mettre genouil à terre, il faudra bien que la troupe garde ſon feu. Enfin la Pléſion habituée à ne jamais tirer quand elle eſt formée, n'y penſera pas ſeulement tant qu'on ne lui fera faire aucune des manœuvres deſtinées à la mouſqueterie.

Rien n'eſt ſi difficile que de rallier un Bataillon. La plus grande diſcipline a encore aſſez de peine à y parvenir. Auſſi le Marquis de Santa-Cruz recommande-t-il d'exercer beau-

---

(*a*) Ce que nous voyons dans ce paſſage & ailleurs, de la force & de la légéreté de l'ordonnance dans laquelle Philopémen faiſoit combattre les Achéens, ſemble nous dire que c'étoit à peu près dans notre ſyſtême. Un paſſage de Polibe le démontre preſque. C'eſt le récit de la bataille de Mantinée, gagnée contre Machanidas, & où l'hiſtorien lui-même ſe trouva. Il dit que ſon Général mit la Phalange *ſur une ligue droite, & diſtinguée* par Cohortes avec des intervalles. Cela eſt clair. On ſait que les Cohortes de la Phalange étoient de 512 hommes · ou 32 files. Si donc, comme il y a quelque lieu de le croire, la Phalange étoit doublée en cette occaſion, chaque Cohorte formoit une Colonne de 16 de front, 32 de hauteur. Ce n'eſt pas notre ſyſtême: mais il s'en faut peu, & cet ordre en a preſque toutes les propriétés.

coup

coup les foldats à rompre les rangs, & les reprendre en filence.
Le Maréchal de Puiségur convient que *des Bataillons rompus
ne peuvent fe reformer que fort loin & avec beaucoup de tems.*
C'eft un terrible défaut ; d'autant plus qu'il ne faut pas grande
chofe pour les rompre ; & que quand ils font rompus dans
quelque partie, le refte ne vaut guères mieux.

Dans la Pléfion non-feulement il n'y a point de défordre à
craindre de la part de la marche, non-feulement elle ne fe
trouveroit jamais entierement rompue, quand quelque accident dérangeroit la tête ; mais quand même toute la troupe
feroit en défordre, elle fe reformeroit très-aifément & très-
promptement, la petitefle (*a*) des dimenfions & la quantité
des divifions donnant à chacun le moyen de trouver tout d'un
coup fa place. Si je croyois qu'on pût difconvenir de cette
propriété de la Pléfion, je citerois à ce fujet un paflage du
Maréchal de Saxe aflez frappant.

Si la vivacité s'oppofe en quelque chofe à la difcipline,
c'eft en ce qu'elle rend le foldat plus difficile à contenir dans
les rangs. Ce défaut fe fera bien moins fentir dans la Pléfion.
Cet ordre eft fait pour la vivacité. On menera les troupes
auffi vîte qu'elles voudront, & qu'elles pourront aller. Cet homme qui dans le Bataillon a caufé quelque dérangement, parce
qu'il a forti du rang, n'en auroit point forti fi le rang avoit
été auffi vîte que lui. Si malgré cela il eft encore poffible que
la vivacité caufe quelque dérangement, c'eft donc un grand
avantage d'être dans l'ordre qui y eft d'ailleurs le moins fujet. (*b*) Cet avantage de notre fyftême par rapport au caractère de la nation, eft ineftimable. Le Maréchal de Saxe pré-

---

(*a*) Pour diminuer la difficulté de reformer le Bataillon, plufieurs ont propofé de ne pas raffembler les drapeaux au
centre. Effectivement les féparant fur la
longueur du Bataillon, cela diminue cette difficulté, mais ne l'ôte pas ; cela n'approche pas encore de la briéveté de nos
divifions.

(*b*) Un auteur de nos jours écrivant
contre la difcipline en général, & foute-
nant que notre nation en particulier eft
indifciplinable, dit que fi les François ne

manœuvrent pas fagement, ce n'eft point
par mauvaife volonté ; qu'ils font atten-
tifs au commencement de l'action, mais
qu'il n'eft pas en eux de conferver cette
attention ; que bien-tôt la tête s'échauffe,
& ils n'entendent plus rien. Admettons
tout cela : pour les Pléfions le combat ne
durera que deux minutes, la fin de l'action fera le commencement, les cervelles
Françoifes n'auront point le tems de fe
déranger, feront attentives jufqu'au
bout.

I

tend que notre infanterie n'eſt point en état de ſoutenir une charge en lieu où elle puiſſe être *abordée par de l'infanterie moins valeureuſe qu'elle , mais mieux exercée & diſpoſée pour une charge.* Il prouve cette propoſition par la liſte de toutes les batailles données depuis aſſez long-tems , & fait voir que la nation n'a réuſſi que dans les affaires de poſtes. Quel avantage ſeroit-ce donc pour elle d'être dans une ordonnance qui la diſpoſant pour une charge , & lui donnant cette fermeté qui lui manque , la rendroit en plaine, où elle n'eſt pas même égale à ſes ennemis , auſſi ſupérieure qu'elle l'eſt par-tout ailleurs ?

La raiſon pour laquelle on trouve la premiere charge des François difficile à ſoutenir , eſt, ſelon le Maréchal de Puiſégur , la difficulté qu'ils ont de maintenir leur ordre & de le reprendre s'il s'eſt dérangé , de ſorte qu'ils ne ſont plus les mêmes à la ſeconde , défaut qui n'eſt pas dans la nation autant que dans la diſpoſition. Il ne ſubſiſtera donc plus quand on ſera en Pléſions. Il ſera auſſi aiſé de conſerver ſon ordre, que de le reprendre s'il ſe dérange ; la ſeconde charge ſera auſſi terrible que la premiere , & la premiere plus qu'elle ne l'a jamais été, puiſque la force & la légéreté de cette ordonnance ajoûteront beaucoup à la violence naturelle de la nation.

Si le Bataillon eſt pour le choc l'ordre le plus foible , ſi pour la marche il eſt le plus peſant , il faut avoüer auſſi que pour le feu il eſt aſſez bon. Quand l'infantrie eſt ſur une ſeule ligne pleine , il n'y a ni un homme qui ne ſoit à portée de tirer, ni une place inutile pour le feu; & ce feu, s'il eſt bien ſervi, ne laiſſe pas de faire impreſſion ſur l'ennemi, qui dans un ordre ſemblable y eſt fort en priſe. Lors même qu'il vient à la charge, ſon ordre étant fort difficile à conſerver, & ſa marche un peu précipitée pour eſſuyer moins long-tems la mouſqueterie, il peut ſe déranger au point d'arriver hors d'état de faire un bon effort. Le feu dans le ſyſtême ordinaire, l'ennemi ſuivant le même , mérite donc grande attention. Quelques nations nous ſont ſupérieures en cela. On les imite. On a raiſon. Bien des gens cependant, & même des anciens officiers , n'approuvent pas beaucoup cela. Ils diſent que la nation eſt faite pour les armes blanches. Cela eſt vrai : mais le Bataillon, mince & allongé, eft fait pour le feu. Et en exerçant les troupes, on doit fans doute avoir autant d'égard à leur ordre, qu'à leur caractère. Ce qui réuſſira aux *Pruſ-ſiens*, ajoute-t-on, ne réuſſira pas de même aux François. Les Médecins traitent différemment différents tempéraments. C'eſt que ces différents tempéraments ont différentes maladies. Si un Maure & un Lapon ont précifément la même, on les traitera de la même maniere. Les François & les Pruſſiens font en Bataillons. Voilà la même maladie. Il faut donc les traiter les uns comme les autres. Puifqu'ils ont le défor-dre à craindre, & des coups de fufil à tirer; il faut les exercer les uns comme les autres, à bien marcher enfemble avec précifion & harmonie, & à tirer vîte & jufte. ,, Mais tout ,, ceci ne fe fera pas fi bien chez nous; cela déplaît aux fol-,, dats & les fait déferter; cela humilie la nation qui fe pi-,, quoit d'être originale; cela lui fait refpecter les étrangers, ,, qu'elle étoit heureufement, quoique fans raifon, affez ,, dans l'habitude de méprifer. ,, Dans tout ceci il y a peut-être quelque chofe de vrai. Mais il n'en faut pas conclure qu'il faut rejetter des exercices néceſſaires au Bataillon. Il faut plûtôt rejetter le Bataillon lui-même, s'il eſt quelque fyftê-me à l'abri de ces inconvénients. Si les François ne peuvent pas s'habituer aifément à marcher avec la juftefſe néceſſaire pour maintenir un Bataillon en ordre, il faut chercher quel-que ordonnance qui ne foit point fi fujette au dérangement. Si c'eſt leur charge & non leur feu qui eſt à craindre, il faut prendre un fyftême plus propre aux armes branches, que celui qu'on fuit aujourdhui.

CHAPITRE III.

Mouvements que peuvent faire les deux ordonnances.

ARTICLE PREMIER.

Mouvements du Bataillon.

TOus les mouvements que peut faire un corps fe réduifent à marcher tout d'une piéce en avant en arriere ou par côté, changer de forme, ou fe divifer. C'eft pourquoi le Maréchal de Puifégur confidére le Bataillon comme corps folide, fléxible, ou divifible.

Rien n'empêche le Bataillon de marcher en avant. La Pléfion n'a en cela fur lui en terrein libre d'autre avantage que la légéreté.

Il femble d'abord également fimple pour lui de marcher en arriere après le demi tour à droite : mais c'eft ce qu'on ofe rarement faire devant l'ennemi. Ce mot lâché feroit le fignal de la fuite. On a recours à des contre-marches ; & de quelque chofe de tout uni on fait une véritable manœuvre.

Pour marcher par côté il y a trois moyens ; le fimple à droite, le quart de converfion du Bataillon entier, les quarts de converfion par divifion. Si rien de tout cela n'eft pratiquable devant l'ennemi, il s'enfuit que le Bataillon ne peut dans le combat marcher à droite ni à gauche.

1° Il n'eft pas pratiquable devant l'ennemi de marcher par le flanc après le fimple à droite. *Quand vos rangs font ferrés*, dit le Maréchal de Puifégur, *comment marcher par les flancs fans confufion & fans vous ouvrir ?* Cela paroît d'abord poffible cependant. Un rang peut fuivre celui qui le précéde, chaque foldat pofant le pied à chaque pas précifément fur la trace de fon chef de file. Tous les rangs marchant avec cette harmonie, chacun n'occuperoit que deux pieds, & le Bataillon ne s'allongeroit point. Mais peut-on efpérer que dans un orcheftre fi nombreux tout le monde ira en mefure ? Et il ne faut pas beaucoup de maladroits pour mettre la confufion

dans le Bataillon marchant ainſi, pour qu'il s'ouvre en pluſieurs endroits, & ſe trouve bientôt dans un déſordre très-
difficile à réparer. J'ai dit ailleurs que la Pléſion peut marcher, ſi elle veut, les rangs ſerrés. Mais le cas eſt fort différent. 32 rangs ne ſont pas 150 ou 200. D'ailleurs ſi quelque
choſe va mal dans la Pléſion, l'inconvénient n'eſt pas bien
grand. Que le treiziéme rang, par exemple, perde la meſure,
il n'eſt plus collé contre le douziéme, mais cela n'empêche
pas que la tête de la Pléſion ne ſoit encore bien en force. Que
ce dérangement non-ſeulement retarde les rangs qui ſuivent,
mais leur donne occaſion de ſe déranger auſſi ; cela ſeroit
bien vîte réparé. Il n'en eſt pas de même du Bataillon. Cette
marche cadencée ne peut donc lui ſervir pour marcher par
le flanc devant l'ennemi, ſur-tout s'il eſſuye des coups de fuſil.
Mais s'il ne marche pas comme nous venons de l'expliquer,
il ne peut marcher après le ſimple à droite qu'en s'allongeant.
Pour s'allonger il faut 1° qu'il y ait place, qu'il y ait dans la
ligne de grands vuides qui la rendent très-foible. 2° Le Bataillon ainſi allongé eſt entierement hors de défenſe, & y
ſera juſqu'à ce qu'il ſoit reſſerré ; ce qui eſt fort long à cauſe
du grand nombre de files devenues rangs. C'eſt pourquoi on
a toujours regardé comme impraticable devant l'ennemi de
marcher par le flanc après le ſimple à droite.

2° Un Bataillon ne peut encore tenter le quart de converſion, à portée de l'ennemi. Car ce mouvement lui tend
le flanc, le porte même à 25 toiſes au-devant lui, ſuppoſant
encore qu'il ſe fait ſur le centre. De plus ce mouvement eſt
long ; & quand on ſe ſera avancé ſur la droite autant qu'on le
vouloit, il faudra un ſecond quart de converſion pour ſe
remettre de front. D'où l'on voit à quelle diſtance il faudroit être de l'ennemi pour entreprendre pareille manœuvre.
Si au lieu de le faire ſur le centre, on le fait ſur la droite
ou la gauche, tous les inconvéniens ſont encore doublés.
Auſſi convient-on généralement que *près de l'ennemi il n'y a*
pas moyen de ſe hazarder de faire des quarts de converſions de Ba-
taillon, crainte d'être attaqué en marchant, ou avant d'être remis de
front pour être en ordre pour combattre ; que la converſion eſt un mou-
vement qu'il faut bien ſe donner de garde de faire étant près de l'en-

nemi , si ce n'est qu'on le déborde & qu'on veuille l'envelopper. Il ne faut qu'en voir faire une , ou ouvrir le premier livre de notre métier , pour se convaincre de la difficulté de ce mouvement. Il y a peu d'officiers qui n'ayent pour lui l'aversion la plus décidée : mais c'est un mal nécessaire. On ne peut que plaindre le Bataillon d'être obligé de s'en servir, féliciter la Plésion de pouvoir s'en passer.

Le premier défaut que j'ai remarqué, qui est de présenter le flanc, est le plus terrible. Même débordant l'ennemi, & ne faisant la conversion que pour l'envelopper , on peut s'en trouver très-mal. Crésus & Pompée en rendront témoignage.

Le second défaut de la conversion , qui est sa longueur , est déterminé par ce qu'on dit que le soldat le plus éloigné du centre doit aller *légérement sans courir* ; que les rangs d'une Co-
,, lonne ne doivent pas avoir pour l'égalité du mouvement plus
,, de 14 ou 15 files, parce que à ce nombre le soldat de l'aîle
,, qui marche, fait pendant le mouvement deux fois plus de pas,
,, que celui qui ne change pas le sien. Une marche plus pré-
,, cipitée jetteroit le rang dans le désordre. ,, A partir de là , il est aisé de mesurer le tems nécessaire pour la conversion. Le rayon est au quart de cercle comme 7 à 11. Il faut compter comme 7 à 5 & demi, puisque le soldat qui décrit le quart de cercle va deux fois plus vîte que lorsqu'il marche de front. A ce compte il faut un peu moins de tems pour faire le quart de conversion, qu'il n'en faudroit au même Bataillon pour parcourir , allant droit, une longueur égale à son front. Mais ce calcul est fait pour les petites conversions de rangs fort courts , qui ne craignent pas tant de se déranger, & n'ont pas de même à s'arrêter pour se redresser. Celles de Bataillons entiers ont bien plus de difficulté. On peut donc établir , après le Maréchal de Puiségur, qu'il faut à un Bataillon pour faire ce mouvement, autant de tems au moins, que pour parcourir une longueur égale à son front. Ces deux premiers défauts des conversions empêchent absolument, comme j'ai dit, d'en tenter aucune près de l'ennemi. Et il faut qu'il soit bien plus éloigné, s'il a de la cavalerie dans cette partie, ou si son ordre lui permet de marcher légérement en bataille.

Le troisiéme défaut du mouvement dont nous parlons est

fa difficulté. Il faut un terrein très-égal, fans cela il eſt impraticable; & bien plus encore fi à quelques pas devant foi la troupe a quelque ravin, foſſé, ou haye. Une autre fource de la difficulté de ce mouvement, c'eſt que tous les foldats d'un rang ayant chacun leur vîteſſe particuliere, tous font néceſſaires pour l'exécution, au point qu'un ou deux qui vont mal fuffifent pour y mettre du défordre. La perte d'hommes, chofe inévitable fous le feu de l'ennemi, en eſt feule très-capable: parce que pour ce mouvement, plus que pour aucun autre, il eſt néceſſaire que les files fe touchent; fans cela il fe fera toujours très-mal. Mais non-feulement dans le moment où on perdra des hommes, il y aura des files qui ne fe toucheront pas, il fera encore fort difficile de les reſſerrer fans défordre. Qu'un rang fe reſſerre faifant la converfion, c'eſt pour chaque foldat un mouvement très-compofé; ç'eſt marcher de la circonférence au centre fur un rayon qui fait fa révolution, d'écrire en un mot une portion de fpirale. (*a*) Cela doit confidérablement augmenter le flottement, fans cela fuffifant pour rompre un Bataillon qui fait ce mouvement fort tranquillement & à l'exercice; & cela n'eſt pas fort étonnant. Si on le fait à droite, il faut que la gauche fe jette affez loin du centre, autrement le Bataillon créveroit; qu'elle ne s'y jette pas trop, parce qu'il s'y formeroit un vuide. Enfin un Bataillon marchant droit devant lui a affez de peine à maintenir fon ordre, à plus forte raifon marchant d'une façon fi gênante. Et ce qui augmente encore la difficulté, c'eſt qu'il faut que les derniers rangs, lorfqu'on tourne à droite par exemple, fe jettent fur la gauche encore plus que la gauche du premier. Il eſt vrai que ceci n'eſt pas à compter pour beaucoup dans nos Bataillons à 4 de hauteur. Si la profondeur étoit triple, cela feroit plus (*b*) confidérable. Pour

(*a*) On prendra peut-être ceci pour une petite chicane géométrique. Ceux qui voudront voir que ce n'eſt rien moins que bagatelle, en peuvent faire l'expérience aifément. Il ne faut pour cela que faire fortir quelques foldats des rangs, pendant qu'un Bataillon fera fon quart de converfion. On verra ce que feront les autres. Si malgré ce dérangement le mouvement s'exécute bien, j'ai tort.

(*b*) En revanche ce corps plus folide conferveroit mieux fon ordre, ne feroit pas fi expofé à fe rompre.

un corps de l'épaiffeur de la Pléfion, cela rend peut-être la converfion impoffible, à moins de la faire très-lentement. Singuliere propriété de cette manœuvre, d'autant plus difficile que l'ordonnance qui veut la faire eft plus forte & meilleure.

Pendant que nous en fommes aux converfions, il n'eft pas inutile de nous arrêter un peu à un de leurs principaux ufages. Lorfque quelque partie de la ligne fuit, & que les corps ennemis qu'elle a eu en tête veulent fe replier fur les flancs des Bataillons voifins, ils font obligés de faire un quart de converfion. Ce mouvement prend un tems, & préfente le flanc à la feconde ligne. Peut-être malgré cela les Bataillons découverts fuiront-ils ; quoique, avec beaucoup de fermeté, ils puffent faire tel mouvement qui arrêteroit tout court le vainqueur. Mais au moins celui-ci n'ira pas loin fans être attaqué en flanc lui-même, fi la feconde ligne n'eft pas trop éloignée, fur-tout fi elle eft de cavalerie. Elle viendra même toujours très-vîte, ou du moins quelque corps qui s'en détachera : car il n'a pas befoin d'être bien fort ni dans un ordre bien parfait, pour renverfer ce Bataillon vainqueur qui lui tend le flanc. Et il faut obferver encore, que quand celui-ci n'attendroit pas cette charge, tourné comme il eft, il ne peut plus fe retirer qu'en défordre.

Si au lieu de faire le quart de converfion par Bataillon ou demi Bataillon entier, le vainqueur ne fait replier qu'une petite divifion fur chaque flanc découvert, le mouvement fera bien plus prompt, & ne portera pas le flanc fi loin au-devant de la feconde ligne ennemie : mais auffi il faudra peu de chofe pour arrêter une troupe fi foible.

J'ai dit qu'une troifiéme maniere de faire marcher un Bataillon par la droite ou la gauche, eft de le rompre en divifions qui font leur quart de converfion féparément. En les multipliant, on diminue de beaucoup les défauts du mouvement ; mais elles en ont un autre à craindre. Si chacune n'obferve pas avec une exactitude géométrique & la diftance & l'alignement, le Bataillon fe reformera tout de travers, & on fe fera battre aifément. C'eft cette difficulté de fe reformer jufte, & le danger qu'il y a à le faire mal, qui ont fait

dire

diré au Maréchal de Puiségur que devant l'ennemi on ne doit faire de mouvement que par Bataillon entier, *sans le séparer par divisions*. Indépendamment de ces inconvénients du quart de converfion par divisions, on fent bien qu'on ne peut l'entreprendre que lorfque l'ennemi eft affez loin pour donner le tems de faire le mouvement, marcher, & fe remettre. Jufques-là on n'eft point du tout en défenfe.

Peu content de ces trois manieres de faire marcher un Bataillon par la droite ou la gauche, le Maréchal de Puiségur en a imaginé une quatriéme. Elle fuppofe que le Bataillon a les rangs ouverts à 12 pieds de diftance. Dans cet état tous font par 6 des quarts de converfion ; ce qui forme une efpéce de Colonne faifant tête au flanc, dont les rangs efpacés de même de 12 pieds font de 24 hommes chacun, fi le Bataillon étoit d'abord à 4 de hauteur. Cette Colonne arrivée où elle vouloit aller, fe remet en Bataillon par de pareilles converfions. Ce mouvement eft féduifant : il n'a pourtant pas fait grande fortune. On le trouve affez généralément impratiquable, ainfi que tous ceux qui fe font à rangs ouverts : il eft de grand détail, demande comme le précédent beaucoup de précifion pour fe reformer jufte, & cette précifion n'eft pas très-aifée à obferver, la perte feule des hommes peut y caufer bien de l'embarras.

On a une derniere façon de faire marcher un Bataillon par le flanc, par la droite par exemple ; les foldats faifant toujours face à l'ennemi, croifent la jambe gauche devant la droite. Cette maniere n'eft pas fans utilité, quoique trop gênante pour aller ainfi ni bien vîte ni bien loin. Il eft d'ailleurs affez difficile, quoique abfolument poffible, de marcher ainfi fans prendre un peu de terrein en avant ; ce qui feroit un très-mauvais effet, faifant fortir de la ligne un Bataillon qu'on ne vouloit que rapprocher de fon voifin. Enfin fous le feu de l'ennemi on perd des hommes : & en marchant de cette maniere, on n'a de force & d'équilibre que ce qu'il en faut très-jufte pour fe tenir debout : de forte que quelques foldats tombants dans les rangs en feroiènt fûrement trébucher plufieurs autres, & le Bataillon courroit grand rifque de fe rompre.

K

De tout ceci je conclus que le Bataillon ne peut marcher devant l'ennemi autrement qu'en avant, n'a point d'autre mouvement comme *folide*. Ses changements de forme fe réduifent à doubler les rangs ou les files ; former le rond, le quarré, l'octogone, ou autres figures fermées, pleines ou vuides ; quitter la ligne droite pour fe mettre en croiffant, ou en tenaille droite ou renverfée. Je ne fais mention de ces dernieres que parce que Montécuculi en a parlé : mais cette déférence n'ira pas jufqu'à m'en faire dire davantage.

Si le Bataillon double les rangs, cela ne fert qu'à affoiblir fon ordre. Nos adverfaires mêmes lui défendent cette manœuvre devant l'ennemi. S'il double les files cela le fortifie un peu, l'approchant d'autant de la Pléfion. Les figures fermées, que j'examinerai dans un chapitre à part, ne font bonnes que dans le cas d'abandon tout au plus, pour l'ufage ordinaire font à compter pour rien. Le Bataillon n'a donc aucun changement de forme à nous citer, n'a aucuns mouvements, confidéré comme fléxible. J'ai rapporté un peu plus haut un mot du Maréchal de Puiſégur, qui lui défend nettement devant l'ennemi tous les mouvements qu'il pourroit faire, comme divifible. Voilà donc les trois points de divifion de cet auteur célébre remplis, & le Bataillon reconnu incapable de mouvements d'aucune efpéce.

Je ne dois pas manquer d'obferver, avant de quitter cet article, que quand tous les mouvements dont parle le Bataillon feroient sûrs, faciles, prompts, excellents en un mot, il ne pourroit pas s'en faire un mérite vis-à-vis de la Pléfion ; puifqu'ils ne font autre chofe que des remédes à des défauts dont elle eſt exempte. Pourquoi un Bataillon fait-il un quart de converfion ? Pour marcher par le flanc, ou feulement pour y faire tête. Mais s'il pouvoit comme elle marcher par le flanc après le fimple à droite, fi fon flanc n'étoit point foible, dans aucun de ces deux cas il n'auroit befoin de ce mouvement. Pourquoi fe met-il en rond ou en quarré ? Parce que fon ordre n'eſt pas propre à fe défendre lorfqu'il eſt environné. Il n'auroit point la peine d'aller chercher ces figures, fi, comme la Pléfion, il étoit bon dans toutes circonftances, n'ayant rien de foible. Quand ces figures feroient excellentes, ce feroit donc en lui un défaut d'être obligé de les former.

Il n'en eſt pas de même de la Pléſion. Il n'eſt point queſtion pour elle de dérober par un mouvement une partie foible, puiſqu'elle n'en a point ; ni de ſe diſpoſer à marcher de tel côté, elle eſt toute prête ; ni de ſe maintenir dans un mauvais pas, par ſon ordre primitif elle eſt en état de s'en tirer. Enfin n'ayant point de défaut, ſes mouvements ne ſont point, comme ceux du Bataillon, des remédes, ou plutôt des palliatifs : ce ſont des moyens de multiplier ſes avantages; moyens ſi ſimples, ſi faciles, qu'ils peuvent à peine s'appeller des mouvements. C'eſt ce que nous allons examiner.

ARTICLE II.

Mouvements de la Pléſion. (a)

Nous avons vû trois occaſions pour le Bataillon de faire le quart de converſion. 1° Lorſqu'il veut marcher par ſon flanc. 2° Lorſqu'il veut ſeulement y faire front, l'ennemi étant prêt de le charger dans cette partie. 3° Lorſqu'il veut lui-même ſe replier ſur les flancs de quelque corps ennemi, découvert par la fuite de ſon voiſin. Dans toutes ces circonſtances, la Pléſion n'a aucun mouvement à faire.

1° Quand elle veut marcher par la droite, elle fait à droite & marche. Cela n'eſt pas plus fin que cela. Elle s'allonge à la vérité, ſi elle veut faire ce mouvement en courant, & ne pas ſe contenter du pas redoublé ; par conſéquent ſon front s'étend : mais comme il eſt fort court, l'allongement eſt très-peu de choſe, & regagné dans le moment. Si les files devenues rangs ont pris chacune 4 pieds, c'eſt 22 pas à rattraper. On peut donc marcher ainſi, à cette diſtance, & même bien plus près de l'ennemi : parce que l'on peut regagner l'allongement en courant, ſans craindre de déſordre. Si les files ne prennent que 3 pieds, il faudra en-

(a) Dans tous ces mouvements je ne parlerai point des pelottons, excepté dans quelques-uns où je le croirai plus néceſſaire. Il eſt inutile d'allonger le diſcours de quelque choſe qui n'a pas be- ſoin d'explication. D'ailleurs on ne peut guères leur donner de regle générale. Selon les différentes circonſtances, ils feront des manœuvres toutes différentes, la Pléſion faiſant le même mouvement.

core bien moins de tems pour les reſſerrer. La Pléſion allongée à 4 pieds par file , ſon front ſe trouve le double
de ce qu'il étoit en repos : d'où l'on voit que quand les eſpaces ne ſeroient qu'égaux au front , il y auroit place pour
cet allongement ; que cette façon de marcher qui demanderoit des vuides de 50 toiſes dans une ligne de Bataillons,
n'en exige ici que 8.

2° On ſait que la Pléſion n'a beſoin d'aucun mouvement
lorſque l'ennemi paroît ſur ſon flanc. Il eſt aſſez en défenſe.
On verra cependant bientôt une petite manœuvre qui la rend
encore plus redoutable ſur cette partie , & n'eſt pas moins
prompte qu'utile.

3° Pour les occaſions où la Pléſion veut ſe replier ſur les
flancs des Bataillons collatéraux à celui qu'elle a percé, ou
à un intervalle de la ligne ennemie dans lequel elle eſt entrée, Folard a donné un mouvement , que j'appellerai *par-*
Pl. 2, fig. 1.　*tir par manches.* La manche droite fait à droite , la gauche à
gauche , puis toutes deux marchent s'éloignant l'une de l'autre. Il n'y a rien de plus dans ce mouvement, ſinon que ſi
les rangs de la Pléſion ne ſe font pas ferrés à la pointe de
l'épée avant qu'on la ſépare , il faut que les manches tout en
marchant ſe reſſerrent ſur le centre , ce qui n'eſt pas fort difficile à cauſe de leur épaiſſeur & de leur briéveté. A ce propos je dirai , une fois pour toutes , que j'ai marqué les allonge-
ments & racourciſſements ſur les planches par-tout où cela a
été néceſſaire , que j'y ai eû égard autant qu'il falloit , mais
que j'en embarraſſerai rarement le diſcours. Pour revenir à
ce mouvement des manches , on voit avec quelle promptitude elles feront ſur les flancs des deux Bataillons ennemis, &
combien il eſt impoſſible à chacun d'eux de réſiſter , chargé
en cette partie par un petit Bataillon de 32 de front,
16 de hauteur. La manche le renverſera même à ſi peu de
frais , qu'elle n'en ſera pas moins en état de battre le ſuivant,
& iroit ainſi juſqu'au bout de la ligne , pourvû qu'elle ne
s'amuſât pas à ſuivre les fuiards , à moins que l'ennemi ne
trouvât quelque moyen de l'arrêter. Mais c'eſt ce qui ſemble fort difficile , à cauſe de leur grande vivacité : car dès
le moment où elles font leur mouvement , c'eſt-à-dire leur

simple à droite, elles prennent la course. Leur front, quoique un peu plus étendu que celui de la Pléfion, ne l'eſt pas
aſſez pour leur ôter cette légéreté. De plus elles ne portent
point leurs flancs, qui d'ailleurs ne ſont pas très-foibles, ſi
loin au devant de la ſeconde ligne ennemie. Une manche
étant engagée dans la premiere de la moitié de ſa longueur,
& la ſeconde ligne étant à 100 toiſes ou 300 pas de cette
premiere, ce qui eſt le moins qu'on puiſſe ſuppoſer, le Bataillon 1, pour arriver au flanc de cette manche, a 284
pas. Elle en fera bien 600, puiſqu'elle court, pendant qu'il
parcourra cet eſpace. Lors donc qu'il arrivera, il aura fait un
voyage inutile : elle ſera déja bien loin du point A, où elle
eſt entrée dans la ligne ; elle ſera au point 2, & aura bal-
laié toute cette partie (a). Si l'ennemi veut l'arrêter, ce n'eſt
pas comme cela qu'il doit s'y prendre. Il faut en uſer comme
lorſqu'on veut arrêter un violent incendie. Sans perdre tems
à jetter de l'eau dans une maiſon qu'il eſt impoſſible de ſau-
ver, on la laiſſe brûler, tandis qu'on travaille plus utilement
à abattre celle qui ſuit, pour empêcher les flammes de ſe
communiquer à toutes l'une après l'autre. De même il faut
laiſſer fuir quelques Bataillons, puiſqu'on ne peut l'empê-

(a) La figure qui repréſente ce mouvement de partir par manches, paroît
folle, puiſqu'il ſemble que je veuille faire
attaquer & battre toute une armée par
une ſeule Pléſion. Je n'ai point marqué
notre ligne, parce que je parlois uniquement du mouvement de manches, faiſant
abſtraction de toute autre choſe. Il faut
regarder cette figure des mêmes yeux que
l'on regarderoit la carte décharnée d'une
riviere ou d'un canal. Comme je prévois
que juſqu'à l'expérience bien des gens
conteſteront la grande célérité que prétend la Pléſion, je ne doute pas qu'ils ne
faſſent une réduction conſidérable ſur la
bréche que les manches font dans la ligne ennemie. Je les ferai ſouvenir cependant que quand il y auroit pour cette
ordonnance quelque danger à courir au
pied de la lettre, parce que en courant
elle ne peut être bien ſerrée, ni par conféquent bien en force, ce danger ne ſeroit pas fort à craindre pour les manches,
qui n'ont pas beſoin de grandes forces
pour attaquer des flancs. Mais ſans nous
arrêter à cette diſpute, réduiſons les
manches à la vîteſſe du Bataillon. Il ſera
toujours inconteſtable qu'avant d'être
attaquées par la ſeconde ligne ennemie,
elles auront fait autant de chemin en ba-
layant la premiere, que cette ſeconde
en aura fait pour parvenir juſqu'à elles.
Si donc les deux lignes ennemies étoient
diſtantes l'une de l'autre de 100 toiſes,
chaque manche aura abordé le Bataillon
collatéral à celui dont la fuite a occa-
ſionné ce mouvement, parcouru l'étendue de ſon front, frappé le flanc du ſecond, & fait encore plus de 60 pas avant
que la ſeconde ligne arrive. Cette ſeule
Pléſion ſe trouvera donc en l'attendant
avoir renverſé 5 Bataillons, & 7 ſi les

K iij

cher. Pendant que la manche parcourra les efpaces que tenoient dans la ligne les quatre premiers, fuppofé, on cherchera à donner des fecours au Bataillon 6, pour tâcher de
le maintenir contre elle. En attendant on fent quel effet fera
dans la ligne une brêche dont cette longueur 1, 2, n'eft
que la moitié. Je ne fais pas au refte quel fecours l'ennemi
donnera à ce premier des Bataillons, qu'il veut conferver en
ligne. Sera-ce d'approcher le corps 5, pour charger le
flanc de la manche quand elle paffera devant lui ? Cela eft
poffible. Mais pour qu'il arrive à tems, il faut qu'il fe foit
mis en mouvement dès que la Pléfion s'eft féparée au point *A*.
Et c'eft de quoi il s'avifera rarement, n'imaginant pas que ce
foit lui feul qui puiffe réparer un défordre fi éloigné. De plus
fi le Bataillon 4 n'a pas marché en même tems, ou fi
la feconde ligne eft tant pleine que vuide, la manche peut
jouer à ce Bataillon 5 un plaifant tour. Lorfqu'elle eft encore au point *D*, & lui au point *F*, de forte qu'elle eft prête à paffer devant fon front, elle fera à droite & marchera
vers *E*, comme fi elle vouloit aller à la feconde ligne. Quand
elle fera à hauteur du Bataillon, elle fe remettra par un à
gauche & ira charger fon flanc. Ceci a l'air d'une plaifanterie : mais qu'on cherche férieufement fi le Bataillon peut

---

deux lignes ennemies étoient éloignées
l'une de l'autre de 150 toifes.

Mais combien en déplaceront les manches, s'il n'y a point de feconde ligne,
ou fi c'eft dans la feconde ligne qu'elles
font cette manœuvre, les Pléfions victo-
rieufes ayant laiffé le foin de la premiere
à leur ligne qui les fuit ? L'ennemi, dira-
t-on, aura des réferves? foit. Cela ne coû-
te rien à fuppofer. Mais ces réferves ne
feront pas fort utiles, du moins dans certaines parties. Qu'au centre de l'armée,
& à 150 toifes en arriere de la feconde
ligne, l'ennemi ait une réferve de 5 Bataillons, elle n'arrêtera pas les manches
qui fe feront féparées au centre de cette
feconde ligne. Car elle a 150 toifes à parcourir pour les attaquer. Et elles n'en
ont que 125 pour être hors de la partie
où la réferve peut fe porter, marchant

en avant. Mais la réferve ne marchera
pas en avant ? cela nous eft égal, & n'eft
pas plus à craindre. Pour fe porter à tel
point qu'on voudra de la feconde ligne,
elle a plus de chemin à faire que nous,
& de plus à débuter par un mouvement
de converfion. Elle ne nous dévancera
donc nulle part ; & quand cela feroit,
il n'y auroit pas grand mal, car marchant
ainfi elle ne peut combattre les manches
fi elles ne vont l'attaquer. Je me fuis arrêté à tout ceci moins par attachement
pour ce mouvement, que je n'employe
jamais, que pour faire voir par cet échantillon que dans cet ouvrage, que je voulois faire court, je n'ai pas toujours tout
dit, que bien des objections font inutiles
à me faire. Je m'arrêterai rarement à faire
de pareilles notes-fuppléments. Je laiffe
ce foin au lecteur.

faire à tems quelque manœuvre pour éviter ce croc‐en‐jambe.

Mais quand on parviendroit à charger le flanc de la manche, je ne fais pas trop ce qui en arriveroit. Prife de ce fens c'eft une petite Colonne de 12 de front 32 de hauteur. Cette tête n'eft rien moins qu'un flanc foible. Je conviens bien qu'elle eft un peu trop mince. Nous n'en admettons point au‐deffous de 16 : mais nous avons reméde à tout. Quand la manche verra à 25 ou 30 pas un corps 7, qui va charger fon flanc, (voyez la droite de la figure) les 16 premieres files continueront de marcher vers G 12 pas, ferrant les rangs à la pointe de l'épée, les dernieres faifant ferme en L. Enfuite ces premieres s'arrêtant & faifant face, les autres fe porteront à côté d'elles en H, pour former une fauffe Pléfionnette qui ayant 24 de front 16 de hauteur feroit en état de percer le Bataillon ennemi, quand elle ne feroit pas accompagnée de la moitié des pelottons de la Pléfion, qui dès le commencement ont dû fe partager entre les deux manches, ou du moins les rejoindre dès qu'ils auront vû les Bataillons rompus abfolument hors d'état de fe rallier.

Quand l'ennemi aura ramaffé trop de forces, ou que la manche fera fatiguée, & ni l'un ni l'autre n'arrivera qu'après qu'elle aura fait bien du mal dans la ligne, elle fe retirera triomphante à la fienne, & fans défordre, puifque après le fimple à droite elle peut fe mettre en marche, fa queue n'étant pas obligée d'attendre, comme fi c'étoit un Bataillon, qu'elle fe foit allongée de 150 pas.

Content avec raifon de celui que nous venons de voir, Folard n'a peut‐être pas cherché un autre mouvement que j'appelle *partir par Pléfionnettes*, qui peut d'ailleurs fervir pour charger de front en Colonnes un corps ennemi qui marcheroit contre le flanc de la Pléfion. C'eft dans cette circonftance que je vais le préfenter d'abord, & le préfenter dans fa plus grande longueur, encore fera‐t‐il fort court.

Une Pléfion *ABCD* marchant les rangs ouverts à 5 pieds, Pl. 2, fig. 3. un Bataillon ennemi fe préfente fur fon flanc qui ne paroît point du tout en défenfe, & réellement n'y eft pas dans ce

moment : quand il eſt à diſtance de 30 pas au plus ; le premier & le dix-ſeptiéme rang de la Pléſion s'arrêtent tout court,
les autres ſe ſerrent contre eux à 2 pieds. Ce n'eſt guères ,
pour les derniers rangs , que 20 pas. Encore peut-on les faire en courant ſans craindre de déſordre. Dès qu'on eſt ſerré ,
à droite chargeons. L'ennemi qui comptoit tomber ſur des
flancs , ſe trouve chargé lui-même par deux petites colonnes
de 16 de front 24 de hauteur. On peut juger s'il ſeroit en état
de tenir contre cette attaque , quand il ne ſeroit pas étonné d'un
pareil changement de décoration , & dans le déſordre néceſſaire d'une troupe qui va follement croyant courir à une victoire ſûre & facile. On voit que par ce mouvement la Pléſion peut ſans crainte , ſoit pour ſe retirer ou marcher à un
autre , tendre le flanc toute allongée à un Bataillon ennemi
qui eſt très-près d'elle. La figure montre ce Bataillon en lignes ponctuées au point où il étoit quand nous avons commencé notre mouvement , au trait à la diſtance où il ſe trouve lorſque nous le finiſſons. Encore j'ai ſuppoſé qu'il marchoit
auſſi vîte que nous.

On voit combien ce mouvement ſera plus court , lorſque
les rangs de la Pléſion ſeront moins ouverts , comme à 3 ou 4
pieds. On voit encore que 100 Pléſions marchant à la queue
l'une de l'autre , cette colonne chargée en flanc n'aura pas
beſoin de plus de tems pour ſe transformer en une ligne de
Pléſionnettes , qu'une ſeule pour faire ce mouvement. Si l'on
fait le même mouvement à la place de celui de manches après
avoir percé un Bataillon , & qu'on veuille courir par Pléſionnettes dans les flancs des collatéraux , la première Pléſionnette allant à droite la ſeconde à gauche , il faut que toutes
deux , en marchant , ſe jettent un peu ſur la droite pour ſe trouver dans la même direction , & le centre de leur front dans
l'alignement des corps ennemis. Mais ceci eſt une minucie
& très-aiſée ; du reſte le mouvement eſt auſſi facile que l'autre. Les 12 pas que chacun met à ſe dégager de la Pléſion ,
ſont autant de fait ſur le chemin qu'elle a à parcourir. En
tout je préfére les Pléſionnettes aux manches. Celles-ci ne
font plus des Pléſions : les autres en font de véritables , en
ont toutes les propriétés , toute la force : car ce n'eſt pas le
nombre

nombre qui fait la force de cette ordonnance ; & pour ce
qu'elles ont à faire, pour charger des Bataillons en flanc
ou en défordre, elles feront toujours plus que fuffifantes. Je
ne fais s'il y a quelque chofe de plus léger que les manches :
mais je fuis fûr que rien ne l'eft davantage que les Pléfionnettes. De plus ces dernieres ne craignent abfolument rien pour
leurs flancs, n'auront aucun mouvement à faire, quelque parti que prenne l'ennemi : & quand elle feront laffes de fe promener dans fa ligne, rejoindront toujours très-facilement la
leur, perceront même aifément ce qui leur auroit coupé le
paffage. Les manches n'ont pas tout-à-fait les mêmes avantages. Leurs flancs n'ont pas toute la force qu'on pourroit défirer ; ce qui m'a fait leur indiquer un mouvement que je crois
néceffaire en certains cas, & a fait dire à Folard qu'il ne faut
pas partir par manches fans précaution, & fans favoir fi la feconde ligne ennemie ne vient pas nous attaquer, ou fi notre
premiere tient encore ; parce qu'il feroit à craindre que cette
petite Colonne trop mince ne fe trouvât enveloppée. La Pléfionnette qui ne craint point cet accident fera toujours fon
mouvement, fans beaucoup s'embarraffer de ce qui fe paffe
ailleurs, & dans des cas où les manches n'oferoient le tenter.

Mais voici le plus grand avantage des Pléfionnettes, celui qui
les fera décider du fort des batailles, & fort promptement ; c'eft
qu'elles peuvent porter dans les flancs de l'ennemi de fi grandes forces, que ni les fecours qu'il fera venir d'ailleurs, ni
les manœuvres qu'il pourra faire, rien enfin n'arrêtera, ne retardera feulement leur ravage, & qu'elles continueront de
renverfer tous fes Bataillons, tant qu'il en reftera en ligne. Je
prie le lecteur de faire attention à ceci.

Soient dans une ligne d'infanterie, à un endroit où l'on veut
faire effort, trois Pléfions éloignées l'une de l'autre feulement
de 8 ou 10 toifes, de forte qu'elles fe trouvent toutes trois
oppofées à un feul Bataillon ; dans leurs intervalles feront
leurs grenadiers à pied allignés avec leurs têtes, ce qui les
cachera même à l'ennemi, (quoique cela ne foit pas fort
néceffaire ;) les grenadiers à cheval feront en arriere des intervalles. Les Pléfions marcheront d'abord avec la ligne, les

Pl. 3, fig. 1.

L

grenadiers à pied tirant toujours. A quelque diſtance de l'ennemi, elles prendront la courſe pour tomber ſur un malheureux Bataillon qu'elles briſeront avec la plus grande facilité.
Il faudroit que leur ordre fût bien mauvais pour qu'elles ne
tinſſent pas parole, ayant une ſi grande ſupériorité. Auſſi-
tôt laiſſant à une partie des (a) pelottons le ſoin de la
pourſuite, les deux Pléſions qui ont la droite & la gauche
feront l'une à droite, l'autre à gauche par Pléſionnettes,
comme on voit en A & B; celle qui eſt au centre C & ſe
fera un peu moins avançée, fera à droite & à gauche, ſa
ſeconde Pléſionnette marchant droit vers D pour faire avec
celles de la gauche un front D G de trois Pléſionnettes; ſa
premiere ſe jettera ſur la droite en marchant, afin de prendre place de même en E, ou ſeulement ſuivra la ſeconde
Pléſionnette de la droite. Cela eſt indifférent. Par ce mouvement très-facile & très-court, quand il ne ſe feroit pas en
courant, contre chacun des flancs de l'ennemi marcheront
trois Pléſionnettes avec la légéreté, la force, & la ſupériorité
du nombre. On peut leur envoyer tout ce qu'on voudra pour
les arrêter. Elles en rendront bon compte; c'eſt de quoi je
ne crois pas qu'on puiſſe douter. Que quelques corps de la
ſeconde ligne viennent pour les diſtraire, & attaquer le flanc
de cette petite ligne: ce flanc n'eſt rien moins que foible:
c'eſt une Pléſionnette qui après le ſimple à droite ſe préſente
ſur 24 de front, 16 de hauteur. Quelques pelottons peuvent
reſter avec elle, ſi on le juge à propos. Elle combattra avec
avantage, tandis que les deux autres 2, 3, qui ne daigne-
ront pas ſe mêler de cette affaire, continueront de balayer
la ligne. Quand cette Pléſionnette 1 ſeroit battue contre toute
raiſon, cela n'empêcheroit pas les autres d'aller leur train.
Ce ne ſeroit pas au moins le corps à qui elle auroit eu affaire
qui iroit les inquiéter: pendant le combat de leur ſœur, elles
ſont déja bien loin. Mais il eſt ſûr que la Pléſionnette 1 ne
ſera point battue. Ne combattant que de front elle eſt fort
ſupérieure au Bataillon qui vient l'attaquer. On me dira à

Plan. 3, fig. 2.

(a, Je n'en parlerai plus par rapport à   tracés ſur la figure, qu'ils auroient em-
ce mouvement: leur manœuvre eſt trop   baraſſée aſſez inutilement.
aiſée. Par la même raiſon je ne les ai point

l'ordinaire qu'il fe rompra , fe recourbera. Rien de tout cela.
Il marche à elle , elle le prend fur le tems , le charge dans
le moment où il pourroit commencer fa converfion , & où
par conféquent elle n'eft pas finie. Si on dit que ce Bataillon s'arrêtera à une certaine diftance , comme en *C D* , pour
faire feu fur la Pléfionnette , qui ne le foutiendra pas , fe recourbera même pour le croifer fur elle : je réponds que cette
façon de la combattre eft bien molle , un reméde bien lent
pour un mal auffi violent que celui dont la premiere ligne eft
attaquée. Mais il y a quelque chofe de mieux. Si le Bataillon
fe recourbe , comme on voit en *A C D B* , la Pléfionnette
le laiffera là , & ira rejoindre les deux autres.

Si le corps qui vient de la feconde ligne eft très-nombreux
& dans un ordre affez formidable pour qu'on imagine qu'il
mérite la préfence de deux Pléfionnettes , on les y employera ,
la troifiéme continuant fon chemin , & renverfant toujours tout
ce qu'elle rencontrera. Dès que les deux premieres feront
débaraffées de ce qui étoit venu les diftraire , elles courront
après elle. Si elles ne la rejoignent pas , tant mieux : c'eft
que rien ne l'arrête.

Si , ce que je ne prévois pas , on croit néceffaire d'employer les trois Pléfionnettes contre les corps qui viennent
de la feconde ligne , on les préfentera comme on voit à la
figure 3 de la même planche , & pour prendre ce nouvel Plan. 3 , fig. 3.
arrangement il ne leur faut que le tems que la premiere a
mis à parcourir la ligne *A B*. Dans cet état , leurs grenadiers
à pied dans les intervalles , & en arriere encore les grenadiers à cheval que je n'ai pas marqués , cela fait une petite
armée. Nota que c'eft un Bataillon feul à qui elles ont affaire.
Quand il feroit auffi fort que la Phalange , elles en viendroient
à bout , même très-promptement ; & auffi-tôt après , laiffant
les pelottons le pourfuivre , reprendroient leur premiere occupation. Peut-être à caufe de ce tems perdu ne trouveront-
elles plus des flancs , mais des Bataillons retournés pour leur
faire face , ou formés en quarré , en rond , &c. Tout cela
ne les embarraffe guères. Ils n'en tiendront pas davantage.

J'avoue que je me connois mal en démonftrations , fi l'infpection feule de la fig. 1 n'en eft une , que le refte de l'ar-

L ij

mée n'a befoin que d'un moment de bonne contenance, pour que les trois Pléfions lui livrent une victoire très-prompte, très-complette, & très-peu fanglante ; puifqu'il n'y a de combat véritable que contre un feul Bataillon ennemi attaqué par des forces quadruples. Le refte de l'action eft pure déroute. A pareille bataille on pourroit voir vrai au pied de la lettre le propos du Maréchal de Tallard, gagner plus de drapeaux qu'on ne perdroit de foldats.

Je crois encore qu'on ne difconviendra pas que ce que nous venons de faire avec trois Pléfions pourroit fe faire avec deux, & être d'un affez grand effet pour rendre inutile tout ce que l'ennemi pourroit oppofer, enfin qu'une feule ébranleroit furieufement une grande étendue de fa ligne.

A engager l'affaire dans ce goût, il n'eft pas à craindre fans doute que notre premiere ligne foit rompue : elle ne fouffre rien, ne fait rien même. On n'a donc pas befoin d'une feconde, il ne faut tout au plus que des réferves. Ainfi on me laiffera bien prendre encore trois Pléfions pour mettre à la premiere ligne. Plaçons-les à la queue de celles dont nous venons de parler, comme fi nous les voulions à 64 de hauteur ; nous allons voir bien autre chofe. Après avoir percé le premier Bataillon, les trois qui ont la tête fans plus penfer à la premiere ligne, vont droit à la feconde, les trois de la queue reftent & font toute la manœuvre que nous venons d'expliquer. Cependant les trois premieres arrivent, renverfent un Bataillon de la feconde, puis y font la copie de ce qui fe fait dans la premiere. Oh ! pour cette fois il ne viendra pas de fecours de la feconde ligne. Elle en auroit grand befoin elle-même. De même qu'on peut faire la premiere attaque dont j'ai parlé avec deux Pléfions, on peut faire cette attaque double avec quatre. Seulement la meilleure partie des pelottons de toutes les quatre, marchera à la feconde ligne ; parce que celles qui reftent ayant fi beau jeu, & étant fuivies par leur ligne, n'ont befoin de rien.

J'avoue que j'aimerois fort cette façon violente & impofante d'engager une affaire. Je crois qu'à s'y prendre ainfi, cela feroit court. Je dois faire remarquer à nos adverfaires qu'ils ne peuvent pas fe difpenfer de critiquer avec foin,

détruire entierement tout ce que je viens d'avancer. Non-feulement cette réfutation fera toute neuve, les objections qu'on
nous a faites ne tombant en aucune façon fur ceci ; mais elle
eft encore très-néceffaire, parce que quand il n'y auroit que
cela de vrai dans tout cet ouvrage, que le refte ne feroit
qu'un tiffu de folies & d'abfurdités, il demeureroit toujours
prouvé que ce fyftême eft excellent, puifqu'il donne fi facilement la victoire à une armée dont une très-petite partie
l'auroit adopté.

C'eft ce mouvement de Pléfionnettes que nous venons d'examiner, qui difpenfe entierement la Pléfion des quarts de converfion, dans quelque circonftance que ce puiffe être. Il eft
vrai qu'elle pourroit tout uniment marcher par le flanc après
le fimple à droite, & charger ainfi : mais ce n'eft plus le même ordre alors, quoique très-formidable encore. Le front fe
trouve plus grand que la profondeur, au lieu que les Pléfionnettes font la même ordonnance, les deux font le même effet que la Pléfion toute entiere chargeant de front ; je crois
même affez volontiers que contre un ordre qui n'eft pas bien
fort, elles valent encore mieux. D'ailleurs pour marcher &
charger par fon grand côté, il faut que la Pléfion entiere ferre
les rangs, fi elle s'eft allongée en marchant. Cela n'eft pas
long à la vérité : mais par le mouvement de Pléfionnettes, cela eft encore de moitié plus court.

Nous avons vû que la Pléfion marche devant l'ennemi en
avant plus légérement fans comparaifon que le Bataillon, par
côté ce qu'il ne peut faire. Voyons s'il eft dangereux pour
elle comme pour lui de marcher en arriere.

Ce qui fait qu'un Bataillon fe rompt après le demi tour à
droite, c'eft premierement que ce mouvement y caufe quelque dérangement ; enfuite que chacun étant preffé de s'éloigner, la troupe eft encore plus difficile à contenir, le flottement plus terrible qu'à l'ordinaire. Mais dans la Pléfion
premierement le demi tour à droite ne caufera aucun défordre : elle ne fe dérange pas pour fi peu. En fecond lieu on
contiendra mieux les foldats dans leurs rangs, parce que cela
eft plus aifé, comme nous avons vû ailleurs ; & ils ne feront
pas fi preffés de s'en aller. La queue, qui maintenant a la

tête de la marche, eſt loin de l'ennemi, & couverte par 30
rangs ; elle ne s'effarouchera pas comme dans un corps à 4 de
hauteur. La tête, devenue la queue, ſuivra. D'ailleurs que peuvent déſirer ceux qui ont le plus d'envie de s'éloigner ? de
prendre la courſe. Eh bien, on leur donnera ſatisfaction. On
fera courir toute la troupe. En deux mots, tant que les dernieres ſections qui ont actuellement la tête, ne verront pas
les premieres paſſer à côté d'elles en déſordre, & qu'elles
les ſentiront à leur place, elles feront bonne contenance.
Tant que les dernieres iront en bon ordre, les premieres ſuivront de même.

Pl. 2, fig. 4.
Folard donne un mouvement que nos pelottons rendront
aſſez rare. Il faut cependant en parler. Je l'appellerai *faire
flanc*. Il conſiſte à faire ſortir par côté la derniere moitié d'une
manche *A*. Dès qu'elle eſt hors de la Pléſion, elle ſe remet
par un à droite, ſuppoſant qu'on fait le mouvement à la gauche, & ſe trouve flanquer la tête & prête à charger en flanc
ce qui voudroit l'embarraſſer. Si la partie du Bataillon ennemi qui fait le quart de converſion, s'étend plus loin que la
moitié de la longueur de la Pléſion, cette partie *A* ſe trouvera chargée elle-même : mais elle n'eſt point foible : priſe
de ce ſens elle eſt à 12 de hauteur, & n'eſt attaquée que de
front par un corps qui eſt ſur 4. Elle doit donc le percer,
puis ſe retournant toujours charger en flanc ce qui reſte. Quoi
qu'il en arrive la tête de la Pléſion reſte libre, continue ſon
chemin, & va tomber ſur le centre du Bataillon, qu'elle perce indubitablement. De ſorte qu'il ne ſeroit pas moins battu,
quand la partie repliée auroit pris quelque avantage ſur la demi-manche.

Au reſte je ne vois pas la néceſſité de faire flanc ainſi par
demi-manche. Je le ferois ſeulement par ſection *B*. La tête
de la Pléſion en reſte plus forte, & la partie flanquante n'ayant
que 8 de hauteur, feroit encore plus que ſuffiſante pour renverſer l'ennemi, le chargeant en flanc. Mais elle ne chargera
rien, & ſervira ſeulement à tenir le Bataillon en échec, à
l'obliger de ſe laiſſer battre ſans tenter d'embraſſer la Pléſion.
Il eſt vrai que s'il entreprenoit toute la longueur de la Pléſion par ſon quart de converſion, la ſection chargée en flanc

ne feroit pas en force : mais il eſt aiſé d'empêcher que cela n'arrive, obſervant ce que je dirai ailleurs par rapport aux grenadiers, qui font préciſément le même effet que cette ſection flanquante, & généralement rendent ce mouvement inutile. Ils aſſûrent même le flanc de la ſection, puiſque l'ennemi le chargeant leur tendroit le ſien. Il y a bien autre choſe à dire ſur l'impoſſibilité du recourbement du Bataillon, qui nous obligeroit à ce mouvement : mais ce n'eſt pas ici la place d'en parler.

Folard a dit que ſa Colonne aura par la petiteſſe de ſon front la facilité de faire écouler une premiere ſection rompue, qui ira ſe rallier à la queue, tandis que le reſte fera ferme. Ce mouvement fera encore aſſez rare, parce qu'on ne trouvera guère une réſiſtance capable de déranger la tête. Il faut pourtant l'apprendre aux troupes, afin que ſi par hazard on ſe trouvoit dans le cas d'y avoir recours, elles connoiſſent cette manœuvre & ne la prennent pas pour une fuite. Elle eſt aſſez expliquée par ce que je viens de dire, ſans que je m'y arrête davantage. Je ne m'amuſerai point non plus à faire voir ſon uſage & ſon utilité, qui ſe préſentent aſſez naturellement. Je m'attends bien qu'on y trouvera des difficultés : mais il feroit trop long de les applanir. D'ailleurs cela n'eſt pas fort néceſſaire. Chacun penſera de ce mouvement ce qu'il lui plaira. Qu'il ſoit impratiquable, il n'y a qu'à ne pas s'en ſervir. Ce ne ſera jamais un défaut dans la Pléſion comparée au Bataillon qui n'eſt pas capable d'une pareille manœuvre. Ce ne ſera qu'un avantage de moins qu'elle aura ſur lui. Je demande ſeulement à ceux qui ne goûteront pas le mouvement en queſtion, la permiſſion de m'en ſervir tant que je voudrai, lorſque je ne ſerai pas preſſé par l'ennemi. Je leur repréſenterai auſſi, à compte ſur ce que je pourrois dire pour le juſtifier, qu'il n'eſt rien moins que neuf; que c'eſt le même préciſément que celui d'une Colonne qui fait feu de chauſſée, que les Turmes des anciens le faiſoient tous les jours, & quelque choſe de mieux, que les Indiens l'employerent contre Valdivia Gouverneur de Chili. Leur manœuvre encore étoit bien plus difficile que la nôtre. Leur Colonne étoit de 13000 hommes, conſéquemment beaucoup plus large &

plus longue qu'une Pléfion. Il étoit donc bien plus long pour la premiere fection de démafquer la feconde. Il lui falloit bien plus de tems pour regagner la queue. Pendant tout ce tems elle étoit pouffée vivement : car c'étoit de la cavalerie qui attaquoit cette Colonne Indienne. Avec tout cela les Barbares firent *place* dix fois. Les Efpagnols qui les rompoient à leur ordinaire, voyant que par cette manœuvre des ennemis cela ne fervoit à rien, & que le combat ne finiffoit point, furent obligés de penfer à leur retraite. Mais les Indiens y avoient pourvû, de forte qu'ils périrent tous. Sans trop nous flatter nous pouvons efpérer d'exécuter une manœuvre qui ne fut pas trop difficile pour des Chiliens, & ne pas craindre après cet exemple que, lorfque nous ferons faire place à la premiere fection, toute la troupe s'en aille à la débandade. Je compte bien même qu'au moyen d'une petite bagatelle Romaine qui fiéroit fort bien à la Pléfion, il n'y aura pas un feul homme de la feconde fection qui fuive la premiere, & profite de l'occafion pour s'enfuir.

Folard paroît dans quelques endroits compter beaucoup fur le feu des flancs de fes Colonnes, qu'il appelle faces. Je ne peux le fuivre en cela, ni m'empêcher d'applaudir à fes critiques dans le feul point où ils ayent eû raifon. Les flancs des Colonnes en ligne font paralleles, par conféquent fe battent réciproquement, à moins qu'on ne tire affez obliquement : mais cela n'eft pas fort fûr. Cela eft même impoffible, fi les efpaces entre les Colonnes ne font fort grands. Il n'y a donc guère que la tête qui puiffe tirer ; & quand dix rangs tireroient, ce feroit toujours très-peu de feu en comparaifon de ce qu'en fournit le Bataillon.

Ce n'eft pas un grand mal pour la Pléfion de ne pouvoir tirer, puifque fi elle eft en place où elle puiffe aborder l'ennemi, elle n'a aucune envie de s'amufer à cela ; fi au contraire elle ne peut le joindre, il ne la joindra pas davantage, elle peut donc fans crainte prendre telle forme qu'elle voudra. Cette nouvelle forme n'aura pas la force de la premiere, mais la force n'eft pas néceffaire ici. Pourvû qu'elle faffe grand feu, elle fera toujours bonne. Tout ce qu'on peut defirer de plus, c'eft que

cette

Pl. 1.

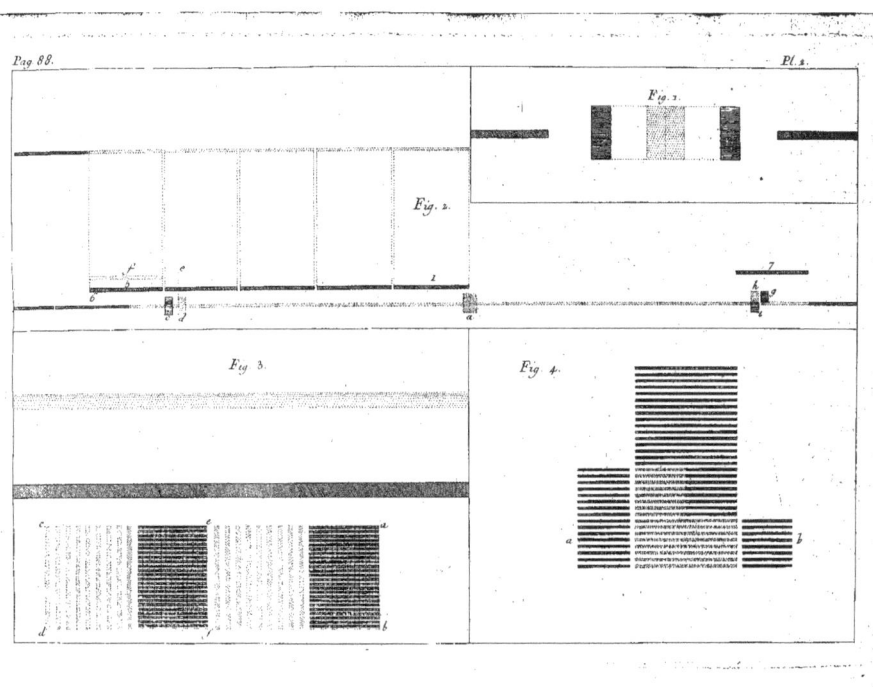

Fig. 1.

Fig. 2.

Fig. 3.

Fig. 4.

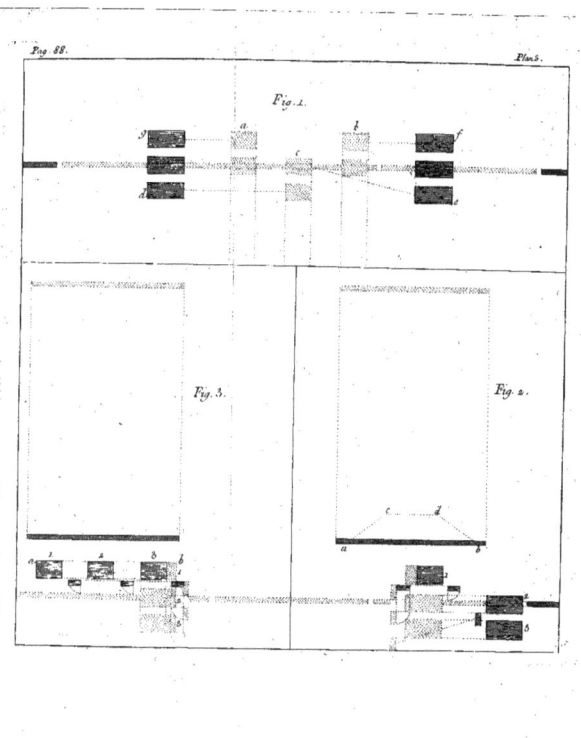

Fig. 1.

Fig. 3.

Fig. 2.

cette figure foit aifée & prompte à former, qu'il foit aifé de même de la quitter, & de fe remettre en Pléfion.

Le premier moyen de faire feu eft de fe développer tout uniment en ligne pleine. On fera à deux de jeu alors avec les Bataillons ; & même fi les Pléfions ne font pas très-éloignées l'une de l'autre, la nouvelle ligne fe trouvant à 8 de hauteur & plus, fournira plus de feu que la leur, quand les derniers rangs ne pourroient faire autre chofe que charger des fufils & les paffer aux premiers ; manœuvre très-poffible tout au moins dans le cas que nous fuppofons, de ne pouvoir être abordé par l'ennemi. Si l'on ne veut pas de cela, mais feulement une ligne de moufqueterie à 3 de hauteur, on ne fera que tirer de la queue de la Pléfion de nouveaux pelottons que l'on joindra aux grénadiers à pied, pour former cette ligne en avant des Pléfions racourcies. On peut encore faire tirer la Pléfion par tranches ; la première, auffitôt après avoir fait fa décharge, paffant à la queue pour démafquer la feconde, ainfi des autres. C'eft le feu de chauffée, qui lorfque les Pléfions feront peu éloignées l'une de l'autre, fera très-vif. Il eft mille autre moyens de faire tirer la Pléfion. Quand il n'y auroit que ceux qu'on vient de voir, cela feroit bien fuffifant, pour établir que cette ordonnance fupérieure au Bataillon dans le combat d'armes blanches, tout au moins n'eft pas inférieure dans le cas très-rare pour elle d'un combat de moufqueterie. Comme je n'ai que cela à prouver, je pourrois donc très-bien me difpenfer de chercher de nouveaux moyens d'en tirer du feu. Je vais cependant en expofer encore quelques-uns. On choifira.

Quelques auteurs ont imaginé un ordre de bataille par angles faillants & rentrants, comme une fcie. Folard trouve cet arrangement ridicule, & a grande raifon. Une pareille difpofition ne peut foutenir le moindre choc, ni marcher feulement, non plus-que la Phalange * entortillée d'Elien, qui eft dans le même goût. Mais il faut convenir auffi que fi pour la charge cette difpofition eft extravagante, elle eft fort bonne pour faire grand feu reftant en place, tant parce qu'il y a plus de monde en même étendue de terrein, que parce que le feu fe croife par-tout ; de forte qu'une pareille

* *Phalanx im-plexa.*

M

ligne a en cela fur toute autre précifément le même avantage, qu'un retranchement bien flanqué fur une ligne droite.
On pourroit donc lorfqu'il n'eft queftion que de moufqueterie, les deux armées étant féparées par un obftacle qu'on ne
peut franchir, imiter cette difpofition. C'eft ce que nous ferons par un mouvement que j'appelle *faire tenaille* (Pl. 4,
Pl. 4, fig. 1. fig. 1.) Il y a un peu de converfion, mais très-aifée, le rayon
étant fort court, & la partie qui tourne à 12 de hauteur. La
Pléfion 1 qui eft à la droite, eft repréfentée ayant formé la
tenaille partant de la ligne droite. Il lui a fallu pour cela
le tems qu'on mettroit à faire 12 pas. Celle qui eft au centre 2 l'a formée partant de fon ordre naturel. Le mouvement
eft un peu plus long. La derniere fection reftant en place,
le refte de la Pléfion s'eft ouvert par manches, & a fait ainfi 20 pas; après quoi chacune faifant un demi quart de converfion, la derniere fection a avancé, pour les joindre &
leur fervir de courtine. La Pléfion 3 a formé la tenaille un
peu plus ouverte, & la derniere fection eft reftée en arriere
de quelque chofe. C'eft celle-ci qu'on emploiera dans les parties où il y aura du canon, qui à ce moyen trouve place pour tirer fans être mafqué, ni mafquer perfonne, tirer obliquement,
croifant fon feu comme la moufquetterie. Les grenadiers à cheval, qui n'ont que faire là, font en arriere, de maniere qu'ils
fe trouveront démafqués & tous prêts à charger, lorfque les
Pléfions fe reformeront. Les grenadiers à pied 4 ont avancé,
& joignent les extrémités de deux Pléfions en tenaille. Pour
quitter cet ordre, il ne faut qu'un demi quart de converfion
des manches, & 12 pas; c'eft-à-dire tout au plus le tems
d'en faire 25. Je ne crois pas qu'on puiffe faire un feu plus
violent que celui d'une pareille ligne, ni que des Bataillons
puiffent le foutenir jamais. Avec cela je ne voudrois de cette
difpofition que dans le cas où il eft impoffible de joindre l'ennemi. Par-tout où l'on peut fe fervir de l'arme blanche, il
ne faut pas penfer à autre chofe. Notre fyftême eft fait pour
cela comme notre nation.

Je prévois bien de mauvaifes objections qu'on peut faire contre cette difpofition en tenaille; mais je perdrois trop de
tems à les prévenir: & pour s'en épargner une partie, je prie

le lecteur de ne point perdre de vûe que je ne l'emploie, que lorfqu'il eft impoffible d'aborder & d'être abordé.

La Pléfion a un mouvement tout oppofé en tenaille renverfée. Il eft fort court & peut fervir utilement dans certaines occafions. Pl. 4, fig. 2.

La fig. 3 repréfente un autre mouvement pour faire tirer la Pléfion, la mettant en échellons. La tête *C* refte à 4 de hauteur, les autres morceaux à 8 ; 12 de front. Quand les premiers rangs des pelottons *A* ont tiré, ils doublent derriere *C*, & les 4 derniers démafqués tirent librement. Les premiers reprennent enfuite leur place. Les 4 premiers rangs de *B* doublent de même derriere *A*, ainfi des autres. L'expérience feule peut mettre en état, de faire une jufte comparaifon de ce feu à celui de la ligne pleine à 4 de hauteur. Mais en attendant on peut affûrer que celui-ci eft fupérieur. Cette maniere de faire feu a un avantage fur la tenaille ; c'eft que la Pléfion peut marcher dans cet état, pour fe reformer où elle voudra & comme elle voudra. A la gauche de cette figure j'ai fait remarquer par des lignes ponctuées, qu'on peut de ces échellons former la tenaille mieux developpée que celle de la fig. 1. Dans tout ceci je ne parle point du déplacement de la pique. On a reproché cette omiffion à Folard, fans beaucoup de raifon. On en auroit encore moins contre moi. (*a*) Fig. 3.

La fig. 4 donne encore une maniere de faire feu, par manches. C'eft celle qu'on emploiera lorfque les Pléfions feront fort rapprochées. La tête 1 reftant à 4 de hauteur, le refte partira par manches, de forte que la droite de l'une fe joindra à la gauche de l'autre, comme on voit en 2, au devant des grenadiers à pied 3 : quand la premiere tranche ou demie fection aura tiré, elle retournera dans la Pléfion démafquant 5, qui la fuivra après avoir tiré, ainfi des autres. On voit fur la figure les différentes fituations de ces tranches. A la gauche toutes ont tiré & rentré, & vont reffortir, dès que les grenadiers à pied auront fait leur décharge. Fig. 4.

(*a*) Je puis paffer fur ce qui ne fait ni preuve ni difficulté. Voyez les derniers mots de ce chapitre.

M ij

Au centre rien n'a encore tiré. A la droite la quatriéme tranche eſt prête à tirer, les trois autres étant déja rentrées. Peut-être dira-t-on qu'il y a à craindre pour les têtes des Pléſions, quand les dernieres tranches tireront. Je ne le crois pas : ſur-tout, ſi les intervalles étoient un tant ſoit peu plus grands que je ne les ſuppoſe ici. Au reſte il y a reméde, ſi l'on veut, qui à la vérité rallentira un peu le feu de cette ligne, mais non pas aſſez pour qu'il ne reſte encore fort ſupérieur à celui d'une ligne de Bataillons.

Je n'ai pas parlé dans cet article de tous les mouvements dont la Pléſion eſt capable; mais ſeulement des principaux. Encore dans ceux qu'on a vûs y en a-t-il qu'elle ne fera guères, parce qu'ils ne lui feront pas néceſſaires.

Si nous comparons ſes manœuvres à celles du Bataillon, nous rappellant la diviſion du Maréchal de Puiſégur, nous verrons que comme ſolide elle eſt également capable de marcher légérement en avant, en arriere, ou par côté; mais que comme elle n'eſt plus Pléſion véritable quand elle marche par côté tout d'une piéce, elle fait ce mouvement comme diviſible. Elle n'a comme fléxible d'autre mouvement que celui de tenaille. Si on fait aſſez d'attention à ce que j'en ai dit, on le trouvera bon. Si on le trouve mauvais, on a de quoi le remplacer. Nous avons vû quelques mouvements de la Pléſion comme diviſible. Elle en fait tant qu'elle veut; juſques là qu'elle pourroit ſe partager en 4 devant l'ennemi, & le combattre dans cet état. Les raiſons de cette diviſibilité font, que ſes dimenſions étant fort courtes, elle n'eſt jamais en peine de ſe rejoindre aiſément, de ſe reformer juſte; que chacune de ſes parties a de la force; que ſes flancs n'étant point foibles elle ne craint point de les multiplier. Toutes qualités qui manquent au Bataillon. Récapitulant donc en deux mots ce que nous avons dit juſqu'ici des manœuvres des deux ordres, le Bataillon comme ſolide peut marcher ſeulement devant lui, encore aſſez mal : la Pléſion de tout ſens, très-vîte & très-bien. Comme fléxible le Bataillon a quelques mouvements: la Pléſion ne les a point (a), & quand

_____

(a) Je n'y prenois pas garde : elle a   exemple, ſe mettre en bataillon quarré, tout ce qu'elle veut. Si elle vouloit, par   ce ſeroit pour elle l'affaire d'un moment.

elle les auroit, & qu'ils feroient bons, ne s'en ferviroit point; puifqu'elle n'en a que faire. Comme divifible le Bataillon n'en a aucun devant l'ennemi : la Pléfion, tant qu'elle veut.

C'eft ici la place de juftifier Folard du reproche que lui a fait le Maréchal de Puifégur, que tout fon fyftême eft fondé fur la divifion par files. Dans aucuns mouvements nous ne nous fervons pas même de la divifion par quart de rang. (a) Je ne vois pas non plus que Folard en ait employé de plus petite; & je ne peux deviner ce qui a induit le Maréchal en erreur. Si on dit que Folard ne peut fe paffer de la divifion par files à caufe des piques; je répondrai qu'elles s'en paffent comme des fufils : ceux du fecond rang fe baiffent de même entre les foldats du premier au moment du choc; mais il n'eft pas néceffaire que tel fufil paffe toujours entre tel foldat & tel autre. La Phalange étoit obligée de fe fervir de la divifion par files : mais le cas eft fort différent. Ce n'étoit pas une pique légère & maniable, mais un faiffeau de piques inébranlables, qui paffoient non-feulement entre les foldats du premier rang, mais entre ceux des quatre premiers. Le Maréchal blâme, avec raifon, cette divifion dans le Bataillon : je ne fçai s'il eft fort aifé de s'en paffer. Une des raifons qu'il apporte pour la rejetter, c'eft qu'elle eft trop petite pour l'étendue du front du Bataillon. Elle ne feroit donc pas fi vicieufe dans la Pléfion, ne feroit pas même plus petite par rapport au front de cet ordre, que l'eft par rapport à celui du Bataillon la divifion par 6, continuellement employée par le Maréchal.

On n'a peut-être jamais propofé aucun mouvement bon ou mauvais, que beaucoup de perfonnes ne l'ayent jugé impratiquable devant l'ennemi. On l'a dit, & on le dira encore, des nôtres. Nous ne pouvons faire autre chofe à cela, que répondre à ceux qui ne le difent pas fans apporter des raifons. Je commence par établir un principe; c'eft que tout mouvement bien combiné, démontré géométriquement, eft poffi-

---

(a) Je n'ai pas crû néceffaire (& cela fans vouloir faire le myftérieux) de donner quelques mouvements où je me fers de cette divifion. Il y en a un fur-tout fort drôle, pour attaquer en même tems un Bataillon de front, & deux autres en flanc, comme cela pourroit fe trouver fi on entroit dans un intervalle de la premiere ligne ennemie, & que la feconde fût très-près.

ble, à plus forte raiſon, au moins à l'exercice : car le papier eſt plus délicat que le terrein : ſur le pré on aide un peu à la lettre, on paſſe ſur de petites irrégularités que le compas ne pardonneroit point. On pourra donc faire exécuter aux troupes tout ce qu'on aura exécuté ſur le papier, ſur-tout ſi on l'a trouvé très-ſimple & très-aiſé. Mais des mouvements pratiquables à l'exercice il y en a qui ne feroient pas bons devant l'ennemi ? Oui. Je ne voudrois pas employer dans le combat un mouvement que j'aurois fait exécuter ſouvent & très-bien, s'il avoit quelqu'un de ces défauts. 1° Mettre, pendant qu'il ſe fait, la troupe dans un trop grand dérangement, qui, augmenté par la perte des hommes & le tumulte d'une bataille, peut devenir irréparable. 2° Mettre l'ennemi dans le cas d'attaquer avec avantage, lui préſentant quelque partie foible. 3° Demander trop de tems, &, juſqu'à ce qu'il ſoit achevé, tenir la troupe hors d'état de défenſe. 4° Demander trop de terrein. 5° Etre ſi difficile qu'il y aura toujours, ſur-tout en tems de guerre, bien des ſoldats qui n'y feront pas rompus; & ſi compliqué que quelques-uns qui vont mal ſuffiſent pour y mettre la confuſion (a). 6° Préſenter le danger où l'on ſe trouve avec trop d'évidence, en avertir la troupe de maniere à l'épouvanter, & au contraire encourager l'ennemi.

On croit que tous les mouvements du Bataillon par converſions de 6, les rangs ouverts, ont le premier de ces défauts. Le quatriéme regarde plus particulierement les quarts de converſion par Bataillons entiers, & les rend ſouvent impoſſibles, lors même qu'ils ne feroient pas fort dangereux. Le ſecond, le troiſiéme, & le cinquiéme, ſe trouvent aſſez généralement dans tous les mouvements du Bataillon. Le ſixiéme appartient ſpécialement aux mouvements pour former le Bataillon quarré, ou autre figure fermée. C'eſt Céſar même qui en a porté ce jugement. Tout ceci nous raméne une

---

(a) S'il eſt difficile, il y aura toujours bien des ſoldats, même de ceux qui ſauront ce mouvement, on ne peut pas mieux, qui le feront mal : car pour l'exécuter il faudra bien de l'attention, & du ſang froid par conſéquent : & tout le monde ne le conſerve pas au milieu des coups de fuſil, il y a même peu de gens qui n'en perdent quelque choſe.

conféquence qui fe préfente fouvent. C'eſt que devant l'ennemi, le Bataillon n'eſt capable d'aucun mouvement. Propoſition qui ne doit pas paroître outrée ; puiſque réellement
il n'oſe preſque jamais en faire, que bien des gens même
donnent comme une regle de l'art de n'en tenter aucun.

Si nous examinons les mouvements de la Pléſion fur ces
défauts, qui ſont, je crois, les ſeuls qui puiſſent empêcher de
faire devant l'ennemi une manœuvre qu'on aura exécutée à
l'exercice ; on trouvera que toutes les ſiennes en ſont fort
exemptes. 1° Rien ne s'y dérange : les compagnies reſtent
toujours dans le même ordre entre elles : chacune reſte enſemble : chaque ſoldat à la même place, dans ſa compagnie,
ne change point de voiſins. Ainſi ſans confuſion on l'exécutera dans l'affaire la plus engagée, dans le plus grand tumulte, d'autant plus que la troupe ſi ramaſſée entend très-facilement les ordres. 2° On ne préſente point de parties foibles à l'ennemi, puiſqu'on n'en a point. Le ſeul mouvement
de *flanc par ſection*, en forme une ; mais ne la préſente pas de
maniere à pouvoir être chargée. 3° Les mouvements de la
Pléſion ſont ſi courts, qu'on peut toujours les entreprendre très-près de l'ennemi. Dans la plûpart même on eſt
en défenſe pendant qu'ils ſe font ; de ſorte que quand on
ſeroit chargé avant qu'ils fuſſent achevés, on ne s'en embar-
raſſeroit guères. 4° Par-tout où ces mouvements ſeront néceſſaires, ou même utiles, il y a plus de terrein qu'il ne leur en
faut. 5° Ils ſont tous on ne peut pas plus faciles ; il n'y en
a aucun où il y ait autre choſe qu'à droite ou à gauche, marcher, s'arrêter. Ainſi les ſoldats les ſauront tout de ſuite, &
quand quelqu'un ne les ſauroit pas, il ne feroit rien manquer ; chaque manche ou Pléſionnette ne ſe ſéparant point,
reſtant toujours comme un corps ſolide. Le ſeul mouvement
de tenaille a un peu plus de difficulté ; puiſqu'il y a de la
converſion. Mais j'en ai aſſez parlé, pour n'en rien dire de
plus ici. 6° Bien loin d'effrayer le ſoldat par l'aſpect du danger, nos mouvements ne lui préſentent que la victoire. Aucun n'eſt fait pour ſe défendre dans un mauvais pas, tous
ſont faits pour attaquer l'ennemi avec plus d'avantage, &
tourner contre lui ceux dont il s'aviſe : car s'il n'en fait point,

la Pléſion n'en fera pas non plus, ira droit ſon chemin & le battra ſans autre cérémonie. Entrée dans la ligne elle aura à partir par Pléſionnettes : mais c'eſt ce mouvement qui acheve la victoire. Très-ſûrement il n'épouvantera que l'ennemi.

Il y a, comme j'ai déja dit, bien des mouvements poſſibles à la Pléſion, dont je n'ai point parlé dans cet article. Sans doute même beaucoup auxquels je n'ai jamais penſé : mais en voilà aſſez. Ceux qu'on a vûs ſuffiſent à tout. D'ailleurs je n'écris pas pour traiter à fond le ſyſtême : mais pour en prouver l'excellence. Et je crois en avoir dit ſur cette matiere, au moins autant qu'il en falloit pour cela.

CHAPITRE IV.

Des armes blanches.

BIen des gens s'éloignent du ſyſtême de Folard, à cauſe de la pique dont il a voulu rétablir l'uſage. Attaquer cette arme n'eſt pas attaquer ſon ſyſtême : il ne faut pas s'y méprendre. Si la pique ne vaut rien, il n'en faut point mettre dans les Pléſions. Cela ne touche en rien à la queſtion à décider. Lequel eſt le meilleur de l'ordre que l'on ſuit aujourdhui, ou de celui que nous propoſons, toutes choſes égales ? A-t-on bien ou mal fait de ſupprimer les piques ? C'eſt une autre affaire à examiner.

Si l'on ne peut jamais, ou très-rarement du moins, aborder ſon ennemi, la pique eſt fort inutile. Elle ne l'eſt pas moins s'il vaut mieux ſe battre de loin que de près, de ſorte que par choix on doive ſe mettre dans le cas de ne pas s'en ſervir. Quand on en viendroit tous les jours aux armes blanches, la pique ſeroit encore très-inutile, ſi la bayonnette au bout du fuſil faiſoit le même effet. Cette double arme ſeroit même préférable ; puiſque auſſi utile de près, elle ſerviroit de plus dans l'éloignement. Mais ſi la pique eſt plus avantageuſe que la bayonnette pour la charge, il faut voir ſi dans cette circonſtance elle eſt plus utile qu'elle n'eſt nuiſible dans les autres, par la diminution de feu ; & ſi on trouve l'avantage

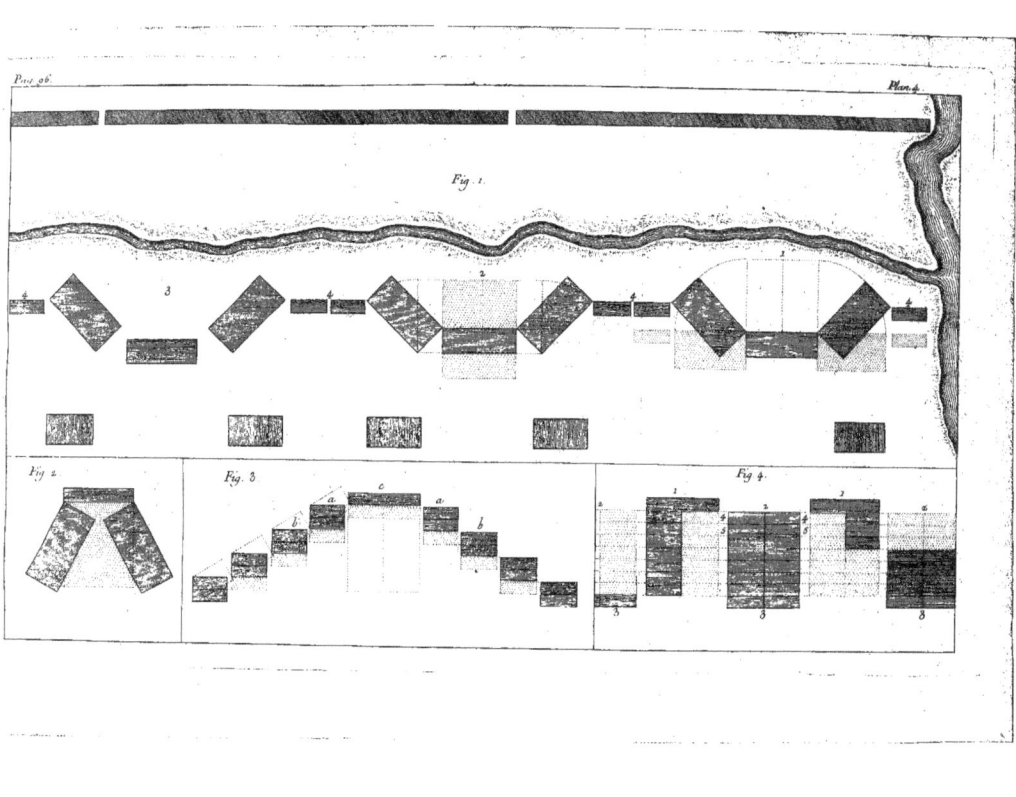

Fig. 1.

Fig. 2.   Fig. 3.   Fig. 4.

tage & le défavantage égaux, il faut fe décider pour ou contre elle, felon que les occafions de s'en fervir font les plus
ou les moins fréquentes. Si l'on trouve qu'elle fervira le plus
fouvent, & que dans le cas où elle ne fervira point, la diminution de feu qu'elle caufe n'eft à compter pour rien, à
plus forte raifon n'eft pas comparable au fecours qu'on retire
de cette arme dans la plûpart des occafions les plus importantes, il faut convenir qu'on a très-mal fait de la rejetter,
& que Folard a grande raifon de vouloir la rétablir.

Polybe, comparant la Tactique Romaine à celle des Macédoniens, dit qu'il faut armer les foldats de maniere à pouvoir attaquer, & fe défendre aifément, dans toutes les circonftances poffibles. Ce principe (a) eft entierement vrai par
rapport à l'armement d'un corps comme la Phalange, qui
étoit tout ce qu'il y avoit de meilleur chez les Macédoniens,
& compofoit les deux tiers de l'infanterie. Il n'eft pas douteux que l'arme de ce corps, qui faifoit toute la force de
l'armée, n'étant pas d'ufage en toute occafion, c'étoit un
grand défaut dans le fyftême de la nation. Mais fi une nation a
plufieurs efpéces d'armes, & que ce ne foit qu'une très-petite
partie de fes troupes, qui, fort utile dans certaines circonftances, ne ferve à rien dans d'autres, le principe de Polybe
n'eft plus vrai. C'eft donc en, abufer que de l'oppofer à des
gens qui veulent mettre un feptieme de piques dans l'infanterie. Si on l'adoptoit ainfi & dans un fens fi étendu, il faudroit fupprimer entierement la cavalerie : puifqu'elle eft non-
feulement inutile, mais même très-embarraffante en bien des
occafions. La pique au moins ne nuit jamais que par fon inutilité. En faveur du fervice qu'on tire de la cavalerie dans
d'autres circonftances, on ne laiffe pas d'en avoir. Pourquoi
ne pas raifonner de même à l'égard des piques? Pourquoi
ne pas en avoir un certain nombre, comme on a un certain
nombre de cavalerie?. Polybe auroit penfé d'un peuple prefque tout en cavalerie, ce qu'il a penfé d'un peuple prefque
tout en piques. Il auroit fait le même raifonnement contre

(a) C'eft de ce même principe que part Montécuculi, pour prouver qu'il faut
mêler le s'différentes armes.

N

cette arme, & il auroit été au moins auſſi bien fondé. Les Maures ont la meilleure cavalerie du monde entier : ils n'y feront ſûrement jamais la même figure qu'y faiſoient les Ma-cédoniens.

ARTICLE PREMIER.

Il ſeroit poſſible de combattre aux armes blanches.

Qu'il ſoit poſſible dans preſque toutes les batailles d'en ve-nir aux armes blanches, du moins ſur une partie du front de l'armée, c'eſt de quoi l'on ne peut guères diſconvenir. Dans toutes les actions où l'on s'eſt paſſé par les armes le plus conſtamment, à Malplaquet, à Caſſano, & bien ailleurs, les Généraux de part & d'autre étoient fort les maîtres d'a-bréger la diſpute. Cela feroit encore bien plus généralement poſſible, ſi les Généraux François ne cherchoient ordinaire-ment, comme l'a avoué un des plus célébres d'entr'eux, à réduire les batailles à des affaires de poſtes, ſachant que la nation y a plus d'avantage actuellement que dans les plaines. Mais, dira-t-on, quand vous aurez des Pléſions & des piques, ce ſera l'ennemi à ſon tour qui évitera les plaines. Tant mieux. Ce fera avouer que nous lui avons enlevé le ſeul avantage qu'il eût ſur nous. D'ailleurs il n'eſt pas aiſé, quand on a affaire à des Pléſions, d'éviter les plaines. Elles en trouvent par-tout autant qu'il leur en faut.

S'il eſt preſque toujours poſſible d'aller à la charge, il le fera donc encore bien plus ſouvent pour elles. En terrein gauche, pierreux, difficile en un mot, elles ne craindront pas, comme les Bataillons, de ne pouvoir conſerver leur ordre, d'arriver hors d'état de faire un bon effort. Quelque coupé que ſoit le champ de bataille par des hayes, foſſés, ou ra-vins, il y aura toujours bien des paſſages libres de la largeur du front de quelques-unes. S'il n'y en a pas, il ne ſera pas fort difficile d'en faire. Dans ces ſortes de terreins, ordinai-rement il ſe rencontre bien quelques parties libres ; cela ne peut même guères être autrement, ſur l'étendue du front d'une grande armée : mais ces parties libres ne ſont pas aſſez gran-des pour que des Bataillons puiſſent en profiter, pour aborder l'ennemi. Le reste de la ligne ne pouvant suivre ; les corps qui se seroient ainsi aventurés, chargés de front & en flanc, seroient certainement battus. Pareille chose manqua de nous faire perdre la bataille de Cassel, par la faute du Maréchal d'Humieres. Les Plésions ne craignant point pour leurs flancs, ne courront aucun risque à engager l'affaire par ces parties ouvertes, sans que le reste de la ligne puisse charger en même-tems. Autant de colonnes de Plésions, que le terrein le permettra, se précipiteront * dans ces passages ; & quand j'examinerai une bataille de cette espéce, on verra qu'elles ont au moins aussi beau jeu là qu'en plaine. Mais quand il seroit possible, que l'armée de Plésions fût battue, en pareille circonstance ; je demande quel est l'ordre qui auroit mieux réussi. Supposer l'ennemi ainsi remparé d'obstacles insurmontables, sur presque toute l'étendue de son front, n'est-ce pas le supposer dans un poste inattaquable ?

*Voyez la Pl. 12.

ARTICLE II.

Généralement on doit préférer le combat aux armes blanches.

Puisqu'il est souvent possible de charger à l'arme blanche, que cela le sera encore plus ordinairement pour les Plésions, toujours même, excepté dans le cas où il seroit absolument impossible de joindre l'ennemi dans aucune partie, (circonstance dans laquelle il semble assez inutile de donner un combat qui ne peut servir à rien qu'à faire périr beaucoup de monde,) il n'est plus question que de savoir si on doit préférer cette façon de combattre. C'est ce qu'il paroîtroit étrange qu'on pût révoquer en doute.

Tout le monde convient que l'attaquant est toujours plus brave. *Plus animi est inferenti periculum quàm propulsanti.* C'est Scipion qui parle ainsi dans Tite-Live. Annibal est en cela d'accord avec son vainqueur : *Tantò audaciùs fortiùsque pugnaturi, quantò major spes majorque animus inferentis est vim quàm arcentis.* Pompée attendit le choc à Pharsale, dans l'espérance que l'armée de César arriveroit hors d'haleine, & au moins un peu dérangée, tandis que la sienne seroit fraîche, & en bon ordre. Il espéroit d'ailleurs que les armes de jet seroient

N ij

moins de mal à fon armée reftant en place, que fi elle avoit couru au-devant des fléches. Voilà des raifons. Cependant Céfar le blâme beaucoup, ne trouvant pas tout cela comparable à l'avantage que l'on a en attaquant, par l'ardeur & la vivacité avec laquelle les foldats fe portent au combat ; ardeur que les Généraux, dit-il, doivent entretenir & augmenter, bien loin de l'éteindre : *Quod nobis quidem nullâ ratione factum à Pompeio videtur, proptereà quod eft quædam animi incitatio atque alacritas naturaliter innata omnibus, quæ ftudio pugnæ incenditur. Hanc non reprimere, fed augere Imperatores debent.* Mais fans chercher ce que difoient les grands Généraux de l'antiquité, on peut voir leur fentiment fur cette matiere, par leur conduite. Ils étoient fi bien convaincus qu'il ne faut pas recevoir le combat, que d'un fi grand nombre de batailles dont les relations font parvenues jufqu'à nous, on en trouve très-peu, dans lefquelles une des deux armées ait attendu l'autre. Chacune faifoit toujours la moitié du chemin.

Quand il eft queftion d'attaquer, toutes les nations fe furpaffent, quoiqu'à différents dégrés. On a emporté d'affaut telle place, dont la bréche étoit fi peu pratiquable, qu'après fa prife un homme de fens froid, & fans armes, avoit beaucoup de peine à y grimper.

* Hift. de Charles XII.

Il eft ordinaire à des troupes attaquées dans leurs retranchements, d'être battues, parce que ceux qui attaquent ont toujours une impétuofité, que ne peuvent avoir ceux qui fe défendent, & qu'attendre fes ennemis dans fes lignes, (ou ailleurs) c'eft fouvent (& toujours aux yeux des foldats) un aveu de fa foibleffe, & de leur fupériorité.

Il faut que cette impétuofité de l'attaquant, & cet air de fupériorité que lui donne ce genre de combat, foit quelque chofe de bien confidérable, pour l'emporter fur tous les avantages d'un ennemi qui fe défend dans un retranchement, ou derriere une bréche. Tout eft pour celui-ci, excepté le nombre. Mais que fait le nombre quand on combat fur un front auffi peu étendu que celui d'une bréche, ou de quatre fi l'on veut ? On ne conviendra pas peut-être qu'il fert fort peu. Mais je voudrois demander à ceux qui le nieront, fi en cam-

pagne avec 7 ou 8000 hommes, ils ne fe trouveroient pas
en état de foutenir contre une armée de 300000, un paffage de 7 ou 8 toifes, de 30 même ? Ils auroient pourtant encore un avantage de moins, que ceux qui défendent une bréche : car l'ennemi, pour venir les attaquer, n'auroit pas à
gravir fur des décombres, où à peine on peut fe tenir debout.

Convaincus de l'immenfité des avantages de l'attaquant,
tous nos auteurs militaires modernes, Montécuculi, Feuquieres, Santa-Cruz, ont recommandé de charger l'ennemi.
Ce dernier dit feulement qu'il y a des nations qui ne favent
combattre que de pied ferme, & que celles-là il faut les attendre.
C'eft fort bien, fi elles veulent venir : mais elles n'auront garde. L'affaire fe paffera à coups de fufil, & elles refteront dans
leur avantage. Par rapport à ces nations qui ne combattent
que de pied ferme, & à coup de feu, le Maréchal de Puyfégur fait un raifonnement plus jufte. *Si on le foutient, & que
l'on avance fur elles la bayonnette au bout du fufil, elles fe défendent mal au coup de main.* Toutes les nations (a) de l'Europe
font aujourdhui affez dans ce cas de n'attaquer, & fe défendre
qu'à coups de feu. On leur a laiffé fi bien perdre l'habitude
d'employer l'arme blanche, que c'eft un phénomène aujourdhui de voir deux troupes croifer la bayonnette : ce qui, foit dit
en paffant, ne donnera peut-être pas très-bonne idée de notre
fiécle à la poftérité.

> ———————— *gens quæcumque virorum eft*
> *Bella gerit gladiis.*

Le même auteur dit, que *la décharge de l'infanterie, quand
elle eft faite de près, à propos, & par des gens fermes, fait tomber beaucoup de monde.* C'eft la difficulté pour cette infanterie
d'être ferme, quand elle voit l'ennemi tout prêt de la charger, & fe porter fur elle de bonne grace. Et s'il arrive fans
tirer, auffi-tôt qu'elle a fait fa décharge, elle doit fe regarder comme battue. C'eft un principe du Maréchal de Saxe,

---

(a) Les deux peuples qui ont affecté le   les deux dont l'hiftoire militaire eft la
plus long-tems la méthode oppofée, font   plus brillante.
les François & les Suédois. Auffi font-ce

que j'ai rapporté ailleurs. Cette perte, continue le Maréchal de Puységur, *fait quelquefois tourner le dos à quelques parties de la ligne : mais le plus souvent, quand cette ligne qui marche est composée de bonnes troupes ; elle se presse d'entrer dans la ligne qui a tiré comptant le plus grand danger passé, & celle-ci a peine à soutenir cette impétuosité* (*a*). Voilà des raisons assez fortes en faveur des armes blanches. Aussi quand le Maréchal blâme ceux qui, pour se dispenser d'exercer les troupes ; disent qu'il ne faut pas accoutumer le François à tirer, il ajoute : *Je sais bien que tant que la situation des lieux où vous combattez peut vous permettre d'en venir aux mains , vous devez le préférer.* On doit donc aussi préférer l'ordonnance à qui la situation des lieux permet le plus souvent d'en venir aux mains.

A ne point aborder son ennemi, on perd, dit Folard, tout l'avantage d'une bonne disposition. C'est une nouvelle raison en faveur des armes blanches. Il n'est effectivement presque aucun ordre de bataille si ridicule, qu'il ne puisse réussir à combattre de loin. Il est même démontré géométriquement, que si l'affaire se passe à coups de fusil, aucun ordre sensé ne pourra résister à la feuille de scie. Pour un combat de cette espéce il seroit très-bon encore de cuirasser l'infanterie, & même de l'armer de toutes piéces. Elle ne seroit pas fort agile : mais pour rester en place, cela n'est pas nécessaire. Le soldat aura bien la force de se tenir debout, & charger son fusil : c'est tout ce qu'il faut. Si l'on trouve ceci chargé & ce trait bas comique, je prie de remarquer que cette feuille de scie n'a pourtant d'autre défaut que celui d'être nécessairement renversée si on la charge ; défaut qu'a bien le Bataillon vis-à-vis de la Pléfion. Le Bataillon a sur la Pléfion l'avantage du feu, moins que ne l'a la feuille de scie sur la ligne droite ; & quelqu'un qui voudroit défendre sérieusement cette disposition extravagante, pourroit dire qu'elle ne sera jamais chargée, que son grand feu empêchera le Bataillon d'arriver jusqu'à elle. Ce seroit dire, & avec bien plus de raison, ce qu'on nous dit quelquefois par rapport à la Pléfion marchant

---

(*a*) Cela prouve bien ce que je dirai plus bas, que le feu est quelque chose de très-peu rédoutable, quand on court dessus.

pour charger le Bataillon. Mais revenons de cette folle digreſſion.

Les Romains, qui ſavoient faire de bonnes diſpoſitions, n'aimoient point à ſe battre de loin. Leurs ennemis, qui n'étoient pas ſi barbares qu'ils ne ſentiſſent bien que ce peuple étoit leur maître en Tactique, éviterent ſouvent de les aborder, quoique fort ſupérieurs & fort braves. Ce fut à cette prudence qu'Ambiorix dut la défaite de Titurius & Cotta. Si les barbares attaquerent quelquefois les Romains de meilleure grace, ce fut ou parce qu'ils ne connoiſſoient pas alors leur façon de combattre, ou parce que leur exceſſive ſupériorité, leurs victoires précédentes, ou l'étourderie de leurs Généraux, ne les laiſſoit pas douter du ſuccès ; ou enfin parce qu'ils avoient peu ou point du tout d'armes de jet, dont les Gaulois, par exemple, ont long-tems manqué. Et il eſt très-remarquable que les Romains ayant cet avantage, aimoient encore mieux celui de charger, & ſe privoient de leur ſupériorité en armes de jet, pour décider l'affaire l'épée à la main.

ARTICLE III.

L'avantage de charger eſt bien plus grand encore pour les Pléſions.

Si généralement il vaut mieux combattre de près que de loin, s'il faut préférer de charger avec l'arme blanche ; l'avantage de cette façon de combattre augmente encore beaucoup, lorſqu'on ſuit notre ſyſtême. Le Marquis de Santa-Cruz dit qu'aux armes blanches l'avantage eſt pour celui qui eſt ſur une grande profondeur. C'eſt ce que perſonne ne peut contredire, & ce que j'ai prouvé par aſſez d'exemples, ſans préjudice de ceux qu'on verra dans la ſuite.

Lors, dit le Maréchal de Puyſégur, *que l'armée qui attend voit la ligne des ennemis à 80 toiſes ou environ, elle fait par rangs, ou par diviſion, un feu continuel ; ce qui oblige la ligne des ennemis de ſe preſſer de marcher, & dans un ſi long eſpace de ſe rompre en marchant.* Voilà un inconvénient qui peut faire battre une ligne de Bataillons, qui marche à l'ennemi. La perte d'hommes n'en ſeroit pas ſeule capable : mais, jointe à la vi-

teſſe de la marche, elle peut les mettre en déſordre. La crainte de cet accident n'a pas paru cependant au Maréchal, capable de balancer les avantages que l'on a à attaquer; puiſqu'il
recommande, comme tous les autres, de le faire quand on
peut. Mais quel avantage auront les Pléſions qui ſont à l'a-
bri du ſeul accident qui puiſſe faire échouer une troupe qui
va à la charge dans l'ordre ordinaire ? J'ai déja prouvé ailleurs
qu'elles ne peuvent ſe déranger, ni ſe rompre en marchant;
que leur légéreté ne leur donnera pas le tems de perdre beaucoup par le feu de l'ennemi; que, quand quelques Pléſions
en ſouffriroient, ou ſe dérangeroient au point de ne pouvoir
arriver avec la ligne, cela n'empêcheroit pas les autres d'aller
leur train, & de gagner la bataille. Ce n'eſt pas ici une ligne
de Bataillons, où la moindre bréche eſt dangereuſe. J'ajouterai encore que le feu de l'ennemi ſera d'autant moins meurtrier, qu'indépendamment du peu de tems qu'on l'eſſuie, il
ne peut pas être ſi aſſuré contre une ligne qui court à lui,
qu'il le feroit ſi elle marchoit lentement, & s'arrêtoit à chaque pas pour ſe redreſſer.

ARTICLE IV.

Les armes blanches ſont faites pour la nation Françoiſe.

On reconnoît dans les François, la valeur & la vivacité
des Gaulois leurs ayeux. Ces deux qualités, les ſeules qu'ils
poſſedaſſent pour la guerre, les rendirent terribles même aux
Romains, qui firent contr'eux des efforts qu'ils n'ont jamais
fait contre perſonne. Ils ne s'habituoient point à la violence
de leur choc, qui auroit été bien plus terrible encore, s'ils
n'euſſent pas été ſi mal armés. On convient aſſez généralement que ſi les Romains n'avoient pas eû l'avantage à cet
égard, les Gaulois les auroient ſubjugués. Ceci n'eſt pas avancé
légérement, & ſans preuves. Nous voyons dans Plutarque qu'à
la bataille d'Allia ſi funeſte aux Romains, les Gaulois, dès ce
tems-là bien inférieurs en armes, n'étoient pas ſupérieurs en
nombre. Ils remporterent pourtant une victoire complette.
Camillus retoucha aux armes des Romains, les rendit encore
plus avantageuſes qu'elles n'étoient. Alors ils battirent les
Gaulois,

Gaulois, & les battirent prefque toujours depuis, mais ne
cefferent jamais de les craindre. Je crois qu'on peut avancer
hardiment que jamais notre nation n'a encore combattu dans
tous fes avantages. Il y a 2000 ans elle avoit cette redoutable
vivacité qu'elle a encore, & de plus l'heureufe habitude de
s'en fervir ; mais elle ne s'avifoit point de s'armer au moins
auffi bien que fes ennemis : armée aujourdhui comme toutes
les autres nations, elle laiffe inutile, éteint à plaifir ce feu
prefque divin, comme difoient les Romains eux-mêmes, qui
lui procura tant de victoires, contre des gens devant qui elle
fembloit ne devoir jamais tenir un moment. *Non equidem omnibus omnia Dii dedêre.* Si aujourdhui que nous avons l'égalité
des armes, que nous pouvons même nous en donner la fupériorité, du moins pour quelque tems, nous y joignons l'ufage
de cette vivacité qui caractérife la nation, je ne fais ce qui en
arrivera : mais je fais bien que les Gaulois ne valoient pas mieux
que nous, & que les Romains valoient bien toutes les nations
avec qui nous pouvons avoir affaire. Que l'on ne faffe pas à
une chofe auffi importante toute l'attention qu'elle mérite,
que l'on ne cherche pas à conformer au caractère de la nation
l'ordre & la façon de combattre, c'eft une chofe prefqu'inconcevable : car tout le monde le connoît très-bien, & nos
ennemis encore mieux. Perfonne n'ignore que nous avons été
battus à Hochftet, Ramillies, Turin, Malplaquet, & par-
tout, pour nous être laiffés attaquer ; que les plus grands obftacles n'ont pas arrêté la nation ; que la plus grande inégalité
du nombre a été rarement fupérieure à fa valeur, quand on
l'a menée à l'ennemi ; en un mot qu'on a forcé Nervinde, &
Laufelt, & que deux régiments prefque feuls battirent une
grande armée dans les plaines de Spire. S'il falloit des autorités on n'en manqueroit pas. Tous les grands Généraux du fiécle paffé dûrent leurs victoires aux armes blanches. Leur ufage mourut avec eux, qu'en arriva-t-il ? Que cette nation invincible pendant 60 ans, fut perpétuellement battue pendant
12 par les mêmes ennemis qu'elle avoit toujours terraffés.
Ceux qui la faifoient combattre ainfi le méritoient bien, comme dit Folard. Mener les François de cette maniere, c'eft les
tromper ; c'eft leur arracher la victoire. Ils auront toujours rai-

O

fon de leurs ennemis fi on les abandonne deſſus : mais ils ne *valent rien*, fi on fait le contraire, c'eſt les mener contre leur humeur. On peut l'en croire : il a ſervi aſſez long-tems, & avec aſſez d'application pour la connoître. C'eſt d'ailleurs une choſe avouée de tout le monde. *Il eſt à craindre*, dit un auteur moderne, *que quand on accoutume le ſoldat à tirer ſi vîte, il ne s'habitue à mettre toute ſa confiance dans ſon feu, & ne ſe ſerve plus de ſa bayonnette. C'eſt pourtant la véritable arme d'une nation auſſi impétueuſe que la Françoiſe. Cette déciſion vient d'une expérience infaillible.* Encore un paſſage de Folard, car on ne peut trop en dire ſur cette matiere. *On a beau apprendre aux François l'art de tirer par pelotons, & d'augmenter leur feu, tout cela ne leur ſera qu'une occaſion de ruine. Ils pourront réuſſir dans la Théorie, & de ſang froid, lorſqu'ils n'auront pas d'ennemis en préſence : mais dans la pratique on verra que l'ennemi ſera dans ſon avantage, tant qu'on ne l'abordera pas : ſon feu ſera plus vif, plus uniforme, & plus ſuivi, & celui des François tout au contraire. Qu'on le laiſſe aller à ſon humeur, l'ennemi changera bien-tôt de langage, perdra contenance, lâchera le pied, dès l'inſtant qu'on l'abordera......* Et voilà pourquoi on ne croiſe jamais la bayonnette. Si l'on m'objecte que ce n'eſt pas toujours la faute de celui qui attend : je répondrai que les François ont pû quelquefois, quoique fort rarement, marchant pour charger, lâcher pied eux-mêmes ; mais que comme cela ne ſera arrivé que parce qu'ils ſe ſeront vûs en déſordre, s'étant dérangés par la viteſſe de la marche, cela ne leur arrivera plus quand ils ſeront en Pléſions.

ARTICLE V.

Raiſons qu'on oppoſe à la méthode de combattre aux armes blanches.

A tant de raiſons de ſe ſervir des armes blanches, il faut bien en oppoſer quelqu'une, puiſque l'on ne veut pas en revenir à cette méthode. Voici celle qu'on allégue le plus ordinairement. ,, C'eſt un abus de penſer que le feu ne contri-,, bue pas au gain d'une bataille, on n'en voit preſque plus ,, qui ſe décident autrement. ,, Et comment ſe décideroient-

elles, puifqu'on ne fait autre chofe que tirer ? Encore c'eft
moins le feu que le hafard qui les décide, lorfqu'aucun des
deux partis ne va à la charge. Si pourtant on peut appeller décifion la fin du tapage entre deux armées, qui fe font
fait grand mal réciproquement, fe retrouveront en préfence
deux jours après, fe refpeétant l'une l'autre, tandis que de
part & d'autre on chante des *Te Deum* pour la grande victoire qu'on a remportée. C'eft ce qui eft arrivé mille fois.
Lors même que la bataille a été plus décidée, fouvent une des
deux armées n'a eu d'autres marques de la viétoire, finon
que l'ennemi lui avoit laiffé le champ de bataille, fans beaucoup de raifon. On prétend qu'à Parme le feu des ennemis
fit plus de bruit que le nôtre ; s'il fit plus de mal, c'eft ce
qu'il n'eft pas aifé de favoir. A Malplaquet le nôtre fit plus
d'effet que le leur, puifqu'ils perdirent davantage : ils gagnerent pourtant la bataille : ce qui feroit une preuve, s'il
en falloit, que ce n'eft pas en tuant du monde, mais en dé-
plaçant des corps & entrant dans la ligne ennemie, qu'on
décide les batailles. Le feu ne déplace que des hommes par-
ci par-là dans les rangs des ennemis : ils fe refferrent, il n'y
paroît plus. Si la perte des hommes, ou plûtôt la peur de
ceux qui reftent, fait plier un Bataillon, un autre prend fa
place ; & en attendant la ligne qui eft éloignée ne peut profiter de cet accident, pour attaquer les collatéraux avec avantage. Voilà ce qui rend les batailles longues, fanglantes &
inutiles. Deux armées également braves & aguerries, pourroient fe détruire fans rien décider. Mais quand c'eft l'arme
blanche qui déplace un corps, dans le moment le vainqueur
entrant dans la ligne, & fe repliant fur les collatéraux, qui
ne peuvent tenir, c'eft une viétoire décidée & véritable.
C'eft alors qu'on voit les vainqueurs ne perdre perfonne,
l'affaire n'ayant pas été difputée un moment. Ce fera quand
on en reviendra à cette méthode, qu'on verra que les hiftoriens Grecs & Romains n'étoient pas des menteurs ; qu'on
verra les foldats, fur-tout les François, plus fufceptibles que
d'autres de la confiance la plus outrée, fe croire invincibles,
& l'être en conféquence, pour avoir battu une armée formidable, ne perdant que quelques centaines d'hommes.

Une chofe prouve bien combien nos batailles à coups de fufil font peu décifives. Chez les anciens auroit-on vû deux puiffances à peu près égales fe faire la guerre pendant dix ans, l'une des deux gagnant une bataille prefque à chaque campagne, & au bout de cela ces deux puiffances fe trouver au pair, à peu de chofe près? Mais, dira-t-on, les tems font changés; on n'avoit pas trente fortereffes à couvrir une frontiere. Non. Mais une ou deux arrêtoient le vainqueur auffi long-tems que 30 l'arrêtent aujourdhui. Alexandre mit plus de tems à prendre Halicarnaffe & Tyr, qu'on n'en a mis dans la derniere guerre à fe rendre maître de toutes les places des Pays-bas Catholiques.

Mais quand nous conviendrions que le feu eft très-propre à décider les batailles, que voudroit-on en conclure? Pour l'apprétier à fa jufte valeur, ce n'eft pas à lui-même qu'il faut le comparer, c'eft aux armes blanches. Ceux qui en font fi grand cas voudroient-ils avoir affaire, en terrein libre, à une armée qui n'auroit pas de poudre, eux-mêmes n'ayant ni piques ni bayonnettes?

Si on compare le feu aux armes blanches, on verra que l'effet de celles-ci eft très-rédoutable au moment du choc; que celui de la moufquetterie ne l'eft jamais dans un inftant, mais feulement par fa durée. Le feu eft donc la plus petite chofe du monde quand on court deffus. Il ne fera en quatre minutes, que la trentiéme partie de ce qu'il feroit en deux heures. Mais en deux heures, deux grandes armées ne fe tueront jamais réciproquement 6000 hommes à coups de fufil. Il s'eft donné des batailles célébres, qui ont duré, non pas deux heures, mais beaucoup plus, où la perte de chacune des deux n'a pas été fi grande. Donc celle qui auroit marché à fon ennemi tout d'abord & fans tirer, n'en auroit pas perdu 200 avant de le joindre; bien entendu qu'elle auroit été fort vîte. On dira, car il faut bien dire quelque chofe, que la perte ne fuivra pas cette proportion; parce que le feu fait plus de mal de près que de loin; parce que d'ailleurs le feu de cette ligne qui n'en effuie point elle-même, en fera bien plus affûré. L'expérience prouve tout le contraire. Quand on marche à l'ennemi, la derniere décharge eft celle qui fait le moins de mal ; & jamais fon feu n'eft moins affuré que lorf-qu'on court à lui de bonne grace. Mais fuppofons , car j'ai du terrein à perdre , que le feu de l'ennemi fera trois fois plus de mal que fi on l'effuyoit à une certaine diftance, y répondant. Qu'eft-ce que cette perte diftribuée fur tous les corps d'une grande armée ? Y fera-t-elle fenfible ? Sera-t-elle de quelque confidération pour la victoire ? S'il étoit nécef-faire de juftifier une démonftration par des exemples, je ren-verrois à l'hiftoire ancienne. On verroit que les armes de jet faifoit fi peu de mal à ceux qui marchoient à la charge, que la perte des vainqueurs étoit prefque toujours très-petite ; au point même qu'on foupçonneroit la fincérité des hiftoriens, fi l'on n'en connoiffoit la caufe. On verroit encore toute l'an-tiquité convaincue de cette vérité, qu'on rend inutiles les armes de jet en courant deffus ; Cyrus (a) les méprifer au point de les ôter entierement aux Perfes, qui avant lui n'en avoient point d'autres ; Lucullus recommander à fes troupes au moment d'attaquer Tigrane , de courir à l'ennemi pour rendre fes fleches inutiles ; les Sarmates faire le même rai-fonnement, & battre les Parthes, malgré leurs fléches fi ré-doutables. *Se quifque ftimulant ne pugnam per fagittas inirent impetu & cominùs preveniendum.* Tac. An. lib. vi.

On répondra fans doute que les armes des anciens n'étoient pas fi meurtrieres que les nôtres. Rien n'eft moins prouvé. Si elles tuoient peu de monde , c'eft qu'on ne s'y tenoit pas expofé long-tems. Ceux de leurs Généraux qui en ufoient au-trement , trouvoient fort bien le fecret de faire détruire une armée à coups de fléches. Quand les Parthes auroient eu des fufils , la défaite de Craffus n'auroit été ni plus prompte ni plus complette. Cet exemple n'eft pas unique. Et fi l'on y

---

(a) Pour convaincre les Perfes de la foibleffe des armes de jet , un officier de Cyrus leur donna une petite comédie, qui plût beaucoup à ce Prince, faifant combattre fa troupe en deux partis l'un contre l'autre, l'un armé de bâtons, l'au-tre armé de mottes. Folard avoit rappor-té ce trait. Un de fes critiques l'a tourné en ridicule. Ce ridicule, s'il y en avoit, tomberoit fur Cyrus, & non fur ceux qui le citent, pour faire voir comme il penfoit fur les armes de jet, ou fur Xé-nophon. Car fi la Cyropedie eft un Ro-man, comme bien des gens le veulent, ce Roman écrit par l'auteur de la Retraite des 10000, vaut bien une hiftoire ; & l'autorité de Xénophon, celle de Cy-rus.

O iij

faifoit plus d'attention, on ne parleroit pas avec tant de mépris de ces armes (a). Le Pere Daniel, qui ne les croit pas inférieures aux nôtres, rapporte, pour autorifer fon opinion, qu'à Lépanthe les fléches des Turcs firent plus d'effet que les armes à feu des Chrétiens. On a prétendu prouver contre lui que nos armes de jet font fort fupérieures, parce que les anciens ne faifoient pas eux-mêmes grand cas des leurs, puifqu'ils ne s'en fervoient pas dans le combat. Mais ils ne pouvoient pas s'en fervir combattant l'épée à la main, & on ne peut pas en pareil cas fe fervir davantage des nôtres. Il falloit donc, comme aujourdhui, opter entre les armes de jet & les armes blanches. Les Grecs & les Romains préféroient l'ufage des dernieres, par les raifons déja rapportées dans ce chapitre : mais perfonne ne nous a dit qu'ils auroient fait plus d'ufage du fufil, qu'ils n'en faifoient de l'arc & de la fronde.

J'ai entendu objecter contre ce que nous difons de la foibleffe du feu quand on court deffus, que les Autrichiens ont plufieurs fois tenté de joindre les Pruffiens ; que la vivacité du feu de ces derniers ne leur a jamais permis de les aborder. A cela je répondrai qu'ils étoient en Bataillons, par conféquent expofés au dérangement inévitable dans cet ordre à qui veut trop fe preffer, comme ils faifoient fans doute pour effuyer moins long-tems un feu fi vif, prenant ce parti d'ailleurs par une efpéce de défefpoir, très-naturel à de braves gens qui fe voient toujours battus par des ennemis inférieurs en nombre. S'ils ont été plus tranquillement, ils auront perdu davantage, & cela les aura étonnés. Peut-être même leur perte a-t-elle été plus confidérable, parce que ils ne fe feront avifés d'aller à la charge, que par ennui d'un feu qu'ils effuyoient depuis long-tems, & qui leur avoit déja fait perdre beaucoup de monde. Quoi qu'il en foit, ce n'eft pas la perte d'hommes précifément qui les a empêchés de réuffir, puifque de toutes ces batailles il n'y en a pas eû de trop fanglantes, peut-être même aucune dont les vaincus ne foient

---

(a) On n'a qu'à demander à ceux de nos officiers de Marine ou des Colonies qui ont fait la guerre aux Sauvages, fi l'arc eft une arme à méprifer.

fortis fupérieurs encore en nombre à leurs ennemis. D'ailleurs, fans infulter les Autrichiens que je n'ai pas la prévention de méprifer, on fait que l'arme blanche n'eft pas leur
partie favorite.

Les deux nations dont nous parlons nous fourniffent au
contraire un exemple, qui prouve que le feu le plus vif
n'eft pas de grand effet, quand il ne dure qu'un moment,
même contre la cavalerie qui y eft plus expofée que l'infanterie. A Molwits une aîle Autrichienne laffe de perdre
du monde, fans pouvoir fe défendre, prit fon parti, & alla
charger l'Infanterie Pruffienne, qu'elle avoit en tête. Non-
feulement cette aîle qui avoit déja beaucoup fouffert, ne fut
pas arrêtée par l'ennemi, mais elle lui paffa fur le ventre.
Ce n'eft donc pas la perte des hommes, c'eft le dérangement
inévitable quand il veut marcher trop vîte, qui empêche le
Bataillon d'arriver à la ligne ennemie. Et cet accident n'eft
pas à craindre, comme on fait, pour la Pléfion. Quand il feroit vrai que la vivacité du feu pût feule empêcher ce Bataillon d'arriver, elle n'en empêcheroit pas la Pléfion plus
que cette cavalerie Autrichienne; puifqu'elle n'y eft pas
expofée beaucoup plus long-tems, & qu'elle y eft beaucoup
moins en prife.

On dit encore que l'ufage des armes blanches rend la
guerre bien meurtriere. Le contraire eft prouvé par ce que j'ai
dit plus haut, du moins par rapport aux vainqueurs. Et il eft
aifé de concevoir qu'un quart d'heure de combat, quelque
vif qu'on le fuppofe, n'égalera jamais le carnage d'une bataille où on paffe des 8 ou 10 heures à fe foudroyer. Perfonne ne difconviendroit de ce que je dis, fi l'on ne
croyoit avoir l'expérience du contraire, dans l'hiftoire ancienne. On y voit quelquefois 40 ou 50000 hommes périr
dans un jour. On s'en prend aux armes blanches. Je ne dif-
puterai point fur le nombre des morts; quoique rien ne foit
plus fujet à être altéré, par la fucceffion des tems, la quantité de copies, & de traductions. Pour tout ce qui eft nombre, il n'y a guères d'hiftorien ou l'on ne trouve des fautes
groffieres. Mais fans plus differter fur cette matiere, admettons l'exactitude de toutes ces anciennes relations. Pourquoi

ne voit-on pas qu'il y a eû quantité de batailles célébres, fur-tout entre les Grecs, où il a péri très-peu de monde, même par rapport à leurs petites armées? Pourquoi ne fait-on pas attention aux circonftances qui ont occafionné ces grandes pertes? Peut-on attribuer à l'efpéce des armes la deftruction totale des Romains à Traziméne? Si Flaminius qui perdit cette bataille n'avoit pas gagné celle de l'Adda, auroit-il encore pû fauver deux Cohortes de fon armée dans un pareil terrein? Eft-il étonnant que les rébelles d'Afrique ayent été entierement détruits dans le pas de la Hache, où ils étoient enfermés comme dans un fac? Que les Gaulois ayent eû le même fort à Télamon, où ils combattirent entre deux armées; en Gréce où ils s'enfournerent dans un pays tout ennemi, fans places, fans autre retraite que des montagnes prefque impraticables, occupées de plus par les Etoliens? Si l'on retire de l'hiftoire ancienne ces deftructions néceffaires par les circonftances, & celles qui n'étoient pas moins inévitables par la confufion avec laquelle on combattoit, la fureur & la témérité avec laquelle on pourfuivoit, l'acharnement des deux partis, qui fouvent combattoient non pour une ville ou une province, mais pour fe détruire, très-fouvent ne fe faifoient point de quartier, les vaincus même affez ordinairement n'en demandant point, parce qu'ils n'avoient rien de plus doux à efpérer que l'efclavage: fi, dis-je, on retire tout cela de l'hiftoire, on n'y trouvera plus guéres de batailles trop fanglantes. Près de 80000 hommes combattirent à Pharfale; Romains contre Romains, piqués au jeu comme on l'eft dans une guerre civile: le prix de la victoire étoit l'empire du monde. Dans une affaire fi férieufe, il n'y eut pas un grand carnage. Plutarque même dit après Pallion qui s'y étoit trouvé, qu'il ne refta pas fur le champ de bataille plus de 6000 hommes de troupes réglées. On ne peut pas difconvenir cependant que l'armée de Pompée fe défendit tant que cela fut poffible.

Quand il feroit vrai qu'en chargeant aux armes blanches on rendroit la guerre plus meurtriere, ce ne feroit jamais pour les vainqueurs, qui perdroient toujours très-peu: cela ne feroit que des victoires plus complettes, & des guerres
plus

plus courtes. A la bonne heure. On ne doit pas craindre, quand on combat, de détruire l'armée ennemie. Mais, dira-t-on, ce malheur ne peut-il pas tomber sur nous-mêmes ? Qui peut toujours se promettre la victoire ? Les François, quand ils emploieront l'arme blanche, & combattront en Phalange coupée.

ARTICLE VI.

De la Pique.

Puisqu'il est fort ordinaire, même pour les Bataillons, de pouvoir aborder l'ennemi ; que lorsqu'on prendra notre systême il deviendra même très-rare d'être réduit à combattre de loin ; qu'il est généralement avantageux d'en venir aux mains, & qu'il n'y a aucune bonne raison d'en user autrement, surtout pour notre nation faite pour ce genre de combat comme notre systême ; il est question maintenant de savoir, si la pique ajoute quelque chose à la force de l'infanterie, au moment de la charge.

Cette arme a eu de grands partisans & de grands ennemis. Le Maréchal de Luxembourg la trouvoit si nécessaire à un Bataillon chargé par un Escadron, qu'il disoit qu'il ne seroit d'avis de la supprimer, que lorsque les ennemis n'auroient plus de cavalerie. Selon Montécuculi, *un gros de piques serré est impénétrable à la cavalerie.* Le même auteur dit encore que *la mousquetterie seule, sans piquiers, ne peut pas faire un corps capable de soutenir de pied ferme l'impétuosité de la cavalerie, ni le choc & la rencontre des piquiers.* Et ailleurs parlant des Turcs, *mais la pique leur manque qui est la Reine des armes à pied, & sans laquelle un corps d'infanterie attaqué par un Escadron, ou un Bataillon, avec des piques, ne peut demeurer entier, ni faire une longue résistance.* Un de ceux qui ont le mieux défendu cette arme, c'est Bottée major du régiment de la Fere. Dans le dialogue qu'il a mis à la fin de son livre, il détruit par les raison les plus fortes, toutes celles qu'on peut opposer à la pique. J'ai regret qu'il soit trop long pour pouvoir être rapporté ici.

Le Maréchal de Puiségur n'aime point la pique, & ne

P.

lui trouve d'autre mérite que fa longueur. Mais c'en eft un
grand. Une troupe qui a des armes longues a pour le choc,
un grand avantage (*a*) fur une autre qui n'en a que de beaucoup plus courtes ; puifque cette derniere ne peut arriver à
portée de donner un coup, fans être déja fort dérangée par
ceux de fon ennemi, fur-tout fi elle n'eft pas fur une grande
profondeur. Deux troupes ont beau être près l'une de l'autre combattant aux armes blanches, un coup de bayonnette
paré eft perdu ; il n'en eft pas de même du coup de pique,
il faut que fa longueur aille quelque part : détournée de fon
chemin elle en perd une partie ; mais il en refte affez pour
qu'elle aille dans le rang ennemi, au défaut du foldat à qui
elle étoit deftinée, en frapper un autre. Ceci n'eft pourtant
à compter pour quelque chofe, que lorfqu'elle eft maniable,
& tranchante. Avec ces deux qualités elle eft infiniment préférable à la bayonnette, même contre l'infanterie.

On peut objecter contre l'ufage de la pique dans un combat d'infanterie à infanterie, que ce n'eft pas tant la force des
armes, que l'épouvante d'un des deux partis, qui décide le
fuccès d'une charge. Si l'attaquant arrive jufqu'à celui qui attend de pied ferme en tirant, celui-ci s'en ira. C'eft un fait
d'expérience. Il ne lui croifera pas la bayonnette. Or, dit-on,
qui le fait fuir ainfi ? C'eft qu'il fait que fon ennemi qui n'a
point tiré eft en état de lui mettre la bourre dans le ventre.
Des piques lui feroient moins de peur. Je ne crois pas qu'u-
ne troupe qui par fon feu n'a pas empêché l'ennemi d'arriver
jufqu'à elle, trouve cet ennemi moins terrible, lorfqu'il aura dans fes premiers rangs un nombre de foldats qui au lieu
d'avoir un coup de fufil à tirer, auront une arme blanche
fupérieure à la bayonnette, que lorfque tous auront cet avantage d'avoir des armes chargées. J'imagine au contraire qu'une
troupe hériffée de piques, lui impofera davantage ; parce
que la terreur entre mieux dans l'ame par les yeux que par
la réflexion. Mais admettons, comme après-tout cela eft pof-

_____

(*a*) Plutarque nous apprend que dans à fes foldats des armes longues, dont on
une bataille gagnée par Marcellus contre fe fervoit ordinairement fur les Vaif-
Annibal, le Général Romain avoit donné feaux.

fible, que l'ennemi attende notre choc, ce qu'il ne feroit pas si n'ayant pas de pique nous avions plus de coups de fusil à lui donner. Qu'est-ce que cela nous fait ? Il en sera beaucoup mieux battu, & selon toute apparence il ne nous en coûtera pas un homme de plus. Cela n'arrivera encore qu'une seule fois. Quand il en aura tâté, il craindra la charge tout autant pour le moins que par le passé. J'ajouterai à tout ceci, qu'il ne faut pas toujours compter sur l'épouvante de l'ennemi; qu'il faut supposer qu'il se défend, afin de n'être pas trompé, si par hasard cela arrive. Cela arrivera même quelque jour. Quand nos ennemis auront éprouvé l'impuissance de leur feu contre les Pléfions, ils essayeront de leur résister autrement, doubleront, tripleront leurs Bataillons. Alors les premiers rangs étant soutenus par les derniers, ne fuiront pas avec la même aisance. Mais, je suis fâché de prédire des choses désagréables, je ne peux leur dissimuler qu'ils ne seront pas moins battus. Il faut qu'ils prennent aussi les Pléfions, pour être battus encore, mais du moins se défendre un peu mieux.

Si la pique a de grands avantages, il faut avoüer aussi que toutes celles dont on s'est servi avoient de grands défauts. Elles étoient très-pésantes & très-embarrassantes, une fois baissées difficiles à relever. Pour pouvoir seulement les tenir, il falloit en laisser une partie considérable pour le branle; & cette partie se trouvant engagée dans le rang suivant, s'opposoit aux mouvements de l'arme & du soldat. De la longueur & de la pesanteur de la pique naissoit la fragilité. Au milieu de la campagne, il en manquoit la moitié. En un mot n'ayant point de mobilité, les piques étoient moins une arme pour chaque soldat, qu'un cheval de frize pour toute la troupe. Dès qu'on en avoit gagné le fort le soldat étoit désarmé. Aussi a-t-on vû de grand corps de piquiers taillés en piéces par des armes courtes, leurs ennemis trouvant le moyen de les rendre inutiles; & il y avoit plusieurs de ces moyens, qui à la vérité ne pouvoient être employés que par la valeur la plus déterminée. Folard racourcissant la pique, & l'armant d'un fer fort & tranchant, en a beaucoup diminué les défauts, & augmenté l'avantage. Je crois cependant qu'il a fait le fer un peu trop pefant, & que pour la rendre encore plus maniable, il faudroit non-feulement charger un peu le talon, mais y mettre un véritable contre-poids comme au bâton de coureur. Alors on pourroit s'en fervir fans laiffer prefque aucune longueur pour le branle, & pour peu qu'on la retirât dans la main, ce qui allongeroit le levier du contre-poids, on la releveroit avec grande facilité même d'une main. Pour remédier au grand défaut de la pique de n'être plus une arme quand on en a gagné le fort, Folard les mêle avec les bayonnettes, plaçant alternativement un fufilier & un piquier.

Il n'eft pas douteux que la pique, avec tous fes anciens défauts, feroit une affez mauvaife arme, pour les Pléfions furtout. Leur arme doit être légére comme leur ordonnance, fe prêter à la rapidité de leurs mouvements, avoir comme elles la facilité de faire front tout d'un coup fur le flanc, de défendre même ce flanc tout en marchant fi cela eft néceffaire. Or une pique armée d'un fer tranchant & pointu, qui ne fera point trop longue, qui fera légére, & au moyen du contre-poids fe relevera très-aifément, comme on pourra la tenir d'une main, la coller contre foi de maniere à faire les à droite fi ferrés qu'on voudra; cette pique, dis-je, aura tous les avantages que je viens de defirer : & comme elle n'occupera pas toute la perfonne du foldat au point de ne pas laiffer place à d'autres armes, de ne pas lui laiffer même de bras pour s'en fervir, je voudrois donner au piquier un petit couteau de chaffe, ou plûtôt un grand poignard, qui lui feroit fort utile quand il fe trouveroit combattre corps à corps, & un piftolet de ceinture dont il ne fe ferviroit que dans la plus grande néceffité, mais qui dans ce cas feroit d'un grand fecours, & en attendant rendroit plus ferme encore cet homme qui fe verroit entre les mains tant de moyens de fe défaire de fon ennemi. Il y auroit bien autre chofe à dire fur les armes de la Pléfion : mais je ne crois pas fort néceffaire d'entrer ici dans un plus grand détail à ce fujet. Je me contenterai de faire fouvenir le lecteur que cette idée de raffembler dans le même foldat des armes longues & très-courtes, n'eft rien moins que neuve. Xénophon trouve avantageufe la façon dont étoient armés les Egyptiens qui étoient à la folde

de Crefus, & avoient de longues piques & de petits coutelas. Le même auteur nous montre les Calibes armés de même. Ces petits coutelas étoient encore à la mode chez les
Celtibériens, & même par-tout. Les Romains avoient des
épées de 15 pouces, les Carthaginois à-peu-près de même,
les Lacédémoniens encore plus courtes.

La pique étant légére, pouvant fe racourcir, & s'allonger, frapper à coups redoublés horizontalement ou obliquement, en un mot fe manier comme la lance des Maures, on
voit qu'on n'en gagnera pas le fort même fi aifément que du
fufil : de forte que quand un foldat fera ferré de trop près par
fon ennemi pour pouvoir fe fervir de fa pique, cet ennemi ne
fe fervira pas non plus de fa (a) bayonnette, à moins qu'il ne
l'ait à fa main. Mais quand il prendroit ce parti, il n'auroit pas
beau jeu corps à corps contre un homme qui a un petit coutelas & un piftolet. Il fuit de là que, s'il eft encore avantageux de mêler les piques alternativement avec les fufils, ce
que je ne prétends affurer ni contredire, au moins cela n'eft
plus abfolument néceffaire.

Si notre piqué eft fort avantageufe au moment du choc, il
faut avoüer auffi qu'elle fera très-inutile lorfqu'on fe battra
de loin, & à coups de feu. Voyons donc à préfent fi fon
inutilité dans cette circonftance, peut être comparée au fervice qu'on en tire dans les autres.

ARTICLE VII.

Lors même que la pique ne peut fervir, ce n'eft pas un grand
mal d'en avoir.

Quand la pique par fon inutilité lorfqu'on fe bat de loin,
feroit dans ce cas la moitié plus de tort qu'elle ne donne d'a-
vantage pour le choc, il y auroit encore à gagner pour les
Pléfions d'en avoir, puifqu'elles trouveront prefque toujours
le moyen d'aborder l'ennemi, & conféquemment de fe fervir

(a) *Quand on eft joint, fouvent la lon-*
gueur des armes empêche de s'en fervir,
dit le Maréchal de Puifégur. Auffi même
avec les fufils, approuve-t-il, ou plûtôt
propofe-t il les couteaux de chaffe.

de cette arme. Mais quel tort font les piques, quand on ne s'en sert point ? Elles privent d'autant de fusils qu'on auroit de plus. Une armée où il y a 60000 hommes d'infanterie & un sixiéme de piques, ne fera pas plus de feu qu'une de 50000 qui n'en auroit point, sera par conséquent pour un combat de cette espéce inférieure à une armée de même force. Cela est à merveille. Mais cette armée de 60000 hommes d'infanterie dans le syftême ordinaire en a 20000 de cavalerie au moins. Comme avec les piques & les Pléfions, l'infanterie ne la craindra guères, on ne se fera pas une affaire d'être égal en cavalerie à son ennemi, on n'en aura qu'autant qu'il est absolument nécessaire d'en avoir, c'est-à-dire, qu'on en réduira le nombre au moins de moitié. Alors ayant plus d'infanterie que l'ennemi, on aura autant de fusils que lui. On en auroit même autant à nombre égal d'infanterie. Car dans cette armée qui ne veut point de piques, il y a près d'un septiéme d'espontons ou hallebardes. Chose remarquable, que tandis qu'on nous reproche de rendre inutile pour le feu une partie de l'infanterie, on ne s'apperçoive pas qu'on est presque dans le même cas aujourdhui. Il faudroit même effacer le presque, si dans la Pléfion on prenoit le parti de mettre tous les officiers dans les rangs. Voilà pourtant cette diminution de feu dont on fait tant de bruit. Et ne sembleroit-il pas à voir ainsi faire le dénombrement des fusils de deux armées, pour savoir laquelle sera supérieure dans un combat de mousquetterie, que tout le monde tire en même-tems ? On est le plus souvent sur deux lignes, & une réserve. C'est donc tout au plus la moitié de l'armée qui tire. Conféquemment quand une des deux n'auroit que la moitié de son infanterie armée de fusils, elle pourroit rendre son feu égal, soit en se mettant sur une seule ligne à 8 de hauteur, les quatre premiers rangs tous fusiliers, soit en formant comme l'armée qu'elle combat, deux lignes à 4 de hauteur, mais mettant tous ces fusiliers à la premiere. Mais, dira-t-on, si elle prend un de ces deux partis, & qu'on vienne la charger, les piques ne lui serviront plus à rien ? S'il étoit possible de charger, il ne seroit pas question de tout cela. L'affaire ne se passeroit pas ainsi. Car lorsqu'on prend des piques, c'est pour ne se battre à coups de fufil, que quand il eft impoffible de faire autrement.

Quoiqu'il femble démontré que cette diminution de feu qu'on reproche à la pique eft une chimére de tout point ; qu'il foit clair même que dans notre fyftême on aura plus d'armes à feu que l'on n'en a aujourdhui dans une armée de même force, avantage dont nous ne nous applaudiffons pas beaucoup ; fuppofons maintenant cette diminution de feu réelle & telle qu'on nous l'objecte. Voyons ce qui en refultera. Qu'il y ait une bataille affez longue & affez fanglante entre deux armées telles qu'on les a aujourdhui, pour que la moufquetterie détruife 7000 hommes dans chacune, avant que la victoire fe décide. Cela eft violent affurément. Celle des deux qui aura affaire à une armée où il y a un feptiéme de piques n'en perdra que 6000, & cette différence de perte de 1000 hommes fera diftribuée fur près de 200 Bataillons. Que fera-ce pour chacun ? Cela fera-t-il bien capable de faire pancher la balance ? Mais encore une fi longue bataille à coups de fufil ne s'engagera guères à moins que les deux partis ne le veuillent bien. Tout ce que l'armée qui auroit des piques ne pourroit éviter, feroit de combattre de cette maniere quelques moments, dans quelque partie de la ligne. Il eft aifé de voir à peu-près ce qu'elles épargneroient dans ce cas aux ennemis. Quelque petit que fût l'avantage de cette arme pour les cas où l'on charge, il dédommageroit toujours bien amplement d'une pareille bagatelle.

ARTICLE VIII.

Place des Piques.

Lorfqu'il y avoit encore un tiers de piques dans les Bataillons, on les plaçoit au centre du front, ce que le Maréchal de Puiféqur blâme avec grande raifon. Il préféreroit de les placer au centre de la hauteur. Mais c'eft leur ôter une partie de leur longueur, qui eft felon lui le feul mérite de cette arme. Cela les rend d'ailleurs encore plus embarraffantes, puifque engagées ainfi entre plufieurs rangs elles n'ont plus aucun mouvement. Il paroît plus naturel de les placer aux premiers rangs. Folard en ufe ainfi, comme j'ai dit, & y met alternativement un piquier & un fufilier. Sur quoi il n'eft pas hors de propos de remarquer que le Maréchal de Puifégur a dit que fi elles avoient été difpofées ainfi autrefois, le Bataillon auroit été difficile à forcer. Lors donc que le même auteur prétend que la pique n'ajoute rien à la force de l'infanterie, & que s'il y a eû des Bataillons renverfés par la cavalerie depuis 50 ans, ils l'auroient été de même du tems des piques, cela ne doit s'entendre que du tems des piques mal placées.

Je n'ai point voulu décider s'il faut mettre dans les premiers rangs de la Pléfion, & les premieres files des flancs, des piques & des fufils, comme a fait Folard, ou s'il vaudroit mieux, puifque la pique eft préférable pour le choc, & qu'elle ne craint plus qu'on en gagne le fort, n'y point mettre du tout de fufiliers. Je crois que je prendrois affez volontiers ce dernier parti, fi cela ne multiplioit un peu trop les piques.

Quelque parti que nous prenions là deffus on nous objectera toujours, que la troupe enveloppée de piques ne peut plus faire de feu : la moufquetterie qui eft au centre fe trouvant entierement mafquée. Ce n'eft pas trop ici la place de répondre à cette objection. Je dirai pourtant que quand la Pléfion eft formée, c'eft pour marcher à l'ennemi : & que quand on marche à l'ennemi, il ne faut point tirer. Je fai bien que ce principe n'eft pas généralement vrai, pour les Bataillons. Leur ligne en marchant eft obligée de faire de fréquentes haltes, & tandis qu'un Bataillon qui ne s'eft pas dérangé attend que d'autres fe foient reformés, ou qu'étant trop avancé il attend qu'ils aient ratrappé fon alignement, il ne peut, comme dit le marquis de Santa-Cruz, employer plus utilement ce moment d'inaction, qu'à faire feu. Mais les Pléfions ne fe trouveront jamais dans ce cas, n'auront point de moments perdus. Il y auroit de la folie à les arrêter tout exprès pour tirer ; cela leur feroit effuyer le feu plus longtems, & ne ferviroit qu'à rallentir, éteindre l'ardeur du foldat, & prévenir l'épouvante de l'ennemi, que leur charge

ne

ne peut manquer d'étonner, lorsqu'on lâchera la bride à leur impétuosité. S'il y a des cas où la Pléfion toute formée doive tirer, on verra qu'alors la pique ne fait que rendre fon feu plus rédoutable.

CHAPITRE V.

Exemples & autorités.

IL eft affez inutile de s'appuyer de l'autorité des plus grands Généraux de l'antiquité, même des peuples entiers chez qui l'art militaire étoit au plus haut point de perfection, & de rapporter le fuccès qu'ils ont eûs fuivant des principes qu'on veut rétablir, quand on a affaire à gens qui prétendent que toute la fcience de la guerre a été changée par l'invention des armes à feu. Le Maréchal de Puiségur appelle cette idée une opinion vulgaire, qu'il voudroit détruire ; & prétend que la fcience de la guerre eft toujours la même, de quelques armes que l'on fe ferve. Rien n'eft fi évident, ce me femble. Que les armes des anciens fuffent plus ou moins avantageufes que les nôtres, cela n'y fait rien. Cela étoit égal pour tout le monde ; & ce qui à armes égales étoit bon ou mauvais, doit l'être de même aujourdhui. Mais je dis plus. Les armes des anciens n'étoient pas fi différentes des nôtres qu'on l'imagine. Le fufil n'eft qu'une arme de jet ,, qui ,, frappe de loin comme l'arc & la fronde, mais avec plus ,, de bruit ; & le canon, prefque compté pour rien dans les ,, batailles, n'a peut-être d'autre avantage fur les baliftes & ,, les catapultes, que d'être une machine plus fimple, & ,, d'abréger les fiéges ; du refte n'influe qu'indirectement fur ,, les autres parties de la guerre. ,, La façon de fe fervir de la bayonnette étant la même que celle de fe fervir de la pique, la différence des deux armes n'en doit, felon le Maréchal de Puiségur, apporter aucune aux ordres de bataille.

Puifque l'art de la guerre eft le même, & nos armes faites pour les mêmes ordres que celles des Grecs, ce qui étoit vrai chez eux l'eft de même aujourdhui. Lorfque entre eux

Q

il s'eſt donné un combat dans lequel un des deux partis a été victorieux par la ſupériorité de ſa diſpoſition, cela ſeroit arrivé de même ſi tous deux euſſent été armés à la moderne. A partir de ce principe, tous les exemples dont nous nous ſervons ſont des preuves ſans réplique, des expériences faites qui répondent du ſuccès de notre ſyſtême. Nos adverſaires, ſans le nier poſitivement, y ſont une reſtriction. Vous êtes ſupérieurs, diſent-ils, en armes blanches, inférieurs en armes de jet. Avec cela vous auriez été vainqueurs autrefois, parce que les armes de jet étoient peu de choſe. Aujourdhui qu'elles ſont plus redoutables, qu'elles décident les batailles, il en ſera tout autrement. Il eſt bien vrai que puiſque la Phalange ne pouvoit ſoutenir la charge de la Colonne, le Bataillon la ſoutiendroit encore moins : mais vous ne le chargerez point ; ſon feu vous empêchera d'arriver juſqu'à lui.

J'ai prouvé, dans le chapitre précédent, que les armes de jet des anciens n'étoient point ſi mépriſables qu'on le ſuppoſe ; que les nôtres ne ſont redoutables que lorſqu'on y reſte longtems expoſé. Et on en a déja vû aſſez dans cet ouvrage, quoique je n'aye pas encore frappé les grands coups, pour concevoir que le feu du Bataillon n'eſt point capable d'empêcher la Pléſion d'arriver à lui. Regardant ici ce dernier point comme achèvé de prouver, on ne peut rien oppoſer aux exemples que je vais rapporter. Suppoſant qu'elle charge des ennemis égaux en armes & en valeur, ſupérieurs même en nombre ; on doit penſer que puiſque les mêmes cauſes produiſent les mêmes effets, elle réuſſira comme elle a déja réuſſi dans les mêmes circonſtances. Et nous avons plus de raiſons de l'adopter que les grands hommes qui s'en ſervirent. La ſeule connoiſſance de ſes avantages les y détermina ; nous avons de plus leur exemple. Sur les pas d'Epaminondas, de Xénophon, de Guſtave, on ne court pas beaucoup de riſques de s'égarer. On dit aſſez ordinairement qu'on ne faiſoit pas la guerre autrefois comme aujourdhui, & il ſemble qu'on attache à cette phraſe uſée l'idée de d'Ablancour, que cet art étoit chez les anciens dans ſon enfance. Il eſt très-vrai que les Grecs & les Romains ne faiſoient pas la guerre comme les modernes. Ils la faiſoient bien mieux. Avec leurs fléches, leurs piques, &

leurs petites armées, ils faisoient de grandes choses. Tout
passe dans ce bas monde. La science de la guerre dégénéra,
les Barbares prirent le dessus, & alors elle tomba entierement dans l'oubli, comme toutes les autres. Et comment se
seroit-elle conservée, lorsqu'il étoit presque honteux à un
gentilhomme de savoir lire? Dans ce tems d'ignorance parut
la poudre. Une découverte si singuliere acheva de tourner la
tête à tout le monde. On s'imagina que tout alloit devenir
neuf. Non content de rejetter les armes & les machines des
anciens, on rejetta leurs principes, leurs connoissances ; ou
si l'on en conserva quelque chose, ce fut sans discernement,
& le plus souvent ce qu'il falloit précisément réformer. Plus
éclairés aujourdhui nous nous rapprochons d'eux peu à peu :
mais ce ne sera pas encore notre siécle qui les atteindra. Car
pour revenir au propos de d'Ablancour, ce n'est point chez les
Grecs, du moins dans les tems qui nous sont les plus con-
nus, que la guerre fut dans son enfance. Cette idée n'est par-
donnable qu'à un traducteur fort savant d'ailleurs mais peu
au fait de ce métier, ou à un militaire peu au fait de l'histoire. Tous ceux qui connoissent l'un & l'autre, conviendront
que l'enfance de l'art de la guerre fut dans les siécles des Rois
Médes & Assyriens, son adolescence sous Cyrus. Son plus
bel âge fut celui des Epaminondas, des Scipions, des Cé-
sars ; il radota dans la moyenne antiquité. Puis donc que si
la science de la guerre a jamais été à sa perfection, ç'a été
chez les Grecs & les Romains ; on ne peut mieux faire que
de les imiter. Aucune autorité n'est d'aussi grand poids que
la leur. Que l'on donne du nouveau aujourdhui, mille gens
le rejettent : on aime mieux les anciennes méthodes. L'avantage des années a jusqu'ici soutenu celle qui est en usage contre toutes celles qui ont été proposées, & la soutiendra peut-
être long-tems contre la Phalange coupée : mais il faudroit
faire attention que ce qui paroît le plus neuf ne l'est pas toujours. C'est la colonnade du Louvre, & non pas l'église de
Notre-Dame, qui est dans le vrai goût de l'antiquité. Tous
les arts ont dormi long-tems, on les réveille les uns après les
autres. En Tactique comme en toute autre chose, s'il n'est
pas permis de penser les premiers, s'il faut des modéles, il

vaut mieux fans doute les chercher chez ces peuples fameux, nos maîtres en tout genre, que dans ces fiécles barbares à qui nous devons nos vieilles Cathédrales, les Poëfies de Ronfard, & les Bataillons.

ARTICLE PREMIER.

Exemples cités par Folard.

Une des autorités fur lefquelles Folard appuie davantage, eft celle d'Epaminondas. Les deux grandes victoires remportées par ce Général, fur les meilleures troupes du monde, font, felon notre auteur, l'ouvrage de la Colonne. Ces exemples font d'autant plus frappants que le Thébain, du moins dans la premiere, étoit inférieur au point qu'il fembloit téméraire de fe montrer en plaine.

On ne peut guères difconvenir qu'Epaminondas combattit en Colonne à Mantinée. Xénophon eft clair, & conforme au plan de Folard, auquel je renvoie. J'aurai pourtant occafion de reparler dans le chapitre fuivant de cette mémorable journée, où l'on vit qu'un corps, même fur une profondeur raifonnable, n'eft point en état de foutenir le choc de la Colonne; qu'inutilement il la déborde, puifqu'il eft percé avant d'avoir pû feulement tenter de profiter de cet avantage apparent.

On ne voit pas la Colonne fi clairement à Leuctres. Le récit de Xénophon eft même, contre fon ordinaire, un peu croqué. Diodore donne plus de détail, & fe trouve, auffi-bien que Plutarque, d'accord avec Folard. Le Tacticien a pourtant fait une petite méprife. Il dit lui-même que le corps qui fit l'opération étoit de 3000 hommes à 50 de hauteur; il conclut que c'étoit une Colonne de 40 de front. Le calcul n'eft pas jufte, cela donneroit 60 hommes à chaque rang; ce ne feroit plus qu'une Phalange triplée. Mais je ne fais fi c'eft en cela qu'il s'eft trompé. Je croirois plutôt que ce corps n'étoit pas de 3000 hommes, parce que l'armée d'Epaminondas étoit très-petite. Or s'il étoit moins nombreux d'un tiers, ou même de moitié, puifqu'il étoit à 50 de hauteur, c'étoit une Colonne de 40 ou 30 de front. Quoi qu'il en foit, cet exem-

ple nous fera toujours très-favorable, faisant voir qu'Epaminondas croyoit avec raison, qu'en diminuant le front, & augmentant la profondeur, on augmente la force de l'infanterie.
Il en usa ainsi *pour mieux enfoncer la bataille où étoit le Roi.* Ce
sont les paroles de Xénophon. Je dis plus ; si Epaminondas
ne forma pas une Colonne véritable à Leuctres, cela donne
une nouvelle force à l'argument que nous tirons de son autorité. Cette bataille précéda celle de Mantinée. Si dans la
derniere il changea quelque chose à son premier ordre, ce
ne fut pas sans doute pour l'affoiblir ; mais il n'y fit d'autre
changement que de s'approcher davantage de nos principes,
puisqu'il diminua encore l'étendue du front, & au moins
ne retrancha rien de la profondeur. De l'air dont il s'y prenoit, dans une troisiéme il auroit volé à Folard tout son systême.

Nous avons parmi les modernes un Epaminondas qui valoit bien le Thébain. Comme lui il a commencé la gloire
d'un Etat, qui jusqu'alors n'avoit pas fait grande figure dans
le monde. Comme lui il a été invincible, ayant affaire à des
ennemis plus puissants, & qui n'étoient rien moins que méprisables. Comme lui il a remporté deux victoires signalées,
& a péri dans la derniere ; & ce qu'il y a de plus singulier
dans cette ressemblance, c'est qu'il combattoit dans les mêmes principes. De sorte qu'il semble que le célébre Roi de
Suéde ne soit venu au monde, que pour montrer Epaminondas triomphant, avec sa Colonne, des armes à feu. Malgré
cette ressemblance si exacte entre les deux héros, il y a eu
une différence, qui sembloit nécessaire pour la gloire de leur
système. Le Thébain non content d'augmenter la hauteur des
files & diminuer le front, avoit employé l'ordre oblique (a).
Quelqu'un auroit pû attribuer à cela seul ses victoires, ne faisant pas attention que l'oblique ne sert qu'à refuser les parties
foibles pour engager par où l'on veut ; mais que ces parties où
s'engage l'affaire ne peuvent être sûres de la victoire que par
leur disposition, leur force particuliere. Le Suédois a levé ces

---

(a) A Leuctres du moins. A Mantinée ce n'est pas tout-à-fait cela : mais cela
revient à peu près au même.

fcrupules, & montré que la Colonne marchant droit devant elle ne réuffit pas moins bien.

Ces deux grands hommes ne connoiffoient que la force de l'infanterie, & les vrais principes de la guerre. Perfonne n'en avoit tiré la même conféquence que Folard. Il leur arriva donc ce qui ne manque pas d'arriver à ceux qui raifonnent bien, & fur de bons principes : ils approchent continuellement de la perfection. Nous avons vû qu'il n'eft pas fans vraifemblance que l'ordre d'Epaminondas, dans fa premiere bataille, n'étoit pas fi conforme à notre fyftême, que celui qu'il prit dans la feconde. Guftave lui a encore reffemblé en cela. A Leipfik il donna à fes corps la forme d'un T renverfé, afin que la partie faillante deftinée à charger eût la profondeur. Cela ne pouvoit guères manquer de réuffir. Mais il fentit qu'il manquoit quelque chofe du côté de la légéreté. Il retrancha donc à Lutzen les deux manches que cette efpéce de Colonne traînoit après elle. Elle devint alors toute pareille à celle de Folard, & eut le fuccès le plus brillant & le plus décidé, puifque la même renverfa l'un après l'autre deux corps très-fupérieurs, qui étoient dans un ordre, mauvais à la vérité, mais du moins folide. Avant ces deux combats il avoit fallu franchir deux foffés, défendus par de l'infanterie & du canon. Tout cela ne fuffit point à la Colonne : elle courut à une troifiéme brigade, & l'alloit traiter comme les deux premieres, s'il n'étoit venu de nouvelles troupes à fon fecours. Preffés par la force d'un pareil exemple, il y a eu de nos adverfaires qui ont voulu nier le fait. La façon de répondre eft commode ; je n'y répliquerai rien : je vais feulement leur en donner à nier bon nombre d'autres, fi cela les amufe. D'autres ont dit que ces corps d'infanterie avoient pû fe ferrer ainfi par hazard. Cela n'eft pas malheureux ; & ce hazard dont on parle auffi fouvent que de quelque chofe, n'a fans doute rien fait de plus beau, depuis le concours fortuit des atomes d'Epicure. C'eft un fingulier défordre, que celui qui met une petite troupe en état d'en battre trois groffes : & ce qu'il y a de bon à ce hazard, c'eft qu'il arriva à quatre parties de chaque ligne, & produifit huit Colonnes toutes pareilles. Une meilleure raifon, fi la moindre de celles-ci ne fuffifoit, c'eft

que Guftave & fes Officiers favoient fort bien ce qu'ils faifoient : le hazard ne fe mêloit point de leurs difpofitions. On
dit qu'à Fontenoi l'ordre de l'infanterie Angloife fut un effet
du hazard. Un effet plutôt du feu des redoutes & du village,
& du peu d'étendue de ce terrein. Au refte, ce n'eft pas la
faute de Guftave, ni celle de Folard, fi l'on a appellé ce
cahos une Colonne.

Il me refte à obferver fur ces deux batailles de Guftave,
que fi l'évenement de la feconde juftifie que la Colonne fe
paffe très-bien des deux manches qu'il lui avoit données dans
la premiere, & fait voir que les avantages qu'elle pouvoit
en tirer ne valoient pas la légéreté qu'elles lui ôtoient, il
eft certain cependant qu'elles n'étoient pas fans utilité ; puifqu'elles la flanquoient, la foutenoient, partageoient avec
elle le feu de l'ennemi, empêchoient qu'il ne pût tenter
d'en embraffer la tête. Nos pelottons pofés de même ont
les mêmes avantages, & bien plus parfaitement encore, à
caufe de leur grande légéreté. De plus, étant détachés de la
Pléfion, ils ne s'oppofent en rien à fes mouvements, de forte qu'ils réuniffent tout ce qu'avoient d'avantageux ces deux
célébres difpofitions.

Folard a cité un autre exemple de la force de la Colonne,
qui eft très-remarquable, ainfi que la maniere dont Plutarque le rapporte. Dion rentrant dans Syracufe forma fes troupes par petits corps, auxquels il donna *plus de profondeur que
de front*, afin de *faire tête en plus d'endroits, & paroître plus
fort & plus redoutable.* Perfonne n'ignore que le vrai moyen
de paroître plus fort, eft au contraire d'étendre le front. Auffi
faifant voir fon armée à une belle Reine, Cyrus le jeune la
mit-il à 4 de hauteur, méthode que ni lui ni fes Généraux
n'avoient garde de fuivre ailleurs qu'à une revûe. Que veut
donc dire ici Plutarque ? C'eft que pour paroître plus fort,
il fuffifoit de faire tête en beaucoup d'endroits. Pour cela il
falloit beaucoup féparer fes troupes ; & Dion n'imaginoit pas
que des corps fi foibles puffent fe foutenir dans toute autre
ordre. Il avoit encore une raifon d'en ufer ainfi, dont Plutarque ne parle point ; c'étoit la difficulté de conferver fon ordre
dans une ville embarraffée de maifons brûlées & brûlantes. Il

n'y avoit qu'un petit front qui pût fe maintenir en pareil terrein. Arrivé aux ennemis *qui étoient en bataille le long de la
muraille qu'ils avoient abbattue*, le libérateur de Syracufe ne
changea pas d'ordre : les foldats du Tyran, quoique très-
déterminés, & remparés de débris, furent taillés en piéces.
Aucune autre ordonnance n'auroit pû parvenir jufqu'à eux.

Le dernier exemple que je rapporterai après Folard eft la
bataille de Zama, où Scipion combattit en Colonnes, & quoique inférieur de moitié, & en plaine, défit entierement Annibal. On pourroit objecter, non fans fondement, que ces
Colonnes n'étoient pas nos Pléfions : les Cohortes étoient à
la queue les unes des autres, avec des intervalles, non-feulement entre les Colonnes, mais entre les Cohortes de la
même ; de forte que cela reffembloit affez aux Colonnes par
Bataillons, dont on fe fert quelquefois aujourdhui. Celles de
Scipion étoient pourtant fupérieures, tant en ce que chaque
Cohorte avoit plus de hauteur & moins de front que chaque
Bataillon, qu'en ce que les efpaces tranfverfaux étoient bien
moindres que dans la Colonne de Bataillons : de forte que
l'on pouvoit très-promptement faire ferrer contre la premiere
Cohorte, la feconde & la troifiéme, pour former la Phalange coupée fort épaiffe. Or c'étoit ainfi que les Romains,
qui ont formé de ces Colonnes plus d'une fois, en ufoient
ordinairement ; comme on le voit par les hiftoriens, nommément par ce que dit Polybe lui-même dans le récit de la
bataille de Cannes, qu'ils avoient pris cet ordre *pour donner
plus de hauteur*. Si les Cohortes avoient été féparées, l'ordre
n'auroit pas eû plus de hauteur qu'à l'ordinaire ; c'eût été trois
lignes minces, & non pas une feule fort épaiffe ; comme le
dit encore pofitivement l'hiftorien, par le terme de Phalange dont il fe fert.

La raifon qui détermina Scipion à pratiquer, contre la
coutume, ces efpaces tranfverfaux dans les Colonnes, fut la
crainte des éléphants. Ces intervalles étoient deftinés à recevoir ceux des Vélites, qui trop preffés par ces animaux
pourroient avoir befoin de cet afile, d'où les accablant de
traits ils les empêcheroient en même-tems de fe jetter fur
les Colonnes, & les obligeroient d'enfiler les efpaces directs,

pour

pour gagner les derrieres laiſſant là l'armée. Il y a tout lieu de croire que l'intention de Scipion étoit, dès qu'il ſeroit débarraſſé d'eux, & que les deux premieres lignes de l'enne-mi ſe ſerreroient l'une contre l'autre, comme on devoit s'y at-tendre, de faire ſerrer auſſi ſes Cohortes, les eſpaces tranſ-verſaux n'étant plus utiles. Par cette manœuvre toute ſimple, il auroit chargé une Phalange pleine, en Phalange coupée plus épaiſſe ; ordre excellent, & entierement conforme à nos principes, quoique le front de chaque tranche eût été enco-re double de celui de la Pléſion.

Je ne ſais pourtant ſi les Cohortes étoient chacune toute d'une piéce, comme Folard l'a cru ; ſi elles n'étoient pas par manipules avec des intervalles entre eux, & par conſé-quent ſur un front même plus petit que le nôtre. Tite-Live le dit poſitivement. *Non confertas autem Cohortes antè ſua quemque ſigna inſtruebat, ſed manipulos aliquantùm inter ſe diſ-tantes, ut eſſet ſpatium quo elephanti hoſtium accepti nihil turba-rent ordines.* Frontin dit la même choſe. Polybe au moins ne les contredit point : je vois même dans ſon récit une choſe qui me porte à admettre celui de Tite-Live. Les Carthagi-nois avoient plus de 80 éléphants ſur le front de leur armée. S'il n'y avoit eu d'eſpaces qu'entre les Cohortes des Romains & non entre les manipules, le nombre de ces intervalles étant ſi diſproportionné à celui de ces animaux, il me ſemble qu'il n'auroit pas été aiſé de les faire tous écouler par-là, comme on fit ; au lieu qu'avec trois ou quatre routes tracées pour eux à chaque Cohorte, cela étoit aſſez facile, & il ne l'étoit pas moins de leur faire éviter les Colonnes, le front étant ſi petit.

Tite-Live & Frontin ne ſervent pas ici ſeulement à faire voir que l'ordre de Scipion étoit plus ſemblable au nôtre que ne l'a cru notre maître lui-même ; mais cette diſpoſition de Zama, ainſi entendue, jette quelque lumiere ſur pluſieurs ordres de bataille Romains, dont j'aurai occaſion de parler dans le chapitre ſuivant, qui en revanche autoriſent celui-ci, & ce que j'ai dit, que quand il n'y avoit point d'éléphants, on ſerroit l'une contre l'autre les trois lignes ainſi diſpoſées, puiſ-qu'on verra Frontin appeller *Coins* l'ordre de Paul-Emile contre Perſée, tout pareil à celui de Zama, ſelon Tite-Live,

R

aux espaces transverfaux près apparemment, car l'on ne donnoit le nom de Coin qu'aux corps très-profonds : d'où l'on voit
que Paul-Emile combattit en Colonnes d'un front plus petit
encore que les nôtres, & à peu près de même profondeur.
Revenons à Zama.

Folard blâme, avec raifon, tous ceux qui ont parlé de cette bataille avant lui. Ils n'ont fait attention qu'aux éléphants.
Toute la difpofition de Scipion étoit faite, felon eux, pour réfifter, ou plutôt fe dérober, à la fureur de ces animaux. Il
femble, à les entendre, que d'avoir à combattre en plaine
une armée aguerrie, long-tems victorieufe, fupérieure de
moitié, commandée par Annibal, tout cela ne méritoit pas
l'attention du Général Romain. Il eft certain que ce grand
homme en penfa tout autrement, & que, malgré l'audace &
la fierté qu'il marqua dans l'entrevûe qui précéda l'action, il
fentit combien l'affaire étoit férieufe. Il dut s'attendre fur-
tout à être débordé & attaqué en flanc ; il fallut donc fe précautionner contre cet accident. S'il s'étoit préfenté dans l'ordre ordinaire des Romains, les Cohortes auroient eu toute la
foiblefle des flancs qui étoit leur appanage. Nous voyons l'ordre ; il ne faut pas chercher ailleurs le reméde, ni douter un
moment que Scipion ne comptât mettre fes flancs en défenfe, dès que cela feroit néceffaire, par quelque mouvement
court & facile. Il s'en préfente plufieurs très-naturellement à
partir de fa difpofition. Je ne fais pas lequel il auroit choifi :
mais je fais qu'il n'auroit pas laiffé les Cohortes de chaque
Colonne détachées l'une de l'autre, puifque c'eut été leur
laiffer la foibleffe des flancs. Il eft certain qu'il les auroit ferrées de quelque maniere, & auroit par conféquent rapproché
de notre fyftême. Il eft fâcheux qu'on lui ait fi peu difputé la
victoire, & que fon ennemi, quoi qu'en difent Polybe & tant
d'autres après lui, ait été ce jour-là moins Annibal qu'à l'ordinaire. Sans cela nous verrions mieux tout l'art de la difpofition du vainqueur.

Les Romains à Tunis & à Cannes (a) étoient en Colon-

(a) Ces deux batailles ont fourni de   Colonne. Je ne crois pas fort néceffai-
bonnes chofes à un de nos critiques. Ce   re de m'y arrêter.
font des autorités fans réplique contre la

nes par Cohortes, comme à Zama ; mais n'avoient point, du moins dans le combat, d'efpaces tranfverfaux : les directs étoient même fort petits, ce que Folard n'approuve pas. Je ne fais s'il a beaucoup de raifon. Il me femble que pourvû qu'il y ait des efpaces marqués, de maniere qu'elles ne fe confondent point, les Colonnes confervent au moins toutes leurs propriétés : & lorfqu'on met fans inconvénient le double de troupes dans la même difpofition, en même étendue de terrein, l'ordre en devient la moitié plus fort. Je ne difconviens pas pourtant que la petiteffe des efpaces fit battre Regulus : mais il n'en feroit pas de même aujourdhui, nos ennemis n'ayant pas d'éléphants à qui il faille préparer des paffages. A Cannes les Romains furent encore battus : mais ce ne fut pas faute d'intervalles affez grands : il y eût affez d'autres raifons, que Folard lui-même a très-bien remarquées. Lorfque les efpaces font petits, fi l'on voit les Colonnes fe rapprocher dans certaines parties en marchant à l'ennemi, de maniere à faire craindre qu'elles ne fe confondent, il eft bien aifé d'en faire refter quelqu'une derriere la ligne, pour donner plus de jeu aux autres. La petiteffe des efpaces racourcit l'étendue du front de l'armée : mais ce n'eft pas encore un grand mal, lors même que cela le fait déborder par l'ennemi, pourvû qu'on affûre les flancs comme cela eft aifé à notre fyftême, & qu'on charge avec toute la vîteffe dont il eft capable.

ARTICLE II.

Nouvelles autorités.

L'infanterie de Porus, dans la bataille contre Alexandre, étoit en Colonnes maffives, & fans efpaces tranfverfaux ; différentes par conféquent de celles de Zama, & entierement femblables aux nôtres. C'eft ce qu'on voit par tous les hiftoriens. Suivons Arrien, comme le plus clair. Le Roi Indien ,, mit en tête les éléphants à 100 pieds de diftance l'un de ,, l'autre, pour fervir comme de rampart à l'infanterie, qu'il ,, rangea derriere fur une feconde ligne entrant un peu dans ,, les diftances. ,, D'Ablancourt dit dans une note, que les au-

tres hiftoriens comparent l'infanterie. de Porus à un mur
dont les éléphants étoient les tours. Je ne fais pas qui font
ces hiftoriens ; ce n'eft pas Quint-Curce. * Il parle bien des
tours , *belluæ difpofitæ inter armatos , fpeciem turrium pro-
cul fecerant* : mais il n'eft pas queftion de mur. Cette comparaifon fembleroit dire que l'infanterie étoit fur une ligne pleine ou Phalange , les éléphants en dehors ; perfonne ne dit
cela : & quand quelqu'un le diroit , parce que cela pouvoit
paroître tel vû de l'armée d'Alexandre par de mauvais yeux,
j'en croirois plutôt Arrien qui écrit fur les mémoires d'un
homme préfent à cette action , & qui voyoit bien. Il ne faut
point nous écarter de ce que dit l'auteur Grec , que l'infanterie entroit un peu dans les diftances des éléphants. Si donc
la ligne avoit été pleine & contiguë , elle auroit eu cette
* Pl. 5 , fig. 3. forme *, les éléphants nichés aux points 1. Cette idée n'eft
pas foutenable. Et à propos de quoi auroit-on mis les parties
2 , qui n'auroient fervi qu'à rendre plus terrible le défordre
que ces animaux étoient affez fujets à caufer dans leur propre armée , & empêcher la ligne d'infanterie de charger l'ennemi paffant , s'il le falloit , à travers la ligne d'éléphants ?
Pourquoi , fi la ligne étoit pleine , la faire entrer ainfi dans
leurs intervalles ? Qu'il y ait quelque petit avantage en cela ,
je le veux bien : mais il n'eft pas capable d'engager à prendre une forme auffi baroque. Auffi toutes les fois que derriere les éléphants on mit une ligne pleine , elle fe tint droite.
La Phalange de Porus étoit donc coupée , & non pleine : &
c'eft ce qui lui donna la facilité de faire entrer chaque divifion quelques pas dans la ligne d'éléphants , derriere lefquels il refta des vuides , où peut-être il mit quelques armés à la
légére. Si à préfent nous examinons chacune de ces divifions ,
nous verrons clairement que c'étoient des Colonnes. Elles ne
pouvoient être que fur une grande profondeur , puifque Porus , quoique fort fupérieur , ne débordoit point Alexandre ;
leur front étoit très-petit , puifque les éléphants étoient à 100
pieds l'un de l'autre ; il falloit que de ces 100 pieds il y en
eut encore au moins 8 ou 10 entre chaque éléphant , & les
Colonnes ; il ne reftoit donc , pour la longueur de leur front ,
qu'environ 80 pieds.

Si Quint-Curce n'eſt pas tout-à-fait auſſi clair qu'Arrien dans la deſcription de l'ordre de Porus, il dépeint en revanche très-bien celui dans lequel Taxile, autre Roi des Indes, vint au devant d'Alexandre avec ſon armée en bataille. *Eléphanti, per modica intervalla militum agmini immixti, caſtellorum fecerant ſpeciem.* Voilà donc les intervalles en propres termes, le même ordre préciſément dans lequel nous venons de voir Porus. Et il eſt clair, par les expreſſions de l'auteur Latin, qu'il ne prétend pas nous donner ces deux diſpoſitions comme différentes l'une de l'autre ; ce qui fait voir encore que cet ordre en Colonnes (*a*) étoit le ſyſtême des Indiens. Car, je le répéte, cette Phalange coupée n'étoit autre choſe qu'une ligne de Colonnes, puiſqu'elle étoit toujours fort épaiſſe, & qu'il y avoit grand nombre de diviſions, y ayant un grand nombre d'éléphants. On pourroit être étonné que cet ordre ait mal réuſſi, que Porus ſur-tout habile, brave, & ſuperieur, ait été battu par Alexandre. Il ſemble que je ne devrois pas citer cet exemple. Reprenons Arrien. ,, Alexandre ne trouva pas à propos d'attaquer le mi-,, lieu de la bataille de l'ennemi où étoient rangés l'infante-,, rie & les éléphants, pour les raiſons que Porus avoit eûes ,, de les ranger de la ſorte. ,, C'eſt-à-dire, en bon François, que le vainqueur de l'Aſie n'oſa attaquer cette infanterie dans un ordre ſi formidable. *Mais comme il étoit plus fort en cavalerie,* & que la diſpoſition de Porus n'avoit rien d'extraordinaire, il engagea l'affaire par les aîles, ordonnant *à ceux qui commandoient l'infanterie de ne bouger, juſqu'à ce que la cavalerie eût ébranlé l'ennemi.* Cela réuſſit. La cavalerie Indienne fut rompue deux fois, & ſe jettant toujours ſur le centre, commença d'y mettre le déſordre ; la Phalange Macédonienne acheva. Si Porus avoit fortifié ſes aîles par quelques Colonnes, je ne ſais ce qui en feroit arrivé. Si encore voyant que la Phalange d'Alexandre n'en vouloit point, il avoit couru à elle, tandis que l'on battoit la cavalerie, l'armée Macédonienne auroit couru grand danger.

(*a*) Dans le quatriéme livre d'Arrien, on voit un corps d'Indiens donner beaucoup de peine à Ptolomée, quoique ſu-périeur, parce qu'ils étoient ſur plus de hauteur que de front.

Mais quand les Colonnes des Indiens auroient étés battues par Alexandre dix fois pour une , cela ne prouveroit pas beaucoup contre l'excellence du fystême. Ce n'eft pas l'ordre feul qui gagne les batailles. Les peuples de ces régions reprendroient aujourdhui la Tactique de leurs ayeux, qu'ils n'en feroient pas beaucoup plus redoutables à leurs voifins, qui pourtant ne font pas Macédoniens. Au refte cette Tactique parut fi bonne aux vainqueurs , qu'ils ne tarderent pas à l'imiter.

Pirrhus à la feconde bataille d'Afculum ,, mêla beaucoup ,, de piquiers & d'archers parmi fes éléphants ..... en cet ,, état il s'ébranla , & marcha avec beaucoup d'impétuofité ,, & de roideur contre les Romains , fes rangs bien ordon- ,, nés & bien ferrés .... la déroute commença par l'endroit ,, que Pirrhus attaquoit , fi forte fut l'impreffion qu'il fit avec ,, fa Phalange : les éléphants achevérent de renverfer & dif- ,, fiper le refte. ,, Les voilà donc mêlés parmi les piquiers , comme Quint-Curce difoit tout à l'heure , parlant de l'ordre de Taxile, *agmini immixti.* Il n'eft pas étonnant que Plutarque s'explique de même. C'eft la même difpofition ; Phalange coupée , les éléphants dans les intervalles , un peu en avant ou en arriere, cela n'y fait rien. Si la Phalange avoit été pleine à l'ordinaire , les éléphants n'auroient pû être *mêlés ;* ils auroient été devant ou derriere. Mais s'ils avoient été devant , la charge n'auroit pas commencé de la part de l'infanterie qu'ils auroient mafquée ; s'ils avoient été derriere , ils n'auroient pû achever la déroute des Romains , étant mafqués eux-mêmes , & ne pouvant charger qu'en paffant à travers leur Phalange. Il eft donc clair , par les paroles de l'hiftorien , que l'ordre de Pirrhus étoit à peu-près femblable à celui de Porus , & toujours dans notre fyftême (*a*). Ainfi il

---

(*a*) Que Pirrhus ait combattu contre les Romains en Phalange coupée , c'eft ce qui eft encore prouvé par Polybe, qui dit que ce Prince dans les combats qu'il donna contre eux , *rangeoit alternativement une compagnie* de troupes Italiennes, *& une Cohorte* de fa Phalange *en forme de Phalange.* C'eft-à-dire , qu'il formoit une feule ligne épaiffe , féparée en beaucoup de petites divifions. Je ne fais quels étoient les intervalles entre les corps Grecs & les corps Italiens. Mais il y en avoit au moins de très-petits ; les uns & les autres étoient peu nombreux, & très-profonds ; tous étoient donc d'un fort petit front ; en un mot , Colonnes.

ne faut pas être étonné que ſes rangs *bien ordonnés & bien ferrés*, ayent chargé avec une *impétuofité* & une *roideur*, con-tre laquelle les Romains ne purent tenir. Leurs *tenues Cohor-tes*, comme dit Tacite, n'étoient pas baſtantes contre pareille attaque.

On voit dans Tite-Live qu'Antiochus, dans la bataille con-tre L. Scipion, avoit au centre de ſon armée une Phalange de 16000 hommes ſur 32 de hauteur, & qu'elle étoit diviſée en 10 parties : dans chacun des intervalles qui ſéparoient les diviſions, il y avoit deux éléphants. Si Antiochus n'en avoit mis, comme Porus, qu'un dans chaque eſpace, & que par con-ſéquent il en eût doublé le nombre, cela auroit formé pré-ciſément 20 Colonnes ſur 25 de front 32 de hauteur. Le front de chaque diviſion étant de 50, cet ordre n'étoit pas notre ſyſtême, mais ne laiſſoit pas d'en approcher beaucoup. On peut me dire qu'Antiochus n'eſt pas une autorité de grand poids, ſur-tout dans cette occaſion où il fut bien battu. Je ſais bien que Tite-Live dit que jamais armée Romaine ne mépriſa autant ſon ennemi; mais dans ce moment, vain-queurs de Carthage & de la Macédoine les Romains en au-roient mépriſé bien d'autres ; & ce mépris eſt ſouvent une opinion très-mal fondée, que les Généraux mettent dans la tête des ſoldats avec grande raiſon, mais qui ne doit jamais paſſer juſqu'aux hiſtoriens. On jugeoit dans le Sénat tout autrement d'Antiochus ; on le regardoit comme *le plus* * *redoutable ennemi des Romains, après Annibal*; il avoit ſou-mis *pluſieurs nations très-belliqueuſes*, & entreprenoit *la guer-re contre les Romains ; comme contre les ennemis qui étoient déſormais les ſeuls dignes de lui diſputer l'empire*. Au reſte quand perſonnellement Antiochus auroit mérité le mépris avec lequel en parlent Tite-Live & Florus, on ne peut diſconvenir au moins qu'il avoit de bons Généraux, & que de ſon tems on faiſoit très-bien la guerre en Aſie. Si ſa diſpoſition contre les Romains ne réuſſit point, cela ne prou-ve pas qu'elle fût mauvaiſe : la Phalange coupée eut en tête l'élite des Légions, qui ne prirent pourtant aucun avantage ſur elle, ne l'attaquérent pas ſeulement : cependant les au-xiliaires de Scipion battoient ceux du Roi, tout retomba en-

* Plutarque.

fuite fur la Phalange qui attaquée de toutes parts fuccomba,
& cela n'eft pas étonnant : fon ordre étoit affez propre à fe
défendre attaquée en flanc, mais non pas fes armes : il auroit
fallu d'ailleurs attaquer plus vivement. Le centre d'Antiochus
s'amufa à la bagatelle, attendant apparemment la victoire de
fes aîles qui devoient beaucoup déborder les Romains. Tite-Live lui-même attribue cette défaite à toute autre chofe
qu'à la difpofition des deux armées, à des circonftances étrangeres qui favoriferent Scipion, comme un brouillard fort
épais, qui par fon obfcurité caufa du défordre dans cette grande armée d'Antiochus, compofée de plufieurs nations, &
par fon humidité rendit inutiles les armes de jet qui faifoient
toute la force de plufieurs d'entre elles. Il dit encore, que
lorfqu'on chargea la Phalange elle étoit déjà fort en défordre par la quantité de fuyards, qui avoient tombé fur elle :
ils ne pouvoient guères manquer de la déranger, les efpaces
étant embarraffés par les éléphants. Cette action eft donc
bien un exemple d'une armée qui fe met en Phalange coupée, mais non pas de cette difpofition battue par une autre.
On peut me dire que dans les trois exemples que je viens
de citer, cet ordre fut pris moins parce qu'il étoit bon en
lui-même, que parce qu'il étoit commode pour les éléphants. Je ne peux à la vérité les en détacher dans ces exemples : mais on voit, dans celui de Pirrhus fur-tout, que ce n'é-
toit pas eux feuls qui rendoient cette ordonnance redoutable, puifque la Phalange coupée commença par renverfer
les Romains, dont ils ne firent qu'achever la déroute. J'obferverai de plus qu'une ligne d'éléphants, & derriere au
droit des intervalles une ligne de Colonnes, forment une
ordonnance affez pareille à deux lignes de Pléfions ainfi difpofées : car une Pléfion vaut bien un éléphant. Je remarquerai encore, que nos Pléfions fur une feule ligne feront le
même effet que l'ordre de Pyrrhus : elles commenceront de
mettre l'ennemi en défordre, & les pelottons ne feront pas
moins propres à achever la déroute, que des éléphants à leur
place. Au refte la preuve que la Phalange coupée n'eft pas
faite uniquement pour les éléphants, c'eft qu'on voit cet ordre de bataille chez des nations qui n'en avoient point.

Dans

Dans le cinquième livre de la retraite des 10000, j'en trouve un exemple fort remarquable. Les Grecs avoient reçu quelque échec de la part des Barbares; ils alloient prendre leur revanche, étant en bataille par *longues files entremêlées de gens de trait, qui ne venoient pas jusqu'au front de la bataille*. Je n'ai pas besoin de dire que les pesamment armés, & les gens de trait, n'étoient pas entremêlés file à file. Je ne crois pas que cette idée vienne à personne : car si cela avoit été ainsi, la tête des pesamment armés, jusqu'au front desquels n'alloient pas les armés à la légere, se feroit trouvée à files ouvertes : ce n'étoit pas la méthode des Grecs, leurs armes n'étoient pas faites pour charger ainsi. Les deux infanteries étoient entremêlées, par petites divisions; & celles des piquiers, ayant les files longues, étoient de vraies Colonnes : les gens de trait ne venoient pas jusqu'au front de la bataille ; c'est-à-dire qu'ils étoient sur une profondeur beaucoup moindre : ils n'avoient pas besoin en effet de profondeur, puisqu'ils n'étoient pas destinés à charger : ils faisoient précisément l'effet de nos grenadiers à pied ; de sorte que cette petite armée, ainsi en bataille, ressembloit à une petite ligne tant pleine que vuide de Pléfions, les intervalles remplis par les grenadiers à pied qui seroient en arriere, de maniere que leur dernier rang fût alligné sur celui des Pléfions. Voyons le combat. Les Barbares soutinrent „ la décharge de l'infanterie légere; mais quand „ l'autre eut donné, ils plierent, & furent poursuivis par les „ gens de trait jusqu'à leur capitale, le reste de l'armée mar- „ chant après en bon ordre. „ Telle sera notre façon de combattre. En marchant à l'ennemi les grenadiers à pied feront des décharges qui lui feront du mal, mais ne le mettront pas en fuite ; cela est réservé à la charge des Pléfions. Aussitôt après, les pelottons poursuivront fort vîte, parce que étant si bien soutenus, ils n'ont rien à craindre ; les Pléfions viendront ensuite encore fort légérement, mais un peu moins vîte que les pelottons, & se conservant en ordre.

Puisque j'ai occasion de parler ici de cette fameuse retraite, je dirai en passant que les soldats y avoient si bien pris l'habitude de combattre toujours sur une grande profondeur, que lorsque au retour il leur prit fantaisie de piller Bizance, ils

S

fe formerent, fans officiers comme on juge bien, à 50 de hauteur.

A Mydionie les Illiriens en Colonnes défirent les Etoliens fort fupérieurs. C'eft Polybe qui rapporte ce fait, & il n'a pas échappé à Folard dans fon Commentaire. Les Barbares, dit l'hiftorien, fe rangerent à leur maniere. On fait que leur maniere étoit de combattre fur une grande profondeur ; auffi étoient-ils les feuls qui, avec de très-petites armées, trou-vaffent quelquefois le fecret de battre les Grecs. Indépen-damment de cela, on voit encore leur grande profondeur par ce que dit l'auteur, qu'ils accablerent les ennemis au premier choc *de leur nombre & de leur pefanteur* (a). Ils étoient partagés en Cohortes ; c'eft-à-dire en corps de 5 ou 600 hom-mes, qui étant fur une grande profondeur, ne pouvoient avoir qu'un front très-petit. Les Etoliens étoient fort fupérieurs, & les Illiriens tenant tout leur front, les Colonnes ne pou-voient qu'être très-éloignées l'une de l'autre ; par conféquent toutes fort débordées, fort ifolées : il faut encore remarquer que les Barbares n'avoient point du tout de cavalerie, & que celle des Etoliens étoit eftimée. Cet exemple eft, felon moi, un des plus forts que l'on puiffe citer en faveur du fyftême.

On voit dans le même hiftorien qu'à Sellafie la gauche d'Antigonus marcha à l'ennemi par Cohortes & fur trois li-gnes, le terrein n'étant pas commode pour une ordonnance d'un front étendu. Polybe dit que les troupes d'Euclidas ne foutinrent pas long-tems la *pefanteur* de l'ordre de bataille. Cette *pefanteur de l'ordre* des Cohortes d'Antigonus ne pou-voit venir que de leur profondeur ; & c'eft là le langage de Polybe, comme on peut le remarquer par plufieurs traits que j'ai rapportés de lui. Indépendamment de cette expreffion, il feroit affez vraifemblable qu'Antigonus fit doubler les files à la gauche comme à la droite. L'hiftorien ne le dit ni de l'une ni de l'autre, dans l'expofition de l'ordre de bataille ; mais dans le détail du combat de la droite, on le voit pofitivement.

(a) Ce font les paroles du traducteur, & non les miennes. Dans ces deux traits de Polybe, le mot *pefanteur* a la fignifica- tion que j'ai attachée au mot *poids*, au commencement du premier chapitre.

Si donc, comme on ne peut guères en douter, ces Cohortes étoient à 32 de hauteur, c'étoient des Colonnes fur 20 de front tout au plus. Si on ne veut pas qu'elles euffent doublé la hauteur des files, au moins faut-il convenir qu'elles ne l'avoient pas diminuée ; puifqu'il n'y avoit aucune raifon pour cela, comme il y en avoit pour diminuer le front, & que d'ailleurs l'auteur parle de la *pefanteur* de leur ordre. Or quand ces Cohortes n'auroient été qu'à 16 de hauteur, elles auroient toujours été fur un front affez petit ; fi ce n'avoit pas été des Colonnes, ç'auroit été du moins un ordre affez approchant.

Les grands exemples, tels que ceux que j'ai rapportés jufqu'ici, plaifent davantage que les petits. On eft frappé de voir chez les anciens, des armées en bataille dans notre fyftême, fur-tout quand elles font commandées par les Généraux les plus fameux. C'eft pourtant dans les occafions particulieres, que l'on trouvera plus fouvent la Colonne tout au naturel. La raifon en eft fenfible. Ce n'étoit l'ordonnance ordinaire ni des Grecs ni des Romains ; c'étoit chez eux une manœuvre, à laquelle ils n'avoient recours, dont ils ne s'avifoient même fouvent, que lorfqu'ils ne croyoient pas pouvoir s'en paffer. Dans une affaire particuliere, l'Officier moins affervi au fyftême de fa nation, ou cherchant à éviter quelque défaut, comme par exemple à fortifier fes flancs, fe voyant débordé, ou encore voulant augmenter la force du choc pour percer des ennemis fupérieurs, étoit quelquefois conduit à la Colonne tout naturellement, par la connoiffance qu'il avoit de l'infanterie, & les circonftances où il fe trouvoit. Ainfi il ne faut pas être étonné de ne la voir que défignée dans ces occafions.

A la bataille de Chéronée, gagnée par Agéfilas, l'armée de Sparte étoit très-petite : il paroît que celle des alliés étoit à peu près d'égale force. Celle-ci étoit compofée de fept nations ; d'où il fuit, que les Thébains feuls ne formoient pas un corps bien confidérable. Ce petit corps cependant s'étant *ferré en un gros*, pour aller joindre les Argiens fur l'Hélicon, où ils s'étoient retirés après la bataille perdue, en vint à bout malgré les efforts des Lacédémoniens, & perça les troupes du Roi, *qui, au lieu de les laisser passer pour les prendre en queue, les alla charger de front avec plus de courage que de jugement.* Xénophon ne perd jamais une occasion de vanter la Colonne. Ne dit-il pas positivement, par ces dernieres paroles, qu'il n'é-toit pas possible de résister au choc des Thébains dans l'ordre qu'ils avoient pris ? Mais cet ordre étoit-il la Colonne? Rien n'est moins douteux. On ne peut pas dire, qu'une troupe se serre en un gros, si elle n'est sur une grande profondeur, & dans ce tems-là les Grecs savoient bien, & les Thébains mieux que personne, que c'est le vrai moyen de percer. Mais puisqu'ils se mirent sur une grande profondeur, ce corps étant peu nombreux, son front devint très-court ; ce fut une Co-lonne. Si l'on veut une nouvelle preuve que les Thébains étoient sur une grande profondeur, on la trouvera dans Plu-tarque, qui dit, ce qu'on auroit bien deviné sans lui, qu'ils furent attaqués sur les flancs. Attaqués ainsi par de bonnes troupes, auroient-ils pû sans la profondeur se soutenir un mo-ment ? On ne pût cependant *les rompre ni les mettre en fuite. Ces braves Thébains firent leur retraite en combattant toujours.*

A Platée les Mégariens se trouvant pressés par les Perses, dont ils avoient l'élite à combattre, Aristide leur envoya les plus braves de ses Athéniens „ qui tombant en Bataillon serré „ sur les Barbares, non-seulement délivrerent les Mégariens „ du péril où ils étoient, mais ayant tué le Commandant de „ la cavalerie des Perses & la plûpart de ceux qu'il condui-„ soit, mirent tout le reste en *fuite.* „ L'armée Grecque étant très-nombreuse & le terrein serré, tout le monde étoit sur une grande profondeur. Ces Athéniens en Bataillon serré, au moins ne la diminuerent pas : & comme ce n'étoit qu'une petite partie des Athéniens, qui n'étoient eux-mêmes qu'une petite partie de l'armée, ce corps étoit peu nombreux ; par conséquent étant sur une grande profondeur, ce ne pouvoit être qu'une Colonne. Diodore ne disant point quelle étoit la force de cette petite troupe, j'en étois à ces conjectures, qui étoient encore appuyées par quelques autres, lorsque je vis dans Plutarque que les Athéniens n'avoient que 8000 hom-mes à Platée, & que le corps envoyé par Aristide aux Mé-gariens n'étoit qu'une compagnie de 300, & quelques gens de trait. Puis donc que cette petite troupe avoit au moins la profondeur ordinaire, comme cela eſt prouvé par les circonſtances, l'expreſſion de l'hiſtorien, & ſur-tout par ſa deſtination, (car étant débordée néceſſairement, & ſe jettant au milieu de la cavalerie ennemie, elle n'alloit pas affoiblir ſes flancs) il eſt évident que c'étoit une petite Colonne, une Pléſionnette. J'avoue que ſon ſuccès eſt prodigieux, & qu'on ne peut pas en promettre un pareil à toute troupe de même force qui ſe mettra dans le même ordre : mais il faut avouer auſſi *que les plus braves des Athéniens*, dans toute autre diſpoſition, n'auroient pû faire ce qu'ils firent.

On trouve, dans Denis d'Halicarnaſſe, un trait tout pareil. Marcius, depuis ſurnommé Coriolan, s'étoit jetté au milieu des ennemis à la tête de peu de ſoldats. Il étoit environné, accablé par le nombre. Le Conſul, pour délivrer ce brave homme, envoya *l'élite de ſes troupes, avec ordre de ſe tenir ſerrés, & de tomber de front ſur les Antiates.* Le ſuccès fut très-prompt, & très-complet. Cette troupe paſſa au fil de l'épée tout ce qui oſa réſiſter. Voilà encore une Colonne, quoique l'hiſtorien ne le diſe pas nommément : car, 1º Les Romains ne combattoient point ſerrés, mais à files ouvertes ; ils ne les reſſerroient, que dans des cas particuliers comme celui-ci, pour augmenter la force du choc ; mais alors ne manquoient pas d'augmenter auſſi la hauteur des files, de former le Coin, comme ils diſoient. 2º Il étoit queſtion de ſe jetter au milieu des ennemis. Comme ils connoiſſoient très-bien la foibleſſe des Cohortes, ils ne manquoient pas, en pareille circonſtance, de les aſſûrer par la profondeur. 3º Si le front n'avoit pas été plus petit que la hauteur, ſi on avoit été dans l'ordre accoutumé, il auroit été très-inutile, très-ridicule même, de recommander à cette troupe de charger de front. Il n'y a que faire de craindre qu'une Cohorte ou un Bataillon s'aviſe de charger par ſon flanc : mais cette troupe étant en Colonne, quarré-long, dont les deux côtés ſont préſentables à l'ennemi, pouvoit s'y méprendre, ſur-tout étant habituée à un ordre qui charge par ſon plus grand côté : on l'avertit donc que ſi on l'a formée de maniere que ſon front eſt le plus petit, c'eſt pour qu'elle charge ainſi, & qu'elle n'a d'autre mouvement à faire que de marcher devant elle.

Les forties de retranchement qui étoient fort ordinaires chez les anciens, & ne se faisoient guères autrement qu'en Colonne, sont autant d'expériences qui prouvent l'excellence de cet ordre. Il faut en rapporter quelques-unes.

La premiere, que je trouve sous ma main, est d'une ville attaquée d'insulte ; cela revient dans la même espéce. Annibal envoya attaquer Casilinum, dont la garnison étoit très-foible ; personne ne se montra sur les remparts : déja les Afriquains travailloient à abbattre les portes, lorsqu'elles s'ouvrirent tout d'un coup, & deux Cohortes *ad id ipsum instructæ intùs, ingenti cum tumultu erumpunt, strangemque hostium faciunt.* Puisqu'elles étoient rangées en dedans *ad id ipsum*, de maniere à pouvoir faire cette brusque sortie, il est certain que c'étoit de maniere à pouvoir passer par la porte, & sur un front qui n'excédoit pas sa largeur, en Colonne en un mot, & même Colonne fort mince. Il est certain encore que puisque l'opération fut si subite, il ne fut pas question pour les Romains de défiler, & de se former en dehors. Et où se feroient-ils formés, puisque l'ennemi étoit précisément au pied de la porte ? Il falloit bien combattre dans l'ordre où ils se trouvoient. Mais, dira-t-on, il n'est pas bien merveilleux que la Colonne réussisse en pareil cas : les Carthaginois furent surpris, & ne s'attendoient à rien moins qu'à pareille visite, peut-être même étoient-ils en désordre quand on les chargea. Eh bien lisons, nous trouverons quelque chose de mieux. *Primis repulsis, Maharbal cum majore robore virorum missus, nec ipse eruptionem Cohortium sustinuit.* Celui-ci étoit assez en force, & n'étoit pas surpris : il ne réussit pas mieux que les premiers.

On voit dans Plutarque un trait tout semblable. Aristippe, Tyran d'Argos, se présenta devant Cleones à la pointe du jour. Aratus ayant fait ouvrir les portes, & sonner la charge, *fondit sur les ennemis avec de grands cris de victoires, & les chargea avec tant de furie, qu'il les renversa du premier choc, les mit en fuite, & les poursuivit* si vivement, que le Tyran lui-même fut pris & égorgé. Par la façon dont l'auteur s'en explique, & la rapidité d'Aratus, on voit bien qu'il ne songea à rien moins qu'à arrêter fes Colonnes, quand il fut hors des portes, pour les déployer & fe former en ligne. Lifandre fut tué devant Haliarte par une fortie toute pareille.

Sabinus lieutenant de Céfar, attaqué dans fon camp, où il n'avoit que trois Légions, par une armée nombreufe, fit fortir des troupes par deux portes dès que les Barbares furent à portée, & les mit en déroute dans le moment. *Subitò duabus portis eruptionem fieri jubet....... factum eft........ ut ne primum quidem noftrorum impetum ferrent, ac ftatim terga verterent.* Il n'y a pas de termes dans la langue Latine, pour exprimer une attaque plus prompte, plus fubite. Les Romains ne s'arrêterent donc pas à fe former en Cohortes fur la contrefcarpe, chargerent en Colonnes, dont le front n'excédoit pas la largeur des portes du camp. Quand ils auroient eû le tems de fe développer, ce n'étoit pas le jeu : cela auroit donné aux Gaulois celui de revenir de leur premier étonnement, de fe mettre plus en défenfe, au moins de fe débarraffer des fafcines qu'ils portoient pour combler le foffé : & c'eft ce qu'ils ne firent pas. Céfar le dit pofitivement : *Impeditis hoftibus propter ea quæ ferebant onera.* Je fais bien que les Colonnes Romaines avoient, à cette attaque, un grand avantage : mais fans l'excellence de l'ordre, auroit-il été capable de compenfer l'inégalité du nombre ? Car les Romains n'eurent fûrement pas le tems de faire fortir & combattre la moitié d'une Légion.

Dans la même campagne, il y a une fortie toute pareille, exécutée par Galba autre lieutenant de Céfar. Dans la cinquiéme, il y en a une autre par Céfar lui-même, qui n'ayant que 7000 hommes étoit attaqué dans fon camp par une grande armée. Déja les Barbares combloient le foffé, & grimpoient fur le parapet, lorfque fortant par toutes les portes les Romains les mirent en fuite ; & ce ne put être qu'en Colonnes, qu'ils firent cette opération, par les raifons que l'on a déja vûes.

Denis d'Halicarnaffe & Tite-Live rapportent une fortie de Servilius, prêt d'être forcé dans fon camp par les Volfques. Déja les ennemis détruifoient fes retranchements de toutes parts, *jam ex omni parte munimenta vellebantur :* ils ne pûrent foutenir la premiere charge, *primo flatim incurfu pulfi hoftes* ; & ils furent pouffés fi vivement, qu'ils ne défendirent pas même les leurs. Il eft affez clair qu'un fi grand changement, que la défaite entiere de cette armée victorieufe une minute auparavant, fut l'ouvrage de la Colonne. Quand on fuppoferoit que les Romains, en pareille circonftance, s'amufoient quelquefois à fe former en ligne fur la contrefcarpe, il faudroit convenir qu'ici ils ne le firent pas, puifqu'ils ne perdirent pas un moment à fe mettre à la pourfuite ; & il fallut bien, puifque les ennemis étoient précifément au pied du retranchement, & qu'on ne pouvoit prendre de terrein pour fe déployer que celui qu'ils occupoient, les attaquer & les battre dans l'ordre où l'on fe trouvoit, en Colonnes de la largeur des portes du camp, & des brêches s'il y en avoit. Il eft bon de remarquer que l'hiftorien Grec met ici les Romains en *Bataillons ferrés*, ce qui confirme ce que l'on a déja vû par quelques exemples, que cette expreffion ne défigne autre chofe que la Colonne ; auffi toutes les fois qu'on rencontre ces Bataillons ferrés, voit-on comme ici les ennemis étonnés de la *fureur* avec laquelle on les attaque.

Voilà affez d'exemples de la Colonne : j'en aurois pû rapporter beaucoup d'autres. On voit que les anciens ne lui donnoient pas le même nom que nous, & l'appelloient indifféremment, longues files, Bataillons ferrés, troupes ferrées en un gros, &c. Dans Quint-Curce, Alexandre paffant une riviere en Colonnes, c'eft *divifus in cornua* ; fouvent cette ordonnance n'eft point du tout nommée ; pour cela on n'y voit pas moins clair. Si, comme j'en ai prévenu le lecteur dès le difcours préliminaire, j'ai dans quelques exemples écarté les ténébres que les hiftoriens y avoient laiffées, & cherché à travers leurs expreffions ce qu'ils ne difoient pas nommément, je crois n'avoir fait en cela que ce qu'il faut faire quand on veut les entendre, & n'avoir jamais prétendu les entendre que lorfque les circonftances, le concours des auteurs, en un mot les preuves les plus fortes m'en affûroient ; & je ne crois pas qu'on puiffe m'accufer de les avoir interprêtés à ma fantaifie, ni que l'efprit de fyftême m'ait fait voir la Colonne où elle n'étoit point. Mais quand, comme cela eft fort poffible, je

me

me ferois trompé quelquefois, il n'y auroit pas grand mal : j'abandonne à chaque lecteur tous les exemples dont il ne fera pas content, après les avoir bien examinés s'entend, & je m'affûre qu'il n'y a perfonne aux yeux de qui il n'en refte affez après cette réforme, pour prouver par expérience & très-amplement la bonté du fyftême.

Quoiqu'il y ait dans ce Chapitre de quoi contenter le lecteur le plus avide d'exemples & d'autorités, ce n'eft pas encore là tout ; il en eft une fource abondante qui fera la matiere du fuivant. Il y en a de plus, grand nombre répandus dans cet ouvrage, & dont on a par conféquent déja rencontré une partie. Il eft vrai, que de ces traits épars, la plûpart ne préfentent pas la Colonne véritable ; mais au moins la hauteur des files, & la petiteffe du front recherchées par les plus grands Généraux, couronnées par les plus grands fuccès.

Il faut auffi fe rappeller ici combien le Roi de Suéde Charles XII, le Maréchal de Schulembourg, & tant d'autres grands hommes, ont goûté le fyftême ; fe rappeller encore ce que j'ai dit dans mon Difcours préliminaire, que tous nos meilleurs auteurs au moins n'y font pas contraires ; que fi quelques-uns ne goûtent pas la Colonne même, ils conviennent du moins des principes fur lefquels elle eft fondée, du nombre & de l'importance des défauts qu'elle reproche au Bataillon ; & c'eft bien avancer la preuve de la préférence que mérite un ordre exempt de ces défauts. Je l'ai fait obferver encore : la Colonne a pour elle, en quelque façon, l'autorité de toute l'Europe qui a accordé une fi grande réputation au Chevalier de Folard, a même le fuffrage de ceux qui l'ont critiquée. L'un, que j'ai déja cité, dit qu'ayant la maffe & la vîteffe, elle eft capable d'un effort puiffant ; un autre, *qu'elle eft impénétrable à la cavalerie, en état de rompre tout Bataillon qui ne fera pas armé comme elle & ne combattra pas fur les mêmes principes ;* & cela par tout terrein, foit plaine, foit pays fourré. Nous ne prétendons pas autre chofe. Un troifiéme n'attribue le peu de fuccès du fyftême qu'à ce que *les peuples & les nations ne fe défont pas aifément des coutumes de leurs peres,* & reconnoît dans Folard *le vrai foldat & le grand Général,* trouve fon livre *une vraie école à former des héros.* T.

La Colonne a donc pour elle les anciens, qui s'en font servis souvent avec le plus grand succès, les auteurs militaires modernes qui approuvent ses principes, le public dont la voix a immortalisé son auteur, ses critiques enfin, qui malgré toutes leurs objections, n'ont pû lui refuser la supériorité qu'elle prétend sur le système actuellement en usage.

CHAPITRE VI.

Coin des anciens.

L'Ordre appellé par les Romains *cuneus*, par les Grecs εμβολοο, est célébre dans l'histoire. On le regardoit comme la meilleure ressource qu'offrît la Tactique à la valeur accablée par le nombre. On l'employa souvent dans cette circonstance, plus rarement dans des cas d'égalité, presque toujours avec le plus grand succès. On avoit cru depuis Elien jusqu'à Folard que cet ordre fameux étoit triangulaire. Le Tacticien François a attaqué cette idée, & prétendu que le Coin n'étoit autre chose que la Colonne. Sa dissertation n'a pas persuadé tout le monde. En effet, quoiqu'il s'y trouve des preuves très-fortes, elle n'est pas aussi triomphante qu'elle auroit pû l'être, & qu'il étoit nécessaire pour détruire un préjugé attaqué pour la premiere fois depuis 1500 ans, qu'il dure, & par conséquent se fortifie. Il m'a donc paru nécessaire d'en faire une nouvelle. Mais une dissertation plus littéraire encore que militaire, un peu longue, qui pis est, ne seroit pas très-placée dans un ouvrage tel que celui-ci. D'ailleurs j'ai eu connoissance d'un mémoire destiné à être public, déja même en quelque façon public, qui contredit très-vivement notre opinion. Il faudra y répondre. J'ai donc pris le parti de l'attendre, pour ne point disserter deux fois. Je me contenterai pour le présent de dire ce que c'étoit que le Coin, & donner une idée des preuves que je réserve. Regardant ensuite comme établi ce que je prouverai plus amplement en tems & lieu, j'en tirerai quelques conséquences relativement au système de Tactique que je propose.

Les anciens appelloient Coin toute ordonnance quarrée, ferrée & profonde. C'étoit un terme générique. Il étoit encore relatif. Les Romains appelloient fouvent la Phalange Coin, parce que elle étoit plus ferrée & plus profonde que l'ordonnance Romaine. Les Grecs ne lui donnoient ce nom que lorfqu'ils la doubloient pour enchérir encore fur fa folidité ordinaire. Les dimenfions, la figure même du Coin n'étoient donc pas abfolument déterminées. Cela varioit felon le nombre des troupes employées à le former. Mais comme la profondeur pouffée à certain point n'augmente plus guères la force, l'étendue du front varioit beaucoup davantage que la hauteur des files. Un Coin de fept ou huit mille hommes n'étoit autre chofe qu'une groffe Phalange : moins nombreux il pouvoit fe trouver quarré parfait : s'il n'étoit que de cinq à huit cents hommes, & c'eft le plus fréquent, c'étoit une Colonne véritable ; puifqu'un pareil corps ne peut avoir feulement la profondeur de la Phalange doublée, s'il n'eft fur un front très-petit. Ces trois claffes de Coin n'étoient pas regardées comme trois ordres différents : c'étoit toujours le même que la hauteur & le ferrement des files caractérifoient & diftinguoient de tout autre. En un mot le Coin étoit la denfité même. C'eft pour cela que ce terme paroît employé par les anciens en fens différents, & quelquefois improprement, tandis qu'il eft tout au plus naturel. Folard même y a été trompé.

Telle eft notre opinion fur le Coin. C'eft là ce que je m'oblige de prouver par la Tactique & l'hiftoire, par les propriétés de cette ordonnance & les faits que nous ont tranfmis les anciens. Je promets encore de détruire toutes les preuves contraires, de ne point rafer d'écueils : en vain on m'en donneroit l'exemple. Au moyen des recherches que j'ai déja faites, je n'aurai pas beaucoup de peine à tenir parole.

Le Coin étoit très-fort, très-léger, n'avoit point de parties foibles, fe formoit très-promptement, étoit capable de toutes fortes de mouvements, fort commode en pays difficile par la briéveté du front, tenoit plus de monde en même étendue de terrein qu'aucune autre ordonnance. Le Triangle eft parfaitement dépourvû de toutes ces propriétés. Le Coin n'é-

toit donc pas Triangle. C'eſt une démonſtration. Toutes ces
propriétés ſe trouvent raſſemblées dans le quarré d'un petit
front & d'une grande profondeur, dans aucune autre ordonnance. C'eſt donc là le Coin des anciens. Cela ne peut pas
s'appeller une conjecture.

Mais, dira-t-on, s'ils nous diſent que le coin étoit Triangle, il faut bien les croire ? Oui. Mais qui d'eux a jamais parlé de cette figure ? Xénophon, Polybe, Denis d'Halicarnaſſe, Tite-Live, Céſar, Tacite, Quint-Curce, Virgile même, & bien d'autres, parlent de Coin, ſans jamais dire ni
donner lieu de ſoupçonner que cette ordonnance fût triangulaire. Dans pluſieurs paſſages à la vérité on ne voit rien qui
faſſe connoître ſa figure : comptons ces paſſages pour rien.
Beaucoup d'autres prouvent que le Coin étoit quarré : ſui-
vons-les. Mais, dira-t-on, ces paſſages des anciens qui dé-
crivent le Coin ne ſont pas aſſez clairs ? Je ne vois point cela.
Et pour en donner un exemple, il eſt très-clair que Tacite parle
de l'ordre des Germains quand il dit qu'ils mettoient leur infanterie en Coins, il eſt très-clair encore que l'ordre des Germains n'étoit autre choſe que de groſſes Phalanges fort épaiſ-
ſes, puiſqu'on le voit poſitivement dans tous les hiſtoriens,
dans Céſar ſur-tout. Quand il y auroit plus de difficulté, cela
ne prouveroit rien en faveur de l'opinion que je combats.
C'eſt chez les anciens, clairs ou non, qu'il faut chercher la figure du Coin des anciens. Ils nous font voir dans cette ordonnance la profondeur, & le ſerrement des files : rien de plus.
A propos de quoi ſuppoſerions-nous qu'il y avoit encore entre l'ordre accoutumé & celui-ci d'autres différences ? ils auroient bien ſû nous le dire. Ils ne l'ont pas fait. Le Coin
étoit donc quarré-long comme l'ordre ordinaire. Nous devons
nous en tenir à leurs paroles, ſans nous alembiquer à chercher chez eux un Triangle dont ils parlent auſſi peu que du
Décagône.

Mais Elien dit que le Coin eſt Triangle ? Oui. Mais
quelle autorité qu'Élien ? Un homme fécond en imaginations extravagantes qu'il débite d'un ton de maître, citant
quand cela l'amuſe gens qu'il dit s'être ſervis des ordonnances dont il s'aviſe ; faux dans les raiſonnements, comme dans

les faits ; auffi puérile dans la théorie , qu'ignorant dans la pratique ; mais affez naïf dans fa Préface , & par-ci par-là dans le corps de fon ouvrage , pour nous avertir lui-même très-intelligiblement qu'il ne nous donne que des conjectures. La bizarrerie du fort a fait paffer jufqu'à nous cet auteur ; quoi-qu'il n'ait , comme dit le Maréchal de Puiségur , aucune évolution qui ait jamais pû être bonne à quelque chofe de quelques armes qu'on fe fervît , tandis que nous en avons perdu qui valoient bien mieux que lui. Actuellement il eft prefque ancien , on le connoît , on le cite. Si quelqu'un vouloit aujourdhui fe perdre de réputation , il n'auroit qu'à faire un ouvrage de même force.

Mais Elien n'eft pas le feul qui faffe le Coin Triangle. Végece l'a fuivi. Cela eft vrai. Il l'a fi bien fuivi , fi bien co-pié , que fon autorité n'eft pas à compter féparément de celle de fon devancier. C'eft ce que l'on voit clairement , par la façon dont il raifonne fur le Coin. Le Dogmatique Latin fupé-rieur dans d'autres chapitres qu'il a puifés dans de meilleu-res fources , s'affoiblit ici avec fon modéle , prend à gauche fur les propriétés du Coin , comme fur la maniere de le for-mer. Preuve fans replique qu'il n'a pas fait de recherches fur cette ordonnance : elles l'auroient mieux inftruit. Il a copié fervilement ce qui lui a paru le plus pofitif : ou plû-tôt , fur la parole d'Elien , corrigé un autre auteur qu'il co-pioit. Anecdote affez finguliere qui étonnera ceux qui ont paffé à côté.

Après ces deux premiers auteurs , viennent plufieurs au-tres de la moyenne antiquité , & la foule des modernes. Tout cela eft bon à oppofer aux anciens. Pour favoir ce qui fe fai-foit de leur tems , s'adreffera-t-on de préférence à un mauvais auteur venu plufieurs fiécles après eux , & à tous ceux qui l'ont copié ; tandis encore que la Tactique prononce fi pofi-tivement contre le Triangle , qu'il n'y auroit pas matiere à difpute , quand les autorités feroit également partagées entre les deux opinions ? Il ne faut que voir le Triangle pour en fen-tir la foibleffe , & il n'eft contre lui aucune raifon auffi forte que la Pl. 5 , que je donne uniquement pour cela , puif- Planche 5. qu'elle appartient à la differtation que j'ai promife.

T iij

Il ne feroit peut-être pas hors de propos de rechercher ici ce qui a pû donner naiffance au *Triangulifme*. Cela me meneroit trop loin. J'obferverai feulement que fi les productions de la Fortification n'étoient pas plus durables que celles de la Tactique, il feroit très-poffible que la premiere fe perdît, ou du moins dégénérât, comme la Tactique avoit dégénéré dans la moyenne antiquité; très-poffible encore qu'un Elien qui naîtroit alors apprît à la poftérité qu'autrefois les François, qui étoient très-bons ingénieurs, faifoient des demi-lunes circulaires, des chemins couverts à l'abri de la pluie.

J'ai diftingué trois claffes de Coin. Cette ordonnance toujours à peu près de même profondeur, étoit d'un front plus ou moins étendu felon la force de la troupe. Si l'on examine tactiquement ces trois efpéces, on verra que la derniere qui eft la Colonne, eft la feule qui poffède pleinement les propriétés du Coin; que les Coins fort nombreux ayant le front trop étendu s'éloignent davantage de la perfection. Si on cherche les exemples dans l'hiftoire, on verra effectivement les petits mieux réuffir. Les fuccès des Coins-Phalanges prouvent feulement que la profondeur fait la force de l'infanterie. Les fuccès plus brillants des Coins-Colonnes prouvent la fupériorité de cette ordonnance, tous enfemble l'excellence du fyftême que je propofe, la vérité de nos principes. A voir 600 Romains en Coin regagner Canufium après la bataille de Cannes à travers les ennemis vainqueurs, on ne peut difconvenir qu'il n'eft point de retraite impoffible à la Colonne, point de mauvais pas dont elle ne puiffe fe tirer. A voir un Coin même très-foible cheminer à travers les ennemis fans perdre un feul homme, quoique attaqué de toutes parts, comme dans un exemple rapporté par Céfar, on ne peut difconvenir que cet ordre ne craint rien pour fes flancs; on ne peut dire que la Colonne y étant chargée fe défunira & s'allongera, ce qui caufera fa perte fi elle ne s'arrête tout court pour faire front.

Refte à examiner fi le Coin feroit auffi bon aujourdhui, qu'il étoit il y a 2000 ans, avec nos armes, qu'avec celles des Romains. Ce n'eft pas une queftion difficile. Cet ordre fiéroit fort mal aux modernes, fi fon but étoit, comme le prétend

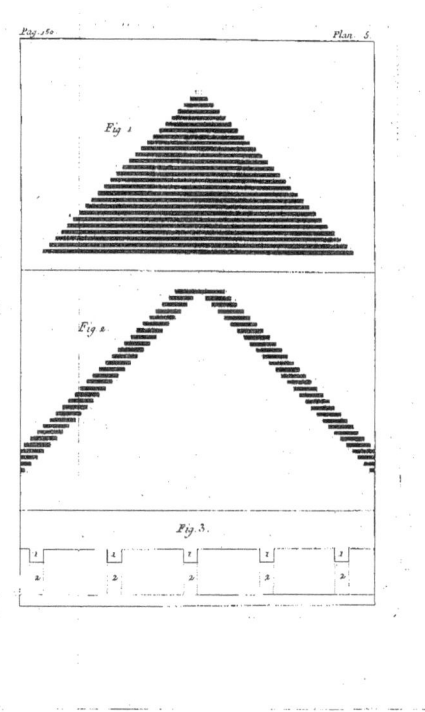

Fig. 1.

Fig. 2.

Fig. 3.

Végéce, de jetter beaucoup de traits au même endroit. Mais s'il étoit deſtiné à faire un grand effort, une charge violente, s'il étoit fait pour les armes blanches, comme nous le voyons par tous les hiſtoriens, comme le bons ſens ſeul le démon- tre, puiſqu'on ne cherchoit pas apparemment un ordre qui eût de la force & de la légéreté pour n'employer ni l'une ni l'autre, il eſt certain que la Colonne ou le Coin moderne ſera fort ſupérieur au Coin Romain, ſur-tout ſi on y met des piques. La hauteur & le ſerrement des files font la for- ce du Coin. Mais les armes des Romains ne tiroient pas de la profondeur tout l'avantage qu'en tiroient celles des Grecs, & qu'en tireroient les nôtres : elles étoient d'ailleurs faites pour combattre à files ouvertes, & perdoient une partie de leur uſage lorſqu'elles étoient ſerrées. C'eſt ce qu'on re- marque en différentes occaſions, entre autres dans la bataille de la Sambre gagnée par Céſar contre les Nerviens. Les Romains trop ſerrés s'embarraſſoient dans le combat, *ſibi ipſis ad pugnam impedimento :* Ceſar fit ouvrir les files, afin de leur donner l'eſpace néceſſaire pour ſe ſervir de leur armes, *mani- pulos laxare juſſit, quò faciliùs gladiis uti poſſent,* & ce fut une des cauſes de la victoire qui ſe déclara bientôt après. Les armes des Romains dans le Coin perdoient beaucoup. L'ex- cellence de l'ordre y ſuppléoit, & le Coin Romain étoit invincible. Que ſera-ce aujourdhui, que nos armes ne frap- pant que de pointe acquiérent une nouvelle force par la pro- fondeur, & ne perdent rien par le ſerrement des files (*a*) ?

Il ſe préſente une réflexion que je n'ai garde d'écarter. On employoit le Coin dans les cas d'abandon, & il réuſſiſ- ſoit toujours. Il ne réuſſira pas moins ſans doute, lorſqu'on ſera égal ou ſupérieur. Il ſeroit rare qu'un Coin renverſât un Bataillon au milieu de 30 autres, & ne le renverſât pas de

---

(*a*) J'aurois pû prouver auſſi que les armes des Grecs étoient bien moins pro- pres à cette ordonnance que celles des modernes, & celles - ci moins encore que celles que nous propoſons. Mais cela n'eſt pas fort néceſſaire. Le lecteur a dû le remarquer dans le Chapitre IV, & en verra quelque choſe encore dans le VIII. Il ſuit de-là que cet ordre qui a tant fait de miracles, n'a jamais combattu dans tous ſes avantages ; qu'il feroit beaucoup plus aujourdhui, quand il n'auroit pas les pelottons, qui les augmentent encore conſidérablement.

même si ce Bataillon étoit seul, où si 30 autres Coins chargeoient en même tems ces 30 Bataillons. Raisonnement si simple & si démonstratif, que je ne vois pas qu'on puisse s'empêcher de conclure que le Coin-Colonne doit être employé, non-seulement pour se tirer d'un mauvais pas, ce qui étoit son usage le plus ordinaire; mais qu'on doit en faire son système général de Tactique, combattre plus souvent en Colonnes, que les Grecs en Phalange, les Romains en Cohortes, les modernes en Bataillons.

CHAPITRE VII.

Des ordres fermés.

ARTICLE PREMIER.

Des ordres fermés en général.

PUisque le Bataillon n'a de force que dans son front ; dès qu'il se trouve environné & au moment d'être attaqué de front & en flanc, il faut qu'il quitte son ordre ; & c'est déja un grand défaut. L'ennemi ne lui donnera pas toujours le tems de prendre la forme qui lui est devenue absolument nécessaire. La Pléfion a donc ici un grand avantage sur lui, se trouvant toute prête, n'ayant pour se tirer de cette situation fâcheuse, d'autre mouvement à faire que de marcher droit son chemin, & charger. Mais je dis plus. Lors même que le Bataillon aura tout le tems de manœuvrer comme il voudra, il le fera toujours très-inutilement, s'il prend toute autre ordonnance que la Pléfion. Ni le rond, ni le quarré, ni aucune autre figure pareille ne peuvent le sauver.

Si, quand on est dans un mauvais pas, il n'étoit question que de s'y maintenir, quelques-unes de ces figures seroient assez bonnes : mais il faut s'en tirer. Pour s'en tirer, il faut marcher marcher même légérement. Si malgré cette vîtesse on n'a pû éviter d'être coupé, il faut charger brusquement ce qu'on trouve en son chemin, & passer à travers. Tout cela n'est

pas

pas plus difficile à la Pléfion , que cela le fut aux Cohortes
Bataves dont nous avons parlé dans le Chapitre précédent, &
à une infinité d'autres petites troupes , qui dans le même
ordre fe tirerent du milieu des armées ennemies. Mais pour les
ordres fermés, cela eft abfolument impoffible ; à moins que l'ennemi ne le veuille bien. Auffi cela n'eft-il peut-être jamais arrivé. Tous ont plus ou moins le défaut d'être très-pefants , & très-
embarraffants , ne peuvent marcher fans défordre , que dans
un terrein fort uni ; très-lentement encore , & avec beaucoup
d'attention. Ils ne peuvent même abfolument marcher à portée de l'ennemi, parce que en marchant ils fe défuniffent ,
s'allongent, ne font plus en défenfe ; de forte que pour les
tenir en échec, les empêcher de fe mettre en mouvement ,
ou les obliger de s'arrêter tout court, il fuffit qu'une petite troupe ennemie fe préfente fur leur flanc pendant qu'ils
marchent.

A marcher fi lentement & s'arrêter fi fouvent, ils ne peuvent guères manquer d'être coupés. Il faut alors fe faire jour
par un vigoureux effort. Il eft plus indifpenfable d'attaquer
dans ce cas de défenfive, que dans aucune autre occafion
de la guerre, où généralement c'eft le mieux. D'où je tirerois ce principe, que tout ordre qui n'eft pas bon pour attaquer, n'eft pas bon pour fe défendre. Si le bon fens nous
dit que le plus foible ne doit pas attaquer le plus fort ; cela
veut dire feulement qu'il faut éviter, quand on le peut, un
combat trop inégal : & non pas qu'il faut, lorfqu'on y eft réduit, augmenter encore l'avantage de l'ennemi, & fe priver d'un des plus grands qu'on puiffe fe procurer. Mais comment peuvent faire un bon effet des corps qui marchent fi lentement ? Ils commenceront par perdre beaucoup par le feu
de l'ennemi, l'effuyant long-tems avant de le joindre, & y
étant fort en prife. Enfuite l'ennemi, qui en a tout le tems, fe
repliera fur les flancs qui font toujours très-foibles en marchant. Je veux que malgré cela ils fe tirent heureufement
d'un premier combat, pouffent l'ennemi ; cette même lenteur les empêchera de le pourfuivre. Il perdra donc très-peu ,
ira fe rallier tranquillement : pendant ce tems on fera quelques pas : bientôt il reviendra , & il faudra s'arrêter pour fou-

V

tenir un second combat. A essuyer tant d'attaques, il faut bien succomber à la fin. Car pour peu qu'on entame une figure fermée, elle est perdue sans ressource. Et quand elle seroit toujours victorieuse, il lui faudroit une surséance de la fin du monde pour conduire jusqu'au bout une (a) retraite un peu longue. Aussi ne la tente-t-on pas. On se défend de pied ferme, bien ou mal, quatre minutes ou quatre heures, selon la qualité de la troupe & la vigueur des attaquants. Si l'on a affaire à des ennemis peu aguerris, ils attaqueront mollement; on résistera, & peut-être ils s'en iront. Mais s'ils ne se rebutent point, il faut périr à la fin. Et il ne faut pas espérer qu'ils s'ennuyent les premiers d'un combat où ils ont tant d'avantages.

L'ennemi a premierement celui du nombre. S'il ne l'avoit pas, on ne se mettroit pas dans une pareille disposition. Mais cette disposition l'augmente encore beaucoup. En effet, il n'est pas obligé d'attaquer toute la circonférence. Quand il ne renversera qu'un côté, la déroute n'en sera pas moins totale. Si donc il a des forces doubles; il peut combattre avec des forces octuples. Il est vrai qu'il ne peut user pleinement de cet avantage, qu'en augmentant la profondeur, & se rapprochant ainsi de notre systême. Mais s'il ne s'en avise pas, il fera du moins succéder à la partie de ses troupes qui combat celle qui lui reste, au cas que la premiere ait été repoussée; & il est impossible que la figure défensive, qui ne se renouvelle pas de même, ne succombe à des attaques ainsi redoublées. On me dira que si l'ennemi n'attaque qu'un côté, elle se développera. Elle n'oseroit. Elle ne seroit pas sûre de pouvoir se reformer.

Le second avantage qu'on a contre tout ordre fermé, c'est celui d'attaquer; bien plus grand ici que par-tout ailleurs. Si l'attaquant est plus brave, si l'attaqué panche au découragement, c'est sur-tout dans cette occasion. Il n'y a aucun soldat qui ne sache qu'on ne prend une disposition pareille,

---

(a) A ce propos il y a un mot très-bon de Folard : si le Bataillon quarré n'est pas bon pour les retraites, à quoi est-il propre, puisqu'il n'a été imaginé que pour cela ?

que dans des cas à peu près défefpérés. *Non fine timore fum-mo & defperatione factum videbatur*, dit Céfar parlant d'un corps de fon armée que deux de fes Lieutenans mirent en rond, & firent ainfi tailler en piéces par Ambiorix. Et le moyen que le foldat ne fe démonte pas ? Il fait qu'il eft dans un cas très-dangereux, voit qu'il ne fait pas un pas pour s'en tirer, n'a d'efpérance que dans le départ de l'ennemi, qui étant fi fupérieur fans doute ne renoncera pas aifément à une victoire qui ne peut être que très-complette. Le foldat voit encore que tous les avantages qu'il peut remporter, ne le ménent prefque à rien ; que le plus petit accident va caufer fa perte ; que tandis qu'il fe défendra bien & repouffera l'en-nemi, ceux qui font à un autre côté du Bataillon fermé peu-vent être moins braves ou moins heureux. Plein de cette idée, tout l'inquiete, le trouble. On n'aime point à voir fon falut dépendre de la valeur des autres, de trois combats qu'on ne voit point : il y a de quoi étonner les gens les plus fermes.

J'ai dit que dans tout ordre fermé, le moindre défordre eft irréparable. Mais il eft inévitable. Il ne faut pour y met-tre la confufion que plus d'hommes tués dans quelque par-tie.

Si malgré tout cela l'ennemi ne veut pas le charger, il peut le détruire par le canon & la moufquetterie. A ce jeu l'avan-tage eft toujours pour le nombre, comme l'a remarqué Cy-rus, & l'avantage du nombre eft ici augmenté des trois quarts. Craffus forma contre les Parthes un Bataillon quarré qui étoit fort & folide, très-différent en cela de ceux qu'on feroit au-jourdhui. » * D'abord les Barbares vouloient charger les Ro-   * Plutarque.
„ mains à coups de piques, pour tâcher d'enfoncer ou d'en-
„ tr'ouvrir les premiers rangs. Mais ayant vû de près la pro-
„ fondeur de ce Bataillon quarré, fi ferré, & fi uni, & où
„ les hommes étoient fi fermes, & fe foutenoient fi bien les
„ uns les autres, ‟ ils prirent le parti de le détruire à coups de fléches, ce qui ne leur fut pas difficile. Craffus, *ne voyant point de fin à fa mifere, envoya ordre à fon fils qui comman-doit une aîle, de tâcher à quelque prix que ce fût de joindre les ennemis.* Il marche, les Barbares fe retirerent devant lui, &

bientôt féparé du quarré, & les flancs découverts, il fut affailli & battu ; le refte de fa troupe fe mit en rond, & périt ainfi. On peut croire qu'après cet échec les affaires n'allerent pas mieux. La Tragédie ne finit que par l'entiere deftruction de cette armée, capable, fi elle avoit été bien menée,
de faire la conquête de l'Afie.

Tous ces défauts des ordres fermés paroîtront mieux, quand
j'examinerai chacun en particulier. Pour ne pas être dans la
néceffité de le répéter par rapport à tous l'un après l'autre,
j'ai été bien aife de faire voir qu'en général, ils ne peuvent
réfifter à un ennemi, qui brave & connoiffant leurs défauts,
leur fera tant d'attaques qu'à la fin ils fuccomberont, quand
ils auroient bien foutenu la premiere ; que quand on ne voudroit pas les charger, il feroit aifé de les détruire à coups
de feu ; que quand on ne les combattroit en aucune maniere, leur lenteur les feroit toujours couper, & qu'ils ne font
point en état de percer ; que quand ils perceroient, ils n'i-
roient pas loin, & fe retrouveroient le moment d'après dans
le même embarras ; enfin que dans toutes ces marches, tous
ces combats, ils portent toujours le découragement, & leurs
ennemis la confiance la plus parfaite. On doit conclure de
tout ceci, que ceux qui auront recours à ces figures, finiront fouvent par mettre les armes bas. Chez les anciens, où
l'efclavage étoit ordinairement le fort des prifonniers, on prenoit difficilement ce parti. Qu'en arrivoit-il ? Que prefque
toutes les fois qu'on fe mettoit en rond, ou en quarré, on
y périffoit jufqu'au dernier. *In orbem pugnantes ad unum in-
terfecti funt.* Cette phrafe eft bien dix fois dans Tite-Live feul.

Si les défauts communs à toutes ces ordonnances, font
très-capables de les faire rejetter ; les examinant féparément,
nous allons voir que chacune en particulier ne laiffe pas d'en
avoir encore de très-confidérables.

ARTICLE II.

Quarré plein.

Je commence par celui-ci, dont j'ai le moins de mal à
dire. On s'en eft fervi autrefois, & on l'a abandonné, parce

qu'on le trouvoit trop long à former. Cela n'étoit pas fans reméde, ni cette longueur quelque chofe de bien confidérable, lorfqu'il n'étoit queftion que d'un corps peu nombreux. Auffi ce ne fut pas la feule raifon qui engagea à quitter le quarré plein pour le vuide, qui d'ailleurs valoit bien mieux alors qu'à préfent. Les armées étoient très-petites, on étoit bien aife d'occuper un certain front; l'artillerie n'étoit point féparée de l'infanterie, on trouvoit le quarré vuide commode pour elle, pouvant la placer au centre. De ces deux raifons que rapporte Bottée la premiere eft très-mauvaife. A quoi bon tenir un certain front quand on eft environné? Il n'eft pas queftion alors d'empêcher l'ennemi de pénétrer quelque part, il va où il veut; il s'agit uniquement de fe maintenir foi-même: l'étendue de l'ordre dans lequel on combat ne fert qu'à donner à l'ennemi plus de facilité de faire effort où il veut, & attaquer avec toute fa fupériorité, employer toutes fes troupes. La feconde raifon au moins ne devoit pas conduire au quarré vuide tel qu'on l'a fait. Il n'y avoit qu'à le former de plufieurs petits quarrés pleins, avec des diftances entre eux: dans ces diftances, fi l'on avoit craint que l'ennemi ne s'y jettât (ce qui pourtant n'étoit pas à craindre,) on auroit placé en dedans quelques petites troupes en réferve. Un quarré de cette efpéce auroit été folide dans toutes fes parties; n'auroit point eû à s'ouvrir, & fe refermer, manœuvre difficile & dangereufe dans le combat, indifpenfable pourtant pour le Bataillon quarré, qui veut fe fervir de fon artillerie; n'auroit point été fi pefant, chacune de fes parties étant légére, & toutes indépendantes l'une de l'autre; fe feroît même prêté aux irrégularités du terrein; n'auroit pas été perdu pour être entamé quelque part; enfin n'auroit eû prefque aucun des défauts des ordres fermés. Il eft vrai que ç'auroit été fe rapprocher beaucoup de notre fyftême, comme cela arrivera toujours à qui voudra rectifier les autres. En effet le quarré plein, lorfqu'il n'eft que d'un Bataillon, a toute la légéreté de la Pléfion, étant d'un front à peu près égal; prefque toute fa force, puifqu'il approche de fa profondeur. Folard lui-même fait à chaque inftant des quarrés pleins, quand il forme la Colonne d'une fection avec un feul Bataillon, lui donnant 26 files.

Lorſque le quarré eſt plus conſidérable, il n'eſt plus le même; il perd beaucoup de ſon mérite. Son front étant plus étendu, il eſt plus peſant, plus en priſe à la fureur de l'artillerie, plus difficile à reformer, ſi quelque accident vient à le déranger. De plus, ſes angles ſont foibles & donnent priſe à l'ennemi qui les fera ſauter aiſément, d'autant plus que ſes mouvements ne ſont pas aſſez rapides pour les dérober. Enfin, puiſqu'il tient une certaine étendue, il a beſoin pour marcher en ordre de cette étendue de terrein très-uni, ce qui ne ſe rencontre pas toujours. Au reſte, on ne peut diſconvenir qu'il eſt capable d'une grande réſiſtance, capable même de différents mouvements, & de variété, pourvû que les troupes y ſoient bien exercées, & qu'il y ait des diviſions marquées. Il peut ſe couper de la tête à la queue, comme la Pléſion partant par manches; il peut faire ſortir à droite & à gauche une derniere tranche, qui ſe retournant auſſi-tôt charge en flanc l'ennemi qui voudroit, chargeant la tête, ſe replier en même-tems ſur les faces latérales. Il peut encore, & c'eſt ſa plus belle qualité, s'il eſt de ſoixante de front par exemple, ſe partager très-promptement en ſix Colonnes de 20 de front, 30 de hauteur, & les mettre ou ſur une ou deux lignes, ou en quarré long. Mais comme il n'eſt pas fort utile de prendre une ordonnance, tout exprès pour la quitter, je crois qu'il vaut mieux s'en tenir aux Pléſions, & laiſſer là le quarré plein.

On voit aſſez bien dans la Cyropedie ſon mérite & ſes défauts. Les Egyptiens qui étoient à la ſolde de Crœſus ſe mirent dans cet ordre. Cela employa aſſez inutilement en dix Bataillons 100000 braves gens, dont une partie auroit été fort utile ailleurs, & peut-être empêché la perte de la bataille. Quand on les attaqua, la ſolidité de leur ordonnance donna beaucoup de peine : quand ils furent abandonnés, ils n'eurent d'autre reſſource que de capituler, n'étant point en état de faire retraite.

Article III.

Bataillon rond.

Le cercle plein feroit fi difficile à former, que l'on ne s'en fervira jamais. C'eft pourquoi il n'eft pas fort néceffaire d'en parler ici. Sans ce défaut ce feroit le meilleur des ordres fermés, ayant la plus grande folidité , & aucune partie foible. Il ne feroit pas poffible de le faire marcher : mais en cela il n'eft pas fort inférieur aux autres. Les mêmes raifons rendant à peu près impratiquables l'octogône plein , & tout autre pareille figure , je ne parlerai plus que de celles qui font vuides.

Le Bataillon rond vuide poffède au fuprême dégré la propriété, fi néceffaire pour les figures défenfives, d'avoir toutes fes parties également fortes. S'il n'a pas toute la folidité poffible, on peut l'augmenter, doublant les files avant de le former. Il a encore, comme l'a remarqué le Maréchal de Puyfégur, un grand avantage ; c'eft que des Bataillons, en quelque nombre qu'ils foient, ne peuvent fe fervir de leur fupériorité pour le charger, puifque trois qui marcheroient contre lui, ou même deux qui l'attaqueroient autrement qu'en deux points de fa circonférence prefque diamétralement oppofés, fe chargeroient eux-mêmes en arrivant. D'ailleurs étant en ligne droite, ils ne pourront toucher qu'une partie très-courte de fa circonférence. Mais comme ce défaut ne vient que de l'étendue du front des Bataillons, s'ils le diminuent doublant ou triplant les files, ils chargeront avec une grande fupériorité. Ce que dit le Maréchal que le diamétre du cercle étant petit, il eft à craindre pour les troupes qui l'enfonceroient de fe charger elles-mêmes, ne me paroît pas fort confolant pour lui. Quand il fera rompu en deux endroits, & conféquemment taillé en piéces, ce fera un foible avantage que l'efpérance que les ennemis fe tueront quelqu'un eux-mêmes ; efpérance même affez frivole, foit qu'ils ayent le fufil & la bayonnette, foit qu'ils ayent des piques pas trop longues, & affez légéres pour les relever aifément.

Si l'ennemi préfére de combattre le rond à coup de feu ; il faudra que celui-ci en passe par-là, n'étant pas du tout en état de charger ; & , comme je l'ai dit dans le premier article , l'ennemi aura un grand avantage à pareil combat. Il se servira de toute sa supériorité , se rangera en arc de cercle autour du rond, croisant son feu dans la place qu'il occupe , tandis qu'il n'y en aura que la moitié qui puisse répondre , par un feu divergent à une quantité de feu quadruple, si les ennemis sont supérieurs de moitié. Quoiqu'il ne soit pas très-difficile d'enfoncer le rond ; qu'on puisse lui faire tant d'attaques qu'on voudra , puisqu'il ne poussera jamais son avantage ; qu'on puisse , se separant en pelottons, l'attaquer en plusieurs endroits ; qu'un seul de ces pelottons qui réussira cause nécessairement son entiere défaite : cependant à ce combat de mousquetterie on a tant d'avantages contre lui , on est si sûr de le détruire, qu'il est inutile de penser à autre chose.

Mais si nous supposons que ces ennemis soient en Plésions , ils le battront si aisément, à si peu de frais , que ce n'est pas la peine de prolonger le combat. Ils peuvent l'attaquer avec toutes leurs forces , fussent-ils dix contre un ; & chargeant avec cet avantage , joint à celui de la profondeur & de la légéreté , ne manqueront pas de l'enfoncer. Quand il n'y auroit qu'une seule Plésion , elle l'enfonceroit de même. Le feu, qui est la seule défense du Bataillon , est très-peu de chose contre elle. Il n'y a que sa tête qui en souffre, encore n'y a-t-il qu'une petite partie de la circonférence qui puisse tirer sur elle , sur-tout quand elle approche ; & cette partie est précisément celle qui auroit besoin de conserver son feu. Quand la Plésion trouveroit une résistance qui dérangeroit sa tête, elle feroit place ; & ainsi renouvellée feroit à la partie qu'elle vient d'attaquer & qui ne se renouvelle pas , une seconde décharge , qui ne manqueroit pas de réussir. Quand il seroit possible qu'elle fût repoussée entierement , puisqu'on ne la poursuit pas un seul pas , qu'un feu divergent auquel elle n'étoit en prise que par sa tête, n'a pû lui faire perdre beaucoup de monde en si peu de tems , elle se ralliera aisément , reviendra à la charge dix fois s'il le faut.

Si actuellement nous supposons le rond attaqué par plusieurs

Plésions ,

Pléfions, (& il faut bien le fuppofer, puifqu'il ne s'eft mis dans cet état qu'à caufe de fon infériorité.) Il eft bien vrai que chacune en particulier n'a guères plus d'avantage contre lui que fi elle étoit feule, la Pléfion *B* chargeant une partie qui ne peut prendre part au combat de la Pléfion *A* : mais s'il pouvoit être douteux que cette Pléfion *A* le perçât, il feroit au moins certain moralement qu'une des deux réuffi-roit, à plus forte raifon une des fix, s'il y en a ce nombre.

Le Bataillon rond n'eft pas exempt non-plus de ce grand défaut, commun à tous les ordres fermés, la pefanteur. Il y eft même plus fujet qu'un autre. Je m'épargne ici un peu de détail, parce que ceux qui liront ceci connoiffent certai-nement le livre du Maréchal de Puifégur. Je me contenterai donc de dire que le Bataillon rond en ordre de marche n'eft point en ordre de combat, pas même en état de réfifter à la plus petite troupe. Selon le calcul du Maréchal, on peut commencer à quitter l'ordre de combat pour fe mettre en marche, lorfque l'ennemi eft à 70 pas, & ce calcul fuppofe que l'ennemi n'eft pas dans un ordre qui court, & n'a pas là de cavalerie. Mais, dit le Maréchal, *l'ennemi attaque de vive force, ou ne le fait pas. S'il n'attaque pas, ou qu'après avoir attaqué, il n'ait pas réuffi, il faut qu'il s'éloigne pour ne pas être foumis au feu, & perdre du monde inutilement.* Cet éloi-gnement n'eft pas fûr, ni cette perte fi inutile. Si l'ennemi eft fous le feu du rond, le rond eft fous le fien, & n'a pas d'avantage à ce jeu. L'ennemi ne s'éloignera donc point dans les moments où il n'attaquera pas de force, & conféquem-ment le rond ne pourra marcher. Qu'on ne me dife point que ce que je réponds n'a lieu que dans le cas où l'on n'a point fait d'attaque, mais qu'au moins lorfqu'on en aura fait une qui n'aura pas réuffi, des troupes repouffées ne pourront pas s'arrêter & fe rallier fi près du Bataillon. Je ne fais ce qui en feroit, & fi cela eft bien impoffible, quand on a affaire à un ordre qui ne peut faire un pas. Mais fuppofons-le. Qui empêche l'ennemi, lorfqu'il attaque le rond, de fe faire fou-tenir par des pelottons, qui, fi le corps qui attaque eft ren-voyé, refteront un moment à fufiller en attendant qu'il re-vienne à la charge. Les Pléfions fur-tout feroient très-joliment

X

cette manœuvre, si elle leur étoit nécessaire. Elles pourroient même se faire masquer en marchant par les grenadiers
faisant un feu perpétuel. A 20 pas le rideau se tireroit : la
Plésion leste & fraîche, n'ayant encore rien perdu, baisseroit
la pique & s'abandonneroit sur le rond. Cependant les grenadiers se reformeroient, & au cas que la Plésion fût repouffée, resteroient à tirailler contre le rond sans désavantage,
puisqu'ils n'auroient affaire qu'à une partie, & leur voisinage
l'empêcheroit absolument d'oser prendre le quarré à angles
ouverts.

Puis donc que soit que l'infanterie ennemie attaque ou
n'attaque pas le rond, rien ne l'oblige de s'en tenir éloignée,
que c'est pourtant cet *éloignement qui donne le tems de se met-*
tre en disposition de marcher, & de le faire de maniere que si l'en-
nemi croit profiter de cette marche pour attaquer, on puisse être
reformé ; cet éloignement n'ayant pas lieu, le Bataillon rond
ne marchera point du tout.

La cavalerie tiendra en place encore plus aisément. Elle
n'a pas besoin pour cela d'être sous son feu. Dès qu'il voudra prendre l'ordre de marche, elle courra à lui. Qu'elle n'ait
pas le tems de parcourir 120 toises avant que le Bataillon
rond soit reformé : je le veux. Mais elle ne l'a pas moins
obligé de se reformer, c'est tout ce qu'elle vouloit. Elle s'en
retourne pour revenir de même, s'il fait la même tentative.
Pour cela il vaut mieux qu'elle soit divisée en deux troupes :
ainsi, se succédant l'une à l'autre, deux compagnies d'huffards tiendroient en échec un Bataillon pendant plusieurs
heures, pourvû qu'il y eût quelque troupe pas trop éloignée
d'eux. Il faut remarquer encore que les troupes de cavalerie
qui feroient ce badinage y perdroient rarement un homme :
dans le moment où elle sont à portée du Bataillon, il est
tout occupé de ses mouvements, & a toute autre chose à faire
que de tirer des coups de fusils.

Ce que l'on vient de lire rend inutile ce que je pourrois
ajouter sur les inconvénients des mouvements du Bataillon
rond. J'en ai d'ailleurs touché quelque chose ci-devant. Un
auteur moderne, trouvant aussi cette évolution trop compofée, y en substitue une beaucoup plus simple. Il le forme de

deux lignes droites faifant faire l'une & l'autre à chacune de
fes moitiés un quart de cercle, le centre ne bougeant. Quand
il eft queftion de marcher, les deux lignes fe redreffent par
un mouvement contraire, & enfuite le Bataillon marche en
deux Colonnes de 4 de front, qui fe tiennent paralleles,
obfervant toujours de laiffer entre elles une diftance précifément égale au diametre du rond, afin de le reformer dès
que l'on voudra. Ce mouvement a encore des difficultés :
car ici on ne peut pas les éviter toutes à la fois. 1° Il n'eft
point aifé d'obferver cette diftance égale au diametre, auffi
jufte que cela eft néceffaire. Ces deux Colonnes d'ailleurs ne
peuvent marcher fans s'allonger ; cela allonge d'autant le
mouvement que l'on a à faire pour reformer le rond ; & en attendant que cet allongement foit regagné, on n'eft point en
état de foutenir la charge d'une troupe ennemie quelque
petite qu'elle foit, même fe préfentant fur le flanc de la marche qui eft la feule partie où l'on foit en défenfe, lorfque
le rond n'eft pas formé.

Malgré ce que j'ai dit de cette ordonnance, je ne peux,
ni ne veux difconvenir qu'elle eft fort fupérieure au quarré
vuide, qu'elle eft même très-bonne lorfqu'il n'eft queftion
que de fe défendre en place quelque tems, en attendant un
fecours ; pourvû cependant qu'elle ne foit pas attaquée par
des Pléfions, ni rien qui y reffemble.

Le Maréchal de Puiségur dit que cet ordre étoit connu
des Romains. On le voit effectivement bien des fois dans
Tite-Live : mais toujours avec le déplorable fuccès dont j'ai
parlé. La petite armée de Fabius enveloppée par les Etruf-
ques fe mit pourtant en rond, & n'y périt point, dû moins
la premiere fois : mais ce fut parce qu'elle le quitta bien
vîte pour fe mettre en Coin. Dans cette nouvelle difpofition
elle perça & alla à travers des ennemis occuper une montagne.
Elle auroit pû prendre de même le chemin de Rome, &
feroit arrivée à bon port. Quand les ennemis la virent arrêtée fur la montagne, ils revinrent de leur étourdiffement, &
rétournérent l'envelopper. Elle ne chercha plus alors à percer : contente de fon pofte, & n'en ayant pas de meilleur
en vûe, elle y tint, apparemment dans quelque ordre fem-

X ij

blable au premier , & fut entierement défaite.

J'ai déja parlé du rond que formerent deux lieutenants de César attaqués par Ambiorix. Cet ordre réuſſit dans cette occaſion comme à ſon ordinaire ; & ce qu'il y a de fort bon , c'eſt que les Romains n'étoient pas trop inférieurs à leurs ennemis. Céſar dit même en propre termes *& virtute & numero pares*.

Je ne peux m'empêcher de citer un exemple de Bataillon rond , que je tire du quatriéme livre de Tite-Live. Je mettrai le Latin en marge : ſans cela on ne croiroit jamais que je l'ai traduit mot-à-mot : (*a*) ,, Etant donc enveloppés , les rebelles ,, alloient périr juſqu'au dernier , ſi Veccius Meſſius plus diſ- ,, tingué chez les Volſques par ſes belles actions que par ſa ,, naiſſance , ne leur eût crié à haute voix comme ils com- ,, mençoient déja à former le rond : Vous voulez donc vous ,, livrer ſans défenſe aux traits des ennemis , périr ſans du ,, moins vanger votre défaite ? Et pourquoi avez-vous des ,, armes ? Pourquoi avez-vous vous-mêmes commencé ,, la guerre , vous qui n'avez pas le courage de la faire , ,, quoique trop ſéditieux pour reſter en paix ? Qu'eſperez- ,, vous en demeurant ici ? Croyez-vous que quelque Dieu ,, protecteur va venir vous enlever du milieu de vos enne- ,, mis? C'eſt à vous de vous faire jour l'épée à la main. ,, Après cette harangue les Volſques ſe mirent en devoir de percer les Romains. Je ne ſais pas dans quel ordre ; Tite-Live ſe ſert de l'expreſſion *globo*. Ce globe n'étoit pas rond , puiſque le rond ne peut marcher , & que d'ailleurs Meſſius ne leur avoit pas laiſſé prendre une diſpoſition qu'il trouvoit ſi ridicule. Tout ce qu'on peut croire , c'eſt que c'étoit une eſpéce de Coin , ou la Colonne véritable ; un ordre ramaſſé , par conſéquent profond & de petit front. Les Romains firent des effort prodigieux , s'acharnérent au point que tous

---

(*a*) *Circumventi igitur , jam in medio ad unum omnes pœnas rebellionis dediſſent , ni Veccius Meſſius ex Volſcis nobilior vir factis quàm genere , jam orbem volventes ſuos increpans clarâ voce : Hic præbituri , inquit , vos telis hoſtium indefenſi , inulti? Quid igitur arma habetis ? Aut quid ultrà bellum intuliſtis , in otio tumultuoſi , in bello ſegnes ? Quid hìc ſtantibus ſpei eſt ? An Deum aliquem protecturum vos rapturumque hinc putatis ? Ferro via facienda eſt.*

leurs Généraux, qui en bonne police étoient bien hors de combat, ne s'en éloignerent pourtant pas: l'un resta avec une épaule fracaffée, l'autre avec un bras de moins. Malgré cette extrême valeur, & leur fupériorité, ils ne purent empêcher les Volfques d'arriver heureufement dans leur camp.

ARTICLE IV.

Quarré vuide.

Nous voici donc arrivés à cet ordre fi vanté depuis environ cent ans, dont on ne fe fert pourtant prefque jamais, qui n'a réuffi que lorfqu'il n'a pas été attaqué, & qui malgré Folard, toute fa fecte, & même nos plus habiles Généraux, paffe encore dans l'efprit de beaucoup de gens pour le chef-d'œuvre de la Tactique. Voulant détruire toutes les figures fermées, je me fuis un peu arrêté au bataillon rond, parce qu'il en valoit la peine & avoit un bon défenfeur. Si les défauts de celui-ci font plus confidérables & plus choquants, cela ne me difpenfera point de l'examiner avec foin. Il a un bon défenfeur auffi; un refte de préjugé.

On voit fouvent dans l'hiftoire ancienne des troupes en quarré, *quadrato agmine* : mais rarement cela veut dire un quarré parfait. On confondoit dans l'expreffion le quarré long avec celui-ci. Quelquefois cependant on a pû prendre le quarré véritable. Par exemple on voit dans Salufte une armée marcher à l'ennemi *quadrato agmine*. Dans les pleines immenfes de l'Afrique, où l'on ne favoit pas toujours de quel côté l'ennemi fe préfenteroit, il étoit affez naturel de marcher faifant front de toutes parts, fauf à changer quelque chofe à fon ordre quand on feroit au moment de combattre. Dans de pareils terreins il n'étoit pas fort difficile au quarré de marcher : & comme les Romains combattoient à files ouvertes & en ligne tant pleine que vuide, les faces latérales marchoient aifément fans s'allonger. Je ne vois pas qu'ils fe foient jamais mis en quarré précifément pour combattre. Le feul exemple remarquable de cet ordre que je trouve chez eux, eft celui de Craffus dont j'ai parlé il y a un moment. On ne voit guères d'occafions où le quarré ait reparu depuis, juf-

X iij

qu'à la bataille de Rocroi qu'on regarde comme une grande preuve de son mérite, & qui fait voir au contraire combien il est mauvais. La cavalerie Espagnole ayant été battue, l'infanterie abandonnée se mit en quarré vuide. C'étoit alors la meilleure de l'Europe : aussi manœuvra-t-elle avec toute la fermeté, & la discipline qu'on peut désirer, d'autant plus qu'elle étoit commandée par un excellent Général. Le Bataillon quarré avoit d'ailleurs bien plus de force qu'aujourdhui, parce qu'on ne se mettoit pas alors à quatre de hauteur, & qu'on avoit des piques. Les Espagnols avoient encore dans le centre de leur quarré 18 piéces de canon, ce qui étoit considérable pour ce tems-là. Tout cela rendit le combat long, & difficile. Les Espagnols ne se retirèrent pas, parce que cela n'étoit pas possible : mais du moins ils soutinrent plusieurs charges. Quand les François étoient repoussés, ils se rallioient comme on se rallie devant un Bataillon quarré, & revenoient aussi-tôt. Le combat finit par la destruction totale de cette infanterie. Tel a été le succès de cet ordre dans les circonstances les plus avantageuses où on puisse le supposer ; & c'est là le texte qu'on prend pour prêcher sur son mérite.

Si ses partisans veulent, je leur fournirai encore un exemple tout pareil, beaucoup plus moderne. Le Roi de Pologne Auguste, & le Prince Menzicoff attaquérent à Kalisch le Général Mardefeld. Sa cavalerie qui étoit Polonoise n'ayant pas fait grande résistance, l'infanterie abandonnée se mit en Bataillon quarré ; & bientôt ces 6000 Suedois qui dans toute autre disposition auroient passé sur le ventre à 24000 Saxons ou Russes à qui ils avoient affaire (car alors les Suedois étoient encore invincibles,) ces 6000 hommes, dis-je, furent obligés de mettre bas les armes : le canon, les drapeaux, le bagage, le Général, tout resta au vainqueur.

Il n'y a guères d'autres exemples du quarré, non qu'on n'en cite tous les jours ; mais ceux qui se sont trouvés dans les occasions où il a dû paroître, ne conviennent pas de l'avoir vû. Quelquefois à la fin d'une bataille, un corps d'infanterie de l'armée vaincue s'est mis dans cet ordre : le vainqueur pour épargner les hommes, a cherché à le couper, ou fait

avancer du canon : bien des gens ont crû que c'étoit par
respect pour un ordre si formidable ; & c'est peut-être là ce
qui a le plus contribué à lui donner une réputation qu'il mérite si peu. Il est arrivé même, au moins une fois, qu'on n'a
réellement osé l'attaquer. Cela ne prouve autre chose si-non
que le Général qui en usoit ainsi, ou étoit excessivement
prudent ce jour-là, ou avoit bien mauvaise idée de ses troupes, ou avoit quelque raison que nous ne savons point. Il
ne seroit point étonnant au reste que de bonnes troupes dans
un cas d'abandon, ne voulant point mettre bas les armes, &
ayant formé le quarré, parce que leurs Officiers fort habiles
d'ailleurs n'en savoient pas davantage, n'étant attaquées que
par des bataillons, peut-être même par des ennemis peu à
craindre, se fussent tirées d'affaire d'une maniere qui auroit fait
au quarré un honneur qui n'appartenoit qu'à elles. Ce ne seroit pas une grande preuve de son mérite.

Avec tout cela je ne peux blâmer absolument la prévention en faveur du quarré vuide dans ceux qui supposoient
toute autre figure fermée impraticable, par la difficulté de
la former devant l'ennemi, & ignoroient la seule ordonnance qui puisse espérer de réussir dans le cas d'abandon.
Quelque mauvais que soit le Bataillon quarré, il vaut mieux
sans doute dans cette circonstance que le Bataillon ordinaire :
car il peut au moins penser à se défendre, se défendre même assez pour se sauver lorsque le secours est très-proche, &
qu'on l'attaque foiblement ; ou même, comme je viens de
dire, lorsque le secours étant plus éloigné, les troupes sont
très-fermes & les ennemis assez peu opiniâtres, pour après
quelques décharges les laisser là sur leur bonne contenance.
Mais il faut cela, pour que le quarré se tire d'un mauvais
pas. Si la qualité des troupes est à peu près égale de part
& d'autre, cela ne peut arriver.

Si nous supposons que le Bataillon quarré n'a aucune partie foible, il faut considérer chaque face d'un quarré de
huit Bataillons comme deux Bataillons bien postés, appuyés
de droite & de gauche de maniere qu'on ne peut les charger que de front, avec cet agrément cependant que si on les
bat, (ce qui à nombre égal de deux Bataillons est au moins

poſſible) on ſe trouvera en avoir battu huit. Ainſi il eſt évident que puiſque les trois autres faces ne peuvent être d'aucun ſecours à celle-ci dans le combat, il ne faut que deux Bataillons pour en attaquer huit en quarré.

Si maintenant nous faiſons attaquer les quatre faces en mê-me tems par pareil nombre de huit Bataillons, deux contre chacune, la victoire n'eſt pas plus vraiſemblable pour un parti que pour l'autre à chacune des faces; car je veux bien comp-ter toujours pour rien l'avantage de l'attaquant. Mais quand trois faces du quarré ſeroient victorieuſes, il n'en ſeroit pas moins battu, ſi la quatriéme étoit renverſée. Il y a donc qua-tre contre un à parier pour les attaquans.

Suppoſons à préſent qu'il n'y a que quatre Bataillons, pour attaquer ces huit qui ſont en quarré. S'ils attaquent deux fa-ces, ils combattent chacune à forces égales; & puiſque leur ſuccès contre une ſeule leur donne une entiere victoire, il y a encore deux contre un à parier pour eux : s'ils doublent les files pour charger tous quatre une ſeule ; avec cet avan-tage ils la renverſeront dans le moment, conſequemment battront ſûrement le quarré. Mais, me repondra-t-on, les huit Bataillons ne ſe tiendront pas en quarré, ayant affaire à ſi peu de monde ? en ce cas je ne dis plus rien. Je parle de l'avantage qu'a contre lui un ennemi même inférieur, tant qu'il ſubſiſte s'entend. Mais dans le cas où on le for-mera, puiſqu'on ſera environné toujours prêt à être atta-qué de toutes parts, il n'y aura pas moyen de le développer: on préſenteroit à l'ennemi des flancs foibles à charger : ce feroit, fuiant un mal donner dans un pire ; ou plutôt, faire cette réponſe, ce feroit convenir que le Bataillon quarré n'eſt bon à rien.

Mais je n'ai pas parlé encore d'un grand défaut de cette figure, c'eſt la foibleſſe des angles. Ce défaut a parû ſi con-ſidérable au Maréchal de Puiſégur, qu'il dit nettement qu'il ne faut pas s'en ſervir. Il ne reconnoît de tous les ordres fer-més *que deux qui puiſſent être d'uſage, le rond, & le quarré en le rendant octogone.* Ce n'eſt pas la ſeule fois qu'il proſcrit cet or-dre. *Toutes ces ſortes de figures,* dit-il encore, *ne ſont bonnes qu'à être repréſentées ſur le papier ; le rond ſeul ou la figure qui*

en

en approchera le plus .... est la seule figure facile, & bonne à apprendre.

Je ne m'arrêterai point à prouver la foibleſſe des angles du quarré. Elle eſt évidente, & généralement avouée. J'obſerverai ſeulement qu'indépendamment de la facilité qu'on a de les renverſer, on eſſuie très-peu de feu marchant contre eux. C'eſt marcher ſur la capitale d'une redoute quarrée. En Tactique comme en Fortification, il ne faut compter la mouſquetterie pour quelque choſe qu'autant qu'elle bat à angle droit. Qu'on ſe repréſente une Pléſion marchant contre l'angle d'un quarré, on verra qu'elle eſt ſi peu en priſe à ſon feu, qu'il ne mérite pas de ſa part la plus petite attention. Le Bataillon même n'en ſouffriroit pas beaucoup davantage, ſur-tout s'il avoit racourci ſon front; ce qu'il eſt aſſez naturel de faire, puiſque rien n'eſt plus inutile que l'étendue pour qui va charger un point.

A préſent que nous avons parlé des parties foibles du Bataillon quarré, ſuppoſons comme de raiſon que l'ennemi en profite, & qu'ayant 3 Bataillons pour en attaquer 4 qui ſont dans cet ordre, il marche contre deux faces & l'angle compris, après avoir doublé les files afin que les 3 Bataillons ne ſe rencontrent pas l'un l'autre en approchant. Que deviendra cet ordre ſi vanté? Mais ce n'eſt encore rien que cela. L'ennemi eſt ſupérieur. Si cela étoit autrement, on n'auroit pas recours à cet ordre. Imaginons donc que ſur les 4 faces & les 4 angles en même-tems marchent ainſi huit Bataillons doublés. Les uns attaquent des parties incapables de réſiſtance; les autres ont au moins l'avantage d'une profondeur double. De ces huits combats, qu'un ſeul réuſſiſſe le moins du monde, le quarré eſt taillé en piéces. Eſpére-t-il éviter ce malheur? C'eſt ce que ſon plus déterminé partiſan ne regardera pas comme poſſible.

Ce ſeroit profaner la Pléſion que de l'examiner combattant le quarré. Je dirai donc ſeulement qu'elle a ſur lui tous les avantages que nous venons de voir, multipliés par tous ceux qu'elle a ſur le Bataillon: & c'eſt mille fois plus qu'il n'en faut pour être abſolument ſûre de le détruire à peu de frais.

Pluſieurs auteurs ont voulu remédier à la foibleſſe des an-

gles du quarré. Les uns féparant les grenadiers & le piquet
en deux troupes, (fuppofant un feul Bataillon en quarré)
pour faire fur le milieu de chacune des faces de petits redants, qui flanquent les capitales. Ce reméde feroit bien peu
de chofe, quand ces redants infiniment petits flanqueroient
très-bien : mais ils flanquent on ne peut pas plus mal, & ne
flanquent plus du tout lorfque l'angle eft abordé ; ou du moins
s'ils tirent encore à caufe de l'étendue du front ennemi, ce
n'eft pas fur la partie qui va faire l'opération, & à qui il faudroit tuer du monde. Ces redants d'ailleurs forment huit angles au lieu de quatre. Si on les charge eux-mêmes, comme cela ne manquera pas d'arriver, en même-tems qu'ils donneront un petit fecours à l'angle par leur feu, ils mafqueront
une partie de celui de la face ; ce qui eft à compter pour
peu de chofe à la vérité : mais quelque chofe de plus réel,
c'eft que quand ils feront rompus, comme ils le feront fûrement, ils y cauferont du défordre. On me dira que lorfque
l'ennemi approchera, ils s'allongeront, repaiffiffant le front
pour ne plus préfenter d'angle. Ce fera bien fait. Mais par
cette manœuvre, dans le moment où le feu feroit le plus
néceffaire, ils n'en donneront point à la capitale, & mafqueront plus amplement celui de la face. Si le quarré étant
formé de plufieurs Bataillons, les redants font plus confidérables, l'angle en recevra plus de protection, la face plus
d'incommodité dans le même rapport. D'autres ont mis aux
angles des quarrés, des pelottons quarrés pour fervir de baftions : je ne fais fi d'autres n'ont pas mis les baftions & les
demi-lunes en même-tems. Il faudroit en avoir beaucoup de
refte pour s'arrêter à de pareilles imaginations (a). C'eft abufer de la Théorie.

Un autre reméde à ce mal, eft de couper les angles, de
faire l'octogone. Les angles de cette figure n'ont plus la même foibleffe : mais enfin ce font des angles, & même 8 au

---

(a) Je parierois que ceux qui font
ainfi d'un Bataillon quarré le plan d'une
citadelle, & métamorphofent la Tactique en Fortification, trouveroient fort
ridicule que je propofaffe la figure premiere de la planche 4, comme un ordre
de bataille à prendre lorfqu'on eft de
plein pied avec l'ennemi, & conféquemment dans le cas de pouvoir être chargé.

lieu de 4. Cette figure d'ailleurs ne se forme pas aisément, ne peut marcher. Aussi ne l'employe-t-on guères. Bottée dit pourtant qu'un régiment François la forma à Rocroi.

Il est inutile de répéter, par rapport au Bataillon quarré, ce que j'ai dit de la pesanteur de tous les ordres fermés en général, & de tous les défauts qui leur sont communs. J'observerai seulement que les faces latérales du quarré, ne sont autre chose que des Bataillons qui marchent par le flanc : & puisque nous avons vû ailleurs que le Bataillon ne peut marcher ainsi à portée de l'ennemi, il s'ensuit que le Bataillon quarré ne peut marcher. Ces faces se désuniroient, s'allongeroient, ne seroient plus en défense. Il ne seroit pas même aussi aisé qu'il le paroît d'abord, de regagner cet allongement, de resserrer ces faces. Ce ne sont que des files, des rangs de 4 hommes à resserrer. Cela pourroit se faire légérement ; mais les dernieres sont égales au front du Bataillon. Il faut donc qu'elles aillent plus posément, si elles ne veulent se mettre en désordre ; sur-tout si le Bataillon quarré est considérable, comme d'une ou deux brigades.

Le quarré étant, comme tout autre ordre de cette espéce, exposé à essuyer bien des attaques, & de la part d'ennemis supérieurs, étant d'ailleurs dans la plus grande nécessité de les repousser pleinement & par-tout, puisque pour peu qu'on l'entame il est perdu ; il est certain qu'aucun ordre n'auroit plus de besoin d'être fort & solide. Il est donc bien étonnant, qu'on lui laisse la fragilité ordinaire des Bataillons. J'ai assez montré de quelle foiblesse il se trouve à ce moyen. Bottée voudroit qu'on le mît toujours sur 8 ou 10 de hauteur, & souhaiteroit même fort qu'il fût sur 16. Cela lui ôteroit effectivement sa foiblesse ; & il ne seroit pas fort difficile ensuite de lui ôter ses autres défauts, comme on l'a vû au second article.

Un auteur moderne dit, que le Bataillon quarré *est une imitation de la Phalange des Grecs.* J'avoue que je n'y vois aucune ressemblance, ni pour la forme, ni pour les propriétés. Il dit encore que sa force ne consiste pas dans l'étendue de ses faces ; mais bien *dans la disposition des troupes, qui sans rendre leur union moins facile à maintenir, rend leur feu plus vif, &*

plus fufceptible de durée. Il eft bien vrai que l'étendue ne fait pas fa force. Elle augmente même beaucoup la plûpart de fes défauts, particulierement la pefanteur & la délicateffe fur le choix des terreins. Pour la vivacité du feu, je ne la conçois point. Il eft très-clair que l'ennemi marchant contre un angle & deux faces, ou encore même contre une face & deux angles, effuye tout au plus la moitié du feu qu'il effuyeroit, fi les troupes qui forment le quarré étoient dans un autre ordre ; d'autant plus que le quarré eft obligé de bien ménager fon feu, de *conferver fur-tout le feu du premier rang, dont il ne doit fe dégarnir que dans un befoin indifpenfable.* Le même auteur qui fent bien que le Bataillon quarré à 4 de hauteur & fans piques n'eft point en état de foutenir la charge de la cavalerie, & n'a contre elle d'autre défenfe que fon feu, dit encore qu'il ne faut *faire tirer qu'au rang fur l'Efcadron qui vient attaquer ; encore faut-il qu'il n'y ait dans ce rang qu'un tiers des foldats de chaque compagnie qui faffe feu lorfque la cavalerie fe préfente de front : le refte ne doit tirer que quand elle préfente le flanc dans le caracol pour faire place à un autre Efcadron. Les foldats du premier rang doivent conferver leur feu, jufqu'à ce qu'ils foient attaqués perfonnellement.* C'eft fuppofer, ce me femble, qu'on attaque le quarré bien mollement. La cavalerie ne fe contentera pas d'approcher ainfi quelques pas, puis faire le caracol & s'en aller. Elle s'abandonnera fur lui, & arrivera fans perdre beaucoup par un feu qu'elle effuye fi peu de tems, & qui d'ailleurs eft fi peu de chofe ; puifqu'on ne fait tirer que le tiers d'un rang, le douziéme d'une face, le quarante-huitiéme de la troupe. Le refte de la face donné de très-près & par des gens bien fermes (il n'eft pas aifé d'être ferme en cas pareil) fera grand mal à l'attaquant ; mais comme il comptera avec raifon tout le danger paffé, il fe preffera d'entrer dans le Bataillon, & y réuffira. Quand les premieres troupes n'en viendroient pas à bout, l'Efcadron étant divifé en plufieurs de petit front qui fe fuivent de près, comme en 4 qui vont deux à deux ; dès que les premieres auroient fait place aux autres, après avoir épuifé le feu du Bataillon, les dernieres attaquant dans le moment, ne trouveroient aucune réfiftance. Mais fans

tant difcourir fur l'attaque du Bataillon quarré par la cavalerie, il eft clair qu'une face de ce Bataillon n'eft pas plus difficile à rompre chargée de front, que fi les trois autres n'y étoient
pas; & l'infanterie à 4 de hauteur ne tient pas contre une
charge de cavalerie.

J'obferverai encore, par rapport à ce que nous venons de
voir, que ce qui oblige le Bataillon quarré de ménager fi
fort fon feu, c'eft que *les troupes de cavalerie fe fuccédent promp-*
tement dans les attaques. Mais quand l'infanterie fe mettra en
troupes de petit front, qui marcheront fur 2 ou 3 lignes rapprochées ; les premieres repouffées, les autres fuccéderont
auffi très-promptement. Le quarré fera donc obligé à la même
économie ; & conféquemment fon feu ne fera pas grand mal
à fes ennemis, avant qu'ils l'abordent.

A R T I C L E   V.

Autres difpofitions quadrangulaires.

Dans la fameufe retraite des dix mille, les Grecs fe mirent
d'abord en Bataillon quarré. Il n'étoit pas fragile comme aujourdhui, puifqu'ils étoient à 16 de hauteur, & avoient des
piques : il n'étoit pas même d'un front bien étendu, puifque
quand ils auroient été 10000 hommes effectifs, cela n'auroit
donné à chaque face que 172 hommes : on reconnut cependant dès le troifiéme jour les défauts de cet ordre; & pour
y remédier, le rendre plus léger, & plus propre à toutes fortes de terreins, on racourcit de beaucoup le front, ou plutôt
on forma deux colonnes fur 16 de front, le bagage au milieu;
une réferve de 600 hommes qui ne faifoit point corps avec
ces Colonnes, fe portoit où il étoit néceffaire, le plus fouvent à fermer les petits côtés du quarré. C'eft dans un ordre fi conforme aux principes de Folard, que les meilleurs
Généraux de la Grèce firent cette retraite incroyable, dont
on parlera jufqu'à la fin des fiécles.

Quelque tems après, Agéfilas fit dans les mêmes principes
une longue marche, fuivi par l'armée de Tiffapherne. Non-
feulement le Roi de Sparte ne put être entamé, & ravagea
impunément tout le pays ; mais quand les Barbares voulurent

l'attaquer un peu férieufement, ce qui n'arriva qu'une fois ; il fe retourna, les chargea vigoureufement, leur tua 6000 hommes, fans compter un grand nombre de prifonniers.

La retraite de Punitz du Général Schulembourg commença, comme celle de Xénophon, par le quarré parfait. Cette retraite fans être auffi longue que celles dont nous venons de parler, étoit prodigieufement difficile à faire, avec des troupes très-étonnées de leurs continuelles défaites, attaquées par une cavalerie fupérieure qui les méprifoit, & avoit à fa tête deux Rois qui ne fe ménageoient point, & n'épargnoient rien pour éviter la honte de le laiffer échapper. Schulembourg fut averti d'abord de la foibleffe de fon ordre par Charles XII, qui avec une petite troupe de cavalerie le perça & paffa tout à travers. N'étant point fuivi d'affez près, le Roi n'eut qu'à fe fauver lui-même, fans cela dès ce moment les Saxons étoient perdus. Un défilé qu'il y eut à paffer obligea Schulembourg de fe mettre en Colonne. Pour n'avoir point la peine de rompre ainfi fon ordre une feconde fois, & fentant bien que ce qui venoit d'arriver au quarré n'arriveroit pas à celui-ci, il prit le parti de s'y tenir, & s'en trouva bien, traverfa les plaines devant le Roi de Suéde, qui ne lui laiffoit point de repos, & ne put jamais l'entamer.

Le Maréchal de Puyfégur pour faire faire retraite à un grand corps d'infanterie, le met en quarré long vuide fur huit d'épaiffeur, le petit côté n'étant que d'un Bataillon. C'eft diminuer tous les défauts du Bataillon quarré ordinaire. Celui-ci n'eft plus fi fragile, ni fi embarraffant : mais il ne laiffe pas de l'être encore, & fort au-deffous de celui de Xénophon. Il ne paroît pas d'ailleurs très-pratiquable, à caufe de la longueur du mouvement, de prendre cet ordre lorfqu'on a l'ennemi fur les bras, comme on l'a toujours dans ces cas d'une infanterie abandonnée de fa cavalerie. En effet pour qu'une ligne forme un pareil quarré (a), il faut qu'après avoir doublé les files, tous les Bataillons faffent à droite (fuppofé) un quart de converfion. Enfuite *le Bataillon qui a la tête arrête, tous les autres marchent & s'approchent de lui. Quand celui qui*

(a) Si l'on eft fur deux lignes, le quarré fe forme la moitié plus vîte.

le fuit en eft à quarante toifes, il fait à gauche un quart de con-
verfion, pour faire tête au flanc gauche ; celui d'après fait tête
au flanc droit. Le mouvement me paroît encore plus long que
ces paroles ne femblent le dire. Puifque les Bataillons font à
8 de hauteur, ils n'ont plus que 25 toifes de front : fi donc le
Bataillon qui fuit le premier, a fait fon quart de converfion à
gauche à 40 toifes de ce premier, il reftera 15 toifes d'efpace vuide entre eux deux : & fi le troifiéme qui le fait à droite, ne le fait de même qu'à 40 toifes du point où le fecond
a tourné, il en reftera 55 d'intervalle entre le premier & le
troifiéme. Cette même diftance fe trouvera par-tout entre
deux Bataillons faifant face du même côté. * Pour que ce
quarré fût en force, il faudroit que les côtés fuffent en ligne
pleine. Mais quand d'abord les Bataillons auront été en ligne
pleine, le doublement des files l'a rendue tant pleine que
vuide : de plus, d'une feule on en fait deux ; il faut donc
que la ligne fe racourciffe des trois quarts, & bien davantage fi elle n'étoit pas pleine. Il faut qu'elle fe racourciffe
ainfi, les Bataillons marchant à la queue l'un de l'autre, &
tendant toujours le flanc à l'ennemi. Il faudroit qu'il fût bien
éloigné pour qu'on pût entreprendre pareille manœuvre.
Qu'une ligne de 35 Bataillons veuille former ce quarré, ce
fera pour les derniers plus d'une demi-lieue à faire dans cet
état. Il faut remarquer encore que s'il fe préfente dans quelque partie de la ligne la moindre troupe ennemie, le Bataillon à qui elle s'adreffe & qui lui tend le flanc, eft obligé
d'arrêter tout court pour faire front par quart de converfion,
& arrête tous ceux qui le fuivent.

* Voyez la fig.
2, pl. 6.

Si ce quarré eft fi long à former, voyons à préfent comme il marche quand il l'eft une fois. S'il eft vrai que les
mouvements à rangs ouverts ne font pas pratiquables, il ne
peut marcher abfolument. Car les faces latérales étant d'une
longueur demefurée, l'allongement devient immenfe. On
pourroit éviter cet inconvénient, laiffant des diftances entre
les Bataillons : mais alors le quarré feroit bien plus foible. Il
faut donc pour marcher ainfi, ne pas s'allonger, que chaque
foldat n'occupe en marchant que l'efpace qu'il occupe dans
le rang en bataille. Mais on ne peut pas marcher comme

cela. Quand on le pourroit, ce ne feroit qu'avec une lenteur exceſſive. Si pour marcher on fait des quarts de converſion par Bataillons, ou par diviſions de Bataillon, il ſera
aſſez difficile d'obſerver les diſtances auſſi exactement qu'il
eſt néceſſaire pour ſe reformer juſte. D'ailleurs on ne peut
pas marcher ainſi lorſque l'ennemi eſt à portée de tomber ſur
les flancs de la marche qui ſe trouvent abſolument hors de
défenſe.

Le Maréchal de Puyſégur, pour faire marcher ce quarré,
veut que le Bataillon qui a la tête marche de front ainſi que
celui de la queue, tous les autres par le flanc faiſant par demi-rangs de compagnie des quarts de converſion. Et comme dans cet état les côtés ne ſont pas en force, *ſi l'ennemi
s'approche pour attaquer, le premier Bataillon arrête, ceux des
flancs font demi-tour à droite, & enſuite à droite & à gauche
par demi-rangs de compagnie, & tête en dedans...... après quoi
ils ſerrent leurs rangs.* Le mouvement contraire les remettra
en marche. Il ſuit de tout cela qu'il n'eſt pas poſſible de penſer à prendre l'ordre de marche, quand l'ennemi eſt à 70
pas, ſon infanterie encore; qu'il faut, ſi l'on eſt dans cet
ordre, reprendre bien vîte celui de combat dès qu'elle eſt
à 40 ou 50; encore, ſi l'on fait le mouvement ſi tard, l'ennemi arrive-t-il ſans eſſuyer un coup de fuſil. Et comme il
ne faut qu'arrêter un ſeul Bataillon pour arrêter tous les autres, qu'il ne faut qu'une très-petite troupe pour arrêter un
de ces Bataillons, il ſera toujours très-facile à l'ennemi de
harceler ce quarré au point de le tenir immobile. En un mot
il eſt auſſi aiſé de l'arrêter que le Bataillon rond, puiſqu'il
marche de même.

*Dans une retraite..... plus on perd de tems, plus il ſe raſſem-
ble d'ennemis;* c'eſt un principe du Maréchal lui-même. Ce
quarré, qui a commencé par en perdre beaucoup à ſe former, & depuis qu'il eſt formé marche ſi lentement, donnera
donc toujours le tems à l'ennemi de ramaſſer des forces pour
l'accabler, de raſſembler ſur ſon paſſage un corps qu'il ne
ſera pas en état de forcer. Le ſavant auteur en convient.
„ Cette maſſe de Bataillons marchant pour attaquer l'enne-
„ mi...... dès qu'elle approche, elle ſe ſoumet au feu de toute
„ l'infanterie

„ l'infanterie ennemie. En marchant elle ne doit pas tirer,
„ & le feroit difficilement ; & dans le tems qu'elle fe pré-
„ fente pour enfoncer un front égal au fien, les Bataillons
„ ennemis qui ne font pas de la partie attaquée font à droite
„ & à gauche des quarts de converfion par Bataillon de front
„ ou demi Bataillon, fuivant que le terrein le permet, &
„ lui tombent fur les côtés la bayonnette au bout du fufil,
„ & préfentent des rangs de front contre des flancs. Car les
„ rangs de ce Bataillon quarré, dont les premiers pouf-
„ fent ce qui eft devant eux, ne peuvent pas être fuivis des
„ autres que d'un rang à l'autre il n'y ait au moins trois pieds.
„ Il ne faut pas encore que durant ce tems-là ils foient obli-
„ gés de combattre de côté, ce qui les contraint de s'arrê-
„ ter : & par là ce corps fe défunit, s'allonge, laiffe des
„ vuides entre fes parties, ce qui fait fa perte. C'eft pour-
„ quoi pour qu'un pareil corps puiffe fe retirer, il faut
„ qu'il ait pris fon parti affez à tems, de forte qu'on n'ait
„ pas celui d'oppofer à fa retraite de fi grandes forces, & de
„ lui couper chemin. „ Mais fa lenteur donnera toujours
à l'ennemi le tems de ramaffer de grandes forces fur fon chemin. Donc un corps dans cet ordre ne pourra jamais fe retirer.

Puifque la meilleure difpofition que puiffent prendre des
Bataillons pour une retraite eft fi peu propre à les tirer d'embarras, il femble que cela devoit conduire le Maréchal à
employer notre fyftême ; du moins dans cette circonftance.
Il a fait tout le contraire, & dit que les raifons qu'on vient
de voir faifoient partie de celles qui étoient rapportées contre la Colonne de Folard, dont il avoit apparemment fait une
critique fuivie, qu'il a fupprimée. Cet échantillon eft affez
féduifant. Si elle avoit effectivement les défauts du quarré que
nous venons de voir, ce feroit une ordonnance très-mauvaife.
Heureufement elle en eft bien exempte. Je pourrois me re-
pofer fur le lecteur du foin de le prouver. J'y reviendra pourtant : mais pour ne point nous écarter du fujet de ce Chapitre,
nous allons examiner la Pléfion dans les cas d'abandon ou les
retraites : car pour elle c'eft la même chofe ; quand elle ne
fe trouve pas bien où elle eft, elle s'en va.

Z

ARTICLE VI.

La Pléfion dans les retraites.

Il pourra bien arriver quelquefois qu'une Pléfion fe trouve environnée. Dans ce cas un Bataillon feroit obligé de fe mettre en rond ou en quarré, & dans cette difpofition ne pouvant marcher attendroit que l'ennemi vint l'attaquer de toutes parts. La Pléfion qui marche & attaque toujours, fe déterminera fur un des côtés qu'elle percera, & s'en ira le laiffant en défordre & les autres inutiles fpectateurs. Cette circonftance n'a pour elle rien d'effrayant, ni même d'extraordinaire. Elle charge & perce comme en toute autre occafion, ni plus ni moins de difficulté : auffi cette ordonnance s'eft-elle tirée mille fois des pas les plus dangereux. Nous en avons vû affez d'exemples dans les Chapitres précédents.

Mais, dira-t-on, quand elle marchera pour attaquer un côté, les autres viendront l'attaquer elle-même, elle fera chargée de toutes parts. Point du tout. Si elle n'eft pas précifément au milieu du quarré qui l'enferme, elle marche contre le côté le plus voifin, & a moins de chemin à faire pour le joindre, que le collatéral n'en a pour tomber fur fon flanc. Si elle eft précifément dans le centre de quatre Bataillons qui forment un quarré, fuppofé, (a) elle n'a guères moins de chemin à faire pour aborder & charger de front le Bataillon *A*, que le collatéral *B* n'en a à parcourir pour la charger en flanc : mais elle va plus vîte que ce Bataillon ; elle a du tems de refte. Je veux que malgré cela elle fe laiffe gagner de vîteffe, de forte qu'étant encore à 30 pas du Bataillon *A*, *B* n'en ait plus que 15 à faire pour la charger en flanc ; alors elle fait à droite par Pléfionnettes pour renverfer *B* lui-même. On voit de là que la Pléfion, légére comme elle eft, marchant & changeant en tout fens, perçant très-promptement tout ce qu'elle charge, ne fe laiffera jamais arrêter en place, & réduire à foutenir une véritable attaque environnante. On

_____

(a) Suppofition affez drôle. D'où font-ils venus ? Qui les a mis là ? Que faifoit la Pléfion pendant qu'ils s'arrangeoient ainfi ?

a répondu d'avance à ce que je viens de dire, qu'une fois environnée elle ne pourra plus faire aucun mouvement, parce qu'on lui tirera des coups de fusil. Je ne leur connoissois point cette vertu léthargique. Mais nous nous arrêterons ailleurs à cette importante objection ; pour le moment je n'ai pas le temps.

Mais quand la Pléfion se laisseroit attaquer sur ses quatre faces en même tems, qu'en arriveroit-il ? Elle n'a rien de foible, est solide dans toutes ses parties, comme le quarré-plein ; ses angles même n'ont pas à craindre, comme ceux de cette ordonnance, qu'on les fasse sauter les prenant obliquement ; la petitesse du front de la Pléfion ne donne pas cette prise ; on est obligé de l'attaquer tout uniment, opposant à ses quatre faces un rang de 74 chevaux, ou 448 hommes d'infanterie à 4 de hauteur ; il n'y a pas de place pour un plus grand nombre. Mais 448 hommes ne brilleront pas contre 768, qui sont dans un ordre plus solide, & armés plus avantageusement ; 74 cavaliers ne feront pas un grand effet, contre cette masse fraisée de piques, & dont il sort un feu prodigieux, lorsqu'ils en sont tout près, leur hauteur les mettant en prise à celui de tous les rangs. On nous objecte que quoi que nous en disions nous avons des parties foibles ; que si nous faisons front à l'Est sur 8 rangs, les faces qui regardent le Nord & le Sud tendent le flanc à leur extrémité. Oui. Si. Mais jamais en pareille conjoncture on ne s'avisera de s'y prendre de cette maniere. Il est fort aisé de ne présenter l'épaule nulle part, faisant front comme on le voit dans la figure ci-jointe. Et comment font les Bataillons quarrés ? Je sais bien qu'avec cet arrangement les extrémités des faces ne sont pas si fortes que les centres : mais il ne faut pas reprocher à la Pléfion nommément, un défaut commun à tout ce qui n'est pas Bataillon rond. Quand donc il seroit vrai qu'elle peut être attaquée de toutes parts en place ; tout ce qu'on pourroit dire, c'est que ses angles en ce cas ne seroient pas plus forts que ceux du quarré plein, par rapport à une attaque directe sur ses faces : & le quarré plein attaqué ainsi n'est pas

Z ij

mal folide. Au reſtè celui * qui a relevé cette foibleſſe des angles , & ne finit point d'en triompher, n'a pas beaucoup de foi à ſon objeſtion. Vous croiriez vous autres qu'il va venir fondre ſur ces flancs qu'il trouve hors de défenſe, & nous tailler en piéces en s'amuſant: point du tout. Comme il eſt *un peu au fait de ſon infanterie , il laiſſera là les faces couvertes de pertuiſannes , & ſe tiendra à fuſiller de loin.* Je crois effeſtivement qu'il prendroit, comme tout autre à ſa place , le parti de ne pas ſe meſurer avec nous de ſi près : mais malheureuſement nous n'imitons point cette prudence. Les pertuiſannes dont il n'oſe approcher, vont le chercher & expédier l'affaire au plus vîte , *riſquer le tout pour le tout , pour ne point ſe trouver à la peine d'y revenir une ſeconde fois , & pour couper court aux préceptes de conduite des Savans.* Il en a lavé la tête à Folard. Cela ne nous fait rien. Nous ne ſommes pas corrigés. Nous examinerons ailleurs , comme je l'ai promis , l'effet de ſon attaque environnante à coups de fuſil : mais puiſque nous en ſommes à celle qu'on voudroit nous faire aux armes blanches , quoique déja démontrée impoſſible , allons juſqu'au bout.

Il ne faut pas s'imaginer que la Pléſion , attaquée en place & de toutes parts , ne feroit que ſe défendre de pied ferme. Elle a tant de goût & tant de facilité pour attaquer, que même dans cette circonſtance , elle ne manqueroit pas de le faire. Cela ne paroîtra plus impoſſible, ni même diffi-

Pl 6 , fig 4.

cile , ſi on jette les yeux ſur la quatriéme figure de la ſixiéme planche. On y verra comment la premiere & la derniere ſeſtion ſoutenant l'attaque de pied ferme , la deuxieme & la troiſiéme ſortent par manches. Chargeant avec l'avantage des armes & de la profondeur , le Bataillon qui environne, il n'eſt pas douteux qu'elles le perceront en deux endroits ; & auſſitôt, au cas qu'il ſoit aſſez opiniâtre pour ne pas laiſſer là toute la compagnie , elles ſe retourneront pour dégager les deux ſections qui n'ont bougé.

Quand la Pléſion n'auroit pas ce moûvement , on ne peut diſconvenir qu'elle ne fût en état de repouſſer l'ennemi par ſa ſolidité , tout autant que le quarré plein qui n'y manquoit guères. Ce qui cauſoit ſa perte , c'eſt qu'après ce premier avantage il reſtoit là comme une borne, & attendoit que l'ennemi revint ; ou du moins le ſuivoit ſi gravement, qu'il lui donnòit le tems de ſe rallier pour recommencer. Il n'en eſt pas de même de la Pléſion. Dès qu'elle a repouſſé l'attaquant, elle eſt libre, s'abandonne deſſus avec ſa légéreté ordinaire, & le reconduit de maniere qu'il ne penſe plus à revenir.

Avec cette facilité de ſe dépêtrer d'une attaque environnante, & ſes autres propriétés, la Pléſion ne ſera jamais en peine de ſa retraite. Si elle trouve des ennemis en ſon chemin, elle leur paſſera ſur le ventre : ſi quelque corps vient tomber ſur ſon flanc, elle le chargera de front par Pléſionnettes, & après l'avoir renvoyé, continuera ſa marche : ſi on l'environne une ſeconde fois, c'eſt le pis qui puiſſe arriver ; elle s'en tirera comme la premiere. Il n'y a qu'à force de la fatiguer, & de l'affoiblir par de nouveaux combats, qu'on pourroit eſpérer d'en venir à bout à la fin, ſi on avoit beaucoup de monde à lui oppoſer, de la cavalerie ſur-tout, & que ſa retraite fût longue. Voyons à préſent comment un grand corps d'infanterie s'y prendra, pour faire retraite dans notre ſyſtême.

Soient 14 Pléſions abandonnées, ayant à faire retraite ſi longue qu'on voudra, & dans tel pays qu'on voudra ſuppoſer, à travers des armées ennemies. Je les mets en quarré long, comme on voit à la fig. premiere de la ſixiéme pl. Le Plan. 6, fig. 1. petit côté en tient 4 qui ſe préſentent de front, & ont entre elles des eſpaces de 8 ou 10 toiſes, remplis comme on voit par leurs grenadiers à pied ſoutenus des grenadiers à cheval. Les longs côtés ſont formés par 5 Pléſions qui préſentent leur longueur, & ont entre elles, lorſque leurs rangs ſont ſerrés à 3 pieds, des eſpaces de 16 toiſes. Leur pelottons ſont en dedans, de maniere à pouvoir ſortir aiſément par ces intervalles, après un quart de converſion. Je ne parle point d'artillerie : s'il y en a, l'on n'en ſera point embarraſſé : l'on voit aſſez ſa place, & ſon uſage.

Ce corps marche très-vîte : chaque Pléſion a ſa légéreté accoutumée : on ne craint pas beaucoup de déranger cet ordre ; il n'y a pas ici de flancs qu'il ſoit dangereux de découvrir : chaque partie a ſa force en elle-même. D'ailleurs ce

Z iij

quarré se dérangeroit difficilement, à cause de la petitesse de son front ensemble, de celle de chaque corps en particulier, & de la quantité de divisions. Pour marcher plus commodément & plus vîte, les Pléfions s'allongent donnant 6 pieds d'espace à chaque rang, de forte que les longs côtés du quarré deviennent deux Colonnes de 24 de front, 160 rangs. Dès qu'on veut les refferrer, les têtes arrêtent un moment, & il ne faut pas plus de tems que s'il n'y avoit qu'une feule Pléfion à refferrer. Si le terrein se rétrécit, de forte qu'on ne veuille plus marcher que fur deux ou trois Pléfions de front, rien n'est plus aifé. Il n'est pas plus difficile de se rouvrir, pas plus difficile de défiler & de se reformer, de changer de front pour marcher dans le même ordre par la droite ou la gauche, &c.

Suppofons à préfent que l'ennemi vienne tomber fur le flanc droit de la marche : les Pléfions à qui il s'adreffera fe ferreront par Pléfionnettes, puis feront à droite pour le charger de front : dès qu'elles l'auront pouffé, elles reprendront leur marche, laiffant les pelottons les pourfuivre un moment : mais il faut que ceux-ci ne s'emportent pas trop loin : ils courroient rifque de ne pas rejoindre le gros qui s'éloigne fort vîte. Comme cette charge par le flanc eft un petit retardement, il faut profiter de la briéveté du mouvement de Pléfionnettes, pour ne le faire que lorfque l'ennemi eft très-près : jufques là on fe contentera de faire paffer en dehors les grenadiers à pied, qui feront feu tout en marchant. C'eft le parti qu'on prendra auffi, lorfque quelques troupes ennemies viendront roder autour du quarré pour l'inquiéter & tâcher de le retarder ; le gros continuera toujours de marcher, fans leur faire l'honneur de s'appercevoir d'elles. Il faut, pour obliger les Pléfions à fe mettre en Pléfionnettes, que l'ennemi foit un peu en forces, à 30 pas fi c'eft de l'infanterie, & fi c'eft de la cavalerie, qu'elle foit du moins bien en deça de la portée du fufil. Elle ne viendra pas jufqu'à ce point, à moins qu'elle n'ait intention d'attaquer tout de bon : ce feroit payer trop cher le plaifir de caufer un très-petit retardement. Il n'est pas néceffaire de détailler davantage la façon de fe défendre fur les flancs. Il fuffit qu'on voye qu'ils ne craignent rien, & que chaque côté du quarré marchera en Colonne fimple & allóngée , tant que l'ennemi ne fera pas à une très-petite diftance. Je n'ai pas befoin non plus de remarquer que notre fyftême eft le feul qui donne à un corps le moyen de fortir du quarré chargeant de front. Toute autre ordonance , par cette manœuvre des flancs foibles, s'expoferoit à fe faire tailler en piéces. Quand les Romains attaqués par Ambiorix formerent le rond dont j'ai parlé , quelques Cohortes voulurent ainfi pouffer les Gaulois ; Ambiorix ordonna de ne point leur réfifter de front , mais de tomber fur leurs flancs qu'elles découvoient. *Cùm reverti cœperant & ab iis qui cefferant & ab iis qui proximi fteterant circumveniebantur.* Cela les obligea de ne plus fortir du rond , & de refter en bute aux traits des ennemis , fans faire un pas pour fe débarraffer.

Il n'en eft pas encore de ce quarré de Pléfions comme de celui de Bataillons, qui fe trouve arrêté dès qu'on l'attaque en quelque partie. Si la Pléfion 1 eft attaquée feule , elle feule s'arrête pour charger de front par Pléfionettes : 2 hauffe le pas pour remplir en partie la bréche , qui d'ailleurs fe garnit bien vîte de pelottons : quand la Pléfion 1 eft débarraffée , elle va reprendre fa place , ou, fi l'on veut , fe mettre à la queue de celles qui la fuivoient & qui s'étoient un peu allongées en avant , pour la remplacer. Il y auroit d'autres moyens de foutenir l'attaque dont nous parlons fans que le quarré s'arrêtât : mais il eft affez inutile d'en faire ici le dénombrement. Il faudroit que l'ennemi eût perdu l'efprit, pour faire à un pareil ordre des attaques de cette efpéce. D'ailleurs fi cette troupe ennemie qui attaque une feule Pléfion, ou même deux, eft à 3 ou 4 de hauteur à l'ordinaire, elle fera très-petite ; les pelottons feuls feront en état de la recevoir , fans que les Pléfions fe dérangent en rien.

Par tout ce que je viens de dire, on voit que l'ennemi ne fe trouvera point attaquer de front des flancs, que ce quarré ne fe défunira point, ne s'allongera point, qu'il ne fe formera point des vuides entre les parties. Il y en a bien déja : mais ce ne font pas de ceux qui caufent la perte d'un corps. Quel ennemi aſſez témeraire iroit ſe jetter dans ces intervalles, qui même ne ſont pas grands, pour trouver au lieu de flancs foibles des têtes de Pléſions, qui continuant ſeulement leur marche l'écraſeroient? Cela ne ſeroit pas pratiquable, quand il n'y auroit pas de pelottons en dedans, tous prêts à remplir ces vuides.

Je ne m'arrêterai point à montrer comment dans les mêmes principes un corps beaucoup plus foible feroit retraite ſans danger ; comment un plus conſidérable formeroit un quarré plus fort, & qui ne ſeroit pas plus embarraſſant ; comment avec ces 14 Pléſions on feroit un quarré plus ſolide encore que celui qu'on vient de voir, ſi on n'étoit bien aiſe d'avoir de la place dans l'intérieur pour des bagages & de l'artillerie. Nous allons examiner à préſent ce quarré combattant de front un corps qu'il trouve en ſon chemin, & qu'il eſt obligé de percer.

Soit que les Bataillons ennemis, ſuppoſés toujours de 600 hommes, ſoient à 3 de hauteur, ſoit qu'ils ſoient ſur 4 ayant entre eux des diſtances, même très-petites, notre quarré n'aura à faire qu'à un ſeul Bataillon, qui ne tiendra pas un moment contre 4 Pléſions qui le chargent de front avec leur violence ordinaire, & une ſupériorité exceſſive. Le quarré percera donc la ligne ſans beaucoup d'effort, & ira ſon chemin. Et il ne faut pas dire à l'ordinaire que les Pléſions eſſuyeront beaucoup de feu, puiſqu'elles n'y feront en priſe qu'un inſtant ; qu'elles partageront entre elles quatre le feu de ce Bataillon, qui lui même eſſuie celui de tous leurs pelottons, c'eſt-à-dire de 400 hommes d'élite. Le Bataillon collatéral à celui qu'elles attaquent ne peut guères incommoder que la Pléſion qui forme l'angle du quarré, encore eſt-ce une petite incommodité. Dès qu'on approche, le feu de ce Bataillon devient trop oblique pour elle, il ne peut plus tirer que ſur celles qui la ſuivent : il n'y a pas grand mal, cela n'eſt pas vif, cela ne dure pas, elles ont des grenadiers pour repondre ; enfin il eſt juſte qu'elles ayent quelque petite part au combat. Mais, dira-t-on, la ligne ennemie ne verra pas venir ce quarré ſans ſe recourber, comme on voit à la fig. 3, pour croiſer & réunir le feu de 3 Bataillons ſur ſon paſſage. Eh bien ! qu'en arrivera-t-il? Si les Bataillons font ce mouvement de bonne heure,

PI. 6, fig. 3.

comme

comme le repréſente la figure, le quarré s'arrêtera un tems
à fuſiller avec le Bataillon *A*, ſans ſe faire de part & d'autre
beaucoup de mal de ſi loin. Pendant ce tems, qui ſera fort
court, on fera ſortir quelques troupes de grenadiers à cheval, qui feront bien vîte aux flancs des deux Bataillons *B*,
C, & très-certainement feront taire leur feu, ou plûtôt les
mettront en déroute : ſi - tôt qu'elles en approcheront, le
quarré ſe remettra en marche pour charger le Bataillon *A*.
Si *B* & *C* font leur converſion plus tard, à la bonne heure.
Pendant qu'ils la feront ils ne tireront pas : quand elle ſera
finie, le front du quarré n'y ſera plus en priſe : ce ſera de
leur part une ſeule décharge ſur les longs côtés, qui n'empêchera aſſurément pas le ſuccès de l'attaque : encore eſt-il
ſans vraiſemblance que le mouvement s'acheve, voyant les
grenadiers à cheval ſortir pour charger le flanc ; plus incroyable encore que le mouvement même achevé les deux Bataillons conſervent la moindre fermeté, voyant très-clairement
qu'ils vont être taillés en piéces, puiſqu'auſſi-tôt après la défaite inévitable du Bataillon *A*, ils auront les Pléſions ſur un
de leurs flancs, les grenadiers à cheval ſur l'autre. On voit de
reſte que la converſion ne ſera pas plus à craindre, ſi elle
ſe fait par deux Bataillons de chaque côté.

Suppoſera-t-on que les Bataillons collatéraux ſe replieront
par un quart de converſion tout entier, comme on voit à la
gauche de la figure premiere, pour charger les longs côtés   Fig. 1.
du quarré, en même-tems qu'il chargera de front le Bataillon contre lequel il marche ? Je le veux bien. J'accorderai,
ſi l'on veut, que ce mouvement ſe fera à merveille ſous le
feu des grenadiers à pied qui font en dehors dans ce moment,
& ſous celui du canon qui accompagne le long côté & bat
en écharpe cette belle converſion. Je ſuppoſe encore que les
grenadiers à cheval ne ſortent pas pour marcher aux flancs
des Bataillons qui tournent ; que le quarré les voyant s'é-
branler lorſqu'il étoit à 80 toiſes de la ligne ennemie, ne s'eſt
pas jetté à droite ou à gauche ; car il faut ſuppoſer bien des
choſes pour rendre cette converſion poſſible. Lorſqu'on la
verra prête de finir, tout le reſte continuant ſon chemin, la
Pléſion 6 fera à gauche & ſortira du quarré. C'eſt une affaire

A a

de 30 pas. Cela fait, fi le mouvement s'acheve, c'eſt un flanc qu'on lui apporte à renverſer. Cela n'a pas d'autres ſuites. Si au lieu d'un Bataillon & demi à qui j'ai fait faire le mouve-ment, il y en a davantage, cette petite manœuvre regardera la Pléſion 7 ou la Pléſion 8 : mais plus il y en aura, plus le mouvement ſera impraticable. Actuellement je veux jouer plus beau jeu. Je ſuppoſerai, fi l'on veut, que rien ne ſort du quarré, & qu'on ne refuſe point à l'ennemi qui paroît le déſirer le plaiſir de charger le long côté, qu'en arrivera-t-il ? Ce n'eſt pas ici un flanc foible, comme celui du quarré de Bataillons à 6 ou 8 de hauteur & mal ſerrés : c'eſt une li-gne de 24 d'épaiſſeur, très-bien ſerrée. De plus, elle n'attend pas qu'on la charge ; elle épargne quelques pas à l'ennemi, & le charge de front par Pléſionnettes, laiſſant aller contre le Bataillon *A* les deux Pléſions du centre 3 & 9, & les pre-mieres Pléſionnettes des collatérales 4 & 10. On devine bien quelle ſera la fin de ce combat. Quoique je paſſe tout ceci un peu vîte, je crois avoir prouvé de reſte que le quarré per-cera la ligne ennemie, que les converſions dont elle pourra s'aviſer ne ſerviront qu'à rendre cette opération plus facile pour nous, plus fâcheuſe pour elle. C'eſt ce qu'il eſt bon de ne pas oublier, à cauſe de certains ordres de bataille qu'on rencontrera dans la ſuite. Pour revenir à notre objet préſent, le quarré perçant avec tant de facilité, puiſqu'il n'a de com-bat véritable que contre ce qu'il a en tête, contre un ſeul Bataillon, il eſt certain qu'il n'eſt pas moins en état ni plus embarraſſé de percer une ſeconde ligne, une dixiéme, s'il la rencontre. Il fera toujours ſa retraite fort heureuſement. Encore l'ennemi ſera-t-il très-heureux, & les Pléſions très-prudentes, fi elles ne font que cela. Il eſt poſſible ſans doute qu'elles ſoient arrêtées & accablées à la fin, à force de ren-contrer des rivieres ou autres pareils obſtacles, qui les obligent à quantité de combats plus ſérieux que celui que nous ve-nons de voir : mais tant qu'elles ne rencontreront que des hommes, elles iront leur chemin.

Il faut remarquer encore, quoique cette propriété ne ſoit pas ici fort néceſſaire, que le quarré de Pléſions n'eſt pas per-du comme celui de Bataillons, dès qu'il eſt entamé quelque part. Quand il feroit poffible que la Pléfion 3 pliât, & fût obligée d'aller fe rallier au centre, l'ennemi iroit-il occuper fa place pour attaquer les flancs des collatérales qui ne craignent rien, tendant le flanc lui-même aux pelottons? Ou iroit-il attaquer les pelottons de front, tendant le flanc aux Pléfions? Si la Pléfion 4 eft enlevée, l'ennemi peut-il occuper fa place, fans fe faire charger en flanc par 5, qui hauffant le pas pour la remplacer, aura au moins couvert tous les pelottons avant qu'il foit arrivé à eux? Au refte cette Pléfion 4, qui eft la plus expofée, ne l'eft pas affez pour faire craindre qu'elle foit battue: & fi on imaginoit que cela fût poffible, il feroit aifé au moment de la charge de la faire un peu rentrer, la retardant de quelques pas, & la jettant un tant foit peu fur la droite; alors elle courroit moins de rifques, & ne protégeroit pas moins les autres. Mais fi on trouve ici l'angle fi dangereux, comment trouve-t-on donc celui du quarré de Bataillons? Si on me demande ce qui arrivera lorfqu'une Pléfion des longs côtés fera battue, je répondrai que, fuppofant cela poffible, cela ne le feroit au moins que dans le cas où le quarré feroit arrêté en place & attaqué de toutes parts; puifque quand il marche & charge de front, l'ennemi ne peut parvenir à engager le combat ailleurs que dans cette partie. Mais le quarré arrêté, & combattant en place, ce qui, par parenthèfe, ne lui arrivera jamais, n'a pas befoin d'efpaces dans les colonnes de Pléfions pour recevoir leur allongement. On les rapprochera donc: d'où il arrivera qu'une Pléfion pouffée ne laiffera pas plus de vuide, qu'on en voit fur la planche; vuide peu dangereux, comme on a vû, quand il ne feroit pas fi facile de le remplir.

CHAPITRE VIII.

Examen & comparaifon des différentes ordonnances.

CE fujet paroît d'abord fort vafte. Tant de nations anciennes & modernes penfant fi différemment en toute autre chofe, & même fur ce qui regarde la guerre, devroient nous donner une foule d'ordonnances à examiner. Le nombre en est pourtant très-petit. Les Egyptiens avant d'être soumis aux Perses, combattoient en gros Bataillons quarrés pleins : les Indiens du tems d'Alexandre, en Colonnes. Nous n'avons pas besoin de parler ici de ces deux syftêmes. Les Romains avoient le leur particulier, qui paroît avoir été suivi auffi par les autres peuples d'Italie, lorfqu'ils ne faifoient pas encore partie de leur empire. Les Grecs & tout le refte du genre humain combattoient en Phalange. Il y avoit pourtant quelques légéres différences : par exemple les Gaulois, Germains, & autres Barbares d'Occident, la faifoient beaucoup plus épaiffe que les Grecs : de plus, chaque partie ou divifion n'avoit pas chez eux un front fi (a) étendu. Les fréquents fuccès de ces nations, contre des peuples aguerris & difciplinés, font voir combien leur ordre eût été redoutable, fi l'excellence des armes & de la difcipline y eût répondu.

Chez les modernes on ne voit guères de différence dans la Tactique, d'une nation à l'autre. C'eft par-tout à peu près le même ordre ; femblable en quelque chofe à celui des Romains, mais affoibli, & allongé.

Le Maréchal de Saxe racourciffant le front des Bataillons, s'eft rapproché de leur syftême, fur lequel même le fien a un grand avantage, par le mêlange des armes. Les autres auteurs militaires modernes n'ont propofé que de légers changements, laiffant toujours les Bataillons longs & minces. Ils ont varié un peu davantage fur le nombre, & l'efpéce des lignes.

Avec ces mêmes Bataillons, on a pourtant formé quelquefois un ordre de bataille affez différent de la méthode ordinaire, les mettant non fur deux lignes, ceux de la feconde au droit des intervalles de la première, mais par Colonne d'un

---

(a) La longueur du front de chaque divifion n'étoit pas réglée, & il n'y avoit point d'uniformité. Chacune étoit compofée des troupes d'un pays (civites) que l'on rangeoit toutes féparément. De ces petits Etats la plûpart fourniffoient très-peu de monde. On voit de-là que lorf- qu'une armée Gauloife étoit à 25 de hauteur, (fuppofé) la divifion d'une ville qui donnoit 2500 hommes pour fon contingent, avoit 100 hommes de front, tandis que celle qui étoit de 7500 avoit un front même plus étendu que les divifions de Phalange Grecque.

Pl. 6.

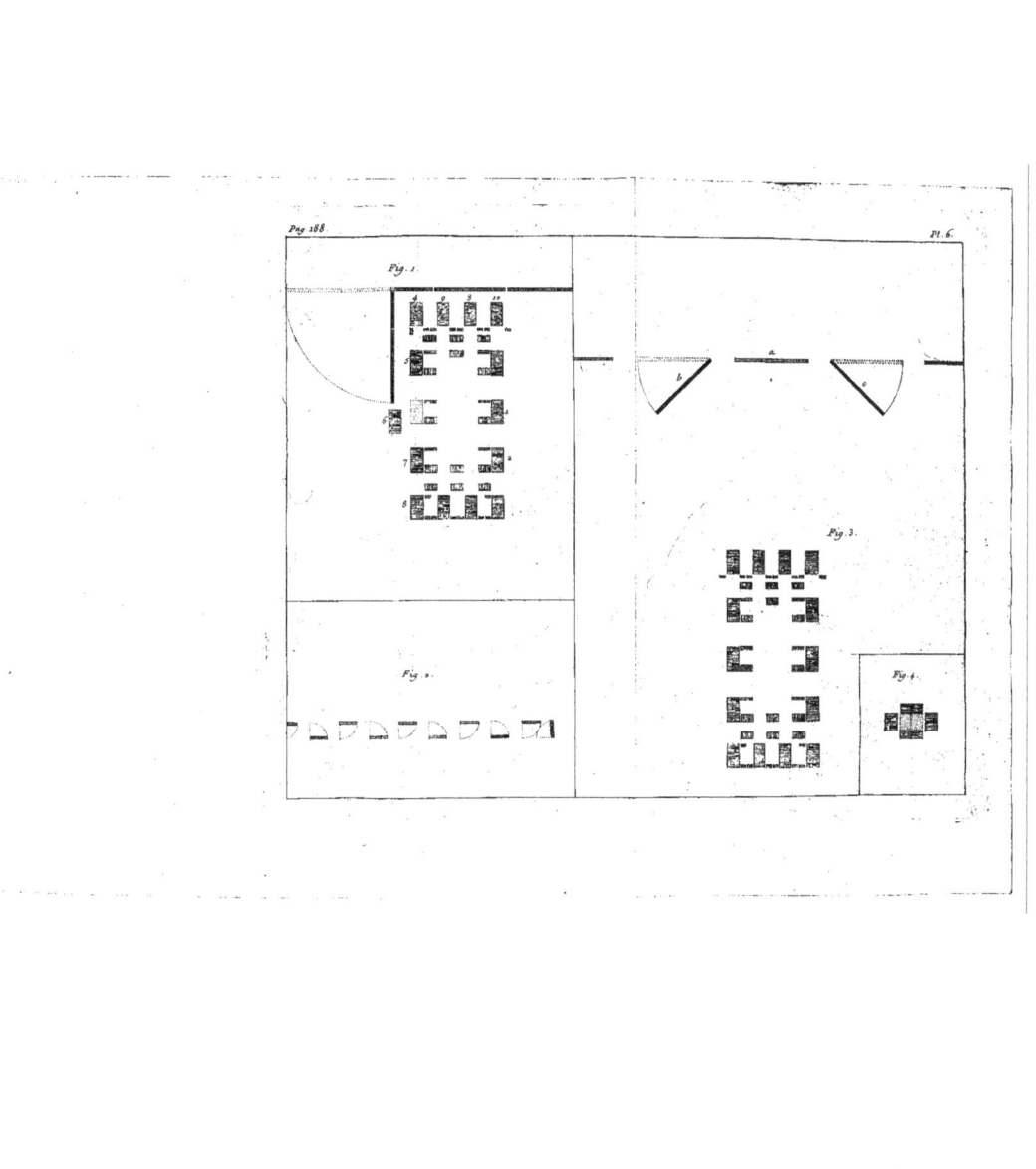

Fig. 1.

Fig. 2.

Fig. 3.

Fig. 4.

Bataillon de front, fuivi de trois ou quatre autres, avec des diftances entre eux.

Nous n'avons donc à examiner chez les anciens, que les deux ordres Grec & Romain. Nous les comparerons l'un à l'autre, & à tous deux le fyftême que je foutiens : nous chercherons enfuite s'il eft avantageux de fe mettre fur une ou plufieurs lignes, de les faire pleines ou non : nous finirons par examiner l'ordre en Colonne par Bataillon. Je ne parlerai point du fyftême du Maréchal de Saxe. Il fuffit de dire ici, que le feul avantage qu'il a fur celui des Romains, fe trouve dans celui que je défends, avec beaucoup d'autres.

ARTICLE PREMIER.

Ordonnances des Grecs & des Romains, comparées l'une à l'autre, & toutes deux à ce fyftême.

De tous les ordres, le plus ancien, & le plus univerfel, comme celui qui fe préfente le plus naturellement à l'efprit, fut la Phalange. La façon la plus fimple de fe ranger pour combattre, eft de former une ligne droite, à qui l'on donne l'épaiffeur que l'on croit néceffaire pour la folidité, s'étendant plus ou moins en longueur, felon qu'on a plus ou moins de troupes. Les Grecs fixerent cette épaiffeur à 16 rangs : mais lorfqu'ils voulurent rendre la Phalange capable d'un plus grand effort, ils doublerent la profondeur, & l'augmenterent même quelquefois beaucoup davantage : lorfqu'ils furent peu nombreux, & crurent très-néceffaire d'occuper un certain front, ils la diminuerent. Il arriva rarement que la Phalange fe mît fur plufieurs lignes : on aimoit mieux une feule plus épaiffe. Annibal à Zama eft peut-être le feul qui, de propos délibéré, ait mis la Phalange fur 3 lignes pour combattre, comme Folard eft le feul qui ait blâmé cette difpofition. S'il arriva quelquefois aux Grecs d'en faire plufieurs, à l'imitation des Romains, c'eft qu'en ces occafions ils ne combattoient pas en Phalange. J'en ai rapporté ailleurs un exemple de la gauche d'Antigonus à Sellafie.

La Phalange n'étoit donc autre chofe qu'une ligne pleine à 16 de hauteur. Mais il ne faut pas imaginer qu'elle fut abfolument tout d'une piéce, & fans intervalles. Ils étoient petits à la vérité, mais il y en avoit : & ils fervoient toujours beaucoup à diminuer le flottement, & par conféquent la pefanteur. On n'y fait pas d'ordinaire affez d'attention. La Phalange complette étoit de 1024 files, ou 16384 hommes. Elle étoit de 4 morceaux ou divifions, dont chacune s'appelloit proprement Phalange. Ce nom fut donné enfuite à toute la ligne. C'eft de ces divifions en particulier, qui formoient comme chacune une brigade, que les hiftoriens parlent, quand ils difent, la Phalange de Cœnus, la Phalange de Perdiccas. De même que tous les pefamment armés ne compofoient pas toujours précifément ce nombre de 16384, on ne s'aftreignoit pas non plus à donner toujours à chaque divifion, précifément 256 hommes de front. Les 25000 d'Alexandre étoient divifés en 8 Phalanges. A ce compte le front de chacune n'étoit pas de 200 hommes. On voit donc que la Phalange n'étoit pas plus fujette au flottement par l'étendue du front, que n'eft l'ordre aujourdhui en ufage ; & comme elle y étoit d'ailleurs beaucoup moins expofée, en ce qu'elle n'étoit pas fi mince, en tout elle devoit être plus légére. Ceci paroîtra un paradoxe, fi on fe rappelle que tous les auteurs anciens, & après eux les modernes, lui ont reproché la pefanteur : mais il faut faire attention qu'ils la comparoient à l'ordre des Romains infiniment plus léger. Ils auroient peut-être vanté fa légéreté, s'ils l'avoient comparée au fyftême des modernes.

Je ne vois nulle part déterminée la grandeur des intervalles qui étoient entre les divifions de la Phalange : mais il me paroît certain qu'ils étoient au moins de 32 pieds. Ils fervoient aux armés à la légère, pour paffer de la tête à la queue. Ces armés à la légére étoient fur 8 de hauteur : il falloit donc qu'ils puffent paffer fur 16 de front dans ces intervalles. A ce moyen quand on vouloit qu'ils fe retiraffent, tous ceux qui étoient devant les droites de Phalange faifoient à droite, les autres à gauche en même-tems, & tous filoient par les intervalles, fans que rien les empêchât de paffer librement.

Outre ces efpaces qui étoient de fondation dans la Phalange, il s'y en pratiquoit quelquefois de bien plus grands. C'eft lorfqu'on lui faifoit doubler les files par petites divifions. Cet ordre devenoit alors tout pareil au nôtre : j'en ai rapporté quelques exemples.

On fait que les armes de la Phalange étoient la pique, & le bouclier : que les files tenoient chacune 3 pieds. On les referroit pourtant quelquefois jufqu'à 1 & demi, lorfqu'on vouloit foutenir la charge de pied ferme.

Depuis tant de fiécles, on ne parle encore qu'avec refpeót de la Phalange. Elle fut long-tems regardée comme invincible : & lorfque la nouvelle de la bataille de Cynofcephale fe répandit, on n'en voulut rien croire. C'eft Polybe qui nous l'apprend.

Si nous recherchons quels avantages procurerent tant de victoires à la Phalange, quels défauts la firent enfin battre par les Romains ; nous verrons que les premiers fe réduifent à la folidité, qui de toutes les propriétés qu'on doit chercher dans une ordonnance, étoit la feule que poffedât celle-ci, mais qu'elle poffédoit fupérieurement. Cette grande force venoit de trois caufes, 1º La longueur des armes, 5 rangs de piques débordant le front de la Phalange, & de plus fes files ne tenant que 3 pieds, pendant que celles des Romains en tenoient 6, chaque foldat Romain avoit 10 piques en tête ; 2º La contiguité de fon front, qui ne laiffoit point de vuides, par où une troupe ennemie pût fe glifler pour charger des flancs, & l'attaquer avec plus d'avantage ; 3º Enfin la grande profondeur.

La longueur des armes n'étoit pas ce qui contribuoit le plus à la force. Cette pique avoit beaucoup de défauts que nous avons remarqués ailleurs. La contiguité du front n'y contribuoit que négativement, & en tant qu'elle cachoit des parties foibles : du refte ne faifoit que rendre la Phalange plus pefante, & conféquemment capable d'un choc moins violent. On ne peut donc guères attribuer la force de cet ordre, qu'à la profondeur. Auffi l'y attribuoit-on. ,, Lorfque la Pha-,, lange eft pouffée contre l'ennemi, dit Polybe, comme les ,, derniers rangs preffent ceux qui font devant, ils font caufe ,, qu'ils vont plus vîte, & qu'ils chargent avec plus de vio-,, lence : & outre cela ils empêchent que les premiers rangs

,, ne puiſſent reculer ...... Comme la Phalange eſt ſur 16 de
,, profondeur, on peut ſe figurer aiſément, quel eſt le choc,
,, le poids, & la force de cette ordonnance ,,. Plutarque dit
qu'à Cynoſcephale, la Phalange ne put *augmenter ſa profon-*
deur, ce qui fait toute ſa force.

Si nous comparons les Pléſions à la Phalange, nous verrons
qu'elles n'ont pas d'armes ſi longues, mais qu'elles n'en ſont
que plus fortes, & mieux armées : qu'elles n'ont pas non plus
un front contigu comme elle, mais cela n'eſt pas néceſſaire
pour elles qui n'ont pas de parties foibles à cacher : enfin,
qu'étant ſur une profondeur double, elles ſeront incomparablement plus fortes ; étant d'ailleurs mieux ſerrées en allant à
la charge, & ayant de plus qu'elle la légéreté qui augmente conſidérablement la violence du choc.

La Phalange telle qu'elle étoit, étoit preſque invincible,
lorſqu'elle combattoit de front, en terrein libre & uni, en
un mot dans toute ſa force (a). Mais ſi l'ennemi trouvoit
moyen de tomber ſur ſes flancs, ou ſes derrieres, elle ne
manquoit pas d'être battue, n'étant point du tout en défenſe
dans ces parties. D'ailleurs elle ne rencontroit pas toujours
un terrein fait exprès pour elle ; & s'il lui manquoit, elle ne
pouvoit ſe former, ou du moins conſerver ſon ordre : il s'y
faiſoit des vuides, où l'ennemi ſe jettant auſſi-tôt, & attaquant des flancs ſans défenſe, en avoit aiſément raiſon. Un
troiſiéme défaut étoit la peſanteur. Ce front trop étendu flot-
toit. Quand elle vouloit marcher trop vîte, elle couroit riſque de s'ouvrir dans quelque partie. Elle étoit donc obligée
de pouſſer aſſez mollement l'avantage qu'elle prenoit ſur l'ennemi, de ſorte qu'il alloit ſouvent ſe rallier, & revenoit lui
livrer un nouveau combat : au lieu que chez elle le plus petit déſordre étoit irréparable. La peſanteur des armes ne laiſſoit pas de contribuer encore à celle de l'ordonnance. La foibleſſe des flancs, l'eſpéce des armes qui ne pouvant que difficilement ſe relever ne pouvoient guères ſervir que de front,

---

(a) Tant que la Phalange garde la forme qui lui eſt propre, & qu'elle conſerve ſes forces, il n'y a rien qui puiſſe lui
réſiſter de front, ou qui ſoit capable de
ſoutenir ſon effort. Polybe.

rendoient

rendoient la Phalange prefque incapable d'aucune variété. Si elle avoit ofé, par exemple, fe divifer en petites troupes, comme elles auroient toutes découvert des flancs fans défenfe, l'ennemi les auroit battues aifément. De tous ces défauts de la Phalange fuivoit le principal, que de toutes les opérations de la guerre elle n'étoit propre qu'à une feule, à combattre en bataille rangée : encore falloit-il que ce fût en plaine.

Si malgré tout cela la Phalange étoit fi eftimée, fi redoutée, il faut que cette folidité, que lui donnoit la hauteur des files, foit une propriété bien intéreffante, pour compenfer de fi grands défauts.

Mais que doit-on penfer d'un ordre, qui, autant & plus folide que la Phalange, eft exempt de ces défauts ? La Pléfion ne craignant rien pour fes flancs, marchant & chargeant en tout fens, n'a point le premier que nous venons de remarquer, eft en état, comme le veut Polybe, de combattre toutes fortes d'ennemis, de quelque côté qu'ils fe préfentent. La petiteffe du front fait qu'elle s'embarraffe moins des difficultés du terrein qu'aucune autre. ordonnance, ne craint point le flottement, eft plus légére ; lorfqu'elle aura pris quelque avantage elle le pouffera très-vivement, ne laiffera point l'ennemi fe rallier, pour venir demander fa revanche. Elle eft capable de toutes fortes de mouvements, de la plus grande variété. Les armes, qui dans la Phalange font la fource de plufieurs défauts, ou du moins les augmentent, chez elles font parfaites, par le mêlange des armes de jet, avec les armes blanches longues, & courtes ; font légéres & maniables, autant que celles de la Phalange étoient pefantes & embarraffantes. Si la Pléfion n'a que deux rangs de piques, la Phalange n'en avoit pas davantage qui ferviffent, les autres étant immobiles : & quand elles ne l'auroient pas été, elles n'auroient pas fervi beaucoup davantage, comme l'a remarqué Folard ; car les foldats du troifiéme, quatriéme, & cinquiéme rang, ne voyoient pas ce qui fe paffoit au premier ; ainfi l'ennemi gagnant le fort des deux premieres, écartoit aifément les autres. S'il y a des armes dans la Pléfion qui ne fervent point pour le choc, au moins elles ne nuifent pas. Mais quand il feroit vrai que les armes de la Phalange avoient pour la charge quelque avantage fur celles de la Pléfion, (car bien des gens auroient de la peine à s'ôter fi promptement cette idée de l'efprit,) cet avantage feroit toujours affez peu de chofe, & certainement très-peu capable de balancer tous ceux qu'a la Pléfion fur la Phalange.

Les Romains partagerent leurs troupes en Cohortes de 500 hommes ou environ. Ils les mirent ordinairement fur 3 lignes, chaque Cohorte à 10 de hauteur, & entre elles des intervalles égaux à leur front, les corps de la feconde ligne au droit des intervalles de la premiere. Cet arrangement a fouffert quelques changements, dans les différents tems (a) de la République : mais pour ce que je veux faire ici de l'ordre Romain, il n'eft pas néceffaire de le faire dans toutes fes variations.

Cette ordonnance, fi différente de celle des Grecs, avoit auffi des avantages & des défauts tout oppofés. C'étoit deux athlétes ; l'un plus fort ; l'autre plus adroit, & fe fatiguant moins aifément. L'ordre Romain divifé en troupes d'un front beaucoup plus petit, étoit infiniment plus léger, capable de beaucoup de variété, craignoit bien moins les difficultés du terrein. Il n'avoit pas grande folidité, tant parce que fa profondeur étoit beaucoup moindre, que parce que les files n'étoient pas ferrées. Dans plufieurs occafions cependant ils furent y remédier, les doublant, & les refferrant. Il y avoit dans cette ordonnance des parties foibles, les flancs des Cohortes. Cela ne laiffoit pas d'être fort gênant. Cependant ce défaut n'étoit pas fi grand en elles, qu'il l'eft dans nos Bataillons. 1º Elles n'étoient pas fi minces. 2º Les lignes n'étant pas fi éloignées l'une de l'autre, les Cohortes de la feconde étoient affez à portée de charger les flancs d'un ennemi qui auroit voulu fe replier fur ceux de la premiere. Enfin les armés à la légére, qui au moment du choc rentroient par les intervalles, fe trouvoient à même de protéger les flancs des Cohortes. Indépendamment de tout cela, les Romains

---

(a) L'ordre des Romains, tel que nous venons de l'expofer, eft celui qui étoit en ufage du tems de Céfar.

n'avoient pas beaucoup à craindre que l'ennemi entrât dans leurs intervalles. Pendant plufieurs fiécles ils ne combattirent que des peuples d'Italie, qui étoient dans un ordre femblable au leur. Enfuite ils eûrent affaire à des Phalanges, qui n'étoient pas capables d'un pareil mouvement.

Ces raifons qui raffûroient les Cohortes en ligne fur la foibleffe de leurs flancs, les mettoient en état de marcher plus vîte fans craindre de les découvrir, ayant fur-tout des troupes exercées, & difciplinées fupérieurement. C'eft ce qui fait qu'on les voit courir en bataille ; une armée n'étant pas beaucoup plus pefante qu'une Cohorte, & une Cohorte étant fort légére.

La derniere propriété de cette ordonnance, c'eft qu'une armée en faifoit trois qui fe fuccédoient, qu'il falloit battre l'une après l'autre. Ce qui d'abord paroît très-avantageux. La grandeur des efpaces entre les Cohortes, la proximité des lignes, plus que cela l'excellence de la difcipline, les rendoient capables de cette manœuvre. Mais auffi s'il falloit battre trois armées, chacune étoit bien plus foible que fi toutes les forces avoient été réunies. On perdoit d'un côté, on gagnoit de l'autre. Tout calculé, y avoit-il de l'avantage ? Oui, ou non : felon la difpofition de l'ennemi.

Après tout ce que nous avons vû, il n'eft pas néceffaire de comparer les Pléfions à l'ordre Romain, pour montrer qu'elles ont tous fes avantages, fans avoir aucun de fes défauts. Plus fortes que la Phalange, elles font plus adroites & plus légéres que les Cohortes, dont le front eft encore double * du leur, & en qui la foibleffe des flancs s'oppofe confidérablement à la variété & aux différentes manœuvres.

*Double numériquement : car par rapport à l'étendue du terrein, le front de la Cohorte étoit encore bien plus grand, les files n'étant pas ferrées comme les nôtres.

Il fuit de ce que nous avons dit de l'ordre des Grecs & de celui des Romains, qu'en plaine le premier devoit être vainqueur du fecond : mais en pays coupé, le Grec n'étant plus en force, le Romain qui perdoit beaucoup moins de fes avantages, devenoit fupérieur. C'eft ce qui arriva à Cynofcephale. La droite de Philippe enfonça la gauche de Flamininus d'autant plus aifément, que le Roi avoit doublé la Phalange dans cette partie, où le terrein étant libre, n'offrit aucun obftacle à la violence de fon choc. A la gauche des Ma-

cédoniens le terrein étoit difficile, la Phalange ne put fe
former; il ne fut point queftion de pleine charge; on combattit par petites troupes. Les Romains ne pouvoient manquer d'y avoir l'avantage. On en étoit là, lorfqu'un Tribun,
qui étoit à la droite des Romains, voyant le combat décidé
dans cette partie, & qu'il n'y étoit plus fort néceffaire par
conféquent, fe détacha avec fa troupe pour tomber fur les
derrieres de la droite victorieufe de Philippe. Elle ne pût
alors fe défendre, prit la fuite, & laiffa la victoire toute
entiere aux Romains. Ainfi dans cette bataille mémorable,
on voit raffemblés tous les avantages & les défauts des deux
fyftêmes. C'eft d'elle auffi que Polybe a pris occafion d'en
faire la favante comparaifon, de laquelle j'ai tiré la meilleure
partie de ce qu'on vient de lire.

J'ai dit que l'ordre des Romains ne pouvoit foutenir en
plaine le choc de la Phalange. Ils avoient pourtant un moyen
de la battre même en pareil terrein; moyen défagréable à la
vérité pour celui qui l'employe, & qui ne peut réuffir qu'à
des troupes très-bonnes & très-bien difciplinées. Quand ils
alloient à la charge, les premieres troupes étoient repouffées, ils s'y attendoient bien. Mais ce combat défavantageux
n'avoit pas de grandes fuites, à caufe de la pefanteur de la
Phalange, qui ne pouffoit pas vivement; & quoique jufques-
là victorieufe, il n'étoit guères poffible qu'elle ne fût au moins
un peu dérangée. La feconde ligne des Romains reprenoit,
& fort vite, étant peu éloignée. Si le défordre de la Phalange n'étoit pas encore à fon point, elle étoit repouffée
comme la premiere: cependant il augmentoit toujours de plus
en plus, de forte qu'elle pouvoit bien ne pas fe trouver en
état de foutenir un troifiéme combat. Les Romains pouvoient
augmenter encore cet avantage qu'ils avoient contre la Phalange: & c'eft ce que fit Paul Emile, comme j'ai dit ailleurs.
On voit de là que contre la Phalange, les Cohortes fe trouvoient très-bien d'être fur plufieurs lignes, & n'avoient pas
même à regretter la force qu'auroit eue une feule, puifque
n'égalant jamais la folidité de la Phalange, elle n'auroit pas
été plus en état qu'une des trois de foutenir fon choc, ou
de l'enfoncer par le fien.

Si nous examinons ce qui feroit arrivé fi les Romains avoient été en Pléfions , nous verrons qu'ils auroient perpétuellement battu la Phalange en toute forte de terrein : en pays coupé , elles font plus commodes que les Cohortes : en plaine , elles font capables comme elles , & même bien mieux , de la façon de combattre dont nous venons de parler ; mais elles n'auroient pas eu la peine de s'y prendre de cette maniere : chargeant la Phalange tout uniment , elles l'auroient enfoncée , étant plus fortes qu'elle. Ce qui la faifoit battre étoit la difficulté de réparer le plus petit défordre , la promptitude des Cohortes à en profiter. Mais les Pléfions auroient eu bien plus de facilité à l'entamer dans quelques parties , pouvant y ramaffer des forces prodigieufes ; bien plus de facilité à pouffer leur avantage , la petiteffe du front leur donnant le moyen de fe glifler par le plus petit paffage qu'elles fe feroient pratiqué ; une Pléfionnette même auroit entré dans la Phalange fans que celle-ci fût dérangée , fon front n'étant pas plus étendu que les efpaces qu'avoit la Phalange entre fes divifions , enfuite s'ouvrant par manches & chargeant les flancs , on peut juger ce qui en feroit arrivé. Celui qui enterra l'ordre & la gloire des Macédoniens , Paul Emile , favoit bien tout cela : puifque , comme nous l'avons vû , il combattit dans notre fyftême.

L'ordre des Romains n'auroit pas été plus en état que la Phalange de réfifter aux Pléfions. En plaine ils n'auroient pû foutenir leur choc , plus rédoutable que celui des Macédoniens : en pays coupé ils auroient eu encore plus de défavantage : par-tout , leur premiere ligne ne nous ayant pas dérangés , ou fi quelques têtes de Pléfions avoient fouffert , ce petit défordre étant reparé dans l'inftant , la feconde n'auroit pas eu plus d'avantage que la premiere , ni la troifiéme plus que la feconde. Il n'auroit pas même été queftion de ces trois combats. Nous aurions fuivi la premiere la pique dans les reins jufqu'à la troifiéme ; les fuyards pouffés fi vivement n'auroient pû s'écouler tous par les intervalles ; ils nous auroient donc aidé à déranger cette derniere. On fent ce que feroit devenue la feconde , attaquée en même-tems par les Pléfions qu'elle auroit eu en tête.

Dans ces combats de Pléſions contre les Cohortes, ou contre la Phalange, je n'ai pas cru néceſſaire de parler des pelottons. Je laiſſe au lecteur le ſoin d'appercevoir combien ils ajoûtent en pareil cas à nos avantages.

J'ai dit ailleurs, après le Maréchal de Puyſégur, que la façon de ſe ſervir de la bayonnette n'étant pas différente de celle de ſe ſervir de la pique, la différence de ces deux armes n'en devoit apporter aucune aux ordres de bataille. C'étoit donc plûtôt chez les Grecs qu'il falloit chercher une ordonnance pour les modernes, que chez les Romains, qui combattoient à files ouvertes. Il ſemble d'ailleurs que l'ordre des Grecs convenoit mieux à notre nation en particulier, dont la charge impétueuſe & terrible ſemble demander toute autre choſe que l'ordonnance des Romains, moins faite pour la violence de l'attaque, que pour la fineſſe des manœuvres. Quoique cette idée ſoit de Folard, elle ne doit pas être ſuſpecte. Le caractère des François eſt aſſez connu. On convient auſſi aſſez généralement que s'ils reſſemblent à quelque choſe dans l'antiquité, c'eſt aux Grecs, & point du tout aux graves Romains.

On n'a point voulu de l'ordonnance Grecque, parce qu'elle avoit de grands défauts. Il falloit les éviter. La Romaine en eſt-elle donc exempte? Celle-ci n'étoit pourtant pas mauvaiſe, même pour les modernes, s'ils ne l'avoient gâtée & affoiblie, étendant le front & diminuant la profondeur : ce qui l'a rendue auſſi péſante qu'elle étoit légère, moins ſuſceptible de variété, beaucoup plus fragile encore, lui a donné des flancs plus foibles, enfin a obligé d'éloigner beaucoup davantage la ſeconde ligne de la première.

Voulant choiſir un ſyſtême de Tactique, les modernes auroient dû, ce me ſemble, examiner ces deux ordres fameux des anciens, pour en tirer la quinteſſence, prendre ce qu'il y avoit de bon dans l'un & dans l'autre, laiſſant là leurs défauts. A s'y prendre de cette maniere ils auroient été droit à la Phalange coupée. (a) Voyant que la profondeur rendoit la

_____

(a) Auſſi voit-on ceux des Grecs & des Romains qui s'écartoient de la route tracée, cherchoient à rectifier & perfec- tionner les méthodes en uſage chez eux, ſe rapprocher tous de celle-ci.

Phalange très-redoutable, la Phalange doublée encore plus, on auroit commencé par donner à l'ordre moderne la profondeur de celle-ci. Voyant que la petitesse du front rendoit les Cohortes légéres, & propres en toute sorte de terrein, on auroit diminué le front tant qu'on auroit pû. Voyant ensuite que cet ordre nouveau ne craignoit rien pour ses flancs, n'avoit aucune partie foible, n'ayant plus rien à désirer, on s'y seroit tenu. Seulement on y auroit ajouté les pelottons d'infanterie, & de cavalerie, pour augmenter encore ses avantages, sur-tout la sécurité des flancs, & la variété.

Puisque la Plésion a tous les avantages des deux ordres anciens fort augmentés, & les auroit battus en toute occasion; puisque le Bataillon a les défauts de tous deux, la fragilité du Romain, & les flancs foibles comme lui, la pesanteur & l'inertie du Grec, par conséquent, n'auroit été en état ni de soutenir la charge de celui-ci, ni de répondre ou se dérober aux manœuvres de celui-là; il s'ensuit nécessairement que le Bataillon ne peut en aucune maniere se comparer à la Plésion : & ce seul article me semble lui adjuger pleinement la préférence. Aussi aurois-je bien voulu le traiter plus amplement : mais il falloit passer légérement : & il semblera encore trop long à ceux qui l'appelleront une digression.

ARTICLE II.

De l'espéce & de la pluralité des lignes.

Est-il plus avantageux de ne former qu'une ligne, ou d'en avoir deux ou trois ? Doit-on laisser entrer les corps en ligne des intervalles égaux à leur front, ou moindres, ou n'y en point laisser du tout ? Deux questions que l'on ne peut résoudre généralement.

La méthode des Romains, comme nous l'avons dit, étoit de combattre sur trois lignes tant pleines que vuides. Ils ont eû affaires ou a des Phalanges, ou à des ordonnances pareilles à la leur. Dans le premier cas, cette méthode étoit très-bonne. Dans le second, tout étant égal, il n'y avoit que l'habileté des Généraux, la valeur & la discipline des troupes, qui pussent décider la victoire. Ainsi leur expérience n'eſt pas de grand ſecours, pour éclaircir la queſtion. Pour y parvenir, je crois qu'il faut voir d'abord quelle eſpéce de lignes mérite la préférence.

La ligne pleine a le double de force de la ligne tant pleine que vuide. C'eſt déja un aſſez grand avantage. Cette derniere a d'ailleurs un grand défaut dont l'autre eſt exempte. Tous ſes flancs ſont découverts. Quand les deux armées ſe joignent, les corps de la ligne pleine qui ſont au devant des intervalles, ſe repliant pour charger en flanc ceux de la ligne tant pleine que vuide, en même-tems chargés de front, ceux-ci ne peuvent réſiſter. Ces raiſons ont déterminé le Maréchal de Puyſégur, à s'en tenir à la ligne pleine. Il en fait une régle de Tactique qui me paroît démontrée. Le Marquis de Sancta-Cruz eſt du même avis.

Il faut obſerver, par rapport à la ligne tant pleine que vuide, que plus les corps ont le front étendu, & les eſpaces grands par conſéquent, (a) plus l'ennemi a de facilité pour s'y jetter. Plus la ſeconde ligne eſt éloignée, moins il y a de remede à cet accident. Cette eſpéce de ligne eſt donc bien plus mauvaiſe aujourdhui, qu'elle n'étoit chez les Romains, qu'elle n'étoit même il y a 100 ans. Je remarquerai encore que ſi les corps ennemis ſont fort légers, ou qu'ils ayent ſeulement à la ſuite de chaque troupe, de petits corps, ſur-tout de cavalerie, pour les jetter dans les intervalles, pendant que le gros de la ligne va ſon chemin, ces intervalles ſeront encore bien plus pernicieux. D'où je conclus qu'une ligne tant pleine que vuide, qui ſe préſenteroit devant les Pléſions, ou devant les Légions du Maréchal de Saxe, pourroit s'attendre à être miſe en déſordre par les pelottons ſeuls, avant de joindre la ligne ennemie.

Si les eſpaces dans la ligne ſont moindres que le front des corps, elle eſt moins défectueuſe : mais toujours inférieure à la ligne pleine, & a toujours les flancs découverts. Il eſt vrai qu'on n'a plus tant de facilité à ſe jetter dans les intervalles. Mais quand ils ne ſeroient que de 8 ou 10 toiſes,

---

(a) J'appelle, comme on voit, ligne, tant pleine que vuide, celle dans laquel- le les intervalles ſont égaux au front des corps.

ſ'eſt

c'eſt autant qu'il en faut à nos pelottons, ou même aux Pléſions, qui peuvent entrer dans ces ouvertures, & partir par manches pour charger les Bataillons adjacents, s'ils ont la témérité de tenir.

Si on formoit une ligne tant pleine que vuide de Bataillons, mais plus épais que ceux de l'ennemi, & d'un front aſſez court pour pouvoir courir ſans déſordre, je ne doute pas qu'elle ne battît la ligne pleine. Elle ſeroit ſupérieure dans toutes les parties qu'elle attaqueroit, & ne donneroit pas le tems à l'ennemi de ſe replier ſur ſes flancs.

Avec les Bataillons à 4 de hauteur, on ne peut faire rien de plus fort que la ligne pleine; & comme je veux faire bonne guerre au ſyſtême que je combats, c'eſt toujours à celle-ci que je m'adreſſerai de préférence.

Si on la compare à une ligne de Pléſions qui auroient entre elles des eſpaces doubles de leur front, on verra que celle-ci a des forces triples, ſans compter les pelottons. Elle a des intervalles, des flancs découverts. Mais 1° ces flancs ſont auſſi forts que le front, elle ne craint pas que l'ennemi les attaque. 2° Elle charge ſi vîte, qu'il n'en auroit pas le tems. 3° Il ne peut ſe replier pour les charger, ſans ſe faire charger en flanc lui-même par les pelottons; & quand ils n'y ſeroient pas, par le mouvement de flanc. La Ligne ennemie ſe tiendra donc telle qu'elle eſt, les Pléſions n'auront à combattre que ce qu'elles ont en tête: c'eſt-à-dire 96 hommes, à qui elles en oppoſent 768. Si l'on ne veut pas compter ainſi, au moins faut-il convenir, qu'à un Bataillon de 600 hommes elles en oppoſent 1736, & 100 chevaux, & qu'avec une pareille ſupériorité, il faudroit que notre ordre fût bien déteſtable pour n'être pas vainqueur. Si on veut augmenter encore cette ſupériorité, rien de plus aiſé, diminuant les intervalles. Si on veut étendre ſon front, rien de moins dangereux; on reſtera toujours aſſez ſupérieur.

Après avoir examiné la force des différentes eſpéces de lignes, voyons s'il eſt plus avantageux d'en former une ou pluſieurs.

Si de deux armées égales, l'une ſe met ſur une ſeule, l'autre ſur deux de même longueur; ou la première ſera en ligne pleine, & la feconde en ligne tant pleine que vuide, ou toutes deux étant en ligne pleine, la premiere fera fur une profondeur double. Il eſt inconteſtable que dans l'un & l'autre cas, celle-ci aura un grand avantage fur la premiere ligne des ennemis. Mais, dit-on, il faut, après avoir battu cette premiere, qu'elle batte encore la feconde, au lieu que fi cette armée, qui eſt fur une feule ligne, vient à être battue, elle n'a plus aucune reſſource. A cela le Maréchal de Puyſégur répond, 1° que la ligne double en forces de la premiere des ennemis la combattra avec tant d'avantage, la battra à fi peu de frais, qu'elle ne fera point du tout en peine de battre la feconde après elle, ayant contre celle-ci autant & plus d'avantage encore; 2° que fi la ligne fupérieure du double fe laiſſe battre par celle de l'ennemi, elle l'auroit été bien mieux, combattant les mêmes ennemis à nombre égal, & que par la même raiſon, la feconde ligne qu'elle auroit eûe auroit été battue auſſitôt après. A ces raiſons qui le déterminent à préférer une feule ligne pleine à deux tant pleines que vuides, & qui doivent déterminer de même à préférer à deux lignes pleines ordinaires une feule à 8 de hauteur, le favant auteur ajoute une comparaiſon très-juſte. Si un officier qui commande 1000 hommes à la guerre, rencontre un détachement ennemi de même force, prendra-t-il la moitié du fien pour le combattre, laiſſant le reſte à 300 pas en arriere, pour fuccéder aux 500 qui auront combattu les premiers, au cas qu'ils ayent mal réuſſi? non fans doute. Il cherchera plutôt à s'empêcher d'être battu, qu'à ménager, en fe faiſant battre, de quoi prendre fa revanche, ou plutôt fe faire battre une feconde fois. Si au contraire il rencontre une troupe ennemie de 500 hommes, & en voit une autre pareille à 3 ou 400 pas plus loin, ne cherchera-t-il pas à combattre la premiere avec toutes fes forces, avant que la feconde l'ait jointe? Il n'y a pas de raiſon d'en uſer différemment, par rapport à une armée entiere. C'eſt la même choſe du petit au grand (a).

(a) Il n'y a point de réplique à cela. Si on propoſoit aujourd'hui pour la premiere fois la pluralité des lignes, tout le monde feroit ce raiſonnement; ou du moins le petit nombre qui ne s'en aviſeroit pas, applaudiroit à ceux qui l'auroient fait, & l'inventeur y feroit pour les frais. Mais elle eſt en uſage.

Si on confulte l'expérience, on verra qu'il n'arrive prefque jamais qu'une premiere ligne étant battue en pleine, la feconde ramene la victoire. (*a*) Lens eft peut-être le feul exemple. Et c'eft, comme dit Folard, *un de ces phénomenes militaires, qu'il n'appartient qu'au grand Condé de faire paroître.* On peut dire, fans flatter la mémoire de ce héros, qu'il n'appartint pas à Annibal d'en faire autant. Excefivement fupérieur à Zama, il s'avifa de fe mettre fur 3 lignes. La défaite de la premiere entraîna celle de la feconde. La troifiéme fort éloignée, & compofée de l'élite de fes troupes, ne fut pas enlevée précifément du même coup : mais cela ne tarda guères. On dira à cela que les fuyards dérangeoient bien aifément la Phalange qui n'avoit pas d'efpaces par où ils puffent s'écouler. Elle n'en avoit effectivement que de fort petits : mais auffi elle étoit bien plus folide, par conféquent bien plus difficile à déranger, qu'une ligne de Bataillons. Et il lui étoit auffi aifé qu'à celle-ci fuppofée pleine de pratiquer des intervalles. Elle le faifoit même fort adroitement, & a plus d'une fois évité, par cette manœuvre, l'effet des chariots armés.

Nous avons dans notre fiécle un exemple d'une armée victorieufe après la défaite de fes premieres lignes : mais il eft précifément contre l'opinion que je combats. A Lefno le terrein étant ferré, le Czar en forma quatre. Les Suedois renverferent la premiere & les trois autres du même coup. Il faut obferver pourtant que les Ruffes firent leur devoir, & commençoient à n'être plus barbares. Tout étoit perdu, fi un bois qui étoit en arriére, & où Pierre avoit de l'infanterie, n'eut arrêté le vainqueur. L'armée Mofcovite à ce moyen eut le tems de fe rallier, ce qu'elle fit avec beaucoup de fermeté. Le combat recommença, & à la fin les Suedois furent accablés.

Pour qu'une feconde ligne puiffe fuccéder à la premiere, & rétablir le combat, il faut que la premiere fe retire à travers la feconde fans la déranger ; que cette feconde la rem-

---

(*a*) Quand une feconde ligne fuccéderoit ordinairement à la premiere, il n'arriveroit guères qu'elle en réparât la défaite par fa victoire. S'il y en avoit quelques exemples, ils feroient au moins beaucoup plus rares que les victoires d'une armée qui combattroit toujours fur une feule ligne, par conféquent avec des forces doubles, chacune des deux lignes de l'ennemi.

place, & marche à l'ennemi fans s'étonner. Tout cela eſt plus ou moins difficile felon l'eſpéce des lignes, la façon dont on a combattu, la qualité des troupes, & fur-tout le plus ou moins de vivacité de l'ennemi.

Si les deux lignes font pleines, les fuyards de la premiere ne peuvent manquer de renverſer la feconde, étant fur-tout en ſi grand nombre, & cette feconde ſi fragile; à moins que celle-ci n'ouvre des paſſages. Le Maréchal de Puyſégur donne pour cela deux moyens. Le premier que les corps de feconde ligne faſſent un quart de converſion fur le centre, pour laiſſer paſſer la premiere, & fe remettre de front auſſi-tôt après. Cette maniere ne paroît pas pratiquable devant l'ennemi. La feconde ligne lui tendroit les flancs, les portant encore à 75 pas en avant, & s'il venoit à la charger avant qu'elle fût remiſe de front, & la premiere entierement paſ-fée, il mettroit toutes les deux dans le déſordre le plus com-plet qu'on ait peut-être vû encore depuis qu'on fait la guerre. Mais il eſt impoſſible qu'il ne fût à tems de charger ces flancs découverts. Car il faut avant que la feconde ligne fe remette de front, que la premiere ait parcouru 375 pas : &, ſuppoſant que l'ennemi étoit encore à 25 d'elle, quand elle a pris le parti de fe retirer, il n'en a que 250 à faire pour arriver fur les flancs de la feconde ligne ainſi tournée. Après que cette premiere ligne a fait les 375 pas, il faut que les corps de la feconde faſſent encore leur quart de converſion; & pendant le mouvement leurs flancs réſtent découverts, s'éloignant à la vérité continuellement de l'ennemi, mais non pas à beau-coup-près autant qu'il s'approche. On peut donc aſſûrer qu'il faudroit à la ligne victorieuſe une grande lenteur pour permet-tre ces mouvements toujours ſi délicats; qu'il n'y a que des troupes très-fermes qui en fuſſent capables (a), quand on auroit du tems de reſte. Mais, dira-t-on, on en aura beaucoup auſſi. La ligne victorieuſe n'ira pas le même train que des fuyards. Cela peut-être. Mais ſi cette ligne eſt dans un ordre lé-

_____

(a) Quand cette manœuvre fe feroit bien & fans accident, au moins elle épargneroit à la ligne victorieuſe tout le feu de la feconde ligne qu'elle va atta-quer.

ger, il s'en faudra affez peu, pour qu'elle arrive avant que les flancs foient recouverts. D'ailleurs tant que cette feconde ligne n'eft point en défenfe, il n'eft pas néceffaire d'aller à elle en fi grande cérémonie. Chaque corps peut lâcher de petites troupes qui iront fort vîte fe jetter à fes flancs, & elles le feront très-naturellement, fuivant les fuyards. Cela fera bien plus aifé encore fi la ligne victorieufe a des pelottons de cavalerie.

Une feconde maniere que donne le Maréchal de Puyfégur de laiffer paffer les fuyards à travers la feconde ligne, c'eft que dans celle-ci les 2e, 4e & fixiéme Bataillons s'avancent de quelques pas, pour d'une ligne pleine en faire deux tant pleines que vuides. Cette façon eft bien plus aifée & moins dangereufe que la précédente. Je ne crois pas encore cependant qu'elle réuffît, fur-tout contre un ennemi qui poufferoit un peu vivement. Les paffages feront bien petits pour tant de monde, & pas très-commodes pour les fuyards, ne fe trouvant pas précifément fur leur chemin. Enfin cette feconde ligne ainfi dédoublée devient deux lignes tant pleines que vuides, fort voifines l'une de l'autre, qui vont être affaillies par les fuyards de deux pareilles * déja battues, & chargées elles-mêmes bientôt après par la ligne victorieufe. On n'a pas vû jufqu'ici une troifiéme & une quatriéme ligne fe foutenir, & réparer la défaite des deux premieres ; cela paroît encore plus difficile ici.

*Ou la valeur.

Je ne crains pas de dire que le Maréchal de Puyfégur n'auroit jamais propofé de pareilles manœuvres, s'il n'eût fuppofé avoir affaire à l'ordre accoutumé, dont la lenteur permet ce qui contre une autre ne feroit pas de mife, & qui tant qu'il refte des corps ennemis fur le champ de bataille, craignant toujours de fe voir arracher la victoire, n'ofe la pouffer un peu vivement : parce que fi quelques corps s'emportoient un peu trop, l'ennemi tombant fur fes flancs le mettroit bientôt en fuite lui-même. On eft donc obligé d'aller doucement, faifant marcher la ligne tout d'une piéce. On feroit une belle lifte des batailles perdues par l'armée qui avoit eû le premier avantage, pour l'avoir voulu pouffer plus vivement que fon ordre ne le lui permettoit. Comme c'eft la foibleffe des flancs qui oblige à cette circonspection, au moment de la victoire, l'ordre des Romains, quoique fort léger d'ailleurs, avoit le même défaut. C'est pour cela qu'il n'envoyoit à la pourfuite que la cavalerie, & les armés à la légére ; les Cohortes reftant comme *un mur de fer*, jufqu'à ce que l'ennemi fût fi parfaitement en défordre, qu'il n'y eut pas à craindre de le voir revenir. Ils aimoient mieux pouffer plus foiblement, que de rifquer de faire battre toute leur armée, comme cela arriva à quelques-uns de leur Généraux, qui en uferent moins fagement. Aujourdhui que l'on n'a point de Velites, il faut bien fe fervir de l'infanterie qui forme les Bataillons, pour pouffer la victoire. Mais on s'en fert fi timidement que les batailles font toujours peu décifives, & la retraite des vaincus fort aifée, au point qu'ils ne perdent fouvent une piéce de canon, à moins qu'il ne fe rompe quelque affût en chemin, ou qu'il n'y ait quelque paffage difficile. Mais revenons au Maréchal de Puyfégur.

„ Une premiere ligne eft battue, mais n'eft pas emportée „ en même tems dans toute fon étendue. Il y a des parties „ qui font rompues plutôt que d'autres, & la déroute ne „ vient que fucceffivement. Les troupes qui fuient ayant un „ efpace à parcourir, s'allongent, & ne viennent pas de front. „ De plus la ligne des ennemis, en battant notre premiere, „ ne peut s'empêcher de fe rompre plus ou moins, fuivant „ la réfiftance qu'elle a trouvée, & felon qu'elle a fu plus ou „ moins conferver fon ordre: ainfi comme elle voit une feconde „ ligne en bataille, il faut qu'elle s'arrête pour fe reformer & „ marcher enfuite doucement, afin d'arriver en ordre pour „ l'attaquer. Et comme il y a toujours quelques corps qui „ s'emportent à la pourfuite, il faut que ceux qui font vis-à- „ vis de ces endroits faffent avancer des Bataillons & des Ef- „ cadrons ; ce qui les arrête, & donne le tems aux troupes qui „ fuient de paffer derriere eux par le vuide qu'ils ont fait dans „ la ligne en s'avançant. Quand tout a paffé, la feconde s'é- „ branle, & marche pour attaquer celle de l'ennemi. „

Tout cela eft très-bon & très-vrai, quand on a des Bataillons à combattre : & l'on voit par ce morceau, quel train ils pouf-fent la victoire. On le voit encore mieux par ce que dit le Maréchal, que fi la feconde ligne ennemie *eft encore battue,*

pour lors n'ayant plus d'ennemis en ligne qui puissent revenir sur
vous, vous devez détacher des droites & des gauches de chaque
Bataillon & Escadron des compagnies entieres, tandis que les
lignes les suivent. Il est grand tems en effet. A voir tout ceci
on demanderoit volontiers s'il est possible que la défaite d'une
premiere ligne poussée si mollement entraîne celle de la seconde. Cela ne manque pourtant presque jamais d'arriver.
On peut juger à plus forte raison ce qui arrivera, si à la place
de cette ligne de Bataillons victorieuse, nous supposons une
ligne de Plésions.

Dans tout ce que vient de dire le Maréchal, il n'y aura
plus un mot de vrai. La premiere ligne aura été battue, &
emportée, en même tems dans toute son étendue : la déroute
n'aura point été successive : de tout ce qu'on aura chargé,
rien n'aura pû tenir un moment : quand, par la lâcheté des
Plésions à qui ils auront eû affaire, quelques Bataillons n'auront pas été renversés comme les autres, ils n'auront pas
moins été obligés de s'enfuir au plus vîte, leurs flancs découverts par la défaite de leurs voisins se trouvant exposés à
la violence des Plésionnettes. Les fuyards ne se feront allongés que fort peu : suivis de trop près & trop vivement, ils
n'auront point été chercher par côté les espaces destinés
pour leur retraite, chacun ne pensant qu'à s'éloigner du danger, par le plus court chemin. Avec les Bataillons, & leur
façon de combattre à coups de fusil, lorsqu'un corps fuit, son
ennemi est souvent à 40 ou 50 pas, quelquefois bien plus
loin ; le vaincu a donc dé a bien de l'avance : mais les Plésions renversant leur ennemi par leur choc, seront sur les
talons des fuyards, qui n'auront d'avance sur elles que celle
qu'ils prendront ; & ils n'en prendront guères. La ligne de
Plésions victorieuse n'est point obligée de s'arrêter pour *se*
reformer, & marcher ensuite doucement à la seconde des ennemis. Elle ne s'est point dérangée par la marche, comme
nous l'avons vû ailleurs ; ou du moins s'il y a eu quelque
dérangement, il n'est d'aucune conséquence : elle ne s'est
point rompue dans le combat, n'ayant trouvé nulle part une
grande résistance : quand cela seroit arrivé dans quelque partie, la tête seule des Plésions auroit souffert, on lui fait faire

place, le reſte va ſon train : cela ne retarde pas d'un mo‐
ment. S'il n'eſt point néceſſaire de s'arrêter, il ne l'eſt pas
davantage d'aller doucement. Voir la ſeconde ligne des en‐
nemis en bataille ne nous étonnera point. Nous irons à elle
comme nous ſommes venus à la premiere, c'eſt-à-dire à la
courſe. On voit donc que les fuyards de cette premiere li‐
gne n'iront guères plus vîte, que la nôtre les ſuivra : mais
ce n'eſt pas tout. Les grenadiers à pied, troupe petite, &
par conſéquent très-légére, de plus gens choiſis, & ſe voyant
bien ſoutenus, iront encore plus vîte que la ligne, les gre‐
nadiers à cheval à toute bride. Les fuyards ſeront donc jet‐
tés ſur la ſeconde ligne, de maniere à la mettre ſûrement
en déſordre, pour ne pas dire en déroute. Mais quand ils
n'y cauſeroient qu'un fort petit dérangement, il eſt ſûr qu'elle
ne tiendroit pas, étant aſſaillie en même-tems par les pelot‐
tons (a), & auſſi-tôt après par les Pléſions. Il ne l'eſt guè‐
res moins, qu'elle ne le tentera pas même. Si ordinairement
elle fait mauvaiſe contenance quand elle voit plier la pre‐
miere, que fera-t-elle donc ici, où s'attendant à la voir com‐
battre quelque tems, ſans y prendre part, elle la voit dans un
inſtant en pleine déroute, tomber ſur elle, & dans la même
minute ſe voit chargée par la ligne victorieuſe, fort encou‐
ragée par l'avantage qu'elle vient de prendre ? (b) On peut
deviner ce qui arriveroit à des corps de cette ſeconde ligne
qui ſe feroient avancés comme veut le Maréchal ; ce qu'ils
deviendroient attaqués de front par des Pléſions, après avoir
été harcelés un inſtant auparavant par des pelottons de ca‐
valerie & d'infanterie, qui les auroient obligés de ſe dégar‐
nir d'une partie de leur feu, & ſeroient encore actuellement
à les inquiéter ſur les flancs, ayant enfin bien des fuyards
encore dont ils ne ſont pas débarraſſés.

(a) Il eſt impoſſible qu'une troupe qui
eſt un peu en déſordre, & qui ſe trouve
attaquée par d'excellente cavalerie &
de bonne infanterie, puiſſe ſe rallier
promptement pour en ſoutenir le choc.
Maréchal de Saxe.
　(b) On doit d'autant moins attendre
de la ſeconde ligne un pareil acte de fer‐
meté, qu'elle n'eſt pas ordinairement
compoſée des meilleures troupes, ce
qu'on auroit peut-être tort de blâmer,
puiſque c'eſt toujours la premiere qui
décide.

Si

Si les Pléfions n'ont pas à craindre l'attaque de la feconde ligne, elles auront encore bien plus de facilité à renverfer une troifiéme, qui fera plus étonnée, & affaillie par un plus grand nombre de fuyards, qu'elles attaqueront avec encore plus de confiance & *d'encouragement*, du refte avec les mê-mes avantages. On peut donc leur oppofer tant de lignes qu'on voudra, elles n'en tiendront pas grand compte.

S'il eft fort difficile qu'une feconde ligne pleine fuccéde à la premiere, même contre des Bataillons; fi cela paroît abfolument impoffible contre des Pléfions, des Légions & tout ordre qui aura de la légéreté, & des pelottons, ou feu-lement l'un des deux: j'avoue que cela eft un peu moins dif-ficile, s'il y a dans les lignes des efpaces de 10 ou 15 toifes: mais ce que j'ai dit fuffit, je penfe, pour faire voir qu'au moins contre les Pléfions cela n'eft pas encore poffible.

Si les lignes font tant pleines que vuides, les intervalles étant égaux au front des Bataillons, il eft très-poffible que la premiere paffe à travers la feconde fans la déranger; cela eft même fûr. Mais il eft de toute impoffibilité que cette fecon-de réfifte un moment aux Pléfions. Elle ne feroit pas de force contre une ligne pleine de Bataillons, qui elle-même ne pourroit tenir contre la nôtre. Et comment voudroit-on que ces Bataillons, hors d'état dans tous leurs avantages de foutenir la charge de notre ordre, s'en tiraffent mieux atta-qués en même-tems fur leurs flancs, ou par d'autres Pléfions, ou au moins par des pelottons? Cette feconde ligne auroit-elle plus beau jeu, quand tous les corps de notre premiere étant au droit de ceux de la premiere des ennemis, il ne s'en trouveroit pas un qui marchât de front contre les Bataillons de la feconde, & qu'ils iroient par conféquent tout droit dans fes intervalles, pour charger en y arrivant les deux flancs de chacun?

Je le répéte donc, l'ennemi aura tant de lignes qu'il vou-dra, les arrangera comme il lui plaira, il ne nous en coute-ra guères plus pour en battre douze, que pour en battre une feule.

C'eft pourquoi nous n'avons pas befoin de feconde ligne. Il vaut mieux en faire une bien forte, qui combattant la pre-

miere des ennemis avec tous les avantages poffibles, l'expé-
diera bien vîte, & toutes les autres auffi-tôt après. Nous n'en
ferons donc jamais qu'une, quelque nombre qu'il plaife à
l'ennemi d'en avoir, & nous fouhaiterons toujours qu'il les
multiplie : notre victoire n'en fera pas moins sûre, & en fera
beaucoup plus complette. Il nous arrivera feulement quelquefois de doubler la ligne dans certaines parties, pour quelque
raifon particuliere : nous pourrons même faire deux & trois
lignes, lorfqu'ayant une grande armée en terrein ferré, nous
aurons des troupes à ne favoir qu'en faire.

J'ai affez prouvé combien il étoit impoffible à une feconde
ligne de remplacer fa premiere battue, & de combattre celle
de l'ennemi victorieufe, fur-tout fi cet ennemi pouffe fon
avantage avec une vivacité dont les Bataillons ne font pas capables : mais cela ne fuffit pas pour juftifier le fentiment contraire à la pluralité des lignes, auquel je me fuis rangé. On
prétend qu'une feconde procure bien d'autres avantages, que
celui que nous venons de lui refufer.

On dit, par exemple, qu'il peut arriver très-bien que les premieres lignes des deux armées fe maltraitent réciproquement,
au point de n'être plus ni l'une ni l'autre en état de foutenir
un nouveau combat. Dans ce cas, celle des deux armées qui
auroit une feconde ligne, feroit sûre de la victoire, l'ennemi n'en ayant pas. Il eft aifé de détruire ce raifonnement. Si
deux armées font fur deux lignes, & que les premieres fe
mettent l'une l'autre dans cet état, il eft certain que, puifqu'elles ont combattu avec tant d'égalité, fi l'une des deux
avoit été de moitié plus forte, elle auroit eû un avantage très-
décidé, auroit battu fort aifément la ligne ennemie, & la
feconde après. C'eft le même argument du Maréchal de Puyfégur que j'ai rapporté il y a un moment.

On dit encore qu'une premiere ligne, fans être battue
dans toute fon étendue, fouffre dans quelque partie : quelque corps plie ; au moyen de la feconde on le remplace, le
combat fe foutient. Cela eft vrai. Mais il ne faut pour
cela que des réferves. Il eft affez inutile de tenir 40 ou 50
Bataillons éloignés du combat, parce que de ce nombre 4
ou 5 pourront fervir. Et pour revenir toujours au raifonne-

ment du Maréchal, ou ce corps de seconde ligne, qui en
remplace un de la premiere, ne tiendra pas davantage que
lui, ou ils auroient tenu très-bien, s'ils avoient soutenu tous
deux ensemble le même combat qu'on leur fait soutenir suc-
cessivement. De plus, ce remplacement peut bien avoir lieu
quand on se bat de loin : mais si l'ennemi vient charger &
renverser un corps de la premiere ligne, il y aura fait beau
tapage avant qu'un de la seconde l'ait remplacé, sur-tout si
cet ennemi est dans un ordre qui n'ait aucun mouvement à
faire pour courir de front dans les flancs des collatéraux. Cet
usage d'une seconde ligne ne seroit donc pas de grande importance contre les Pléfions : il seroit encore moins nécessaire pour elles. 1º Il n'est pas possible qu'une Pléfion soit déplacée par un Bataillon, puisque, comme je l'ai déja dit, elle
ne trouvera pas en lui assez de résistance ; & quand elle se dérangeroit, ce ne seroit jamais que la premiere section, ce qu'on
répareroit aisément faisant *place*. 2º Quand une Pléfion plie-
roit, cela ne seroit pas un grand vuide dans l'ordre de bataille ; parce qu'elles ne sont pas fort éloignées l'une de l'autre.
3º On rempliroit aisément ce vuide, étendant un peu plus
les pelottons des collatérales, desquelles même dans le besoin on pourroit tirer les dernieres Pléfionnettes, sans crainte de les laisser trop foibles contre des corps à 4 de hauteur :
mais les seuls pelottons de la Pléfion qui plie rempliront assez
ce vuide. Comme ils sont séparés d'elle, & d'ailleurs gens
choisis, ils n'accompagneront pas sa fuite. 4º Quand il y auroit dans la ligne un vuide réel, considérable, comme si
deux ou trois Pléfions de suite s'en alloient, cet accident ne
seroit pas encore désespérant. Les flancs des corps collatéraux
n'étant point foibles, l'ennemi n'entreroit dans la bréche,
que pour s'y faire battre : pour assûrer davantage les côtés de
cette bréche, les deux Pléfions collatérales doubleroient
derriere celles qui suivent. 5º Quand l'ennemi entré dans la
bréche battroit ces Pléfions, les plus voisines de celles qui
ont fui, tout cela ne se feroit jamais aussi vîte, que le reste
de leur ligne renverseroit la sienne : ou plutôt il n'aura jamais le tems d'entrer dans la leur : sa ligne battue par-tout
ailleurs, il faudra bien que les Bataillons vainqueurs s'en

aillent comme les autres. J'ai de la peine à m'empêcher de m'étendre un peu, toutes les fois que l'occasion s'en présente, sur une propriété aussi importante, & qu'on n'a pas laissé de contester jusqu'ici. J'espère qu'en faveur des pelottons, & du mouvement de Pléssonnettes, on me la contestera un peu moins. Je ne veux pas dire pourtant qu'on eût quelque raison contre Folard. Il avoit assez prouvé la sécurité des flancs des Colonnes, & tous les avantages qui s'ensuivent ; aussi quand on lui parle de se jetter dans les intervalles, dit-il que *cette difficulté n'est pas d'un homme du métier, & qui raisonne selon les régles de la guerre.* Revenons.

On dit encore qu'une premiere ligne se voyant soutenue par une seconde combat avec plus de fermeté. Je conçois effectivement que 4 hommes en combattront 4 autres avec plus d'assûrance, se voyant soutenus par pareil nombre, que s'ils étoient absolument seuls, sans autre ressource qu'eux-mêmes. Mais je conçois bien plus clairement encore, qu'ils combattroient avec bien plus de sécurité, si étant tous les 8 ensemble, ils étoient supérieurs de moitié à leurs ennemis. D'ailleurs à dire vrai, je ne vois pas qu'une seconde ligne soutienne la premiere de maniere à beaucoup lui rassûrer la grace. Elle en est au moins à 300 pas ; c'est plus d'espace qu'il ne faut pour être hachés avant d'être secourus, ce qui fait qu'on est toujours trop pressé de prendre le parti de la fuite, n'ignorant pas le danger qu'il y a pour ceux qui s'y déterminent trop tard (je parle d'un combat d'armes blanches.) Si le soldat trouve la seconde ligne trop éloignée pour le rassûrer, cette distance lui paroîtra encore bien plus grande lorsqu'il aura affaire à des Pléssions ; & il n'aura pas besoin pour sentir tout le danger, de le connoître par expérience : il lui suffira de voir de quel air elles viennent à lui, accompagnées de troupes de cavalerie qui vraisemblablement iront encore tout autrement vîte, lorsqu'il sera question de poursuivre.

Quoique notre systême n'ait pas besoin de seconde ligne, il pourra arriver, comme j'ai dit, que nous en ayons quelquefois même jusqu'à une troisiéme, soit par le peu d'étendue du terrein, ou par quelque autre raison. Alors nous laisserons d'une ligne à l'autre au plus 25 toises d'intervalle, ce

qui fait plus d'espace à proportion que 100 entre deux lignes
de Bataillons, puisqu'il y a place de reste pour que deux Pléfions
y marchent de front par leur grand côté. On pourroit encore
rapprocher les deux lignes sans inconvénient. Lorsqu'on auroit à faire marcher des Pléfions entre deux, on les feroit
marcher par Pléfionnettes : elles ont la même force dans cet
état, & font fort aifées à rejoindre même dans l'action. Entre les Pléfions en ligne, lorsqu'on en aura formé plusieurs,
il y aura au moins 30 pas d'intervalle, afin qu'elles puiffent
librement passer l'une à travers l'autre.

Pour sentir quel est l'avantage de notre syftême, de diminuer ainfi toutes les distances, il ne faut que faire attention
à ce que dit Montécuculi, qu'on doit *maintenir exactement*
les distances ordonnées : qu'elles ne foient ni fi ferrées qu'elles em-
pêchent la liberté des mouvements, ni fi grandes qu'elles éloignent
trop les fecours, ou donnent une entrée facile à l'ennemi. C'eft-
à-dire, que toute distance en foi est un défaut : car les fecours
font toujours trop éloignés de ceux qui en ont befoin : un intervalle, quelque petit qu'il foit, donnera toujours affez d'entrée à une troupe ennemie, fi elle est très-petite elle-même,
ou du moins fur un petit front, foutenue d'affez près, & que
cet intervalle où elle fe jette la conduife à charger des parties foibles. Mais ce défaut d'avoir des distances est un mal
néceffaire, pour la liberté des mouvements. C'eft donc un
grand avantage pour une ordonnance, d'avoir cette liberté
avec des distances très-petites, & en même-tems pouvoir s'en
donner de très-grandes fans danger.

Trois lignes de Pléfions rapprochées, comme nous venons
de le dire, n'en font proprement qu'une, qui a toute la force
qu'auroient les trois en une feule, tous les agréments de la
pluralité, fans en avoir les défauts. Soutenue de très-près, la
premiere combat avec bien plus de courage & de fermeté,
felon la remarque du Marquis de Santa-Crux. La premiere
rompue, ce que je veux bien fuppofer poffible, elle ne dérangera point la feconde, les efpaces étant affez grands pour
que les fuyards y paffent aifément même de front. D'ailleurs
cette feconde n'eft pas fragile comme des Bataillons. Comment les fuyards en renverferoient-ils quelque partie ? Ce fe-

roit faire plus qu'un ennemi qui la chargeroit en bon ordre. La proximité des lignes empêchera abfolument l'ennemi de fuivre la premiere : il fera obligé de s'arrêter, rencontrant la feconde dans le moment ; ou plûtôt cette feconde lui tombera fur les bras fi vîte, qu'il n'aura pas même le tems de réparer le défordre que lui aura néceffairement caufé le combat de la premiere. Cependant cette premiere qui fe trouve en fûreté à quatre pas, fe rallie aifément, tant à caufe de cette tranquillité, que par la facilité qu'ont généralement les Pléfions à fe reformer : de forte que fi la feconde ligne étoit repouffée la minute d'après, la premiere fe trouveroit prête à rentrer en lice. Si l'on pouvoit avec des hommes former un ordre affez fupérieur aux Pléfions, pour les renvoyer ainfi dans le moment, je ne fai fi malgré cela par ces attaques rapides & redoublées, elles n'en viendroient pas à bout. Je crois même pouvoir l'affûrer ; puifqu'elles auroient contre cet ordre impoffible, & bien plus pleinement, l'avantage qui rendit Paul-Emile vainqueur de Perfée.

De la proximité de la feconde ligne naîtra un autre avantage. Chacun des corps qui la compofent ne verra qu'une très-petite partie de la premiere. Si donc il arrivoit que cette premiere fût même totalement en déroute, ce qui auroit de quoi bien étonner la feconde, ce fujet de découragement ne feroit point fon effet, fur-tout menant celle-ci au combat dans le moment & fort vîte. Chaque corps en particulier croiroit qu'il n'y a que la partie qu'il foutient qui a molli, & qu'on le deftine à réparer le feul défordre qu'il y ait dans cette premiere ligne.

Le voifinage des deux lignes, & la grandeur des efpaces relativement au front de chaque corps, leur donnent une fi grande facilité de fe pénétrer, qu'on pourroit n'attendre pas pour cela la défaite de la premiere. Je fuppofe, par exemple, que l'ennemi fût en Phalange doublée : la premiere ligne de Pléfions trouvant une réfiftance à laquelle elle n'eft pas accoutumée, paroît s'ennuyer du combat. Pour la délaffer, on fait avancer & charger la feconde : fauf à ramener la premiere, fi on le juge à propos, & même à les faire charger toutes deux en même-tems, pour former une feule Phalange doublée, coupée par de très-petits intervalles. Par de pareilles manœuvres auſſi ſimples que faciles, elles auroient raiſon mêmes d'une profondeur double de la leur.

On m'objectera peut-être que la ſeconde ligne étant ſi près, ſouffrira du feu de l'ennemi. Elle n'en ſouffrira guères, ſur-tout y étant en priſe ſi peu de tems : car la diſpute ne ſera pas longue. Elle ſera d'ailleurs maſquée par la premiere, comme on va le voir dans le moment. Je conviendrai pourtant, ſi l'on veut, que cette ſeconde perdra quelqu'un, ce qui n'arriveroit pas ſi elle étoit à la diſtance ordinaire. Sans doute on ne peut trop ménager le ſang des hommes, peu de gens en connoiſſent aſſez le prix : mais c'eſt une œconomie bien mal entendue à la guerre, que d'éviter quelque choſe de très-avantageux, ſous prétexte que cela occaſionne quelque perte. On la regagne bien.

On me demandera peut-être ce que je prétends faire des pelottons, dans tout cet arrangement de lignes très-rapprochées, avec des intervalles fort petits dans chacune, faites cependant pour ſe pénétrer continuellement. Il ne faut pas en être embarraſſé. Les grenadiers à pied rempliront les intervalles. Quand ils nuiront à quelques mouvements, ils doubleront devant ou derriere les Pléſions. Quand cela ne ſe pourra, du moins auſſi vîte qu'on le voudroit, ils s'en iront à la débandade. Des troupes ſi petites, & ſi bien compoſées, ſe reformeront dans le moment. Perſonne ne ſera étonné de les voir en déſordre, c'eſt leur métier. Lorſque les Pléſions feront ſi rapprochées dans quelque partie, qu'il n'y aura pas place pour eux dans les intervalles, ils marcheront devant la ligne faiſant un feu perpétuel, & en arrivant à l'ennemi s'écouleront comme faiſoient autrefois les armés à la légére. Cette manœuvre aura lieu de même, quand les intervalles feront de 30 pas. On y mettra bien les grenadiers de la premiere ligne ; mais ceux de la ſeconde, qui pour le moment ne ſerviroient de rien, feront plus utiles marchant à la tête des Pléſions de la premiere, & faiſant feu. A portée de l'ennemi ceux de la premiere doubleront les files un moment : cela laiſſera 18 pas d'eſpace libre, par où ceux de la ſeconde s'en iront, & dans l'inſtant les Pléſions prendront la courſe. Pour les grenadiers à cheval , dans ce cas d'une armée ſur deux ou trois lignes rapprochées , on les aura mis en arriere de tout , par petites troupes au droit des intervalles de la premiere & de la troiſiéme. Quand on voudra les faire ſortir , les Pléſions de la ſeconde s'ouvriront par manches juſqu'à ce qu'elles ſe rencontrent dans l'alignement des autres. Par ce mouvement ſort court elles pratiqueront des eſpaces directs , au moyen deſquels les grenadiers à cheval paſſeront ſi vîte qu'on voudra , ſans aucun mouvement de converſion , & ſans déranger perſonne.

On voit de tout ceci que la pluralité des lignes , ſi inutile au ſyſtême ordinaire , donne au nôtre , & bien plus pleinement , tous les avantages qu'elle donnoit aux Romains , augmentés par la force de l'ordre perſonnel de chaque corps , & le parfait mélange des armes , deux points capitaux qui leur manquoient. On voit encore que dans cette diſpoſition nos troupes ne peuvent faire que très-bien. Les grenadiers ſont ſûrs , ſe voyant ſur-tout ſi bien ſoutenus , & ſachant que leur tâche n'eſt pas longue. Les Pléſions ne ſouffrent rien , ne voyent même l'ennemi qu'au moment de la charge , c'eſt-à-dire au moment de la victoire. Si malgré cela quelqu'un étoit tenté de s'en aller , il n'y a pas moyen. Mais quand notre premiere ligne pourroit être repouſſée par un ennemi qu'elle charge avec une ſupériorité exceſſive , qui a déja eſſuyé un feu très-vif & très-aſſuré , tandis qu'elle n'a encore rien ſouffert ; il n'en ſeroit pas beaucoup plus avancé. Son avantage n'auroit pas de grandes ſuites , comme on l'a vû un peu plus haut. Pour abréger donc , & ne rien répéter , je dirai hardiment qu'il ne s'eſt jamais vû , même ſur le papier , un ordre comparable pour la force à celui d'un corps de Pléſions , ſur deux ou trois lignes tant pleines que vuides , diſtantes l'une de l'autre de 25 toiſes. Qu'on ne me diſe point ici que cela racourcit prodigieuſement le front de l'armée. Je parle de cette diſpoſition en elle-même , & ne prétends pas qu'il faille l'employer ſur tout le front de l'armée , ni en toute occaſion : quoique à dire vrai il n'y eut pas grand danger , puiſque les flancs ne craignent rien.

ARTICLE

ARTICLE III.

Ordre en Colonne par Bataillon.

On a mis plusieurs fois depuis le commencement du siécle, des Bataillons dans cette disposition, dont on attribue l'invention au prince Eugéne. Elle consiste à en mettre 4 ou 5 à la queue l'un de l'autre, avec des distances entr'eux de 30 ou 40 pas plus ou moins. Ce nom de Colonne par brigade ou par Bataillon les a fait confondre quelquefois avec la Colonne de Folard, ce qui n'étoit pas flatteur pour celui-ci. Il y a des personnes qui ont fait mieux & les lui ont préférées, imaginant qu'elles avoient ses propriétés, sans avoir ses défauts. Il n'est pas difficile de prouver la fausseté d'une pareille idée, de démontrer que cet ordre est même plus défectueux que le systême ordinaire. Le premier Bataillon d'une pareille Colonne a sa pesanteur accoutumée, puisqu'il a le même front ; sa fragilité, puisqu'il est toujours à 4 de hauteur ; la foiblesse des flancs est aussi la même, avec cette différence que l'ennemi a bien plus de facilité à en profiter, puisque les intervalles d'une Colonne à l'autre sont bien plus grands que ceux qui se trouveroient entre des Bataillons en ligne, & qu'il n'y a pas au droit de ces espaces des troupes de seconde ligne pour les protéger.

L'usage auquel il semble d'abord que cette disposition soit propre, c'est de faire succéder les Bataillons les uns aux autres dans le combat, de sorte que pendant que le deuxiéme prend la place du premier, celui-ci se rallie à la queue du quatriéme. Pour que cette manœuvre fût possible, même à des troupes très-fermes & attaquées par un ordre très-pesant, il faudroit que le front de chaque Bataillon fût beaucoup moins étendu, ou les intervalles d'un Bataillon à l'autre beaucoup plus grands. Car si les fuyards du premier tombent sur le deuxiéme & l'ennemi aussitôt après, ce deuxiéme ne peut pas se défendre : mais pour qu'ils n'y tombent pas, il faut qu'ils s'en aillent par côté, & ne peuvent s'en aller ainsi qu'autant qu'ils seront hors de l'alignement de la Colonne avant que l'ennemi joigne le deuxiéme Bataillon. Or suppo-

E e

fant même que ce deuxiéme Bataillon ne marche pas, tandis que l'ennemi après avoir battu le premier, n'a que 30 pas à faire pour le joindre, les fuyards du centre de ce premier en ont 80 pour gagner le flanc de l'autre ; ainfi pour peu que l'ennemi marche, ils feront enfermés entre les deux, au moment où ils s'aborderont. Et il ne faut pas croire que ceux même du premier Bataillon, qui abfolument auroient le tems de fe retirer fans tomber fur le deuxiéme, fe retireront pour cela par côté. Le mouvement naturel en pareil cas eft de s'en aller en arriere ; & pour fuir comme il le faudroit, il faut non-feulement de la réflexion, mais du courage, puifqu'on va paffer fous le nez du Bataillon ennemi, plus ou moins près, felon qu'on étoit plus ou moins éloigné du flanc. Les Bataillons, foibles comme ils font, fe dérangent bien aifément, quand il leur tombe un certain nombre de fuyards fur les bras : le deuxiéme fera donc dérangé avant d'être attaqué, & plus ou moins fuivant que l'ennemi aura pouffé le premier plus ou moins vivement. Il ne fera donc point en état de foutenir l'attaque qu'on lui fera dans le moment.

Si une Pléfion attaque quatre Bataillons ainfi en Colonne, il eft évident qu'elle aura fur le premier tout l'avantage qu'elle a fur un Bataillon ; qu'après l'avoir renverfé, comme elle pouffe les fuyards très-vivement, & fes pelottons encore plus, la plupart tomberont fur le deuxiéme qui par conféquent fera battu encore plus aifément que le précédent, & le troifiéme plus facilement que celui-ci. De forte que s'il y en avoit 100 dans un pareil ordre, & qu'ils ne le quittaffent pas, une feule Pléfion feroit fûre de les renverfer tous. Si actuellement on fuppofe que pour combattre ces 4 Bataillons, on a 2 Pléfions, elles attaqueront enfemble le premier, auront fur lui outre leurs avantages ordinaires celui du nombre, & conferveront ces avantages contre tous les autres.

A examiner ainfi cette difpofition, on auroit lieu de s'étonner que plufieurs grands Généraux l'ayent employée : mais il faut examiner dans quelles circonftances. Pas un ne s'eft avifé de la préfenter en plaine : fans doute celui qui auroit eû cette idée s'en feroit mal trouvé. On s'en eft fervi fouvent à attaquer des retranchements ou des villages. Dans ce cas la foibleffe des flancs n'eft point nuifible, non plus que la grandeur des efpaces qui en plaine la rendroit plus dangéreufe. L'ennemi enfermé ne peut pas tomber deffus, ou au moins, fi cela eft poffible, cela n'eft pas à la mode : on eft moralement fûr qu'il n'en fera rien. Si le premier Bataillon eft rompu, comme il n'eft pas fuivi, tout le monde s'en va réellement par côté, pour fe rallier à la queue, excepté quelques-uns des plus épouvantés qui vont fe jetter fur le deuxiéme Bataillon, mais dont il fe débarraffe aifément leur préfentant la bayonnette. La fragilité des Bataillons difparoît encore à un certain point dans cette Colonne. En arrivant au retranchement, ou village, le premier trouve quelque réfiftance qui le retarde, le deuxiéme que rien n'arrête fe ferre contre lui, c'eft ce qui ne manque guères d'arriver; chez les François fur-tout, leur ardeur naturelle, & l'ennui des coups de fufil, les pouffent en avant. Si les 4 Bataillons fe ferrent ainfi, ils ne font plus qu'un corps qui a la profondeur & la force de la Phalange. De forte qu'il eft bien difficile de percer, s'ils n'en viennent à bout. Ce que je dis ici eft arrivé plufieurs fois.

Je ne blâme donc point l'ufage des Colonnes par brigade, en pareil cas. Si cette difpofition n'eft pas bien bonne, elle peut au moins très-fouvent le devenir dans l'action; &, fuivant le fyftême accoutumé, il n'en eft pas de plus propre à fe rapprocher de nos principes.

S'il avoit pris envie aux ennemis de tenter le fecours de Maftricht en 1748, on auroit vû les Colonnes par brigades employées à la défenfe comme à l'attaque. Le Maréchal de Saxe occupoit par 4 Bataillons ainfi difpofés, chacun des intervalles des redoutes. Cet ordre étoit encore excellent en pareil cas. Il n'avoit point le défaut de la foibleffe des flancs, puifqu'ils étoient couverts : les derniers Bataillons étoient à portée de fe ferrer contre le premier, dans le moment où l'ennemi auroit chargé, ce qui n'eft pas vraifemblable. Il l'eft davantage que pour attaquer les redoutes plus facilement, il auroit cherché à éloigner par fon feu ces Colonnes dont le front leur fervoit de courtines : mais il n'auroit pas eû d'avantage à ce jeu. Et quand le premier auroit été un peu fatigué, il n'y avoit aucune difficulté à lui faire faire place au deuxiéme. Mais fi elles étoient propres à répouffer l'ennemi, elles ne l'étoient guères à pourfuivre la victoire, n'ayant pas la légéreté néceffaire, ayant d'ailleurs beaucoup à craindre pour leurs flancs, du moment où elles auroient paffé les redoutes. Il eft vrai qu'il feroit aifé de transformer ces Colonnes par brigades en Pléfions, & c'eft fans doute leur plus grand mérite. C'eft fans doute par-là qu'il peut être fort utile d'en mettre dans quelques parties de la ligne, où on veut faire effort.

Suppofons que les Bataillons font de 12 Compagnies qui ne font point mêlées entre elles, que chacune a 12 files, que deux enfemble font une divifion. Pour de 4 Bataillons en Colonne former 3 Pléfions, on fera doubler les files par divifions, ce qui mettra chaque Bataillon en 3 morceaux de 24 de front fur 8 de hauteur. Cela fait, les derniers Bataillons n'ont qu'à fe ferrer contre les premiers, & cela formera 3 Pléfions toutes pareilles aux nôtres. Le mouvement eft très-prompt & très-facile. Il ne feroit pas beaucoup plus difficile de former d'une pareille Colonne trois Pléfions faifant tête fur le flanc : mais il feroit plus aifé dans ce cas de former fix Pléfionnettes, qui feroient le même effet. Il y a feulement dans ces mouvements, un petit défaut : c'eft que chaque Pléfion fera compofée de compagnies de différents Bataillons : cela ne fera pas capable de les empêcher de réuffir ; d'ailleurs ces différents Bataillons feront pour l'ordinaire, au moins du même régiment. On feroit trop heureux, fi d'un ordre fort mauvais, on en faifoit un excellent, par une manœuvre auffi prompte, fans qu'il reftât rien à défirer.

CHAPITRE IX.
Combat de la Pléfion contre un Bataillon.

IL eft très-aifé de fe procurer l'avantage d'oppofer deux ou trois Pléfions à un feul Bataillon ; foit en faifant une feule ligne, tandis que l'ennemi en a deux ; foit en racourciſſant ſon front, aſſurant les flancs débordés par quelqu'un des moyens que fournit le ſyſtême; ſoit en employant l'oblique, les diviſions de bataille, & autres diſpoſitions qui pour nous ſont ſûres & faciles. Il n'arrivera donc guères qu'une Pléſion ſeule combatte un Bataillon. Pourquoi en effet ne pas joindre, quand on le peut, la ſupériorité du nombre à celle de l'ordre? Pourquoi ne pas ſe donner tous les avantages qui peuvent redoubler la certitude & la promptitude de la victoire, la rendre plus complette & moins ſanglante pour le vainqueur? Folard s'eſt preſque toujours donné cette ſupériorité, dans les ordres de bataille dont il a enrichi le Commentaire ſur Polybe. Avec ſon ſyſtême, on ſera toujours bien maître d'en faire autant : c'eſt une de ſes plus importantes propriétés. Il ſuit de-là que, quand il ſeroit vrai qu'une Pléſion n'eſt pas de force contre un Bataillon, une armée de Pléſions même inférieure auroit encore l'avantage ſur une de Bataillons. Ainſi ceux qui ont pris la peine de chercher à prouver l'avantage d'un Bataillon combattant une Colonne de Folard, pouvoient ſe diſpenſer d'un travail ſi inutile, & d'ailleurs ſi ingrat. Quand ils auroient mieux réuſſi, ils n'auroient prouvé autre choſe, ſinon que lorſqu'un corps d'infanterie de 5 à 800 hommes rencontrera un Bataillon ennemi, il ne faut pas qu'il ſe mette dans notre ſyſtême pour le combattre. Il falloit attaquer Folard dans ſes ordres de bataille; mais c'eſt ce que perſonne n'a fait. (a)

Je veux bien, imitant nos critiques, tirer ici le rideau ſur le plus grand avantage des Pléſions, & en ſuppoſer une ſeule combattant tête à tête contre un Bataillon, puiſqu'il croient en avoir meilleur marché dans cette circonſtance. Nous ſommes en état de leur faire cette galanterie. Comme les pelottons vont un peu les embarraſſer, ils ne manqueront pas de dire

(a) L'Officier général Hollandois qui a tant critiqué Folard, a bien attaqué un de ſes ordres de bataille : mais je crois pouvoir compter cette attaque pour rien, & je regarde les partiſans du ſyſtême comme fort diſpenſés de répondre à de pareilles objections, juſqu'à ce qu'elles ſoient renouvellées, & même un peu racommodées. Le critique ſuppoſe des mouvements qui ne peuvent ſe faire à tems, à moins que l'armée de Folard ne ſoit endormie; & quand ils ſe feroient, elle auroit mille moyens de les rendre inutiles, & même pernicieux.

E e iij

que je reforme la Colonne de Folard, au lieu de la défendre. Non. J'ai voulu lui donner de nouvelles forces ; mais non pas remédier à des défauts. Et de peur qu'on ne s'y méprenne, j'aurai foin ailleurs d'écarter les pelottons, pour montrer que Folard n'avoit pas befoin de moi, pour repondre à de pareilles difficultés.

La Pléfion ayant à combattre un Bataillon, fe mettra dans l'ordre où on l'a vûe fur la premiere planche, excepté que les pelottons feront un peu plus au large, les efpaces plus marqués, afin que le tout égale à peu-près le front du Bataillon. On pourroit même étendre les grenadiers à cheval encore davantage, pour les jetter fur fes flancs : mais je ne veux pas faire cette mauvaife querelle à nos adverfaires. Dès qu'on fera à portée de la moufquetterie, les grenadiers à cheval s'arrêteront tout court. Les grenadiers à pied marcheront, faifant un feu perpétuel fort vif, parce qu'ils feront apparemment bien exercés, & bien fermes. Ils auront des cartouches de trois bales, pefant enfemble celle de calibre, pour tirer depuis 50 toifes jufqu'à 25 de l'ennemi, d'autres de 5 ou 6 petites bales, pour s'en fervir quand ils pafferont cette diftance. C'eft une idée du Marquis de Santa-Cruz, qui me paroît mériter d'être mife en pratique : car fix coups qui tombent fur une troupe y font fans doute plus de mal qu'un feul. Dès que les grenadiers auront un peu d'avance, la Pléfion partira légérement fans courir. A une certaine diftance, que je ne voudrois déterminer qu'après l'expérience, elle prendra la courfe. Les grenadiers faifant toujours feu ne vont pas fi vîte, de forte qu'elle les atteindra, puis les devancera, paffant entre leurs deux troupes pour tomber fur le Bataillon. Alors ils ne peuvent plus tirer que fur la partie qui déborde la Pléfion ; ce qu'ils feront perpétuellement avançant toujours, mais pas plus près de l'ennemi que 60 pas, jufqu'à ce que la Pléfion foit toute prête de charger. Alors ils avancent légérement : les grenadiers à cheval en font de même, pour être en état de charger aufli, fi l'on veut, & fe trouver au moins à portée de tomber fur les débris du Bataillon dès qu'il fera rompu. Ils effuyeront quelques coups de fufil : mais un inftant, c'eft peu de chofe. D'ailleurs dans ce moment le Bataillon ne peut pas être bien ferme, ni s'empêcher de donner la préférence de son feu aux grenadiers à pied qui le tourmentent, & à la Plésion qui va l'accabler.

La Plésion arrivant au Bataillon ennemi, l'enfoncera par son choc dans le moment. Il n'est pas nécessaire de le prouver une centiéme fois. Aussi-tôt n'ayant rien de mieux à faire, puisque nous supposons qu'il n'y a point d'autres ennemis que ce Bataillon, elle suivra le plus légèrement qu'elle pourra, c'est-à-dire fort vîte, mais sans rompre son ordre. Pour les pelottons (a) ils se lâcheront à toutes jambes, sans beaucoup de précaution, ayant toujours une retraite sûre auprès d'elle, quand ils en auront besoin. Les grenadiers à cheval seront chargés d'apporter les drapeaux. Comme on ne peut disconvenir que la Plésion enfoncera le Bataillon, on répondra sans doute qu'elle n'arrivera pas jusqu'à lui, que son feu l'en empêchera. On a fait cette objection à Folard. Pour faire voir, avant d'y répondre, combien elle étoit fondée, combien elle étoit importante contre son systême, combien en un mot on étoit en droit de la lui faire, il ne faut que rapporter deux lignes de cet auteur. *Les Colonnes qui sont entrelassées entre des lignes de Bataillons doivent partir de la ligne à 25 pas de l'ennemi, pour tomber dessus brusquement, pendant que le reste suit.* On n'a pas voulu se souvenir de ceci. On n'avoit garde. Il n'y auroit pas eu moyen de regarder comme fort terrible un feu qui dure tout au plus le tems de courir 25 pas; de supposer que tout le monde tire sur la Colonne, tandis que chacun a des ennemis en tête; d'imaginer des recourbements, qui feroient jolis sur le papier, s'ils ne tendoient le flanc à la ligne; & tant d'autres difficultés assez mauvaises, quand le Chevalier de Folard ne les auroit pas prévenues. Mais je m'apperçois que je manque de parole. J'ai promis de ne parler ici que de la Plésion seule. Revenons donc, & voyons l'effet terrible du feu du Bataillon, dans le combat dont je viens de parler.

Si le Bataillon attend, de pied ferme & en tirant, un Ba-

(a) Si la Plésion n'avoit pas de pelottons, elle enverroit à leur place sa première section en 3 ou 4 troupes, le reste suivant ensemble.

taillon ennemi qui vient à lui, il lui donne tout son feu, sans que rien l'en empêche, tandis qu'il n'en essuye pas lui-même; & le Bataillon attaquant est déployé comme tout exprès pour n'en pas perdre un coup. Ce feu cependant n'est pas si terrible que celui-ci ne réussisse ordinairement. Si quelquefois il n'arrive pas, c'est que la vîtesse de la marche l'a mis en désordre. Si le Bataillon attaquant alloit trois fois plus vîte, essuyant le feu moins long-tems, il perdroit moins de monde dans la même proportion: par conséquent ce feu seroit encore bien moins en état de l'empêcher de joindre son ennemi: il seroit à compter pour bien moins encore, si outre cela il n'y avoit qu'une partie du Bataillon qui tirât contre lui, comme la moitié ou le tiers. Ce ne seroit plus la peine d'en parler. Après ce préliminaire, voyons ce qu'en essuyera la Plésion.

Le Bataillon fait feu perpendiculairement à son front, la petitesse de celui de la Plésion l'y dérobe. Elle n'en essuye que la sixiéme partie, c'est de quoi les critiques même conviennent. Peut-être voudra-t-on, malgré cela, compter pour quelque chose le feu de ce qui la déborde. Je le veux bien. Mais auparavant voyons ce que ce peut être. Jusqu'à ce que la Plésion soit assez près, les grenadiers à pied sont en avant, & tirent sur tout le centre du Bataillon, par conséquent rallentissent son feu, & de plus l'attirent sur eux, de sorte que la partie même qui est opposée à la Plésion ne lui en donne pas tant. Quand elle approche du Bataillon, les grenadiers ne tirent plus que sur ce qu'ils ont en tête, & obligent cette partie de leur répondre. C'est précisément celle qui déborde la Plésion, la seule qui ne fût pas dans l'impossibilité absolue de lui faire aucun mal, par l'extrême obliquité de son feu. Car les extrémités du Bataillon ne peuvent plus absolument tirer sur elle, même leur premier rang; à moins que les soldats ne se brûlent la moustache les uns aux autres. Elle a donc d'autant moins de feu à craindre de leur part, qu'elle approche davantage; si elle en reçoit quelques coups ce ne sera jamais qu'à sa queue, qui n'a que ce seul petit danger dans tout le combat. De plus ces droite & gauche du Bataillon, qui ont les grenadiers à cheval en tête, n'oseroient

roient pas trop se dégarnir de leur feu : ils leur passeroient sur le ventre, & le feront bien tout de même si l'envie leur en prend, quoiqu'elles le conservent. C'est un petit accessoire dont on peut faire usage dans le besoin, & d'autant meilleur que si cette charge des grenadiers à cheval réussit, elle entraîne la défaite du Bataillon ; si elle ne réussit pas, elle n'entraîne pas celle de la Plésion, favorise même toujours son attaque. Le feu de ce qui la déborde, inutile déja par son obliquité seule, l'est donc encore bien davantage à cause des pelottons. On me dira, & on m'a dit déja, que le feu de mes grenadiers à pied est bien peu de chose. Ce n'est que celui de 100 hommes d'élite tirant de la façon la plus meurtriere, & avec beaucoup de fermeté, puisqu'ils voyent à côté & même en avant d'eux, la Plésion prête à charger : & quand ce feu seroit peu de chose, par rapport au Bataillon entier, c'est toujours beaucoup pour la partie qu'ils ont en tête ; c'est toujours quelque chose de plus que suffisant pour rallentir le feu de cette partie, à plus forte raison le partager & en épargner beaucoup à la Plésion ; causer même quelque désordre dans le Bataillon, le mettre encore moins en état de soutenir la charge violente qu'on va lui faire. Je prie ceux qui trouveront ce feu des grenadiers si peu considérable, de se souvenir que le Maréchal de Saxe compte beaucoup sur celui de ses armés à la légére, qui au commencement de l'action jouent le même rôle, quoiqu'ils soient bien moins nombreux, par rapport à l'étendue de ligne ennemie à qui ils ont affaire.

Malgré tout cela, estimons ce que la Plésion essuyera de feu des parties qui la débordent, à celui d'un front égal au sien. Elle essuie donc le tiers du feu qu'essuyeroit un Bataillon allant à la charge. Ce * tiers est autant que rien. Ce n'est pas tout : le soldat étonné de l'intrépidité avec laquelle son ennemi lui vient au-devant, écrasé de plus par les grenadiers à pied, se trouble, ajuste mal son coup, & tire pour la plûpart en l'air. Mais ne comptons pas encore cela. L'effet du feu est proportionnel à sa durée. Un Bataillon va gravement, une Plésion court. Supposons pourtant que celle-ci ne va que deux fois plus vîte : elle n'essuye donc plus le tiers, mais le

* Savornin, Critique de Folard, intitulée Sentiments d'un homme de guerre sur, &c.

F f

fixiéme du feu qu'effuyeroit un Bataillon à fa place, & perd moins dans le même rapport. Mais quand un Bataillon va à la charge, il n'y a que deux caufes qui concourent à le faire échouer : la perte d'hommes qui y entre pour peu de chofe, & le défordre caufé par la vîteffe de la marche. Avec cela il réuffit le plus fouvent. La Pléfion qui n'a point cette der-niere caufe, la feule confidérable, n'a même qu'une très-pe-tite partie de la premiere, réuffira donc toujours.

On dira que toute la perte fe réunira fur fa tête. Soit. Cet-te tête perdra autant tout au plus que pareille longueur du front d'un Bataillon. Et puifque ce n'eft pas cette perte nom-mément qui met cette partie de Bataillon en défordre, elle n'y mettra pas davantage cette tête de Pléfion. Mais quand elle l'y mettroit, on lui feroit faire place, & tout feroit ré-paré.

Il faut prévenir une objection qu'on me pourroit faire, par rapport aux grenadiers. C'eft qu'ils ne foutiendront pas le feu du Bataillon, & pliant d'abord, priveront la Pléfion de tout le fecours qu'elle en attend. Je n'en fuis point du tout en peine. Je fais que des foldats choifis foutiennent fort bien un inftant un feu fupérieur, fur-tout quand ils fe voyent bien foutenus, & favent que cela ne durera pas. Mais quand les grenadiers, en vrais foldats de recrue, tourneroient le dos, dès qu'ils approchent de l'ennemi, la Pléfion ne feroit pas moins victorieufe. J'y reviendrai bien tôt.

Ce que j'ai dit fuffit pour prouver que le Bataillon, qui n'a d'autre défenfe contre la Pléfion que fon feu, eft très-mal défendu; qu'il eft impoffible qu'il la repouffe; qu'il au-roit même befoin d'une grande fermeté pour l'attendre.

Sentant bien que le feu du Bataillon n'étoit pas très-capa-ble d'arrêter la Pléfion, même dépourvue de pelottons, on a imaginé de faire replier la droite & la gauche du Bataillon, pour faire un feu croifé fur fon paffage. Je répondrai à cette objection. Mais actuellement je me contenterai de dire que j'en fuis fort difpenfé, parce que le mouvement en queftion n'eft pas poffible, tendant le flanc aux grenadiers à cheval, Planche 7 comme on voit à la gauche de la planche 7.

J'ai fuppofé que le Bataillon attendoit la Pléfion de pied

ferme & en tirant. On voudra peut-être qu'il s'y prenne de quelque autre maniere. Si on le fait marcher au devant d'elle, à la bonne heure. C'eſt moins de feu à eſſuyer, tant parce qu'en marchant il tirera moins, que parce qu'il lui épargnera une partie du chemin, & par conſéquent l'y laiſſera expoſée moins long-tems.

Si on aime mieux tenant le centre du Bataillon en place, faire marcher la droite & la gauche droit aux pelottons ; la Pléſion a mille réponſes fort ſûres, & fort aiſées. La plus ſimple eſt d'aller ſon train. Lorſque les morceaux du Bataillon paſſeront à hauteur de ſa derniere Pléſionnette, la premiere ſeule continuera ſon chemin, pour charger à 16 de hauteur : la ſeconde partant par manches, chargera les flancs qu'on lui préſente, & culbuteroit aiſément les deux morceaux, quand ils n'auroient pas encore en tête les quatre pelottons. Auſſi-tôt après, toutes ces troupes rejoindront la tête de la Pléſion, qui ſe paſſeroit bien de ce ſecours.

Si le Bataillon double, ou triple les files, il deviendra plus ſolide ; mais pas aſſez encore pour ſoutenir le choc de la Pléſion : elle pourra d'ailleurs alors le faire charger en flanc par les pelottons.

On ſuppoſera peut-être que le Bataillon ſe replie de droite, & de gauche, non plus pour faire un feu de tenaille, mais pour charger le flanc de la Pléſion, en même-tems que le centre la combattra de front, & que pour ne pas tendre le flanc aux grenadiers à cheval, puis aux grenadiers à pied, il ne fera point faire le mouvement à tout ce qui déborde, comme à la gauche de la planche 7, mais ſeulement à une diviſion 1, 2, de 24 files, comme on le voit à la droite de la même. Je réponds à cela 1° Que quand le mouvement auroit lieu, & tout ſon effet, il n'empêcheroit pas la Pléſion d'aller ſon train, & de percer le centre du Bataillon. 2° Qu'elle pourroit faire faire à droite la demi manche A, B, C, D, qui combattroit avec quelque avantage la partie 1, 2 ; tandis que le reſte de la Pléſion chargeroit tranquillement le Bataillon. 3° Que cette converſion ſuppoſée eſt impoſſible ; la partie à qui on veut la faire faire eſſuie dans ce moment un feu trop violent, mais ne parlons pas de cela. Elle apporteroit fon flanc 2 à 24 pas au-devant des grenadiers à pied, fon quart de cercle eft de près de 40, & le foldat qui le décrit doit aller *légérement fans courir*. Quand nos grenadiers à pied que nous avons laiffés en G à 60 pas du Bataillon, & qui courent réellement, dès qu'ils voyent commencer le mouvement de converfion, ne feroient que 40 pas pendant ce tems-là, ils fe trouveroient fur fon flanc un peu avant qu'il finît: de forte qu'il n'auroit fervi qu'à mettre le Bataillon en fuite plus aifément; car cette partie 1, 2 renverfée, il ne peut pas tenir. Quand je dis que nous avons laiffé les grenadiers au point G, ils n'y font pas reftés jufqu'à ce moment, n'y ayant affaire que pour empêcher le quart de converfion de toute la partie du Bataillon qui déborde la Pléfion. Lors donc qu'ils voyent qu'il ne refte plus affez de tems à l'ennemi pour faire cette grande converfion, ils fe portent en avant, & par conféquent font encore bien plus à portée d'empêcher la petite. On voit fur la même planche l'extrémité 2, 4, du Bataillon, dont j'ai voulu faire quelque chofe: mais je n'ai jamais pû l'approcher plus qu'on la voit ici. Il eft inutile de dire qu'auffi-tôt après la défaite du centre, cette partie fera battue bien aifément, quelque parti qu'elle ait pris.

On trouvera fans doute ridicules les mouvements du Bataillon que je viens de propofer. Je n'y faurois que faire. Je n'en ai pas prévû de meilleurs. Au refte, par rapport à tous ceux dont quelque autre pourroit s'avifer, il faut toujours fe fouvenir 1° que pendant qu'ils fe font, ils éteignent tout ou partie du feu du Bataillon, qui eft la principale défenfe: 2° Qu'ils le découpent de maniere à rendre bien plus complette la déroute qu'il ne peut éviter. 3° Que quand ils ne tendroient pas le flanc aux grenadiers à cheval, ceux-ci ne feroient pas moins en état de les empêcher, * à moins qu'ils ne fe fiffent lorfqu'on eft encore très-loin. Mais alors la Pléfion, par le moindre petit dérangement dans fa marche, fauroit les rendre inutiles, & même pernicieux.

*On l'a vû au Chapitre II.

On a dû remarquer que les pelottons ne peuvent être battus, fi on ne les engage qu'à propos; puifqu'ils ne chargeront l'ennemi qu'en flanc, ou en défordre: que tant qu'ils fubfiftent, la Pléfion conferve un avantage immenfe; puifqu'elle ne peut être dérangée en aucune maniere de son objet qui eſt de charger un front égal au ſien, avec des forces octuples. Elles n'a pas beſoin de la force de ſes flancs, que perſonne ne peut charger: pas grand beſoin de ſa légéreté, puiſque le feu du Bataillon rallenti, & partagé par les grenadiers, ne lui feroit pas grand mal, quand elle l'eſſuyeroit un peu plus longtems. Il ne lui faut, pour être ſûre de la victoire, que la force du front que perſonne ne lui a conteſtée.

Mais quand les pelottons feroient battus, ou plutôt pris d'une terreur panique : comme cela ne leur arriveroit pas apparemment à 300 pas de l'ennemi, ils auroient toujours favoriſé l'approche de la Pléſion. Arrivée à une petite diſtance du Bataillon, elle ne s'embarraſſe guères d'eux. Preſque tout le feu eſt paſſé, elle n'a pas beſoin qu'ils y faſſent diverſion: l'ennemi n'a plus le tems de faire de mouvements de converſion, elle n'a pas beſoin qu'ils ſoient là pour les empêcher : mais quand les pelottons feroient fort néceſſaires, elle ſauroit bien vîte les remplacer, & s'en donner de nouveaux, par le mouvement *de flanc*.

On a dû remarquer encore, dans tout ce chapitre, que la force du Bataillon eſt la choſe la plus indifférente. Qu'il ait, par exemple, la hauteur & le front doubles de celui dont nous parlions, étant de 2400 hommes. Ses files de 8 ne ſoutiendront pas le choc de la Pléſion : ſes mouvements de converſion réuſſiront un peu plus mal que ceux qu'on a vûs: ſon feu ne ſera guères plus à craindre que celui du Bataillon de 600 hommes. Mais ce n'eſt pas la peine de le prouver. Comme le feu de ce Bataillon n'étoit rien contre la Pléſion, quand celui-ci feroit quadruple, ce feroit tout au plus quelque choſe. Cette propriété de ne point s'embarraſſer du nombre de ſes ennemis, ne comptant jamais que ceux que l'on a en tête, n'appartient qu'à notre ordre, & paroîtra dans les batailles avec plus d'éclat: c'eſt ce qui rend ce ſyſtême la reſſource des foibles, comme l'a dit ſon auteur, & le met en état d'entreprendre ſans danger, ce qui pour tout autre feroit de la plus grande témérité.

CHAPITRE X.

De la Pléfion par rapport à la cavalerie.

ARTICLE PREMIER.

Force refpective de l'infanterie & de la cavalerie.

CHez les anciens, l'infanterie craignoit peu la cavalerie, même en plaine : fi nous voyons quelque occafion où la premiere ait été battue, on l'attribuoit à toute autre chofe qu'à la fupériorité réelle de la feconde. Servius-Sulpicius venant de renverfer de l'infanterie avec de la cavalerie, & fe trouvant prêt de charger de la cavalerie ennemie, dit à fes troupes qu'elle ne feroit * *pas en état de leur réfifter, puifque les Bataillons ferrés de l'infanterie avoient été contraints de céder.* Selon Xénophon, 1000 *chevaux ne font que* 1000 *hommes: car le cheval ne mord, ni ne rue dans le combat.* L'infanterie de Céfar ne craignoit point la cavalerie ; & fans remonter fi loin, les Suiffes gagnerent fans cavalerie la bataille de Novarre en 1513. De ces exemples & de beaucoup d'autres que je pourrois rapporter, bien des gens ont conclu que l'infanterie eft de force en plaine contre la cavalerie : mais comme ces exemples ne font pas de nos jours, ils me paroiffent prouver feulement, 1° qu'elle y a été & pourroit bien encore y être ; 2° que ce n'eft pas le feu qui la met en état de lui réfifter, puifque dans ces tems antiques l'infanterie n'avoit point cette défenfe contre elle, & s'en paffoit très-bien ; 3° que fi un Bataillon n'eft plus en état de foutenir la charge d'un Efcadron, c'eft qu'on a ôté au premier précifément ce qui pouvoit le défendre contre le fecond. Mais que lui a-t-on ôté ? La profondeur, & les piques.

Que l'infanterie ne foit point aujourdhui en état de foutenir la charge de la cavalerie, c'eft une vérité prouvée cent fois par l'expérience. Je me contenterai ici de rappeller celle que j'ai citée ailleurs de la bataille de Molwits, & l'exem-

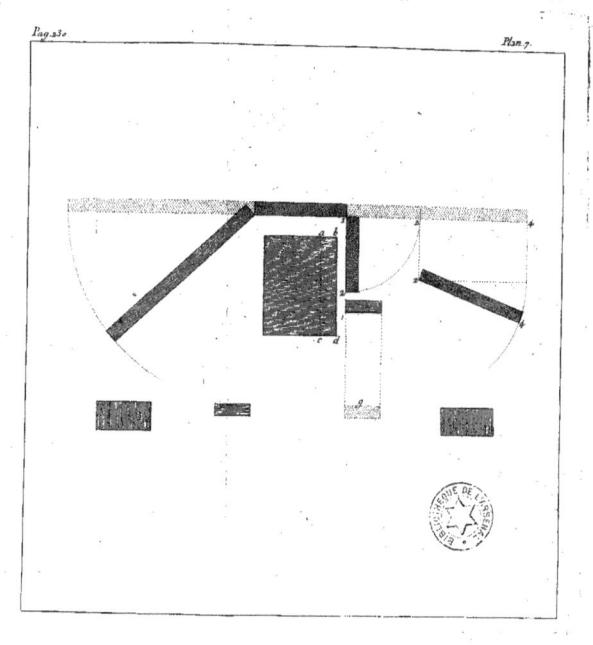

ple rapporté par Folard de cent chevaux Efpagnols pilant deux fois un gros Bataillon Anglois. A Ettingen, en mille autres occafions, on a vû la même chofe. (a) Si ces exemples font encore un peu rares, c'eft qu'on évite d'oppofer l'infanterie à la cavalerie ennemie, & d'ailleurs que celle-ci ne connoît pas autant fa force, que l'autre connoît fa foibleffe. Tout rares qu'ils font, cependant ils le font bien moins encore que ceux de cavalerie repouffée par l'infanterie. La maifon du Roi a mille fois chargé l'infanterie la plus ferme, fans perdre l'habitude d'en renverfer autant qu'on lui en préfente. Elle fe dérange elle-même : cela n'y fait rien. Les débris d'un Efcadron percent une feconde ligne, les débris des débris en perceroient une fixiéme. Je fais la différence qu'il y a entre une pareille troupe, & de la cavalerie ordinaire : mais cela ne laiffe pas de prouver que la cavalerie qui charge réfolument, aborde le Bataillon malgré fon feu, & le renverfe aifément. Et comment ce feu pourroit-il l'en empêcher ? Elle y eft fort en prife fans doute : mais à l'effuyer fi peu de tems, elle ne perdra pas beaucoup de monde ; & quand il y auroit un dixiéme de la troupe, ou même plus, hors de combat, cela n'empêcheroit pas le refte d'aller fon chemin. Les piques étoient une barriere impénétrable à la cavalerie : cela garantiffoit un Bataillon, quand il étoit d'ailleurs folide par fa profondeur : mais le feu n'eft pas une barriere, il n'arrête que ceux qu'il frappe, & il faut arrêter tout le monde ; encore n'arrête-t-il pas tous ceux qui font frappés, le plus fouvent un cheval bleffé fe jette en avant. On dira que la perte d'hommes, jointe à la vîteffe de la marche, met la troupe en défordre. Qu'importe ? Croit-on que 150 chevaux qui s'abandonnent fur un Bataillon ayent befoin pour le percer d'être dans un ordre bien parfait ? Mais, dit-on, il faut que les hommes & les chevaux veuillent avancer, ayant dans le nez un fi grand feu. Les hommes le voudront, la plûpart au moins, pour peu qu'ils foient habitués

---

(a) Ces exemples font d'autant meilleurs à citer, que ces nations, dont l'infanterie a été pilée ainfi par la cavalerie, font précifément celles dont le feu eft le plus vif, & à qui on peut le moins reprocher de manquer de fermeté.

à ce genre de combat, & qu'on leur fasse connoître leur avantage : ils sauront que dès qu'ils sont à portée du Bataillon, il y a beaucoup plus de danger à retourner qu'à se jetter dessus, parce que en retournant ils essuyeront le feu bien plus long-tems & bien plus assûré. D'ailleurs il faut que les choses soient égales : si on suppose de l'infanterie assez ferme pour faire un feu vif, soutenu, ménagé, voyant de la cavalerie courir sur elle, il faut supposer aussi cette cavalerie composée de braves gens. De mauvaise cavalerie n'iroit pas se jetter dans le feu ; mais de mauvaise infanterie n'en feroit pas un bien redoutable, & dès qu'on approcheroit d'elle, se jetteroit ventre à terre, ou feroit quelque autre mauvaise manœuvre. Il ne faut donc pas douter que les cavaliers veuillent avancer. Pour les chevaux il n'y en a guères, si ce n'est des chevaux absolument neufs & non exercés, qui n'avancent quand le cavalier le veut, & se sert de ses éperons de bonne foi. La Maison du Roi dont nous parlions tout à l'heure en est la preuve : à moins qu'on ne veuille dire que ses chevaux ont pris l'esprit du corps, & sont plus braves que d'autres. Je le répéte donc. Le feu de l'infanterie empêchera rarement un corps de cavalerie de l'aborder. On ne voit pas que ce fussent les armes de jet des anciens qui garantîssent l'infanterie contre la cavalerie, elles étoient pourtant bien plus propres à cela que les nôtres. On ne conviendra pas de ceci, non plus que de ce que j'ai dit ailleurs qu'elles étoient bien aussi meurtrieres : mais il est pourtant sûr que les fléches siffloient dans le nez des chevaux tout autrement que les balles, & n'étant pas invisibles comme elles, devoient les épouvanter beaucoup davantage. (a) Si l'on convient que le feu n'empêchera pas la cavalerie d'arriver, on ne peut disconvenir qu'elle doit renverser l'in-

---

(a) Si on objecte que c'est le feu des armes qui épouvante les chevaux, je réponds qu'il peut les étonner d'abord, mais ne les empêchera pas d'avancer. Le Dictateur Mamercus Emilius combattant les Veiens & les Fidenates, un corps de ces derniers s'avisa de marcher aux Romains armés de flambeaux. La cavalerie chargea cette troupe & la mit en dérou-te. Ces feux, plus propres à effrayer des chevaux que le feu des fusils, les étonnerent moins qu'ils n'avoient étonné les hommes. Il est vrai que les cavaliers, effrayés ou non, ne poussoient les chevaux qu'en avant, le Général de la cavalerie leur ayant fait ôter les mors des brides. Les Romains en userent ainsi plus d'une fois.

fanterie

fanterie par fon choc : car je ne crois pas que perfonne puiffe foupçonner celle-ci, dans l'ordre où elle eft, d'être en état de le foutenir ; & il faudroit, pour qu'elle y réfiftât, que le fuccès fût bien univerfel & bien complet : car un feul cheval qui entre dans le Bataillon, mort ou vif, y caufe du défordre dont il ne fe remettra plus, fi fon ennemi veut en profiter.

L'hiftorien de Charles XII dit que le Maréchal de Schulembourg prouva par expérience, ce qu'il avoit toujours foutenu contre l'avis des autres Généraux Allemands, que l'infanterie étoit en état de réfifter contre la cavalerie. Son expérience effectivement fut fort belle ; puifque fon infanterie avoit en tête une cavalerie bien fupérieure, qui l'attaqua très-vivement à bien des reprifes, fans pouvoir l'entamer : mais cette infanterie avoit des piques ; & étoit fur une grande profondeur : d'abord elle fe préfenta dans l'ordre fragile des modernes ; le Roi de Suéde avec une très-petite troupe paffa tout à travers.

ARTICLE II.

Combat de la Pléfion contre un Efcadron.

Nous avons vû que l'infanterie des anciens craignoit peu la cavalerie, ayant deux bonnes défenfes contre cette arme, la profondeur & les piques ; que l'infanterie moderne, n'ayant que fon feu qui n'en eft pas une fuffifante, n'eft point en état d'en foutenir l'effort. La Pléfion ayant les avantages de l'infanterie des anciens, joints à celui de l'infanterie des modernes, & beaucoup d'autres, fera impénétrable à la cavalerie. C'eft ce qu'il faut prouver plus en détail.

Le premier avantage de la Pléfion contre la cavalerie eft la petiteffe du front, qui donne moins de prife à fon effort : il n'y a place que pour 16 chevaux, & même 12 tout au plus, fi on fe ferre autant qu'on peut le faire : il faut donc que ce foit précifément un de ces 12 qui pénétre : tout le refte de l'Efcadron ne contribue en rien au fuccès de l'attaque. Le front d'un Bataillon peut être abordé par 100 chevaux, dont il n'y en a pas un d'inutile : tous peuvent en-

Gg

trer ; & le premier qui entrera doit caufer fa défaite : ainfi ,
toutes chofes égales d'ailleurs, la cavalerie réuffiroit bien plus
aifément & plus fouvent contre le Bataillon que contre la
Pléfion.

Cet avantage de la petiteffe du front devient bien plus
grand encore , fi la cavalerie , au lieu de charger en Efcadron
formé , s'abandonne en fourageurs, comme ce n'eft peut-être
pas le plus mal contre le Bataillon. Le front de la Pléfion
étant fi aifé à éviter, la plupart des chevaux , des hommes
même , fe jetteront machinalement fur la droite ou la gauche , plûtôt que d'aller choifir précifément ce petit efpace
défendu par tant de piques & tant de feux, qui pourtant eft
le feul où ils ayent affaire. On fe difputera peu l'honneur d'occuper une place fi dangereufe , fur-tout fi ce n'eft pas de la
cavalerie d'élite. C'eft cet avantage des fronts étroits qui donna tant de peine à enfoncer les Egyptiens de Créfus , & couta
la vie au brave Abradate , qui commandoit les chariots armés deftinés à faire cette attaque. Quoique le front des quarrés fût quatre fois plus grand que celui des Pléfions , par conféquent plus difficile à éviter, & que les Egyptiens ne tiraffent pas des coups de fufil, la plûpart des chariots prirent
à droite ou à gauche , de forte que le petit nombre qui alla
bien fit une attaque trop foible , qui ne pût réuffir.

De la petiteffe du front de la Pléfion , du petit nombre
de chevaux qui peuvent le charger, naît encore un avantage
très-confidérable ; c'eft que, quoiqu'elle ne faffe pas tant de
feu que le Bataillon , elle en a beaucoup plus à proportion ;
ceux qui l'attaquent en effuyent davantage : car le feu du
Bataillon eft partagé fur fon grand front, celui de la Pléfion
fe réunit fur un fort petit, & il y a bien plus de 4 rangs
qui tirent , fur-tout lorfque la cavalerie approchant s'y trouve en prife par fa hauteur : ainfi l'ennemi en arrivant trouve
un danger, en comparaifon duquel celui auquel il a été expofé jufqu'à ce moment n'étoit rien. L'augmentation du tapage dans cet inftant critique aura de quoi étonner les plus
fermes , & ils n'en feront pas quittes pour l'étonnement : ce
n'eft pas ici de ces feux qui ne font que du bruit : le foldat
qui n'en effuie pas lui-même, & fe voyant remparé de pi-

ques ne craint pas d'être abordé, tire avec bien plus de fermeté, fait un feu bien plus suivi & mieux ajusté : &, comme dit Bottée, ce n'est pas tant la quantité de feu que craint l'ennemi, que le feu ferme & assuré. Ce feu d'ailleurs dure long-tems. Avec le Bataillon l'affaire seroit décidée dans le moment : la solidité de la Pléfion au moins rend le combat beaucoup plus long, & ce feu, déja trop rédoutable quand on ne l'essuyeroit qu'un instant, aura tout le tems de détruire toute la partie de l'Escadron qui charge.

Car indépendamment du feu, la force de la Pléfion la met en état de soutenir le choc de la cavalerie, au point que quand elle n'auroit pas de fusils, elle ne s'en embarrasseroit guères ; elle seroit encore au moins aussi propre à ce genre de combat, que l'infanterie des anciens qui s'en tiroit si bien. Un Bataillon ne soutient pas le choc d'un Escadron, parce que un cheval est plus fort que 4 hommes ; mais il n'est pas si fort que 32, qu'il faudroit renverser pour percer la Pléfion. Qu'un cheval entre ou tombe dans le Bataillon, le voilà rompu, il n'en faut pas davantage pour percer 4 rangs : que la même chose arrive à la Pléfion, qu'il y ait un dérangement dans ses 4 premiers rangs, elle n'est pas rompue pour cela : il en reste 28 en bon ordre, le désordre de la tête n'aura point de suite. Un de nos critiques* l'a assez prouvé ; & j'y renvoye ceux qui seront curieux d'un ennuyeux détail sur quelque chose qu'on ne peut contester. Mais si on veut réparer ce dérangement de la tête, plus désagréable que dangereux, cela est aisé par le mouvement de *faire place* : ainsi dans ce moment, qui auroit été celui de la défaite d'un Bataillon, la Pléfion reprend de nouvelles forces. C'est par sa solidité, un mur contre lequel l'Escadron viendra se briser ; c'est par cette manœuvre, une hydre qui fatigueroit toute la cavalerie d'une armée.

* Savornin.

L'espéce des armes de la Pléfion est encore fort propre à la défendre contre la cavalerie. Je ne parle plus de la pique : on fait assez son avantage en pareille circonstance, & combien la nôtre est au-dessus de l'ancienne : on a vû qu'elle étoit moins fragile ; je ne disconviens pas pourtant que dans le combat dont nous parlons il s'en cassera quelques-unes ;

mais au lieu qu'après cet accident le piquier étoit défarmé, le nôtre ne laiffera pas d'être encore en défenfe ; tandis qu'avec le tronçon, qui étant une petite maffue maniable & légére, lui fervira au moins d'arme défenfive, il fe garantira du coup de fabre du cavalier, il pourra avec fon couteau de chaffe égorger fon cheval entre fes jambes, ou lui caffer la tête d'un coup de piftolet. Cette petite moufquetterie, qui femble fortir de terre & fe fait entendre précifément dans le nez du cheval, ne laiffera pas d'ébranler le cheval & l'homme ; les coups même ne porteront guères à faux.

On a vû plus d'une fois dans un Bataillon chargé par la cavalerie, le foldat qui fe voyoit prefque fous les pieds du cheval, n'ayant pas d'arme affez longue pour le tenir un peu éloigné, & favoit qu'il n'auroit plus de reffource quand tout-à-fait fur lui le cavalier ne lui laifferoit pas l'ufage libre de fon fufil, prendre le parti de fe jetter ventre à terre, efpérant qu'il pafferoit fans lui faire beaucoup de mal : dans la Pléfion pareille chofe n'arrivera point. Indépendamment des raifons qui doivent nous faire efpérer que les foldats s'y comporteront mieux que cela, fur-tout ceux de la tête, il faut remarquer 1° Que les chevaux étant retenus un peu plus loin par la longueur des armes, le danger paroîtra bien moins grand au foldat, qui verra que l'ennemi ne peut l'aborder qu'en traverfant une forêt de piques, & qu'en attendant il effuie un feu épouvantable ; 2° Que le foldat fera encore très-raffûré par fes armes courtes, qui lui font efpérer de fe défendre corps à corps avec le cavalier ; 3° Que s'il fe mettoit ventre à terre, les 30 autres rangs n'en feroient pas de même, n'ayant pas même la place néceffaire pour cela quand ils le voudroient ; il n'eft pas fûr encore, ni même très-vraifemblable, qu'ils s'en iroient ; le combat ne feroit donc pas fini, les chevaux ne pafferoient pas rapidement fur nos poltrons, comme cela arriveroit fi on étoit en Bataillon ; & tandis qu'ils s'efforceroient d'enfoncer ce qui refteroit en ordre, ils piétineroient long-tems fur les reins de ces gens étendus par terre, plufieurs même tomberoient fur eux. Il n'eft pas difficile de faire connoître ce danger aux foldats, & il n'y en a point à qui cela ne faffe perdre l'envie de tenter une pareille lâcheté.

Ce feroit donc faire une objection affez mauvaife, que de dire fur ce que j'ai parlé du feu de la Pléfion contre la cavalerie, qu'il ne peut avoir lieu à moins que les piquiers ne mettent genouil à terre, & que fi on leur fait faire cette manœuvre, ils s'y jetteront tout-à-fait. Cette objection feroit d'autant plus mauvaife encore que ce font les meilleurs foldats : mais quand elle feroit bonne, il n'y auroit pas grand mal : il n'eft pas du tout néceffaire que les piquiers mettent genouil à terre, lorfque la cavalerie eft très-près. Au refte fi l'on veut un exemple du peu de danger de cette manœuvre, on le trouvera dans la retraite de Schulembourg, dont j'ai parlé plufieurs fois. Ses troupes étoient fort étonnées de leurs continuelles défaites, & la circonftance où elles fe trouvoient auroit été très-capable d'étonner même des vainqueurs. Les premiers rangs qui étoient de piquiers mirent pourtant genouil à terre, & ne s'y jetterent point pour cela ; ou s'ils le firent dans quelque partie, ce que je ne peux pas favoir, au moins il n'en arriva aucun mal.

On me fera encore une objection (a) fur le mouvement de faire place que j'ai employé ici. On dira que ceux qui le feront s'en allant en défordre, il fe détachera quelques cavaliers qui les fabreront. Cela pourra bien être, mais ne fervira pas à la victoire de l'Efcadron : ce n'eft pas à ceux-là qu'il a affaire. Cela ne fera donc autre chofe que montrer à la Pléfion qu'il y a moins de danger à combattre qu'à fuir, & qu'il faut fe bien défendre, pour fe mettre le plus tard qu'on peut dans le cas d'avoir recours à ce mouvement. Je ne crois pourtant pas qu'on perde jamais beaucoup en le faifant.

(a) Quand l'on ne pourroit faire place fans expofer non-feulement la première fection, mais toute la Pléfion à être battue ; ou plûtôt quand ce mouvement feroit impraticable, que voudroit-on en conclure ? Sur dix combats de la Pléfion contre la cavalerie, elle fe trouvera peut-être une fois entamée, de maniere à fouhaiter ce mouvement. S'il ne vaut rien, c'eft fur dix combats un feul dont elle fe tirera mal : cela n'empêche pas que cette ordonnance ne foit fort fupérieure en cette circonftance à celle qui n'eft point du tout en état de fe mefurer avec la cavalerie. Mais fans tout ce raifonnement, confultons l'expérience. Le mouvement en queftion eft poffible, puifqu'il a été exécuté en cas pareil, plus difficile même, par des Indiens encore, & non pas une fois, mais dix dans la même action. La Pléfion ne fera point entamée, puifque la cavalerie n'entamoit pas l'infanterie des anciens ; ainfi elle ne fera jamais dans le cas de recourir à cette manœuvre.

L'efpace à parcourir n'eft pas long, & on le parcourt très-vîte, & les piquiers qui font les derniers dans cette retraite ne laifferont pas, tout en s'en allant, de fe défendre en arriere ; leur pique & leur piftolet y font affez propres. D'ailleurs lorfque la premiere fection fait place, le refte de la Pléfion en bon ordre s'avance & charge ; & trouvant l'ennemi lui-même au moins un peu dérangé, le perce indubitablement : il penfera donc à toute autre chofe qu'à courir après cette premiere fection ; fans cela je doute que, pour le plaifir de fabrer quelqu'un affez inutilement, puifque cela ne fait rien à la queftion, n'entame point la Pléfion, des cavaliers vien-nent le long de fes flancs effuyer une tempête de coups de fufil, qu'il faudroit effuyer en revenant comme en allant. Si la Pléfion a des pelottons, il eft encore moins à craindre que l'ennemi preffe la fection qui fait place. Il eft tems de par-ler de ce combat, lorfqu'elle eft ainfi accompagnée.

Pendant que la cavalerie ennemie arrivera, les grenadiers à pied feront un feu perpétuel fur la partie qui va charger la Pléfion, puis quand ils ne le pourront plus, tireront fur ce qui la déborde : & s'ils ont à craindre d'être chargés eux-mêmes, doubleront derriere elle, ou fe colleront contre fes faces. L'un & l'autre étant fort courts, ils n'en uferont ainfi que lorfque l'ennemi fera prêt d'aborder la tête de la Pléfion. À l'égard des grenadiers à cheval on les étendra, augmentant les efpaces qui font entre eux & la Pléfion, pour les jetter fur les flancs de l'ennemi ; mais fi le terrein ne le permet pas, la droite & la gauche étant couvertes, ils fe tiendront tranquilles & un peu en arriere, ce qui tiendra toujours en échec ce qu'ils ont en tête. S'ils voyent que la Pléfion ait de la peine à décider la victoire en fa faveur, ils chargeront. Etant une cavalerie d'élite, ayant affaire à des gens qui font inquiétés depuis quelque tems par le feu des grenadiers à pied, ils doivent être vainqueurs ; & auffi-tôt fe repliant fur ce qui refte, ils achevent ce que l'infanterie a commencé, mettent l'ennemi en fuite. Si au contraire ils ont quelque défavantage, cela ne fait rien à la Pléfion, n'a aucune mau-vaife fuite ; ce combat des grenadiers étant tout-à-fait étranger pour elle.

Si la cavalerie marche aux pelottons, ou fait quelque mouvement de converfion, la réponfe eft à peu près la même que contre l'infanterie faifant les mêmes manœuvres.

Si, au lieu d'attendre le choc, la Pléfion va elle-même charger la cavalerie, elle marche en bataille comme contre l'infanterie ; excepté qu'il n'eft pas néceffaire que les grenadiers à cheval fe tiennent fi éloignés, ni que la Pléfion aille fi vîte, puifqu'elle n'effuye pas des coups de fufil. Elle peut même, fi elle veut, s'arrêter de tems en tems pour tirer, mais je n'aimerois pas cette maniere ; je crois qu'il vaut mieux qu'elle aille fans penfer à autre chofe qu'à arriver, marchant le même train que les grenadiers à pied qui feront un feu perpétuel.

Par tout ce que j'ai dit dans cet article, je crois bien prouvé que la Pléfion eft de tous les ordres dont on s'eft jamais avifé, celui qui met l'infanterie le plus en état de tenir contre la cavalerie, d'être affûrée de la battre ; puifque les feules bonnes défenfes contre cette arme font la profondeur & les piques, auxquelles fi on veut j'ajouterai le feu, qui en eft effectivement une, quoique peu fuffifante fans les deux autres. Mais la Pléfion les a toutes trois fuperlativement ; a la profondeur de la Phalange doublée, des piques meilleures que toutes celles qu'on a vûes, & fecondées par des armes courtes de différente efpéce, enfin un feu qui contre la cavalerie eft fort fupérieur à celui du Bataillon. Elle craindra donc un peu moins la cavalerie en plaine, qu'elle n'y craindroit l'infanterie : car fi un Bataillon ne peut battre une Pléfion, du moins il peut lui tuer quelqu'un, & non pas la cavalerie qui ne peut fe fervir de fes armes contre l'infanterie, (comptant comme de raifon pour rien le feu de l'Efcadron) jufqu'à ce qu'elle foit entrée dedans.

La fupériorité de la Pléfion contre la cavalerie ne demandoit peut-être pas à être prouvée fi amplement : car je ne fache pas que perfonne l'ait beaucoup conteftée. Un critique * a pourtant fort infifté fur ce que la cavalerie venant attaquer un angle, n'effuyera pas grand feu. Mais il a fuppofé apparemment 1° Que la Colonne étoit endormie, & ne faifoit aucun mouvement, pour fe préfenter mieux ; n'avoit ni pelot-

* Savornin.

tons pour couvrir cet angle, ni le mouvement de flanc pour
le protéger, ni aucun autre pour le dérober ; 2º Que fans le
feu la Colonne ne réfifteroit pas à la cavalerie.

ARTICLE III.

Contre une armée qui fuit notre fyftême, il n'eft que défavantageux
d'être fupérieur en cavalerie.

Aujourdhui fi une armée inférieure en cavalerie avoit à
combattre en plaine, elle feroit prefque sûre d'être battue :
la cavalerie renverfée, comme on devroit s'y attendre, l'ennemi fe repliant fur les flancs de l'infanterie attaquée de front
en même tems, celle-ci ne pourroit fe défendre. On eft donc
obligé d'être à peu près aufli fort en cavalerie que fon ennemi ; quand même on feroit plus fort en infanterie, cela ne
fuffiroit pas pour dédommager de l'infériorité de l'autre arme : car puifque celle-ci n'eft point en état de foutenir fa
charge, les Bataillons qui feroient oppofés à des Efcadrons
ennemis feroient aifément renverfés ; & il faudroit que dans
les autres parties on combattît bien heureufement, pour que
cet accident ne fît pas perdre la bataille. Polybe a dit qu'il
eft plus avantageux d'être fupérieur en cavalerie qu'en infanterie. Folard veut évoquer fon ombre, pour lui demander
où il a pris un principe aufli faux. Je n'ai garde de l'approuver : mais il faut convenir pourtant que ce grand hiftorien ne
l'a pas avancé fans quelque raifon ; & que fi ce principe eft
faux par rapport aux régles de la guerre, il eft affez vrai lorfque l'infanterie eft dans un ordre peu folide, & dont les
flancs font foibles, & le feroit bien davantage encore fi l'on
choififfoit prefque toujours des plaines pour combattre, comme faifoient les anciens.

Avec notre fyftême, la fupériorité de l'ennemi en cavalerie
lui fervira peu, même en plaine : premierement quand il
battroit la nôtre, l'infanterie qui ne craint pas pour fes flancs,
& eft fort en état de foutenir la charge des Efcadrons, ne
feroit point perdue : fecondement il n'auroit aucun avantage
contre notre cavalerie ; nous l'oppoferions à nombre égal de
la fienne, oppofant au furplus de fes Efcadrons des Pléfions
qui

qui ne les craindroient guères : mais ce qu'on peut faire de mieux c'eſt de ſoutenir la cavalerie par l'infanterie, afin de la rendre même ſupérieure à celle de l'ennemi, quoique plus nombreuſe ; & c'eſt à quoi notre ſyſtême eſt merveilleuſement propre.

Une excellente maniere de fortifier une aîle, c'eſt de mettre entre les Eſcadrons, des pelottons de fuſiliers, qui avant le choc fatigueront l'ennemi par leur feu, le mettront au moins en état de combattre une cavalerie qui n'a rien ſouffert, & au moment de la charge ſe jetteront dans les intervalles des Eſcadrons ennemis, pour les charger en flanc & en queue. La plûpart des grands Généraux de l'antiquité, & pluſieurs parmi les modernes, ont employé cette méthode avec ſuccès. Folard en a bien rapporté des exemples : j'y joindrai celui d'Ageſilas contre Tiſſapherne, pour avoir occaſion de rapporter cette note remarquable du traducteur. » Ce qu'A-
,, géſilas fait ici a été ſouvent pratiqué depuis, avec grand
,, ſuccès. Et pour nous rapprocher de notre tems, j'ai oüi
,, dire à des officiers qui ont ſervi dans les guerres du der-
,, nier ſiécle, qu'un des plus grands Généraux que la France
,, ait eûs, avoit avoué qu'il avoit perdu une grande batail-
,, le, parce que ſon ennemi s'étoit ſervi contre lui de cette
,, méthode, & qu'il en avoit gagné enſuite une autre, parce
,, qu'il avoit profité de cet exemple, & l'avoit imité. »

On peut objecter contre les pelottons entre les Eſcadrons, que la cavalerie ne doit combattre autrement qu'en allant à la charge, & fort vîte ; que les pelottons ne pouvant pas aller le même train, ne lui feront d'aucune utilité, & ne lui ſerviroient qu'au cas qu'elle attendît le choc de l'ennemi. Les pelottons étant des troupes très-petites, n'ayant pas de déſordre à craindre, étant compoſés de ſoldats fort ingambes, car on les aura choiſis tels, ne ſeront pas beaucoup moins vîtes que le grand trot de la cavalerie ; & afin qu'ils n'ayent pas long-tems à marcher d'un pas ſi accéléré, on les fera partir auparavant pour prendre de l'avance. Si l'ennemi ne s'ébranle point, ils reprendront haleine, & la cavalerie s'approchera d'eux tout doucement, n'ayant pas beſoin pour charger de trotter un eſpace de 2 à 300 toiſes. Les pelottons

Hh

peuvent fi bien charger avec la cavalerie même la plus légére, que les Carthaginois en mêloient tous les jours avec leurs
Numides, qui étoient de vrais huffards. Au refte, j'indique
ce moyen de fortifier la cavalerie, comme utile, non comme néceffaire à notre fyftême. On l'employera dans telles
occafions qu'on le jugera à propos. Je crois feulement qu'on
fera bien de l'employer fouvent.

Ces pelottons entre les Efcadrons perdent une grande partie de leur ufage, fi l'ennemi eft en ligne pleine. Alors ils
n'aident leur aîle que par leur feu : mais c'eft toujours beaucoup. Je compte pour peu de chofe ce qu'on objecte, que
fi notre cavalerie eft battue malgré ce fecours, ces pelottons
abandonnés ne peuvent manquer d'être taillés en piéces. Cela
n'arrivera point. La cavalerie avec un pareil avantage ne fera
point battue. On pourroit d'ailleurs répondre à cela, que la
premiere ligne de cavalerie ennemie ne s'abandonnera pas fi
fort; qu'elle s'expofe à être battue par notre feconde; que fi elle
pouffe en avant quelques Efcadrons ou quelques compagnies,
ces corps s'occuperont beaucoup davantage du foin d'empêcher notre aîle de fe rallier, que de celui de maffacrer des
fufiliers, qui dès ce moment ne font plus à craindre; que
par conféquent ceux-ci qui ont la plus grande légéreté, fe
tireront aifément, au moins la plûpart; que fi à Pharfale les
armés à la légére de Pompée furent écrafés, après la déroute
de fa cavalerie, c'eft qu'elle étoit fur une feule ligne, d'où
il arriva que celle de Céfar pourfuivit très-vivement, fans
crainte & fans danger, d'autant plus qu'elle étoit foutenue
elle-même par une réferve de fix Cohortes; on pourroit enfin
appliquer ici une maxime du Marquis de Santa-Cruz, que
lorfqu'on va au combat, on doit être plus occupé des moyens
de fe procurer la victoire, que du foin d'affurer la retraite;
& ajoûter que ce principe généralement très-vrai, l'eft bien
davantage, lorfqu'il s'agit de la victoire de toute l'armée, &
qu'il n'eft queftion que de la retraite d'une très-petite partie.
Avec tout cela je ne difconviens pas que ce ne foit très-bien
fait d'affurer la retraite des pelottons; ils en feront même
plus utiles, & combattront avec plus de fermeté. Pour
cela on peut mettre dans un aîle de cavalerie quelques corps

d'infanterie plus confidérables , comme fit Montécuculi à faint Godart. Mais je ne fais fi dans l'ordre où étoient ces corps , ils auroient été d'un grand fecours aux pelottons en cas de malheur. Les Bataillons fe trouvant les flancs décou-verts après la défaite de la cavalerie , auroient été fort em-barraffés pour eux-mêmes. Il femble d'ailleurs que ces Ba-taillons, en même-tems qu'ils affurent les pelottons , devroient aider par leur feu l'aîle de la cavalerie : mais ils ne lui font pas de grand fecours: ils ne peuvent tirer que devant eux: les Efcadrons intermédiaires n'en reçoivent aucune protec-tion.

Le Maréchal de Puyfégur ne met point de pelottons de fufiliers entre les Efcadrons , mais place dans les aîles quel-ques Bataillons de diftance en diftance : & , pour éviter les deux défauts dont je viens de parler , au lieu de les mettre dans la ligne , dans l'ordre ordinaire , les met en rond & en dehors. A ce moyen n'ayant pas de parties foibles , ils s'em-barraffent peu que les Efcadrons qui les touchent ayent plié ; & leur feu flanque la cavalerie intermédiaire , qui devient une courtine dont ils font les baftions. Ces raifons font très-fortes fans doute , & cette difpofition fort fupérieure à l'or-dre naturel du Bataillon : cependant , comme je l'ai fait voir , le rond ne laiffe pas d'avoir des défauts , fur-tout fi on le compare à la Pléfion ; & le Maréchal fent fi bien qu'il n'eft pas impoffible qu'il foit rompu , qu'il feroit bien aife de lui donner des chevaux de frize. Avec ces Bataillons ronds en avant de la ligne de cavalerie , on ne peut aller à la charge , le rond ne pouvant pas marcher. Le Maréchal le fait bien. Mais , dit-il , ou la cavalerie ennemie ,, reftera en place fans ,, bouger, auquel cas elle perdra bien du monde inutilement, ,, (car notre cavalerie doit toujours laiffer agir l'infanterie, ,, la laiffant devant elle , fans quoi elle perdroit fon avantage) ,, ou enfin la cavalerie. . . . marchera à la nôtre , & alors le ,, feu croifé des baftions lui détruira beaucoup de monde. ,, Il faut donc attendre que l'aîle ennemie s'en aille ou char-ge avec défavantage. Elle ne fera ni l'un ni l'autre. Tant qu'elle ne chargera point , le feu qu'elle effuyera dans quel-ques parties ne fera pas fi violent qu'elle ne puiffe le foute-

nir ; elle peut même à certain point s'y dérober. Les Bataillons auxiliaires ne ferviront qu'à rendre fpe&atrice du combat la cavalerie des deux armées : & puifque c'eft en quoi
l'ennemi eft le plus fort, c'eft un grand avantage, quoiqu'on
ne fe le foit procuré qu'en affoibliffant un peu fon infanterie,
qui cependant décide la Bataille ; mais c'en feroit un bien
plus grand encore de battre la cavalerie ennemie, allant la
charger avec la fupériorité qu'on a donnée à la fienne.

Pour remplir en même tems ces deux objets, de foutenir
chaque Efcadron par des pelottons, & de mettre dans les
aîles de plus grands corps d'infanterie, qui les fortifiant encore davantage affûreront d'ailleurs la retraite des petits, il
n'eft rien de mieux que notre fyftême. On mettra un certain
nombre de Pléfions fur le front de la ligne, en dehors, comme le Maréchal met fes Bataillons ronds. Les grenadiers à
pied ne leur étant pas fort néceffaires en pareil cas, on
les donnera aux Efcadrons, & ils feront d'autant plus propres
à cet ufage, que c'eft leur métier de combattre en pelottons.
Les Pléfions craindront encore moins la cavalerie ennemie
que ne feroient les Bataillons ronds ; elles ne craindront pas
non plus les Bataillons que l'ennemi pourroit avoir auffi mêlés entre fes Efcadrons. Par exemple, fi en avant de fon aîle
il y avoit des Bataillons ronds, la nôtre allant à la charge,
les Pléfions prendroient un peu d'avance, pour tomber de
bonne heure fur eux, & les brifer. Ainfi au moment du choc
ils ne ferviroient point à leur cavalerie, & même auparavant
ne lui auroient pas été de grand fecours, n'ayant pas fubfifté
jufqu'au moment où leur feu feroit devenu dangereux pour
la nôtre. Après les avoir battus, les Pléfions continuant leur
chemin entreroient dans la ligne ennemie, & chargeroient
en flanc les Efcadrons, en même tems que les nôtres les
attaqueroient de front.

Les Pléfions donnent, comme les Bataillons ronds, un feu
très-bien dirigé pour flanquer toute l'aîle de cavalerie, avec
cette différence qu'elles tirent toutes entieres, lors même
que l'ennemi eft très-près, au lieu que toute la partie du
Bataillon rond qui regarde fa ligne ne peut pas faire feu. Elles ont encore fur lui un grand avantage, par la facilité de

varier la direction de ce feu felon que l'ennemi eft plus ou
moins éloigné. Lorfqu'il eft à une diftance où le feu oblique
n'atteindroit pas, elles peuvent faire feu par fections, fur ce
qui eft devant elles : elles peuvent enfuite, lorfqu'il approche, former la tenaille renverfée, afin que la premiere fection continuant de tirer devant elle, le refte croife fon feu
au devant de la cavalerie intermédiaire : elles peuvent enfin,
au moment de la charge, refermer la tenaille, pour faire un
feu parallele à la ligne. Si elles ne font pas affez éloignées
l'une de l'autre pour tirer ainfi fans fe battre reciproquement,
on en fera rentrer dans la ligne, pour laiffer aux courtines
une longueur fuffifante, & ces Pléfions rentrées feront une
batterie au milieu, qui eft précifément la partie qui en a
le plus de befoin. Ceci eft encore un de nos avantages fur
les Bataillons ronds, qui ne peuvent pas ainfi rentrer & fortir : d'où il arrive qu'il faut prendre garde de les mettre trop
près à près ; qu'on ne peut pas fortifier les aîles autant qu'on
le voudroit, lors même qu'elles en ont le plus de befoin &
que l'on a de l'infanterie de refte. Je n'ai pas befoin de faire
remarquer que, de quelque maniere que le combat s'engage, les Pléfions pourront toujours, comme je viens de le dire
plus haut, charger les flancs des Efcadrons ennemis, par
manches ou par Pléfionnettes, & faire dans cette ligne le
même tapage que dans une ligne d'infanterie.

Si l'ennemi vient miraculeufement à bout de battre une
aîle ainfi renforcée, les Pléfions refteront fans crainte au milieu de fes Efcadrons, comme le Bataillon rond à qui je ne
contefte point cette propriété, mais n'y refteront pas comme
lui jufqu'à ce que la bataille foit finie. Il ne peut marcher, fi
l'ennemi a laiffé quelques troupes de cavalerie à portée de lui,
ou fur fon chemin ; quand on le laifferoit aller, il ne pourroit
tourner fa marche que du côté où il n'y a point d'ennemis,
n'étant pas en état d'attaquer perfonne : cependant la cavalerie victorieufe, ayant détaché quelques corps pour pourfuivre la nôtre & l'empêcher de revenir, quelques autres pour
tenir en échec ces Bataillons ronds, tout le refte aura tombé
fur l'infanterie, qui, chargée en flanc & dans l'ordre ordinaire, ne fe défendra pas long-tems ; la bataille fera bientôt per-

due, & les Bataillons ronds par conféquent. Des Pléfions dans le même cas n'ayant point à quitter leur ordre de combat pour marcher même fort vîte, & perçant aifément ce qu'elles rencontreront à leur chemin, ne refteront pas oifives fur le champ de bataille de la cavalerie après fa défaite : elles iront bien vîte rejoindre l'infanterie à qui leur arrivée fera grand plaifir ; & même, fe raffemblant deux ou trois des plus voifines, feront capables de faire un grand effort, de tirer d'embarras cette infanterie, pourvû qu'elle n'ait pas été dans l'ordre ordinaire, dont les flancs étant fi foibles, la cavalerie victorieufe l'auroit renverfée de refte avant l'arrivée des Pléfions.

De tout ceci, & encore plus des ordres de bataille de Folard, il fuit néceffairement que dans notre fyftême on mettra facilement une cavalerie inférieure, foit par le nombre, foit par la qualité, en état de réfifter à celle de l'ennemi, dans la certitude même de la battre ; que quand notre cavalerie feroit battue, puifque notre infanterie eft en état de foutenir la charge de la cavalerie, même fur fes flancs, il n'y auroit rien de perdu ; que par la même raifon, quand nous n'aurions point du tout de cavalerie, nous ne laifferions pas de battre une armée qui en auroit, par conféquent que nous n'avons pas befoin d'en avoir tant qu'on en a aujourdhui ; qu'en y faifant une réduction confidérable, cette fupériorité que nous donnerions à l'ennemi ne lui fervira à rien dans une bataille rangée en plaine, lui nuira beaucoup par-tout ailleurs.

Cet avantage de diminuer le nombre de la cavalerie, eft peut-être un des plus grands que procure notre fyftême ; auffi Folard n'a-t-il pas négligé de le faire remarquer. Tout le monde convient qu'il y en a trop aujourdhui dans les armées, fur-tout depuis qu'on a multiplié les troupes légéres ; d'où il arrive que dans la plûpart des opérations de la guerre, une partie confidérable de l'armée eft inutile, & même embarraffante, tandis que pour ce que coutent 100 Efcadrons dont on pourroit fe paffer, on auroit 50 Bataillons de plus, qui ferviroient par-tout, & feroient le double de combattants. Le Marquis de Sancta-Cruz fixe, dans une armée de 20000 hommes deftinée à agir dans un pays affez ouvert, la cavalerie

à 2000, les dragons à 3000. Si le pays eſt peu abondant
en eau & en fourage, il veut peu de cavalerie ; dans les
plaines, un quart de l'armée. C'eſt encore beaucoup. Mais
ſi l'ennemi en a davantage, il faut bien l'imiter, ou prendre
notre ſyſtême. Et ſi ces plaines ſont peu abondantes en eau
& en fourage, ce grand nombre de cavalerie ſera bien embarraſſant. L'ennemi, dira-t-on, ſera dans le même embarras.
D'accord. Mais ſi nous n'y étions pas nous, ce ſeroit donc
un grand avantage que nous aurions ſur lui. Une armée plus
forte en cavalerie eſt toujours obligée de décamper la premiere ; ce qui décide ſouvent du ſuccès d'une campagne ,
quelquefois de toute une guerre. Les Romains reſtoient ſix
mois dans un camp, quand cela leur étoit néceſſaire : s'ils
avoient été auſſi riches que nous en cavalerie, cela ne leur
auroit pas été poſſible. Cette incommodité d'en avoir une
trop nombreuſe eſt plus grande pour notre nation que pour
aucune autre, parce que nous ménageons très-mal les fourages. Non-ſeulement une armée trop forte en cavalerie eſt obligée de décamper quelquefois, n'en ayant nulle envie : mais
elle entre toujours la derniere en campagne ; il faut laiſſer
croître les fourages, ce qui donne moyen à l'ennemi de la pre-
venir dans un poſte important, quelquefois de prendre une
place. Il peut encore entreprendre bien des marches dans le
cours de la campagne, qui ſeroient impoſſibles pour elle.
Pour la guerre des places, le plus petit nombre de cavalerie ſuffit : pour peu qu'un ſiége ſoit long, à moins que le pays
ne ſoit très-abondant & la ſaiſon favorable, ou que l'on n'ait
trouvé moyen d'y faire d'avance des magaſins prodigieux, on
eſt obligé de la renvoyer ; de ſorte que une armée de 60000,
dont le tiers de cavalerie, ſe trouve réduite à 40000, obligée de ſe retrancher ſi l'ennemi marche à elle, peut-être
même de lever le ſiége : ſi cette armée n'avoit eu que peu
de cavalerie, mettant le reſte en infanterie, elle auroit été
de près de 80000 hommes, & auroit été enſemble tant qu'on
auroit voulu. Toutes ces raiſons ont été déja rapportées par
Folard, & répétées par un de ſes critiques ; mais je n'ai pas
cru inutile de les rapporter encore : il s'agit d'un grand avantage de notre ſyſtême, j'ai été bien aiſe de le faire remarquer
dans toute ſon étendue.

Les inconvénients du grand nombre de cavalerie font re-connus affez généralement : mais comme nos ennemis en ont beaucoup, on croit être obligé d'en avoir autant ; non pas feulement à caufe des batailles en plaines, on conviendroit bien que dans cette circonftance les Pléfions y fuppléeroient ; mais par rapport aux différentes opérations dans le cours de la campagne. On prétend que l'ennemi fupérieur en cava-lerie fatiguera beaucoup la nôtre, qui ne pourra faire face à tous les détachements néceffaires ; qu'il nous refferrera dans notre camp, au point que nous ne faurons jamais ce qu'il fait ; qu'il nous enlevera des convois, ne nous laiffera pas faire un fourage, envoyant pour l'attaquer des 12000 chevaux, auf-quels nous ne ferons pas en état de répondre. A tout ceci j'oppoferai d'abord l'expérience. Dans la guerre de Fabius con-tre Annibal, le Romain étoit fort inférieur en cavalerie, le Carthaginois fort refferré lui-même. Le théâtre où ils s'exer-çoient n'eft pourtant pas un pays trop coupé. Avec une ca-valerie inférieure de moitié, on ne laiffera pas de fournir à tous les détachements fans trop de fatigue, fur-tout fi on y joint de l'infanterie auffi fouvent que cela fera poffible. Il en eft de même des fourages : & il y a une bonne raifon pour qu'ils foient moins fatiguans, c'eft qu'on n'aura pas à y aller fi fouvent, ayant beaucoup moins de bouches qui les con-fomment. Pour avoir des nouvelles de l'ennemi, depuis que les troupes légéres font à la mode, ce n'eft plus guères l'em-ploi de la cavalerie.

Pour tout le détail de la campagne, on ne peut comparer une armée dans notre fyftême à une armée moderne. Elle fera compofée plus dans le goût des armées des anciens ; elle fera la guerre de la même maniere à peu de chofe près, & fon ennemi tout moderne fera fort dérouté. Par exemple, pour revenir à l'article des fourages, les anciens campoient ordi-nairement très-près de l'ennemi, & pour ne pas être obligés de combattre à fon gré, fe retranchoient bien ; les fourages fe faifoient en arriere, puifque ils avoient mis le terrein der-riere eux. Et comment les faifoient-ils ? Ils marchoient avec toute leur cavalerie, & deux Légions, ou plus, felon la force de l'armée. Que pouvoit faire l'ennemi, fuppofé même très-fupérieur en cavalerie ? Il n'y avoit pas moyen d'attaquer cela fans infanterie , & il n'étoit pas aifé de la porter jufques-là. Attaquer le camp pendant l'abfence des fourageurs ? Il y regardoit à deux fois : ce qui reftoit à la garde étoit fuffifant pour le défendre jufqu'à leur retour ; & l'eut été bien davantage , fi l'ennemi ayant plus de cavalerie & moins d'infanterie , cette derniere eût été fupérieure de bien peu de chofe à celle de l'armée , malgré le détachement envoyé au fourage. Cette opération fe faifoit donc fort tranquillement , on fourageoit à fonds , & le camp étoit approvifionné pour plufieurs femaines : outre cela journellement dans les endroits les plus voifins & les moins expofés , on envoyoit de petits détachements , fauf à les replier s'ils étoient menacés : cela nourriffoit encore le magafin , & retardoit de quelques jours un fecond grand fourage. C'eft ainfi qu'une armée de Pléfions en uferoit. Avec cette maniere de faire la guerre , elle enverroit fort bien , quand cela feroit néceffaire , toute fa cavalerie contre un détachement de celle de l'ennemi , n'en ayant pas befoin dans fon camp. En un mot , je ne peux m'empêcher d'y revenir , la preuve que l'on peut fans inconvénient être inférieur de plus de moitié en cavalerie , c'eft que les Romains ont toujours été dans ce cas , vis-à-vis des Carthaginois nommément.

CHAPITRE XI.

Comparaifon des deux fyftêmes dans les batailles rangées.

UNe armée , comme dit le Maréchal de Puyfégur , eft un grand Bataillon ; un Bataillon une petite armée. Elle a donc befoin d'avoir en grand les mêmes propriétés. Puifqu'elle combat pour rompre & n'être pas rompue , il faut que fon ordre foit fort & folide. Puifque la force qu'elle auroit dans fon front ne l'empêcheroit pas d'être battue fi l'ennemi trouvoit le moyen de la charger dans fes parties foibles , il faut qu'elle n'en ait point. Puifqu'elle a à marcher fous le feu de l'ennemi avant le combat , à le pourfuivre après la vic-

I i

toire, ou à s'éloigner après fa défaite ; il faut qu'elle puiffe
marcher légérement, fans fe mettre en défordre. Puifqu'elle
a à combattre en différents lieux, contre différentes fortes
d'armes, avec différents fuccès ; il faut que fon ordre foit
capable de la variété néceffaire pour fe prêter à toutes les
circonftances poffibles, capable de mouvements affez rapides pour fe métamorphofer en un ordre tout différent, auffi
promptement que les circonftances puiffent le défirer.

ARTICLE PREMIER.

Solidité.

Vouloir prouver qu'il faut que l'ordre de bataille d'une
armée foit fort, c'eft vouloir prouver un axiôme. De pareils
arguments ne piquent pas beaucoup la curiofité du lecteur :
mais tel eft fouvent le fort de ceux qui foutiennent des thè-
fes trop évidentes. Je ne peux pourtant m'empêcher de faire remarquer que la force eft plus néceffaire que jamais à
nos ordres de bataille, depuis que nos armées font fi nombreufes ; qu'à mefure qu'on les a augmentées, on auroit dû
augmenter l'épaiffeur des lignes, au lieu de la diminuer.
Car, comme le remarque le Maréchal de Puyfégur, l'ennemi,
au lieu de fe conformer à votre étendue, vient vous attaquer en
force, fur une droite, ou fur une gauche..... Et cette partie dénuée
de force eft renverfée, avant que les troupes qui font fi éloignées
fe foient rapprochées pour la fecourir. Si d'un autre côté, dit-il
encore, *on combat dans des lieux où l'on ne puiffe faire agir*
qu'une partie des troupes à la fois, ce qui eft fort ordinaire fur-
tout depuis que les armées font fi nombreufes..... plus les Batail-
lons & Efcadrons ont de hauteur, plus ils font en force fur ceux
qui en auront moins....... Vous les combattez avec un plus grand
nombre d'hommes à la fois : mais pour former plufieurs lignes
l'une derriere l'autre, il faut qu'il y ait de la profondeur, afin
de pouvoir mettre des diftances entre les lignes, pour pouvoir fe
mouvoir & n'être pas fous le feu de la ligne qui combat, autant
qu'il eft poffible ; & affez éloigné auffi, pour n'être pas renverfé fi
la ligne qui combat eft contrainte de plier. Si ce terrein ne peut
contenir qu'une partie de l'armée fur deux lignes l'une derriere

l'autre, le terrein n'ayant pas davantage de profondeur, vous dont l'infanterie fera fur 7 ou 8, & la cavalerie à 4 & plus, vous auriez à chaque ligne plus de Bataillons & d'Efcadrons, que n'auroit celui qui donne plus de front & moins d'épaiffeur : par conféquent vous auriez fur votre ennemi qui auroit négligé ces avantages, une grande fupériorité en nombre. Il n'eft pas néceffaire d'ajouter à ce que dit le Maréchal, ni de faire remarquer que les Pléfions auront fur fa ligne à 7 ou 8 de hauteur, bien plus d'avantages encore, que celle-ci n'en auroit fur la ligne ordinaire. Si généralement l'étendue des armées en bataille rend la force plus néceffaire, parce que l'ennemi pourroit ramaffer beaucoup de troupes pour attaquer quelque partie qu'on n'auroit pas le tems de fecourir ; cette raifon eft bien plus forte encore, fi l'on a affaire à des Pléfions : puifque aucun ordre ne peut ramaffer de fi grandes forces en telle partie qu'il lui plaît, n'a tant de facilité à le faire par la rapidité de fes mouvements, qui jointe à la force de fes flancs qu'il ne craint pas de découvrir, le met en état de prendre, même en plaine & très-près de l'ennemi, les difpofitions les plus bizarres, par conféquent les plus fûres contre une armée qui n'a pas le tems d'y répondre. C'eft ce qu'on verra mieux dans un moment.

Quand l'armée de Pléfions imiteroit l'arrangement & la diftribution de l'armée de Bataillons, les fuppofant égales en nombre, puifque chaque Pléfion en particulier a l'avantage fur chaque Bataillon, chacune enfonceroit le fien, celle-ci ne pourroit tenir contre la nôtre. Et il faut fe rappeller par deffus le marché ce que j'ai prouvé ailleurs, que la ligne de Pléfions feroit victorieufe, quand il y en auroit un plus grand nombre de renverfées que de Bataillons. La fupériorité de forces de notre ordre de bataille deviendra bien plus grande, fi, au lieu de nous conformer à la diftribution de l'ennemi, nous oppofons des Pléfions à une partie de fa cavalerie, des Efcadrons à une partie de fon infanterie. A ce moyen il ne combattra nulle part à jeu égal : fes foibles Bataillons feront pilés par notre cavalerie, fes Efcadrons battus aifément par les Pléfions.

Si actuellement nous mettons prefque toutes nos troupes

en premiere ligne, l'avantage que nous avions contre la sienne est doublé, & rien ne l'en dédommage. La seconde ne nous arrêtera point après sa défaite. C'est ce que j'ai prouvé ailleurs.

Cette supériorité de forces deviendra bien plus grande encore, si nous ne nous conformons pas davantage à l'étendue de l'armée ennemie, qu'à sa distribution ; &, nous bornant à attaquer quelques points de sa ligne, portons sur elle infiniment plus de troupes qu'il ne peut y en avoir dans ces parties. La ligne pleine est le *nec plus ultrà* de la force des Bataillons. Ils mettront 12000 hommes à 4 de hauteur, à 3 ils n'en mettroient que 9000 en 1000 toises, jamais plus. Les Pléfions laissant entre elles des intervalles égaux à leur front, auroient quatre fois plus de monde en même étendue de terrein, sans compter même les pelottons. On me dira que l'ennemi fera plusieurs lignes, pour fortifier ces parties contre lesquelles nous faisons de si grands efforts. Mais à quoi cela servira-t-il, puisque la défaite de la premiere entraînera nécessairement celle de toutes les autres, de forte que les Pléfions ne comptent d'ennemis à combattre que ce qui est en premiere ligne ? Et comme les parties de cette premiere ligne qu'elles n'attaquent point, ne peuvent prendre part au combat, beaucoup moins empêcher le succès de l'attaque ; les Pléfions n'ont réellement affaire qu'à la partie qu'elles ont en tête, de forte qu'une armée de Pléfions inférieure des trois quarts, combattroit encore avec une grande supériorité de nombre. Etrange paradoxe, si ce n'étoit une vérité démontrée si clairement, que, dans les terreins ferrés où l'on n'a point à nous objeéter de recourbement fur nos flancs, personne n'a pû disconvenir que le système avoit un avantage immense. Cette objeétion du recourbement bien détruite (a), il s'ensuivra nécessairement que les Pléfions auront le même avantage dans les plaines.

On nous objeétera peut-être que les lignes redoublées de l'ennemi se ferreront l'une contre l'autre, pour soutenir la charge des Pléfions. C'est ce qu'elles pourront faire de mieux.

_____

(*a*) Elle a été bien détruite déja, Chapitre VII, Article VI.

Il eſt vrai que faire une objection pareille, c'eſt convenir de
nos principes; avouer que la profondeur fait la force de l'infanterie, & que le Bataillon n'étant pas propre à réſiſter à la
Pléſion, on aura recours à la Phalange : mais cela n'eſt pas
fort aiſé. Si on veut qu'elle atteigne notre profondeur, il faut
la Phalange doublée. Je ne chicannerai point ſur le nombre
de troupes qu'elle employe. Je ſuppoſe que nos ennemis
n'en manquent pas, non plus que de terrein pour contenir 8
lignes, ni de tems pour les ſerrer : parce qu'en effet il n'eſt
pas queſtion de tout cela, ſi de propos délibéré on ſe met
en Phalange, au lieu de ſe mettre en Bataillons. Mais c'eſt
ce que nous ne craignons pas. Je renvoye pour tous les avantages de notre ordonnance contre la Phalange, au Chapitre
VIII, où l'on a vû que nous avons ſur elle les mêmes qu'avoit
l'ordre des Romains, multipliés par ceux que nous avons ſur
l'ordre Romain lui-même.

C'eſt en ſuppoſant les Pléſions ſur une ſeule ligne, que
nous venons de voir que les Bataillons ne feront jamais un
ordre de bataille d'une force même approchante de la leur.
D'où il ſuit néceſſairement qu'une armée de Pléſions renverſera avec la plus grande facilité une armée de Bataillons,
par-tout où elle la chargera. Mais il ne faut pas oublier ce
que nous avons vû, au Chap. VIII. Art. II, que notre ſyſtême
peut encore augmenter de beaucoup la force de l'ordre, formant deux ou trois lignes, lorſqu'on voudra faire dans quelque partie les plus grands efforts qu'on puiſſe faire avec des
hommes.

ARTICLE II.

Sécurité des flancs.

J'ai dit qu'il faut qu'une armée n'ait point de parties foibles.
Cela eſt impoſſible, dira-t-on. Oui, dans le ſyſtême ordinaire, & c'eſt une grande raiſon pour le quitter. Si l'ennemi
l'attaque en flanc, il ne trouve aucune réſiſtance : après
avoir renverſé le premier corps qu'il a combattu avec tant
d'avantage, il marche à un autre qui ne ſe défend pas mieux.
De plus, les corps qui faiſoient face à ceux qu'il vient de dé-

I i iij

placer fe replient fur les flancs des collatéraux, de forte que le défordre fe communique rapidement fur toute la ligne. Toutes les fois qu'une armée inférieure fe met dans l'ordre ordinaire en plaine, elle doit s'attendre à cette attaque de flanc, puifqu'elle eft débordée, ce qui ne peut guères manquer de lui faire perdre la bataille. Souvent pour l'éviter on étend le front : mais fuyant un mal, on donne dans un autre. La ligne alors n'a plus de folidité, eft enfoncée très-aifément. C'eft ce qui arriva à la gauche de Brutus, à la feconde bataille de Philippes ; & cette gauche battue, l'ennemi fe replia fur la droite, qui, comme on le juge bien, ne tint pas long-tems (a). C'eft pour ces raifons que Végéce défend de prendre fa premiere difpofition, qui eft l'ordre ordinaire dont nous parlons, à ceux qui font inférieurs.

Mais quand on feroit égal, ou même fupérieur, cette foibleffe des flancs feroit toujours bien à charge, & bien dangereufe. Si l'on n'eft pas actuellement débordé, on n'eft pas fûr que l'ennemi ne trouvera pas le moyen de faire tomber pendant le combat quelque corps fur le flanc de l'armée. L'hiftoire eft pleine de pareils exemples. Les Alliés à Fleurus n'étoient pas plus foibles que l'armée du Roi ; ils furent pourtant chargés en flanc, ce qui nous donna une grande victoire. Antiochus, quoique très-fupérieur, fut battu de même

---

(a) A propos de fe replier fur les flancs de l'ennemi, cette bataille de Philippes me rappelle une obfervation qui n'eft pas inutile. Dans le premier combat, la droite de Brutus débordoit l'ennemi, de forte qu'une petite partie fe trouvoit oppofée à fa gauche. Brutus la chargea avec cet avantage, dont il paroît cependant qu'il ne profita pas beaucoup, & la renverfa ; mais auffi-tôt après, au lieu de fe replier fur ce qui reftoit, cette droite alla follement fe jetter fur le camp d'Augufte. Cette faute, qui n'eft pas rare, fe fera beaucoup moins avec les Pléfions. Il n'eft point aifé de replier une troupe qui s'emporte, lui faifant faire un quart de converfion. Elle ne fe trouve pas affez en ordre pour le commencer ; & quand elle le commenceroit, voyant fuir l'en-

nemi devant elle, fouvent elle n'auroit pas la patience de le finir, & s'abandonneroit en avant. Quand cela n'arriveroit que dans quelque partie, cela empêcheroit toujours le recourbement de s'exécuter. Pour les Pléfions qui n'ont que le fimple à droite à faire, cet accident n'arrivera point. Il fera toujours aifé de leur faire faire un fi petit mouvement ; & dès qu'il fera fait, leur ardeur, quelque impétueufe qu'on la fuppofe, ne pourra les porter ailleurs que du côté où on les a déterminées. De plus, quand quelqu'une s'abandonneroit encore après les fuyards, cela n'empêcheroit pas les autres de marcher aux flancs de ce qui refte, & elles feroient toujours affez en force.

par les Egyptiens à Raphies. Les Lacédémoniens perdirent la bataille d'Ithome, rapportée par Paufanias, attaqués en flanc, quoique fupérieurs en nombre, & attaqués même par des gens peu à craindre, quelque cavalerie légére qui s'étoit cachée au loin dans la montagne, pour tomber ainfi fur eux au moment de l'action. Voilà bien des exemples. Il s'en préfente pourtant encore un trop beau pour l'écarter.

Afdrubal, frere du héros de Carthage, fort habile auffi, & à qui Polybe & Tite-Live ont donné de grands éloges, venoit le joindre avec une armée. Les deux Confuls marcherent au-devant de lui, pour le combattre avant cette jonction fatale, qui eût été la conclufion de l'hiftoire Romaine. Le Carthaginois qui en favoit plus qu'eux, racourcit le front de fon armée, pour augmenter la profondeur. Son aîle débordée étoit appuyée à un terrein inabordable, & cette protection s'étendoit même fur une partie de fon front; l'autre flanc étoit en l'air, mais à même hauteur que celui des Romains qui lui étoit oppofé. Afdrubal ne crut donc pas avoir à craindre pour cette partie. Les Romains ne changerent rien à leur difpofition, & fe trouverent conféquemment dans le même cas où nous étions à Ramillies. Il fembloit que rien ne pût empêcher leur défaite. Il en arriva cependant autrement. Leur droite inutile où étoit Claudius ouvrit les yeux, quoique un peu tard, fur l'extravagance de cette difpofition, & pendant que l'on combattoit à la gauche, paffa derriere celle-ci pour aller attaquer le flanc droit des ennemis. L'armée n'étant pas fi grande ni fi allongée que font les nôtres aujourdhui, la marche de cette droite n'étoit pas bien longue; la gauche fe défendit très-bien, tant parce que les Romains n'ignoroient pas que ce combat décidoit du falut de la patrie, que parce que les éléphants ferrés entre les deux armées & accablés de traits faifoient au moins autant de mal au Carthaginois qu'aux Romains, & empêchoient la Phalange des premiers de charger librement (a). Ce défaut de leur ordre de bataille, ou l'étoile

_____

(a) On voit de là que fi les Carthaginois avoient été en Phalange coupée, comme Porus, Pyrrus, ou Antiochus, cités ailleurs, la victoire ne pouvoit leur échaper. Et on peut fe figurer de quelle efpéce auroit été cette victoire, la gaude Rome, fit que Livius, malgré le défavantage des Romains dans cette partie, foutint affez le combat pour donner le tems à fon collégue d'arriver fur le flanc des ennemis. Alors ils ne purent réfifter; leur armée fut entierement défaite, leur Général y périt lui-même.

De tant d'exemples d'armées battues, pour avoir été attaquées fur un flanc que l'ennemi ne débordoit point, tandis que d'autres avantages leur promettoient la victoire, je tirerois ce principe, que ni l'égalité, ni la fupériorité même, ne doivent difpenfer de fortifier le flanc d'une armée.

Je fais bien que le plus fouvent les flancs font appuyés à quelque chofe, que cela eft même bien plus aifé aujourdhui que les armées font fi nombreufes : mais cette protection du terrein ne fe trouve pas encore toujours. Lors même qu'on la rencontre, elle ne fert qu'autant qu'on reçoit la bataille & qu'on attend l'ennemi dans fon pofte. C'eft un grand mal, fur-tout pour les François, de s'obliger à cette façon de combattre. Si on marche à l'ennemi, fi même après l'avoir repouffé on veut le (a) pourfuivre, ou fi au contraire on perd du terrein, les flancs fe découvrent; parce que, comme dit Montécuculi, on ne traîne pas après foi les embarras du terrein. Il n'y a que *les inftruments de l'art* qui foient en ufage par-tout, & ne nous abandonnent jamais. Il a grande raifon, mais ne les donne pas ces inftruments de l'art. Ce n'eft pas dans l'art de la Fortification qu'il faut les chercher, mais dans la Tactique. On a toujours le tems de prendre une bonne difpofition, un ordre propre à affurer fes flancs : mais on n'a pas toujours le tems & les moyens de faire un retranchement ou abattis pour les couvrir : & quand on l'auroit, cette protection ne ferviroit pas davantage que celle du terrein. On ne la traîneroit pas plus aifément après foi.

---

che des Romains étant renverfée fur la droite, qui fe trouvoit en marche derriere elle. On peut remarquer encore, & je l'ai fait appercevoir, que fi deux armées aujourdhui imitoient ces deux armées, Romaine & Carthaginoife, dans leur difpofition, la Romaine ne pourroit éviter d'être battue; fon aile inutile ayant trop de chemin à faire, l'autre ne foutiendroit jamais affez long-tems un combat fi défavantageux.

(a) Pareille chofe manqua de faire périr l'armée de Céfar, dans fa premiere bataille dans les Gaules.

Si

Si la foibleſſe des flancs a fait ſouvent battre des armées qui n'étoient pas inférieures ; ſi elle expoſe beaucoup celle qui ayant repouſſé ſon ennemi, & voulant le ſuivre, perd l'avantage de ſon premier poſte ; elle empêche encore ſouvent de faire pendant l'action tel mouvement qui donneroit la victoire. Nous l'avons vû déja par rapport aux petits. Je parle ici des grands. Je n'en citerai qu'un exemple.

A Cunaxa, Cyrus, qui ſavoit bien que le point capital étoit d'enfoncer le centre des ennemis où étoit le Roi en perſonne, ne crut pas pouvoir mettre en meilleures mains une attaque ſi importante, qu'en celles des Grecs qu'il avoit à ſa ſolde. Il ordonna donc à Cléarque, qui les commandoit & étoit à ſa droite, de charger cette partie. Cléarque lui répondit *qu'il ne ſe mit en peine de rien, qu'il auroit ſoin de ce qu'il faudroit faire.* Ce ſoin fut de faire préciſément le contraire, & de charger Tiſſapherne qui étoit devant lui, qu'il rompit aiſément, comme il auroit rompu la partie où étoit Artaxerxes. Xénophon ſemble l'excuſer ; parce, dit-il, *qu'il craignit d'être enveloppé de toutes parts, s'il abandonnoit la riviere.* Mais Plutarque ne lui paſſe point cette crainte. Et dans cette affaire entre les deux auteurs Grecs, chacun a, comme de raiſon, ſon traducteur pour ſecond. Sans prendre parti dans cette diſpute, je dirai qu'il étoit réellement tout-à-fait de conſéquence que les Grecs chargeaſſent le centre, au lieu de charger la gauche. S'ils l'avoient fait avec le même ſuccès qu'ils eurent contre cette gauche, ils donnoient dès ce moment la victoire & l'Empire à Cyrus. Mais auſſi il n'eſt pas ſûr qu'ils euſſent pû parvenir à faire cette attaque, tendant à Tiſſapherne un flanc foible qu'il n'auroit pas ſans doute manqué de charger. S'ils euſſent été en Colonne, leur flanc n'auroit eu rien à craindre de cette gauche, tant parce que ſa force l'auroit mis en état de lui réſiſter, que parce que ſon éloignement & la vîteſſe de la marche le lui auroient dérobé : les Grecs auroient donc abordé & percé le centre, plûtôt que l'ennemi n'auroit vû par où ni comment.

Le ſyſtême ordinaire n'eſt pas propre à aſſûrer le flanc d'une armée, par la ſeule diſpoſition des troupes, ainſi que je l'ai demandé. Je ne ſache pas qu'il en offre d'autre que celle

qu'employe le Marquis de Santa - Cruz , mettant entre les
deux lignes des corps qui font tête aux flancs. C'est quelque chose. Mais ces corps ont toute leur fragilité ordinaire ,
& peuvent être attaqués vivement & par des forces supérieures. D'un autre côté ils ne peuvent pousser l'ennemi dont
l'attaque n'auroit pas réussi , sans découvrir leurs flancs & ceux
des deux lignes. Si au contraire ils plient le moins du monde ,
ces flancs de ligne se découvrent encore ; les premiers Bataillons sont renversés , & il n'y a plus de remède : car ceci
est un Bataillon quarré véritable , en a tous les défauts. Il faut
sur-tout remarquer la foiblesse des angles , & la pesanteur qui
se communique à toute la ligne.

Telle est la seule maniere de fortifier le flanc d'une armée
avec des Bataillons. Notre systême est le seul qui en fournisse
de meilleure , comme le seul qui pût s'en passer , par la force
des flancs de chaque corps en particulier : car quand l'ennemi se replieroit sur celui d'une ligne de Plésions , il trouveroit à qui parler. La premiere se défendroit bien , la seconde
de même après , supposant que la premiere eût enfin été battue. Ces premiers corps au moins tiendroient assez long-
tems , pour donner au reste de la ligne , qui cependant va son
train , le tems de renverser celle de l'ennemi ; & dès ce moment l'attaque du flanc est finie , les troupes qui la faisoient ,
obligées de prendre la fuite comme tout le reste. Mais non-
seulement l'ennemi n'auroit pas le tems de mettre la ligne
en désordre à cause de la résistance des premieres Plésions
des flancs , il n'auroit pas même celui de se replier pour les
attaquer. Je l'ai dit , je le répète : il est arrivé plusieurs fois
qu'une armée débordée allant brusquement à la charge ait
enfoncé la ligne ennemie , sans que celle-ci ait pû profiter
de sa supériorité pour embrasser les flancs. Cela arrivera encore bien mieux à un ordre qui court à l'ennemi , par conséquent est sur lui dans l'instant , & qui ayant un avantage
immense pour le choc , ne trouve aucune résistance , est aussitôt vainqueur qu'arrivé.

Pour assûrer le flanc d'une armée , Folard place ordinairement dans cette partie , 3 ou 4 Colonnes à la queue l'une
de l'autre , ou , comme il dit , une Colonne de plusieurs sec-

tions, ce qui fait fur le flanc un front redoutable & folide.
Il n'a pas perfuadé tout le monde. C'eſt la partie de ſon ſyſ-
ſtême qu'on a le plus attaquée, &, s'il faut tout dire, celle
contre laquelle on a fait de plus mauvaiſes objections.

On a dit que lorſque l'ennemi ſe repliera ſur les flancs,
ſi les Colonnes marchent elles ſeront enfoncées, ſi elles s'arrêtent pour faire face & que la ligne continue ſon chemin,
elles ne couvriront plus ſon flanc.

Il n'eſt point vrai premierement que les Colonnes ſeront
enfoncées, ſi elles combattent ſans s'arrêter. Beaucoup d'é-
xemples que j'ai rapportés, & beaucoup plus encore dont je
n'ai pas parlé, prouvent aſſez qu'elles peuvent ſe défendre
tout en marchant, quoique attaquées non pas ſur un flanc
ſeulement, mais ſur tous les deux. Suppoſons-les obligées de
s'arrêter, & de faire face : quel grand retardement ? Pour
marcher auſſi vîte qu'une ligne de Bataillons qu'elles cou-
vrent, elles n'ont pas beſoin d'avoir plus de 3 pieds d'un
rang à l'autre. (a) Pour ſe ſerrer en Pléſionnettes, elles n'en
auront donc que 15 à parcourir, ainſi peuvent ne ſe déranger de leur marche que quand l'ennemi ſera à 10 pas au plus.
Elles chargeront auſſitôt, perceront dans le moment, & reprendront ſur le champ leur place au flanc de l'armée, envoyant après l'ennemi qu'elles viennent de repouſſer, leurs
pelottons, ou, ſi elles n'en ont pas, quelques compagnies
qu'elles détacheront.

Il n'eſt pas vrai encore que dans le cas même où les Pléſions s'arrêteroient pour combattre de front les corps ennemis qui ſe ſont repliés, elles ne couvriroient plus le flanc
de la ligne qui continueroit de marcher. Qui veut-on qui
l'attaque ? Ces corps même qui ſe ſont repliés apparemment.
Mais ils ne peuvent parvenir juſqu'au flanc de la ligne, qu'a-
près avoir paſſé ſur le ventre des Pléſions. * Nous voulons   *Pl. 8, fig. 2.
bien ſuppoſer qu'elles reſtent en échec : ces corps ennemis n'y
reſtent pas moins eux-mêmes. La ligne n'entend point parler d'attaque à ſes flancs : c'eſt une petite bataille à part,

---

(a) On voit que je ſuppoſe que la Pléſion ne peut marcher ſerrée, quoique
l'expérience ait déja prouvé le contraire.

& qui lui eſt tout-à-fait étrangére. Je ne vois pas que le ſuccès en ſoit douteux, ni que la victoire des Colonnes puiſſe ſe faire attendre : elles ont, chargeant en ce ſens, une profondeur ſextuple de celle des Bataillons à qui elles ont affaire : pour peu qu'une des trois prenne d'avantage, ſur le champ toute la partie briſée de la ligne ennemie eſt en déroute ; parce que dès qu'elle y eſt entrée, elle charge en flanc ce qui reſte, après le ſimple à droite. De plus les Colonnes ſont parfaitement en ordre, n'ont fait que marcher devant elles, n'eſſuyant pas de feu, excepté la premiere qui n'y étoit en priſe que par ſa tête, encore ce feu a-t-il fini un moment avant que la converſion des Bataillons ennemis ait été achevée. Les corps auxquels les Colonnes ont affaire ne ſont pas dans un ordre ſi frais & ſi parfait : ils finiſſent un quart de converſion, mouvement difficile, ſi même il eſt pratiquable en cas pareil : ils ont fait ce mouvement fort à la hâte ; il faut en convenir, ſi l'on veut nous donner quelque prétexte d'avouer qu'ils ont le tems de l'achever : de plus pendant ce mouvement ils eſſuyoient le feu des Pléſions qui accompagnant la ligne, & conſéquemment ne courant pas tout-à-fait ſi vîte qu'à leur ordinaire, ſe feront amuſées à tirer en marchant : ils auront même eſſuyé le feu de quelques piéces de canon qu'on aura toujours dans cette partie. Mais je veux que malgré tous ces déſavantages l'ennemi vienne à bout de battre les trois Colonnes. Au moins faut-il avouer que ce ne ſera pas une victoire ſi facile & ſi prompte. Pendant ce combat la ligne avancera, abordera celle de l'ennemi, & aux armes blanches le combat eſt bien-tôt décidé, ſur-tout quand un des deux partis a l'avantage de la profondeur, qu'on aura donné apparemment à la ligne, la racourciſſant ainſi. La défaite des Colonnes, quand elle ſeroit poſſible, viendroit donc trop tard, & n'empêcheroit pas leur armée d'être victorieuſe.

J'ai ſuppoſé les Colonnes des flancs attaquées par des Bataillons. Elles le feront plus ſouvent par des Eſcadrons. Mais cette circonſtance ne nous donne à dire rien autre choſe, ſinon qu'elles auront encore plus d'avantage contre eux.

Il me reſte à ce ſujet une objection aſſez mauvaiſe, mais qu'il faut prévenir. Sur cet article de flancs principalement, il ne nous fuffit pas d'éviter les bonnes. On pourra dire qu'il n'eft pas vrai que les Colonnes arrêtées arrêtent auffi la partie brifée de la ligne ennemie; qu'elles arrêtent bien la partie *A*, *B*, qu'elle ont en tête, mais non pas *B*, *C*, qui continuera fon chemin, pour charger le flanc du premier Bataillon. Je ne crois pas qu'il y ait dans le monde d'Officier affez téméraire pour commander une pareille manœuvre, ni de troupe affez ferme pour l'exécuter. On voudroit que cette partie *B*, *C*, pour charger ce Bataillon, paffât fous le nez de la premiere Colonne lui tendant le flanc. Mais, dira-t-on, elle eft arrêtée, occupée à autre chofe. Eft-il donc fûr, ou même vraifemblable, que cette occupation durera long-tems? Et où en fera toute cette partie ainfi aventurée, fi cette Colonne vient à la charger, & fi elle détache feulement contre fon flanc fa premiere fection, ou même la compagnie de la droite? C'eft ce qu'on ne trouvera pas impraticable, à ce que j'efpére.

Mais je veux que cette Colonne foit réellement à compter pour rien, par rapport à cette partie brifée. Il y a un moyen bien fimple de ne pas craindre pour le flanc de la ligne. Il n'y a qu'à retarder un peu le premier Bataillon 4, le tenir à même hauteur que la tête de la premiere Colonne arrêtée: fon flanc n'eft plus découvert alors, & celui du fecond n'eft pas moins en fûreté: car fi l'ennemi va pour le charger, il tend le flanc lui-même à ce Bataillon retardé, qui le culbute très-facilement, avant qu'il ait arrivé jufqu'au collatéral.

Puifqu'il eft démontré, par l'infpection feule de la figure, que les Colonnes retardées, même de 50 pas comme on le voit, & beaucoup plus encore fi l'on veut, ne découvrent point le flanc de la ligne, il femble affez inutile d'ajouter qu'elles pourroient, les fuppofant toujours obligées de s'arrêter pour combattre, ne pas le quitter d'un pas. Rien n'eft pourtant fi évident. Elles courent quand elles veulent. La ligne que l'on fuppofe de Bataillons feulement plus épais & moins pefants qu'à l'ordinaire, ne court pas. Elles peuvent donc, voyant venir cette attaque qui va les retarder, prendre de l'avance. Dans leur pofition primitive, la Colonne 3 feroit au point où on voit fur la planche la Colonne 2: mais fi elles ont devancé la ligne de 60 pas ou environ, cette Colonne 3 fera au point où l'on voit la Colonne 1 , celle-ci en avant de la ligne. Lors donc qu'elles s'arrêteront, la ligne marchant ces 60 pas ne fera que se remettre, par rapport aux Colonnes, dans la situation où on l'avoit mise d'abord, & où on veut qu'elle soit : & quand l'attaque dureroit tout ce tems , les Pléfions se trouveroient toujours exactement entre l'ennemi & le flanc de l'armée.

Je regarde donc cette maniere de Folard d'assûrer le flanc d'une armée , comme sûre & absolument à l'abri de tout accident , aussi-bien que de toute bonne critique ; c'est même la seule à employer dans bien des circonstances. J'en donnerai pourtant une autre dont on fera tel usage, & tel cas qu'on voudra. Je dis tel cas , parce qu'il est assez peu intéressant qu'elle soit bonne. C'est, au pis-aller , une mauvaise idée qui m'a passé par la tête : mais on peut la trouver telle , sans que cela fasse tort au système , qui , au moyen de cette disposition de Folard que l'on vient de voir, peut très-bien se passer de celle-ci & de toute autre.

Je suppose (car pour une armée de Pléfions il ne faudroit pas tant de façon) que j'aie une armée de Bataillons. Dans ce cas , il m'est de la plus grande importance de bien assûrer les flancs. Tranquille une fois sur cette partie , je serai sûr de la victoire , parce que me laissant déborder tant qu'on voudra , & racourcissant par conséquent mon front , je donnerai beaucoup plus d'épaisseur à ma ligne , & la mettrai en état d'enfoncer aisément celle de l'ennemi. Il semble qu'étant mieux déployé , il aura de l'avantage pour le feu : mais je m'en embarrasse peu, puisque l'affaire se passera aux armes blanches. Et bien loin qu'en marchant à lui , j'en essuye plus que si j'étois sur un front égal au sien , j'en essuyerai même moins : car les parties de sa ligne qui débordant mon armée , n'auront aucune troupe en tête , ou ne tireront point , ou tireront en l'air. Ceci soit dit en passant.

Ne (a) voulant donc rien épargner pour assûrer le flanc, j'y emploie quatre Pléfions avec leurs pelottons, & quatre Escadrons. Je me présente d'abord en ligne droite , dans l'ordre que l'on

---

(a) Je suppose l'armée sur une ligne. Mais on appercevra aisément l'usage de cette même méthode pour le cas où elle seroit sur deux.

voit ponctué au bas de la planche 8. fig. premiere. La Pléſion Pl. 8, fig. 1.
1 accompagnera toujours le flanc de la ligne : 2 prendra
un peu d'avance : on retardera la ſuivante & la derniere encore davantage ; de ſorte que par le ſeul mouvement de
marcher en avant, cette partie ſe trouvera en échellons,
comme l'on voit ſur la planche, qui explique aſſez cette diſpoſition, ainſi que l'uſage que j'y fais des pelottons. Les quatre
Eſcadrons s'arrêteront à une certaine diſtance que l'on ne
peut fixer ici, parce qu'elle ſera déterminée ſur le nombre
de corps ennemis qui feront la converſion : ces quatre Eſcadrons étant deſtinés à les charger en flanc eux-mêmes, ce
qui leur eſt bien aiſé puiſqu'ils n'ont pour cela comme on voit
qu'à marcher en avant. Ils font, par rapport aux Pléſions,
l'effet de la réſerve de 6 Cohortes, dont Céſar à Pharſale
protégea la droite de ſon infanterie. Et ſi dans cette mémorable journée, cette protection ſuffit pour garantir des flancs
de Cohortes découverts & débordés, on peut croire que les
flancs de Pléſions, qui ſans ce ſecours n'auroient rien à craindre, feront par cette diſpoſition doublement tranquilles.

Suppoſons pourtant que malgré ces Eſcadrons l'ennemi
vienne charger la Pléſion 4, achevant ſa converſion juſqu'à ce
point : & pour cela je ne ſais encore quel accident nous ſup-
poſerons être arrivé à ſes pelottons, puiſque ſes grenadiers à
cheval auront pû retarder leur marche, pour ſe trouver ſur le
flanc de l'ennemi finiſſant la converſion : mais nous n'y regardons pas de ſi près. Nous ſuppoſons cette Pléſion attaquée :
elle fera à gauche par Pléſionnettes, chargera, & percera
très-aiſément. On peut d'autant moins en diſconvenir, qu'il
eſt bien évident qu'elle n'aura affaire qu'à ce qu'elle aura en
tête ; c'eſt-à-dire ici ſur ſon long côté : car quand il n'y auroit
pas de pelottons qui ſe retournant flanqueront les petits, l'ennemi ne pourroit les aborder que par une nouvelle converſion qui n'eſt pas poſſible, toute autre raiſon à part, puiſqu'on le prend ſur le tems de la premiere. Tous les déſavantages que l'ennemi apporte dans ce combat, comme je l'ai remarqué tout à l'heure à propos de la diſpoſition de Folard,
ſont encore bien plus grands ici, ſur-tout celui du feu qu'il
eſſuyoit pendant ſon mouvement, qui étoit bien plus con-

fidérable , tant pour le nombre que pour la direction; les Pléfions le battoient en écharpe d'un fens, les grenadiers à pied de l'autre.

Sitôt que la Pléfion 4 fera entrée dans la ligne, elle fe tournera par un à droite, pour charger en flanc ce qui refte, fi quelque chofe refte s'entend. Et dans le moment elle aura tout culbuté. Ses pelottons, & même ceux des autres Pléfions, fe lâcheront après les fuyards, & pour prélude de la bataille, cela fera dans l'armée ennemie un défordre confidérable , & une brêche par où des pelottons & même des Pléfions pourront fe jetter , pour charger en flanc le refte de fa ligne, fi elle tient jufques là contre la nôtre.

Pendant le combat de cette Pléfion 4 , & le peu de tems qu'elle perd pour la marche, les Pléfions 2 & 3 peuvent s'arrêter, pour ne pas trop s'éloigner d'elle , & s'amufer, ainfi que leurs pelottons, à faire feu. Mais la ligne va toujours fon train. Quand les trois Pléfions refteroient immobiles autant de tems qu'il lui en faut pour faire 100 pas, cela n'y feroit abfolument rien. Mais il eft impoffible que le combat de la Pléfion 4 traîne fi fort en longueur. Il fera bien vîte décidé à fon avantage.

Suppofons pourtant une chofe impoffible : qu'elle eft battue. Qu'en arrivera-t-il ? non pas fans doute qu'on attaquera le flanc de l'armée : il eft encore bien couvert : pas davantage que le corps qui aura combattu cette Pléfion , ira fe jetter fur les derrieres de notre ligne ; car il faut premierement qu'il s'arrête pour fe reformer ; de plus, cette ligne ne laiffe pas d'être éloignée & s'éloigne encore à chaque inftant, aborderoit celle de l'ennemi avant que ce corps vainqueur fût à elle. Je ne crois pas d'ailleurs qu'un ou deux Efcadrons ofaffent ainfi fe jetter au milieu d'une armée qui eft dans un ordre pareil : en tout cas ils s'en trouveroient mal : les grenadiers à cheval de la Pléfion 1 , & elle-même , les chargeroient aifément en flanc, faifant demi tour à droite. Il n'arrivera donc de la défaite de la Pléfion 4 autre chofe , finon que la converfion de l'ennemi qui étoit arrêtée à ce point, fe continuera , & qu'il chargera la Pléfion 3. Tant que la précédente a fubfifté , cela n'étoit pas poffible. Il auroit fallu que,

laiffant

laiffant contre elle les Efcadrons 5, 6, le refte de la partie briffée eut encore fait quelques pas en converfion. Mais alors les grenadiers à pied de la Pléfion 3 auroient doublé derriere elle, fes grenadiers à cheval qui font à la droite de la Pléfion 4, auroient chargé en flanc l'Efcadron 7. Par la même raifon l'ennemi ne peut charger la Pléfion 2, qu'après la dé- faite de la Pléfion 3. Il faut donc, pour qu'il enleve ces 3 corps, qu'il réuffiffe miraculeufement avec tant de défavan- tage dans trois combats fucceffifs, qui par conféquent pren- droient du moins infiniment plus de tems qu'il n'en faut à notre ligne pour conclure avec la fienne. Et encore quand il arriveroit à tems pour la charger en flanc, au lieu de la renverfer, comme cela fe pratique, il viendroit fe caffer le nez contre la Pléfion 1; & feroit d'autant moins en état de l'attaquer vigoureufement, que le corps qui la combattroit feroit un peu dérangé, étant le même qui viendroit de com- battre la Pléfion 2. Il ne faut pas s'imaginer qu'au défaut de l'ordre l'ennemi aura la fupériorité. Tous ces corps qui ont eu affaire aux Pléfions 3 & 4, ne peuvent venir prendre part au combat de la Pléfion 1. Celle-ci fuffit donc pour couvrir le flanc de l'armée, qui même après la défaite des trois au- tres ne court aucun danger; & par les mêmes raifons qu'on a vûes ailleurs, fuppofant même cette Pléfion arrêtée pour combattre, cela n'empêchera pas la ligne d'aller fon train.

Telle eft ce recourbement, l'épée blanche de nos adver- faires, cette attaque des flancs découverts dont on a fait tant de bruit, qu'on appelle *la partie foible du fyftême*: objection bien foible elle-même. Auffi n'eft-ce pas précifément pour y répondre que je me fuis mis en dépenfe de 4 Pléfions & 4 Efcadrons. Il n'en falloit pas tant pour affurer les flancs plus que fuffifamment, comme je le défirois. Mais ces corps font affez bien là, parce que fi-tôt que la ligne ennemie fera enfoncée par la nôtre, leur pofition & leur légéreté leur don- neront grande facilité pour fe jetter dans les flancs de tout ce qui débordoit, qui fans cela feroit fa retraite affez tran- quillement.

Si le mouvement de converfion dont nous venons d'exa- miner l'effet, eft fort inutile, il a encore un petit défaut:

L l

c'eſt qu'il eſt impraticable. Il le ſeroit bien quand il n'y auroit que le feu qu'on eſſuie en le faiſant. Ce ne font pas des
mouvements de cette eſpéce qn'on peut exécuter en perdant
du monde. Mais je ne parle ici que de ſon impoſſibilité géométrique.

La tête de la Pléſion 4 eſt en arriere de notre ligne de 50
toiſes, ce qui fait le front d'un Bataillon, ou de deux Eſcadrons ennemis en ligne pleine. Donc s'il n'y avoit que ces
deux Eſcadrons qui fiſſent le mouvement, ne le finiſſant même
qu'à l'inſtant préciſément où notre ligne chargera la ligne
ennemie, au lieu de charger la Pléſion 4, ils lui apporte-
roient un flanc à charger de front. Mais l'ennemi voudra
ſans doute charger cette Pléſion, quand notre ligne ſera encore à 50 toiſes de la ſienne. Il faut donc que 5 Eſcadrons
faſſent le mouvement. Alors le dernier chargera réellement
la Pléſion 4, pourvû qu'elle ait toujours marché ſon chemin :
car ſi elle s'eſt arrêtée quelque pas, elle ne ſera point encore
en priſe à la partie repliée ; mais au contraire placée de maniere à la charger en flanc, ſi elle vouloit continuer ſon mouvement pour attaquer la ſuivante. Pour éviter ce défaut, il
faut que l'ennemi ne compte pas ſi juſte, faſſe faire le mouvement à 6 Eſcadrons. Mais pendant qu'il le fait, notre ligne
avance. Son quart de cercle eſt de 236 toiſes ; il ne peut pas
ſe faire en courant, ſans riſquer de ſe rompre : cependant je
veux bien ſuppoſer que, pendant le tems que l'ennemi mettra à parcourir ces 236 toiſes, notre ligne n'en fera que * 50.
Puiſque l'ennemi veut que lorſque ſon mouvement ſera fini,
les deux armées ſoient à 50 toiſes l'une de l'autre, il faut
donc qu'il le commence lorſque notre ligne eſt à 100 ; la Pléſion 4 à 150 : mais cette diſtance eſt préciſément le front de
6 Eſcadrons ; elle n'a donc qu'à s'arrêter tout court, laiſſant
aller tout le reſte, elle ſe trouvera encore ſur le flanc de la
converſion, lorſqu'elle finira. Il falloit donc 7 Eſcadrons.
Mais s'il y en a ce nombre, ce qu'il eſt aiſé d'appercevoir,
comptant les étendarts de la partie qui tourne, la Pléſion 4
fera demi tour à droite, & marchera 25 toiſes avant de ſe remettre, ſe trouvera encore à ce moyen ſur le flanc de la converſion. Si l'on veut, quoique cela ne ſoit pas fort néceſſaire,

* Il eſt ſûr qu'elle
en fera bien 75 au
moins.

que les distances n'augmentent point pour cela entre les Plésions qui font en échellons, 3 & 2 feront en arriere les mêmes
25 toises ; & la disposition du flanc de l'armée ne différera de
celle de la planche, qu'en ce que la Pléfion 2 se trouvera à
même hauteur que la Pléfion 1. Celle-ci n'en sera pas moins
couverte. Elle ne le seroit pas moins encore quand les 3
autres ayant parcouru 50 toises au lieu de 25, 2 se trouveroit
posée par rapport à elle, comme 3 l'est par rapport à 2. Mais
puisque les 25 toises en arriere ont mis 4 fur le flanc des 7
Escadrons, les 50 la mettent fur le flanc de 8 : il en auroit
fallu 9. Puisque la conversion de 9 est plus longue de moitié
que celle de 6 ; il faut au lieu de 50 toises que nous comp-
tions tout à l'heure, supposer que notre armée en parcourt
75, pendant que l'ennemi fait son mouvement : il a donc fallu qu'il l'ait commencé, lorsque nous étions plus éloigné de
25 toises, que dans la premiere hypothèse. Mais ces 25 toifes d'éloignement mettent encore la Pléfion 4 fur le flanc du
neuviéme Escadron. Il en falloit donc 10. Au point où nous en
fommes, l'ennemi a commencé le mouvement, notre ligne
étant à 125 toises de la sienne ; & l'on peut s'appercevoir que
je joue beau jeu, supposant que cette conversion sera plutôt
faite, que sa ligne ne sera attaquée & percée. Cette supposition même n'est pas faisable, si notre ligne est formée de Bataillons, qui ayant doublé ou triplé les files, vont assez légérement. A plus forte raison si c'est une ligne de Pléfions.
Mais passons sur tout cela : & ne songeons plus aux Pléfions
des flancs, qui vont leur train fans faire aucune attention à
la conversion de l'ennemi, dès qu'elle devient si considérable, & par conséquent si impraticable.

Le front des 10 Escadrons étant de 250 toises, si notre réferve de cavalerie étoit à cette distance de la ligne ennemie,
elle n'auroit qu'à rester en place, & attendre le flanc de la
conversion pour le charger. Mais cette réserve sera bien au
moins 250 * toises, pendant que les Escadrons feront leur   * Et 4 ou 500,
mouvement. Donc si elle étoit à 500, elle n'auroit qu'à   s'il le falloit.
marcher devant elle dès qu'elle le voit commencer, elle arriveroit à tems de renverser toute cette partie repliée. On
voit donc que cette réserve peut se tenir très-loin de l'enne-

mi, & n'être pas moins à portée de remplir sa mission. Seulement quand elle verra que notre ligne commence à approcher, elle avancera, n'étant plus nécessaire, pour empêcher cette conversion de 10 Escadrons, qui n'a plus le tems de s'exécuter. On ne peut donc m'objecter que ma réserve sera chargée en flanc elle-même, par la partie de l'aîle ennemie qui la déborde. La tenant si éloignée, pour arriver jusqu'à elle l'ennemi mettroit plus de tems, qu'il ne nous en faudroit pour gagner 3 batailles. D'ailleurs comme elle est à un quart de lieue de l'ennemi, elle fait fort à son aise, & fort tranquillement, tous les mouvements qu'elle juge à propos, soit pour se dérober aux Escadrons qui marchent à elle, soit pour les charger avec avantage. Elle a tel mouvement qui porte un air de spéculation chimérique, dans lequel il ne se rencontre pas la moindre difficulté.

On m'objectera peut-être que j'ai pris bien de la peine à calculer la longueur du mouvement de conversion, assez inutilement, puisque rien n'empêche l'ennemi de le commencer d'avance. Il y auroit bien des choses à dire à cela : mais pour couper court, je le souhaite. Ce sera une bataille peu sanglante. Cette façon d'engager l'affaire de sa part, qui seroit toute nouvelle, seroit une espéce de parodie de l'ordre oblique. Il présenteroit à ce que nous avons de plus fort, ce qu'il a de plus foible, refusant le reste de son armée. Car on peut bien croire que, s'il en usoit ainsi, nous n'irions pas chercher à attaquer autre chose, que ce qu'il nous apporte. Voyant sa droite (supposé) s'avancer ainsi, nous ferions marcher toute notre armée par la gauche. Si nous débordant des deux côtés, il faisoit le même mouvement à droite & à gauche, nous aurions le choix, ou de charger l'un ou l'autre ; sa droite, par exemple, laissant la gauche nous suivre de loin, aussi inutilement que le centre ; ou de marcher par la droite & par la gauche, allongeant notre armée au centre, ou même l'y séparant entierement, ce qui ne seroit point dangereux, puisque le centre de l'ennemi ne se trouveroit pas à portée d'attaquer. S'il reste sur ceci quelques scrupules, ils se trouveront levés dans la suite, sans que j'en reparle nommément.

J'ai fuppofé dans tout eeci, la converfion de l'ennemi exécutée par des Efcadrons, parce que effectivement c'eft le plus fouvent la cavalerie qui eft dans cette partie. Si ce font des Bataillons, il n'y a rien de changé dans tout ce que nous avons dit, fi ce n'eft que le mouvement eft plus long, par conféquent plus impraticable. Il feroit ridicule de nous faire fonner ici leur feu. Ce n'eft pas lui qui fait la converfion : & même pendant qu'ils la font il n'en eft pas queftion : fitôt qu'elle eft finie ils font battus. S'ils s'arrêtent à moitié de leur mouvement pour fufiller, ils tueront quelqu'un aux Pléfions, qui le leur rendront. Leur feu fera fupérieur, fi l'on veut : cela n'eft pas trop clair ; mais je ne contefte pas là-deffus. En fi peu de tems, il ne fera pas grand mal ; & quand il en feroit davantage, cela n'empêcheroit pas notre ligne, qui n'eft pour rien dans cette affaire, d'aller fon train, & de battre la ligne ennemie.

Quelqu'un peut-être, fans difconvenir de la force de nos flancs, dira qu'ils ont beau être affûrés, ils ne le feront jamais affez pour tenir contre des 20000 hommes qui les déborderont quelquefois, tant nous racourciffons le front. Je veux que nous nous laiffions déborder par 20000 hommes. Comment les attaqueront-ils ? Nous avons vû l'impoffibilité d'une converfion de 10 Efcadrons : nous aurions pû pouffer eeci beaucoup plus loin : mais tenons-nous-en là. Si les dix Efcadrons, malgré tout ce que j'ai dit, font le quart de converfion, que les dix fuivants en faffent autant, ceux-ci auront 250 toifes à parcourir, après leur converfion, par conféquent aborderont bien moins encore le flanc de notre armée, avant que le combat foit décidé. Quand il leur feroit poffible d'arriver à tems, ils ne pourroient charger qu'après les 10 premiers, & avec les mêmes défavantages. De plus ces 10 premiers repouffés ne manqueroient pas de les mettre en défordre.

Je ne finirois point, fi je voulois prévoir toutes les mauvaifes objections qu'on peut faire contre la force des flancs de notre armée, ou toutes les inftances qu'on peut faire à celles que j'ai prévûes. Je les attends.

Il eft donc prouvé, par cet article, & par ce qu'on a vû

ailleurs, & prouvé mille fois pour une, qu'avec notre fyftême on ne s'embarraffe point d'être débordé ; que tranquille
fur fes flancs on n'a affaire qu'à la partie de l'armée ennemie
que l'on a en tête. Mais nous avons vû dans l'article précédent, que par-tout où nous chargerons de front, nous renverferons aifément l'ennemi. Nous le renverferons donc par-
tout où nous le rencontrerons, inférieurs ou fupérieurs.

ARTICLE III.

Variété.

Folard fait confifter dans cette propriété le grand & le
profond de fa Tactique. Il prétend que l'ennemi y fera toujours neuf, ne faura jamais comment on veut le combattre,
prendra prefque toujours le mauvais parti. Il eft inconteftable que cela feul donneroit au fyftême, des victoires continuelles. Car * ,, de 2 lignes qui marchent de front pour fe
,, charger, fi l'une fait quelque mouvement avantageux à
,, quoi l'autre ne s'attende pas, celle-ci ne fait comment s'y
,, prendre, pour changer fur le champ fon ordre de bataille,
,, & en prendre un autre pour réfifter à fon ennemi. ,, Avec
une ordonnance fufceptible de toutes fortes de formes, &
d'arrangements, fe prêtant par conféquent à tout ce que fon
habileté peut lui fuggérer, un grand Général ne fera jamais
embarraffé. Auffi voit-on que chez les anciens, dont l'ordonnance pourtant n'avoit pas autant de variété que celle-ci, à
beaucoup près, les Généraux de la premiere force ont combattu quelquefois dans les circonftances les plus défavantageufes, mais n'en ont pas moins été victorieux. Annibal à
Cannes, Scipion à Zama, Epaminondas à Leuctres, Céfar
à Pharfale, mille autres, ont remporté des victoires figna-
lées, en terrein égal & découvert, inférieurs de plus de
moitié. Ces grands hommes étoient fûrs de n'être jamais battus par de moins habiles qu'eux. Ceux qui n'en rencontrerent
jamais de leur force furent toujours invincibles. Il n'en eft
pas de même chez les modernes. Le plus grand Général eft
quelquefois accablé par le nombre, ou d'autres circonftances
défavantageufes. Il y en a même qui ont prefque toujours

* Puyfégur.

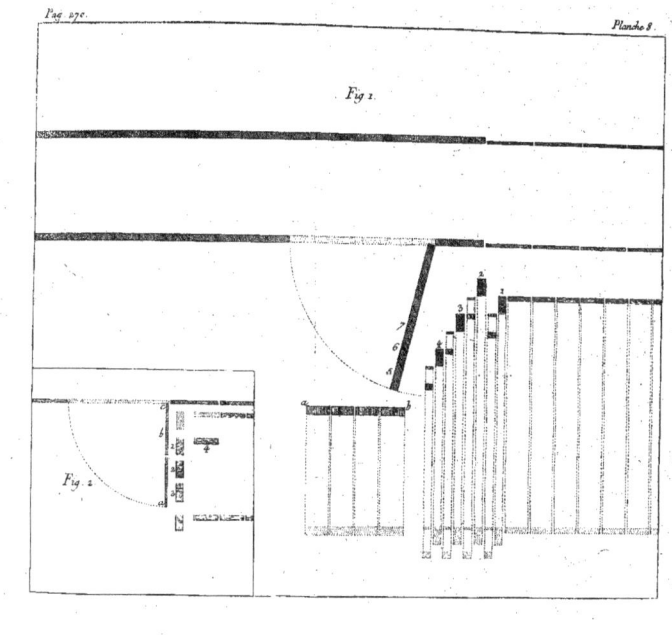

Fig. 1

Fig. 2

été malheureux, l'ordonnance des troupes ne se prêtant pas aux ressources que l'habileté pourroit fournir. Turenne a été battu. Charles XII. a perdu en un jour le fruit de toutes ses victoires. Pour cela valoient-ils moins que César, & Alexandre? Cela n'est pas très-décidé. Il est plus sûr que, s'ils eussent été Grecs ou Romains, jamais les ennemis qu'ils eurent à combattre n'en auroient fait une main avec eux. Ces héros, sans manquer de modestie, pouvoient bien n'attribuer leurs défaites qu'au défaut de la Tactique en usage, à la fatalité de leur siécle, & envier le bonheur de ces fameux Généraux de l'antiquité,

Magnanimi heroës nati melioribus annis.

On voit quelquefois, comme le remarque Folard, * des Généraux imiter des stratagêmes pratiqués par les anciens, ou en inventer dans le même goût: mais „ ils atteignent ra-„ rement à leur perfection...... Ce n'est pas que certains „ grands hommes, parmi nos modernes, n'ayent été capables „ de les égaler, & même de les surpasser en mérite & en „ habileté, si notre discipline n'y eût mis & n'y mettoit en-„ core un obstacle insurmontable, se trouvant trop imparfaite „ pour des manœuvres & des mouvements généraux trop dé-„ licats, & trop difficiles, pour des troupes qui ne sont point „ dressées & exercées dans la pratique des grandes évolutions „ d'armée, & changements d'ordre en présence de l'ennemi, „ qui ne peuvent s'exécuter, à cause de la foiblesse & du peu „ de profondeur de nos files, qui empêchent que les Batail-„ lons puissent se mouvoir aussi légérement & en tout sens „ comme la Phalange, ou des corps sur beaucoup de hauteur, „ qui conservent toujours leur ordre : ce qui fait que nous ne „ saurions jamais .... imiter les anciens dans leurs différents „ ordres de bataille, & dans leurs mouvements & leurs chan-„ gements d'ordre. „

C'est sans doute un bien grand défaut dans le systême ac-tuellement en usage, d'être si contraire à l'habileté, & ab-solument incapable de telle manœuvre qu'on fait avoir été pratiquée, & qui étoit si sûre & si excellente, qu'elle donna la victoire à une armée inférieure dans un cas où une armée

* Observations sur la bataille de Mantinée, rap-portée par Paufa-nias.

moderne n'oferoit combattre, ou fi elle y étoit obligée, feroit fûre d'être battue.

Pour voir le peu de variété dont l'ordre ordinaire eft capable, il ne faut qu'examiner toutes nos batailles. C'eft une
uniformité qui paroîtroit fort finguliere aux anciens, & ne le
paroît guères moins à ceux qui connoiffent leur hiftoire. Mais,
dit-on fuperficiellement, cela varie fuivant le terrein. Ap-
pelle-t-on cela varier? Cette variété eft dans le terrein, &
non pas dans la Tactique, qui ne fait que s'y accommoder
comme elle peut. Si c'eft là tout ce que les Bataillons favent
faire, toutes les actions en pareil terrein fe reffembleront:
l'ennemi faura leur ordre comme s'il l'avoit fait. Auffi toutes
les batailles en pleine, par exemple, fe reffemblent-elles;
l'infanterie au centre, la cavalerie fur les aîles, deux lignes
fort minces, plus ou moins étendues, quelquefois une réferve: l'armée dans cet ordre marchant de front à l'ennemi.
Voilà tout. Il n'eft pas queftion de faire quelque (a) mouvement infidieux, qui féduifant l'ennemi par un faux avantage,
l'attire dans le piége, comme fit Annibal à Cannes: ni d'engager l'affaire par une partie qu'on aura fortifiée, refufant le
refte de l'armée, comme Epaminondas à Leuctres: ni enfin
de s'écarter en rien de la route tracée.

Pour fe convaincre de la variété, de la fécondité prodigieufe, du fyftême de Folard, il ne faut que jetter les yeux
fur les planches de fon livre; il ne faut que réfléchir un moment, pour voir qu'il ne l'a pas épuifée, & qu'elle eft réellement inépuifable.

Quoique les raifons de l'uniformité de l'une, & de la variété
de l'autre des deux ordonnances, fe préfentent affez naturellement, je ne me difpenferai pas de les faire remarquer ici.

La premiere eft la foibleffe des flancs, qui dans l'ordre
ordinaire oblige de fe mettre en ligne continue droite, &
très-droite, avec peu de diftance entre les corps, ou plûtôt
point du tout. La forme de l'ordre de bataille eft donc toujours la même. Toute la variété, s'il y en avoit, fe réduiroit

(a) Ce que je préfente ici en gros fera traité un peu plus amplement dans le Chapitre fuivant.

à la diftribution des corps fur cette ligne. Les Pléfions qui ne s'embarraffent pas de découvrir leurs flancs, ne font pas obligées de fe mettre en ligne droite ; ne s'embarraffent pas davantage des vuides qui peuvent fe trouver entre elles, par conféquent fe prêtent à toutes les formes dont on peut s'avi-fer ; peuvent même combattre par corps féparés, fe réduifant à quelques points d'attaque, comme fi l'ennemi étoit retran-ché. A ce moyen elles auront dans ces parties une grande fupériorité, tandis que le refte de fon armée fera fort inù-tile. Si l'ordre ordinaire vouloit fortifier ainfi certaines par-ties de fa ligne, il faudroit qu'il fût très-fupérieur en nom-bre : car il lui faut des troupes par-tout. Il ne peut ici laif-fer des vuides qui le feroient battre aifément, quand on n'y enverroit qu'un petit corps de cavalerie pour charger fes flancs ; ni même trop affoiblir certaines parties. D'ailleurs dans cel-les que les Bataillons veulent fortifier, ils ne peuvent faire rien au-deffus de la ligne pleine. Ils pourront feulement mul-tiplier les lignes : mais l'ordre ne fera guères plus fort, puif-que cela fert rarement contre les Bataillons, ne fervira ja-mais contre les Pléfions.

Une autre fource de la variété du fyftême, c'eft qu'on dif-tribue les armes comme on veut : on oppofe indifféremment fa cavalerie & fon infanterie, à la cavalerie ou à l'infanterie de l'ennemi : car les Pléfions ne craignent pas plus l'une que l'autre ; la cavalerie ne craint pas les Bataillons, fur-tout étant mêlée avec les Pléfions, & fortifiée de pelottons. Dans le fyf-tême ordinaire, on eft obligé de fe conformer à peu près à l'arrangement de l'ennemi : parce que fi on préfentoit des Bataillons à des Efcadrons, ceux-ci leur pafferoient fur le ventre.

Pour renverfer fon ordre devant l'ennemi, il faut non-feu-lement marcher légérement, mais être capable de marcher en tout fens. C'eft ce que les Pléfions feules peuvent faire, comme nous l'avons vû. Les Cohortes Romaines avoient la même propriété, & c'eft de là que venoit leur grande va-riété. On les a vûes fouvent bouleverfer tout leur ordre de bataille, dans le milieu de l'action. A Zama, par exemple, Scipion qui étoit d'abord en Colonnes par Cohortes, fe mit

M m

tout d'un coup en Phalange , lui donnant plus d'épaiſſeur au centre que vers les aîles , & mettant ſéparément Haſtaires , Princes , & Triaires. Des Bataillons tenteroient-ils un pareil mouvement ?

Mais c'eſt aſſez parler de la variété du ſyſtême. Le Chapitre ſuivant la prouvera mieux que tout ce que je pourrois dire ici.

A R T I C L E   IV.

Corollaires.

Je ne finirois pas ſi-tôt , ſi je voulois rapporter tous les avantages que procurent à une armée de Pléſions la ſolidité de l'ordre , la ſécurité des flancs , la légéreté,& la variété : tous les inconvéniens auxquels l'ordre ordinaire eſt ſujet , par le défaut de ces propriétés. J'en ai d'ailleurs déja rapporté une partie.

On a vû , par exemple , que la premiere donne la certitude de renverſer ce qu'on chargera de front; la ſeconde celle de n'avoir à combattre réellement que de cette maniere ; toutes deux enſemble par conſéquent , celle de vaincre toutes les fois qu'on combattra. Et puiſque l'on n'a affaire qu'à ce qu'on a en tête , que ce qui déborde eſt auſſi inutile à l'ennemi que des lignes redoublées ; il s'enſuit que le nombre des ennemis eſt fort indifférent pour les Pléſions , qu'elles combattent avec le même avantage dans les cas de la plus grande infériorité , à moins que la diſproportion ne fût ſi énorme , qu'on les accablât ſans les vaincre , après les avoir fatiguées , comme cela arriva à Léonidas. Mais on voit , par le récit de cette incroyable journée , où 600 hommes en combattirent 500000 , que les Lacédémoniens n'euſſent pas péri , s'ils avoient été ſeulement 3 ou 4000 ; ſi Léonidas ſachant mieux de quoi étoit capable le petit nombre , & ſe propoſant la victoire , n'eût renvoyé la plus grande partie de ſa petite armée. Mais il ne ſe propoſa qu'une mort glorieuſe , & ne gardant que ſes Spartiates ſe mit ſottement dans le cas de ne pouvoir eſpérer autre choſe. Il n'y a guères de lecteur que l'audace de cette comparaiſon ne revolte : mais je prie de faire attention aux principes qui l'autoriſent. Il y a tout plein de choſes vraies qui ne ſont point vraifemblables ; & telle propofition de Géométrie très-démontrée qui fur l'énoncé paroît d'abord évidemment fauffe.

Si notre fyftême eft le feul qui mette une armée inférieure au-delà de toute comparaifon, dans le cas d'efpérer la victoire, c'eft auffi le feul qui mette une armée exceffivement fupérieure, dans le cas d'ufer de tout fon avantage. Une armée inférieure cherche de bons poftes. Il eft quelquefois très-difficile de l'attirer dans les plaines : & alors fon ennemi ne la chargeant que fur un front égal, ne pouvant faire du furplus de fes troupes que des lignes redoublées qui ne lui fervent à rien, n'a prefque plus d'avantage. Contre un ordre qui a de la légéreté, il faut effacer le prefque, puifqu'il eft fûr que la défaite de la premiere ligne entraînera celle des autres. Ainfi les Grecs combattirent à Platée fans beaucoup de défavantage, auffi bien qu'Alexandre à Iffus. Mais, dit-on, pourquoi Darius alloit-il batailler dans un pays comme la Cilicie ? Que n'attendoit-il Alexandre dans les plaines, pour fe fervir de fa fupériorité ? Cela eft à merveille. Il pouvoit l'y attendre effectivement ; il étoit fûr qu'il y viendroit, puifqu'il ne vouloit rien moins que renverfer fon empire. Mais fi cette guerre avoit été comme font les nôtres, de frontiere à frontiere, entre deux puiffances qui n'ont pas de deffeins fi violents, le Roi de Perfe auroit donc abandonné cette province, de peur de combattre fon ennemi à nombre égal. Il eft donc fûr que fouvent une armée fupérieure fera obligée de combattre, fans déborder fon ennemi, & dès lors fans avantage, fi elle eft dans le même ordre, puifque la partie de cette grande armée qui décidera la bataille ne fera pas plus forte que l'armée ennemie. Suppofons, par exemple, que l'ennemi a une ligne pleine de 20000 hommes, bien appuyée de droite & de gauche, & en referve 5 ou 6000 qui lui reftent. Puifque le terrein ne permet que de mettre ces 20000 hommes en ligne, fi nous avions 240000 hommes dans un ordre femblable, il faudroit en faire 12, fuppofant qu'il y eût la profondeur néceffaire. Notre premiere ligne étant abfolument égale en force, à celle de l'ennemi, pourroit être vaincue comme victorieufe. L'un n'eft pas plus vraifemblable que l'autre ; mais il eft plus que vraifemblable que fi elle étoit bat-

M m ij

tue, nous perdrions la bataille, fur-tout fi les corps ennemis n'étoient pas à 150 de front, mais dans un ordre plus léger. (a)

Il n'en fera pas de même fi notre grande armée eft en Plé-fions. Elle tirera partie de toute fa fupériorité que j'ai fuppo-fée affez grande. Une ligne tant pleine que vuide égale en lon-gueur à la ligne ennemie, contiendra (b) 80000 hommes. Ainfi toute l'armée fera fur trois, qui, comme on l'a vû ail-leurs, ferviront toutes trois, s'il eft néceffaire, & en quelque façon ne font à compter que pour une, qui auroit la force des trois.

Avec un pareil avantage de ne trouver jamais de terrein trop ferré pour nous, d'employer toutes nos forces, tandis que l'ennemi fupérieur, égal, ou même inférieur, eft quel-quefois obligé d'en laiffer un partie inutile, ou la tenant éloignée de l'endroit où l'on combat, ou redoublant inutile-ment les lignes; aujourdhui que les armées font fi nombreu-fes, que l'on trouve rarement des champs de bataille pro-pres à les deployer, que l'affaire ne s'engage que dans quel-ques parties, nous ferons toujours infiniment fupérieurs dans ces parties. Mais ce n'eft pas feulement en terrein ferré que nous avons cet avantage : nous nous le donnons de même dans la plaine, puifque ne craignant pas d'être débordés nous refferrons notre front de propos delibéré, quand il nous plaît.

La légéreté nous donnera non-feulement une nouvelle fa-cilité de battre notre ennemi, par la force du choc qu'elle augmente, les hommes qu'elle nous épargne, & tous les avantages que nous avons vûs dans le Chapitre premier: mais, comme nous l'avons vû dans le huitiéme, la ligne de Pléfions ne fera pas moins légére dans l'action même, que dans le mo-ment qui la précéde; pouffera la victoire auffi vivement qu'el-

(a) Quoique j'aye affez parlé de l'inu-tilité des lignes redoublées, je ne peux m'empêcher d'en apporter ici un exem-ple fingulier. A Leuze, les ennemis en avoient 6. De la premiere charge on en renverfa 5. Encore le Maréchal de Lu-xembourg n'épargna la derniere que pour ne pas tant fatiguer la Maifon du Roi, & donner part à la fête à la Gendar-merie. Mais cette bonne volonté lui fut inutile. L'ennemi en avoit affez, & ne ju-gea pas à propos de l'attendre.

(b) Les efpaces dans la ligne étant un peu plus grands que le front des Plé-fions, cela ne fait pas tout-à-fait ce nom-bre. Mais auffi il faut compter les pelot-tons.

se est venue la chercher. Elle en remportera donc toujours de très-complettes ; l'ennemi preffé, pourfuivi à outrance, ne pourra fe garantir de la plus affreufe déroute, perdra tout fon canon, tous fes bagages, une immenfité de drapeaux, fouvent des corps entiers qui mettront bas les armes : de forte que quand cette armée n'auroit pas eû beaucoup de monde tué, elle ne reparoîtroit de longtems en campagne. L'ordinaire au contraire par fa moleffe à pouffer la victoire, ne remporte le plus fouvent que des avantages très-médiocres, comme on le voit par une continuelle expérience : & ces avantages feront bien plus petits encore, fi jamais il en a contre les Pléfions, qui ne feront pas moins légéres pour l'éviter, que pour le pourfuivre, & qu'il pourfuivra lui-même avec bien plus de circonfpection encore que des Bataillons. Notre fyftême a donc fur celui qui eft en ufage, plus que celui des Romains fur la Phalange, l'avantage de perdre peu, gagner beaucoup. Ou plûtôt les Bataillons font vis-à-vis de nous dans le cas d'une armée enfermée dans un retranchement, qui peut, comme dit Montécuculi, n'être pas battue, mais ne peut jamais battre fon ennemi (a).

Cet avantage de gagner en un jour plus qu'on n'aura perdu en 10 batailles malheureufes, fe fait affez remarquer tout feul. Je ne peux cependant m'empêcher de rapporter un exemple qui prouve bien l'inutilité, le ridicule même des demi-victoires que remporte une armée contre une autre beaucoup plus légére. Antoine revint dans un trifte état de fon expédition contre les Parthes. Il n'avoit perdu aucune bataille : mais au contraire les avoit battus 18 fois dans l'efpace de 27 jours. Je n'abufe point de cet exemple. Je fai que les Pléfions n'ont pas la légéreté des Parthes, en approchent moins même que les Bataillons de celle des Romains, par conféquent que la différence de légéreté des deux ordres n'eft pas la même ici. Mais que le lecteur y faffe en confcience telle réduction qu'il voudra, & décide lui-même ce que doit opérer ce qui nous en refte.

(a) Pour la jufteffe de la comparaifon il faut fuppofer le retranchement affez mauvais pour qu'il foit forcé autant de fois qu'on l'attaquera.

De cette légéreté d'une armée de Pléſions , il arrivera néceſſairement que lorſque elle marchera en bataille après l'ennemi qui s'éloigne de même , elle gagnera ſur lui bien plus
qu'il ne faut pour l'obliger à un combat déſavantageux apparemment , puiſque il cherche à l'éviter. Il y a eu une occaſion dans la derniere guerre , où une armée , ſi elle avoit eu
cet avantage de marcher en bataille très-vîte & ſans halte
pour ſe redreſſer , auroit mis ſon ennemi dans une étrange dé-
treſſe , l'auroit obligé à une bataille dont il n'eſpéroit ni ne
devoit eſpérer rien de bon , & où il avoit tout à perdre , rien
à gagner.

La légéreté d'une armée dans notre ſyſtême prévient tous
les mouvements de l'ennemi , & toutes les réponſes qu'il voudroit faire à ceux qu'elle fait elle-même. Il n'y a plus , entre
les uns & les autres , de proportion qu'on puiſſe calculer. J'ai
uſé ſobrement de cet avantage , puiſque je les ai toujours comparés géométriquement. Ainſi ce qu'on a vû , & ce qu'on verra
encore impoſſible contre les Pléſions ſur le papier , & à marche égale , l'eſt infiniment davantage ſur le terrein.

On a vû que la petite étendue du front de notre armée ,
lorſque nous jugerons à propos de le racourcir , lui donnera
une grande ſupériorité de force ſur la partie de l'armée ennemie qu'elle chargera ; que ſi l'ennemi s'étend , *cette partie*
dénuée de forces ſera renverſée avant que les troupes qui ſont ſi
éloignées ſe ſoient rapprochées pour la ſecourir , & cela eſt d'autant plus ſûr , que nous expédions l'affaire très-promptement ;
que ſi l'ennemi racourcit auſſi ſon front , il ne réuſſira pas
mieux. Mais cette briéveté du front nous donne bien d'autres avantages que la force. La foibleſſe n'eſt pas le ſeul défaut qui réſulte au ſyſtême ordinaire de ſa grande étendue.

,, Dans un ordre étendu en plaine , comme peu de
,, tems décide du gain ou de la perte d'une bataille , un Gé-
,, néral qui combat de cette maniere ne contribue en rien à
,, donner dans l'action de la force à ſon ordre , & le rendre
,, ſupérieur à celui de ſon ennemi ; il abandonne aux troupes
,, toute la conduite , & la réuſſite du combat. ,, * Une bataille
devient donc purement un jeu de haſard. Et le moyen que
cela ſoit autrement ? On eſt à jeu égal de part & d'autre , &

* Puyſégur.

l'on joue des deux côtés de la même maniere. Ce que le
Maréchal dit ici des plaines eſt ſi vrai, qu'on les évite aujourdhui preſque auſſi ſoigneuſement que les anciens les cherchoient. Un Général aime mieux les affaires de poſtes, qui
ne s'engagent que dans quelques parties moins étendues. Il
y eſt : il fait ce qu'il fait. Si on avoit une Tactique capable
de variété & plus ramaſſée, un habile homme voyant tout,
pouvant tout mouvoir, n'aimeroit aucun champ de bataille
autant que les plaines. Un pareil terrein eſt un papier blanc.
C'eſt là qu'il donneroit carriere à ſes talens, ſans être gêné
par aucun obſtacle. Il emploieroit tous les jours de nouvelles manœuvres, de nouveaux ſtratagêmes, avec d'autant plus
de ſuccès & de gloire, que la fin ne ſeroit pas d'emporter
un village ou un bois, & obliger l'ennemi à aller prendre
poſte ailleurs ; mais de le mettre dans une totale déroute.
Et ces grands mouvements bien entendus & faits à propos,
ſeroient abſolument ſûrs ; l'ennemi n'auroit jamais le tems de
les parer : mettant ſon armée en bataille, le Général ſauroit
le ſuccès, & même à peu près le détail de l'affaire. Auſſi
peut-on remarquer que c'eſt dans les plaines que ſe ſont paſ-
ſées toutes ces actions mémorables qui ont acquis à pluſieurs des anciens l'admiration de tous les ſiécles. Mais revenons.

Le Général ne peut pas ſe porter d'une aîle à l'autre avec
aſſez de promptitude pour ordonner les manœuvres néceſſaires, ſoit pour remédier au déſordre qui arrive, ſoit pour profiter de l'avantage qu'on vient de prendre. Il faut donc qu'il
ſe repoſe de tout cela ſur l'Officier général qui commande
dans cette partie, que le haſard peut avoir miſe en de très-
mauvaiſes mains. Depuis qu'on fait la guerre, aucune nation
n'a peut-être eu une armée dans laquelle il n'y eût pas un
Officier ſupérieur qui ne fût un habile homme. Mais quand
ils ſeroient tous plus habiles que le Général lui-même, n'auroient jamais de jalouſie contre lui ; ou, s'ils en avoient, ſeroient aſſez bons citoyens pour la ſacrifier au bien du ſervice,
& travailler de bonne foi à la gloire de leur ennemi, lorſqu'elle eſt inſéparable de celle de l'Etat ; ce ſeroit toujours
un grand déſavantage pour l'ordre allongé, de leur laiſſer un

commandement fi indépendant ; un grand mérite de l'ordre racourci, d'être conduit & animé par un feul homme. Tout s'y fera avec bien plus d'harmonie. Chaque partie concourra bien plus parfaitement au projet général, guidée par celui même qui l'a formé, & qui fait apparemment mieux que perfonne ce qu'il veut faire.

Le front de l'armée en bataille étant plus court, le camp fe racourcira de même, & deviendra plus quarré, comme ceux des Romains. On trouvera donc plus aifément des terreins commodes. Il y en a tel où l'on campera, que l'on ne pourroit occuper aujourdhui. La garde en fera plus aifée, fatiguera moins l'armée, fe faifant même beaucoup mieux. Il ne fera point coupé par tant de ruiffeaux, foffés ou ravins, il n'y aura point tant de ponts ou autres communications à faire. Son étendue n'affichera point le nombre des troupes : l'ennemi, qui s'y trompera fort fouvent, fera en conféquence de bonnes fotifes, fur-tout fi l'on joue la frayeur, fe retranchant ou autrement. A propos de fe retrancher, cela deviendra fi aifé, le front étant fort court, par rapport à la force de l'armée, qu'on reprendra peut-être cet ufage des anciens, que tant d'habiles gens regrettent. Mais je n'en parlerai pas davantage ici. Ce point mérite bien que nous nous y arrêtions ailleurs, & le traitions un peu pour lui-même.

CHAPITRE XII.

Suite du précédent.

APrès ce que j'ai dit du peu de variété dont le fyftême ordinaire eft fufceptible, on ne doit pas être étonné que Végéce reduife à 7 toutes les différentes façons de combattre, & que le Maréchal de Puyfégur penfe à peu de chofe près comme lui.

La premiere, qui eft l'ordre ordinaire, n'eft pas, felon Végéce, eftimée des habiles. Le Maréchal de Puyfégur n'a garde de le contredire ici. Leurs raifons font 1° qu'il n'eft pas aifé de marcher fur un fi grand front, fans s'ouvrir en plufieurs endroits.

endroits. 2º Que si l'ennemi est supérieur, il peut embrasser les flancs qui sont foibles, de sorte que personne ne doit se mettre dans cet ordre s'il n'est plus fort que son ennemi. 3º Et c'est le Maréchal seul qui remarque celui-ci, d'avoir beaucoup de troupes inutiles, si l'ennemi tombe en forces sur quelque partie du front, qu'il renversera aisément, parce que sa foiblesse ne le met pas en état de le repousser, ni même de se défendre, jusqu'à ce qu'il lui soit venu des secours. On voit donc que la raison pour laquelle on n'estime pas cet ordre de bataille, est qu'il manque des trois propriétés que je désire à l'ordonnance d'une armée, comme à celle d'un corps en particulier, & que l'on a vû effectivement convenir à une armée de Plésions, comme à une seule.

La 2ᵉ & la 3ᵉ méthode de Végéce n'en font qu'une, aujourdhui que la gauche ou la droite sont parfaitement indifférentes. C'est l'ordre oblique, dont je parlerai amplement. La 6ᵉ est dans les mêmes principes, & diffère peu du précédent. Les 4ᵉ & 5ᵉ ordres n'ont rien de différent du premier, dans la disposition des troupes, seulement dans la façon de combattre, en ce qu'on engage l'action par les aîles d'abord, & avant le centre. Le 7ᵉ ne devroit pas non-plus figurer dans le dénombrement des ordres de bataille. Il suppose quelque protection du terrein, qui, assûrant certaines parties, permet de fortifier les autres par un plus grand nombre de troupes. A cela près il n'est pas différent du premier. Je ne compte donc dans Végéce que deux ordres de bataille. L'un droit & uni sans ruse ni artifice, présentant simplement toute son armée de front, & engageant par-tout si le terrein ne s'y oppose. C'est celui qu'il estime le moins, & le seul qu'on met en usage aujourdhui. Le 2ᵉ plus savant & plus à craindre, mais qui n'est ni pratiqué, ni, je crois, fort praticable avec des Bataillons, consiste à engager l'affaire par une partie qu'on a fortifiée, tenant le reste éloigné.

Nous avons vû que les Plésions marchant droit à l'ennemi pour l'attaquer de front avec toutes leurs troupes, & imitant par conséquent le premier ordre de Végéce, n'ont point les défauts qu'il lui reproche avec raison, & que protegeant d'ailleurs les flancs de maniere à les rendre invulnérables,

N n

elles ramaſſent de plus grandes forces ſur le front racourci à
ce moyen, ce qui donne à cet ordre de bataille les avantages du 7ᵉ de Végéce. Nous allons maintenant examiner l'uſage
& l'avantage des Pléſions, par rapport à ces méthodes, qui, ſi
fameuſes chez les anciens, ſont devenues impraticables dans
notre ſiécle.

ARTICLE PREMIER.

Ordre oblique.

Il n'eſt pas néceſſaire que je m'arrête à vanter ici l'excellence de cet ordre, ou à prouver qu'il réuſſiroit encore bien
mieux aujourdhui que chez les anciens, comme l'a très-bien
remarqué le Maréchal de Puyſégur ; parce que les armées
étant ſi longues on a encore bien moins le tems de faire avancer des troupes des parties non attaquées.

Il n'eſt pas plus néceſſaire de rapporter toutes les batailles,
où cette diſpoſition a paru. On ſait que c'étoit la méthode
favorite d'Epaminondas. Il paroît que les Généraux d'Alexandre la connoiſſoient, & à travers le récit quelquefois aſſez em-
brouillé de Diodore, on la voit dans quelques batailles entre
ſes ſucceſſeurs : ce qui doit d'autant moins étonner que ce
conquérant lui-même ne donna guères de batailles, où l'o-
blique n'entrât pour quelque choſe. Les hiſtoriens n'ont pas
beaucoup appuyé ſur ce point. Il n'a pourtant pas échappé
à tous les lecteurs. Voici à ce ſujet une remarque de d'Ablancourt. Ce traducteur, après avoir trouvé étrange qu'il n'y eût
à Arbelles qu'une Phalange à la gauche, tandis qu'il y en
avoit 5 ou 6 à la droite, ajoute ces paroles. ,, Déja au com-
,, bat du Granique il y a 6 Phalanges à la droite en com-
,, ptant les Argyraſpides, & il n'y en a que 3 à la gauche :
,, mais c'eſt qu'Alexandre faiſoit toujours le côté plus fort,
,, dont il vouloit commencer le combat, & tenoit l'autre
,, reculé. C'eſt ainſi qu'en fit Epaminondas à Mantinée. Voi.
,, Xénophon. ,, La remarque eſt très-juſte. On voit par exemple qu'Alexandre à Iſſus méne ſa droite à la charge, tandis
que le combat ne s'engage à la gauche, que parce que la
droite de Darius vient attaquer Parménion. On voit qu'à Ar-

belles il marchoit toujours par fa droite, pour engager de ce côté-là, & être moins débordé. On voit enfin que dans toutes fes batailles, la victoire décida toujours par l'endroit où il étoit en perfonne; & c'eft une petite marque d'amitié de la fortune qui devient moralement impoffible à la longue, fi toutes les parties de l'armée font égales en forces, & également engagées. On ne voit pourtant pas, comme je l'ai déja dit, l'ordre oblique auffi clairement dans les hiftoires des guerres d'Alexandre, qu'on le voit dans le recit de la bataille de Leuctres. Mais c'eft la faute des hiftoriens, qui ne font pas tous des Xénophons. Je ne m'arrêterai point à chercher chez les anciens de nouveaux exemples de l'oblique. Quand il n'y en auroit pas un, il feroit beau à donner à la poftérité. Il feroit fort inutile d'en chercher chez les modernes. Folard en cite pourtant un de Montrofe à Aberdone. Ramillies en a quelque chofe; puifque Malborough porta toutes fes forces contre notre droite, qui attaquée avec tant de fupériorité, & ne pouvant être fecourue à tems, ne tint pas beaucoup, quoique compofée d'excellentes troupes. Mais il ne fut pas queftion d'oblique. L'Anglois n'eut point de partie foible à refufer. Il marcha droit devant lui, fe laiffant déborder à fa droite fans s'en embarraffer puifque cette partie étoit couverte par une petite riviere. C'étoit donc le 7e ordre de Végéce, & non pas le 2e. Ce n'étoit point fa difpofition qui étoit favante, c'étoit le terrein qui étoit heureux, l'armée Françoife qui étoit en marche s'étant trouvée forcée de combattre dans le premier champ de bataille qu'elle avoit pris. Un pareil champ de bataille donna à Malborough l'avantage que notre fyftême nous donne toujours, de combattre fans craindre pour fes flancs fur un front plus court que celui de l'ennemi, par conféquent d'oppofer à une partie de fon armée, toute la nôtre. Mais Malborough n'ufa pas de fon avantage fi bien qu'en ufent les Pléfions. Il n'en fut profiter que par des lignes rédoublées; & comme il avoit affaire à d'excellentes troupes, il eft affez vraifemblable que la première de ces lignes redoublées auroit été battue, & les autres auffi-tôt après, l'avantage du nombre des lignes n'étant pas de grande confidération, fi la première de Malborough n'avoit

eu un grand avantage fur la nôtre qui étoit tant pleine que
vuide, au lieu que les fiennes étoient pleines. Et c'eft fans
doute à cela feul qu'il faut attribuer fa victoire. Mais laiffons là les exemples, pour examiner ce qui fait la force de
l'ordre oblique.

L'art de cette difpofition confifte à fortifier une partie par
où l'on engage l'affaire, refufant le refte de l'armée qui fe
trouve affoibli. Le Marquis de Santa-Cruz dit, que pour former l'oblique, il faut en arrivant à l'ennemi prolonger l'aîle
par laquelle on veut engager, afin de le charger en flanc. C'eft
fort bien fait fans doute quand on le peut : mais le plus fouvent l'ennemi voyant qu'on marche par la gauche, par exemple, marchera par fa droite, pour foutenir toujours la pointe
de fon aîle à même hauteur. Si c'étoit là le feul avantage de
l'oblique, il lui feroit bien aifé de rendre cette difpofition
inutile. Cleombrote à Leuctres s'y prenoit bien pour cela.
Mais d'ailleurs il n'eft pas toujours poffible à celui qui veut
employer l'ordre oblique à fa gauche, d'attaquer en flanc la
droite de l'ennemi, qui peut être fort bien appuyée. On
me dira que dans ce cas il faut employer une autre difpofition. Non : fi l'oblique eft la feule bonne, & qui foit fûre
de réuffir. Par exemple, le Maréchal de Puyfégur a très-bien
prouvé qu'il n'y en avoit pas d'autre pour attaquer Mercy à
Nordlingen. En effet, quoique l'ennemi ne foit pas débordé,
& qu'on n'attaque que de front l'extrémité de fon aîle, on
n'eft pas moins fûr de la faire fauter, fi on la combat avec
une grande fupériorité. On prend le refte de l'armée en flanc
auffi-tôt, & la victoire eft acquife dès ce moment. Par la même raifon le double oblique de Folard, pour attaquer le centre, doit réuffir. J'en parlerai bien-tôt.

Mais comment dans l'ordre ordinaire attaquer avec avantage une partie de ligne ennemie que l'on ne charge que de
front, puifque fi elle eft en ligne pleine elle a toute la force
dont cet ordre eft capable ? Pour fe donner quelque fupériorité fur elle, il faut donc augmenter la profondeur, & fe
rapprocher par conféquent de nos principes. Mais pour fe la
donner toute entiere, il faut les fuivre tout-à-fait, & employer
les Pléfions. On attaquera alors avec une fi grande fupério-

rité de nombre, jointe à celle de l'ordre, qu'il n'eſt pas poſſible que l'ennemi réſiſte un moment.

Une autre grande raiſon de préférer les Pléſions, c'eſt que
quand des Bataillons à leur place auroient renverſé la partie
attaquée, ſoit par l'avantage de la hauteur des files, ſoit par
celui de la ligne pleine contre une tant pleine que vuide,
ſoit enfin parce qu'ils ſont compoſés de meilleures troupes,
cela ne ſuffit pas : il faut ſe retourner, & charger en flanc
le reſte de la ligne ennemie ; c'eſt ce que les Pléſions font
très-promptement & très-rapidement. Si, par exemple, elles
ont attaqué la droite de l'ennemi, marchant à lui ſur deux
lignes, arrivées ſur ſon terrein elles n'auront autre choſe à
faire qu'à droite par Pléſionnettes ; & ce ſeul mouvement,
pendant lequel un Bataillon ne feroit pas ſix pas, transforme
les deux lignes en 4 colonnes de Pléſionnettes, qui courent de front dans les flancs de l'ennemi qui n'a pas le tems
de ſe retourner pour faire face, & quand il l'auroit ne ſeroit pas en état de réſiſter. Des Bataillons à la place des Pléſions ne peuvent ſe retourner ainſi que par des quarts de
converſion : & pour cela il faut premierement un terrein commode, ce qui ne ſe rencontre pas toujours : d'ailleurs on eſt
à deux de jeu ; ſi on fait des converſions, l'ennemi en fera
de même pour faire front, & le combat recommencera, s'il
ne s'étonne point. Avec cela je ne prétends pas dire qu'une
armée, dont l'ennemi aura fait ſauter une aîle, l'attaquant
dans l'ordre oblique avec des Bataillons, gagnera la bataille.
Cela eſt peut-être abſolument poſſible, mais n'arrivera guères. Je dis ſeulement que la défaite ne ſera ni ſi pompte ni
ſi complette, que ſi le vainqueur avoit été dans notre ſyſtême. Si les alliés euſſent été en Pléſions à Ramillies, ils n'auroient pas été obligés de s'arrêter un tems ſur le terrein de
notre droite qu'ils venoient de déplacer ; ils auroient couru
dans l'inſtant même aux flancs du reſte de l'armée, qu'ils
auroient miſe dès ce moment dans le plus grand déſordre.

Suppoſons à préſent que c'eſt l'armée qui attend qui eſt
en Pléſions, & l'armée qui attaque par l'ordre oblique en
Bataillons. Suppoſons encore que, quoique celle-ci ne puiſſe
jamais donner à la partie qu'elle veut engager une force mê-

me approchante de celle à qui elle a affaire, cette partie attaquée trouve le fecret de fe faire battre. Qu'en arrivera-t-il?
Dès que les Bataillons vainqueurs font fur le terrein de notre gauche battue, ils tendent le flanc droit aux Pléfions du
centre, qui le leur tendent de même, avec cette différence
qu'il n'eft pas foible comme celui des Bataillons, & qu'a-
vant que ceux-ci ayent feulement penfé à faire le quart de
converfion, les Pléfions viendront charger leurs flancs en colonnes de Pléfionnettes, & les renverferont avec la plus grande facilité; de forte que le premier avantage qu'ont pris les
Bataillons, étoit le plus grand malheur qui pût leur arriver,
puifqu'il n'a fervi qu'à les amener à la place où ils devoient
être mis dans la déroute la plus affreufe.

Si dans le moment du combat les Pléfions font uniques,
foit pour faire réuffir l'ordre oblique, foit pour réfifter à l'ennemi qui l'employe, elles ne font pas moins avantageufes
pour le moment qui précéde l'action, & où il ne s'agit encore que de prendre cette difpofition, & de marcher. Car
puifque tout confifte à ne pas donner à l'ennemi le tems de
fortifier ou dérober la partie contre laquelle on marche, la
marche la plus vive, l'attaque la plus brufque, ne l'eft pas
trop: la légéreté eft plus néceffaire en cette occafion qu'en
aucune autre. Mais ce n'eft pas là tout.

Avec toute ordonnance à flancs foibles, on n'a jamais formé, ni pû former l'oblique, autrement que par un mouvement de converfion. Ce mouvement eft très-long & très-difficile, comme on fait; outre cela il avertit l'ennemi d'affez
loin, fur-tout s'il fe fait tout entier en avant. Il y a encore un inconvénient; fi l'on ne débordoit pas l'ennemi
en commençant le mouvement, on fe trouve débordé foi-
Pl. 9, fig. 2. même en le finiffant. Soit le front de l'armée ennemie C,
E, dont la droite que nous voulons attaquer eft à même
hauteur que notre gauche B. Faifant la converfion pour
employer l'ordre oblique, cette gauche fe trouvera débordée en arrivant, de toute la longueur C, F, ou plutôt n'arrivera point; car l'ennemi pendant que le mouvement fe fera, portera C, F, en F, G, pour charger & renverfer le
flanc de notre armée obligé de paffer devant cette partie.

Pour que notre gauche arrivât fans être débordée, il faudroit qu'elle eût débordé d'abord l'ennemi, s'étendant jusqu'au point *A* ; pour qu'il lui reftât quelque chofe de cet avantage dans le combat, il faudroit qu'elle fe fût étendue plus loin vers *H*. Ce que je rapportois du Marquis de Santa-Cruz il y a un moment, eft donc vrai au pied de la lettre, par rapport à l'ordre ordinaire : quand il veut employer l'oblique à une aîle, il faut qu'il la prolonge au-delà de celle de l'ennemi : mais le terrein, & l'ennemi, ne permettent pas toujours ce prolongement : & fi l'oblique ne peut fervir que lorfqu'on déborde, on ne peut donc employer cette favante difpofition, que dans le cas où l'on pourroit le mieux s'en paffer ; puifque dans l'ordre ordinaire, la victoire eft affez fûre pour celle des deux armées qui a cet avantage. C'eft lorfqu'on eft de tout point égal, ou inférieur, à fon ennemi, qu'il eft plus néceffaire d'employer l'oblique : mais cela n'appartient qu'à notre fyftême.

Il ne faut que jetter les yeux fur la planche 9, pour voir Planche 9. que rien n'eft fi aifé & fi prompt que notre maniere de former l'oblique. Chaque corps ne fait que marcher en avant ; on les retarde feulement, ou on les arrête, les uns plûtôt, les autres plus tard, felon qu'ils font plus ou moins éloignés de la partie deftinée à faire l'attaque. Les flancs des Pléfions font prefque tous découverts : mais cela ne leur fait rien, & ne leur feroit pas davantage, quand quelque corps pourroit les charger, fans être chargé en flanc lui-même. Ceux des Efcadrons que j'ai mêlés entre elles, n'ont rien à craindre, couverts très-exactement par les Pléfions. La droite qui attaque ici ne perd point de terrein, ne fe rapproche point de la gauche, ne fe fait point déborder par la gauche de l'ennemi, ne perd point l'avantage de la déborder elle-même fi elle l'avoit d'abord.

L'ennemi eft averti de ce mouvement on ne peut pas plus tard. L'armée fe préfente d'abord en ligne droite, comme on la voit en *B*, *C*, & lui paroît affez également forte dans toutes fes parties. La droite deftinée à frapper les grands coups, n'eft à fes yeux que deux Bataillons l'un à côté de l'autre foutenus de quelque peu de cavalerie. Partant de cet alignement *B* , *C*, nous paroiſſons marcher en ligne droite ; on ne voit l'oblique ſe développer, que lorſqu'il n'eſt plus tems de chercher à en éviter l'effet. La Pléſion 10 , & les trois Eſcadrons qui l'accompagnent, ſemblent s'arrêter pour ſe tenir en réſerve, & protéger le flanc. La Pléſion 9 avec ſes deux Eſcadrons retarde un peu ſa marche. Quand elle s'arrête tout court, & que l'inſtant d'après on voit 8 en faire autant, je veux que l'ennemi comprenne de quoi il eſt queſtion. Il eſt un peu tard : la droite n'a plus que 100 toiſes à parcourir, & les parcourra bien vîte. Si on vouloit cacher encore davantage le mouvement, on pourroit faire marcher comme le reſte de la ligne, les 3 Pléſions 10 , 9 & 8 , juſqu'à la hauteur de la Pléſion 7 , laiſſant les Eſcadrons dans la ligne *B* , *C*. Ou l'ennemi n'y comprendroit rien, ou il imagineroit qu'on va le charger de front, & qu'on profite de la légéreté de la cavalerie, pour lui faire eſſuyer le feu moins long-tems, la faiſant partir plus tard. Quand l'armée ſeroit au point où l'on voit cette Pléſion 7 , celle-ci s'arrêteroit tout court. 8 , 9 & 10 feroient demi-tour à droite, pour prendre leurs places dans la ligne oblique, & les Eſcadrons qui ſont entre 7 & 9 , marcheroient en même-tems en avant, autant qu'il eſt néceſſaire. Ce mouvement rétrograde de quelques Pléſions n'eſt certainement pas de ceux qui ſont dangereux. Elles voyent des Eſcadrons venir au-devant d'elles, la droite prête à charger, l'ennemi éloigné au point qu'elles n'eſſuyent pas un coup de fuſil. Elles le feront donc toujours très-tranquillement. Au reſte ſi on veut le ſupprimer, je ne m'y oppoſe pas. Et moi-même je le ſupprimerois, puiſqu'il eſt inutile. Sans lui l'oblique ſe déclarera aſſez tard, pour qu'il ſe trouve formé, & l'ennemi battu, plus vîte que celui-ci n'aura vû comment on s'y eſt pris.

Il y a encore une raiſon qui cache à l'ennemi le mouvement de l'armée. Je prie le lecteur d'y faire attention, parce qu'elle n'appartient pas moins à tout autre changement d'ordre qu'à celui-ci. C'eſt que les grenadiers peuvent perpétuellement ſe promener devant la ligne, de gauche à droite & de droite à gauche, ils retrouveront toujours bien leurs places ; & ces mouvements, qui ne ſignifient rien, dérobent

bent à l'ennemi les véritables. D'ailleurs, comme dit le Maréchal de Saxe , ,, le feu continuel & ajuſté qu'ils feront ac-
,, coutumés de faire, écartera certainement les curieux les plus
,, téméraires ; & en même-tems le ſoldat occupé à les voir
,, manœuvrer & tirer , ne pourra diſtinguer la contenance de
,, l'ennemi , & en ſera plus tranquille & plus ferme dans ſon
,, rang. ,,

Mais quand l'ennemi comprendroit notre manœuvre aſſez
tôt pour avoir le tems d'en faire quelqu'une auſſi , que fe-
roit-il ? Mettroit-il jamais la partie attaquée en état de ſoutenir la charge des Pléſions rapprochées? Encore cette charge
ſeroit bien plus violente qu'elle ne le paroît ici , ſi je n'a-
vois ſuppoſé notre armée extraordinairement inférieure , &,
par ménagement pour bien des lecteurs , laiſſé la partie oblique plus forte qu'il n'eſt néceſſaire.

On ne manquera pas de me dire que l'ennemi , voyant
notre droite à même hauteur que ſa gauche , & notre gauche très-débordée , aura quelque ſoupçon. Je ne vois pas cela.
Il ſemble aſſez naturel à une armée inférieure d'aimer mieux
être débordée à une de ſes ailes , qu'à toutes les deux. Mais
ſi ce grand débordement paroît ſi inſtructif pour l'ennemi , on
peut encore le lui cacher , & s'étendre , ſi l'on veut , ſur un
front plus grand que *B, C,* de toute la ligne *A, B.* Alors
quand l'armée ſera arrivée au point de ſa marche où on la voit
ponctuée , tous les corps de la gauche & du centre marcheront par leur droite , tandis que la droite marchera en avant.
Quand ils feront arrivés dans la ligne ponctuée , à la diſtance
où ils doivent être ſur la gauche du corps collatéral à droite ,
ils feront à gauche , & marcheront en avant. A ce moyen la
Pléſion 10 ſera au point où elle eſt ſur la planche , lorſque
la droite ſera auſſi où on la voit au trait , ainſi des autres ,
& l'ordre de bataille ſe trouvera achevé dans ce moment. On
verra bien-tôt de quel uſage peut être un pareil mouvement ,
qui paroîtra bien ſimple , ſi l'on veut ſe repréſenter le tableau
mouvant.

Cette façon de former l'oblique par des mouvements directs , a ſur l'autre un nouvel avantage qui mérite attention.
Si pourtant il faut tout ce détail pour ſe convaincre qu'il vaut

Q q

mieux, quand on le peut, aller droit son chemin, que de faire des conversions (a).

Si on formoit l'oblique par un mouvement de conversion simple, cela ne présenteroit que la pointe de l'aîle, ne peut donc servir que lorsque, le mouvement fini, on se trouve encore déborder l'ennemi, le charger en flanc ; c'est ce que nous avons déja vû. Il faut donc, si son flanc est appuyé, que l'extrémité de l'aîle qui attaque soit parallele, pour charger de front une certaine longueur, comme dans l'ordre proposé par le Maréchal de Puységur pour attaquer Mercy à Nordlingen. Pour cela, si c'est la gauche qui attaque, par exemple, il faut, pendant que le reste de l'armée fait la conversion, que cette partie marche en avant, se jettant toujours à droite ; c'est un mouvement diabolique à exécuter, surtout si l'on vouloit le finir sous le nez de l'ennemi. Si l'on a besoin de le voir pour m'en croire, on n'a qu'à jetter les yeux sur les planches du Maréchal de Puységur, nommément sur la septiéme du second Volume. Si on veut (comme cela est absolument nécessaire) achever ce mouvement à quelque distance de l'armée ennemie, il faudra ensuite que cette ligne brisée marche parallelement à elle-même, dans la situation où elle se trouvera. Cela allonge bien le mouvement, & conséquemment le tems donné à l'ennemi, pour fortifier ou dérober la partie menacée : car dans un pareil ordre on n'ira pas vîte : les Bataillons qui forment la partie oblique *A*, *F*, ne peuvent marcher devant eux : ils porteroient le point *A* vers *B*, ce n'est pas là qu'ils ont affaire. S'ils marchent par leur gauche, ils iront vers *D*, se confondant avec la partie parallele : il faut donc qu'ils marchent par la gauche, se jettant à droite ; & ce mouvement, composé des deux directions *A*, *B* & *A*, *D*, tiendra l'extrémité de la ligne dans la diagonale *A*, *C*, comme cela doit être. Mais quel mouvement ? Si généralement il est impraticable de

Pl. 9, fig. 3.

(a) Je n'ai pas parlé de tous les défauts de l'ordre oblique par conversion, & ne me mettrai point en frais de les faire remarquer. Mais je ne veux pas oublier celui-ci. C'est qu'il faut une belle plaine pour prendre cette disposition ; au lieu que par des mouvements directs comme les nôtres, on peut former l'oblique dans le terrein le plus gauche & le plus coupé.

marcher par le flanc à portée de l'ennemi, ici c'eſt bien pis ; la difficulté eſt fort augmentée, le danger tout au moins n'eſt pas diminué. Soit que ces Bataillons marchent par le flanc après le ſimple à gauche, & par conſéquent s'allongent, ſoit qu'ils ayent fait par diviſion des quarts de converſion, ſoit qu'ils ayent fait le mouvement du Maréchal de Puyſégur (a), par demi-rangs de compagnie, la partie *A*, *F* dans cet état n'eſt point du tout en défenſe. Pour peu donc que l'ennemi envoye quelques troupes de cavalerie l'inquiéter, elle eſt obligée de quitter ſon ordre de marche pour faire front & ſe reſſerrer : par conſéquent s'arrête, & arrête toute l'armée. On me dira peut-être que cette troupe de cavalerie ne peut faire ſon attaque à tems. Il eſt aiſé de ſe convaincre du contraire, de voir que du (b) point 1 au point 2, il n'y a que le double du chemin que l'armée a à faire pour aborder la droite de l'ennemi. Du point 3 il n'y a pas beaucoup plus loin : & au train que va l'armée oblique, elle ne fera certainement pas à beaucoup près la moitié du chemin que fera en tems égal une troupe de cavalerie, qui va charger des gens qui ne ſont point en défenſe (c). Je veux qu'ils ayent le tems de s'y mettre, & que la troupe qui va les attaquer ſoit obligée de s'en revenir. Elle n'a pas moins rempli ſon objet. Elle a arrêté la ligne, qui, dès qu'elle voudra ſe remettre en marche, ſera arrêtée de même par une autre. Ainſi cet ordre oblique qui ne peut réuſſir que par la légéreté, devient preſqu'auſſi peſant que le Bataillon rond, & toutes les

---

(a) Dans cette occaſion, il a fait le quart de converſion par Bataillons entiers. Mais je ne crois pas qu'on oſât porter ainſi des flancs découverts ſous le nez de l'ennemi, imitant les planches 8, 9 & 10 du Maréchal. Par les autres façons de marcher par la gauche, ſi la partie oblique n'eſt pas en défenſe, du moins il ne lui faut pas tant de tems pour s'y mettre.

(b) Il faut imaginer toutes les lignes de cette figure prolongées. Sans cela la diſtance des deux armées, l'oblique formé, ſeroit trop grande, & il s'enſuivroit

de ce que je dis ici, que toute la ligne oblique peut être chargée par l'ennemi. Ce n'eſt pas là ce que je prétends dire : mais ſeulement qu'une longueur conſidérable à prendre depuis l'angle, pourra être abordée avant que la partie parallele ait fait ſon attaque.

(c) Non-ſeulement la cavalerie, mais l'infanterie même, dans un ordre léger comme le nôtre, peut fort bien aller rompre cette partie oblique. Les anciens le favoient bien. *In hoc genere cavendum eſt, ne inimicorum cuneis tranſverſa tua acies elidatur.*

ordonnances dont l'ordre de marche n'eſt pas celui de combat.

Le Maréchal de Puyſégur dit que les corps, qui ſortiroient de la ligne ennemie pour charger l'oblique, ſeroient chargés eux-mêmes en flanc. Je ne vois pas cela. Cela eſt bien vrai quand les corps qui compoſent la ligne oblique ſont tournés comme les nôtres : pour charger en flanc ce qui veut attaquer un corps, celui qui le ſuit n'a qu'à marcher.

Je conclus de tout cet article, 1° que l'ordre oblique, tout excellent qu'il eſt, perd beaucoup de ſon mérite pour le combat, ſi on le forme avec des Bataillons; qu'avec des Pléſions il eſt plus rédoutable qu'il n'ait jamais été. 2° Que le former avec des Pléſions, c'eſt le mouvement le plus ſimple & le plus facile qu'on puiſſe faire : qu'au contraire il n'eſt pas praticable de le former avec des Bataillons. C'eſt ce qui eſt aſſez prouvé par toutes les planches que le Maréchal de Puyſégur a données pour l'expliquer, & plus encore par ce que tant de grands Généraux modernes, qui le connoiſſoient très-bien, & ſe ſont trouvés ſouvent dans le cas d'y avoir recours, aucun n'a oſé l'employer. Voila donc encore un grand défaut du ſyſtême actuellement en uſage. Nous avons reduit à 2 les 7 diſpoſitions de Végéce. L'une eſt peu eſtimée des habiles, & ſujette à de grands défauts; l'autre ſavante, admirée par tous les maîtres de l'art, illuſtrée par des ſuccès preſque incroyables. L'ordonnance accoutumée n'eſt capable que de la premiere; notre ſyſtême ſeul peut employer la ſeconde facilement & tant qu'il voudra, toujours ſûr de réuſſir, même contre l'ennemi le plus ſupérieur. Je crois même pouvoir aſſûrer qu'une nation qui auroit adopté cette Tactique, donneroit rarement une bataille où l'oblique n'entrât pour quelque choſe. Il eſt aiſé de deviner ce qui en arriveroit : ſes Généraux ſeroient des Epaminondas un jour d'action. Et lorſqu'elle auroit affaire en plaine à des ennemis ſupérieurs des trois quarts, au moins égaux en valeur, elle auroit le ſuccès qu'eurent les Thébains à Leuctres,

ARTICLE II.

ORDONNANCE PERPENDICULAIRE.

Attaques féparées, ou divifions de bataille, & autres ufages de cette difpofition.

Dans l'article précédent je n'ai pas cru néceffaire de pré-voir l'objection qu'on pourra me faire, que la droite de l'en-nemi qui déborde notre gauche ne manquera pas de venir la charger. Notre mouvement eft fi prompt & fe déclare fi tard, qu'il eft affez évident qu'on n'aura pas le tems de nous faire cette attaque. Mais je veux bien fuppofer à préfent qu'on l'a, & que l'ennemi marchant à notre gauche dès qu'il voit le mou-vement, arrive au point où eft la Pléfion 10 fur la planche, auffi-tôt que notre droite arrive à la partie qu'elle veut atta-quer. Rien n'eft fi aifé que de dérober cette partie foible de notre armée. Mais avant de voir comment nous nous y prendrons, voyons comme le Maréchal de Puyfégur en ufé, par rapport à cette attaque, que la lenteur de fon ordre obli-que lui rend auffi inévitable que la promptitude & la légé-reté du nôtre la rendent impoffible.

Dès qu'il voit que l'ennemi va charger fa droite *A*, il fait Pl. 10, fig. 1. faire à une certaine longueur *B*, *A*, la converfion, pour la por-ter en *E*. Pour faire cette converfion, il y a quelques petits mou-vements encore, mais ce n'eft pas la peine d'en parler. Pen-dant ce mouvement, l'extrémité *B* de la ligne *A*, *B*, refte là; il faut que toute l'armée s'arrête, ou bien cette partie fe trouve féparée du refte. Lors même que ce mouvement fera achevé, on conçoit aifément que cette ligne *D*, *C*, *B*, *E*, marchera difficilement en avant. De plus cet angle *B* eft une partie foible, auffi-bien que l'autre angle *C*.

Notre oblique de Pléfions voulant de même dérober fa gauche, n'a point de converfion à faire. Tous les corps font à droite, & marchent jufqu'à ce qu'ils foient arrivés dans l'a-lignement de la Pléfion 4; là ils fe remettent par un à gau-che, & marchent de front. Ainfi pendant que la droite avance, & même combat, la ligne oblique devient perpendiculaire,

O o iij

* Pl. 10, fig. 2 comme on voit. * Par cette manœuvre, la droite après avoir percé ce qu'elle a en tête, est en état de marcher à la seconde ligne, de la renverser de même ; après quoi toute l'armée fera à gauche pour marcher sur les flancs de l'ennemi, la partie perpendiculaire devenant le front : & la droite de l'ennemi à qui nous avons supposé le tems d'arriver jusqu'à notre gauche, ne se trouve plus en état de faire cette attaque, puisque cette partie s'est éloignée d'elle de toute la ligne Q, R.

Je dois avertir que j'ai donné cette figure, non comme un modéle d'ordre de bataille, mais seulement pour expliquer la maniere de passer de l'oblique au perpendiculaire. C'est pour cela que ne cherchant qu'à la rendre très-juste, & très-nette, j'ai supprimé les pelottons, & n'ai pas dédoublé les Pléfions dans la perpendiculaire, comme on fera lorsqu'on le jugera nécessaire ; je n'ai pas non-plus supposé que la gauche aille plus vîte que la droite ; tout cela fait paroître des distances immenses entre les Pléfions, dans quelques parties de cette ligne : mais pour peu qu'on y fasse attention, on verra qu'il n'en sera pas de même sur le terrein, que d'ailleurs les Escadrons sont à portée de les remplir dans le besoin par un quart de conversion. Ce n'est pas au reste que ces distances soient dangereuses, puisque cette ligne n'a à combattre qu'après la victoire.

Ce mouvement, pour prendre l'ordre perpendiculaire, peut se faire partant de la ligne droite comme de l'oblique. On Planche 9. voit, par exemple, que dans la planche 9 l'armée arrivée en B, C, les 4 Pléfions de la droite marchant seules en avant, toutes les autres peuvent marcher par la droite, & la Pléfion 5 se remettre de front & marcher en avant, lorsqu'elle aura pris l'alignement de la Pléfion 4, ainsi des autres. Il faut même remarquer, que pour former cet ordre, il n'est pas nécessaire que les corps soient aussi rapprochés qu'ils le paroissent dans cette ligne ponctuée. Dans l'oblique, les Pléfions de la droite ont déja de l'avance sur celles qui les suivent, outre celle qu'elles prennent tandis que celles-ci ne marchent pas en avant. Si donc ces dernieres étoient plus éloignées sur la gauche, les espaces deviendroient trop grands dans la ligne

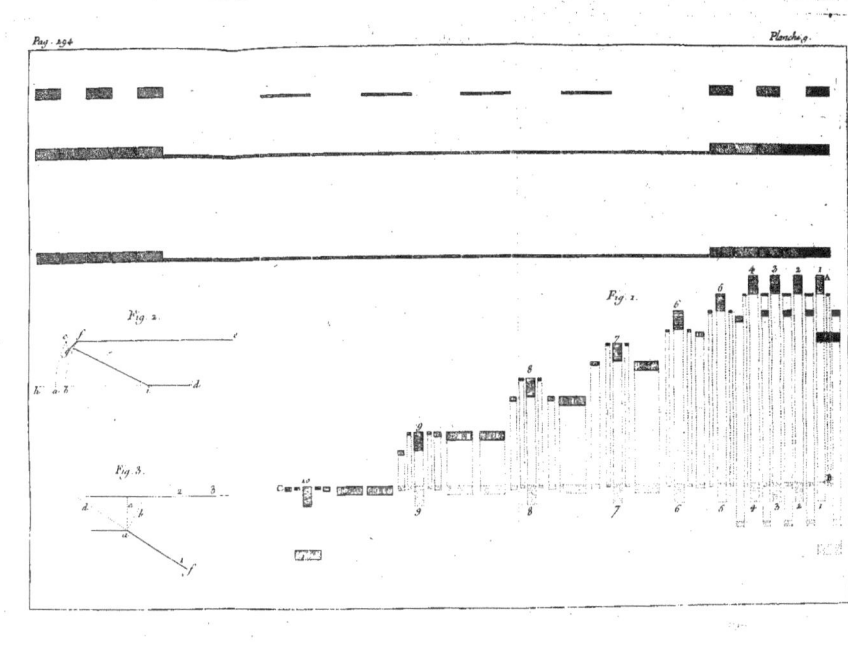

Fig. 1.

Fig. 2.

Fig. 3.

perpendiculaire. Mais quand on prend cette difpofition partant de la ligne droite, les premiers corps n'ayant point d'a-
vance, les efpaces ne font pas plus grands qu'ils étoient d'a-
bord, font même moindres de la différence des deux dimenfions d'une Pléfion.

Cette facilité de former l'ordre perpendiculaire fera d'un
très-grand ufage. On peut l'employer au centre, comme aux
aîles, le faifant double, ce qui formera comme trois côtés
de quarré long. Et un ennemi, qui après avoir vû venir à lui
en ligne droite une armée qu'il déborde à fes deux aîles,
& s'attend bien de charger en flanc, tout d'un coup fe verra
attaqué au centre par des forces très-fupérieures, & percé
par conféquent, fans pouvoir engager l'affaire ailleurs, aura
de quoi être étonné. Et il n'y a pas de remède à apporter: l'attaquant ne lui laiffe pas un moment, puifque il ne lui faut,
pour faire fon mouvement & charger, que le tems d'arriver
en courant du point où il le commence.

Si cette manœuvre eft auffi faifable au centre qu'à une
aîle, elle ne l'eft pas moins en 3 ou 4 parties de la ligne
qu'à une feule. On pourra donc toujours très-près de l'ennemi, & tout en marchant, ramaffer fon armée dans quelques
parties, qui attaquant avec une fupériorité exceffive ne manqueront pas de percer en autant d'endroits. Chacun de ces
corps fera débordé; mais qu'importe puifque fes flancs font
affûrés, comme nous avons vû par rapport à ceux d'une armée, & par leur ordre, & par la cavalerie qui eft en arriere,
& plus encore par la promptitude de leur attaque qui ne
donne pas à l'ennemi le tems de fe replier pour les embraffer? (a) La planche 11 préfente une difpofition dans ce goût. Planche 11.
Je ne donne point le mouvement pour la former. Il eft aifé

(a) Il faut fe rappeller ici ce que
l'on a vû ailleurs, qu'il eft impoffible à
l'ennemi d'attaquer les flancs de notre
quarré de retraite qui veut charger de
front & percer une ligne qu'il trouve
en fon chemin. Les mêmes raifons prouvent qu'on ne pourra obliger les divifions de bataille dont il eft queftion ici,
à combattre autrement que de front.
J'en reparlerai dans le dernier Chapitre,
paffant même un peu les bornes d'une
récapitulation. Ce point eft important,
tient à tout; & je fuis bien aife que finiffant la lecture de cet ouvrage, on refte
convaincu, & ayant très-préfent à l'efprit que, contre nos flancs les plus découverts, l'ennemi n'a rien de bon à
faire, la critique rien de bon à dire.

& affez expliqué par ce que l'on a vû , & ce que l'on verra
encore. Folard a donné une difpofition par corps féparés, pour
une furprife nocturne. Perfonne n'a trouvé à y reprendre. Et
je compte bien qu'elle ne réuffira pas moins en plein jour.
Dans cet ordre de bataille , il n'y a pas en arriere cette ligne
de cavalerie que l'on voit dans le mien ; mais pour cela il
n'en vaut pas moins.

Cette façon d'attaquer par divifions d'une grande profondeur , étoit la méthode favorite de Judas Machabée. Dans
cet ordre , toujours infiniment plus foible , il fut toujours vainqueur. Folard n'a pas manqué de le citer. Il cite encore Saül ,
qui contre les Ammonites fépara fon armée en 3 corps, &
dans cet ordre les défit entierement. On peut donc dire avec
plus de raifon de cette façon de combattre fi bien connue
des Juifs , ce qu'on a dit de la Légion , que ce fut un Dieu
qui l'infpira.

Marcellus fut infpiré auffi , & battit Annibal à Nole, l'attaquant en 3 corps féparés. Il eft même à remarquer , que
c'eft le premier avantage qu'ayent eû les Romains contre ce
redoutable ennemi. Deux de ces corps à la vérité chargerent
les aîles : mais il y a plus que de l'apparence qu'ils ne les chargerent que de front. Quoi qu'il en foit , une chofe qui n'eft pas
conjecture , c'eft que fi ces 2 corps acheverent la victoire ,
celui du centre l'avoit bien commencée. *Satis terroris tumul-*
tûfque in mediam aciem intulerant. Et certainement ce corps du
centre ne chargea que de front , & fort débordé.

L'ufage de l'ordre perpendiculaire le plus important , &
celui qui fera le plus fréquent , c'eft le cas où l'armée ennemie eft fur prefque tout fon front remparée d'obftacles du
terrein , qui empêchent de l'aborder. L'ordre ordinaire en pareil cas ne pourroit aller à la charge : car fi voulant profiter
des parties libres , des Bataillons alloient les attaquer , n'é-
tant point accompagnés du refte de la ligne , leurs flancs feroient découverts ; & dès le moment où ils auroient pris quelque avantage , ils courroient un grand danger. Pour nous ,
nous y marcherons fans crainte , fur autant de Pléfions de
front que le terrein le permettra. Celles qui font à droite &
à gauche des Pléfions deftinées par leur pofition à faire l'at-

taque ,

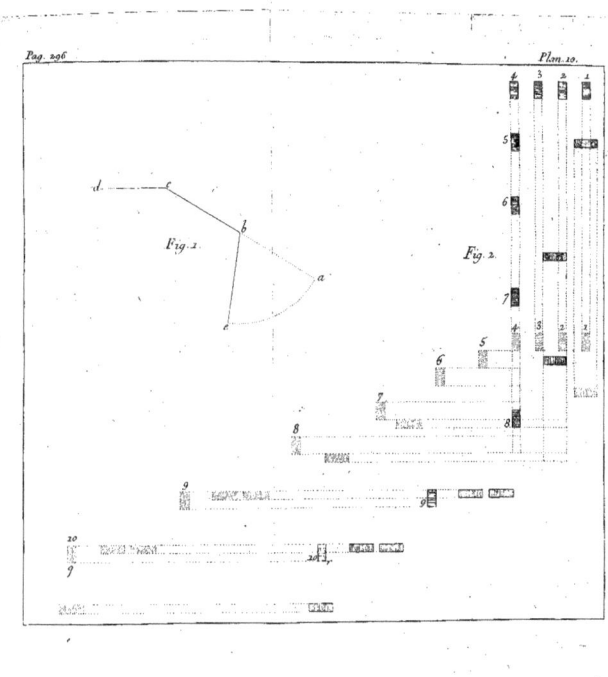

Fig. 1

Fig. 2.

taque, viendront fe mettre à la file, pour former le perpendiculaire double, comme on le voit fur la planche 12. Ainfi Planche 12.
fans crainte pour leurs flancs, ces Pléfions fe précipiteront
dans les paffages ouverts; & après avoir percé la ligne ennemie dans ces parties, chaque côté perpendiculaire deviendra
une ligne de Pléfionnettes, qui courra dans les flancs de ce
qui refte. Quand la rapidité du mouvement permettroit à
l'ennemi de porter de nouvelles forces à ces parties plûtôt attaquées que ménacées, qu'y feroient-elles? Des lignes redoublées. C'eft ainfi qu'avec notre fyftême on combattra aux armes blanches, dans des terreins où on ne pourroit aujourdhui
y penfer, & qu'on battra avec facilité, une armée même fupérieure, dans un pofte qui actuellement pafferoit avec raifon pour
inattaquable. Je ne crois pas néceffaire de donner beaucoup
d'autre explication de cette planche. J'ai fuppofé le paffage,
qui n'eft pas de cent toifes, au centre de l'armée, dont par
conféquent on ne voit qu'une partie. Notre droite qui eft
cachée, eft femblable à la gauche. Nous fommes inférieurs en
infanterie, & beaucoup davantage en cavalerie. Pour préfenter
une ligne étendue nous avons dédoublé les Pléfions & pelottons, vers les aîles où il n'y a rien à faire. Les Pléfions du centre
étoient d'abord dans l'ordre où on les voit ponctuées. La nouvelle difpofition fe forme tout en marchant; & pour la mettre au point où on la voit, il n'a fallu que le tems que les
premieres Pléfions ont mis à venir de la ligne. Comme l'ennemi a une feconde ligne ici, lorfqu'on aura percé la premiere on continuera de marcher. Seulement les Pléfions 4
& 5, & quelques pelottons, courront dans les flancs de cette
premiere, afin que rien ne s'y rallie, en attendant que le
perpendiculaire fe fépare pour marcher vers les aîles. Notre
droite & notre gauche qui jufqu'à ce moment fe font tenues
tranquilles, filent à la fuite du centre; à moins que des obftacles qui féparoient les deux armées, il n'y ait quelques parties qui feroient acceffibles fi l'ennemi ne les bordoit: auquel
cas elles y marcheront à méfure qu'il les abandonnera.

Il arrive très-ordinairement que l'armée ennemie a fur fon
front quelques chateaux, bois, ou villages, qu'elle ne manque
pas d'occuper. Ce font pour l'ordre accoutumé des points

P p

d'attaques indifpenfables. Si évitant ces parties faillantes, &
paffant entre deux, il vouloit aller attaquer la ligne ennemie
qui eft en arriere, il préfenteroit des flancs découverts qui
le feroient battre. Attaquant donc les points les plus forts,
il perd beaucoup de monde : & comme l'affaire n'eft engagée
que dans quelque partie avancée, l'ennemi perdant même
la bataille, fe retire affez tranquillement, fa défaite n'a pas
de grandes fuites. S'il falloit citer des exemples, nous n'i-
rions pas les chercher bien loin. Avec notre fyftême, on s'y
prendra tout différemment. Laiffant là les poftes, on fe jettera dans la trouée, fans craindre pour les flancs, formant le
perpendiculaire double. S'il y a plufieurs trouées, cela fera
comme aujourdhui des attaques féparées, avec cette différence qu'on les fait contre les parties les plus fortes de l'ennemi, & que nous les ferons dans fes parties foibles. Par-
conféquent notre victoire fera bien plus prompte, & moins
chére : bien plus complette d'ailleurs ; car, l'attaquant dans
fes parties rentrantes, l'affaire fera engagée tout de bon, fa
retraite beaucoup plus difficile. Hochftet en eft une bonne
preuve. Cet ordre perpendiculaire eft donc unique, pour
la plûpart des champs de bataille où il y a des poftes & de
la plaine entre deux, pour tous ceux fur-tout où il eft indifpenfable de marcher fur un front plus petit que celui qu'on
attaque. Ceci me conduit à quelques obfervations fur plufieurs batailles mémorables. La briéveté que je me fuis propofée m'obligera d'aller vîte, & de me borner à un petit
nombre. Si je voulois citer toutes celles où notre fyftême eût
affuré la victoire à celui des deux partis qui l'auroit fuivi, il
faudroit rapporter toutes celles qui fe font données. Cela eft
bien prouvé, ce me femble, par le Commentaire fur Polype ;
& fuit d'ailleurs néceffairement des propriétés de cette ordonnance.

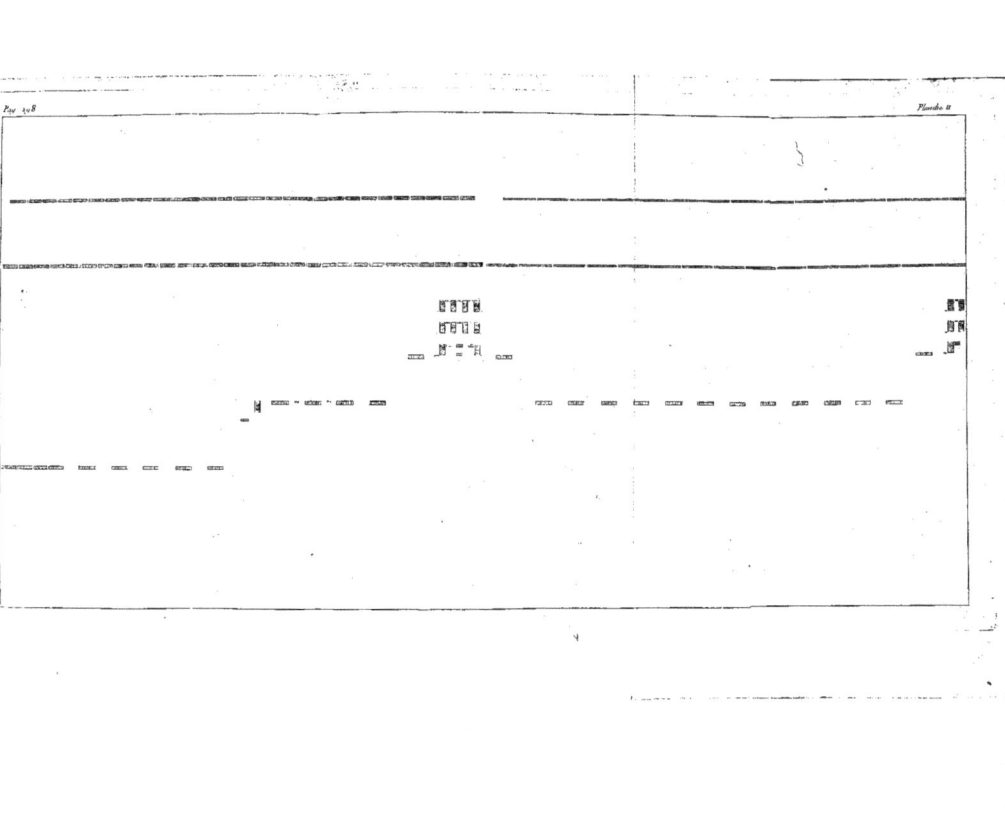

ARTICLE III.

Suite du précédent. Observations sur quelques batailles.

§. I.

HOCHSTET.

Dans cette malheureuse journée, nous avions sur le front de notre armée deux villages : mais assez éloignés l'un de l'autre, pour que leur feu ne protégeât pas assez l'espace intermédiaire. On y mit pourtant beaucoup d'infanterie, & on affoiblit le centre qui leur servoit de courtine. Tant par la connoissance de cette disposition, que parce que ils avoient trouvé à qui parler en d'autres parties qu'ils avoient tâtées, les ennemis se déterminerent à pousser un corps de troupes entre les deux villages pour percer le centre, ce qui leur réussit à merveille. Dès ce moment leur victoire parut assûrée, & notre gauche en demeura si bien convaincue, qu'elle ne songea qu'à la retraite, abandonnant la droite dont presque toute l'infanterie resta dans Bleintheim, presque toute la cavalerie enfermée entre les ennemis & le Danube. Le Marquis de Feuquieres prétend que le mal n'étoit pas sans reméde, que notre gauche pouvoit se retourner, & charger en flanc ce qui avoit percé le centre. Ce mouvement de la gauche paroît un peu long ; cependant la résistance de la droite auroit pû en donner le tems. D'ailleurs il n'étoit pas nécessaire que toute cette gauche se retournât. La partie la plus voisine du centre auroit suffi sans doute pour rétablir les affaires. Les flancs des lignes redoublées de l'ennemi n'auroient pas été en état de lui résister. Cette remarque du Marquis de Feuquieres revient à ce que j'ai dit plusieurs fois, que dans l'ordre ordinaire on court toujours beaucoup de risque, lorsqu'on aborde une partie de la ligne ennemie, sans être suivi du reste de la sienne.

Mais si au lieu de ces Bataillons en lignes redoublées, les ennemis avoient marché contre le centre en Pléssions, dans l'ordre perpendiculaire, leurs flancs n'auroient pas craint cette attaque, ou plûtôt ils l'auroient bien prévenue: parce que aussitôt après avoir percé, quelques Pléfions du front & beaucoup de pelottons fe lâchant après les fuyards, les deux côtés perpendiculaires auroient marché en ligne de Pléfionnettes, dans les flancs de notre gauche & de notre droite, & ne trouvant aucune réfiftance auroient fur le champ enfermé l'une entre eux & le Danube comme ils firent, renvoyé l'autre dans la plus affreufe déroute, perdant tout ce qu'une armée peut perdre.

Il faut obferver encore, par rapport à cette attaque des ennemis à Hochftet, que s'ils la tenterent, c'eft parce que, comme j'ai dit, les poftes étoient affez éloignés l'un de l'autre, pour que leur feu ne les incommodât pas beaucoup, paffant entre deux. Cette circonftance heureufe fe rencontrera affez rarement pour des Bataillons, prefque toujours pour des Pléfions. Car 1° celles-ci allant plus vîte, effuyant le feu moins long-tems par conféquent, en fupporteront très-bien un auquel les Bataillons ne s'expoferoient pas volontiers, 2° Comme elles peuvent faire leur attaque fur un front très-petit, elles trouveront bien plus aifément place à marcher fans être expofées à la moufqueterie des poftes. Qu'il y ait entre deux, par exemple, 300 toifes, elles réduiront leur front à 60, marchant feulement 4 de front. Elles fe trouveront à ce moyen à 120 toifes de chacun, par conféquent à une diftance où le feu n'eft pas à craindre. L'ordre ordinaire s'il vouloit, pour éviter le feu des mêmes poftes, fe réduire au même front, marcheroit donc fur une colonne de Bataillons à la queue l'un de l'autre. Cela ne feroit pas capable d'un grand effort. Il faut ici fe rappeller ce que j'ai dit de l'ordre en Colonne par Bataillons, & fur-tout faire attention à la foibleffe des flancs, qui font ici découverts à un point dont la plus grande témérité ne s'eft pas encore avifée.

Suppofons à préfent qu'à Hochftet c'eût été notre infanterie qui fe fut mife en Pléfions, & que les ennemis euffent fait au centre l'attaque qu'ils firent & avec le même fuccès. Auffi-tôt notre gauche fait le fimple à droite, & marche fur 4 colonnes de Pléfionnettes dans les flancs de ce qui vient

de percer. La droite fait la même chofe de fon côté. L'ennemi n'a pas le tems de faire aucun mouvement pour éviter
l'effet de celui-ci. On peut juger ce qui feroit arrivé à ces
lignes redoublées ainfi attaquées, & fi elles n'auroient pas
retourné beaucoup plus vîte qu'elles n'étoient venues.

§. II.

FONTENOI.

Les ennemis dans cette bataille, comme dans celle dont
nous venons de parler, laifferent là les poftes pour venir attaquer la ligne qui étoit en arriere. Cette manœuvre étoit
bien plus dangereufe ici, tant parce que cette ligne n'étoit
pas fi foible, que parce que les poftes n'étoient pas fi éloignés l'un de l'autre. Auffi ne prirent-ils un parti fi violent,
qu'après avoir été repouffés à l'attaque du village & des redoutes. Le terrein étant fi ferré, ils furent obligés de faire
plufieurs lignes fort courtes, à la queue l'une de l'autre, ce
qui forma une maffe d'infanterie prefque quarrée que l'on a
honorée du nom de Colonne. Leur ordonnance n'étant pas
légére, ni même fort nette, ils allerent très-lentement. Nos
troupes pouffées fi foiblement fe replierent fans déroute, &
l'avantage des ennemis n'eut pas de grandes fuites. Cette
même lenteur les tint encore expofés très-long-tems à un
feu épouvantable, auquel ils étoient fort en prife : enfin fa-
tigués de leur perte & de leur mauvaife difpofition, ils foutinrent affez mal une attaque faite à la vérité par de bonnes
troupes, mais qui n'étoient pas fort nombreufes. On les en-
tama, & dans le moment ils s'en allerent dans le plus grand
défordre.

Comme dans le tems même où la victoire fembloit fe tourner de leur côté, une grande partie des meilleurs Officiers
de notre armée n'eut pas beaucoup d'inquiétude du fuccès, je ne crains pas de dire qu'il n'étoit guères poffible
qu'il fût malheureux pour nous. Chaque pas que faifoit l'ennemi l'approchoit de fa défaite : non-feulement il perdoit
toujours beaucoup de monde, mais à mefure qu'il avançoit
dans la plaine, il découvroit les flancs foibles de cette Co-

lonne foit difante , qui dans la trouée n'avoient pas beaucoup
à craindre. Elle ne pouvoit donc plus éviter d'être chargée
dans cette partie, où elle n'étoit pas en défenfe, où elle ne
pouvoit même s'y mettre à certain point, qu'en s'arrêtant.
De plus nous avions encore du terrein à perdre. Au train
dont ils y alloient cela pouvoit les amufer encore quelque
tems. Quand il feroit donc arrivé que l'attaque qui nous donna la victoire n'auroit pas réuffi, nos troupes ne s'étonnant
point, on en auroit fait une nouvelle, qui auroit pû être plus
heureufe. Cela eft même affez vraifemblable, puifque le défavantage de la difpofition des ennemis augmentoit toujours.
Enfin il leur étoit bien difficile d'efpérer rien de bon, puifque des attaques fucceffives auxquelles leur lenteur les expo-
foit néceffairement, une feule ne pouvoit réuffir le moins du
monde, les entamer dans quelque partie, fans être fuivie
de leur défaite : défaite d'autant plus complette, qu'ils auroient été plus avancés.

Si les Anglois avoient été dans notre fyftême, & formé un
front de Pléfions fuivi de deux lignes perpendiculaires , le
tout formant 3 côtés de quarré long, cet ordre étant de la
plus grande légéreté, ils feroient arrivés à la ligne ennemie,
fans avoir eû le tems de perdre beaucoup. Attaquant avec
une fupériorité entiere, ils l'auroient enfoncée plus aifément,
& pouffée tant qu'ils auroient voulu, la force de leurs flancs
les mettant en état de s'engager fans crainte dans la plaine.
Le défordre auroit été néceffairement augmenté par les grenadiers à cheval (a), paffants dans les intervalles des Pléfions, pour s'abandonner fur les fuyards, encore plus vîte
qu'elles. Cependant les deux lignes perpendiculaires auroient
marché dans les flancs de ce qui n'avoit pas été chargé, &
achevé de diffiper la ligne, tandis que le front du quarré
auroit couru aux ponts. Je ne vois pas ce qu'on auroit pû
faire pour empêcher tout cela.

(a) Leurs troupes fur le pied où elles
étoient , il n'étoit pas queftion de grenadiers à cheval : mais mettant leurs Bataillons en Colonnes de Folard , ils pouvoient très-bien prendre des compagnies
de cavalerie pour jouer ainfi leur rôle ,
& tirer ainfi partie du tiers de leur armée, qui ne leur fervit à rien.

Il eſt ſi évident que dans cette hypoteſe il n'étoit pas poſſible ni de ſoutenir la premiere attaque, ni d'en tenter une
ſeconde, que je n'ai pas beſoin de rappeller ce que j'ai dit ailleurs, que quand le quarré long de Pléſions auroit été entamé quelque part, il n'en auroit pas été moins vainqueur,
tant par la facilité de remplacer celle qui auroit été obligée
de plier, que parce que ne la remplaçant même pas, cela ne
fait pas une bréche dangereuſe, puiſque elle eſt toujours très-
petite, remplie d'ailleurs par les pelottons, & enfin que les
corps collatéraux ne craignent point pour leurs flancs.

Si notre ſyſtême aſſuroit les Anglois de la victoire, il n'eſt
pas moins clair qu'il auroit donné dans cette bataille, un
grand avantage à notre armée, puiſque il l'auroit miſe en état
d'attaquer cette maſſe, avec l'entiere ſupériorité qu'il donne
en toute occaſion, mais ſur-tout en terrein ſerré, & contre des
lignes redoublées.

§. III.

MALPLAQUET.

Ce champ de bataille reſſerré entre deux bois, eſt encore
un de ceux où généralement les Pléſions ne peuvent manquer d'être d'une grande reſſource. Mais même dans l'ordre
accoutumé l'armée Françoiſe pouvoit, comme le remarque
le Marquis de Feuquieres, rendre ſon poſte fort avantageux,
pour ne pas dire inattaquable. Au lieu de ſe coller contre la
trouée, elle pouvoit ſe mettre un peu en arriere en forme de
croiſſant, les deux pointes appuyées aux deux bois. Alors
l'ennemi pour l'attaquer auroit eû à déboucher par un petit
front dans un plus grand, qui l'auroit débordé & environné
de toutes parts, & dont le feu ſe ſeroit réuni ſur ſon paſſage,
croiſé même dans pluſieurs parties. Et il n'eût pas été facile
de faire taire ce feu allant à la charge. Car comment charger
le centre ſans tendre le flanc aux aîles, ou les aîles ſans le tendre au centre? Comment d'ailleurs ſe retourner contre les aîles,
autrement que par des converſions, qui ne ſont pas trop praticables ſous le feu de l'ennemi, demandent d'ailleurs de l'eſpace entre les lignes? Mais ſi le Prince Eugene faiſant cette

attaque avoit tenu ses lignes ainsi éloignées, comme il ne pouvoit en pareil terrein qu'en avoir beaucoup, une grande partie de ses troupes auroit été loin du combat, inutile; il seroit donc venu attaquer toute notre armée, avec des forces
bien inférieures, ce qui n'auroit pas promis grand succès à
une disposition d'ailleurs si désavantageuse. Si nous lui donnons des Plésions, son attaque devient sûre & facile. Toute son
infanterie rassemblée prend l'ordre perpendiculaire double,
débouche de la trouée, & essuye du feu un moment : mais
comme elle va très-vîte, cela ne dure pas, elle perd peu.
Sitôt qu'on est un peu avancé, le centre continuant de marcher contre le nôtre, les deux lignes perpendiculaires font
à droite & à gauche pour charger les aîles. Ainsi avec sa disposition environnante l'armée attaquée ne charge rien en
flanc, est elle-même chargée de front & percée en trois endroits, sans pouvoir l'éviter. Les trois divisions de l'attaquant
se trouvent à la vérité un peu débordées dans le moment où
elles se séparent. Mais il est assez évident que l'attaqué n'a
pas le tems de marcher à leurs flancs, ne l'oseroit même
quand il le pourroit; puisque marchant aux flancs de l'une,
il le tend lui-même à l'autre, les trois formant alors trois
côtés d'un quarré à angles ouverts, fort épais. Mais quand
il chargeroit le flanc de ces divisions, comme ils ne sont rien
moins que foibles, qu'on a pû même les fortifier tant qu'on
a voulu redoublant les angles du quarré, mettant par dessus
le marché quelques corps de cavalerie au centre de ce quarré, il n'en seroit pas moins battu. On voit donc que supposant que notre armée eût pris cette disposition en arriere,
l'ennemi auroit été aussi sûr de la victoire, prenant le systême,
qu'il auroit été sûr de se faire battre, s'il eût osé attaquer dans
l'ordre accoutumé.

§. I V.

Concernant les affaires de postes.

Quoique il ne soit pas fort ordinaire aux Plésions d'être obligées d'attaquer des postes, il arrivera quelquefois qu'elles ne
pourront s'en dispenser, parce que ils se trouveront si voisins
les

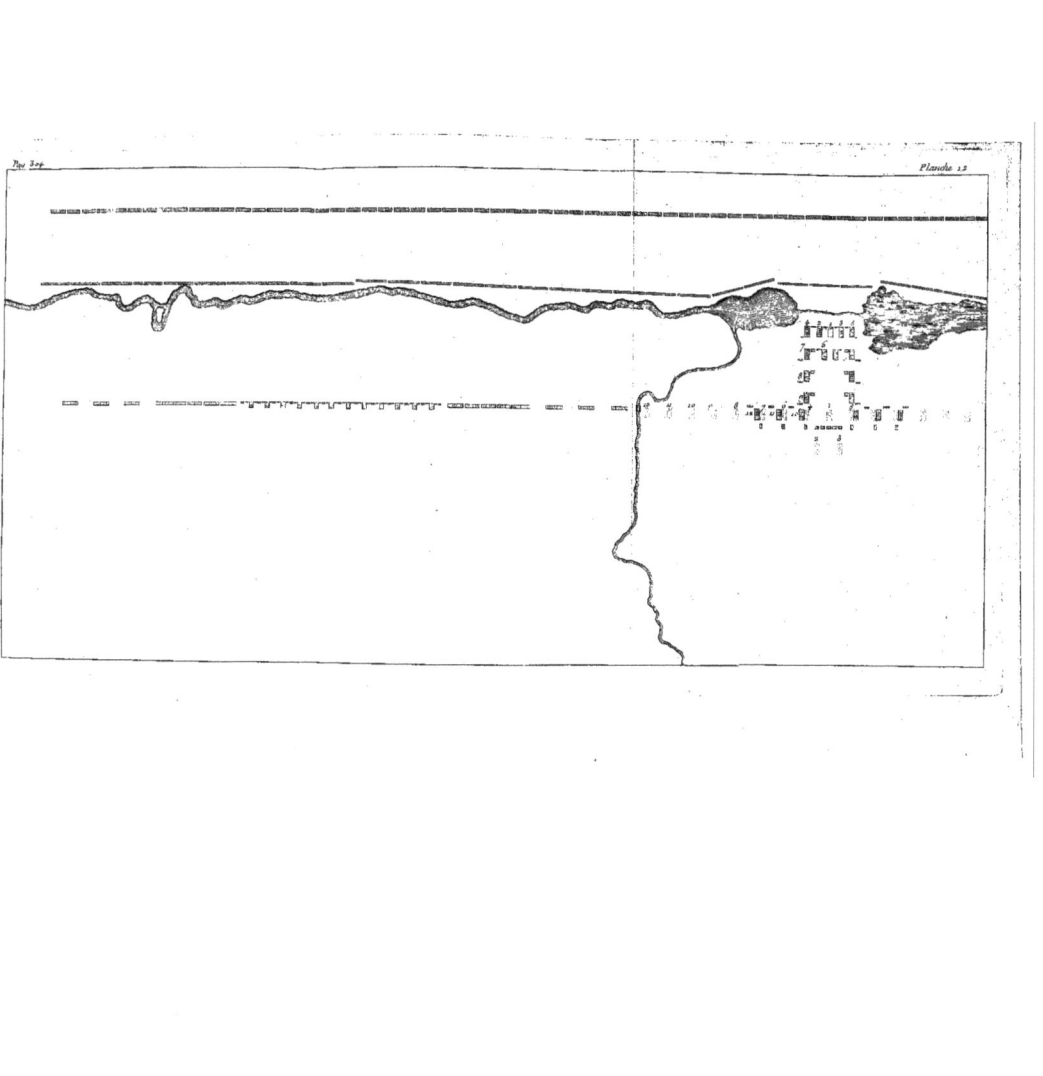

les uns des autres, qu'en arrivant elles essuyeroient un feu
épouvantable, & l'essuyeroient même long-tems, & bien plus
long-tems encore si elles trouvoient dans l'intervalle quelque
résistance. Dans ce cas elles auront encore un grand avantage sur la méthode ordinaire, étant bien plus propres à attaquer des retranchemens, comme on verra dans le Chapitre
suivant, par conséquent à attaquer des villages ou autres postes semblables; c'est la même espéce. Mais outre cet avantage, elles s'en donneront un autre. Attaquant deux postes
voisins, elles marcheront sur un seul front; & en arrivant,
la partie qui se trouvera au-devant de l'intervalle, s'y jettera,
tandis que le reste attaquera les postes de front : à ce moyen
cette partie n'aura pas essuyé un si grand feu, en arrivant,
partageant celui des postes avec ce qui marche contre eux, &
en ayant même la plus petite part. Dans ce moment où elle
se jette entre les deux, elle trouvera ces parties fort négligées, tout le monde étant à l'attaque du front qu'on aura regardée comme la seule possible. D'ailleurs puisque nous supposons les postes si voisins, ils feroient feu difficilement sur
ce qui passe entre eux, sans se battre l'un l'autre. On peut
juger que cette attaque intermédiaire, que la foiblesse des
flancs rendroit impossible, secondera puissamment l'attaque
du front, étonnera fort ceux qui la soutiennent qui verront
des ennemis derriere eux, & seront d'ailleurs primés par cette témérité apparente. J'avoue cependant qu'elle peut devenir réelle par le succès ; & que si malgré ces avantages, l'attaque du front réussissoit mal, les Plésions qui auroient fait
celle du centre, ne se retireroient pas sans perte. Mais cette
raison n'est pas meilleure contre cette attaque, que contre
les pelottons de fusiliers entre les Escadrons.

J'observerai encore ici, par rapport à une attaque de village, que la facilité qu'ont les lignes de Plésions de se pénétrer l'une l'autre, leur donnera moyen de la faire avec un
acharnement qu'on n'a pas encore vû. Je suppose qu'on y
marche sur 5 lignes de 4 Plésions chacune. La premiere repoussée, la seconde reprend dans l'instant, & se succédent
ainsi l'une à l'autre, attaquant sans relâche, sans laisser respi-
rer l'ennemi un moment, toujours le même point, avec des

Q q

troupes fraîches, & cela continuellement jusqu'à ce qu'on ait emporté le morceau, ou qu'on y ait abſolument renoncé. Des Bataillons ne s'y prennent pas de même. Quand ils ont été bien repouſſés à une attaque, une ſeconde ſe fait attendre.

Les Pléſions ſeront rarement dans le cas de défendre des poſtes. Premierement, parce qu'elles ne recevront guères le combat : ſecondement, parce qu'il eſt fort aiſé pour elles de ſe fortifier bien mieux qu'elles ne ſeroient dans Lauffelt ou Nervinde. Elles préféreront donc aux défenſes que préſente quelquefois la campagne, l'ouvrage de leurs mains. Mais quelque prompte que ſoit pour elles cette opération, il peut ſe rencontrer encore qu'elles n'ayent pas le tems de ſe retrancher. Voyons donc comme elles défendront un village. Ce que je dirai ailleurs par rapport à la défenſe des retranchements, réduit à un ſeul point, qui à la vérité mérite attention, ce que j'ai à placer ici.

Une armée qui défend un poſte ne peut rien faire de mieux que de ſe mettre en état d'en chaſſer l'ennemi, ſi par haſard malgré tous ſes efforts il parvenoit à l'emporter. Le plus ſouvent même cela n'eſt pas fort difficile. Il arrive après avoir beaucoup perdu, en fort mauvais ordre d'ailleurs, parce que la petiteſſe des paſſages le contraint de défiler. Des troupes fraîches venant l'attaquer dans ce moment, il a de la peine à réſiſter, d'autant plus que cette attaque du poſte n'eſt pas ſi difficile pour celui qui l'a perdu, qui avant le combat aura pris autant de peine à l'ouvrir de ſon côté, qu'à le rendre encore plus inabordable du côté de ſon ennemi. Il eſt aſſez clair que pour rattaquer ainſi, les Pléſions ſont fort commodes, entrant avec bien plus de facilité & moins de danger que des Bataillons par les paſſages tels qu'ils ſe trouvent. Mais ce n'eſt pas tout. Pour rattaquer ſans perdre de tems, dès que le village ſera emporté, on aura formé dès le commencement une ou pluſieurs colonnes qui lui ſont tête. Les troupes chaſſées s'en allant à côté d'elles, celles qui ont la tête des colonnes rattaqueront auſſitôt, afin de ne pas laiſſer l'ennemi reſpirer un moment, ſe fortifier, ſe rallier ſeulement. C'eſt par de pareilles manœuvres que les Anglois à Lauffelt diſputerent long-tems la victoire, malgré la valeur ſinguliere que l'infan-

terie Françoise montra dans cette occasion. Mais ces colonnes formées par des Bataillons, & marchant vers le village,
quelquefois à peu près parallelement aux deux armées, pré-
sentent le flanc à l'ennemi. Il faut donc, s'il vient les attaquer elles-mêmes, comme cela arriva dans cette bataille, &
comme cela doit toujours arriver en cas pareil, qu'elles se retournent pour faire front, & pour cela qu'il y ait place pour
leur quart de conversion. Les Bataillons ainsi éloignés l'un
de l'autre, ne font pas un si bon effort quand il est question
de rattaquer le village, perdent un tems très-précieux, quoique peu long, à se rassembler à la tête. De plus, si dans le
moment précisément où il faudra rattaquer, la colonne menacée elle-même est obligée de se mettre en ligne, la voilà
en échec ; non-seulement elle ne fait pas son attaque, mais
les troupes qui ont pris le village se trouvant à portée de sa
tête, devenue flanc, peuvent non contentes de s'y fortifier,
sortir pour l'attaquer avec avantage, tandis qu'elle a d'autres
troupes en tête. Quand celles du village ne se mêleroient
pas de cette affaire, quand même il ne seroit pas pris, une
ligne de Bataillons n'est pas bien difficile à percer. L'ennemi l'attaquant sérieusement en viendra à bout. A Lauffelt, une
brigade de cavalerie envoyée contre cette colonne la rompit, & par-là coupa la racine du mal, termina l'histoire du
village que les Anglois ne rattaquerent plus.

Si à la place de cette colonne de Bataillons, nous supposons une colonne de Plésions de même front, cette colonne sera triple laissant entre chacune un espace de 8 ou 10
toises ; & laissant à chaque Plésion la place de s'allonger en
marchant jusqu'à 6 pieds par rangs, ce qui pourtant n'est pas
fort nécessaire ici, cela fera dans une étendue de 100 toises
où il y auroit deux Bataillons sans compter le premier, neuf
Plésions. On voit donc que quand il sera question de rattaquer le village, elles s'y porteront bien plus promptement,
& plus puissamment. Ce ne sera plus une colonne foible &
allongée, mais un gros magasin d'infanterie, également propre à faire effort de front, & sur son flanc. Il n'y a plus & ne
peut y avoir de parties foibles. Il ne sera pas question pour
l'ennemi de chercher à couper celle-ci, ni d'envoyer pour

l'attaquer quelques troupes de cavalerie ; elles trouveroient à qui parler, ne dérangeroient pas seulement cette colonne de son objet. Car elle n'a point de conversion à faire pour les recevoir, mais seulement à resserrer chaque corps, ce qui ne demande ni tems ni terrein : les Pléfions ne quitteroient donc point leur marche, que l'ennemi ne fût très-près ; encore n'y auroit-il qu'une des trois colonnes qui s'amuseroit à le recevoir, les autres iroient leur train derriere elle fort tranquillement ; de sorte que les Anglois dans cet ordre auroient pû dans la même minute renvoyer la brigade des cuirassiers, & rattaquer Lauffelt. On me dira que cette disposition employe bien des troupes. Si l'on veut. Car il n'est pas du tout nécessaire que la colonne soit longue : mais d'ailleurs dans ce cas d'une grande armée attaquée dans un point, ce ne sont pas les troupes qui manquent. Les alliés, par exemple, en avoient de reste dans l'action dont je parle, & 12 ou 15 des Bataillons de leur droite auroient été aussi bien là.

ARTICLE IV.

Double oblique.

Passant de l'oblique au perpendiculaire, de celui-ci aux affaires de postes, j'ai laissé en arriere un des principaux avantages de ma maniere de prendre cette premiere disposition. Je pourrois peut-être me dispenser d'y revenir ici : car il n'y a personne qui n'apperçoive bien sans moi, que ce que j'ai dit pour le perpendiculaire n'est pas moins vrai pour l'oblique, qu'à le former ainsi par un mouvement simple en avant, il n'est pas plus difficile de le faire double, pour engager l'affaire par le centre, que de le faire simple pour engager par une aîle. Cette attaque du centre me paroît préférable à l'autre : parce que, comme dit Folard, une armée percée à une aîle, trouve des ressources ; mais n'en a plus quand elle est coupée (a) en deux, sur-tout si l'ennemi est dans un ordre alerte à en profiter.

(a) Le Général major Savornin ne goûte pas cette idée de Folard. Il prétend qu'il vaut beaucoup mieux engager par les ailes, & s'appuye d'un passage de Montécuculi, qui dit que l'infanterie abandonnée de la cavalerie, perd coura

Il y a dans le Commentaire fur Polybe un ordre de bataille double oblique, pour une armée inférieure obligée de
combattre une riviere à dos. Folard donne cette difpofition
à l'occafion d'une bataille gagnée en pareille circonftance par
Flaminius contre les Infubriens. C'eft le même qui périt à
Trafimene. Avec un goût fi décidé pour les mauvais pas,
cet homme ne pouvoit finir autrement. Sur l'Adda il fut plus
heureux, *contre toute apparence*, comme dit Plutarque. Pour
n'être pas débordé & chargé en flanc, il fe colla contre la
riviere, ayant apparemment, comme le conjecture Folard,
trouvé un coude où il nicha fon armée. A ce moyen il ne
préfentoit point de partie foible; les Gaulois, malgré leur
fupériorité, ne pouvoient charger que de front : mais aufli
fon champ de bataille avoit fi peu de profondeur, que pour
peu que les Romains euffent perdu de terrein, ils étoient
culbutés dans la riviere, & perdus fans reffource. Cette difpofition étoit donc très-mauvaife, quoique la meilleure qu'on
pût prendre fans quitter la méthode ordinaire, ni employer
le fecours de la Fortification.

Céfar s'eft trouvé fur l'Aifne dans un cas tout pareil. Mais
comme fa hardieffe ne reffembloit pas à celle de Flaminius,
il ne voulut pas courir le même danger. Il fe plaça à quelque diftance de la riviere, afin d'avoir du terrein derriere
lui, & couvrit chacun de fes flancs par une groffe redoute
bien munie de l'artillerie de ce tems-là. De chaque redoute
il tira jufqu'à la riviere une ligne qui affûroit fes derrieres.
Les Gaulois le trouverent fi bien campé qu'ils n'oferent l'attaquer. Cette difpofition en effet étoit excellente. Il ne reftoit
à fon armée d'autre incommodité du voifinage de la riviere,
que l'heureufe néceffité de vaincre.

Cette difpofition a pourtant un défaut. Si les Gaulois attaquant les Romains, & étant repouffés comme de raifon, ceux-
ci avoient voulu les fuivre, ils n'auroient pas traîné leurs redoutes après eux, leurs flancs fe feroient découverts; & tout ce

---

ge, & met bas les armes. Quand Montécuculi a dit cela, il ne paroit pas de
notr efyftême; & dans ce fyftême où un

autre, je crois qu'il n'y a guères d'armée
qui aimât mieux être coupée en deux,
que d'avoir une aîle pouffée.

qui les débordant n'avoit point combattu, se retournant pour
les charger, auroit mis l'armée en grand danger. D'ailleurs
on n'a pas toujours le tems de faire des retranchements. Le
double oblique est donc infiniment préférable. On attendra
l'ennemi collé contre la riviere, comme Flaminius : mais
quand il sera à une certaine distance, le centre s'avancera,
la droite & la gauche restant à leur place, & tous les corps
qui sont entre les aîles & le centre s'arrêtant les uns après
les autres, comme on voit sur la planche 9 ceux qui sont
entre la droite & la gauche. Le centre ayant percé ; comme
cela ne peut manquer d'arriver, le tout marchera en avant,
s'il y a une seconde ligne à combattre ; si-non aussitôt après,
l'armée se séparera en deux, comme une Plésion qui part par
manches, & courra dans les flancs des ennemis, jusqu'à ce que
leur ligne soit entierement dissipée. Il est inutile d'observer
que, quoique on ait pris du terrein, & qu'on ne combatte plus
si près de la riviere, les deux flancs n'y sont pas moins appuyés,
qu'on a pû encore, comme dit Folard, placer à l'autre bord
de l'artillerie & de la mousqueterie, pour flanquer les aîles qui
sont les parties foibles, & écraser l'ennemi qui voudroit les
attaquer : le mouvement est trop prompt pour qu'il ait le tems
d'y songer seulement. A peine il arrive au point où il faudroit commencer son grand quart de conversion, qu'on l'attaque, & qu'on le perce. Ce n'est pas pour lui donner le
tems de le finir ; d'où il suit que quand la riviere ne seroit
pas là, le double oblique ne réussiroit pas moins,

Folard ne s'y prend pas comme moi pour le former. Il se
présente d'abord en ligne droite, les aîles débordées par l'ennemi, non au bord de la riviere, mais à la distance où doit se
trouver son centre le mouvement fini. Quand l'ennemi approche, son centre ne bougeant, chacune des aîles fait en arriere un demi quart de conversion. Je ne déciderai pas assu-
rément que ce mouvement est impossible, peut-être même
n'est-il pas très-difficile à des troupes bien exercées, & bien
disciplinées. Mais il l'est toujours infiniment plus que celui
qu'on vient de voir, qui est d'ailleurs bien plus court : à joindre
qu'il vaut mieux, quand on le peut, marcher en avant qu'en
arriere, & en ligne droite, que de faire des conversions. Un

défaut plus confidérable de cet ordre de Folard, c'eft qu'il n'eft pas aifé quand il eft formé, de faire marcher l'armée en avant, parce que les corps des aîles ne faifant pas, comme dans ma difpofition, face à l'ennemi, font obligés de marcher diagonalement, comme je l'ai reproché à l'oblique du Maréchal de Puyfégur. Un autre inconvénient encore, c'eft que l'ennemi pourra fe faire précéder par quelques Efcadrons de fes aîles, qui voyant en l'air des flancs débordés, viendront badiner avec eux, pour tâcher de caufer quelque défordre dans l'armée de Folard, avant même qu'elle foit chargée tout de bon. Il fera donc obligé de faire ce mouvement de converfion dès ce moment, pour dérober les flancs. L'ennemi qui fera encore à une certaine diftance, voyant un ordre de bataille fi fingulier, s'arrêtera tout court, & prendra quelques mefures qui au moins dérangeront un peu celle du double oblique, qui formé ainfi n'a pas beaucoup de légéreté, comme je l'ai remarqué, & par conféquent ne peut regagner le tems qu'il a donné à fon ennemi, courant à lui pour le combattre dans le moment, & loin de la riviere, s'il ne veut pas approcher plus près.

ARTICLE V.

Stratagêmes.

J'entens par ce mot tout ce qui eft favantes manœuvres, mouvements finguliers & nouveaux : car je ne parle ici que des ftratagêmes qui peuvent s'employer dans les batailles. Puifque l'ordre ordinaire n'a aucune variété, il n'eft capable d'aucun. Je l'ai déja prouvé, & on en a une continuelle expérience. Perfonne aujourdhui n'en oferoit tenter de pareils à ceux qui réuffiffoient tous les jours chez les anciens. C'eft tout ce qu'on peut faire que de les croire.

Puifque notre fyftême fe prête rapidement à tous les mouvements, & toutes les formes imaginables, il eft capable de tous les ftratagêmes dont on s'eft avifé, & dont on s'avifera. Cela eft prouvé encore, par ce que j'ai dit à l'occafion des ordres oblique & perpendiculaire : car toutes ces favantes manœuvres fe réduifent à engager telle partie avant telle

autre , réfufer celle-ci , fortifier celle-là. Les ordres de bataille de Folard font autant de ftratagêmes. Je crois qu'il n'y
en a pas un qui ne foit une idée finguliere , nouvelle , fûre.
Mais comme il mêle beaucoup de Bataillons avec fes Colonnes , il n'a pas tout-à-fait la même facilité à faire prendre
à une armée les différentes formes qu'il veut lui donner , que
j'en ai rejettant entierement cette ordonnance , & m'en tenant à la Phalange coupée toute pure. C'eft ainfi qu'on a
vû que pour former les ordres obliques , il eft obligé d'employer les converfions.

Je ne finirois pas fi je voulois parcourir tous les ftratagêmes
qui ont été mis en ufage avec fuccès , pour faire voir qu'il
n'y en a pas un qui ne foit très-aifé pour les Pléfions ; que
prefque tous étoient fort difficiles pour les Cohortes, ou la
Phalange , & ne pouvoient être exécutés que par des troupes
parfaitement difciplinées ; enfin que la plûpart font abfolument impoffibles aux Bataillons. Je me bornerai donc ici à
un feul , c'eft celui d'Annibal à Cannes , que je choifis de
préférence comme le plus difficile ; fans propofer de l'imiter ,
le critiquer , ni l'approuver , me bornant uniquement à faire
voir combien il feroit facile aux Pléfions : d'où l'on peut conclure qu'elles feroient peu en peine d'exécuter des manœuvres moins délicates.

On fait que tenant en place fa droite & fa gauche , il fit
avancer fon centre en forme de demi-cercle , pour engager
par là l'affaire , le fit enfuite plier non-feulement jufqu'à ce
qu'il eût repris fon alignement , mais jufqu'à ce qu'il formât
le demi-cercle en fens contraire , & devînt auffi concave qu'il
avoit été convexe. Alors ce centre fit ferme , & les aîles faifant en avant chacune un quart de converfion , acheverent
d'enfermer les Romains qui avoient pouffé ce centre im-
prudemment. On ne peut fe repréfenter un mouvement fi
difficile , fans être étonné qu'il ait pû réuffir. Généralement
on trouve les mouvements en arriere dangereux , parce qu'il
eft à craindre que les troupes qui les font , ne retrogradent plus
vîte qu'on ne veut , & ne fe mettent en défordre. Ici cette
crainte feroit bien mieux fondée , puifque il faut retrograder
en combattant , étant même pouffé de près. C'eft dans cet état
que

que ce centre d'Annibal fît un mouvement très-long & très-composé d'ailleurs : car le même corps qui dans la ligne droite tient 50 toises, en tient 80 dans la ligne circulaire : il faut donc qu'à mesure qu'on s'éloigne de la première, chaque corps s'étende, soit en augmentant les espaces, soit en diminuant la hauteur des files ; qu'à mesure qu'il s'en rapproche, il fasse tout le contraire. De ces deux manieres de s'étendre, la derniere qui fut celle d'Annibal est bien la plus difficile. L'autre seroit fort dangereuse : car des Bataillons, par exemple, qui s'en serviroient, se trouveroient dans la ligne circulaire avoir entre eux des espaces de 30 toises supposant même qu'ils n'en avoient point dans la ligne droite.

Le mouvement des aîles d'Annibal, sans être aussi délicat, ne laisse pas d'être difficile & long, puisque c'est un quart de conversion. Il n'est pas même praticable, si quelque corps des aîles des ennemis est resté à sa place, puisque en le faisant on lui tend le flanc. Je veux cependant que des Bataillons fassent tous ces mouvements ; qu'eux qui ne peuvent qu'avec beaucoup de peine marcher à l'ennemi droit devant eux sans se déranger, fassent ce mouvement circulaire en avant & en arriere, suivis de près, changeant à chaque moment la hauteur des files, & qu'après être parvenus au point où ils doivent s'arrêter, ils fassent tête, & en bon ordre ; qu'en même-tems, par la faute de l'ennemi, la conversion des aîles s'exécute. Le voilà enfermé. Mais sa prison n'est pas difficile à forcer. Ce n'est qu'une ligne de Bataillons, plus foible encore qu'à l'ordinaire, puisque si elle n'a pas de grands espaces entre les corps, elle est beaucoup plus mince : l'ennemi, la chargeant en quelque partie, doit percer aisément ; il y porte de grandes forces, sans qu'on puisse répondre, puisque il va du centre à la circonférence, & conséquemment a bien moins de chemin à faire pour attaquer un point, qu'on n'en a pour le secourir, & que d'ailleurs on ne peut pas tirer des troupes des autres points de la ligne ; cela l'affoibliroit, y feroit des vuides, dont il ne manqueroit pas de profiter. Il faut donc pour prévenir son attaque, l'attaquer lui-même, & très-brusquement, aussi-tôt que le mouvement est fini. Alors pour peu qu'on prenne d'avantage sur lui, on le mettra assez aifément dans un défordre qui ne finira que par fon entière deftruction. Mais les Bataillons qui ont fait le mouvement rétrograde, ne font ni affez forts ni affez légers pour faire cette attaque telle que je la défire. Et fi quelque partie de leur ligne circulaire fe trouve arrêtée par la réfiftance de l'ennemi, tout le refte eft obligé d'arrêter de même, pour ne pas aller lui préfenter des flancs : on ne le pouffera donc pas très-vivement, il aura fouvent le tems de refpirer, & pour peu qu'il en profite, formant de quelques-uns de fes corps qui fe trouvent les uns fur les autres, une maffe qu'il jettera fur quelque partie de la ligne, il ne manquera pas de percer.

Toutes les difficultés que je viens de remarquer dans ces mouvements d'Annibal, & toutes celles dont je n'ai pas par-
Pl. 13, fig. 16 lé, s'évanouiffent fi nous lui donnons des Pléfions. Il fera avancer fon centre, non par un mouvement circulaire, long, & difficile ; mais par un fimple mouvement en avant, pareil à celui que j'employe pour l'oblique. Un ordre à flancs foibles ne pourroit s'y prendre ainfi, parce que ils feroient tous découverts. S'agit-il de rétrograder ? Il n'y a pas de difficulté. Le mouvement eft également fimple, l'ennemi ne pouffant pas plus vivement qu'on ne veut. 1º Parce que moins occupé de la manœuvre, on fe défend mieux. 2º Parce que les pelottons qui font tête jufqu'à ce qu'ils voyent leurs Pléfions un peu dégagées le tiennent en refpect. 3º Parce que quand il auroit pouffé vivement les deux Pléfions 1, dès qu'elles auroient fait quelques pas, il rencontreroit les têtes des fuivantes 2, à qui les Pléfions 3 rendront enfuite le même fervice. Quand quelqu'une feroit rompue tout de bon, elle iroit à quelques pas fe rallier aifément, & reprendroit auffitôt fa place. Pour ce qui regarde le mouvement des aîles, il fe fera ici direct ; & de la même maniere qu'on forme l'ordre perpendiculaire ; par conféquent fera beaucoup plus court, & plus aifé, tout prêt à s'arrêter où l'on voudra, & charger dans tel fens qu'on voudra. De plus, il ne tendra pas le flanc, il préfentera la tête d'une colonne de Pléfions ; & s'il eft refté quelques corps de l'aîle ennemie à fa place, & qu'on veuille fortifier cette tête de colonne, rien de fi aifé,

Dans la figure 2 de la même planche, qui représente ce mouvement, les deux Pléfions 9 & 10, qui étoient d'abord en ligne, au point où on voit les Pléfions 1 & 2, ont marché en avant, & toutes les autres en même-tems par leur droite. Les deux fuivantes 7 & 8 ont enfuite marché en avant, pour doubler derriere ces deux premieres; puis trouvant cette tête affez forte, on a fait marcher toutes les autres à la file de la Pléfion 7. Je n'ai point marqué les pelottons, qui n'auroient fait qu'embarraffer la figure, & dont on fait affez la place & l'ufage. Si au lieu de deux Pléfions à la tête, on en veut trois ou quatre, cela n'eft pas plus difficile. On peut de même faire cette colonne dans toute fa longueur, double, ou triple. Tout cela eft indifférent, & n'allonge pas le mouvement. On ne l'allongeroit pas encore, fi pour la former on y joignoit des corps d'une feconde ligne. Si au contraire on veut foudoubler l'épaiffeur de cette partie, cela eft également aifé. S'il eft queftion de fe remettre en ligne, cela eft encore très-facile, & à telle hauteur qu'on veut. Quand il fera queftion de charger, cette ligne perpendiculaire fera à droite par Pléfionnettes, & attaquera très-brufquement.

Toute la partie du centre ne chargera pas moins violemment; tant par la légéreté perfonnelle des Pléfions, que parce que la grandeur des efpaces & la petiteffe du front font qu'elles ne craignent pas de fe confondre, la fécurité des flancs, qu'elles ne craignent pas de trop s'engager. Ainfi quand quelques-unes feroient arrêtées un moment par la réfiftance de l'ennemi, les autres ne pousferoient pas moins leur pointe, ne le mettroient pas moins en défordre. Et dès que quelqu'un aura pris quelque avantage, il fera perdu fans reffource.

ARTICLE VI.

Ordre de bataille dans nos principes pour des Bataillons.

Tous les défauts du Bataillon venant de fa trop grande étendue & de fon peu de profondeur, on peut, fans quitter abfolument cette ordonnance, la rendre beaucoup meilleure,

doublant ou triplant les files. Alors elle aura plus de force
& de légéreté ; s'approchant un peu des Pléfions, les Bataillons auront à certain point leurs propriétés. C'eſt le parti
que peut prendre dans une action un Général convaincu de
la vérité de nos principes ; obligé d'ailleurs d'employer des
Bataillons, ou même ne goûtant pas entierement notre ſyſtême.

Je ſuppoſe qu'il a 60 Bataillons, l'ennemi 80, que cet
ennemi ſe met ſur deux lignes pleines, & que par conſéquent ſon infanterie tient 2000 toiſes, les Bataillons étant
de 600 hommes à 4 de hauteur, comme je les ai toujours
ſuppoſés. Ce Général qui veut ſuivre nos principes, détache
de chaque Bataillon les grenadiers & le piquet, que je ſuppoſe de 50 hommes chacun ; de ſorte que ſes Bataillons réduits à 500, & mis ſur 5 de hauteur, forment une ligne pleine
égale en longueur à celle de l'ennemi. Les grenadiers & piquets ſe placent quelques pas en arriere des droite & gauche
de leurs Bataillons. Quand il eſt queſtion de charger, on fait
doubler les files à chacun, qui ſe trouve à ce moyen comme les Cohortes Romaines, ſur 50 de front, 10 de hauteur.
Les Bataillons ainſi ramaſſés deviennent fort légers & ſûrs
d'enfoncer par leur choc les * Bataillons ennemis. Il ſe trouve
des vuides dans la ligne. Mais quand les flancs ſeroient auſſi
foibles qu'à l'ordinaire, ces vuides ne ſeroient pas dangereux, puiſque les pelottons qui ſe trouvent en arriere empêchent l'ennemi de s'y jetter, ſont à portée de le charger
en flanc lui-même, s'il vouloit ſe replier pour attaquer ceux
des Bataillons, & que la vîteſſe de ceux-ci lui en donnât le
tems. L'armée dans cet ordre, qui eſt la premiere figure de
la planche 14, marchera à l'ennemi fort légérement, par
conſéquent n'eſſuyera pas le feu ſi long-tems, y eſt d'ailleurs moins en priſe. De plus, en approchant, les grenadiers
& piquets ſont en avant, & font un feu perpétuel qui trouble un peu celui de l'ennemi. Ce n'eſt qu'au moment du
choc qu'ils paſſent en arriere, & prennent poſte au point
où la figure les repréſente. L'armée chargeant avec l'avantage de la profondeur & de la légéreté, ne manquera pas
d'enfoncer la premiere ligne de l'ennemi. Et comme elle

*Une ligne plei-
ne ſi mince réſiſte
encore bien moins
que ſi elle avoit
des diſtances &
plus d'épaiſſeur.
Puyſégur.

Pl. 14, fig. 1.

fuivra très-vîte, les pelottons encore plus, la feconde en fera
au moins fort dérangée : & quand cela ne feroit pas, ne tiendroit pas plus que la premiere.

L'infpection feule de la planche fait affez voir que, s'il étoit
néceffaire de tenir les efpaces entre les Bataillons beaucoup
plus grands qu'ils ne font ici, on le pourroit fans danger ;
les pelottons n'affûreroient pas moins leurs flancs, que peut-
être leur force & leur légéreté mettroient feules dans le cas
de ne rien craindre. Quand donc l'ennemi s'étendroit plus
que je ne le fuppofe, quand notre armée feroit moins nombreufe, elle combattroit toujours avec grand avantage. De
cette liberté qu'elle a de faire les efpaces plus grands, il
fuit qu'elle peut, fi elle l'aime mieux, fe préfenter d'abord
à 4 de hauteur, & tripler les files pour combattre fur 12.

Il n'eft pas moins clair encore que quand on n'oppoferoit
à chaque Bataillon ennemi qu'un feul Bataillon, on le battroit également. Car il feroit toujours, à caufe des pelottons, dans l'impoffibilité de charger en flanc ce Bataillon
racourci, contre lequel il ne peut tenir chargé de front. Une
armée inférieure de moitié feroit donc moralement fûre dans
cet ordre, de battre un ennemi qui fuivroit la méthode ordinaire.

Il n'eft pas inutile d'obferver que fi l'on veut donner aux
Bataillons tels que la figure les repréfente, outre l'avantage
de l'ordre, celui des armes, les fraifant de piques, il n'en
faut à chacun que 50, c'eft-à-dire un douziéme, pour que
les deux premiers rangs foient piques & fufils alternativement
au moment de la charge. Si au lieu de les préfenter à 5 de
hauteur pour les faire doubler, on les a mis d'abord à 4
pour les faire tripler, il ne faut plus que 33 piques, c'eft-à-
dire un peu plus d'un vingtiéme.

Que les Bataillons ainfi réduits à un plus petit front & une
plus grande profondeur, foient plus capables de toutes fortes de mouvements, c'eft ce qui n'a pas befoin de preuve.
Les converfions feront plus faciles : on pourra même fouvent
marcher par le flanc, après le fimple à droite, l'allongement
étant bien plus aifé à regagner. Mais je ne prétends pas ici
entrer dans ces détails de mouvements. J'en ferai feulement

remarquer un bien important, dont des corps de cette épaiſſeur ſont capables, ſur-tout quand ils ont affaire à des corps
minces. Et je commencerai par l'autoriſer par des exemples.

On voit dans quelques occaſions les anciens, nommément
Alexandre à Iſſus, après avoir percé la premiere ligne de
l'ennemi, ſe replier ſur les flancs de ce qui reſte, quoiqu'il
y en ait une ſeconde en arriere, dont on n'entend point parler. Il n'eſt donc pas vraiſemblable que ce recourbement
ſe ſoit fait par un mouvement de converſion, qui auroit tendu
le flanc à cette ſeconde ligne. Un propos de Charidème à
Darius me confirmoit dans cette conjecture. Arrien parlant
de la bataille d'Arbelles, acheva de me perſuader. Alexandre, dit-il, ,, voyant qu'Aretas avoit fait jour aux premieres
,, troupes qui couvroient l'ordonnance des Barbares, tourna
,, tout court par cette ouverture, ſans plus marcher par l'aî-
,, le, comme il faiſoit auparavant; & formant un corps en
,, pointe, tant de ſes compagnies royales que de l'infanterie
,, qui étoit proche, courut avec de grands cris vers l'endroit
,, où Darius étoit en perſonne. Le combat n'y fut pas opi-
,, niâtre, & Darius ne put ſoutenir le choc de la cavalerie,
,, ni celui de la Phalange. ,, On voit bien qu'il n'y a pas de
converſion ici, & que quand l'hiſtorien parle de corps formé en pointe, c'eſt dans le même ſens qu'on dit la pointe
d'une aîle, & que cela veut dire que la Phalange fit à gauche & marcha. A moins qu'on ne veuille imaginer ici un
Triangle : mais quand cette opinion ne ſeroit pas détruite
ailleurs, pourroit-on croire qu'Alexandre employa en pareil
cas un mouvement auſſi long? qu'il forma ce Triangle de
cavalerie & d'infanterie mêlées enſemble? La rapidité de
cette charge, qui ne fut précédée d'aucune évolution, porta
très-promptement le déſordre juſqu'au centre des ennemis.
Quand je dis qu'il n'y eut aucun mouvement à faire, c'eſt
que je compte pour rien celui que fit Alexandre, à cauſe
de ſa grande facilité: car il en fit un. *Il forma.* Il n'appartient
en effet qu'aux Pléſions de courir dans les flancs après le ſimple à droite. La Phalange en feroit bien autant contre des
Bataillons, mais contre un ordre pareil, c'eut été un combat égal de flanc à flanc. Elle doubla donc les files, pour

donner plus de front à ce flanc qui alloit devenir tête de
Colonne, front très-petit encore par rapport à la profondeur,
ce qui fait qu'Arrien se sert du terme de pointe. La figure
3 de la planche 13 représente ce mouvement, qu'on pour- Pl. 13, fig. 3.
roit encore abréger de quelque chose, mais que j'ai tracé
ainsi pour le rendre plus simple. J'ai tracé le quart de cercle
1, 4, pour faire souvenir de l'impossibilité de cette attaque
de flanc par conversion, lorsque l'ennemi a une seconde ligne comme à Issus.

C'est cette même manœuvre que feront nos Bataillons racourcis, lorsqu'ils auront percé quelque part. Ils se transfor-
meront ainsi en Colonnes de 20 de front, 25 de profondeur,
qui seront bien vîte formées, aussi bonnes & même un peu
plus fortes que des Plésionnettes. Mais comme il faut toujours le tems de 25 pas pour les former, que d'ailleurs on
n'a pas la même facilité d'en envoyer tout d'un coup deux
ou trois de front dans les flancs de l'ennemi, ce mouvement
est encore fort inférieur à celui de la Plésion. Au reste, il
est plus que suffisant pour porter un désordre affreux dans la
ligne ennemie. Et il n'est pas malheureux pour un ordre qui
ressemble encore aussi peu au nôtre, d'approcher si fort de
sa plus importante manœuvre.

La figure 2 de la planche 14 est un autre ordre de Pl. 14, fig. 2.
bataille dans les mêmes principes que le précédent, les Bataillons arrangés de même : mais je les ai mis à 35 toises de
distance, & outre les pelottons qui les flanquent, j'ai mis
en arriere de chaque intervalle un demi-Escadron à 2 de hauteur, ce qui est très-suffisant, puisque cette cavalerie ne sera
pas dans le cas de charger gens qui se défendent. Il faut remarquer que ces Escadrons n'ont pas besoin, lorsqu'on marche à l'ennemi, d'être si avancés qu'ils paroissent ici. Ce seroit leur faire essuyer du feu très-inutilement. Il suffit qu'ils
se trouvent à cette distance au moment où l'infanterie charge.
Une armée dans cet ordre oppose un Bataillon & un demi
Escadron à un Bataillon ou deux Escadrons de la ligne ennemie. Ainsi à une ligne pleine de 50 Bataillons & 100 Escadrons, elle oppose 100 Bataillons & 50 Escadrons. De sorte
que si l'ennemi est sur 2 lignes à l'ordinaire, il sera battu

par une armée égale en infanterie, inférieure des trois quarts en cavalerie. Car ces Bataillons épais, flanqués de pelottons & d'Escadrons, ne craindront pas la charge de la cavalerie ennemie, sur-tout s'ils ont des piques. On mettra donc l'armée dans le même ordre sur toute sa longueur. Quand les espaces qui sont entre les Bataillons seroient plus grands, leurs flancs seroient toujours assez bien couverts. Soit donc que l'armée soit plus inférieure que je ne la suppose, soit que l'ennemi s'étende davantage, on ne sera pas moins sûr de le battre.

C'est ainsi qu'en suivant les principes de notre systême, même de loin, une armée inférieure peut combattre en plaine, & être assurée de la victoire.

CHAPITRE XIII.

Usage de la Pléfion dans les différentes opérations de la guerre.

CE Chapitre paroîtra peu nécessaire, & par conséquent peu intéressant, à ceux qui auront lû avec assez d'attention le Commentaire sur Polybe. Aussi voudrois-je bien pouvoir me dispenser de traiter cette matiere : d'autant plus que, quand je serois en état de le faire même aussi bien que Folard, la briéveté nécessaire ici m'obligeroit toujours de toucher assez superficiellement ce qu'il a beaucoup plus approfondi. D'ailleurs, montrant l'usage d'une ordonnance dans telle occasion, on ne peut s'empêcher de dire en gros la maniere dont il faut s'y conduire : & j'ai beau dire ici que je n'ai donné aucune régle que d'après les maîtres de l'art ; que plus on lira ce que dit chacun d'eux sur chaque opération de la guerre, plus on se convaincra de ce que je dis de l'utilité de la Pléfion pour ce cas en particulier ; il paroîtra toujours extraordinaire de me voir dogmatiser. Mais que faire à tout cela ? Puisque tant de gens repétent que si la Colonne peut quelquefois être utile, les occasions de s'en servir au moins sont très-rares : il faut bien tâcher de leur prouver le contraire, de leur faire voir qu'il n'y en a presque
aucune

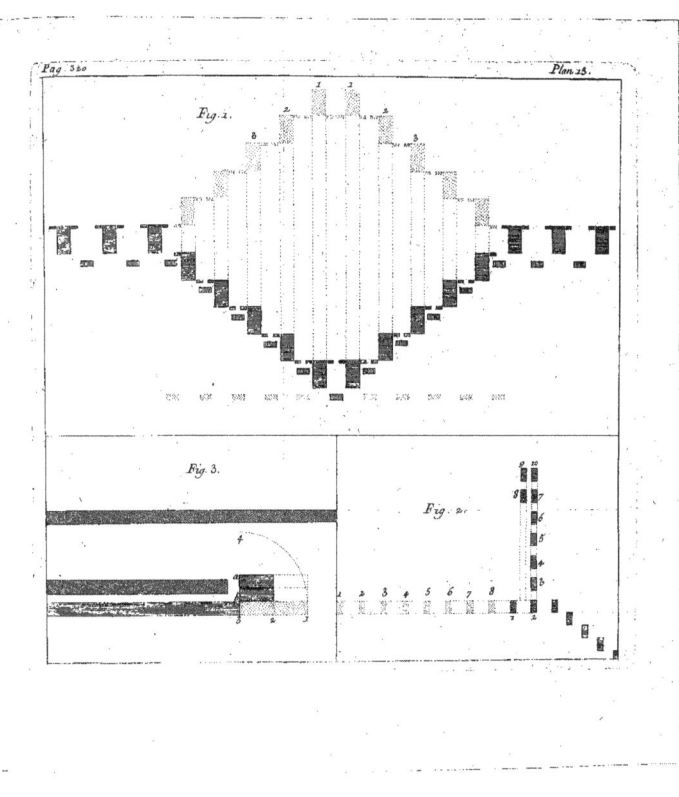

Fig. 1.

Fig. 3.

Fig. 2.

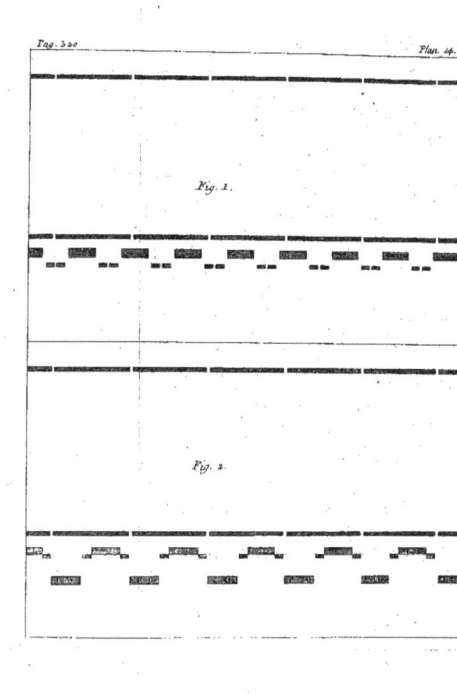

Fig. 1.

Fig. 2.

aucune pour qui nommément cette ordonnance ne femble imaginée.

On a bien reproché à fon auteur de la croire trop univerfelle : cela n'étoit pas difficile. Mais de tous ceux qui lui ont fait ce reproche, je n'en vois point qui l'ait foûtenu de la plus légére preuve, qui ait dit quelle eft l'occafion où elle ne réuffiroit pas. C'eft en effet ce qu'il n'eft pas aifé de dire. De l'aveu de tout le monde, elle eft excellente par-tout où il eft queftion de charger, elle *prime aux armes blanches. Mais elle charge par-tout. Qu'il y ait fur le front de l'armée ennemie cent pas de terrein libre, c'eft tout ce qu'il lui faut. Je conviens bien que lorfqu'il n'y en aura point du tout, & qu'il faudra combattre à coups de fufil, la Pléfion dans fon état naturel ne feroit pas la plus forte. Mais qui l'oblige d'y refter ? Qui l'empêche de fe développer en ligne pleine à 6 ou 4 de hauteur, fi elle n'aime mieux, s'écartant moins de fon ordre, prendre quelqu'une de ces difpofitions dont j'ai parlé dans le Chapitre III, pour fe donner un feu fupérieur à celui de la ligne droite ? Mais je dis plus. Je ne vois point par quel hafard deux armées pourroient être ainfi féparées exactement dans toute l'étendue de leur front ; fi ce n'eft par une riviere ou autre pareil obftacle. Mais alors ou une des deux veut la paffer, ou non. Dans le premier cas le fyftême eft excellent ; je le prouverai, & on en convient même affez généralement. Dans le fecond, je ne fais pas ce qu'on va faire au bord, ni à propos de quoi batailler ; fi ce n'eft pour faire périr du monde très-inutilement, pour décimer les deux armées.

Nous avons vû déja l'ufage de la Pléfion dans les batailles rangées, foit plaine, foit affaire de poftes : je n'en reparlerai point ici, non plus que des retraites. Je vais parcourir légérement, comme je l'ai promis, les autres opérations de la guerre, & montrer qu'elle n'y réuffira pas moins. Le lecteur s'attend bien que je n'épuiferai pas la matiere, non plus que celles que j'ai déja traitées ; mais il y fuppléera aifément. Au refte, car il faut l'engager à lire ce Chapitre, quoique je traite en courant ce que Folard a traité plus au long, on trouvera ici quelque chofe de neuf.

* Savornia.

ARTICLE PREMIER.

Attaques de flancs d'armée.

Cet Article femble appartenir au Chapitre précédent. Mais il y a tel cas où l'attaque d'un flanc d'armée eft un petit combat à part ; & c'eft dans cette circonftance qu'elle mérite plus d'attention, étant un peu moins aifée.

Pour mettre en défordre une armée qu'on attaque en flanc, fouvent, comme dit le Marquis de Santa-Cruz, il ne faut qu'un petit parti de cavalerie. Mais comme de bons Généraux & de bonnes troupes pourroient apporter quelque reméde à leur mauvaife difpofition, je ne voudrois pas faire fi foiblement une attaque dont le fuccès doit entraîner la victoire. Je voudrois y employer un corps plus confidérable, & même de l'infanterie. Mais, comme dit encore le favant Efpagnol, il faut prendre garde foi-même à fes flancs ; car tandis que vous attaquez celui de la premiere ligne, la feconde peut charger le vôtre. Non-feulement elle le peut, mais cela ne manquera pas d'arriver, fi elle n'eft chargée en flanc elle-même : & cette feconde ligne fe mettant en mouvement dès qu'elle voit le flanc de la premiere attaquée, elle parcourra cent toifes qu'elle aura à faire, fuppofé, auffi vîte que le corps qui attaque aura parcouru la même étendue, de forte qu'il fera chargé en flanc auffi-tôt qu'il aura renverfé deux Bataillons ou quatre Efcadrons, & même moins fi la ligne n'étoit pas pleine. Je néglige encore l'étendue du front de ce corps attaquant, qui portant le flanc à quelque diftance au-devant de la feconde ligne, abrége d'autant fa marche. L'attaque n'aura donc pas de grandes fuites, ou plûtôt point du tout. Trois ou quatre Efcadrons qu'on y aura employés feront mis en fuite eux-mêmes, après en avoir renverfé pareil nombre.

Par la même raifon, cette attaque de flanc d'une premiere ligne devient impoffible, fi la feconde la déborde, ou fi l'ennemi qui n'a point de feconde ligne, a du moins une réferve en arriere de fa ligne, qui la déborde de tout fon front. Cette méthode dont je me fuis fervi bien fouvent, d'affûrer un flanc

par un autre corps qui n'a qu'à marcher devant lui, pour
prendre en flanc ce qui voudroit y charger le premier, a été
employée par Céfar à Pharfale. Il paroît même que Cyrus
en ufa de même à Thymbrée. Je ne parlerai ici que de la
difpofition du Général Romain. Sa gauche étoit appuyée à une
petite riviere, fa droite en l'air, & toute fa cavalerie dans
cette partie comme toute celle de Pompée à fa gauche. Céfar très-inférieur, en cavalerie fur-tout, s'attendit bien que
la fienne feroit pouffée, & qu'auffitôt celle de l'ennemi fe
replieroit fur le flanc de fon infanterie : c'eft pour cela qu'il
mit en referve, en arriere de fa cavalerie, 6 Cohortes, afin
que lorfque cette cavalerie étant repouffée, celle de l'ennemi feroit le quart de converfion, pour charger le flanc droit
de l'infanterie, les 6 Cohortes marchant devant elles la char-
geaffent en flanc elle-même. Cela réuffit prefque audelà de
l'efpérance de Céfar. Car non-feulement la cavalerie de Pompée fut battue par les Cohortes, mais pouffant leur avantage,
fecondées par la leur qui s'étoit ralliée, elles la conduifirent
hors du champ de bataille, puis fe replierent fur le flanc de
l'infanterie de Pompée qui dès ce moment vit la bataille
perdue fans reffource.

Puifqu'un corps qui attaque un flanc d'armée a pour les
fiens même à craindre de pareils accidents, il faut qu'il n'en
ait point de foibles. Les Pléfions feules ont cet avantage,
de plus ne portent pas fi loin leurs flancs au devant de la feconde ligne, les dérobent d'ailleurs par la vîteffe de leur marche. Par exemple, fi à Pharfale c'eût été un corps de Pléfions
qui eût attaqué & battu la cavalerie de Céfar, qu'auffitôt
après, & fur le terrein même de cette cavalerie, ces Pléfions,
ou du moins celles qui fe feroient trouvées les plus voifines
de l'infanterie, euffent fait à droite par Pléfionnettes & chargé dans le moment, à quoi auroit fervi la referve ? Quand
elle feroit arrivée à la hauteur de la ligne, les Pléfionnettes auroient été déja bien loin, auroient eû culbuté bien des Légions. Il faut fe rappeller ici ce que j'ai dit, faifant voir des
Pléfionnettes courantes dans les flancs de l'ennemi après avoir
percé fa ligne. Ceci eft précifément la même chofe.

On trouve dans le 3ᶜ livre de Thucydide, un flanc dé-

bordé, aſſûré avec ſuccès à peu près dans le goût de celui de
Céſar à Pharſale. ,, L'armée d'Euriloque ſurpaſſoit d'un côté
,, le front de la bataille de Démoſthene, qui craignant d'être
,, enveloppé de ce côté-là, cacha 400 ſoldats dans un che-
,, min creux couvert de buiſſons qui étoit ſur l'aîle, pour
,, prendre les ennemis en queue, quand ils voudroient l'in-
,, veſtir. ,, C'étoit fort bien penſer. Mais cela n'auroit pas
réuſſi contre nous. Les Pléſions ſachant, ou ne ſachant pas
cette embuſcade, & voulant attaquer le flanc qu'elles débor-
doient, auroient marché d'abord droit devant elles ſur deux
ou trois de front, comme ſi elles avoient voulu aller à ce
chemin creux. A hauteur du flanc de Démoſthene elles auroient tourné tout court, par le ſimple à droite, & chargé
en Pléſionnettes dans l'inſtant. Les 400 auroient vû tout cela
de leurs buiſſons, ſans pouvoir y faire autre choſe que de
courir après les Pléſionnettes, qui courant de leur côté
ſans penſer à eux, ayant de l'avance, & ne trouvant aucune
réſiſtance dans la ligne ennemie, l'auroient parcourue d'un
bout à l'autre, ſans qu'ils y euſſent apporté le moindre obſtacle. Encore ſi on avoit voulu, ces 400 hommes n'auroient-ils
pas couru après elles. Suppoſant qu'il avoit marché deux
Pléſions de front, après le changement cela auroit fait deux
lignes de Pléſionnettes : il n'en faut qu'une pour culbuter des
flancs, l'autre auroit marché audevant de l'embuſcade : il y
avoit même des moyens fort aiſés de la tenir en échec ſans
avoir la peine de la combattre.

La rapidité des Pléſions marchant ainſi dans les flancs
d'une armée ; le peu d'inquiétude que leur donnent les ſecondes lignes, ou réſerves, tant par la force de leurs flancs,
que par leur éloignement ; les mouvements dont elles ſont
capables, ſi quelque corps trouve le moyen de venir juſqu'à
elles ; la quantité de troupes qu'elles ramaſſent dans un
eſpace très-petit ; la certitude de percer ce qu'elles rencontrent ; enfin toutes leurs propriétés, les mettent en état de
faire des attaques de flancs d'armée auxquelles toute autre
ordonnance ne pourroit penſer, comme celles où ce n'eſt pas
une partie de la ligne qui débordoit qui ſe replie ſur les
flancs de l'ennemi, mais un corps qui a trouvé le moyen

Voyez la plan-
che 3.

d'aller les charger, tournant les obftacles qui féparoient les deux armées dans cette partie : deforte qu'il fe trouve abandonné à lui-même, fans communication pendant le combat avec fon armée qu'il ne pourra rejoindre, qu'après avoir déplacé une certaine longueur de la ligne ennemie, c'eft-à-dire après avoir caufé le gain de la bataille. A Malplaquet, par exemple, trois ou quatre Pléfions auroient pû partant de l'armée des ennemis & traverfant un coin du bois, ou le tournant tout-à-fait, venir fe jetter fur notre flanc droit: elles l'auroient renverfé fans doute, & malgré leur petit nombre il ne leur feroit arrivé vraifemblablement aucun accident, parce qu'elles feroient arrivées jufqu'à la trouée, avant qu'on eût pû les battre, & alors elles auroient été en fûreté rejoignant leur armée.

Quand je propofe cette ordonnance fpécialement pour attaquer le flanc d'une armée, je ne fais que fuivre les anciens. Cette partie, dit Végéce, doit prendre garde d'être attaquée *à vagantibus globis quos grumos appellant.* Un autre appellera ces *grumos* comme il voudra. Pour moi je les appelle des (a) Pléfions. C'étoit des corps ramaffés & profonds, *globi,* non pas ronds pourtant, puifque ils étoient faits pour courir, roder, *vagantes* : ils étoient donc très-légers, d'un petit front par conféquent; & ne pouvoient pas en avoir un grand, puifque ils étoient fur une grande profondeur : quand l'expreffion de l'auteur ne le diroit pas, on conçoit bien qu'on n'alloit pas abandonner à elle-même une troupe, lui laiffer les flancs tout découverts, s'ils avoient été foibles comme ceux de tous les corps minces.

Si cela ne m'écartoit un peu, je prouverois bien que des Bataillons à la place des 6 Cohortes de Céfar, n'auroient fait rien qui vaille; que des Pléfions à la même place auroient réuffi parfaitement, quand même la cavalerie de Céfar auroit été mieux battue qu'elle ne le fut; cas où, comme l'a remarqué le Maréchal de Puyfégur, il auroit fort bien pû perdre la bataille.

(a) On a vû ailleurs que *Globus* & *Cuneus* font fynonimes.

PROJET DE TACTIQUE.

ARTICLE II.

Embuscades.

Il y a deux espéces d'embuscades; celles qui se font dans une bataille, pour faire à l'ennemi pendant l'action quelque attaque imprevûe sur ses flancs, ou ses derrieres; celles qui se font dans le cours de la campagne, pour enlever un convoi, battre un détachement, &c. Les savants dans la guerre recommandent assez de n'être pas paresseux de faire de ces petites embuscades, toutes les fois que cela peut être de quelque utilité. Les premieres se recommandent toutes seules. Quand on peut les faire bien à propos, & de maniere que l'ennemi ne les découvre pas à tems, elles donnent une victoire prompte, complette, & peu chere.

Ce qu'on doit chercher dans toute embuscade, mais surtout dans les embuscades particulieres, c'est premierement d'être en état de charger très-brusquement, pour ne pas donner à l'ennemi le tems de se mettre en défense, ni même de revenir de la premiere surprise que lui cause la vûe d'ennemis qu'il n'attendoit point, & de se rassûrer envisageant leur petit nombre: secondement d'avoir plusieurs issues pour sa retraite, en cas de besoin; car c'est le plus difficile dans ces sortes d'expéditions. Nous voyons donc déja que les Plésions y sont infiniment plus propres que les Bataillons. 1° Leur légéreté, & la violence de leur choc, rendent leur charge, en toute occasion, précisément telle qu'on la désire dans celle-ci en particulier. Elles courent à l'ennemi qui les a sur les bras, aussitôt que devant ses yeux. 2° Cette même légéreté fait qu'on n'a pas le tems de leur couper la retraite; la petitesse du front qu'elles passent par-tout, s'accommodent de toutes sortes d'issues, ne perdent point à chaque pas leur tems à défiler & se reformer. Quand on les aura coupées, elles ne seront pas perdues. Elles ont le don de percer tout ce qu'elles rencontrent, sur-tout la cavalerie, qui est ce qu'on rencontre le plus en pareil cas. N'ayant point de flancs foibles elle ne seront pas retardées ou même battues, dès que l'ennemi présentera quelques petites troupes sur cette partie.

Toutes ces propriétés les mettront en état de faire leur retraite heureufement, & le plus fouvent fans combat, dans
des circonftances dont des Bataillons ne fe feroient jamais tirés.
Mais ce n'eft pas feulement en cela qu'elles pourront entreprendre avec fuccès des embufcades impoffibles à des Bataillons.

Si le pays eft un peu trop découvert, il n'eft pas aifé à
ceux-ci de trouver place à s'embufquer. Les Pléfions plus
ramaffées fe nichent par-tout. Un petit bout de haye vive &
fourrée, un petit enfoncement du terrein en rond ou quarré
n'importe, fuffira pour les mafquer; & ces embufcades feront
d'autant plus fûres, que l'ennemi les foupçonnera moins. Si le
Bataillon vouloit profiter d'une pareille niche, comme il y feroit fort éloigné de fon ordre, la premiere chofe qu'il feroit
obligé de faire fortant de là, feroit de s'arrêter tout court pour
fe former; ce qui feroit aller l'embufcade en fumée, donnant
à l'ennemi tout le tems de fe préparer à la recevoir.

Il n'eft pas néceffaire encore pour les Pléfions que la place
où elles s'embufquent foit tout-à-fait fi près du chemin par
où doit paffer l'ennemi. Elles regagneront bien cela par la légéreté. Si donc elles ne trouvent pas de place commode bien
à portée, elles fe tiendront un peu plus loin, & c'eft le vrai
moyen de n'être pas découvertes: l'ennemi ne viendra pas
fouiller jufques-là, fi le terrein n'eft pas d'efpéce à craindre
la cavalerie, fur-tout fi l'efpace qu'on occupe eft petit, &
tout le refte affez découvert. Il eft vrai qu'un ennemi qui aura
été pris deux ou trois fois à de pareilles embufcades, deviendra plus prudent. Il le deviendra même à un point fort
incommode, il aura peur du premier buiffon qu'il rencontrera, battra le pays le moins fufpeft, à une diftance confidérable, non plus en foldat, mais en chaffeur.

Les mêmes raifons prouvent que les Pléfions feront auffi
beaucoup plus propres que les Bataillons aux embufcades qui
font les plus importantes, qui fe font dans les batailles rań-
gées. Cela eft prouvé encore par l'article précédent, puifque
leur objet eft le plus fouvent d'attaquer un flanc d'armée. Il
y a de plus à remarquer que les embufcades de cette efpéce
ne font jamais abfolument fûres de n'être pas découvertes,

même par hafard : & l'ennemi n'eft pas toujours fi peu fur fes gardes que Sempronius, peut fouiller avec la plus grande attention le champ où il va combattre & les environs, quoique ils paroiffent peu propres à de pareils piéges. Les troupes embufquées une fois découvertes feront attaquées par des forces fupérieures, le plus fouvent avant qu'on ait pû les fecourir. Il faut donc qu'elles puiffent comme les Pléfions fe tirer d'affaire, & rejoindre leur armée fans autre chagrin que d'avoir manqué leur coup. On dira que des Bataillons fe mettront en rond. Je veux que dans cet état ils fe défendent: mais ce n'eft point affez. Il ne fuffit pas de prendre un ordre, qui n'ayant plus de parties foibles puiffe réfifter au grand nombre qui le déborde & l'environne. Il faut s'en aller, & ne pas donner à l'armée la peine d'envoyer des fecours. Cela dérangeroit fon ordre de bataille, l'ennemi en enverroit de fon côté, & l'affaire générale fe trouveroit engagée par une efcarmouche ; ce qu'évitera toujours un Général qui ayant une bonne difpofition dans la tête, veut l'employer, & ne pas tout donner au hafard.

Polybe préfére avec raifon à toutes les autres embufcades, celles qui fe font en plaine. Elles font moins fufpeftes ; & de plus, comme le remarque Dacier dans la vie d'Annibal, *peuvent aifément découvrir ce qui fe paffe autour* d'elles, *& faifir le moment favorable*. Cette obfervation me paroît importante: car il n'y a pas moyen de leur envoyer d'ordre, c'eft leur affaire de faifir le moment où elles doivent charger. Celle de la Trebie eft célébre dans l'hiftoire, & frappante. On ne s'attend point à voir jouer pareil tour à une armée, au milieu d'une plaine. Cet exemple n'eft pourtant pas unique, & le même Général qui s'en étoit fi bien trouvé dans cette occafion, employa depuis la même rufe à Gerunium. Voici comme Tite-Live décrit ce terrein. *Ager omnis medius erat prima fpecie inutilis infidiatori, quia non modò filveftre quidquam, fed ne vepribus quidem veftitum habebat. Reipsà natus tegendis infidiis, eò magis quod in nudâ valle nulla talis fraus timeri poterat : & erant in anfraftibus cavæ rupes ut quædam ducenos armatos poffent capere. In has latebras, quot quemque locum infidere poterant, 5000 conduntur peditum equitumque.* L'embufcade

cade réuffit comme la précédente, & auroit caufé la défaite
entiere de Minucius, fi Fabius qui avoit la moitié de l'armée & ne s'étoit point d'abord mêlé de cette affaire, ne fût
venu à fon fecours.

J'ai déja dit que dans un pays trop découvert, les Bataillons trouvent difficilement place à s'embufquer, dans les plaines encore moins. Il ne fe trouvera pas fouvent un vallon
de la longueur néceffaire pour les développer, ou s'il fe rencontre, il aura trop de fuite, ne fera pas inconnu à l'ennemi : mais il n'eft peut-être pas dans la nature une lieue en
quarré de plaine fi exacte qu'il n'y ait quelque petit plis, où
une & même plufieurs Pléfions pourroient fe cacher de maniere à n'être apperçues que lorfqu'on feroit fur elles. D'où
l'on peut conclure qu'avec cet ordre on ne laifferoit pas de
répéter affez fouvent cette manœuvre favorite d'Annibal, qui
jufqu'à préfent a été très-rare. Par la même raifon que j'ai
rapportée, ces niches ferviroient mal à des Bataillons, & leur
ferviroient encore bien moins, fi elles étoient très-petites,
& féparées, comme celles de Gerunium, dont les plus grandes tenoient 200 hommes. On ne finiroit pas de tirer toutes ces petites troupes, ici rapprochées, là plus éloignées,
tournées chacune de leur côté, & d'en former des Bataillons.
Cela feroit perdre un tems confidérable, & bien précieux.
Pour les Pléfions elles s'en accommoderoient très-bien. La
petiteffe de leurs dimenfions les rend très-faciles à former,
même tout en marchant : & chaque partie ayant une certaine
force, n'ayant pas de flancs foibles au moins, elles s'embar-
rafferoient peu d'être obligées de combattre, avant de s'être
raffemblées. Quand une Pléfion chargeroit un Bataillon de
front, étant coupée en quatre, je ne doute pas qu'elle ne
le renverfât : à plus forte raifon pourra-t-elle le combattre
dans cet état, fi elle l'attaque dans fes parties foibles.

ARTICLE III.

Attaques d'arrieres-gardes.

La légéreté, & la fécurité des flancs, rendent la Pléfion
parfaite pour cette opération. On ne peut aller trop vite,

T t

pour engager au combat des gens qui veulent l'éviter. Et ce
n'est pas le tout que d'aller vîte. L'armée qui suit ne va pas
tout-à-fait le même train, on se trouve donc souvent beaucoup plus foible que l'ennemi. Je sais qu'en bien des cas cela
ne dois pas empêcher de l'attaquer, puisqu'on est là moins
pour le battre que pour l'obliger de s'arrêter, & donner à
l'armée le tems de le joindre : mais c'est une commission très-
dangereuse pour les Bataillons, que la foiblesse des flancs met
en si grand péril, quand ils ont affaire à des ennemis supérieurs. Aussi a-t-on vû souvent une troupe, dans la crainte de
se faire battre, ne point engager le combat avec l'arriere-
garde de l'ennemi, lui donner le tems de se tirer d'un très-
mauvais pas. D'autres fois avec la meilleure volonté du monde, l'attaquant s'est fait battre inutilement, ne retardant pas
assez l'ennemi, pour donner le tems à de plus grandes forces d'arriver. Si ce sont des Plésions qui poursuivent cette
arriere-garde, tout cela n'arrivera point. Sachant que la sécurité des flancs les met en état de combattre sans désavantage un ennemi supérieur, sachant même qu'elles le sont toujours à ce qu'elles attaquent, ceux qui les commanderont en-
gageront le combat sans crainte, & arrêteront l'ennemi. Quand
ils croiroient courir quelque danger, les mêmes qui ne se
seroient pas déterminés à se faire tailler en piéces inévitable-
ment, sauront s'y exposer. Ainsi attaquant brusquement les
derniers corps de l'armée ennemie, les Plésions les renver-
seront, & ne craignant pas, comme je viens de dire, de
trop s'engager, d'autant plus qu'elles savent que le danger
ne durera pas, & que pour peu qu'elles se soutiennent quelque tems, il leur viendra des secours ; elles pousseront leur
pointe, & en attaqueront d'autres. Il arrivera de-là plus d'une
fois que l'ennemi pressé si vivement, & n'espérant rien que
de pis, puisque pendant ce tems l'armée approche, perdra
contenance, *prendra chasse*, comme disent les Marins ; de
sorte que, sans presque de combat, sans avoir employé la
dixiéme partie de ses forces, on aura le plaisir de le voir en
déroute. On peut croire que ce sera bien pis, si non-seulement
les corps détachés contre l'arriere-garde, mais toute l'armée
qui suit est en Plésions.

Si nous fuppofons actuellement qu'une armée fe retirant devant l'ennemi, dont l'avant-garde veut arrêter fon arriere-garde, a formé celle-ci d'un corps de Pléfions, les mêmes raifons font voir que l'armée marchera fort tranquillement. Sûres de la rejoindre très-promptement, dès qu'elles voudront, les Pléfions lui laifferont prendre de tems en tems bien de l'avance, faifant ferme, ne s'étonneront même pas beaucoup de voir à portée des ennemis fupérieurs. Quand il fe trouvera quelque corps trop près d'elles, elles le chargeront brufquement, dans des cas où des Bataillons n'auroient ofé le faire, parce que ils n'expédient pas comme elles le combat dans un inftant, ce qui eft fort néceffaire ici, puifque pour peu qu'il traîne en longueur, il arrive continuellement de nouvelles forces à l'ennemi. Lorfque les Pléfions auront ainfi pouffé les corps qui les preffoient le plus, elles s'éloigneront fur le champ fans fe mettre en peine de les pourfuivre : mais les grenadiers à cheval prendront ce foin ; les corps ennemis ne fe rallieront pas vîte : on fera quelque tems fans les revoir. On peut encore former, des Pléfions de l'arriere-garde, deux petites lignes. L'une charge, l'autre s'éloigne. Quand la premiere a frappé fon coup, & repouffé l'ennemi quelques pas, elle paffe à travers la feconde, & on ne la fuit pas plus loin. On perd très-peu de tems pour la marche, par toutes ces manœuvres. Je ne fai même fi cela retarde l'armée d'un moment, & fi elle ne va pas auffi vîte que fi l'ennemi étoit à deux lieues : car fi l'arriere-garde ne marche pas toujours, il s'en faut peu, chacun de fes petits combats étant fort court : & ce tems perdu eft bien regagné par fa vîteffe, quand elle ne fait que marcher, puifque alors elle va beaucoup plus vîte que l'armée.

Si non-feulement l'arriere-garde, mais toute l'armée qui fe retire eft de Pléfions, outre les avantages que nous venons de voir, elle en a un autre bien confidérable. N'étant pas à beaucoup près, fi allongée, elle aura bien plus de facilité à raffembler de grandes forces, quand il lui prendra envie de montrer les dents à l'avant-garde de l'ennemi, qui après y avoir été prife une fois deviendra moins importune.

ARTICLE IV.

Attaques en marche.

Folard prétend qu'un Général qui veut avoir bon marché de fon ennemi ne peut mieux faire que de l'attaquer en marche. Végéce dit que les plus habiles dans l'art de la guerre trouvent plus de danger dans la marche, que dans le combat. *Qui rem militarem ſtudioſiùs didicerunt, aſſerunt plura in itineribus, quam in acie pericula ſolere contingere.* Effectivement la marche étant bien concertée, & combinée de maniere à rencontrer & combattre l'ennemi, à tel endroit qu'on aura bien reconnu, on l'attaque avec la même netteté de diſpoſition, la même tranquillité d'eſprit, que ſi on étoit en préſence depuis 24 heures ; tandis qu'il eſt ſurpris au moins un peu. On a tout prévû, on marche plein de confiance : lui ne ſait où il en eſt, s'étonne, a tous les ſymptômes d'une prochaine défaite. Ses troupes qui voyent très-bien qu'elles ſont ſurpriſes, ſe découragent. L'embarras des Généraux, la précipitation avec laquelle on donne les ordres, leur préſentent le danger encore plus grand qu'il n'eſt. C'eſt ce qui arriva à l'armée des Perſes, lorſque Alexandre marcha contre elle en Cilicie, tandis qu'elle le croyoit forcer de marches vers l'Helleſpont. *Ipſa feſtinatio diſcurrentium, ſuoſque ad arma vocantium, majorem metum incuſſit.* Au contraire l'attaquant qui voit ce tumulte dans l'armée ennemie, s'encourage, & vient au point de ne pas douter du ſuccès.

Outre tous ces avantages, l'attaquant a dû s'en procurer un autre fort grand. Puiſque c'eſt lui qui a choiſi le champ de bataille, il a dû prendre celui qui eſt moins favorable à ſon ennemi ; comme, par exemple, le pays le plus coupé, ſi cet ennemi eſt plus fort en cavalerie. L'attaquant peut encore, par rapport au terrein, en ſaiſir un autre bien conſidérable, connoiſſant aſſez le pays. Il y a pour les marches, comme pour toute autre choſe, mille régles de l'art que perſonne n'ignore, & que peu de gens ſuivent à la rigueur. Ils croyent que les négliger cette fois n'aura pas de fâcheuſes ſuites, & cela leur épargnera bien du tems, & de l'embarras. Par exemple, on dit avec raifon qu'il faut marcher dans l'ordre où l'on voudroit combattre, que fi le terrein change il faut changer l'ordre de la marche, afin d'être toujours prêt à former un bon ordre de bataille : on dit encore qu'il ne faut point féparer les colonnes par des obftacles qui empêchent de les rejoindre. Perfonne ne difconviendra de tout cela. Cependant lorfqu'on paffe d'un terrein pour lequel l'ordre de la marche eft bon, dans un autre qui demanderoit un changement, mais que ce dernier ne durera pas long-tems, & qu'on en trouvera bien-tôt un troifieme pareil au premier, on eft bien tenté d'aller fon chemin fans perdre de tems à bouleverfer deux fois tout l'ordre de l'armée : fur-tout fi l'on eft preffé, & les troupes fatiguées, & qu'on croye l'ennemi éloigné. De même il fe trouvera un ravin impraticable entre deux colonnes, même fort mal fitué, parce que étant beaucoup plus près de l'une que de l'autre, lorfqu'on voudroit former l'ordre de bataille il empêcheroit la premiere de fe déployer, & donneroit à la feconde plus de terrein qu'elle n'en peut couvrir : mais ce ravin finit à une petite diftance, ce n'eft pas trop la peine, dit-on, de faire rentrer les colonnes, pour être obligé enfuite de les écarter. La connoiffance du pays peut faire prévoir à l'attaquant ces petites négligences. Et puifque il eft le maître du tems, & du lieu de l'action, il peut fe mettre à même d'en profiter.

Tous ces avantages, & bien d'autres, font fi confidérables, que l'on ne trouveroit guères de pareils combats, où l'attaquant n'ait réuffi. Je me bornerai à un feul que je choifis de préférence, parce que l'hiftorien rapporte une partie des raifons du fuccès, qui fut le plus complet. *In Lucretium incidunt Confulem, jam ante exploratis itineribus fuis, inftructum, & ad certamen intentum....... igitur præparatis animis, repentino pavore perculfos adorti, aliquanto pauciores multitudinem ingentem fundunt, fugantque, & compulfos in cavas valles, cùm exitus haud in facili effet, circumveniunt. Ibi Volfcum nomen propè deletum eft.*

Ce que dit Folard, que fa Tactique eft beaucoup plus propre qu'aucune autre à attaquer en marche, n'a prefque pas befoin de preuve. On conçoit affez, qu'en pareille circonftance, l'ordonnance la plus légére, & la plus capable d'une attaque brufque & violente, eft la meilleure, ou plutôt la feule bonne. Un exemple le fera voir encore mieux.

A Cunaxa, j'ai parlé, je crois, cinq ou fix fois de cette bataille, mais cela ne doit point étonner, ni ennuyer. Cela fait voir feulement qu'il ne faut pas beaucoup courir l'hiftoire, pour y voir des preuves de l'excellence du fyftême, & qu'une feule action, fur-tout fi elle eft rapportée par un bon hiftorien, nous en fournira fouvent autant de nouvelles, qu'elle aura de côtés par où nous puiffions l'envifager. A Cunaxa donc, *l'armée ennemie*, dit Xénophon, *s'avançoit au petit pas, & la nôtre ne bougeoit, parce que toutes les troupes n'étoient pas encore rangées. Cyrus marchoit entre les deux, quoique plus près de la fienne, & les confidéroit l'une après l'autre.* Voilà deux armées qui fe trouvent en préfence, & même affez près. L'une n'eft point formée, point du tout en état de combattre : mais l'autre marche au petit pas. La premiere a donc tout le tems de fe mettre en bataille, & fi bien qu'elle finit par remporter la victoire, qui pourtant par la mort malheureufe de fon Général a toutes les fuites d'une défaite. Où en étoit l'armée de Cyrus tout d'abord, fi celle de fon frere étant dans un ordre comme le nôtre, qui ne craint pas de fe déranger par la vîteffe de la marche, & pour être dérangée ne feroit pas moins en force, avoit couru à lui, fans lui donner le tems de revenir de fa furprife, & fe mettre en bataille ? Il paroît par la contenance du jeune Prince avant l'action, qu'il connoiffoit très-bien ce danger, & n'étoit pas fans inquiétude.

Quand les Pléfions n'auroient contre des Bataillons, les deux armées fe rencontrant en marche, que cet avantage d'être fur eux auffi-tôt qu'elles auront formé leur ordre de bataille, ce feroit fans doute beaucoup. Cela leur affûreroit la victoire toutes les fois qu'elles feroient en ordre les premieres ; &, toutes chofes d'ailleurs égales, ce doit être l'attaquant. Et comme au contraire, lorfque l'ennemi feroit en bataille le premier, il n'arriveroit pas avec la même promptitude, fouvent cela n'auroit pas plus de fuites malheureufes pour elles, que pareille chofe n'en eut pour Cyrus à Cunaxa. Mais il y a quelque chofe de plus , les Pléfions feront en bataille beaucoup plus vîte que les Bataillons. Il y en a mille raifons.

1° Pour fe mettre en bataille , il faut marcher , s'étendre pour former la ligne. Le corps qui y va le plus vîte a plutôt fait. Les Pléfions beaucoup plus légéres que les Bataillons , n'ayant point d'ailleurs de converfions à faire , auroient donc formé leur ligne les premieres , quand leurs mouvements feroient géométriquement auffi longs. Mais il s'en faut bien. Car ,

2° Les colonnes de l'armée de Bataillons font bien plus allongées , tenant la même étendue en marche qu'en bataille : au lieu que les colonnes de Pléfions ne s'allongent qu'autant qu'il eft néceffaire , pour marcher commodément : c'eft-à-dire , pour qu'il y ait 5 ou 6 pieds de diftance entre chaque rang. On peut même , dans le moment où l'on voit qu'on ne tardera pas à rencontrer l'ennemi , racourcir un peu les colonnes , referrant les rangs de quelque chofe : car s'il eft difficile de marcher long-tems avec de petites diftances , il n'eft pas fort difficile , fur-tout pour les Pléfions , de marcher ainfi un moment. Mais tenons-nous à cette diftance de fix pieds d'un rang à l'autre , & fuppofons que le terrein fur lequel on marche permette aux Bataillons de défiler par demi Bataillon de front s'ils veulent , il faut toujours que chaque Bataillon tienne dans la colonne 50 toifes de longueur , de forte que s'il y en a dix à chacune , chacune fera de 500 toifes , & il faudra pour former la ligne , que le dernier parcoure ces 500 toifes depuis le moment où le premier eft arrivé fur le champ de bataille. Deux colonnes marcheront l'une à côté de l'autre , & en arrivant au point où on veut former la ligne elles s'étendront l'une à droite , l'autre à gauche. La colonne de Pléfions marchant en pareil terrein , fera double auffi : & dans l'efpace qui reftera entre les deux , marcheront leurs pelottons. Les rangs des Pléfions étant à fix pieds , chacune aura de longueur 32 toifes , & pour compter en nombre ronds , 18 formeront une double colonne de 300 toifes. C'eft un peu plus que la moitié de la longueur des colonnes de Bataillons : mais auffi les 18 Pléfions font plus de monde que les 20 Bataillons. Le même nombre de troupes dans notre ordre fera donc moins allongé de moitié que dans l'ordre ordinaire : de sorte que quand la dernière Pléfion feroit arrivée à la ligne, le dernier Bataillon auroit encore à parcourir la moitié de la longueur de la fienne.

Si à préfent le terrein eft d'efpéce à permettre de marcher fur un Bataillon de front, cette facilité ne fervira à rien aux Bataillons, il faut toujours que leurs colonnes ayent la même longueur : mais les Pléfions en profiteront pour racourcir encore la leur de moitié, marchant quatre de front. De forte que le même nombre de troupes qui en Bataillons tiendroit 500 toifes n'en tiendra que 125 ici, & que lorfque la derniere Pléfion fera arrivée fur l'alignement, le dernier Bataillon de la colonne ennemie, aura encore 375 toifes à parcourir.

Une troifiéme raifon qui affûre les Pléfions que les Batail- lons ne feroient pas en bataille auffi promptement qu'elles, quand ils n'auroient pas plus de chemin à faire pour cela, c'eft qu'elles ne perdront point de tems, n'ayant que des mouvements fûrs & aifés : au lieu que les Bataillons en per- dront toujours un peu, fouvent beaucoup. ,, Si les colonnes ,, * arrivant fur l'alignement donné, au lieu d'arriver jufte au ,, point indiqué, fe jettent trop fur la droite, ou fur la gau- ,, che, ou même fur le terrein des autres colonnes ; pour ,, lors l'ordre de bataille feroit long à former. Et fi les Ba- ,, taillons & Efcadrons, en marchant pour fe mettre en ba- ,, taille, s'allongeoient trop, & n'obfervoient pas les diftan- ,, ces marquées entre eux, que les uns en donnaffent plus, ,, les autres moins ; pour lors il y auroit bien de la confu- ,, fion, il faudroit bien du tems pour fe mettre en ordre, ,, l'ennemi pourroit profiter de votre défordre pour vous at- ,, taquer avec avantage. ,, Voilà bien des chofes à obferver, & qui ne font point très-aifées. Il eft difficile que rien n'ait été négligé dans aucune partie, qu'on ne rencontre aucune difficulté à former les lignes par le dérangement des colon- nes. Mais fi cela eft difficile en terrein très-libre, & lorfqu'on fe met en bataille tout à fon aife, cela ne fera pas plus aifé fans doute en terrein coupé, & lorfqu'on fe trouvera obligé de fe former dans un lieu où on ne prévoyoit pas devoir com-
batttre,

* Maréchal de Puyfégur.

battre. Le favant auteur dont je viens de rapporter les paroles, dit, *qu'on perd bien des batailles pour ne pas favoir fe
mettre en bataille. Si dans les tems que les armées étoient moins
nombreufes, c'étoit une vérité reconnue, combien aujourdhui n'eft-
elle pas confirmée par les fâcheufes expériences que nous en avons ?*
Ces expériences feroient bien plus fréquentes, fi les deux
partis n'étoient dans le même cas, ne trouvoient à fe mettre en bataille les mêmes difficultés: de forte que fouvent
l'un ne peut profiter du dérangement qui arrive à l'autre,
comme il feroit s'il étoit dans un ordre qui fe met en bataille tout feul & toujours bien, qui ne s'embarraffant point
des diftances plus ou moins grandes entre les corps, des ouvertures même qui peuvent fe trouver dans la ligne, ne s'embarraffant pas davantage que cette ligne foit bien droite, ne
s'étonnera point du tout de voir les têtes des colonnes mal
allignées, leurs diftances mal obfervées, l'une s'étant jettée
à droite, l'autre à gauche, les diftances de chaque corps
en particulier tout auffi irrégulieres, ces corps s'étant allongés dans une des colonnes, racourcis dans l'autre.

Il femble que ce que j'ai dit foit plus que fuffifant pour
faire voir l'avantage immenfe qu'auront les Pléfions attaquant
l'ennemi en marche; puifque outre celui que l'on a toujours
dans ces entreprifes, elles fe mettront en bataille beaucoup
plus vîte que lui, chargeront dans le moment, par conféquent lorfqu'il fera moitié formé. Tout cela n'eft encore rien.
Elles ne donneront pas même à l'ennemi ce peu de tems pour
commencer à fe former, qu'elles lui donneroient fi elles fe
mettoient en ligne elles-mêmes. Elles formeront feulement
des divifions de bataille, chaque colonne la fienne; & cela
fera bien vîte fait. Elles attaqueront fur le champ dans cet
ordre. S'il doit réuffir, même en toute autre occafion, on
peut croire qu'il ne réuffira pas moins ici, où elles vont charger
auffi des divifions de l'armée ennemie: mais des divifions de
troupes entaffées fans ordre, qui, quand elles feroient mieux
arrangées, ne feroient que des lignes redoublées, c'eft-à-dire la
chofe que les Pléfions craignent le moins, auroient toujours les
flancs foibles, & dans le front de l'armée de grands vuides, où
l'on jetteroit quelques troupes pour les charger, fi on craignoit

V u

de n'en avoir pas affez bon marché n'attaquant que de front. *Les ordres de bataille les plus fimples & les plûtôt formés, font les feuls dont on doive faire ufage,* dit le Maréchal de Puyfégur. Ce principe généralement très-vrai, l'eft bien plus encore dans cette occafion en particulier : & les Pléfions, au moyen de ces divifions de bataille, s'y accommodent à un point bien fingulier. Car fi chaque colonne eft de dix Pléfions marchant fur une de front, & qu'on veuille en former une divifion de deux lignes, quatre Pléfions à chacune, les deux qui reftent en troifiéme ligne prolongeant les côtés, cela ne fait guères pour la plus éloignée que 200 toifes à parcourir : & elle peut faire ce chemin fort vîte. Auffi-tôt l'ordre de bataille eft formé. Si les colonnes font doubles, les Pléfions pouvant marcher deux de front, cela ne fait pour la plus éloignée que 50 toifes de chemin. Enfin fi le terrein permet de marcher feulement fur quatre de front, l'ordre de la marche eft celui du combat : on va droit à l'ennemi, fans perdre un quart de minute, fans fe former ni paroître s'appercevoir de lui. C'eft ce qui augmentera bien l'avantage de la furprife, en tiendra lieu même très-fouvent. Si par exemple l'ennemi marchant fur affez de colonnes pour qu'il ne lui faille que le tems de parcourir 300 toifes pour fe mettre en bataille, il apperçoit les nôtres à 790, cela ne l'inquiétera pas beaucoup. Il fera fon petit calcul. ,, Si je ,, marche encore 200 toifes pour me porter à cet endroit où ,, je ferai mieux, & que l'ennemi marche auffi toujours, ,, nous nous trouverons alors à 300 l'un de l'autre : & cela ,, paroît un peu trop jufte, puifqu'il me faut le tems de ces ,, 300 pour me mettre en bataille. Mais auffi l'ennemi ne ,, marchera pas toujours, il faut bien qu'il s'y mette lui-mê- ,, me, je puis donc hardiment aller jufques-là. ,, On voit qu'il compte fans fon hôte.

Par ce que l'on vient de lire, on conçoit que lorfqu'on voudra attaquer l'ennemi dans fa marche avec des Pléfions, il faudra tâcher de le rencontrer à un endroit, fur le chemin duquel le dernier quart de lieue leur permette de marcher fur une cinquantaine de toifes de front, afin de n'avoir pas même la peine de s'arrêter le petit tems qu'il faudroit fans cela pour former les divifions de bataille. Au refte, fi cela ne fe rencontre pas, on s'en paffera bien. Il fera bon encore de choifir un terrein ferré, parce que fi l'ennemi y a bien raffemblé fes colonnes, on aura l'avantage que donne le fyftême contre les lignes redoublées. (Je parle fans tirer à conféquence, comme fi l'ennemi avoit le tems de fe mettre en bataille.) S'il ne l'a pas fait, on combattra avec toute l'armée contre une partie de la fienne. Il eft bon encore, fi cela fe peut, que le terrein foit difficile, puifque les Bataillons fentiront cette difficulté beaucoup plus que les Pléfions.

Il fuit de tout cet article que pour les marches en général, le fyftême aura un grand avantage. Les Bataillons en ordre de marche n'étant pas en défenfe, il faut, dès qu'ils voyent quelque corps de troupes qui les inquiéte, ou paffent quelque endroit dangereux, qu'ils fe mettent en bataille. Cela retarde beaucoup, & d'ailleurs fatigue les troupes. L'ordre de marche des Pléfions étant fi voifin de l'ordre de combat, ou perpendiculaire, ou par divifions, elles ne quittent pas la marche de même. Elles favent qu'elles fe mettront toujours bien en bataille, quand il fera néceffaire, qu'elles en auront toujours le tems; elles ne feront donc aucune attention à des corps de troupes ennemies, même confidérables, qui feroient à portée d'elles, pas même davantage à l'armée entiere, à moins qu'elle ne foit & très-près, & en bataille. Si elles ne veulent que marcher, elles continueront leur marche fort tranquillement. Puis donc qu'elles éprouveront moins de retardement que des Bataillons, elles les préviendront par-tout, lorfque les deux armées fe cotoyeront à une certaine diftance, s'inquiétant réciproquement, comme cela fe pratique. Quel avantage, foit pour l'offenfive, foit pour la défenfive, fur-tout entre Généraux qui font la guerre en maîtres, & exécutent par l'habileté des marches ce qui coute aux autres tant de fang ? A propos de cotoyer, l'armée de Pléfions étant moins allongée dans la marche que celle de Bataillons, fi quittant la marche pour un moment, la premiere tire droit à la feconde, elle tombera toute entiere fur une partie, & combattra avec un grand avantage. Cette fe conde n'aimera donc point fon voifinage, trouvera toujours plus beau le chemin qui eft le plus éloigné d'elle ; ce qui donnera à celle-ci un air de fupériorité fort agréable & fort utile.

ARTICLE V.

Surprifes d'armées.

Ni les exemples de furprifes d'armées dont l'hiftoire fourmille, ni les raifons de Folard, ne perfuaderont beaucoup de gens d'en entreprendre. Cela paroît trop hardi, pour être goûté fi généralement. C'eft pourtant cette hardieffe même qui en affûre le fuccès, parce que l'ennemi qui ne s'attend à rien de pareil, fe trouve moins en état de défenfe, eft épouvanté d'ailleurs d'avoir à combattre des gens capables de tenter une entreprife qu'il regarde comme fi difficile. C'eft ce que difoit Marcius commandant par *interim* l'armée Romaine en Efpagne après la mort des deux Scipions, en l'exhortant à rattaquer les ennemis vainqueurs. *Audeamus quod credi non poteft aufuros nos. Eò ipfo quod difficillimum videtur, facillimum erit.*

La plûpart des raifons qui rendent avantageufes les attaques en marche, dont nous venons de parler, doivent engager de même à entreprendre les furprifes, & bien plus encore. Si une armée fe déconcerte, rencontrant l'ennemi dans fa marche à l'heure qu'elle s'y attendoit le moins, fi cela y caufe de la confufion, ce fera bien pis apparemment lorfque cet ennemi viendra la chercher jufques dans fon camp, & au milieu de la nuit.

Xénophon fait dire à Cambyfe donnant des leçons à Cyrus, qu'il faut chercher le combat : 1º lorfqu'on aura eû le tems de fe ranger en bataille, & que l'ennemi fera en défordre : 2º lorfqu'on fera bien armé, & qu'il ne le fera pas : 3º lorfqu'il dormira & qu'on veillera : 4º lorfqu'on aura eû le loifir de l'obferver, fans qu'il ait pû de même découvrir l'armée : 5º lorfqu'il fera dans un mauvais terrein & que l'on fera dans un plus avantageux. Toutes ces circonftances, dont une feule doit faire défirer le combat, fe réuniffent évidemment en faveur des furprifes : même les deux dernieres. Car on ne voit pas l'ordre de l'attaquant, qui fait où & comment fon ennemi eft campé : de quelque efpéce que foit le pofte de l'attaqué, il devient toujours très-mauvais, dès que l'on marche fupérieur en forces fur telles parties qu'on le juge à propos.

On peut oppofer, aux raifons qui autorifent ces entrepri-fes, la difficulté & l'embarras d'une marche nocturne, le danger d'un combat où l'on ne fait ce que l'on fait, ou par conféquent le hafard eft toujours le maître. La premiere de ces raifons n'eft pas fans fondement, par rapport à l'ordre or-dinaire : mais les Pléfions ne rencontreront guères de diffi-cultés dans la marche, par la petiteffe du front des corps, la grandeur des efpaces, la netteté de cet ordre. D'ailleurs l'armée à ces expéditions ne marchera jamais en ligne, ne s'y mettra pas un moment, mais en divifions de bataille. Il ne peut donc y avoir d'autre dérangement, fi-non que ces divi-fions fe rapprochent, ou s'éloignent un peu, fe devancent l'une l'autre de quelque chofe, au lieu d'arriver dans le mê-me inftant; & ces petits accidents, qui ne feroient pas capa-bles de faire échouer l'entreprife, puifque chaque divifion eft indépendante des autres, que la grandeur des intervalles eft fort indifférente, auffi bien que le moment de l'attaque, n'ar-riveront point fi on les méne bien; ce qui n'eft pas de la ma-gie noire, la marche étant incomparablement plus aifée pour une armée dans cet ordre, que fi elle étoit obligée de mar-cher au moins quelques tems de front en bataille. Car elle ramafferoit tous les obftacles du terrein, au lieu que n'en oc-cupant, dans l'ordre où elle eft, que de très-petites parties, elle choifit les plus commodes, évite les autres.

Le danger d'un combat nocturne n'eft point une raifon de l'éviter. Quand il fait nuit pour nous, il ne fait pas jour pour l'ennemi. Quand il feroit vrai qu'au moins c'eft donner tout au hafard, ce ne feroit pas encore une raifon de ne pas ten-ter l'aventure, quand on eft le plus foible. Au contraire : le hafard eft un jeu affez égal, & en plein jour on auroit du dé-favantage puifque l'ennemi eft fupérieur.

Mais il s'en faut bien que le danger d'un combat de cette

efpéce foit égal pour les deux partis. Le plus grand dans ces affaires nocturnes c'eft les terreurs paniques. La nuit eft la mere de la frayeur. Il eft fi vrai que l'épouvante feule donne la victoire en pareil cas, qu'on n'en voit pas une qui ait été difputée, qui ait coûté un peu de monde au vainqueur. Mais fi la nuit rend terrible les plus petites chofes, & peut par conféquent mettre en fuite fans raifon l'armée qui attaque, elle rend bien plus terribles encore les grandes. L'épouvante fe trouvera bien plûtôt chez l'attaqué, qui fe trouve affailli dans fon lit, par un ennemi qu'il n'attend point, que chez l'attaquant qui trouve fon ennemi où il le vient chercher.

Le Marquis de Santa-Cruz trouve les combats de nuit avantageux, pour ceux qui font fupérieurs aux armes blanches qui feules décident dans ces occafions, le feu n'étant d'aucun effet. Le feu de l'attaqué fera bien moins d'effet encore, contre un ordre de bataille comme le nôtre par divifions. Ne pouvant rien voir, il ne tirera que devant lui, & par conféquent en l'air puifque de toute fon armée il y aura à peine quatre Bataillons qui ayent des ennemis en tête. Nous arriverons donc fur lui fans perdre perfonne, fuppofant même que la furprife n'eft pas entiere. Si cette raifon du Marquis de Santa-Cruz en faveur des affaires nocturnes prouve combien elles font avantageufes à notre fyftême, & à notre nation : il en ajoute une feconde qui n'eft ni moins folide, ni moins propre à nous les faire rechercher. Il les confeille à ceux qui ont affaire à des armées combinées de différentes nations dont le langage & le bruit de guerre étant différents, (a) augmentent la confufion. L'ordre ordinaire de bataille étant dérangé, ils ne favent plus où ils en font, & prennent fouvent leurs alliés pour ennemis. Les François dont la puiffance les met depuis long-tems dans le cas de n'avoir jamais de guerre que contre la moitié de l'Europe en même tems, auront dans les combats de nuit cet avantage tout en plein.

Le dernier que l'on a dans une furprife nocturne, de ceux

(a) C'eft ce qui arriva, comme nous l'apprend Diodore, à l'armée de Xerxès, attaquée de nuit par Leonidas. Il périt moins de Perfes de la main des Grecs, que des Perfes mêmes.

que je rapporterai s'entend, c'est que le nombre n'y faisant rien, on ne méne pas toute son armée, on laisse les corps dont on est le moins sûr. De ceux qu'on méne encore, il n'y a que ceux qui ont la tête des divisions qui décident l'affaire, leur bon ou mauvais succès entraîne celui de l'armée. On en auroit rarement de malheureux, si l'on pouvoit toujours le remettre ainsi tout entier entre les mains de trois ou quatre regiments d'élite.

Indépendamment de toutes ces raisons qui doivent faire bien espérer d'une surprise : quand la victoire ne seroit pas plus vrai-semblable d'un côté que de l'autre, il y auroit une grande raison de les tenter. Il y a tout à gagner, peu de chose à perdre. Si l'attaquant réussit, sa victoire est complette : l'artillerie, les bagages, une grande partie même des armes des vaincus, lui restent. Ceux-ci sont trop heureux de sauver leurs personnes, & ils ne sauvent pas tout à beaucoup près ; cela fait une armée ruinée. Si au contraire l'attaquant ne réussit pas, il ne perdra pas son artillerie, ni ses bagages : car il n'en a point. Il n'a porté que sa personne. Et l'ennemi le repoussant n'oseroit pas trop le suivre, craignant quelque embuscade, quelque nouvelle surprise plus dangereuse que la premiere. On ne perdra donc pas beaucoup de monde, même en cas de malheur. On s'en ira en désordre dans la nuit : mais qu'importe n'étant pas poursuivis ? Bientôt le jour viendra éclairer la fuite, & donner le moyen aux corps qui ont resté en arriere, pendant le combat, de protéger la retraite des autres.

J'ai déja rapporté les deux raisons qui m'ont paru les meilleures qu'on puisse opposer aux suprises d'armées. Voyons à présent la plus ordinaire. On dit qu'il est bien difficile que l'ennemi ne soit pas averti. Il me semble à moi fort difficile qu'il le soit, si l'on suit ce que Folard prescrit, pour lui dérober la connoissance de la marche. D'ailleurs la petitesse du front de chaque division donnera moyen d'éviter aisément les postes avancés. Les grandes gardes se replieront ? soit. Mais à quoi cela servira-t-il ? A rien, qu'à porter dans l'armée attaquée l'épouvante & la confusion. Car elles sont à deux pas, sur-tout la nuit. L'attaquant va légérement ; il y arrivera auffi-tôt qu'elle. Son ennemi ainſi averti, le ſera très-mal. Si on ne le trouve pas endormi, on le trouvera, comme diſoit Cortez, mal éveillé. (a) Cela n'eſt point du tout capable de faire échouer l'entreprife. Lorſque Pompée attaqua de nuit Mithridate ſur le bord de l'Euphrate, la ſurpriſe ne fut rien moins que complette : elle ne réuſſit pas moins bien. Une place eſt plus difficile à ſurprendre qu'une armée : il y a une foule de ſurpriſes de places qui ont réuſſi, quoique annoncées. En 1580 Henri IV, qui n'étoit encore que * Mémoires de Roi de Navarre, ſurprit Cahors, * ville forte pour ce tems-là, bien munie, commandée par un brave homme. La ſurpriſe étoit pourtant ſi peu imprévûe, qu'on trouva l'avis dans les papiers du Gouverneur, qui avoit écrit ſur le dos, Ner- * Hiſtoire de gue pour les Huguenots. En 1672 * Rabenhaupt enleva Coëvor- den, quoique découvert par trois déſerteurs. La place étoit pourtant bonne, & la garniſon forte. Le Prince Eugene approchant de Crémone, & entendant des tambours, ſe crut découvert ; il ne laiſſa pas d'aller ſon train. Mais ſans nous arrêter à tout cela, comment veut-on que l'ennemi ſe mette ou plûtôt ſe trouve en état de défenſe, dès qu'il ſait que tout va être attaqué ? Il ne voit point dans quel ordre on l'attaque. Quand il le verroit, c'eſt un ordre contre lequel il ne réſiſteroit jamais. Le Maréchal de Puyſégur dit, parlant d'une attaque de lignes, que *tant qu'il eſt nuit, l'ennemi ne peut diſtinguer où ſe fait la véritable ; .... en ſorte que l'armée qui attaque tombant en force ſur un petit nombre de troupes, ſe rend maîtreſſe de la ligne.* Ici c'eſt bien pis. Il faudroit qu'il devinât où ſe feront les attaques : car dès le moment que l'affaire eſt engagée quelque part, elle eſt auſſi-tôt décidée. Je demande à ceux qui croiront la ſurpriſe manquée pour être découverte, ſi commandant une armée ils ſeroient fort aiſes d'apprendre, non pas un quart d'heure à l'avance, mais à midi, qu'ils ſeront attaqués dans la nuit dans un ordre ſin-

* Mémoires de Sulli.

* Hiſtoire de Guillaume III, Roi d'Angleterre.

(a) Je ne rapporte point cet exemple un peu long, & que l'on peut voir dans Solis. Ce n'étoit pas à des Indiens, mais à des Eſpagnols trois fois plus forts que lui, que Cortez avoit affaire. Ils étoient d'ailleurs dans un poſte excellent. Il les trouva éveillés, & même pas trop mal éveillés. Il ne laiſſa pourtant de détruire cette armée.

gulier,

gulier, sans que du reste on pût leur dire le nombre ni la place des attaques. Je suppose seulement qu'on les avertiroit qu'elles seront très-brusques & très-violentes, chacune se faisant avec de grandes forces. Pour achever de se convaincre que le succès de l'entreprise n'a pas besoin du sommeil des ennemis, il ne faut que se rappeller les raisons qui en font espérer un heureux. On verra que la plûpart subsistent, lors même que l'attaqué est tout aussi éveillé que l'attaquant. Et n'a-t-on pas vû des surprises réussir en plein jour? Je n'en citerai qu'une. La premiere action de Timoleon en Sicile fut d'aller avec 1200 hommes attaquer Icetas, qui en avoit 5000, & ne s'attendoit à rien moins. *En arrivant il fondit sur l'ennemi, qui ne le voit pas plûtôt qu'il se met à prendre la fuite.*

* Plutarque.

Je dis donc, après Folard, que les surprises d'armées sont fort avantageuses pour l'attaquant, sont même sûres & faciles; que formant l'attaque par corps séparés, cette facilité augmente encore, & qu'on est dans cet ordre très-supérieur dans les parties où l'on combat; qu'ainsi le nombre n'y fait rien, & que ces entreprises sont la meilleure ressource des foibles. Je me suis un peu étendu sur cette opération de la guerre, 1° parce qu'elle me tenoit au cœur, 2° parce que si l'on adoptoit le systême, elle deviendroit assez ordinaire, 3° parce qu'il falloit éviter le reproche qu'on auroit pû me faire de donner, comme un cas d'employer utilement les Plésions, une expédition téméraire & chimérique, que personne de sensé n'entreprendra. J'aurois pû fortifier ce que j'ai dit par beaucoup d'exemples, mais quoique on ne les imite guères, on ne les ignore pas. Je ne puis pourtant m'empêcher d'en rapporter ici un fort remarquable.

Alexandre venoit de repasser une riviere. Glaucias & Clite, qui croyoient que la peur l'eût fait retirer, étoient à l'autre bord, se croyant fort en sûreté. Alexandre sur ces considérations, & sachant d'ailleurs *que leurs troupes étoient étendues d'une façon peu propre à soutenir un effort,* c'est-à-dire allongées, comme sont les armées aujourdhui en comparaison de notre systême ramassé, *repassa la riviere sur la nuit, avec les Argiraspides, les Archers & les Agriens, suivis des Phalan-*

* Arrien.

X x

ges de Cœnus & de Perdiccas , & commanda au reste de l'ar-
mée de venir après. L'expédition réussit , comme on doit s'y
attendre. *Les uns s'enfuirent , & furent tués dans la retraite ,*
les autres dans leur lit, plusieurs moururent en cet endroit ; mais
tous ceux qui se sauverent abandonnerent leurs armes. Il faut
remarquer que cette riviere rendoit la surprise bien plus
difficile : mais cet obstacle n'arrêta point Alexandre , il se
rassura sur l'étendue de l'armée ennemie ; avantage que nous
aurons toujours comme il l'eut en cette occasion , sans qu'il
soit balancé par la même difficulté.

Nous avons déja vû que les Plésions sont plus propres à
cette opération , premierement par rapport à la marche , qui
pour elles n'est pas si embarrassante ; secondement parce que
c'est une affaire purement d'armes blanches , genre de combat où elles sont invincibles. Nous savons d'ailleurs que , pour
le moment du choc , leur légéreté les rend encore infiniment
préférables. On ne peut aller trop vîte. Et les Bataillons qui
en plein jour ne peuvent hausser le pas, sans risquer de rompre
leurs rangs , ne les maintiendront pas mieux la nuit. Nous
allons voir que pour une surprise , elles ont encore bien d'autres avantages sur le systême ordinaire.

Le plus grand dans une attaque de nuit est , comme je
l'ai dit , l'ignorance parfaite où est l'ennemi du nombre &
de l'espéce des attaques. Les troupes qui ne sont point attaquées , croyent qu'elles vont l'être , sont obligées de rester
là. Et où iroient-elles? Elles ne savent pas où l'on combat.
Elles voyent bien le feu rouler sur tout le front de la ligne :
mais ce feu ne dit rien. Les attaqués le font au hasard ; les
attaquants n'en font point , ou n'en font que sur les parties
auxquelles ils en veulent le moins. Pour bien profiter de
cette ignorance , il faut que l'attaquant prenne quelque
disposition fort singuliere , fort éloignée de celle de l'ennemi. Cela est bien aisé , mais non pas pour les Bataillons qui
ne se prêtent pas à cette singularité. Je me suis tenu à l'ordre de bataille que donne Folard en pareil cas , qui me paroît le meilleur qu'on puisse prendre , tant pour la commo-
dité de la marche , que parce qu'on attaque à ce moyen quelques parties de la ligne ennemie avec une supériorité excef-

ſive, tandis que tout le reſte eſt parfaitement inutile. Si avec
des Bataillons on vouloit ainſi ramaſſer ſes troupes, & combattre par diviſions, pour peu que l'ennemi rendît de défenſes, on courroit des riſques, par la foibleſſe de leurs flancs
débordés, ſur leſquels il pourroit tomber, même par haſard.
D'ailleurs ces diviſions n'étant que des lignes redoublées,
n'auroient pas la force des nôtres; il n'y auroit que la premiere ligne qui combattroit. Et ſi l'ennemi ne s'étonnoit
point, n'ayant aucun avantage ſur ce qu'elle chargeroit de
front, & étant débordée à ſes flancs, elle pourroit bien être
repouſſée. Et alors toutes les autres petites lignes s'en iroient.
Car ſi, la premiere battue, les autres font mauvaiſe contenance le jour, cela n'ira pas mieux la nuit.

Les Pléſions par la petiteſſe du front paſſant par-tout, ſe
jetteront dans l'intérieur du camp, iront porter le déſordre
& l'effroi juſqu'à la ſeconde ligne, lors même qu'il y aura
encore quelques corps de la premiere qui feront ferme. La peſanteur, & l'étendue du front des Bataillons, ne leur permettent pas cette vivacité. De plus, s'il s'en détachoit ainſi
quelqu'un, promenant ſes flancs foibles au milieu des ennemis, la moindre petite troupe le mettroit bien vîte en déſordre. Ces Pléſions errantes dans le camp ennemi dans le premier moment de la ſurpriſe, l'empêcheront de ſe mettre en
bataille, ou plutôt le mettront en fuite, cauſeront dans ſes
troupes une épouvante que rien ne pourra retenir. En plein
jour cela ne réuſſiroit pas moins bien. Si à Steinkerque le
prince d'Orange qui avoit conduit ſon entrepriſe à merveille juſqu'au moment de l'exécution qui échoua, ou par ſa lenteur, ou par celle de ſon ordonnance; ſi, dis-je, le prince
d'Orange avoit eû quelques Pléſions à pouſſer dans notre
camp, qu'elles s'y fuſſent un peu promenées, en attendant
le gros de ſes troupes, jamais notre armée, du moins la droite, n'auroit pû parvenir à ſe mettre en bataille. Mais il faut
que les Pléſions en pareil cas ne s'amuſent pas à la bagatelle, à pourſuivre des fuyards, ou à piller; qu'elles ſoient aler-
tes à courir bien vîte charger ce qui paroît vouloir ſe former
à portée d'elles, ſi elles rompent leur ordre, ou ne font pas
dans une perpétuelle activité, elles courront quelque danger,

Il eſt vrai que par les raiſons que j'ai rapportées dans le ſecond Chapitre, il eſt bien aiſé de les contenir en ordre. Je ne doute pas que beaucoup de lecteurs ne trouvent de la plus grande témérité de jetter ainſi quelques petites troupes au milieu d'une armée. Mais je prie de faire attention, 1° que l'ennemi eſt en déſordre, par conſéquent très-peu à craindre : 2° que le pis qui puiſſe arriver aux Pléſions eſt d'être environnées, & qu'elles ſavent ſe tirer de-là & rejoindre leur armée : 3° que quand elles ſeroient attaquées de toutes parts, arrêtées en place, elles ſe défendroient encore fort bien, & toujours au moins aſſez de tems, pour qu'il leur vint des ſecours, l'armée les ſuivant de près : 4° enfin, que quand ces deux ou trois Pléſions ſe feroient battre, ce ne ſeroit pas une perte très-conſidérable pour l'armée, & elles lui donneroient toujours la victoire; victoire même très-complette, ayant rempli leur miſſion qui étoit d'empêcher l'ennemi de ſe former.

Si on veut des exemples du déſordre que font même de très-petites troupes, au milieu d'un camp ennemi, on en trouvera aiſément dans l'hiſtoire. Folard en a cité quelques-uns. Je me bornerai à celui de Léonidas, tel qu'il eſt rapporté par Juſtin d'accord avec Diodore. Hérodote raconte l'action différemment, mais elle me paroît plus vraiſemblable, & plus belle, dans les deux autres : peut-être pourroit-on les concilier tous, ce n'eſt pas mon affaire.

Léonidas exhortant ſes Spartiates, leur dit qu'il ne falloit pas attendre que la multitude des ennemis vint les envelopper; qu'il falloit profiter de la nuit pour les attaquer eux-mêmes, dans un tems où ils n'attendroient rien moins; que puiſque il falloit mourir, il falloit mourir vainqueurs, & prendre pour tombeau le camp des ennemis. Ces braves Grecs allerent donc au nombre de 600, ſe jetter au milieu de 500000 hommes, pénétrèrent juſqu'à la tente du Roi, rempliſſant tout d'horreur & de carnage : & ce combat inconcevable dura depuis le commencement de la nuit juſqu'au milieu du jour, qu'accablés de laſſitude ils ſuccomberent ſans être vaincus. Je l'ai déja dit ailleurs; s'ils avoient été 4000 comme cela pouvoit être, ils auroient mis en déroute toutes les forces de l'Afie. Si une troupe telle que celle-là fe foutient 15 ou 16 heures, au milieu d'une armée, qui n'a d'autre foin, d'autre affaire que de l'accabler : 2 ou 3 pareilles chacune en nombre, mais infiniment au-deffous pour la qualité des troupes, pourvû qu'elles n'ayent point de parties foibles qui les mettent hors d'état de réfifter lorfqu'on les y attaquera, fe foutiendront aifément 15 ou 16 minutes au milieu d'une armée furprife de même, & qui de plus a d'autres inquiétudes, puifque ces petites troupes ne font qu'un foible échantillon de ce qui va l'affaillir dans le moment.

Si les Bataillons font bien moins propres que les Pléfions, dans les affaires dont nous parlons, à empêcher par leur légéreté que l'ennemi ne fe mette en état de les recevoir, & à faire un effort auquel il ne puiffe réfifter lors même qu'il aura eû le tems de fe mettre en bataille ; ils font encore bien moins propres à pouffer cet avantage, à achever, conferver même la victoire. C'eft ce que nous avons vû en toûte occafion en général, mais qui eft à remarquer dans celle-ci en particulier. Lorfque des Bataillons ont percé la ligne quelque part, pour s'étendre à droite & à gauche, & renverfer ceux qui tiennent encore, il faut qu'ils faffent des quarts de converfion, qui ne font pas aifés le jour, & encore moins la nuit. De plus, ils font impraticables, fi quelque corps ennemi eft à portée de tomber fur le flanc : c'eft ce qu'on ne voit pas très-bien dans un combat nocturne, de forte qu'on peut faire le mouvement mal-à-propos. Il eft vrai que l'ennemi qui ne voit pas mieux manquera quelquefois de charger ce flanc qu'on lui préfente ; mais il le chargera fouvent, même par hafard. Un corps qui vient de fa feconde ligne à la premiere, où il entend du tumulte rencontrera tout naturellement le flanc de ce Bataillon vainqueur qui a fait la converfion, & le mettra en défordre ; ce qui eft fort dangereux, parce que la nuit, l'épouvante, & la fuite, font contagieufes.

L'armée de Pléfions voulant pouffer fa victoire, chaque divifion, après avoir percé s'ouvrira à droite & à gauche, & marchera culbutant des flancs. Allant en ce fens elles n'ont pas plus de parties foibles qu'elles en avoient d'abord, n'ont aucun accident à craindre. Je ne m'arrêterai point à ceci. On

X x iij

fait que le jour, s'y prenant ainſi, elles ne laiſſeroient pas un corps ennemi en ligne ; & l'on devine bien que la nuit ils ne tiendront pas davantage. Les diviſions marchant ainſi par leurs flancs ont ſeulement une attention à avoir : c'eſt qu'elles vont l'une au-devant de l'autre, de ſorte qu'après avoir ballayé toute la longueur de ligne ennemie qui étoit entre elles, elles ſe chargeroient l'une l'autre ſi elles n'y prenoient garde.

Terminons cet article. Les ſurpriſes ſont fort avantageuſes, & fort ſûres, très-bonnes à entreprendre par conſéquent, ſur-tout quand on eſt le plus foible. Les raiſons qu'on oppoſe à ces entrepriſes en apparence téméraires, ſont toutes aſſez mauvaiſes. Il y a pourtant réellement quelques difficultés, quelques dangers même pour les Bataillons. Pour les Pléſions il n'y a rien de cela, & au contraire de nouvelles faciſlités, de nouveaux avantages. Notre ſyſtême eſt donc le ſeul qui rende entierement ſûr le ſuccès d'une ſurpriſe, qui applaniſſant tous les obſtacles conduiſe ſans danger à ces expéditions les plus brillantes, & les plus déciſives de la guerre ; comme le ſyſtême uſité eſt le ſeul qui, par les difficultés dont il les embarraſſe, ſemble excuſer ceux qui n'oſent jamais les entreprendre, & en rejettent la propoſition comme une extravagance.

ARTICLE VI.

Paſſages de rivieres.

Il n'eſt peut-être aucune opération de la guerre ſi difficile qu'un paſſage de riviere de vive force. On ne peut faire paſſer aſſez de monde à la fois ; de ſorte qu'on ſe trouve obligé de combattre avec déſavantage, ſi l'ennemi attaque ſans perdre de tems les troupes à meſure qu'elles arrivent. Pour ſe défendre malgré leur infériorité, il faudroit qu'elles fuſſent dans un ordre ſolide, & qui ne craignant pas pour ſes flancs fût débordé ſans danger, en un mot qui mît le petit nombre en état de réſiſter au grand, de l'attaquer même : car il faut bien que quoique foibles, les premiers paſſés avancent pour faire place aux autres, ou au moins qu'ils s'étendent à meſure que le nombre de troupes augmente, ce qui ne peut se faire qu'en marchant par sa droite & sa gauche. Ce seroit inutilement répéter à présent, que de prendre la peine de faire voir combien les Pléfions sont propres à remplir tous ces objets, combien les Bataillons le font peu. Le Marquis de Santa-Cruz qui sent leur insuffisance en pareil cas, souhaite qu'il se trouve, à quelque distance de la riviere, un défilé qu'on puisse occuper, & par où l'ennemi soit obligé de passer s'il veut venir troubler ce passage. Cela seroit fort commode en effet. Mais nous parlons de passages de rivieres de vive force. Il dit encore qu'il faut se remparer de chevaux de frise. C'est une petite ressource contre l'infanterie. Ils sont d'ailleurs très-embarrassants, il faut avoir la peine de les passer ; & cela tient soit dans le gué, soit sur des radeaux, une place fort prétieuse : quand ils sont à terre, il faut les manier à chaque instant pour les étendre, & y en ajouter même de nouveaux, à mesure que le nombre de troupes augmente.

Indépendamment des avantages intrinséques des Pléfions pour soutenir le combat contre des ennemis supérieurs, lorsqu'elles arrivent sur le bord, cette ordonnance en a beaucoup d'autres encore.

Souvent l'ennemi ne se presse point de venir à la charge, laisse passer autant de monde qu'il compte en pouvoir détruire. S'il en use si cavalierement avec nous, il sera pris pour dupe, non-seulement parce que nous nous défendons bien contre le grand nombre ; de sorte que pour peu qu'il nous laisse nous fortifier, nous serons plus qu'en état de lui répondre : mais encore parce que nos troupes paroissent peu ; de sorte que s'il n'est pas habitué à notre ordre, il en aura six fois plus sur son bord qu'il ne croira, & ne viendra les attaquer que lorsque elles seront égales, ou même supérieures, à ce qu'il enverra contre elles.

Ceux qui veulent forcer le passage commencent par éloigner l'ennemi de la rive par un feu supérieur ; de sorte que son infanterie ne se trouvant plus à portée, c'est sa cavalerie plus légére qui vient charger les premieres troupes qui ont passé, & c'est bien ce qu'il y a de mieux pour les renverser, si ce sont des Bataillons : mais c'est précisément ce que les

Pléfions craignent le moins. L'infanterie ne les culbuteroit pas davantage : mais au moins leur tueroit quelqu'un de loin, pourroit même doublant, ou triplant les files, augmenter fa force, & s'approcher de leur ordre.

Un troifiéme avantage, qui eft fans doute le plus grand, c'eft qu'elles fourniffent en tems égal bien plus de monde fur la rive ennemie, formé en troupe du moins, que ne pourroient faire des Bataillons. Pour nous en convaincre, parcourons les différentes manieres de paffer une riviere.

Si c'eft fur des radeaux, ils auront la même forme que les Pléfions : on en mettra une fur chacun, ou s'ils ne font pas fi grands que cela, fur deux ou quatre ; ce qui n'empêchera pas qu'en mettant le pied fur la rive, elle ne fe trouve toute formée. Les radeaux n'étant pas allongés & étroits comme des Bataillons, il faut, paffant de cette maniere, que ceux-ci fe forment en arrivant : cela n'eft pas très-prompt, & eft toujours fort dangereux, puifque ils peuvent être attaqués par la cavalerie ennemie, avant d'être entierement formés.

Si l'on paffe fur un pont que l'ennemi n'aura pas eu le tems de détruire, on fera obligé de défiler quelquefois par manches ; mais on fera bien plûtôt formé hors du pont que des Bataillons : & faifant marcher 30 pas au plus la premiere Pléfion fur la droite, la feconde fur la gauche, pendant que la troifiéme fe place au milieu, on fe trouve dans le moment une petite ligne qui marche en avant, pour faire place à une feconde pareille, & celle-ci à une troifiéme ; ainfi l'on a formé dans l'inftant une petite divifion de bataille fort épaiffe & fort folide. Il faut remarquer encore, par rapport à cette maniere de fe former, que les troupes qui paffent ne mafquent point le feu de la ligne d'infanterie qui protége le paffage ; de forte que l'ennemi n'a pas fi beau jeu à venir les attaquer. Elle peut même, par quelqu'un des mouvements de tenaille, croifer fon feu au-devant de ces troupes qui fe forment, ou fi la riviere eft trop large, on peut y croifer au moins le feu de l'artillerie.

A ce propos de paffer fur des ponts, j'en rapporterai un exemple affez remarquable, que je tire de Folard. A Caffano le Prince Eugene paffa ainfi le Ritorto, dont nous bordions

dions la rive oppofée. Il eut affaire à une excellente troupe, commandée par un très-bon Officier. Il paffa pourtant. La raifon de cela eft fenfible : ce pont lui rendit le même fervice que nous avons vû ailleurs des portes de ville ou de retranchements rendre fouvent aux anciens, l'obligea de fe mettre en Colonne, dans un ordre dont aucun autre ne peut foutenir l'effort. Qu'auroit fait après cet avantage un Général qui, connoiffant le fyftême, n'auroit pas cherché à fe mettre en Bataillons dès que le terrein le permettoit ? Il auroit de cette feule colonne qui filoit fur le pont, formé plufieurs petites lignes de Pléfions; & s'étendant fi peu, il n'auroit pas perdu beaucoup de tems : cela l'auroit mis en état de pouffer fon avantage, fans nous laiffer remettre de notre premier défordre: au lieu que, s'amufant à fe déployer, les François pouvoient revenir de leur étonnement, & finir par gagner la bataille, comme ils firent: pouvoient même, revenant à la charge plus vîte & plus brufquement, l'attaquer pendant qu'il fe formoit, le culbuter aifément, le tailler en piéces.

Si le paffage fe fait par un gué, qui aura 30 toifes de large, fuppofé ; des Bataillons n'iront pas vîte, auront la peine de fe former & de s'étendre fur la rive ennemie. Les Pléfions en uferont tout différemment. Elles entreront dans la riviere trois de front, fuivies de toute l'infanterie fur trois colonnes: en mettant le pied fur la rive, elles iront droit à l'ennemi, fans perdre un moment, & chargeront dans l'ordre où elles fe trouvent, qui eft celui que nous avons appellé perpendiculaire. Si, tel qu'il eft formé, il ne leur plaît pas, & qu'elles veuillent y faire quelque changement, comme par exemple de marcher à l'ennemi fur cinq de front, les côtés perpendiculaires allignés fur celles de la droite & de la gauche de ce nouveau front, cela ne les retardera prefque point.

Si au lieu d'un gué, il y en a deux ou trois, les Pléfions s'y prendront de même: au lieu d'une feule attaque perpendiculaire, ce deviendra un ordre de bataille par divifions. Si la riviere eft petite, guéable prefque par-tout, mais la rive par-ci par-là couverte de brouffailles épaiffes, efcarpée, ou préfentant quelque autre obftacle; les Pléfions prendront les

Y y

paſſages comme ils ſe trouveront , & en trouveront toujours aſſez grand nombre de ſuffiſants pour leur front. Elles auront donc le même avantage du nombre ſur la partie de ligne en-nemie qu'elles attaqueront , qu'elles auroient en plaine , char-geront en ligne tout de même ſi elles veulent. Il n'y aura ici de différence , qu'en ce que les intervalles qui ſe trouve-ront dans leur ligne ſeront fort inégaux : mais c'eſt ce qui les embarraſſe le moins. Si on fait attention à ceci , on verra qu'elles compteront préciſément pour rien telle petite riviere dont une armée de Bataillons n'auroit jamais oſé tenter le paſſage.

Et généralement , puiſque les rivieres ne leur font point éprouver les mêmes difficultés qu'à l'ordre ordinaire , ne les obligent point de s'arrêter pour ſe former devant l'en-nemi , ne les empêchent point d'employer ces diſpoſitions qu'elles prennent ſouvent par choix , même en plaine , pour attaquer la ligne ennemie dans quelques parties avec des for-ces très-ſupérieures ; il paroît aſſez clair qu'elles combattront encore avec avantage une armée même plus forte que la leur , en préſence de laquelle elles paſſeront une riviere. Cependant , car je ne veux point avancer de paradoxe , la riviere peut être ſi difficile par elle-même , que même pour des Pléſions le paſſage ſoit difficile & dangereux devant l'ennemi. Mais un paſſage de cette eſpéce ſeroit plus qu'impoſſible pour tout autre ordre.

A voir les Bataillons ſi peu propres à un paſſage de riviere de vive force , à voir dans cette opération tant de difficulté pour eux , on a peine à concevoir comment ils y peuvent quel-quefois réuſſir. La raiſon en eſt ſimple , ce ſont des Bataillons auſſi qui la défendent. Ils ne ſont pas plus avantageux pour la défenſe que pour l'attaque.

L'attaquant , comme j'ai dit , commence par éloigner ſon ennemi à coups de feu. Il faudroit donc , pour que cet enne-mi chargeât les premieres troupes qui paſſent bien à tems & avant qu'elles ſoient formées , qu'il fût dans un ordre très-léger afin de franchir promptement l'eſpace qu'il a à parcou-rir , pour les joindre. Il eſſuyeroit d'ailleurs moins de feu au-quel il ne ſeroit pas non plus ſi en priſe , n'étant pas ſi déployé,

Il arriveroit donc en meilleur état, feroit un effort plus puiſ-
fant: mais ſes Bataillons viennent ſi lentement, chargent ſi
foiblement, que l'attaquant peut ſe trouver en état de défenſe
quoique dans le même ordre, pourvû que les flancs ſoient
couverts; ce qui ſe rencontre aſſez ſouvent; parce qu'il aura
cherché pour le paſſage un endroit où la riviere faſſe un coude.
Or ſi la corde de l'arc décrit par la riviere eſt de 100 toiſes
par exemple, & qu'il y ait deux Bataillons paſſés, les voila
appuyés de droite & de gauche : on ne les attaquera que de
front, à nombre égal par conſéquent. Je ſai bien que l'ennemi, pour attaquer plus vîte, emploiera ſouvent de la cavalerie : mais il faut que le terrein le permette.

Si nous ſuppoſons à préſent que celui qui défend la riviere
ſoit en Pléſions, je ne ſai pas comme l'ennemi fera pour l'é-
loigner d'abord de la rive par ſon feu. Celui des Pléſions ſera
très-ſupérieur à celui de la ligne de Bataillons, puiſque elles
uniront à l'avantage de la tenaille la méthode dont je parlerai pour la défenſe des retranchements. Mais paſſons. Suppoſons que l'attaqué eſt réellement obligé de s'éloigner. Les
Pléſions occupant très-peu de place, il lui ſera facile d'en
tenir quelques-unes à portée de la rive, quelque violent que
ſoit le feu de l'attaquant. S'il ne ſe trouve pas quelque enfoncement où elles puiſſent être à couvert, ou quelque rideau
pour les garantir, on aura fait ſans beaucoup de travail de
petits épaulements très-ſuffiſants. Etant ſi près de l'endroit où
l'ennemi veut paſſer, & d'ailleurs ſi légéres, dès qu'il aura
quelques troupes arrivées, elles les chargeront dans le moment, les culbuteront, ſans leur laiſſer le tems de ſe former.
Quand ces Pléſions n'y ſuffiroient pas, elles ſe ſoutiendroient
au moins en attendant celles qui ſont plus éloignées, empêcheroient l'ennemi de ſe mettre en état de défenſe. Ces Pléſions
éloignées qui viennent à la courſe ne ſe feront pas beaucoup
attendre, leurs pelottons encore moins. L'ennemi ſera donc
aſſailli tout en arrivant, renverſé ſans avoir eû le tems de ſe
reconnoître, & quand il aura trouvé un coude favorable pour
aſſûrer ſes flancs, cela lui ſervira peu : les Pléſions n'ont pas
beſoin, comme un ordre pareil au ſien, de le déborder pour
l'attaquer avec des forces très-ſupérieures. Je ne m'arrêterai

point davantage ici à prouver l'excellence des Pléſions pour la défenſe d'une riviere. Cela n'a pas beſoin de tant de preuves. On en trouvera d'ailleurs de nouvelles dans l'article ſuivant qui a beaucoup de rapport avec celui-ci. Avant d'y paſſer, je rapporterai un fait qui ne ſera pas déplacé ici.

En 1695 le Maréchal de Villeroi ſe trouva au moment d'accabler le prince de Vaudemont fort inférieur, & de plus lui tendant le flanc. Mais ce flanc étoit couvert par un ruiſſeau, ſur lequel on avoit ſeulement des ponts faits des portes des maiſons du village. Le Maréchal ne voulant pas attaquer en défilant, fit un grand tour pour arriver ſur l'ennemi en bataille, ce qui donna au prince le tems de s'échapper. Le Marquis de Feuquieres blâme cet excès de circonſpection. Je ne prétends pas l'excuſer. Cependant il faut convenir que le ſuccès de cette attaque par ſur les ponts n'étoit pas abſolument ſûr. Si l'ennemi n'avoit pas perdu la tête, il ne lui auroit pas fallu plus de tems pour faire front ſur ſon flanc, qu'il en auroit fallu au Maréchal pour ſe former en dedans du ruiſſeau, quand même celui-ci auroit pû paſſer ſur un Bataillon de front. Mais les ponts ſans doute n'étoient pas ſi larges. Il auroit fallu commencer par former des Bataillons. Le flanc de l'ennemi appuyé au ruiſſeau n'avoit donc que quelques pas à faire après la converſion, pour charger ces premiers Bataillons encore en déſordre. Si le Maréchal de Villeroi avoit eû des Pléſions, chacun de ſes ponts étant de huit toiſes de large, il en auroit paſſé une de front qui ſans s'arrêter un moment auroit chargé : ſauf à celle qui l'auroit ſuivie de ſe jetter à droite, la troiſiéme à gauche, & de rattraper par la vîteſſe de la marche l'avance de la premiere, pour charger toutes trois en même tems. L'ennemi n'auroit eû le tems de faire aucun mouvement. Mais quand il l'auroit eu, il ſe ſeroit préſenté faiſant front ſur ſon flanc, on ne l'auroit pas moins percé, en autant d'endroits qu'on lui auroit fait d'attaques. Il n'eſt pas difficile en pareil cas d'avoir, comme je le déſire, des ponts de 8 toiſes de large : mais quand cela ne ſeroit pas, une Pléſion à moitié formée ne laiſſe pas d'être en défenſe, aſſez pour pouſſer ce qui l'attaque, & faire place à ſes dernieres ſections ; de ſorte que dans le beſoin elle ſe formeroit tout en combattant, d'autant plus qu'elle se forme très-vîte. Ceci fait voir encore, ce qui est prouvé par bien d'autres endroits, que notre syftême est unique pour toutes les occafions où il faut aller à l'ennemi en défilant. Je ne parle pas de défilé de 8 toifes de largeur : car pour nous cela ne s'appelle plus défilé. Cette propriété nous mettra en état de faifir bien des occafions, comme celle dont je viens de parler, que les Bataillons laiffent échapper. Par exemple, je fuppofe fur ce ruiffeau à 30 toifes l'un de l'autre deux ponts qui en ont chacun 8 ou 10 & que le Prince de Vaudemont faffe front, tout au bord même fi l'on veut. Certainement dans ce cas, le Marquis de Feuquieres pardonneroit au Maréchal de Villeroi de n'avoir pas attaqué ; cela ne paroît pas même praticable avec des Bataillons. Avec des Pléfions cela n'eft pas même difficile. On leur fera paffer les ponts fur deux colonnes ; les têtes poufferont l'ennemi néceffairement, comme le prince Eugene pouffa notre infanterie au Ritorto. Mais je veux que l'ennemi ne fe rompe pas trop, perde feulement un peu de terrein ; la premiere Pléfion du pont de la gauche fe jettera un peu à droite, celle du pont de la droite à gauche, les fecondes de chaque colonne marchéront droit devant elles, pour s'aligner avec les premieres, ce qui en fera quatre de front. Elles marcheront en avant, les ponts fourniffant toujours. Si le front trouve quelque réfiftance, il ne va pas auffi vîte que ce qui paffe le défilé. On emploie les Pléfions qui arrivent, à doubler derriere les premieres, à s'étendre même : on fe fortifie à chaque inftant. Si au contraire, comme cela n'eft guères douteux, ces premieres ne rencontrent rien qu'elles ne renverfent ; les Pléfions qui paffent marchent comme elles fe trouvent, à la file des Pléfions de droite & de gauche du petit front : de forte qu'il avance tant qu'il veut, fans crainte pour fes flancs ni fes derrieres ; que l'on combat toujours dans cet ordre perpendiculaire double, qui fe prolonge jufqu'à ce que toute l'infanterie foit paffée, & que l'on ne quitte que lorfque après avoir percé la ligne des ennemis, même la feconde s'il y en a une, les côtés perpendiculaires font à droite & à gauche pour marcher en ligne de Pléfionnettes dans les flancs de ce qui n'a point encore été attaqué, fi ces corps ennemis qui n'ont pas combattu ont la fureur de tenir, voyant leur ligne percée par un pareil ordre.

Article VII.

Defcentes.

Les defcentes différant très-peu du paffage des grandes rivieres, il eft prouvé par l'article précédent que rien n'approche des Pléfions, foit pour les faire, foit pour s'y oppofer. Je ne parlerai ici que du dernier.

Le canon d'une flotte, ou même de quelques fregates, eft fi redoutable, tant par le nombre, que par la promptitude du fervice, qu'il n'y a aucune troupe qui puiffe le foutenir. On eft donc obligé, lorfqu'on veut s'oppofer à la defcente, ou de s'éloigner du rivage, ou de fe couvrir par des retranchements ou épaulements: car il n'eft pas à préfumer que le terrein feul rende ce fervice. Il fe trouvera tout au plus quelques plis à nicher une ou deux Pléfions : pour les Bataillons qui font fi étendus, cela ne fe rencontrera guères, fur-tout au bord de la mer; ou fi cela fe rencontre, & qu'il y ait quelque endroit où la mer découvre fi peu la côte, ce ne fera pas celui-là que l'ennemi choifira de préférence pour faire fa defcente.

Si on prend le parti de s'éloigner, on ne pourra employer que la cavalerie pour charger brufquement les troupes ennemies à mefure qu'elles débarqueront : encore cette cavalerie n'arrivera-t-elle jamais affez vîte pour n'en pas trouver de formées, par conféquent ne fera pas abfolument fûre de réuffir; d'autant plus que l'ennemi aura pû fe précautionner contre elle par la hauteur des files, les armes de longueur, les chevaux de frize, &c. aura choifi d'ailleurs, autant qu'il aura pû, un terrein difficile pour elle, & où la côte foit tournée de maniere que quelques troupes débarquées ne mafquent pas entierement le canon de fes frégates. Il feroit donc fort à fouhaiter que l'infanterie pût foutenir la cavalerie; afin que fi celle-ci eft repouffée, l'autre prenne fa place, & profite au moins du dérangement que fon attaque aura caufé parmi les ennemis ; ou que fi la cavalerie s'acharne au combat , & que l'infanterie la trouve encore aux mains avec l'ennemi , il foit accablé par les deux enfemble.

Les Bataillons ne font pas propres à foutenir ainfi la cavalerie. Ils arriveroient trop long-tems après elle , lui donneroient tout le tems de fe faire battre , & aux ennemis tout celui de fe remettre parfaitement en ordre : cette cavalerie retombant fur eux les renverferoit indubitablement : cela ne pourroit au moins manquer d'arriver , que par la grandeur des efpaces qui feroient entre les corps de l'une & de l'autre : mais s'il y a tant de vuide dans les lignes , on attaquera avec tous les défavantages de l'ordre & du nombre les ennemis qui dans ce premier moment fe tiennent ramaffés tant qu'ils peuvent , & font fûrement en ligne pleine. Quand je dis que la grandeur des efpaces peut feule empêcher l'infanterie d'être renverfée par la cavalerie , c'eft en fuppofant qu'elle la fuit d'affez près : car fi elle eft encore à une grande diftance quand celle-ci prendra la fuite , & que les lignes ne foient pas fort étendues , la cavalerie aura le tems & l'efpace néceffaire pour l'éviter : mais encore une fois fi l'infanterie fuit de fi loin , cela ira mal.

Mais fi ce font des Pléfions qui foutiennent cette cavalerie , comme elles font fort légéres , elles arriveront peu de tems après elle , vraifemblablement même la trouveront encore aux mains avec l'ennemi : & pour qu'elles puiffent combattre avec elle , il n'eft pas néceffaire , comme pour des Bataillons , qu'il y ait entre les Efcadrons de grands efpaces , qui affoibliffent leur ligne ; 10 toifes fuffifent. Si les Pléfions n'arrivent pas pendant le combat de la cavalerie , elles trouveront au moins l'ennemi encore un peu en tumulte , ne lui donneront pas le tems de refpirer : & il n'eft pas à craindre que la cavalerie retombant fur elles , les renverfé : la petiteffe de leur front fi aifé à éviter , la grandeur des efpaces , leur folidité fur-tout , les garantit de ce danger : des fuyards ne feront pas ce que ne pourroit faire une cavalerie ennemie chargeant en bon ordre. Quand je parle de grands efpaces dans la marche , ce n'eft pas que pour le combat ils ne puiffent être affez petits , afin d'avoir plus de

Pléſions en ligne, de charger avec plus de ſupériorité ; cela eſt aiſé à concilier. On peut mettre par exemple dans la marche trois Pléſions, & même plus, à la queue l'une de l'autre. Quand la cavalerie a paſſé, & que l'on n'a plus beſoin de la grandeur des eſpaces, la ſeconde Pléſion de chaque colonne ſe jettera ſur la droite, par exemple, d'un peu plus que la longueur de ſon front, la premiere en fera autant ſur la gauche, la troiſiéme ira droit. A ce moyen elles chargeront toutes trois de front.

Si pour empêcher la deſcente on ſe retranche, on n'oppoſe dans le ſyſtême ordinaire que du feu : l'ennemi perd du monde, mais il lui en arrive bien davantage : il ſe fortifie à chaque inſtant, & bientôt attaque le retranchement. Des Pléſions ainſi retranchées ne feront pas ſi tranquilles. Leur retranchement leur ſervira à faire feu à couvert, & dans le beſoin, d'une derniere reſſource : mais en attendant elles en ſortiront perpétuellement pour attaquer l'ennemi. Le Maréchal de Vauban détermine à 22 pieds la largeur des portes. Quand elles en auront 32 pour ſortir par Pléſionnettes de front, il n'y aura pas de mal. On peut même les faire plus larges encore, ſur-tout lorſque le retranchement ſera fait pour cela, & qu'on aura attention en le conſtruiſant à la ſûreté de ces portes. Comme le retranchement ne ſera pas éloigné du bord de la mer, dès que l'ennemi mettra pied à terre, il ſera attaqué, & aura de la peine dans ce moment à ſoutenir une charge ſi bruſque & ſi imprévûe. Il faut remarquer encore que ceux qui feront la ſortie n'eſſuyeront pas un coup de la flotte, les débarqués étant entre elle & eux ; que les ennemis au contraire eſſuyeront beaucoup de feu du retranchement juſqu'au moment où l'on ſera ſur eux.

Si au lieu de retranchement, on ne fait que des épaulements, cela mettra encore les Pléſions en état de s'oppoſer puiſſamment à la deſcente, & non pas des Bataillons. Leur étendue obligeroit de faire les épaulements fort grands, ou bien ils ſeroient long-tems à ſe former lorſqu'ils en ſortiroient. Etant même tout formés derriere, il leur faudroit encore un tems pour s'en tirer, ſoit qu'on les fît marcher par le flanc, ou par une demi-converſion. Si l'on veut faire un bon effort,

il

Il faut que ces épaulements ne soient pas trop éloignés l'un de l'autre. Mais à quelle distance les mettront des Bataillons ? S'ils les mettent à 50 toises, & qu'ils soient deux derriere chacun, il s'en trouvera deux dans chaque espace, lorsqu'ils en sortiront : & ces deux ne serviront pas beaucoup plus qu'un, à moins qu'ils n'ayent doublé les files. Quand ils auront pris ce parti, la ligne sera toujours très-foible, ayant de grands espaces vuides au droit des épaulements, à moins qu'ils ne soient faits de maniere à passer par dessus : mais ce n'est pas un petit ouvrage, si la nature n'en a fait une partie. Si les épaulements sont à 100 toises de distance, les Bataillons ne sont pas obligés de doubler, à moins qu'il n'y en ait quatre derriere chacun, & il n'y a plus tant de vuide dans la ligne : mais ces vuides sont toujours fort grands, par conséquent la ligne très-défectueuse. Si à présent on veut se servir de la cavalerie qui apparemment est en arriere de l'infanterie, comme elle peut moins encore que celle-ci passer par dessus les épaulements, elle sera obligée de prendre leurs intervalles & de suivre l'infanterie, ne pourra par conséquent charger en même-tems qu'elle. Si c'est la cavalerie qui a passé la premiere, elle sera de même sur le chemin de l'infanterie dont elle masquera la charge & le feu, & qu'elle ne manquera pas de renverser si elle est repoussée.

Pour des Pléfions, on fera les épaulements à 45 toises l'un de l'autre, & on n'aura pas besoin de les faire fort grands. Elles s'en dégageront marchant par le flanc, puis se remettront de front pour aller à la charge. Il restera à ce moyen, entre les Pléfions qui tiennent la droite, & la gauche d'un intervalle d'épaulements, autant de place qu'il en faut pour le front d'un Escadron. Ainsi rien ne sera masqué, tout marchera en même-tems. Si quelque Escadron est renversé, il s'en ira par où il est venu, sans rencontrer ni par conséquent déranger personne. Ces épaulements valent d'autant mieux pour les Pléfions, que c'est l'ouvrage d'un moment ; de sorte qu'on peut les faire aisément dans un endroit où on n'avoit pas prévu la descente, & que l'ennemi n'en tiendra pas grand compte ; ils lui imposeront moins que le plus mince retranchement qui seroit dans une autre partie ; de sorte qu'il

Z z

attaquera toujours celle - ci de préférence , & s'en trouvera
mal.

Je crois affez prouvé que pour empêcher une defcente , les
Pléfions réuffiront infiniment mieux que les Bataillons. Si je
me fuis un peu étendu fur une opération fi rare , c'eft, comme
je l'ai dit , parce qu'elle a grand rapport à celle qui a fait le
fujet de l'article précédent.

Article VIII.

La Pléfion dans les montagnes.

Dans les montagnes il y a , felon les différents terreins ,
quatre différentes efpéces de combats. 1º L'attaque d'une
montagne inacceffible. 2º L'attaque d'une montagne acceffible. 3º L'attaque d'une vallée très-étroite. 4º L'attaque d'u-
ne vallée moins ferrée. Je ne parle point des occafions où
l'on peut tourner le pofte occupé par l'ennemi , & l'obliger
de l'abandonner. Ce n'eft plus un véritable combat. Je ne
parle point non plus de l'attaque d'un ennemi qui occupe la
largeur d'une vallée , & en même-tems les hauteurs qui la
commandent. Cette circonftance n'a rien de différent des
deux premieres , puifque l'attaque de la vallée n'eft pas praticable jufqu'à ce qu'on l'ait chaffé des hauteurs.

Dans un combat de la premiere efpéce il n'eft pas queftion
de charge : on ne peut employer que la moufquetterie : par
conféquent la Pléfion n'y a que faire. Mais pour cela il ne
faut pas m'objecter cette circonftance pour prouver qu'à tort
je regarde cette ordonnance comme univerfelle. Quand je
propofe la Pléfion comme fyftême général de Tactique , je ne
dis pas qu'elle ne doit jamais changer de forme , ou toujours
& fans aucune exception fe former dans fon ordre ordinaire.
Quand je dis que cette ordonnance eft bonne en toute occafion , je ne parle pas des occafions où il ne peut être queftion
d'aucune ordonnance. Toutes deviennent la même lorfque il
s'agit de border un retranchement , ou défendre une redoute. Bataillon, Phalange, Cohorte, Pléfion ; tout eft égal ,
ou plutôt rien ne fubfifte. Ainfi pour border la crête d'une
hauteur, tous les fyftêmes fe réuniront ; tous arriveront en dé-

filant par 2 , 3 ou 4 , plus ou moins , s'étendront en ligne
droite, courbe, ou angulaire , à 3 , 4 , 6 , ou plus de hauteur ,
felon la forme, la profondeur , & l'étendue du terrein. Ce
combat ne doit donc pas figurer dans la comparaifon du Bataillon & de la Pléfion : il ne les regarde ni l'une ni l'autre.
Les troupes ne fe forment point felon le fyftême de leur nation, mais felon l'irrégularité du terrein qui feul les met en
bataille. J'avoue que l'ordre dans lequel il les place eft moins
éloigné du Bataillon que de la Pléfion : mais ce n'eft pas pour
celle-ci un inconvénient. La troupe ne fera pas formée un
quart de minute plus tard , qu'une autre troupe accoutumée
à combattre en Bataillon , qui défilant par le même fentier ,
auroit la même crête à border.

Lorfque l'on a à attaquer une vallée très-ferrée , il n'eft
point encore queftion d'ordonnance prife par choix. On eft
néceffairement conduit par le terrein à combattre en Colonne,
à fe refferrer ; comme dans le cas que nous venons de voir
on l'eft à s'étendre.

Nous n'avons donc à examiner ici que les deux autres efpéces de combats dans les montagnes ; l'attaque d'une vallée qui a quelque largeur , & celle d'une hauteur acceffible
dont on veut déloger l'ennemi. Dans ces deux cas on marche fur un front d'une certaine étendue , on peut employer
à fon gré les Bataillons ou les Pléfions. Il faut examiner lequel des deux ordres réuffira le mieux.

Tout le monde convient que le fyftême eft avantageux
dans les terreins ferrés ; il l'eft donc beaucoup dans une vallée. Pour s'en convaincre , il ne faut que fe rappeller ce que
j'ai dit quand j'ai examiné la pluralité des lignes. Si deux
corps, chacun de 12000 hommes , l'un dans notre ordre ,
l'autre dans celui qui eft en ufage, fe rencontrent dans un
pas de montagne où il n'y a place que pour 250 hommes de
front ; les Bataillons à 4 de hauteur formeront 12 lignes
(pleines,) les Pléfions 3 , qui toutes trois ferviront, comme
on a vû , au lieu que la premiere ligne des Bataillons renverfée , entraînera infailliblement toutes les autres. Les Pléfions , quoique à nombre égal , ont donc ici une fupériorité
exceffive. Quand elles feroient inférieures des trois quarts,

elles en auroient encore une très-grande. Enfin quand il n'y
en auroit qu'une, elle rendroit bon compte de la premiere
ligne, qui n'eſt après tout qu'un Bataillon de mille hommes,
& auſſi-tôt renverſeroit toutes les autres.

Mais les avantages qu'ont les Pléſions ſur les Bataillons
en tout terrein ferré, ſont bien plus grands ici que par-tout
ailleurs.

Des montagnes ne ſont pas tirées au cordeau : les vallons
qu'on occupe ſe reſſerrent & s'élargiſſent à chaque pas. Il
faut donc, ſi l'on marche à portée de l'ennemi qui fuit ou
qu'on fuit, perpétuellement allonger & racourcir les lignes,
doubler & dédoubler. Pour les Bataillons, cela eſt fort à charge, & pourtant indiſpenſable : car il n'y a pas moyen d'en
faire marcher trois de front, quand il n'y a de place que pour
un, ni de les faire marcher l'un après l'autre, quand il y a
place pour trois ; on ſe trouveroit les flancs découverts, &
l'ennemi, ſur-tout s'il étoit dans notre ordre, en profiteroit
auſſi bien qu'au milieu d'une plaine. Les Pléſions ne ſeront
pas ſi aſſujetties à ainſi allonger & racourcir les lignes, ne
craindront pas de laiſſer entre elles & le pied de la montagne, quelque terrein, puiſque l'ennemi n'oſeroit s'y jetter :
mais d'ailleurs ce ſera pour elles la plus petite choſe du monde que de ſe reſſerrer & de s'étendre, augmentant ou diminuant leurs diſtances : cela ne les retardera pas d'un moment.
Quand il faudroit aller juſqu'à laiſſer quelques corps de la
premiere ligne à la ſeconde, ou en faire paſſer de celle-ci
à la premiere, cela ne les retarderoit pas davantage. Soit
donc qu'elles ſuivent ou ſoient ſuivies, elles gagneront de
vîteſſe les Bataillons, plus encore ici que par-tout ailleurs.

Une autre raiſon augmente encore ici la différence ordinaire de légéreté des deux ordres : c'eſt une remarque de
Folard. Les terreins reſſerrés par des montagnes ſont ordinairement inégaux & pierreux. Il eſt difficile par conſéquent
d'y maintenir ſon ordre ; & cette difficulté eſt bien plus grande pour des Bataillons.

La même raiſon rend les Pléſions bien plus commodes ſur
les pentes des montagnes : à joindre que ces pentes ne ſont
pas réglées comme un glaciſ: il s'y rencontre en pluſieurs

endroits une certaine longueur de trous, rochers, brouffailles épaiffes, ou autres parties inacceffibles : les Pléfions par
la petiteffe du front évitent aifément celles mêmes qui ne
font que difficiles, peuvent après marcher par le flanc pour
reprendre leur place dans la ligne, ou aller droit à l'ennemi, fans s'amufer à cela, la grandeur des efpéces leur étant
fort indifférente.

Les Bataillons avec leur front étendu, obligés encore de
marcher en ligne, ramaffent tous les obftacles du terrein.
S'il y en a qu'il faille abfolument éviter, cela fera des vuides dans la ligne. Ils attaqueront dans certaines parties en
Colonnes par Bataillons, je fuppofe : & ces Colonnes feront
éloignées l'une de l'autre de 100 toifes, plus ou moins : mais
l'ennemi qui les attend en ligne bien déployée au haut de
la montagne, entrant dans ces intervalles, & tombant fur
leurs flancs foibles en même-tems qu'il les chargera de front,
ils n'auront pas beau jeu.

Folard a cité un exemple remarquable de combat fur la
croupe d'une montagne, tiré de Plutarque. Les Romains
étoient campés près d'Aix, fur une hauteur avantageufe. Les
Teutons eurent la hardieffe de les y attaquer, quoiqu'ils euffent déja battu les Ambrons. Marius donna ordre d'attendre
les Barbares, & de ne s'ébranler que quand on feroit à portée du javelot, qu'alors on allât à eux l'épée à la main, &
qu'on les repouffât avec les boucliers : parce que ,, les lieux
,, étant gliffants à caufe de leur pente, ni les coups des Bar-
,, bares n'auroient autant de roideur, ni leur ordonnance fer-
,, rée ne pourroit fe maintenir, leurs corps étant toujours dans
,, un branle inégal & continuel, comme dans une tourmente,
,, à caufe du penchant & de l'inégalité du terrein. ,, On voit
donc que généralement l'ordre eft plus difficile à maintenir
ici qu'ailleurs, par conféquent les Pléfions plus avantageufes.
Et s'il eft vrai, comme le prétend Marius, que le ferrement
des files augmente en pareil cas la difficulté, elles ont encore un avantage que n'ont pas les Bataillons : car la petiteffe de leur front leur donnant moyen de les refferrer en un
inftant, elles peuvent monter à files ouvertes, ce que les
Bataillons n'oferoient faire, ne pourroient même s'ils étoient
en ligne pleine.   Z z iij

Le Marquis de Santa-Cruz veut que, lorſque on eſt ſur une hauteur attaqué par l'ennemi qui vient à la charge en montant, les premieres troupes ſe retirent; que celles du haut de la montagnes faſſent demi-tour à droite, ce qui engagera les ennemis à courir encore plus, alors on fera volte-face pour les charger en déſordre & hors d'haleine, de tout le poids de ſes troupes. Cette manœuvre a été miſe en uſage pluſieurs fois, & entre autres par Philippe contre les Athéniens à Chéronée. Il eſt aſſez clair 1° qu'elle ne réuſſiroit pas très-bien contre les Pléſions, qui pourroient bien ſe mettre hors d'haleine, ſi elles couroient follement, mais non pas ſe mettre en déſordre : 2° qu'elle eſt bien plus aiſée, & bien meilleure, pour les Pléſions que pour un autre ordre; parce que les premieres troupes paſſeront à travers les ſecondes plus facilement, & ſans les déranger; que ces ſecondes ne courront pas tant de riſque de ſe mettre en déſordre, en faiſant demi-tour à droite; enfin que lorſque elles reviendront charger de tout leur poids, ce poids & cette charge ſeront toute autre choſe que ceux d'un ordre moins profond.

ARTICLE IX.

Attaques & défenſes de retranchement.

§. I.

Lorſque on attaque un retranchement, il faut 1° arriver très-vîte & ſans s'amuſer à tirer, afin d'eſſuyer moins long-tems un feu toujours très-vif; 2° ſe gliſſer par une brèche, pont, comblement de foſſé; ou autre paſſage toujours trop étroit; 3° faire à cette brèche un violent effort contre ceux qui la défendent; 4° être bien vîte en dedans & en ordre pour n'être pas culbuté; 5° pouſſer ſon avantage, pour ne pas donner à l'ennemi le tems de ſe remettre, & en même-tems faire place aux corps qui ſuivent. On voit donc qu'on a beſoin pour cette opération de toutes les propriétés que poſſéde excluſivement notre ſyſtême. La lenteur du Bataillon le tient long-tems en priſe au feu de l'ennemi, auquel l'étendue de son front l'expose très-pleinement. Cette même étendue l'oblige de se rompre pour entrer. La foiblesse de ses files & l'espéce des armes ne sont guères propres à forcer une bréche bien défendue. Quand il sera entré, il faudra se former; & s'il est attaqué en attendant que cela soit fait, il ne pourra guères résister. Quand il sera formé, s'il veut pousser en avant & faire place à d'autres corps, il présente à l'ennemi ses foibles flancs tout à découvert. *(a)* C'est ce qui a fait dire à un auteur moderne qu'il seroit fort à souhaiter que trois Bataillons pussent entrer en même tems, parce que l'on pousseroit l'un en avant de la longueur de son front, tandis que les deux autres se placeront perpendiculairement au premier, le tout formant trois côtés de Bataillon quarré. C'est aussi pour cela que le Maréchal de Puyfégur veut que le premier corps qui a forcé se tienne sur la berme, ou tout au plus sur la banquette, en attendant qu'on ait pratiqué des ouvertures pour faire entrer plus de troupes, & même de la cavalerie. A pousser l'attaque un pareil train, l'ennemi a tout le tems de revenir de son étonnement, & de remédier au mal qui est au fond très-petit. S'il n'y remédie pas, au moins fera-t-il une retraite très-complette, & assez tranquillement, pourvû qu'il n'y ait pas des embarras dans les derrieres de son camp, comme à Nervinde. Ce sont toutes ces raisons qui ont engagé le Marquis de Santa-Cruz, qui sentoit combien l'ordre ordinaire est peu propre à une attaque de retranchement, de proposer d'y marcher sur 50 de front, & une grande profondeur.

Les Bataillons ont encore dans ces occasions un défaut dont on les fera s'appercevoir quand on voudra. L'ennemi peut, à l'imitation des anciens, troubler l'attaque par une sortie, & ils ne sont point du tout en état de lui résister, quelque foible qu'on la suppose.

Ces sorties des anciens, aujourdhui trop oubliées, ne man-

(*a*) Je sai bien que tant qu'il ne sortira pas d'un redent ou bastion qu'il aura attaqué, ses flancs seront appuyés: mais il faut bien en sortir enfin : d'ailleurs il n'est pas défendu de faire des retranchements très-bons & très-bien flanqués, sans redents ni bastions.

quoient guères de réuffir. Celui qui attaque, comme dit Folard, ne penfe guères à fe défendre. J'en ai cité plufieurs exemples. Leur fuccès feroit encore bien plus fûr à préfent. Les retranchements font mieux faits, font un feu bien plus vif que ceux des anciens, qui étant en ligne droite, avec tout au plus quelques mauvaifes petites tours, n'étoient pas fort rédoutables par les armes de jet. Les attaquant qui perdent plus de monde dans l'approche, & font obligés de fe preffer d'arriver pour effuyer moins long-tems un feu fi dangereux, dérangent davantage leur ordre, plus difficile d'ailleurs à conferver, font donc bien moins en état de foutenir eux-mêmes une attaque. De plus comme il n'y avoit point à ces retranchements anciens de parties plus faillantes l'une que l'autre, l'attaquant y marchoit en ligne, comme dans un combat ordinaire. Ceux donc qui fortoient étoient obligés de le charger de front, le trouvoient en état de défenfe. Aujourdhui que la violence des feux qui fe croifent devant les courtines, oblige de les éviter, de faire l'attaque en corps féparés, Colonnes par brigades ou autrement, marchant fur les capitales des redents ou baftions, des troupes qui fortiroient par les courtines ne rencontreroient perfonne de front, & chargeant ces corps féparés fur leurs flancs foibles & découverts, en auroient bon marché : mais fi les attaquants étoient en Pléfions, ces flancs découverts n'ayant rien à craindre ; la fortie n'auroit pas grand effet, fur-tout fi quelques Pléfions laiffant aller les autres à l'attaque, fe détachoient par Pléfionnettes pour marcher au-devant d'elle qui ne peut jamais être bien nombreufe. Elles la repoufferoient donc aifément. Elles feroient plus. Elles la fuivroient la pique dans les reins, & fouvent entreroient avec elle dans le retranchement : car la petiteffe du front les met en état de paffer par la porte fans défiler, la force des flancs de ne pas beaucoup s'embarraffer de fe trouver au milieu des ennemis un moment, très-court ; car on ne tardera pas à les foutenir. Quelques Pléfionnettes ainfi entrées dans le retranchement par la courtine, tandis que d'autres troupes attaquent les deux redents, on s'attend bien à ce qui en arrivera.

S'il eft queftion d'attaquer une armée retranchée par des
redents

redents détachés, il eſt certain encore que les Pléſions en viendront à bout bien plus aiſément que des Bataillons. Elles laiſſeront là ces ouvrages, & ſe jetteront entre deux. Chargeant avec leur ſupériorité ordinaire la ligne qu'elles trouveront en arriere, elles la perceront facilement; & dès lors il n'eſt plus queſtion des redents. Des Bataillons ne pourroient guères entreprendre une pareille attaque. Ne courant pas comme les Pléſions, ils perdroient beaucoup par un feu ſi vif, & ne feroient pas ſûrs au bout de cela, d'enfoncer une ligne d'infanterie contre laquelle ils n'ont d'autre avantage que celui d'attaquer : mais qui cette fois leur a coûté un peu trop cher, & tout au moins ce qu'il vaut. Quand ils auroient percé quelque part, ils courroient encore riſque d'être ramenés par des troupes qui étant en réſerve en arriere des redents, ſe trouveroient à portée de les charger en flanc. Des Pléſions après avoir paſſé comme un trait dans le feu, par conſéquent preſque ſans perte, après avoir rompu la ligne, chargeront de front par Pléſionnettes, & encore avec tout leur avantage, ces corps qui auroient cauſé la perte des Bataillons.

§. II.

Notre ſyſtême ne brillera pas moins dans la défenſe des retranchements, que dans l'attaque. Mais avant d'examiner ceci, il eſt bon de voir comment nous les ferons ordinairement, ſans cependant entrer dans des détails de fortification, qui feroient ici trop étrangers.

Les anciens, comme je viens de le dire, les faiſoient aſſez mal. Supérieurs peut-être en toute autre choſe aux modernes, ils n'en approchoient pas pour l'art de la fortification. Mais au défaut de l'art, ils ſavoient les rendre bons à force de travail, les faiſant d'un profil très-fort, prodiguant les fraiſes, paliſſades, puits, foſſés perdus, &c. enfin ils les mettoient ſouvent au point de ne pouvoir être attaqués ſans témérité. Un camp, comme ils le diſoient eux-mêmes, devenoit une ville, une ſeconde patrie. Quand l'armée ne vouloit point en ſortir, quelque deſir qu'en eût l'ennemi, il n'y avoit point de combat. Etoit-elle battue ? Elle s'y retiroit ; &

A a a

le plus souvent la défaite n'alloit pas plus loin. On ne peut pas dire que la force des retranchements ne venoit que de la foiblesse des attaques, & que depuis l'invention de la poudre, ils n'ont plus été si faciles à défendre. Tout au contraire. Les armes à feu sont entierement à leur avantage, leur servent beaucoup, & très-peu à l'attaquant.

Puisque les retranchements des anciens, quoique sans art, étoient infiniment plus forts que les nôtres, qui quoique mieux entendus sont forcés presque aussi souvent qu'on les attaque; il falloit que cette différence de leurs travaux aux nôtres fût bien considérable. Si donc on pouvoit unir à l'habileté des modernes dans cette partie, & à l'avantage de leurs armes pour la défense, cette immensité de travail des anciens, on feroit des retranchements infiniment au-dessus de tout ce qu'on a vû jamais dans ce genre. Si sur un tracé de retranchement dans les régles de la fortification moderne, on faisoit les ouvrage de César devant Aléxia, aucune puissance de la terre n'en pourroit approcher. C'est pourtant ce que fera une armée dans notre systême, quand elle fortifiera un camp avec soin, & dans le dessein de s'y laisser attaquer. Car pourquoi les anciens faisoient-ils tant d'ouvrages? Parce qu'ils n'avoient pas comme nous, un tiers de l'armée qui ne travaille point; une partie considérable occupée à la garde immense de cette armée allongée; & sur-tout parce que la même armée étant beaucoup plus ramassée chez eux que chez nous, avoit beaucoup moins d'ouvrage à faire en longueur. Tout cela se trouvera encore mieux dans une armée de Plésions: de sorte que sans plus travailler, sans employer plus de tems à se retrancher, qu'une armée de Bataillons de même force n'en mettroit à faire un retranchement ordinaire, elle en fera un plus riche en ouvrages, qu'on n'en a peut-être jamais fait. Il faudra en imaginer de nouveaux, tout exprès pour ce systême: mais rien n'est moins difficile: on pourra même les varier; observant seulement toujours d'avoir pour les sorties des portes très-grandes, qu'on aura soin de bien couvrir, & de laisser entre les fossés & avant-fossés, dans les parties les plus étroites, un espace suffisant pour le passage d'une ou deux Plésions de front. Par rapport à ces sorties,

Il y auroit encore quelques attentions en conſtruiſant le retranchement : mais ce feroit trop m'écarter ici.

Indépendamment de la force perſonnelle du retranchement, il n'eſt pas difficile de concevoir qu'il ſera parfaitement défendu par une armée ainſi racourcie. On fent quelle ſera la violence du feu d'un parapet bordé par une quantité de rangs, les derniers chargeant les fuſils, & les paſſant continuellement aux premiers, qui ne font que tirer perpétuellement, comme on fait lorſqu'on veut faire abandonner un chemin couvert par le feu des cavaliers de tranchée. Seroit-il poſſible, qu'après avoir eſſuyé un pareil feu, l'ennemi franchît tous les obſtacles qu'on a préſentés ſur ſon paſſage, & forçât enfin un retranchement plus fort qu'il ne s'en eſt fait encore, depuis qu'on fait la guerre ? Quand il trouveroit le moyen d'y entrer quelque part, comment pourroit-il, foible encore & au moins un peu en deſordre, tenir contre la quantité de troupes qui font en réſerve, & l'aſſailliroient dans l'inſtant ? Le Marquis de Santa-Cruz veut que ces réſerves ſoient pour la plûpart de petites troupes de cavalerie. Cela eſt fort bon, & nous en uſerons ainſi : mais outre cela nous mettrons en réſerve, dans les parties les plus attaquables, des Pléſions qui ont preſque la même légéreté, & beaucoup plus de force ; qui, par la petiteſſe du front, non-ſeulement iront bien attaquer l'ennemi au fond d'un baſtion où il ne fait encore qu'entrer, mais feront en état de le ſuivre juſques dehors, la pique dans les reins, paſſant comme lui par la bréche, & lui aidant à culbuter les corps qui le ſoutiennent. Je n'ai pas beſoin de m'arrêter à prouver que des Pléſions qui ſe feront ainſi acharnées à la pourſuite, ne feront jamais en peine de leur retraite ; que par la même raiſon, cet ordre eſt le ſeul bien propre à faire ces ſorties ſi efficaces pour la défenſe des retranchements, dont nous avons ſi ſouvent parlé. Les anciens, comme nous avons vû, ne les ont jamais faites autrement. Et ſi alors elles réuſſiſſoient chargeant de front, ſi elles réuſſiroient mieux aujourdhui chargeant en flanc, des gens dérangés encore par la vîteſſe de la marche & la violence du feu, elles réuſſiroient bien plus facilement, pour la défenſe de retranchements tels que les leurs, dont le feu ſera plus

vif, & plus violent, marchant d'ailleurs entre des avant-foſ-
ſés, paliſſades perdues, & autres obſtacles, qui empêcheront abſolument ceux à qui elles ne voudront pas avoir affaire
de les diſtraire de leur entrepriſe, empêchent même ceux
qu'elles vont charger d'être un peu en ordre, quand cela ſeroit d'ailleurs poſſible.

Quoique j'aie été obligé de paſſer légérement ſur tout ceci,
qui feroit la matiere d'un volume, je crois en avoir dit aſſez
pour juſtifier cette propoſition téméraire en apparence, qu'aucune puiſſance de la terre ne forcera une armée de Pléſions
dans ſes retranchements. Je n'ai pas beſoin de m'étendre ſur
les avantages d'une telle propriété, ſoit pour la défenſive à
laquelle pourtant les Pléſions feroient bientôt changer de
nom; ſoit pour l'offenſive, dans laquelle elles ſeroient en état
de détacher ſans crainte, tant de troupes qu'elles voudroient
pour différentes expéditions, ſe trouvant toujours aſſez en
force à la grande armée. Par la même raiſon une armée de
Pléſions ne ſera jamais obligée de combattre quand elle n'en
aura pas d'envie, à moins qu'elle ne ſe ſoit laiſſé couper les
vivres. Il ne ſera donc plus queſtion que de marches, & de
campements. Le plus habile aura jeu ſûr; & la guerre en
ſera bien moins meurtriere. Bien entendu que les deux armées ſeront dans le même ſyſtême. Autrement tous ces avantages ſe trouveroient d'un côté. Enfin on fait tous ceux que
les Romains tiroient de la force de ſeurs retranchements:
les nôtres étant infiniment plus inattaquables, nous en procu-
reront beaucoup plus.

Je pourrois entrer dans le détail des différentes eſpéces de
retranchements, pour faire voir que les Pléſions ſont également propres à les défendre tous, & toujours infiniment ſupérieures aux Bataillons. Mais je crois devoir ſupprimer tout
cela. Le lecteur le verra bien ſans moi.

ARTICLE X.

La Pléſion dans les ſiéges.

Rien n'eſt plus propre à prolonger la défenſe d'une place
que les ſorties: rien de plus propre que les Pléſions à les faire

avec fuccès. Celui qu'elles doivent avoir pour être utiles,
n'eft pas de tuer du monde aux afliégeants : ils n'en manqueront pas : c'eft du tems qu'il faut leur faire perdre, détruifant
en une heure l'ouvrage de plufieurs nuits. Il faut donc ne pas
s'amufer à tirer des coups de fufil : mais fe jetter brufquement
fur la partie qu'on attaque, en chaffer les afliégeants qui n'auront pas eû le tems d'y raffembler des forces , la détruire
promptement, & s'en revenir de même. Ainfi en cette occafion, comme dans toutes les autres où il eft queftion d'aller
vîte, la Pléfion eft infiniment préférable au Bataillon. Mais
ce n'eft pas le tout que d'aller promptement où l'on a affaire,
& d'en chaffer l'ennemi, ce qui n'eft pas fort difficile. Il faut
y tenir foi-même quelque tems. Plus on y reftera, plus la fortie aura d'effet, les travailleurs qui la fuivent détruifant perpétuellement pendant tout ce tems. L'ordre ordinaire n'a
point du tout cette ténacité. Le plus fouvent une fortie arrive
à la tête de la tranchée qui ne réfifte pas, y caufe du défordre
& de l'épouvante, mais s'en retourne fur le champ, quelquefois fans avoir renverfé fix gabions. Cela ne peut guères être
autrement. 1º Comme j'ai dit, elle ne va pas affez vîte, ce
qui donne le tems à l'ennemi de raffembler des forces. 2º
Elle eft ordinairement trop foible. 3º La foibleffe des flancs
fait que l'afliégeant la met en fuite aifément, l'attaquant dans
cette partie, ce qu'il eft prefque toujours bien le maître de
faire. Auffi dès qu'elle voit quelque mouvement fur la droite
ou la gauche, elle ne penfe qu'à s'en aller. 4º Si cette foibleffe
des flancs ne la fait pas battre dans les travaux lorfqu'elle
y refte trop longtems, elle la fait battre dans la retraite,
par la cavalerie qui la battroit bien ne la chargeant que de
front ; & cette cavalerie, & même l'infanterie, aura toujours
le tems de la couper, pour peu qu'elle s'amufe dans les tranchées. Il faut donc penfer à la retraite de bonne heure ; &
fi l'afliégeant pourfuit vivement, elle ne fe fera pas fans perte:
d'autant plus que pour rentrer dans les barrieres du chemin
couvert, il faut défiler.

Si la fortie fe fait par des Pléfions, non-feulement elle fe
portera fur ce qu'elle veut détruire fi brufquement que l'ennemi n'aura pas le tems d'y raffembler des forces ; mais il en fau

droit beaucoup pour la combattre : car elle profitera de la facilité qu'a cette ordonnance, de tenir beaucoup de troupes
en peu de terrein. L'affiégeant n'aura pas meilleur marché,
l'attaquant en flanc que de front. Elle s'embarraffera donc
fort peu de ce qui fe paffe autour d'elle, tiendra hardiment
dans les attaques autant qu'elle le jugera néceffaire. Rien
n'eft preffé pour la retraite. On la coupe : cela n'y fait rien.
Les corps qu'elle trouvera fur fon chemin ne peuvent pas
être bien redoutables par leurs forces, ni par leur ordre, étant
arrivés à la hâte, & effuyant toujours au moins un peu du feu
de la place. Les Pléfions ne font donc pas en peine de les
percer : cela eft bien plus aifé ici qu'en toute autre occafion.
Si après cela d'autres troupes s'acharnent à les fuivre, cela
ne les embarraffera guères. Ces troupes ne peuvent pas aller en
ordre, le même train qu'elles : & d'ailleurs elles fauront s'en
débarraffer, fe retournant de tems en tems. Mais quand on
les accompagneroit jufqu'aux barrieres du chemin couvert,
elles n'ont pas de défordre à craindre. Elles rentrent fans défiler, ou du moins défilent de maniere à refter toujours en
défenfe, jufqu'à ce que tout foit paffé. Les Pléfions fi peu
en peine de leur retraite, & refiftant dans les tranchées tant
qu'elles veulent, donneront donc le tems à leurs travailleurs
d'y faire beaucoup de ravage, d'amener fouvent des piéces
de canon, qu'à la fuite d'un autre troupe ils n'auroient pas
eû le tems d'enclouer : en un mot une fortie de cette efpéce
fera plus d'effet que dix dans l'ordre ordinaire.

Comme il n'y a que cette difficulté de la retraite qui empêche les Bataillons d'ofer faire des forties, lorfque l'ennemi
eft encore éloigné ; ou d'ofer pouffer trop loin leur avantage,
lorfque faifant des forties de plus près, ils ne trouvent rien
qui les arrête : les Pléfions pourront faire des forties, fi elles
veulent, dès le commencement du fiége. Et lorfque le fiége
étant plus avancé, elles en feront une fort heureufe, elles
poufferont la fortune jufques où elle pourra aller, jufqu'à
détruire toutes les attaques, fi à la fin l'ennemi ne fe défend
mieux.

Si l'ordre ordinaire ne peut faire des forties de loin dans
la crainte d'être coupé & battu dans la retraite, celles qu'il

fait de près ont un autre inconvénient. Les barrieres qui, comme j'ai dit, l'obligent de défiler en rentrant, ne font pas moins incommodes en fortant. L'affiégeant qui n'eft pas éloigné, voit donc tout à fon aife l'affiégé déboucher & fe former fur le glacis, ce qui lui donne le tems de fe préparer à le recevoir, & plus de tems fi la fortie eft plus forte, puifqu'elle en met davantage à défiler. J'ai vû des Officiers entendus à qui ce défaut paroiffoit fi confidérable, qu'ils m'affûroient craindre moins les forties à mefure qu'ils approchoient davantage de la place. Les Pléfions n'ayant point à défiler, ne s'annonceront point ainfi, quelque avancés que foient les travaux des affiégeants; fortiront toutes formées du chemin couvert; & courront aux attaques fans perdre un inftant : de forte que les forties deviendront avec elles plus dangereufes de tout point, à mefure que le fiége avancera.

La facilité, déja remarquée, qu'ont les Pléfions de faire les forties plus fortes, raffemblant beaucoup de troupes en peu de terrein, me paroît mériter attention. Il y a dans les attaques certains points abfolument néceffaires pour la prife de la place. Ce feroit un coup de partie de les détruire. L'affiégeant, qui le fait bien, n'épargne rien pour les affûrer, lorfqu'il voit qu'il a affaire à une garnifon entreprenante & qui fe défend vigoureufement. Ces parties fortifiées avec tant de foin, tant par les ouvrages que par le nombre des troupes que l'affiégeant y aura mis, deviendront aifément inattaquables pour des Bataillons. Mais les Pléfions y marchant encore avec une fupériorité exceffive, en viendront bien à bout : d'autant plus que la petiteffe du front leur donne grande facilité pour pénétrer à travers toutes les difficultés, tous les obftacles dont l'ennemi fe fera remparé; & que la force des flancs leur donne l'affûrance de fe jetter au milieu, fi elles ne peuvent paffer de front un certain nombre. On me dira peut-être que l'avantage qu'ont les Pléfions de faire aifément de groffes forties, n'attaquant même qu'une petite partie des travaux, eft à compter pour peu de chofe, puifqu'il ne faut point en faire de fi fortes; parce que fi elles font battues ou coupées dans leur retraite, la place privée d'une

grande partie de fa garnifon, ne peut plus fe défendre. A
cela je réponds, que quand on fera des forties de cette efpéce, elles ne feront très-fûrement ni battues ni coupées;
qu'au moins fi quelques corps ennemi fe jette fur leur paffage, elles ne rentreront pas moins, lui paffant fur le ventre
avec grande facilité. Mais quand il y auroit quelque danger, il vaut mieux rifquer de perdre la place aujourdhui par
un coup de vigueur, qui s'il réuffit la fauvera, que d'être
fûr de la rendre demain, ne tentant rien pour la conferver.
C'étoit la maxime des anciens. A mefure que le fiége
avançoit, la défenfe devenoit plus furieufe. Et même fi l'on
regarde les grandes forties aujourdhui comme une témérité,
la prudence moderne heureufement n'a pas gagné tout le
monde : nous avons vû par de pareils coups une très-mauvaife place, fans être fecourue, fe débarraffer d'une grande
armée, l'obliger de lever le fiége (a).

Folard ne veut point de milieu entre les très-petites &
les très-groffes forties. Les premieres fuffifent pour effaroucher les travailleurs, qu'on a bien de la peine à ramener,
& faire perdre ainfi quelquefois toute une nuit. Les fecondes font néceffaires, lorfque, non content d'empêcher les
travaux d'avancer, on veut les reculer, détruifant une partie de ceux qui font faits. Pour cela il faut être en force :
&, je le repete, on n'y fera bien que dans notre fyftême.
Des Bataillons ne pourroient que s'étendre inutilement à
droite & à gauche, au lieu d'être ramaffés & en force dans
la partie où ils ont affaire, ou redoubler des lignes qui ferviroient peu. La premiere battue, ce qui arriveroit fouvent,
fes flancs étant toujours débordés, toutes les autres fe retireroient auffi-tôt en auffi grand défordre qu'elle.

(a) Je pourrois rapporter une foule
d'exemples de grandes forties qui ont
fait lever des fiéges. Je n'en rapporterai
ici que deux, qui font affez brillants.
L'Empereur Fréderic II affiégeant Parme, les affiégés firent une fortie fi heureufe, qu'ils lui firent lever le fiége,
perdant fon camp, fes bagages, même
une couronne & des vafes d'or.
En 1717 les Venitiens affiégerent An-
tivari, & la mirent en poudre par le feu
de l'artillerie & des bombes. Les Turcs
oppoferent à cela des forties. La quatriè-
me qu'ils firent le feptiéme jour du fiége, obligea les affiégeants de laiffer là
cette place, déja toute abyfmée,

Il ne paroît pas que les anciens connuſſent beaucoup les petites ſorties. Effeɛtivement chez eux elles n'auroient été de grande utilité : parce que les travailleurs n'étant pas déſarmés comme aujourdhui, ne s'épouvantoient pas ſi aiſé-ment. Ils n'en faiſoient donc que pour détruire, & par con-ſéquent très-fortes, & toujours ſur une grande profondeur. Auſſi étoient-elles ſi redoutables, qu'il n'eſt pas ſans exem-ple que l'aſſiégeant ayant des logemens juſques dans la ville, ſe ſoit vû chaſſé de ſes travaux, & obligé de tourner le ſiége en blocus, comme à Lilibée ; ou même de l'abandonner tout-à-fait, comme à Rhodes, lorſque le grand Maître d'Au-buſſon la défendit. Je ne rapporterai point d'autres exemples de grandes ſorties. On en trouve chez toutes les nations, & dans tous les ſiécles. Folard en eſt aſſez bien fourni. Et ces exemples d'ailleurs ne ſont pas fort néceſſaires. Qui peut douter en effet que 4 ou 5000 hommes feront plus de ravage dans les attaques que 3 ou 400 ? Que les aſſiégés ſe voyant en force, combattront avec plus d'aſſûrance, & ne ſeront pas ſi preſſés de rentrer ? Qu'il faudra plus de tems aux aſſié-geants pour raſſembler aſſez de troupes pour les repouſſer, & que pendant tout ce tems qu'ils reſteront maîtres dans les tranchées, ils détruiront continuellement ?

Ceux qui, aux exemples des anciens, faiſant toujours de groſſes ſorties, feroient la réponſe ordinaire, qu'on ne faiſoit pas la guerre alors comme à préſent, ſe méprendroient fu-rieuſement. On faiſoit effeɛtivement la guerre tout différem-ment dans cette partie : mais c'eſt préciſément à attaquer les places comme les modernes, que les grandes ſorties feront plus redoutables. Nos armes de jet portant plus loin, les ſe-cours qu'on peut faire venir du camp ſont bien plus éloignés, la garde de la tranchée n'eſt jamais ſi forte que la garniſon, & cette tranchée a une certaine étendue. Si donc la moitié, ou les deux tiers de la garniſon tombent ſur une partie des at-taques, qui eſt-ce qui la repouſſera ? Avant qu'il ſoit venu aſſez de force pour cela, elle aura fait beau tapage. Avec nos petites ſorties, la tête des tranchées ne tient pas : mais l'aſ-ſiégeant n'a pas beſoin d'aller chercher bien loin plus de monde qu'il n'en faut pour les obliger de rentrer au plus vîte,   B b b

Si les Pléfions font plus propres généralement pour les forties que les Bataillons, ce qui étoit déja prouvé ailleurs, puifque une fortie eft une furprife nocturne ; à examiner les différentes efpéces de forties, on verra dans cette ordonnance de nouveaux avantages pour cette opération. Nous avons déja vû que la Pléfion eft unique pour celles contre lefquelles l'affiégeant s'eft précautionné ; & ce font bien les plus importantes, puifque détruifant une batterie néceffaire, ou autre chofe pareille, elles déconcerteront entiérement toutes fes mefures. Nous en verrons encore quelques-unes qui ne font pas moins confidérables, moins propres à le rebuter.

Lorfque l'affiégeant attaque le chemin couvert, il n'attaque pas toute la circonférence de la place. Si donc de la partie qui déborde l'attaque, on fait une fortie vigoureufe, qui coure à fes flancs ; l'attaquant avec cet avantage, dans un moment où il a déja affez d'affaires, & vient d'effuyer un feu très-violent, il n'eft pas douteux qu'on le mettra en défordre, & que ce défordre fe communiquera fur tout le front de l'attaque, qui par conféquent fera manquée, fur-tout fi la même fortie s'eft faite à droite & à gauche, & que toutes deux pouffent vivement. Connoiffant bien ce danger, tous ceux qui ont écrit fur l'attaque & la défenfe des places, ont fort recommandé à l'affiégeant de placer, en arriere fur les flancs de l'attaque, quelques corps de réferve pour les protéger, & marcher droit aux affiégés à qui il prendroit fantaifie de faire une fortie dans ce moment critique. Cette précaution peut réuffir contre des Bataillons. Le tems qu'ils mettent à fe former hors de la barriere, leur lenteur enfuite, peut donner à ces corps embufqués, fur-tout s'ils font de cavalerie, le tems d'arriver : & auffi-tôt la fortie fera repouffée, puifque marchant contre ce qui attaque le chemin couvert, elle tend le flanc à tout ce qui vient de la campagne : mais fi la fortie fe fait par des Pléfions, elles débouchent toutes formées des barrieres du chemin couvert, & chargent le flanc de l'attaque, avant que les corps qui le protégent ayent pû les joindre. Quand ces corps feront de cavalerie ils n'arriveront pas à tems, il leur faut bien du tems pour fe tirer de leurs épaulements, & arriver, ne pouvant pas être fort à portée : les

Pléfions ont bien de l'avance, & vont bien vîte, font d'ailleurs plus loin de ces réferves que ne feroient des Bataillons à leur place, de toute la différence du front des deux ordres, parce que elles marchent collées contre la paliffade. Outre cela les Pléfions ayant befoin d'une fi petite largeur de glacis, auront pû, fi elles ont voulu, mettre à 10 ou 12 toifes du chemin couvert, des chevaux de frife, chauffes-trapes, ou autres pareils embarras qui empêcheront la cavalerie de venir jufqu'à elles. Mais quand elle y viendroit, que feroit-elle ? Les Pléfions qui ne la craignent pas en campagne, ne la craindront pas davantage ici, où elle arrive en défordre par la vîteffe de la marche, & le feu de la place. De plus, elles ont une entiere fupériorité : car fi elles ont befoin de fecours, elles en reçoivent à chaque inftant du chemin couvert, & non pas cette cavalerie qui fe trouve en terrein tout ennemi : quelques Pléfions peuvent donc s'arrêter pour la combattre, les autres aller leur train : mais quand il n'y auroit là que celles qui font attaquées, elles auroient bien vîte renvoyé la cavalerie, pour fuivre leur premier projet. Elles pourroient même tout en fe défendant par côté, gagner un peu de terrein en avant, & dès qu'elles auroient dépaffé la longueur de l'Efcadron qui les chargeroit, le laiffer là : car il ne peut faire un quart de converfion pour les fuivre, n'ayant pas la place néceffaire pour cela, puifque il n'eft qu'à huit toifes de la paliffade. Il eft même fûr qu'il ne penfera qu'à s'en aller & fort vîte, puifque à mefure que la Pléfion avance, elle le démafque, & le laiffe en prife au feu du chemin couvert ; ou plutôt il eft fûr qu'aucune cavalerie n'aura l'audace de venir jufques là. Enfin telle fuppofition qu'on faffe, cette attaque n'arrêtera pas un moment les Pléfions, n'aura pas lieu même. L'ennemi ne pourra donc jamais les empêcher de faire une fortie très-brufque, & très-forte, fur les flancs de fon attaque de chemin couvert : & il n'eft pas douteux que cela la fera échouer, qu'il y fera pour les frais d'une perte d'hommes confidérable, fans en avoir pris la plus petite partie.

Les Pléfions par de pareilles forties pourront faire échouer de même toute autre attaque, même les affauts. Il eft vrai

qu'il faudroit, pour ces derniers fur-tout, du moins pour tirer tout le parti des Pléfions, avoir quelque attention à ceci
en conftruifant la place : ce qui m'empêcheroit de l'expliquer ici, quand je voudrois m'y arrêter. Je dirai feulement,
en faveur de ceux qui trouveroient ridicule de faire une fortie pendant un affaut, que pareille chofe fit échouer celui
du Baftion Saint André de Candie, quoique les Turcs fuffent fi peu d'humeur à fe rebuter, qu'on leur avoit fait jouer
17 fourneaux fous les pieds, fans pouvoir leur faire quitter la
partie.

Notre fyftême n'eft pas moins propre pour foutenir les affauts. Il paroît inconcevable qu'on ait pû s'avifer d'autre chofe en pareil cas, que d'oppofer à l'ennemi le plus de forces
qu'on peut, faifant une Colonne d'une grande profondeur,
dont le front fe régle fur la largeur de la bréche. C'étoit la
méthode des anciens. Folard en cite plufieurs exemples,
entre autres celui de Cenchrée, où les Macédoniens repoufferent ainfi les Romains : j'ai eû occafion de faire mention de
ce trait, parlant du Coin. Quoique cette méthode foit fort
fimple & fort bonne, je crois que les Pléfions peuvent encore faire mieux : mais c'eft ce que je ne pourrois expliquer
ici, fans entrer dans des détails qui ne font pas faits pour cet
ouvrage.

Quand on ne peut plus défendre une place, il n'y a rien
de mieux fans doute que de s'en aller. Quelque fou que paroiffe le projet de tirer une garnifon à travers les affiégeants,
il s'en trouve des exemples dans l'hiftoire. Il y en a plufieurs
dans Polybe feul ; la fortie d'Agrigente entre autres, d'autant plus remarquable, que les Romains avoient des lignes
de circonvallation, & de contrevallation. On en voit un
exemple encore dans Paufanias : les Meffeniens affiégés dans
Eniade fe tirerent ainfi, & arriverent heureufement à Nau-
pacte, après avoir foutenu un combat, où ils perdirent 300
hommes, & les affiégeants davantage. Sertorius étoit fi peu
embarraffé de fe tirer d'une place affiégée, qu'il lui eft arrivé de fe jetter dans une bicoque, fans aucune envie de s'y
défendre, pour amufer l'ennemi des préparatifs d'un fiége,
& donner le tems à fon armée de fe raffembler ailleurs. Après

cela il laiſſoit là la place & l'aſſiégeant, & alloit la rejoindre. (a) Mais ſans aller ſi loin, la garniſon d'Haguenau s'évada ainſi dans le ſiécle paſſé. Au reſte, je ne prétends pas
dire que cela ſoit fort aiſé, ni même ordinairement fort poſ
ſible à l'ordre accoutumé. Il n'eſt pas aſſez léger, pour ſe tirer auſſi vîte qu'il ſeroit néceſſaire : cela donnera le tems à
l'ennemi de raſſembler des forces ſur ſon paſſage : il n'eſt pas
en état de percer malgré cela, & combattra toujours avec
grand déſavantage, étant débordé. Qu'il prenne quelque
ordonnance quarrée : c'eſt tout ce qu'il peut faire. Mais,
comme on l'a vû ailleurs, cela ne le menera pas où il veut
aller, ne lui ſervira qu'à mettre bas les armes hors de la place, comme il auroit fait par la capitulation.

Pour les Pléſions, cette retraite n'eſt pas fort difficile,
ſemble même ſûre. Si elle ne le paroît pas tout-à-fait tant
aux troupes, pourvû qu'elles connoiſſent leur ordre, elles ne
la regarderont du moins que comme hardie. Encouragées par
une défenſe brillante & vigoureuſe, elles ne ſe refuſeront
pas au trait qui doit la couronner; & après avoir vû fuir plu
ſieurs fois les ennemis dans les ſorties, ne déſeſpéreront pas
de réuſſir auſſi-bien, dans une partie où elles ſont moins attendues, & plus en force, qu'elles n'ont été dans aucune.
Quelque envie que j'aie de ne pas m'écarter de mon ſujet, il
faut, pour éviter des objeſtions apparentes, dire quelque choſe
des diſpoſitions.

Le Gouverneur ayant dans la tête ce dénouement, aura
d'avance miné deux faces de Baſtion oppoſées à l'attaque, &
les contreſcarpes au devant, choiſiſſant pour cela un front où
il y ait une porte. Au moment choiſi pour l'exécution, toute

(a) Il y a bien d'autres pareils exemples, entre autres la ſortie d'Halicarnaſſe & celle de Platée, toutes deux citées par Folard. Cette derniere ſur-tout
eſt admirable pour la conduite & la difficulté. Il y en a une dans la campagne
de 1717 entre les Turcs & les Vénitiens.
Ces derniers aſſiégeoient Voſnizza. Les
Turcs réduits à l'extrémité, & voyant
qu'on ne vouloit leur accorder d'autre
capitulation que d'être priſonniers, en

treprirent de s'échapper, quoique il ne
leur reſtât que 700 hommes de pied &
60 chevaux. Etant ſi foibles & les aſſiégeants bien ſur leurs gardes, n'étant pas
d'ailleurs, ſelon toute apparence, dans
le ſeul ordre qui pût les tirer de là, ils
ne pouvoient très-bien réuſſir. On leur
tua 300 hommes, 200 furent pris ou
bleſſés, mais le reſte ſe tira heureuſement.

la garnifon étant en bataille fur deux colonnes de Pléfions dans des rues qui aboutiffent fur les Baftions minés, on les fera fauter ainfi que les contrefcarpes. L'ennemi entendra du fracas ; mais ne foupçonnera autre chofe, finon que quelque accident a fait fauter un magafin à poudre. Quand il fauroit de quoi il eft queftion, cela l'avanceroit peu : car fitôt que la pouffiere & la fumée feront diffipées, les deux colonnes de Pléfions fe mettront en marche par les bréches, tandis que ce qu'on peut amener d'artillerie, & de bagage, filera par la porte. Ainfi fans perdre un moment, on formera un quarré long pareil à celui que j'ai donné pour les retraites, l'artillerie au centre. Comme il n'y a point de retardement, & qu'on marche très-vîte, l'ennemi ne pourra raffembler beaucoup de forces, dans la partie vers laquelle on marche : d'autant plus qu'il faudroit que les troupes qu'il y enverroit, parcouruffent une partie confidérable de la circonférence, dont la garnifon parcourt le rayon. Encore elle eft à moitié chemin, avant que les affiégeants comprennent ce qu'elle veut faire : elle a percé, avant que les Généraux qui font à une grande lieue en ayent entendu parler. Mais quand l'ennemi raffembleroit de grandes forces, la garnifon dans l'ordre où elle eft ne perceroit pas moins, comme cela eft affez prouvé par le Chap. VII, Article VI. Il eft vrai qu'il fuivra, fa cavalerie au moins : & fi c'eft un pays de plaine, cela fera un peu ennuyeux. Mais après tout, ce qu'ont fait Xénophon & Schullembourg, on le fera bien encore dans le même ordre plus parfait. S'il fe trouve des terreins ferrés, le quarré de Pléfions s'en embarraffera peu, comme on a vû ; au contraire même, il en marchera plus tranquillement : il eft vrai qu'il perdra quelques chariots, ou canons, ou plutôt ne s'en fera pas chargé de fi grand nombre, fachant qu'il a à marcher dans un pays difficile. Je regarde donc comme fûre & facile, cette retraite, qui le fera encore bien davantage, fi les environs de la place font coupés de rivieres ou canaux. Par ce départ deftruêteur, on laiffera à l'affiégeant, pour prix de tant de fang, une place ruinée, dépourvûe de vivres & d'artillerie, ouverte de toutes parts, fans lui laiffer la confolation de faire la garnifon prifonniere, comme le lui promettoit l'ex-

trémité qu'elle avoit attendue. Et s'il veut conferver fa malheureufe conquête, il faut qu'il refte à la réparer, & la pour-
voir, un tems confidérable, pendant lequel on pourra fort
bien en prendre une des fiennes. J'avoue que cette facilité
de pareilles retraites ne durera pas toujours. Un ennemi qui
y aura été pris, fera pour l'empêcher de fortes lignes de contrevallation, qu'on regarde aujourdhui le plus fouvent comme très-inutiles. Mais c'eft toujours un grand avantage de l'o-
bliger à cela : cela lui donne autant d'affaires de plus, allonge
le fiége d'autant.

Avant de quitter les avantages de notre fyftême dans une
place affiégée, il ne faut pas que j'en oublie un fort confidérable. Rien n'y eft fi embarraffant que la cavalerie : & on
n'aura pas befoin d'y en avoir, puifque elle ne fert qu'à oppofer à celle que l'ennemi envoye quelquefois, pour couper
la retraite d'une fortie, & que les Pléfions toujours affûrées de
la leur, n'ont pas befoin de ce fecours.

Les mêmes raifons qui prouvent combien notre fyftême eft
utile, pour tirer une garnifon d'une place affiégée, & généralement pour tous les cas où il eft queftion de percer à
travers des ennemis fupérieurs, font voir auffi qu'il eft plus
propre qu'aucun autre à introduire dans une place affiégée
des fecours de toute efpéce.

Je ne m'arrêterai point fi amplement à prouver l'utilité
des Pléfions du côté des affiégeants. Il eft affez clair qu'elles feront plûtôt formées fur le revers de la tranchée, pour
marcher au-devant d'une fortie, & la repouffer ; qu'elles
feules auront affez de force pour la combattre, affez de légéreté pour rendre fa retraite dangereufe, fi cette fortie fe
fait en Pléfions ; & que ces propriétés, qui dans ce cas mettent l'affiégeant au pair avec l'affiégé, donnent au premier
un grand avantage, fi le dernier s'eft tenu à la méthode ordinaire. Les anciens alloient à l'affaut fur une grande profondeur. Il femble que ce foit la feule méthode raifonnable, puifque il eft queftion de faire un grand effort. On veut
aujourdhui des intervalles entre les corps, qui marchent à la
queue les uns des autres. La raifon qu'en donne le Marquis
de Santa-Cruz, qui eft la feule qu'on peut donner, me pa-

roît affez mauvaife , & j'ai été fort étonné de la trouver dans
un auteur par-tout ailleurs fi plein de nos principes. On veut
par ces efpaces empêcher les derniers corps d'être dérangés
par les premiers , lorfqu'ils feront rompus. Mais ne vaudroit-il
pas mieux empêcher ces premiers de l'être , les rendant plus
folides? De plus , comment veut-on que ces premiers corps
repouffés ne dérangent pas les autres? Par où s'écouleront-
ils , fur-tout fi le foffé eft plein d'eau , les affaillants occupant toute la largeur du comblement toujours trop étroit ?
Auffi fi on voit des affauts réuffir , ce qui eft très-rare , l'affiégé ne les attendant guères , c'eft ou parce que on ne trouve
fur la bréche aucune réfiftance , ou parce que l'ardeur des
affaillants pouffe les derniers corps contre les premiers , en
fait une maffe , & par là rectifie la difpofition.

Le lecteur ne doit pas être fort content de cet Article des
fiéges : c'eft le triomphe du fyftême , mais ce n'eft pas le
mien. La matiere eft trop vafte pour être traitée fi légérement , & m'entraîneroit à chaque inftant à des détails qui ne
font point faits pour un livre de Tactique , même à quelques
idées qui vraifemblablement valant bien celles que j'ai ha-
fardées dans cet ouvrage , n'ont pas befoin de marcher à leur
fuite.

ARTICLE XI.

Conclufion de ce Chapitre.

J'ai parlé dans ce Chapitre de la plûpart des opérations
de la guerre , & de toutes les plus importantes. On en a vû
affez , je penfe , pour concevoir que dans toutes ces occafions , les Pléfions feront très-avantageufes. Ce n'eft affurément pas que j'aye tout dit : il auroit fallu un volume. Et
je m'ennuyois de toujours répéter les mêmes propriétés ;
comme le lecteur fe fera ennuyé fans doute de toujours entendre parler de folidité , fécurité des flancs , légéreté , facilité de paffer par-tout , certitude de la retraite , &c. Mais
voulant prouver les avantages des Pléfions dans les différentes circonftances , il falloit bien en indiquer les fources , qui
font toujours les mêmes.

S'il

S'il y a quelques opérations de la guerre dont je n'ai pas parlé, le lecteur y suppléera aisément. Il verra bien, par exemple, que pour faire des courfes dans le pays ennemi, rien n'eft au-deffus d'un ordre qui a la netteté & la célérité de la marche, l'affûrance de la retraite : que pour enlever un convoi, rien n'égale une ordonnance qui poffède ces propriétés, qui eft unique pour les embufcades : que pour enlever des quartiers, la Pléfion, propre généralement aux furprifes, fera parfaite : que dans les cas fâcheux, dont on voit quelques exemples dans l'hiftoire, d'une armée enfermée entre deux autres qu'elle eft obligée de combattre en même-tems, l'épaiffeur de notre ordre, fa légéreté, la force des flancs, la rapidité des mouvements lui ôteront prefque tout le danger d'une pofition fi périlleufe.

On avoit déja vû, dans les Chapitres précédents, que dans tout ce qui s'appelle bataille rangée en terrein quelconque, les Pléfions excellent, pourvû que fur le front de l'ennemi il y ait le moindre petit paffage libre, & par où on puiffe l'aborder. On a vû ailleurs, & encore dans ce Chapitre, que dans les cas tout au moins très-rares, où l'on ne peut abfolument employer l'arme blanche, les Pléfions fe donneront aifément un feu même très-fupérieur à celui d'une ligne de Bataillons.

De tout ceci je conclus que cette ordonnance eft toute auffi univerfelle au moins que Folard l'a cru : que par-tout où on employe le Bataillon, on peut employer la Pléfion avec plus de fuccès : que fon avantage eft plus ou moins grand dans les différentes circonftances, mais toujours au moins égal à celui qu'elle a en plaine, où elle eft invincible.

CHAPITRE XIV.

Des objections faites ou à faire contre le systême.

PEut-être diroit-on avec raison de tous ceux qui ont écrit, ce qu'a dit d'un grand Philosophe moderne un de ses partisants, qu'il n'y a aucun de ses ouvrages qui ne porte quelque marque de la foiblesse de l'esprit humain. C'est à quoi ceux qui critiquent devroient faire quelque attention, sûrs d'avoir besoin eux-mêmes de cette indulgence. Il ne faut pas tant s'applaudir d'avoir trouvé son adversaire en faute. Peut-être pour cela la thèse qu'il soutient n'est-elle pas moins bonne. *Non ego paucis offendar maculis.* On ne doit faire attention à ces fautes, en tirer avantage contre lui, que lorsque elles touchent au fond de son systême. On peut en reprocher quelques-unes à Folard : mais elles ne sont pas dans ce cas. Il a fait quelques petites fautes d'histoire : dans la fortification il n'est plus tout-à-fait de la même force : quoique il ait très-bien entendu la catapulte, il ne la rend pas également intelligible, faute de parler en artiste. Eh bien ! relevez tout cela, si vous voulez absolument relever quelque chose. Mais qu'a-t-il dit sur la Colonne qui ne soit pas vrai, qui ne soit pas évident ? Ah ! le voici. Il prétend qu'elle se retournera rapidement, & la conversion n'est pas pour elles si aisée qu'il l'imagine. Il compte beaucoup sur le feu croisé de ses flancs qu'il appelle faces, qui pourtant ne peuvent tirer, lorsque elle est dans son état naturel, à moins que les Colonnes ne soient fort éloignées l'une de l'autre, parce que elles se battroient réciproquement. Il veut que par ce feu oblique des côtés d'une Colonne, les angles soient très-bien défendus, ce qui n'est pas. N'est-ce que cela ? On vous l'abandonne. Et le systême n'en est pas moins excellent.

On fait des objections : cela n'est pas difficile. On argumente bien contre des axiômes. En a-t-on fait une bonne contre la Colonne ? Quand cela seroit, quand il seroit vrai, par exemple, que le Bataillon peut, se repliant de droite & de gauche par un demi quart de converſion en avant, croiſer ſon feu ſur elle, l'empêcher d'arriver juſqu'à lui; il auroit fallu, ce me ſemble, voir ſi elle eſt toujours également dans le cas de craindre cette manœuvre; ſi elle ne s'y trouve que dans certaines circonſtances, admettre ſon excellence au moins dans les autres. Les Colonnes étant rapprochées, ou mêlées dans une ligne, partagent avec d'autres corps le feu du Bataillon qu'elles ont en tête, & celui-ci ne peut ſe recourber ſans tendre le flanc à des ennemis prêts à le charger. Il falloit donc convenir que dans ces cas l'objection tombe abſolument, & laiſſe à la Colonne tout ſon avantage. Il falloit voir ſi, lors même qu'elle eſt ſeule & iſolée, elle n'a pas par quelque mouvement le moyen de rendre inutile ce recourbement du Bataillon; ſi on ne pourroit pas lui donner quelques accompagnements qui fiſſent encore le même effet, & lui tinſſent lieu d'une ligne qui l'a ſuivroit; ſi enfin quand elle n'auroit rien de tout cela, ce feu terrible dont on la menace ſeroit bien capable de la détruire, y reſtant en priſe ſi peu de tems; ſi elle en ſouffriroit plus en une minute, qu'un Bataillon en pluſieurs heures. A examiner avec cette attention les difficultés qui ſe préſentoient à leur eſprit, les critiques ſeroient parvenus, ſinon à s'en guérir totalement, du moins à ne plus les regarder comme capables de renverſer abſolument le ſyſtême. Ce n'auroit plus été que de petits nuages, des ſoupçons qu'un plus ample examen, ou même l'expérience, auroit juſtifiés ou détruits.

Mais je veux qu'après l'avoir examiné à fond & ſans prévention, on eût trouvé quelque difficulté dans notre ſyſtême; cela ne ſuffiſoit pas pour le rejetter, pour décider la queſtion. Il s'agit de ſavoir s'il eſt préférable ou non au ſyſtême ordinaire. Il falloit donc voir, ſi celui-ci eſt exempt de défauts, ſi ceux que nous lui reprochons ne ſont pas plus grands & en plus grand nombre que ceux qu'on prétend trouver dans le nôtre, ou ſi nous avons tort de les lui reprocher. Il falloit prouver contre la raiſon & l'expérience, que le Bataillon eſt très-fort, très-léger, n'a point de parties foibles, eſt capable d'une grande variété, par les mouvements ſûrs & faciles qu'il peut faire devant l'ennemi; ou prouver que toutes ces propriétés ne ſont pas néceſſaires; ou encore que

la Colonne a tort d'y prétendre. Mais on s'eſt bien donné de garde d'entrer dans cette carriere, & de ſoutenir
le parallele. Le poſte étoit trop déſavantageux pour la critique. Elle a évité l'engagement, s'eſt bornée à eſcarmou-
cher, tirer quelques coups de loin ; en un mot à défendre le
Bataillon contre Folard, comme il ſe défendroit contre la
Colonne. Cela eſt aſſez naturel ; mais il ne l'eſt pas moins que
nous en uſions auſſi contre nos adverſaires, comme la Colonne
contre le Bataillon ; & que pour profiter de nos avantages
nous marchions au-devant de la critique, pour meſurer &
comparer de près les deux opinions. Je l'appelle donc à une
diſpute plus réglée, ſi elle n'aime mieux le ſilence ; & puiſque
elle n'a pas trop ſû juſqu'ici ce qu'elle avoit à faire : il faut le
lui montrer. Il ne ſuffit pas d'argumenter. Cela eſt bon tout au
plus ſur des bancs, pour exercer des écoliers. A ne faire que
propoſer des difficultés, on embarraſſera quelquefois un homme qui ſoutient la thèſe la plus évidente : mais on ne refutera
pas ſes preuves. Voilà ce qu'il faudroit faire contre nous. C'eſt
la ſeule marche de la vérité. Qu'on nous faſſe des objeƈtions :
à la bonne heure. Mais il faut, je le répéte, détruire nos preuves, & les détruire toutes. Quand nos critiques en feront là,
ils auront rempli la moitié de leur tâche. Nous diſons &
prouvons que la méthode ordinaire eſt mauvaiſe, que la nôtre eſt bonne. Ils diſent & veulent apparemment prouver le
contraire. Il n'eſt donc pas moins néceſſaire pour eux de faire
l'apologie du Bataillon, que la critique de la Colonne. Ils ſe
plaindront ſans doute que je leur donne bien des affaires. Oui :
je leur en donne beaucoup. Après tout, les loix doivent être
égales. Je demande qu'ils faſſent ce que j'ai fait moi-même.
Il eſt vrai que ma beſogne n'étoit pas ſi difficile que la leur.

Je ſouhaiterois fort auſſi que la critique voulût bien s'aſſu-
jettir à un peu de préciſion. A des objeƈtions vagues, comme la plûpart de celles qui m'ont paſſé par les mains, on ne
fait que répondre. On me dira, par exemple, quand vous ra-
courciſſez votre front, l'ennemi ſe repliera ſur vos flancs, &
même ſur vos derrieres ; il en ſera de même quand vous pren-
drez votre ordre de bataille par diviſions : quand vous em-
ployerez l'oblique dont vous faites tant de cas, il ſera avan-

cer la partie que vous n'attaquez point, pour charger celle
que vous lui refufez. Sont-ce là des objections ? Comment ? Où ? Quand fera-t-il tout cela ? Qu'on le dife : Je re-
pondrai. Qu'on me dife, votre armée étant à tel point, l'ennemi fera faire à tant de Bataillons ou Efcadrons tel mouvement, qui fera fini quand vous ferez à tel autre point; telle
autre manœuvre enfuite, qui finira quand vous ferez là, &
fera tel effet. C'eft parler cela. C'eft préfenter quelque chofe,
dont je fuis obligé de montrer l'impoffibilité : & quand je
l'aurai montrée, on n'aura point à dire que je n'ai pas faifi
l'objection ; réponfe toute prête de ceux qui ont propofé des
difficultés qu'on ne peut joindre.

J'ai répondu dans le cours de cet ouvrage à bien des objections, fouvent plufieurs fois à la même ; ici précifément,
là en paffant, ailleurs tacitement. Par exemple, le Maréchal
de Puyfégur a objecté que la profondeur ne fuffit pas pour
affûrer les flancs, parce qu'on ne peut marcher que d'un rang
à l'autre il n'y ait 3 pieds, & que les flancs d'une troupe ainfi
allongée ne peuvent réfifter à un ennemi mieux ferré qui vient
les charger de front. Je n'ai pas répondu comme j'aurois pû
faire, que cette diftance de 3 pieds eft néceffaire au quarré de
retraite du Maréchal, ou même à un feul Bataillon marchant
par le flanc, à caufe du grand nombre de rangs, mais que
la Colonne marchera aifément les rangs ferrés à 2 pieds, encore auffi vîte qu'un Bataillon bien exercé marchant de front
les rangs ainfi collés, & faifant 120 pas par minute ; que
quand cela ne feroit pas exactement vrai, & que la Colonne
s'allongeroit de quelques pas, ce feroit l'affaire de quelques
fecondes de la refferrer entierement, lorfqu'on la verroit prête
d'être chargée en flanc ; que quand il feroit vrai que les rangs
devenus files ne peuvent être plus ferrés qu'à 3 pieds, avec
l'avantage des armes & d'une profondeur octuple, ils ne laifferoient pas de fe bien défendre contre le Bataillon ; & qu'il
eft fi peu impoffible que deux files fe foutiennent contre
trois, que tous les jours chez les Romains elles en combattoient quatre. Mais fi l'on n'a pas vû ces réponfes qui n'auroient peut-être pas fatisfait également tout le monde, on a
vû que la Colonne ne combattra jamais fur fon flanc autre-

ment que de front en Pléſionnettes, chargeant elles-mêmes
au lieu de ſe laiſſer charger. On a vû encore qu'au moyen
de ſes pelottons & des mouvements dont elle eſt capable, elle
n'aura à combattre à ſes flancs que lorſque elle le voudra; &
ne le voudra jamais, que dans des circonſtances où elle le
fera avec tant d'avantages, qu'elle n'auroit pas beſoin de toute
ſa force pour s'en tirer heureuſement.

Il en eſt de même de toutes les autres objections faites à
Folard. Quand elles auroient été bien fondées contre lui,
je ne craindrois pas qu'on me les oppoſât. Ce n'eſt pas, comme je ne peux trop le répéter, qu'il eût beſoin de moi pour
y répondre. Les additions que j'ai faites à ſon ſyſtême, envi-
ſagées de ce côté, ne font qu'une ſurabondance de bonnes
raiſons. Mais comme l'on n'en a jamais trop, après avoir éludé
ces objections, je ne me diſpenſerai point de montrer combien elles étoient frivoles, écartant même les pelottons, &
tirant la Colonne des ordres de bataille, pour la ſoumettre
à ces difficultés, la ſuppoſant dans l'état de nudité où jamais Folard ne l'a miſe, mais qui a paru moins déſavanta-
geuſe aux critiques, ce qui les a engagés à nous attaquer
dans ce poſte où nous n'étions point. Ce n'eſt pas faire bonne
guerre, ſoit dit en paſſant. Outre cette beſogne dont je pouvois certainement me diſpenſer, j'ai encore à examiner quelques difficultés auxquelles je ne me ſuis pas arrêté juſqu'à
préſent. Telle eſt celle du front racourci, qui ſe préſente
aſſez naturellement à tout le monde.

Il ſemble qu'il ne faille pas prendre la peine d'en parler
ici, après avoir prouvé ailleurs que cette briéveté du front eſt
la ſource de pluſieurs avantages très-conſidérables, d'aucun
inconvénient puiſque les flancs ne craignent rien. Auſſi n'eſt-
ce pas par là que nous attaquent les habiles, quand ils nous
font cette objection. Vos flancs ne ſont point foibles, diſent-
ils, vous ne vous ſouciez pas d'être débordés; vous avez raiſon. Cela ne vous empêcheroit pas de gagner la bataille, s'il
y en avoit, Mais l'ennemi l'évitera: & ſi vous n'occupez point
le même front que lui, ſes droite & gauche qui n'auront perſonne en tête pénétreront dans le pays, ſe jetteront ſur vos derrieres, vous enléveront vos convois, &c. Il ne ſuffit pas d'ê-

tre invincible un jour d'action : on ne peut pas toujours se battre. Il faut dans le cours de la campagne contenir l'ennemi, au point qu'il n'y ait qu'une victoire qui puisse le mener où vous ne voulez pas qu'il aille.

Cette objection paroît d'abord terrible pour les fronts racourcis. A bien l'examiner, elle n'est qu'éblouissante. Le Maréchal de Villars pensoit de même. Obligé de garder des lignes beaucoup trop étendues, pour le nombre de troupes qu'il avoit, il ne se fit point une affaire de les occuper entierement, s'allongeant autant qu'il étoit nécessaire. Il resta en forces au milieu, & l'ennemi auquel il faisoit si belle place des deux côtés, n'osa jamais essayer d'y pénétrer, bien sûr qu'il l'auroit aussi-tôt sur les bras. Si le Maréchal avoit été dans notre systême, pareille tentative auroit été bien plus périlleuse encore ; puisque le flanc de son armée étant un front rédoutable, pour attaquer l'ennemi pénétrant ainsi par sa droite, supposé, il n'auroit point eu à retourner son armée, ni d'autre mouvement à faire que de marcher par la droite. Je voudrois bien, si j'avois une armée de Pléfions, qu'un ennemi, fût-ce Turenne, me fit la plaisanterie qu'il fit à Montécuculi sur la *Ranchen*. Le Général François vouloit passer cette riviere : cela n'étoit pas trop praticable de vive force, en préfence des Impériaux rétranchés à l'autre bord. Il feignit pourtant de prendre ce parti, & tandis qu'il préfentoit sa premiere ligne pour les amufer, la feconde marchant par sa droite alla passer plus loin, & aussi-tôt parut en bataille sur le flanc gauche de Montécuculi, qui fut obligé de quitter la partie. Si ce dernier avoit été dans notre systême, n'ayant point à faire cette grande converfion pour faire front, l'arrivée de la feconde ligne l'auroit peu étonné ; il auroit marché droit à elle fans perdre un moment, l'auroit percée, & féparée de la riviere & de la premiere ligne, avant que celle-ci eût été passée. La manœuvre de Turenne, qui est charmante par sa simplicité & par la certitude du fuccès, contre l'ordre ordinaire, n'auroit fervi qu'à faire détruire la moitié de fon armée. Je rapporte ce trait, quoique un peu différent en apparence du sujet que nous traitons pour le moment, parce que c'est au fond la même

chofe. Si l'armée Françoife avoit été fort allongée, celle
des Impériaux fort ramaffée, la droite ou la gauche de la
premiere effayant de paffer, & paffant réellement fans obftacle, auroit fait le même effet que fit la feconde ligne de
Turenne, mais fe feroit fait battre de même par Folard à la
place de Montécuculi. Mais, dira-t-on, cela eft bon fur une
riviere; vous pouvez faire par vos flancs tout ce qu'il vous
plaît, vous êtes fûr que l'ennemi ne viendra pas charger votre centre avant que vous ayez fait votre coup. Mais fi le
terrein eft plus libre? Dans ce cas je laifferai aller deux parties de l'armée ennemie fe promener fur mes derrieres, puifque cela les amufe, & avec toute la mienne j'attaquerai fon
centre qui n'a bougé, & j'en aurai bon marché. Après cela
ce refte qui fe trouvera derriere une armée victorieufe, féparé en deux encore, fe retirera, ou ne fe retirera pas. Mais
infiftera-t-on? Vous ne repondez point à l'objection: vous ne
nous faites point voir que vous couvrirez le pays: vous vous
tirez par une bataille; ce n'eft pas toujours le jeu de la donner; il peut y avoir des raifons..... Non. Il n'en eft aucune
qui foit capable d'empêcher de combattre, lorfqu'on eft fûr
de détruire l'armée ennemie à peu de frais. Mais avec deux
corps ennemis fur vos derrieres, fi vous perdiez la bataille
vous-même, vous feriez fort mal. Vous jouez gros jeu. Oui.
Mais il y a plaifir de jouer gros à jeu fûr. En un mot, par-
tout où il eft queftion de combattre, & où nous le voulons,
nous ne cherchons que la victoire: que l'ennemi envoye
une partie de fon armée fe promener, à la bonne heure.
Lorfque nous ne voulons point de combat, s'il fait la démarche fuppofée l'envie nous en viendra: il n'y a défenfive qui
tienne. Si l'on fuppofe que nous fommes dans le cas de ne
pas vouloir combattre, à quelque prix que ce foit, & que
pour couvrir telle partie il faille s'étendre à l'ordinaire; nous
nous étendrons; fallût-il pour cela dédoubler les Colonnes,
cela ne nous eft pas défendu. Mais revenons à l'énoncé de
l'objection.

Je voudrois bien demander à ceux qui regardent comme
fi néceffaire d'égaler le front de l'ennemi, s'ils croyent qu'une
armée Grecque, voyant fon ennemi fe mettre à 4 de hau-

teur, en auroit fait autant : ou encore si eux-mêmes commandant une armée moderne contre un ennemi qui se mettroit en bataille sur une seule ligne à 2 de hauteur, avec de grands espaces entre les corps, imiteroient cette immense disposition. Ils avoueront que non sans doute. A plus forte raison donc notre système n'est pas obligé de s'étendre comme les Bataillons. Car enfin une ligne mince contre une plus mince qui la déborde, n'a que la certitude d'enfoncer, & a quelque chose à craindre pour ses flancs. Notre système, contre celui qui est en usage, a bien plus pleinement la certitude d'enfoncer, & ses flancs ne craignent rien. En voilà bien long sur cet article, quoique je n'aye pas tout dit : mais voici quelque chose de mieux.

Malgré la grande profondeur de nos corps, notre système en ordre de bataille simple & uni, n'est pas moins allongé qu'une armée de même force, dans l'ordre mince des modernes. Pour s'en convaincre, il ne faut que jetter les yeux sur la planche 15. Elle représente deux armées, l'une dans l'ordre ordinaire, les Bataillons à 3 de hauteur sur deux lignes pleines ; la cavalerie à 3 de hauteur aussi, avec des espaces de 8 toises entre les Escadrons. Cette armée, dont on voit la moitié, tient 2900 toises. C'est être assez allongée pour une armée de 40000 hommes. L'autre qui est dans notre système est égale en nombre, inférieure en cavalerie, qui est ce qui tient le plus de place. Elle égale pourtant le front de l'ennemi, & même si elle vouloit s'étendre davantage, cela seroit bien aisé. On voit assez qu'elle pourroit sans danger augmenter toutes ses distances, mettre à 2 de hauteur les Escadrons qui sont mêlés avec l'infanterie, & y en mêler davantage, faire flanc à toutes les Pléssions pour avoir à chacune quatre pelottons à pied au lieu de deux, &c. *Planche 15.*

Ne donnant cette disposition que pour montrer que nous savons nous étendre quand il nous plaît, je ne m'arrêterai point à la vanter. J'avoue même que c'est la moins savante & la plus mauvaise que nous puissions prendre : aussi ne la prendrons-nous guères. Mais je soutiens, & soutiendrai, qu'elle est encore bien sûre de la victoire contre l'ennemi à qui elle a affaire. Ce seroit actuellement perdre le tems que d'entrer en preuves. Il n'y a perſonne qui ne voye aiſément, que la premiere ligne de l'ennemi ne peut tenir ; qu'elle ſera pouſſée ſi légérement, que la ſeconde ne tentera pas même le combat ; qu'outre la force & la légéreté, cet ordre de bataille eſt d'une grande netteté, & tout-à-fait ſuſceptible de telle forme nouvelle qu'on voudra lui donner ; que nos aîles qui ſont ce qu'il y a de plus foible (a) ſont encore bien ſupérieures à celles de l'ennemi, par le mêlange des Pléſions & des pelottons, & le ſecours très-voiſin des petites réſerves dans les parties moins renforcées ; enfin qu'il n'en eſt pas de ces aîles comme de celles de l'ennemi, dont la défaite entraîneroit celle de toute l'armée, au lieu que chez nous cet accident n'auroit pas de grandes ſuites, non plus que ceux qui pourroient arriver dans quelque autre partie, toutes celles de notre ordre de bataille étant indépendantes l'une de l'autre.

On a reproché à Folard de ſe priver entiérement de l'uſage du feu, par conſéquent d'ôter à l'infanterie une partie de ſa force, rendant inutile une de ſes armes. Moi je reproche au Bataillon de ſe priver de l'uſage des armes blanches, & avec autant de raiſon : car certainement les ſiennes ne ſont pas plus terribles pour la Colonne, que le feu de la Colonne l'eſt pour lui. Un ordre également propre à l'uſage des unes & des autres eſt un être de raiſon : puiſque pour les armes à feu, il faut qu'il ſoit mince & allongé ; pour les armes blanches, qu'il ſoit profond & ſolide. Quel eſt donc le meilleur ? Celui qui bat l'autre ſans doute ; & celui-là ſera vainqueur qui ſe ſervira le plus avantageuſement de la plus forte des deux armes, de celle contre laquelle l'autre ne peut rien. Folard ſe prive du feu, quand il n'en faut point faire, quand il marche à l'ennemi. Il ne forme la Colonne ou ne la laiſſe formée, que dans cette ſeule occaſion. Il eſt vrai que cette occaſion renferme tout, puiſque il ne veut pas combattre autrement. Mais, dira-t-on, il ſeroit bon de faire feu en marchant,

---

(a) Elles ſeroient mieux, mettant ſur deux rangs tous les Eſcadrons. Alors on auroit deux lignes comme l'ennemi. Il eſt vrai que ſes Eſcadrons étant plus forts, auroient quelque avantage ſur les nôtres : mais il ne ſeroit pas capable de compenſer celui des pelottons & des Pléſions, dont nos aîles ſont renforcées.

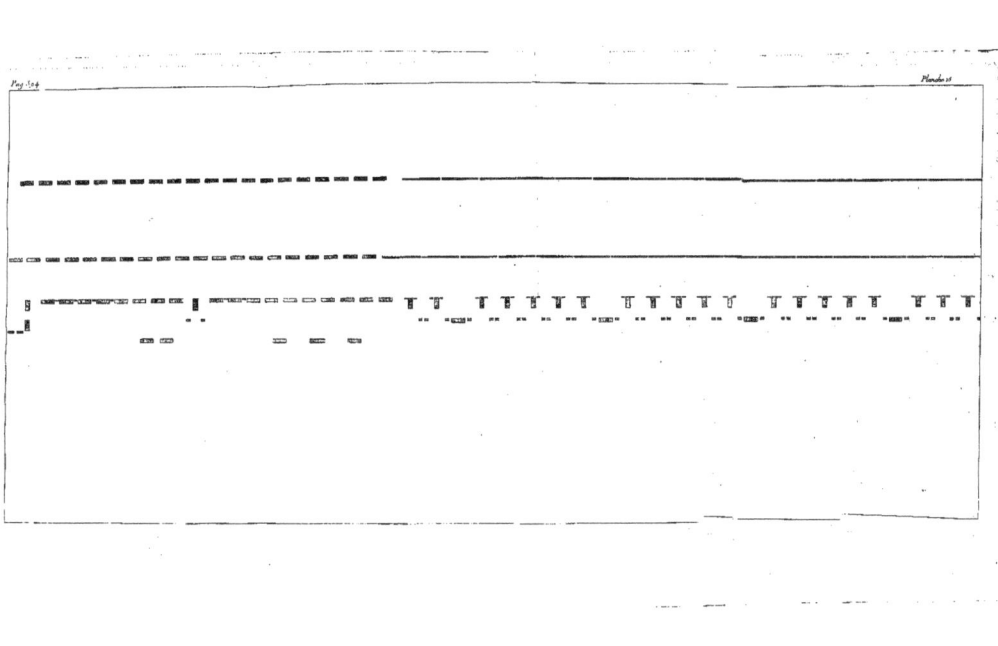

Oui, si on étoit obligé de s'arrêter à chaque pas comme l'ordre ordinaire. Pouvant aller à l'ennemi en courant, sans craindre le désordre, sans faire des haltes pour se redresser, il seroit fort inutile, fort ridicule même, de s'arrêter en si beau chemin, tout exprès pour tirer des coups de fusil & en recevoir. Si donc le Bataillon peut faire feu en allant à la charge, c'est une propriété dont il ne feroit aucun usage, s'il n'avoit un défaut dont la Colonne est exempte. Reprocher à celle-ci de n'en pouvoir faire autant, c'est comme si on lui reprochoit de ne pouvoir former le Bataillon rond. Mais il y a des cas où on ne peut aller à la charge, alors il faut bien faire feu ? Qui en doute ? Dans ces cas très-rares pour nous, nous avons mille moyens de faire plus de feu que le Bataillon. J'en ai montré quelques-uns : je les ai rappellés dix fois : il y aura pourtant des lecteurs qui l'oublieront. On a toujours dit que la Colonne n'a point de feu, ce qui n'est vrai que lorsque elle n'en a que faire : mais cela n'empêchera pas qu'on ne le dise encore. C'est une mauvaise habitude dont on ne se défera pas si aisément.

De cette privation de feu un critique * a conclu que la Colonne, *quoique d'un grand usage dans l'attaque*, & convenant *parfaitement bien au tempéramment fougueux des François*, n'est pas bonne dans la défensive. Puisque elle est bonne dans l'attaque, elle est bonne par-tout : car elle attaque dans les cas où d'autres se défendent. Le même critique veut ensuite, que dans l'attaque même elle puisse échouer, parce que l'ennemi ayant connoissance de cette disposition aura soin de s'y préparer. Si on ne fait que former quelques Colonnes dans certaines parties de la ligne, il ne saura jamais où elles sont. Si la Phalange coupée devient le systême de la nation, il aura connoissance qu'on va le combattre dans cet ordre ; mais il n'en sera pas plus savant. Quand nous nous présenterons, les pelottons seront allignés avec les têtes de Plésions (*a*), comme on a vû dans plusieurs ordres de bataille. A ce

* Terson, Colonel d'infanterie en Hollande.

(*a*) Scipion à Zama masqua ainsi son ordre de bataille par les armés à la légère, placés d'abord entre les Colonnes. *Ipsa intervalla expeditis Velitibus implevit, ne interluceret acies.* Frontin.

Dd d ij

moyen, il ne verra autre chofe qu'une ligne fort mêlée de cavalerie & d'infanterie, ne comprendra rien à la difpofition,
ne faura point dans quelle partie nous fommes forts ou foibles, à quel endroit nous voulons faire les grands efforts. Et
il n'a garde de le favoir. Souvent nous ne le favons pas nous-
mêmes, & dans le combat changeons entiérement la difpofition de l'attaque, pour marcher en ordre oblique, perpendiculaire, ou par divifions, fur des points qui de près nous
paroiffent plus aifés que ceux que nous nous étions d'abord
propofé d'attaquer. Mais paffons. Voyons cette préparation
pour nous recevoir, pour s'oppofer à notre *impétuofité*. Une
rangée de *chevaux de frife bien enchaînés les uns aux autres devant fon front*, beaucoup de feu comme de raifon, *des grena-
des, & autres feux d'artifice*. Quel étalage ! Il n'a oublié que
les mines. Que ne difoit-il tout d'un coup, qu'une armée qui
craindra d'être attaquée par des Colonnes fe retranchera. A
quoi fert, je vous prie, une pareille objection ? Sinon à faire
voir que cette ordonnance paroît fi redoutable, qu'on n'ofe
l'attaquer, ni même l'attendre de plein pied. Au refte tous
ces obftacles dont l'ordre accoutumé rempareroit fa foibleffe
nous arrêteroient peu. Cela eft affez évident, par plufieurs
articles du Chapitre précédent, & par cette grande raifon
qu'il ne faut point perdre de vûe, que contre tout ce qui eft
obftacle ou difficulté de quelque efpéce que ce foit, le front
le plus étroit eft le plus commode, n'ayant pour pénétrer
qu'une petite longueur à franchir. Une Pléfion a renverfé 8
toifes de l'étalage. Elle entre. A un Bataillon de 600 hommes à 3 de hauteur, il en faudroit 66 : encore n'oferoit-il
s'y jetter ainfi tout feul, à caufe de la foibleffe des flancs. La
Colonne n'a pas cette crainte. Auffi-tôt après être entrée, elle eft fuivie par d'autres, & courant dans les flancs de l'ennemi, débarraffe bien vîte les deux côtés des petits paffages
qu'elle s'eft pratiqués ; de forte que les collatérales qui n'ont
plus d'ennemis en tête, arrivent dans le moment fur un grand
front. Le critique prétend que, tous les obftacles franchis, on
fe trouve *à deux de jeu aux armes blanches*, *où naturellement le
parti qui a le moins fouffert doit refter victorieux*. Cela feroit
vrai, fi la profondeur, les piques, l'avantage d'attaquer, l'au-

dace que donne la crainte qu'a marquée l'ennemi, se couvrant d'obstacles dont on n'a pas tenu grand compte, ne faisoient rien à ce jeu, & si quelques centaines d'hommes hors de combat affoiblissoient beaucoup une armée, supérieure encore dans les parties qu'elle attaque. A ce compte une troupe qui va sans tirer charger une troupe ennemie qui l'attend faisant feu, ne manqueroit jamais d'être battue : car elle perd toujours quelqu'un, tandis que l'autre ne souffre que la peur. C'est pourtant ordinairement cette troupe jusques-là intacte, à qui ce malheur arrive.

On nous objecte souvent que le canon fera un étrange ravage, dans une armée rangée selon notre méthode, emportant des files de 32 hommes d'un seul coup. Eh bien ! supposons qu'un coup de canon emporte réellement une file de Pléfion ; il fera 8 fois plus de mal qu'il n'auroit fait dans un Bataillon à 4 de hauteur. Mais le front de la Pléfion n'est que la huitiéme partie de celui de ce Bataillon supposé de même force. Celui-ci recevroit donc huit coups contre elle un. La partie seroit égale : toute la différence, c'est que dans les Pléfions elle ne sera pas distribuée avec tant d'égalité. Il y en aura quelques-unes qui perdront considérablement, tandis que la plûpart ne perdront rien du tout. Mais sur ce calcul il y a de grandes réductions à faire. Premierement, avec les Pléfions le canon suit de près, tirant continuellement fort en sûreté, & sans nuire à personne, jusqu'au moment même où l'on charge. Ainsi une armée dans cet ordre non-seulement ne souffre pas plus du canon ennemi, que si elle étoit dans l'ordre ordinaire ; elle en souffre beaucoup moins, parce que le sien répond tout autrement qu'on ne peut faire aujourdhui en marchant : & cette réponse ne s'adresse pas à l'infanterie ennemie : on n'a pas besoin de lui tuer du monde de loin pour la battre : c'est aux batteries qu'on en a. Cela rallentit certainement leur feu. Une autre réduction bien plus considérable à faire, c'est par rapport au tems. Le canon est compté presque pour rien dans les batailles ordinaires, qui ne laissent pas de durer. Que fera-ce donc dans les nôtres ? Machanidas, Tyran de Sparte, avoit à Mantinée une ligne de catapultes devant sa Phalange, & ne doutoit pas qu'elles ne fiffent grand mal aux Achéens, qui étoient dans un ordre très-profond. Philopémen courant à la charge, rendit inutile toute cette artillerie, qui étoit bien plus terrible que la nôtre, foit dit en paffant : car il n'y a point de coup de canon chargé à cartouche ou autrement, qui approche de l'effet d'une catapulte, qui vomit fur une groffe Phalange 100 livres de pierre, de balles, ou de fléches, & quelquefois beaucoup davantage.

C'eft fur la profondeur des Colonnes qu'on a bâti cette objection du canon, d'après une obfervation pareille, faite avec raifon fur la Phalange à grand front, & les gros quarrés pleins. Mais le cas eft fort différent. Ces ordonnances y feroient en prife, l'une un tems confidérable, l'autre autant qu'il plairoit à l'ennemi. De plus, fi elles perdoient beaucoup dans certaines parties, comme cela ne manqueroit pas d'arriver, cela y mettroit la confufion qui feroit bientôt fuivie d'une entiere déroute, pour peu que l'ennemi en profitât ; au lieu que fi une Pléfion fouffre au point d'être obligée de quitter la ligne, cela n'influe pas fur les autres, ne les empêche pas de courir à la victoire. Mais je voudrois bien demander à ceux qui prétendent que leur épaiffeur les met fi fort en prife au canon, pourquoi, fi un corps y eft d'autant plus expofé que fon front eft plus petit & fes files plus longues, on double les rangs quand on eft battu en flanc par l'artillerie, & les files quand on eft battu de front.

Mais peut-être la profondeur n'eft pas la feule chofe qui nous expofe davantage au canon. Le front de l'armée étant fouvent plus court qu'à l'ordinaire, le canon de l'ennemi fera raffemblé dans un plus petit efpace. Oui. Mais le nôtre fera-t-il moins ramaffé ? Il y a plus. Dans la plûpart de nos ordres de bataille, oblique, perpendiculaire, par divifions, en un mot dans tous ceux qui ne font pas tous unis comme celui de la derniere planche qu'on vient de voir, l'artillerie de l'ennemi fera inutilement répandue tout le long de fa ligne, la plus grande partie par conféquent prefque d'aucun effet au moment de l'action ; tandis que nous, qui favions ce que nous voulions faire, aurons ramaffé toute la nôtre dans les parties où nous voulons engager le combat, de forte qu'il y effuyera une fi effroyable tempête, qu'elle fera taire fon canon, feroit même feule capable de caufer un grand défordre dans fa ligne. Car fi le canon n'eft pas quelque chofe de fort confidérable dans une affaire de plaine, ce n'eft pas lorfque trente ou quarante piéces tonnent de près fur deux ou trois Bataillons. Et il faut obferver encore que l'ennemi ayant fon artillerie devant fa ligne, tous les coups dirigés fur ces batteries iront enfuite tomber fur fon infanterie, au lieu que la nôtre étant fur les flancs d'une divifion, ou autre pareil corps deftiné à faire une attaque, tous les corps dirigés fur notre canon ne feront point de mal à nos troupes.

Mais laiffons tout cela, & regardons l'objeftion par fon beau côté. Lorfque en même étendue de terrein nous aurons quatre fois plus de monde que l'ordre accoutumé, comme cela nous arrivera affez fouvent, le même nombre de coups de canon nous y en fera perdre davantage dans la même proportion. D'accord. Cela n'eft pas vrai pourtant par rapport au canon à cartouches, qui eft le plus meurtrier. D'ailleurs nous n'effuyerons pas le même nombre de coups à beaucoup près : mais ne parlons plus de cela. Nous perdrons quatre fois autant de monde avant de joindre l'ennemi : qu'en veut-on conclure ? Qu'il ne faut pas combattre en Colonnes ? C'eft comme fi on difoit qu'il ne faut pas mettre l'infanterie à 3 ou 4 de hauteur, mais fur un feul rang : car il eft inconteftable que le canon fait quatre fois plus de mal à une ligne de 4 rangs, qu'il n'en feroit à un feul. Avec cela perfonne n'eft tenté de prendre un ordre fi ridicule : parce que quand on fe met en bataille, on a pour objet principal, ou plûtôt unique, de fe procurer la victoire ; & qu'on ne peut pas mettre en comparaifon avec cet objet, celui de perdre moins par le canon. On fera bien avancé quand on fera battu d'avoir tué un peu plus de monde à l'ennemi avant la charge, qu'on n'en avoit perdu foi-même jufques-là. On y trouvera un grand profit à la fin de la journée. Je ne peux m'empêcher de remarquer ici, & je prie le lecteur de ne pas prendre ceci pour une mauvaife plaifanterie, que les nations fauvages qui combattent toujours en défordre, font contre toute difpofition le même argument que celui auquel je réponds,

Ils admirent la barbarie, ou plûtôt l'imbecillité des Euro-
péens, qui fe rangent devant l'ennemi comme exprès pour
qu'il n'y ait pas un de fes coups perdu. Ils auroient raifon
fi l'objection du canon étoit faifable, la fuppofant même
mieux fondée, & s'il étoit queftion de prendre plûtôt l'ordre le plus propre à moins fouffrir du feu de l'ennemi, que
celui qui eft le plus capable de le renverfer, le plus fûr de
la victoire.

Ce qu'on dit que nous ferons bien expofés à la moufquetterie, eft encore plus frivole. J'en ai déja parlé. J'ai fait obferver que la Colonne eft beaucoup moins en prife au feu
direct du Bataillon, que ne le feroit un autre Bataillon à fa
place; que d'ailleurs allant infiniment plus vîte, elle perd
infiniment moins, puifque l'effet du feu eft proportionnel à
fa durée. J'ai dit encore que la perte d'un Bataillon qui va
en charger un autre, n'eft pas fi confidérable qu'il ne réuffiffe le plus fouvent; que lorfque il en arrive autrement, rien
autre chofe ne l'en empêche que le défordre caufé moins par
cette perte que par la vivacité de la marche, qu'il précipite
au-delà de fa puiffance pour effuyer le feu moins long-tems;
que par conféquent la Pléfion qui n'a point à craindre ce défordre, réuffira toujours. Sur ce qu'on dit que toute fa perte
fe réunira fur fa tête, j'ai fait voir que cette perte réduite
par tant de circonftances, ne fera pas plus grande pour cette
tête, peut-être même fera beaucoup moindre que pour pareille longueur d'un Bataillon: enfin j'ai ajoûté que fi cette
tête fe trouvoit dérangée, il feroit aifé de la renouveller,
faifant *place*, & que dans ce moment où un Bataillon feroit
en défordre, la Pléfion toute fraîche ne chargeroit qu'avec
plus de vigueur. On nous dit que voyant tant perdre les premiers rangs, les autres s'en iront. Paffons le *tant perdre*. Cela
peut-il arriver à d'honnêtes troupes, qui voyent le danger
fini, l'inftant de la victoire arrivé, & que tant que ce danger dure, il n'eft pas pour elles? Les trois dernieres fections,
& même la moitié de la premiere, ne penferont jamais à
la fuite, à moins qu'on ne les fuppofe compofées des plus
piétres foldats du monde entier. Si on nous donne de pareilles gens, il faut pour que le jeu foit égal, former le Bataillon

taillon ennemi de la même étoffe. Alors si la Colonne voit tomber quelques soldats de la tête, elle tournera le dos : mais elle ne verra point cela ; car les ennemis jetteront là leurs armes, tout au plus après avoir tiré un coup en l'air, puis s'en iront.

J'ai remarqué que le feu du Bataillon est encore bien moins à craindre que nous ne venons de le voir, dans les batailles rangées ; parce que comme nous lui opposons des forces supérieures, il se trouve partagé le plus souvent entre deux ou trois, & même quatre Pléfions. On a vû encore que ce feu, déja bien peu de chose, devient absolument rien au moyen des pelottons.

Actuellement je suppose (ce qui n'arrivera jamais) une Pléfion feule & isolée, fans pelottons même, combattant un Bataillon. Ce qu'on vient de lire & ce qu'on a vû ailleurs prouve affez que son feu direct ne lui feroit pas grand mal. Nos adverfaires qui l'ont bien fenti, ont imaginé un recourbement, pour faire fur elle un feu de tenaille. J'en ai montré l'impoffibilité : mais puifque je l'admets à préfent, voyons fon effet.

On suppofe une Colonne marchant contre le centre d'un Planche 16.
Bataillon de 600 hommes à 3 de haûteur. Les 66 files du centre ne bougent ; celles de la droite & de la gauche font en avant un demi-quart de converfion, pour réunir & croifer fur le chemin de la Colonne tout le feu du Bataillon. Il eft fûr que fi ce mouvement fe faifoit bien & à tems, & que la Colonne fuivît fon chemin, elle effuyeroit un feu bien vif, traverfant l'efpace 1, 2, 3, 4: il n'eft pas fi fûr que cela l'empêcheroit d'arriver, parce que cela ne feroit pas long ; mais je le paffe. Voyons comment & quand le Bataillon fera ce mouvement. Selon la régle rapportée ailleurs, un rang de 66 hommes met à faire un demi quart de converfion le tems qu'il lui faudroit pour faire 33 pas en avant. On voit fur la planche la Colonne à cette diftance encore du point 2 : ainfi fuppofant que le Bataillon commence alors fon mouvement, & qu'elle continue de marcher en avant fans courir, elle arrivera à ce point 2 précifément comme les converfions finiront ; de 2 en 1 effuyera tout le feu du

E e e

Bataillon, le mouvement aura tout son effet. Mais elle ne s'y prendra pas ainsi. Dès qu'elle verra le Bataillon s'ébranler, elle s'arrêtera tout court ; & marchera par la gauche, supposé, pour charger le flanc droit qu'on lui présente de si bonne grace. Prenant cette route elle se trouvera, lorsque les conversions finiront, avoir le centre de son front au point 5, supposant toujours qu'elle ne va que le train de Bataillon. Elle aura essuyé jusques-là seulement le feu du centre, qui ne lui aura pas fait grand mal : après cela elle n'essuyera plus que celui de la gauche, & quand elle aura passé le prolongement de la ligne 1, 3, n'en essuyera plus du tout jusqu'à ce qu'elle aborde ce flanc droit, qu'on ne soupçonne pas de l'attendre, j'espere. Si on veut lui faire charger en même tems les deux flancs, il y a plusieurs moyens : j'en ai représenté deux. L'un qu'on voit à la gauche de la planche, est de partir par manche ; puis faire faire à chacune un quart de conversion, quand elles sont à hauteur du flanc de l'ennemi. L'autre que l'on voit à la droite, & que j'aime beaucoup mieux, parce que il n'y a pas de conversion, est de partir par Pléfionnettes, qui après avoir pris du terrein autant qu'il est nécessaire, se retournent, l'une par un à gauche, l'autre par un à droite, pour marcher aux flancs sur 24 de front, 16 de hauteur. Il est démontré par la seule inspection de la planche, que dans tous ces mouvements on n'essuye presque point de feu, sur-tout en approchant de l'ennemi. Quand la droite du Bataillon pourroit tirer autrement que devant elle, battre en 6 sans risque pour la gauche, il est certain qu'elle n'en feroit rien : prête d'être chargée en flanc elle-même, elle s'occupera peu de la défense d'autrui, cherchera à tirer sur ce qui vient à elle ; mais ce sera très-inutilement, à cause de l'obliquité qui devient plus grande à chaque instant. Je ne sais quels mouvements le Bataillon opposera à ceux-ci. Tous ceux que je prévois sont trop ridicules pour que j'en parle. Je dirai seulement que, par un excès de précaution que je n'ai pas cru nécessaire d'exprimer sur la planche, je tirerois de chaque Pléfionnette trois rangs, qui d'abord s'amuseroient à tirer sur le Bataillon, ensuite suivroient les Pléfionnettes par le plus court che-

min, leur laiſſant toujours de l'avance, & ſe tenant en dedans.

Si le Bataillon ne commence ſes converſions que lorſque
la Colonne eſt au point 2, il n'y a pas plus de difficulté à
notre manœuvre au point 7, pas davantage encore ; elle
eſt bien dans l'eſpace 1, 2, 3, 4, mais n'y eſt plus quand il
eſt devenu dangereux, puiſque il ne lui faut pas plus de tems
pour en ſortir, qu'à la converſion pour s'achever. Si le Bataillon attend encore plus tard, & laiſſe venir la Colonne juſqu'en
8, elle peut en uſer comme dans les autres cas, elle ſera au
point 10 quand le mouvement du Bataillon ſera fini ; par conſéquent n'eſſuyera plus d'autre feu qu'une partie de celui de
la droite, contre laquelle elle marche : mais comme ce point
8 n'eſt qu'à 66 pas du front du Bataillon, rien ne l'empêche
d'aller ſon droit chemin. Elle ſe trouveroit au point 1, lorſque la converſion ſeroit achevée, ſi elle ne couroit pas : mais
courant comme elle fait, il ne lui faut pas plus de tems pour
faire les 66 pas, qu'au Bataillon pour faire ſon recourbement ;
par conſéquent le feu croiſé n'auroit point lieu, le Bataillon
ſeroit renverſé un peu auparavant. Quand cela ne ſeroit pas,
quand la Colonne ſeroit encore à quelques pas du centre à
la fin du mouvement de la droite & de la gauche, il n'y auroit qu'une petite partie des briſûres qui pût tirer, l'une ſur
ſon flanc droit, l'autre ſur le gauche ; ce ne ſeroit pas un feu
infernal, quand l'ennemi auroit une fermeté qui ſeroit mer-
veilleuſe en pareil cas. Et ce qu'il y a de bon, c'eſt que la
tête de la Colonne n'en ſouffriroit point du tout, cela ne
l'empêcheroit pas de percer, le Bataillon n'en ſeroit pas
moins battu, & très-bien battu. ·

Dans tout ceci j'ai compté le feu pour rien, lorſqu'il ne
battoit pas à angle droit. Cela n'eſt pas tout-à-fait vrai dans
la pratique. Il n'eſt pas vrai que la Pléſionnette 6 n'eſſuyera
pas un coup après avoir paſſé la ligne 1, 4: mais tout le raiſonnement n'en eſt pas moins juſte. Quelque mauvais coup
de fuſil qui s'échappera juſqu'à elle ſera fort conſidérable pour
le malheureux qui le recevra, mais très-peu pour la troupe.
J'ai toujours ſuppoſé encore, excepté dans la derniere hypo-
thèſe, que la Colonne n'alloit que le pas du Bataillon. Si l'on

compte après moi ayant égard à ce qu'elle court, on se convaincra, bien plus parfaitement encore, de l'inutilité des mouvements qu'on nous oppose, du peu de monde qu'elle perdra. On verra par exemple que dans la premiere hypothèse,
au lieu d'être au point 5, elle sera au point *x* quand la conversion finira ; que là elle pourra essuyer une décharge assez
peu à craindre de la gauche du Bataillon, qu'après cela tout
est fini ; que dans le cas où on l'auroit laissée venir jusqu'au
point 7, elle ne seroit pas seulement à la fin du mouvement
de l'ennemi au point 9 hors du quarré dangereux, mais seroit hors de la ligne 1, 3, pas même en prise au feu des brisûres : & comme d'ailleurs ces brisûres tout en finissant leur
conversion se verroient au moment d'être chargées en flanc,
il est certain que dans ce cas, la Colonne n'essuyeroit point
du tout de feu. Je le répéte donc ; tous ces mouvements ne
peuvent servir au Bataillon qu'à le mettre en désordre sans
combat, ou du moins augmenter encore de beaucoup la facilité que nous aurons de le battre. Et quand ces mesures
géométriques nous seroient moins avantageuses, quand la Colonne se trouveroit lorsque la tenaille est formée n'être pas
encore au point où elle n'en peut souffrir l'effet, imagine-t-on
que les brisûres ayent la contenance assez assûrée pour faire
un feu bien ferme, voyant cette petite masse qui après leur
avoir donné un croc-en-jambe auquel elles ne s'attendoient
pas, va se trouver dans le moment sur leurs flancs ? Si on
suppose le Bataillon composé d'assez bonnes troupes pour ne
pas s'étonner en ayant tant de sujet, il faut supposer aussi que
la Colonne essuyeroit dans le besoin une bonne décharge,
sans faire de mauvaise manœuvre, sachant sur-tout que c'est
la derniere & qu'elle sera suivie de la fuite ou de la défaite
des ennemis.

Tel est ce recourbement, cette objection si vantée, qui
ne regarde qu'un seul cas, & dans lequel nous ne supposons
jamais la Colonne ; qui, quand ce cas auroit lieu, ne nous menace que d'un mouvement impraticable au moyen des pelottons ; d'un mouvement qui ne le feroit pas moins quand
la Colonne n'auroit ni pelottons, ni le moyen de s'en donner,
& n'iroit que le pas du Bataillon ; d'un mouvement enfin qui

ſuppoſé praticable , & même facile , ne préſente que l'eſ-
poir aſſez mal fondé que la Colonne ne ſoutiendra pas un inſtant de feu fort vif, tandis que noûs pourrions eſpérer avec
bien plus de raiſon que ce feu ſera très-mal aſſûré , par la
grande fermeté néceſſaire au Bataillon pour ne pas s'étonner.
Cette objection même meilleure ne ſeroit pas bien triomphante , ne reſſembleroit guères aux réponſes, qui ne ſont
pas des eſpérances que l'ennemi aura peur , ou ſera mis en
déroute par une décharge, mais des démonſtrations qu'il ne
pourra ſe défendre un inſtant , chargé ſur ſes deux flancs.

Je ne m'arrêterai point à prouver ici que le quart de converſion entier, pour charger à l'arme blanche les deux flancs
de la Colonne , n'eſt pas plus dangéreux que le demi quart
que nous venons de voir l'eſt pour le feu. On connoît les
mouvements dont elle eſt capable, & les moyens qu'elle a de
le rendre pernicieux au Bataillon qui voudroit le tenter. Il
n'eſt pas inutile d'obſerver combien elle peut aiſément, ſe
jettant ſeulement un peu à droite ou à gauche, déconcerter
toutes ces converſions qui ſuppoſent qu'elle marche préciſément ſur le centre du Bataillon. On me dira qu'alors au lieu
des converſions ſuppoſées , il en fera d'autres. Cela n'eſt pas
difficile à dire.

J'ai eû occaſion de parler quelquefois d'une critique du
ſyſtême de Folard, par Savornin Général-major en Hollande.
Elle conſiſtoit d'abord en deux lettres dans leſquelles , quoique il en ait voulu diſconvenir depuis , il l'approuvoit preſque continuellement, ne refuſoit point à la Colonne des
propriétés ſeules capables de déterminer à la préferer à la
méthode ordinaire , avouoit que nos Bataillons minces &
dépourvus de piques ne peuvent lui réſiſter , que la cavalerie ne peut l'entamer, convenoit de la néceſſité du mêlange
des armes , en un mot de la vérité de tous nos principes. S'é-
levant contre la routine , il marquoit pourtant encore un peu
trop de reſpect pour le feu, ce qui ne laiſſe pas d'être étonnant, dans un homme qui reconnoît la ſupériorité décidée
de celui qui a l'avantage aux armes blanches; car, dit-il ,
il eſt toujours le maître en terrein libre *de combattre de loin
& de près tout comme il le trouve à propos.... Celui qui voudroit*

ne combattre que de loin n'en est jamais le maître....*son ennemi lui donne l'ordre, s'il refuse d'obéir il faut qu'il céde ; s'il obéit sans s'y être préparé , il est maltraité.* Je rapporte ses paroles tant parce qu'elles prouvent fort bien l'excellence de notre syftême , que parce qu'elles seules répondent à sa critique, qui est employée toute entiere à les contredire. Folard répondit à ces deux lettres très-poliment : mais avec plus de vivacité que de méthode, & ne les réfuta pas pleinement, il faut l'avouer de bonne foi. Il est vrai aussi que cela n'étoit pas fort nécessaire. En replique Savornin en donna une troisiéme dans laquelle il chantoit pouille à Folard, & ne voulant plus l'approuver en rien, réussissoit comme de raison un peu plus mal que la premiere fois. A ces trois lettres il en joignit une quatriéme pour prouver qu'il n'est pas vrai, comme l'avoit crû Folard, que César combattit à Pharsale sur une seule ligne. Pour cette fois je crois que notre critique a raison : mais cela ne fait rien à notre affaire. Folard ne jugea pas à propos de répondre à la nouvelle attaque du Hollandois, & ses premiers disciples après une petite tentation, toutes réflexions faites, imitérent son silence, imaginant que cela n'en valoit pas la peine. J'en userai à peu-près de même , & ne m'arrêterai point à examiner de fond en comble les *sentimens de l'homme de guerre.* Il me suffit de prier ceux qui me liront de les voir avec attention. Je m'assure qu'ils n'y trouveront rien de bon , que ce qui est en faveur du syftême , ou que si ils y rencontrent quelque point de critique supportable , ils conviendront qu'il n'atteint pas jusqu'à moi , & ne peut servir tout au plus qu'à me faire partager la gloire qui appartient toute entiere à Folard. Je dois beaucoup de reconnoissance sans doute à un homme qui m'a si bien servi avant que je fusse de ce monde, c'est pour cela que je ne peux m'empêcher de me plaindre à l'univers de l'audace des Libraires. Voyant qu'on ne répondoit point à cette critique, ils ont fait pis. Ils l'ont réimprimée. En vain la secte de Folard vouloit ménager à son adversaire le

--------------------------------- *commun avantage*
      D'être caché dans la foule des morts ;

il n'y a pas moyen : cela ne plaît pas à Charles - Antoine

Jombert. Et cela m'oblige, moi qui n'avois aucune envie d'avoir affaire à Savornin, de toucher deux ou trois de ces objections, de crainte qu'elles ne fissent impression à quelques-uns de ceux à qui on les a remises sous les yeux. Mais je passerai légérement: comme le poison n'est pas violent, je ne prodiguerai pas l'antidote. Une très-petite dose suffira.

L'Officier Hollandois prétend que la Colonne ne pourra se servir de sa supériorité en armes blanches, l'ennemi étant le maître de lui en ôter l'usage. Pour cela il *ne veut uniquement* que la mettre dans la nécessité de faire face de plusieurs côtés, & rien ne lui paroît plus aisé. Il ne faut que se recourber pour faire feu en même tems sur son front & ses flancs. De ce moment elle est obligée de s'arrêter. C'est un combat purement de mousquetterie ; & elle y a un grand désavantage. Je ne vois dans cet argument (pour parler le langage de Savornin) qu'autant de défauts qu'il y a de suppositions. Il suppose 1° que le Bataillon ennemi se recourbera. 2° Qu'en se recourbant il se trouvera en état de faire feu sur les côtés de la Colonne. 3° Que dès que la Colonne essuyera des coups de fusil dans ces parties, elle sera obligée d'y faire front, & par conséquent de s'arrêter. Dans tout ceci pas un mot de vrai. L'ennemi ne se recourbera point : je l'ai assez prouvé. Mais comme j'ai eû souvent la complaisance de supposer la Colonne nue & isolée, ayons-la encore ici. Faisons plus beau jeu à nos critiques que nous ne ferons jamais à nos ennemis. Admettons que le Bataillon se recourbera, car pour le moment je parle d'une seule Colonne combattant un seul Bataillon. C'est le cas de la derniere planche que l'on a vûe, & je crois avoir assez démontré que malgré ce recourbement la Colonne n'essuyera jamais de feu que d'un seul côté à la fois, & même très-peu. Il n'est donc point vrai que le Bataillon, même se repliant ainsi, pût faire feu sur la tête & les flancs de la Colonne. Il faudroit pour que cela arrivât qu'elle eût la bêtise de ne pas se servir des mouvements dont elle est capable ; mouvements assez faciles puisqu'il ne s'agit que de faire à droite & marcher. Mais, reprondroit Savornin, ces mouvements que vous trouvez si faciles sont impraticables. Quand vous marchez de 7 en 9, ou de 8 en 10, votre tête devient flanc, la Colonne essuye des coups de fusil de la part du centre du Bataillon, il faut bien lui faire front, par-consequent s'arrêter. Faisant front à l'Est on ne peut pas marcher vers le Nord. C'est la troisième supposition, ou le troisième défaut de l'argument. Où est cette grande nécessité de faire front de tel côté parce que on y reçoit des coups de fusil? Quand j'aurai fait 40 pas, plus ou moins, n'importe, la victoire est à moi. Jusques-là j'ai tant de coups à essuyer : que m'importe d'où ils viennent? Que 6 hommes, supposé, qu'ils doivent me faire perdre au lieu d'être des premiers rangs soient des premieres files de la droite, parce que au-lieu d'être battu de front, je suis battu sur le flanc droit, cela ne me fait rien : au contraire, la troupe en sera moins dérangée. Je n'aurai donc point la complaisance de m'arrêter pour si peu de chose. La crainte de tendre le flanc à des coups de fusil ne m'empêchera pas davantage de faire un mouvement avan-tageux, que la crainte d'y tendre le front ne m'empêcheroit d'aller attaquer un Bataillon qui m'attendroit de pied ferme. Le critique pour faire voir comme le recourbement arrête la Colonne, a donné une planche qui représente quatre Batail-lons à 3 de hauteur attaqués par pareil nombre de Bataillons en deux Colonnes. Je ne m'arrêterai point à faire l'analyse de ce combat : mais quand on voudra je démontrerai que ces quatre Bataillons ne peuvent rien imaginer de plus pro-pre à se faire mettre en déroute sans combat ; que mettant même à la place des deux Colonnes supposées deux de nos Pléfions qui ne font pas si fortes, renvoyant encore les pe-lottons, nous en viendrons à bout on ne peut pas plus aisé-ment, supposant même que les Bataillons exécutent parfai-tement toutes les incroyables pirouettes dont ils pourront s'aviser pour tâcher de nous répondre. C'est pourtant par ces recourbements que l'auteur prétend arrêter la Colonne tout court, au point que ces Bataillons qui ne font pas enracinés comme elle l'auront bientôt environnée, & alors elle sera aisément détruite n'étant pas en état de soutenir cette attaque environnante.

Pour le prouver il donne une planche qui représente une Colonne au milieu de quatre Bataillons formant un octogône
dont

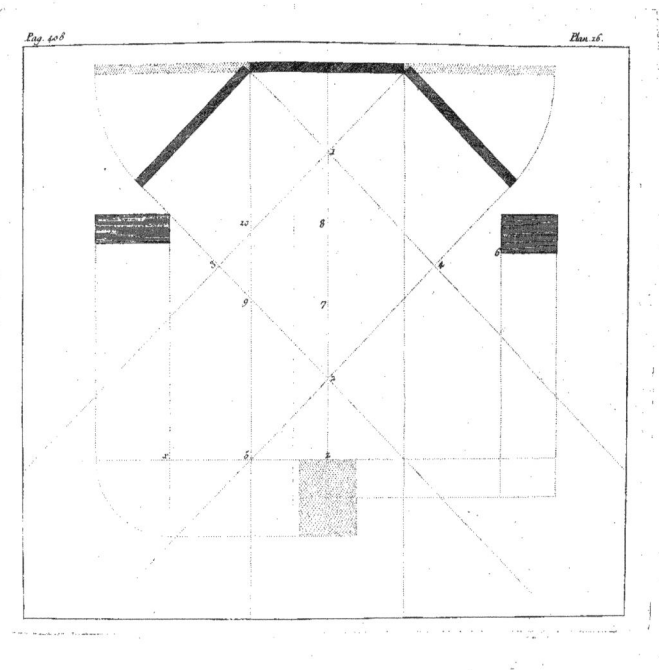

dont elle occupe le centre. Ceux qui la connoiffent feront étonnés de la voir là : mais ils auront tort, puifque on vient de nous apprendre que des coups de fufil de côté fuffifent pour faire ce miracle ; qu'au moyen de leur vertu foporifique elle refte là tranquille pendant que les Bataillons font les mouvements néceffaires pour la coeffer ainfi, & fe donne bien de garde de paffer fur le ventre de quelqu'un d'eux, ou de les troubler dans leurs converfions. Ne parlons donc plus de cela. La voilà environnée. Cela eft apparemment poffible puifque cela eft. Ne nous informons pas comment cela s'eft fait. Ne chicannons pas encore fur ce que les côtés oppofés de l'octogône n'étant qu'à 60 toifes l'un de l'autre fe battent réciproquement. Suppofons que le critique entend, quoique il ne le dife pas nommément, que les Bataillons ne tirent qu'avec de gros plomb. Voyons le combat. La Colonne effuye un feu terrible ; en fait beaucoup moins ; elle va être écrafée. Oh ! cela n'eft pas douteux, fi elle s'amufe à la moufquetterie. Mais il faut bien qu'elle s'y amufe de gré ou de force, dit Savornin. Elle ne peut pas fe déterminer fur un des côtés de l'octogône, elle ne feroit front que de ce feul côté, laifferoit *les trois autres à la merci de l'ennemi... elle ne fauroit faire la moindre démarche pour heurter contre l'une de ces murailles, que les trois autres ne l'écrafent auffitôt. Veut-on penfer jufte ? Veut-on efpérer de parvenir jamais au vrai ? Il faut de néceffité diftinguer judicieufement les cas, & les connoître exactement dans toutes leurs circonftances.* Voilà ce qui s'appelle de la très-bonne Logique. Tâchons d'en profiter.

Il y a deux cas avec toutes leurs circonftances qu'il faut diftinguer & connoître judicieufement & exactement : le combat de moufquetterie, & le combat d'armes blanches. Lorfqu'un corps eft attaqué la bayonnette au bout du fufil, dans une partie foible qu'il *laiffe à la merci* de l'ennemi, il eft *écrafé auffitôt.* Cela n'eft pas douteux. Le critique auroit donc raifon, la Colonne ne pourroit faire aucune démarche vers une des murailles de l'octogône, fi cette démarche rendoit fes trois autres côtés foibles & fans défenfe, & mettoit l'ennemi dans le cas de les charger. Mais il n'eft pas queftion de cette charge. Je l'ai prouvé ailleurs ; & quand je ne

j'aurois pas fait, le critique n'avoue-t-il pas de bonne foi qu'il
reftera à tirer de loin, & fe donnera bien de garde d'approcher des *faces couvertes de pertuifannes* ? La circonftance
dont il eft queftion ici eft donc celle d'un combat de moufquetterie de la part des Bataillons, contre les flancs foibles
de la Colonne, pendant qu'elle marche contre un d'eux pour
le charger de front. Ne confondons pas ce cas avec l'autre,
fi nous voulons *efpérer de parvenir jamais au vrai*. Contre la
moufquetterie tout ce qui n'eft pas invulnérable eft foible ;
front ou flanc, cela eft égal. Lorfque il eft queftion d'y répondre, les flancs qui ne peuvent le faire ont un dégré de
foibleffe de plus ; & comme on ne peut pas foutenir long-
tems un feu auquel on ne répond point, il eft certain qu'une
Colonne qui feroit front & feu contre une feule des murailles, laiffant fes trois autres côtés *à la merci* des trois autres
murailles, feroit bientôt détruite. Mais il n'eft pas queftion
ici d'effuyer du feu long-tems, ni d'y répondre. Il s'agit uniquement de joindre l'ennemi, & de percer. Le front de la
Colonne ne tire pas plus que les flancs, n'eft pas cuiraffé plus
qu'eux. Ils ne font donc pas plus foibles que lui, quelque
foibles qu'on les fuppofe relativement à une attaque d'armes blanches, ne font pas abandonnés à la merci de l'ennemi plus que le front ne s'y abandonne volontairement. Tout
ce que le critique pouvoit dire, c'eft que dans ce cas où il
lui a plû de fuppofer la Colonne, elle perdroit plus de monde que dans un combat ordinaire où elle ne feroit en prife
au feu que par fon front, au lieu qu'ici elle y eft par toute
fa circonférence, qui eft de 108 hommes. Il eft vrai qu'elle
n'a que 80 pas à faire en courant, cela n'eft pas long. Ce
qu'elle perdra ne l'empêchera donc pas de renverfer la muraille, qu'elle ira heurter, & de fe tirer heureufement fi elle
veut fe contenter de cet avantage ; fans même être fuivie
de près, puifqu'elle a au moins 80 pas d'avance fur un des
Bataillons, & fur les autres le tems qu'il leur faut pour fe
redreffer, puis faire le quart de converfion, c'eft-à-dire plus
de 200.

Encore un propos de l'Officier Hollandois pour finir. Quand
on pafferoit (comme il l'a paffé) que d'infanterie à infante-

rie, d'infanterie à cavalerie même, la Colonne feroit fupérieure, il faudroit convenir qu'attaquée par les deux enfemble elle ne pourroit tenir, feroit obligée de *mettre bas les armes*. Viens les prendre, dirent les Grecs de Cyrus après la
bataille de Cunaxa, au Roi de Perfe qui leur faifoit le même
compliment. Ils étoient dans un cas tout pareil à celui que
fuppofe Savornin. Ils fe mirent en Colonnes, & firent leur
étonnante retraite, fans la plus petite tentation de fuivre le
confeil qu'il nous donne de la meilleure foi du monde, puifque il avoue avec une ingénuité admirable qu'il le prendroit
pour lui même. Mais raifonnons en attendant l'expérience
qui fe répétera quand il plaira à Dieu. Folard, pour prouver
au critique que la Colonne ayant affaire à la cavalerie & à
l'infanterie enfemble, ne fera pas réduite à prendre un parti
fi prudent, lui a repréfenté que lorfque l'infanterie l'attaquera d'un côté, la cavalerie de l'autre, elle aura contre chacune
des deux fes avantages ordinaires. Que la face droite foit attaquée par de la cavalerie ou par de l'infanterie, pourvû qu'elle fe défende bien, cela eft fort indifférent à la face gauche,
qui fe défend de fon côté. Il a conclu de-là, que puifque on
ne trouve d'autre moyen de battre la Colonne qu'en la faifant attaquer par les deux armes, il faut la reconnoître invincible au pied de la lettre. Cela paroît tout uni. Qui auroit
été imaginer que l'Officier Hollandois prétendoit faire attaquer le même point par la cavalerie & par l'infanterie ? C'eft
pourtant comme cela qu'il l'entend, & en conféquence re-
jette bien loin la réponfe de Folard, qui n'avoit point du
tout faifi la difficulté. Voici donc comme il s'y prend. Il
fufpend l'attaque de la cavalerie jufqu'à ce que l'infanterie
paffant la Colonne par les armes y ait *produit tant d'ouverture & de trouble*, que cette cavalerie *puiffe fe promettre avec
raifon d'en rendre bon compte*. Cela eft parfait. Avec fon attaque fufpendue, il *croit bonnement* que la Colonne reftera là à
fe faire tirer au blanc, jufqu'à ce qu'elle foit affez affoiblie
pour qu'il ofe approcher de cette ordonnance, qui lorfque elle eft à peu près entiere lui fait tant de peur. Il oublie qu'elle a l'habitude bonne ou mauvaife, dont il ne la corrigera
point, de fe jetter brufquement fur l'ennemi toutes les fois

qu'il eft à portée d'elle. Avec elle il n'y a point d'attaque à
fufpendre, à moins de s'en aller & de remettre la partie à une
autre fois.

Mais quand l'objection feroit fondée, qu'en pourroit-on
conclure contre nous ? Pour mettre le lecteur en état d'en juger, il eft bon de rappeller de quelle maniere Savornin l'avoit
préfentée dans fa premiere lettre. Il avoit prouvé d'abord,
que ni la cavalerie, ni l'infanterie, ne peuvent tenir contre
la Colonne : il ajoutoit „ Quoi, me direz-vous, cette cavale-
„ rie & cette infanterie que vous venez d'oppofer à un Ba-
„ taillon qui ne fait qu'une fection de la Colonne n'y trouve
„ nulle prife, ce Bataillon eft donc invincible, & par confé-
„ quent la Colonne l'eft auffi ? Non, fans doute. Mais pour
„ en venir à bout, je crois qu'on fera obligé de s'y prendre
„ comme le fameux Prince de Condé s'y prit à la bataille de
„ Rocroy : où ne pouvant avec fa cavalerie victorieufe, tirer
„ aucune raifon de ce fameux corps d'infanterie Efpagnole
„ qui faifoit front par-tout, il lui oppofa de plus fon infante-
„ rie „. Sans parler de la comparaifon du Bataillon quarré à
la Colonne, comment trouve-t-on tout ceci ? A quoi fe réduit
l'objection ? Ni la cavalerie, ni l'infanterie ne peuvent réfifter à la Colonne ; elle-même ne peut fe défendre contre les
deux enfemble. Mais en cela, comme il le dit deux lignes
plus bas, elle eft de niveau avec toute autre ordonnance.
Tout corps attaqué par les deux armes n'a pas d'autre parti à
prendre que de capituler. Il feroit ridicule de reprocher, à
la Colonne nommément, un défaut commun à tout ce qui
fait la guerre. Ce feroit comme fi on lui reprochoit de n'ê-
tre pas invulnérable. Que refte-t-il donc de l'objection ?
qu'il y a un cas où la Colonne ne vaut pas mieux que la méthode ordinaire ; qu'excepté dans cette feule circonftance
elle lui eft fupérieure, & la renverfera en toute autre occafion. Encore cette feule circonftance, où la Colonne n'eft
qu'égale au Bataillon, felon Savornin, n'eft pas commune,
& le fera encore bien moins contre nous que contre perfonne. Comment l'ennemi s'y prendra-t-il pour fe donner cet
avantage ? Il mêlera dans fon ordre de bataille la cavalerie &
l'infanterie. Ce fera bien fait. Mais nous, nous n'en ferons

pas autant apparemment ? Je ne vois pas fur quoi on fonde-
roit cette efpérance. Notre fyftême eft plus propre qu'un autre à ce mêlange , ou plutôt ce mêlange en fait partie. C'eft
notre Fondateur qui l'a remis fur le tapis dans un fiécle où
il étoit abfolument oublié. La cavalerie de l'ennemi mêlée
avec fon infanterie trouvera donc à qui parler , aura affaire à
la nôtre mêlée de même , tandis que les Colonnes attaqueront l'infanterie avec la fupériorité *invincible* que le critique
n'a pu leur refufer. Voilà comme il attaque notre fyftême.
C'eft là cet adverfaire qui prétend l'avoir renverfé , pendant
qu'il le prouve tant qu'il peut. Mais il faut en donner encore le
plaifir au lecteur. Ecoutons-le parler du feu du Bataillon
contre nous. La Colonne ,, dont le front n'eft que le tiers
,, du front ordinaire du Bataillon , rend par-là même inutiles
,, les deux tiers du feu du Bataillon qui lui eft oppofé , en-
,, forte qu'il n'en refte que le tiers , & ce tiers eft autant que
,, rien. Ce n'eft pas tout : le foldat étonné de l'intrépidité
,, avec laquelle fon ennemi lui vient au-devant , fe trouble ,
,, ajufte mal fon coup , & tire pour la plûpart en l'air. Le feu
,, auquel il avoit mis fa principale confiance n'arrête pas fon
,, ennemi , & , qui pis eft , il n'eft plus tems de recharger. La
,, bayonette qui lui refte ne peut le raffurer. Le trouble aug-
,, mente , il fait volte-face & quitte la partie. S'il en arrive
,, autrement , c'eft chofe rare & peut-être même hors d'exem-
,, ple. ,, Voilà le feu du Bataillon bien apprécié. Il ne compte pourtant pas jufte encore. Folard ne fait jamais la Colonne au-deffus de trente files. Ce n'eft donc pas les deux tiers ,
mais les quatre cinquiémes du feu d'un Bataillon de 600
hommes à quatre de hauteur , que la petiteffe de fon front
rend inutiles. La Pléfion de 24 de front rend inutiles de
même fept huitiémes du feu du Bataillon de 600 hommes à
3 de hauteur , & fi *le tiers eft autant que rien* , le huitiéme
qui refte ici eft beaucoup moins que rien. Veut-on voir à
préfent ce que dit Savornin des armes blanches ? Il avoue de
bonne foi , que *s'efforcer avec 3 , 4 , ou 5 rangs de bayonnettes*
d'en rompre 15 , par lefquels ces piques font foutenues , c'eft vou-
loir fe caffer la tête contre une muraille ; que pour que le Bataillon réuffit chargeant la Colonne , il lui faudroit une valeur

bien fupérieure , une valeur *qui donne fouvent des forces où il n'y en a pas.* Mais il n'a garde de compter là-deſſus. Il fent bien que non-feulement *la Colonne ne céde en rien au Bataillon à cet égard ;* mais encore que *la valeur de l'un eſt une valeur inconfidérée , ſujette à chanceler , & celle de l'autre une valeur raifonnée , foutenue par le bon ſens.* Je crois qu'on me pardonne à préſent d'avoir dit ailleurs que le fyftême avoit pour lui l'autorité même des critiques. C'eſt ainfi qu'ils l'attaquent : tantôt des éloges , tantôt des injures. Ici ils reconnoiſſent toute ſa fupériorité : là ils relévent les illuſions de ſon auteur , veulent lui apprendre à raifonner moins pitoyablement : dans d'autres occaſions ils infinuent qu'il ment tant qu'il peut , & foutient ce qu'il ne croit pas lui-même. Tout cela eſt très-flatteur de la part de ſes adverſaires. Je n'ai pas la témérité d'efpérer un pareil fuccès : cependant quelqu'un me l'a prédit.

CHAPITRE XV, ET DERNIER.

ARTICLE PREMIER.

Quelques obfervations fur cet ouvrage.

ME voilà bien coupable aux yeux de ces ennemis des nouveautés , qui perdent tout leur ſens froid , quand ils parlent *des faiſeurs de fyftêmes.* Ces prétendus fyftêmes qui les ont ſi fort fcandaliſés , n'étoient pour la plûpart que de légers changemens. Ici c'eſt bien pis. On bouleverſe tout : on fabre ſans ménagement l'ancienne méthode de ſe ranger , & de combattre. Folard même n'avoit pas entiérement rejetté les Bataillons. Cet auteur parloit **trop** hardiment , employoit ſa Colonne trop fouvent : mais voici bien autre choſe. Un téméraire qui ne peut lui être comparé en aucune façon , penfe plus hardiment encore , & dit tout ce qu'il penſe. Il ne ſe contente pas de foutenir comme ſon maître , que la Colonne eſt bonne à tout : il ne veut pas qu'en aucune occaſion un ſeul corps ſe tienne à la méthode ordinaire.

C'eſt abuſer de la permiſſion d'écrire des extravagances. Plus d'un lecteur me jugera d'après ces réflexions , & ſans autre examen : mais ce n'eſt pas pour ceux-là que j'écris. C'eſt pour ceux qui ne cherchant que la vérité , & jugeant ſans prévention , ont ſouhaité en ouvrant mon livre , que j'aye tenté d'aller plus loin que Folard , & que j'aye réuſſi ; & qui , ſi j'ai été aſſez heureux pour y parvenir , en conviendront très-volontiers , & m'en féliciteront de bonne foi. C'eſt pour eux ſeuls auſſi , que je vais prendre la peine de juſtifier ma témérité apparente.

C'eſt l'avantage des ſyſtêmes fondés ſur des vérités démontrées, *de conduire à un grand nombre d'autres.* Et tel eſt le ſyſtême de Folard qui ne s'attendoit peut-être pas , quand il a avancé cette propoſition , qu'on en feroit bien-tôt pareille application. Il n'eſt donc pas bien étonnant que travaillant ſur ce ſyſtême , j'en aye tiré de nouveaux avantages. J'ai pû du moins l'eſpérer ſans folie. J'ai vû trois moyens d'y parvenir , le premier de joindre à la Colonne des pelottons de cavalerie , & d'infanterie : le ſecond d'employer quelques petites manœuvres dont elle eſt capable , ſupprimant les converſions dont elle peut très-bien ſe paſſer : le troiſiéme enfin , de l'employer uniquement , & ſans l'aſſocier au Bataillon , qui lui étant fort inférieur ne peut que l'affoiblir. C'eſt ſur ce dernier point qu'on trouvera que je me ſuis laiſſé entraîner trop loin par l'eſprit ſyſtêmatique. Mais raiſonnons ſans prévention.

Quand il ſeroit vrai , comme on l'a prétendu , que la Colonne ſeule & iſolée , auroit quelque choſe à craindre , & ne ſeroit bien en ſûreté & bien en force que dans une ligne de Bataillons , elle n'auroit plus rien à craindre à préſent , étant accompagnée de pelottons qui font le même effet , & même beaucoup mieux , ayant par leur légéreté bien plus de facilité de ſe prêter à tous les mouvements qu'elle peut exiger d'eux. Elle n'a donc pas beſoin des Bataillons. Mais ſi elle n'en a pas beſoin , pourquoi les lui joindre ? Un Bataillon , dit Folard , ne tiendra pas contre une , à plus forte raiſon contre pluſieurs Colonnes. Donc ſi on en mêle quelques-unes dans une ligne de Bataillons , on la rendra ſupérieure à

celle de l'ennemi. Oui. Mais par la même raifon cette ligne
de Colonnes & de Bataillons eft fort inférieure à une autre
toute de Colonnes. Il vaut mieux fans doute être fupérieur dans tous les points de fa ligne, que de ne l'être que
dans quelques parties. Encore fi la foibleffe étoit le feul défaut des Bataillons, la force des Colonnes pourroit y fup-
pléer. Mais ils en ont bien d'autres qu'ils leur communique-
roient, fur-tout la pefanteur & l'inertie. Il n'appartient qu'à une
ligne purement de Colonnes, & entiérement débarraffée des
Bataillons, d'aller à la charge en courant, & de faire facilement, rapidement, & toujours fans converfion, tous les
grands mouvements & changements d'ordre dont elle peut
s'avifer. C'eft fur ces confidérations que j'employe uniquement la Colonne, laiffant là le Bataillon qui ne lui ferviroit à
rien, lui nuiroit beaucoup ; que je ne la regarde plus comme
une manœuvre, mais comme un fyftême de Tactique indépendant, auquel il faut entiérement facrifier l'ancien.

Quoique l'on reconnoiffe que le Bataillon ne foutiendra
point la charge de la Colonne, on auroit raifon de ne l'admettre que comme une manœuvre quelquefois utile, & non
pas comme une ordonnance habituelle préférable, s'il fe rencontroit *fouvent* des cas *importants* où elle perdît fon avantage, & devînt même *inférieure* à la méthode ordinaire. Mais,
dit-on, il y en a une infinité. J'avoue que je ne peux les prévoir. Par-tout où l'on peut charger, la Colonne eft dans tout
fon avantage. Mais dans cet ordre on peut charger non-feulement en terrein libre & en terrein embarraffé où il y a
quelques parties libres, on peut charger même en terrein
fi embarraffé par-tout, qu'il ne feroit pas poffible à un feul
corps d'arriver en ordre à l'ennemi, fi l'on fuivoit la méthode ordinaire. Pour tout dire, un ruiffeau praticable dans
quelques parties feulement, une riviere qui n'eft guéable
qu'en quelques endroits, ne font pas des obftacles capables
de nous empêcher d'aller à la charge. Si l'ennemi s'éloigne
du bord, à la bonne heure. S'il y refte, cela ne nous empêchera pas de tenter l'aventure, fans témérité. On voit delà
combien il eft difficile de nous réduire à un combat de moufquetterie. Mais dans cette circonftance fi rare, le fyftême
fera

fera encore fupérieur au fyftême ordinaire, donnera un feu plus vif, comme je l'ai prouvé. Et quand notre feu ne feroit qu'égal, ce qu'on ne peut abfolument nier, puifque rien ne nous empêche de nous développer, il faudroit toujours convenir qu'une ordonnance égale à celle qui eft en ufage dans un feul cas très-rare, dans tous les autres fort fupérieure, en tout eft infiniment préférable. Sur dix combats, il y en aura à peine un de moufquetterie. C'eft donc l'ordre fait pour les armes blanches qui doit être l'ordre accoutumé, *(a)* l'ordre fait pour la moufquetterie qui doit être une manœuvre : car il vaut mieux avoir la peine de fe développer dans une feule occafion où l'ennemi ne peut troubler ce mouvement, que d'avoir celle de changer d'ordre dans neuf autres, où il pourroit profiter de ce moment pour charger avec avantage. Je dis plus. Même pour combattre à coups de feu, la Colonne le plus fouvent n'aura aucune évolution à faire. Avec ce qui l'accompagne elle eft de 900 hommes, il n'y en a que 200 qui puiffent tirer : mais il y a trois Colonnes oppofées à un Bataillon de 600 hommes. Elles donnent donc autant de feu qu'elles en reçoivent.

Pour déterminer l'ordre dans lequel une troupe doit fe former, marcher, manœuvrer, combattre & camper, il faut, dit le Maréchal de Saxe, voir quel eft l'ufage auquel elle peut être employée le plus fouvent & le plus utilement ; lui donner une difpofition en conféquence. L'ufage le plus fréquent & le plus important, le feul ufage plûtôt d'une troupe d'infanterie en campagne, eft de battre une troupe ennemie. Il faut pour cela lui donner l'ordre le plus propre à la battre dans la plûpart des circonftances poffibles : à moins

---

(*a*) Si cela étoit ainfi, la nation y gagneroit, en ce que les Officiers comme les foldats fe mettroient enfin dans l'efprit qu'il ne faut s'amufer à tirer que lorfque il n'eft pas poffible d'employer l'arme blanche. Et malheureufement il y a de nos jours bien des gens qui n'admettent plus cet axiome François. On a la fureur du feu, parce que les étrangers en font un très-vif. Mais c'eft précifément à caufe de cela qu'il faut éviter tant qu'on peut un genre de combat dans lequel ils réuffiffent fi bien, dans lequel, malgré tous nos foins, nous parviendrons tout au plus à l'égalité : & rechercher celui dans lequel nous avons été & ferons toujours fupérieurs, & qui réduifant à un inftant la durée de leur moufquetterie fi vantée, réduit à rien fon effet.

Ggg

qu'il ne s'en trouvât quelques unes où cet ordre fût abſolument hors d'état de défenſe. Mais la Colonne charge dans
la plûpart des circonſtances poſſibles, & par-tout où elle
charge eſt invincible, lorſque elle ne peut charger, au moins
n'eſt pas inférieure. C'eſt donc en Colonne, non autremeat,
qu'un corps d'infanterie doit ſe former, marcher, combattre & camper. Ce doit être ſon ordre accoûtumé, comme
le Bataillon eſt celui des modernes, comme la Phalange fut
celui des Grecs.

Je ne ſais ſi Folard a craint d'effaroucher ſes lecteurs, s'il
attaquoit de but en blanc le ſyſtême accoutumé, & paroiſſoit
non content de perfectionner la Tactique, vouloir en créer
une entierement nouvelle ; ou ſi lui-même n'a pas vû dans
toute ſon étendue le mérite de ſa découverte. Je croirois
preſque le dernier. Celui qui inventa les baſtions ne ſavoit
pas qu'il inventoit en même-tems les ouvrages détachés ;
qu'il donnoit la naiſſance à un art tout nouveau, en comparaiſon duquel la fortification des anciens alloit paroître pi-
toyable. C'eſt aſſez ordinairement le ſort des inventeurs. Peut-
être aucun n'a-t-il été auſſi loin qu'il auroit pû faire à peu de
frais. L'honneur ou plûtôt l'avantage de perfectionner eſt re-
ſervé à la poſtérité. Mais je ne ſais pourquoi elle ne fait le
plus ſouvent qu'en deux ſiécles ce qu'elle pourroit faire en
deux ans. Un homme a une idée heureuſe, & voit bien qu'elle
eſt bonne, mais la met en œuvre avec quelque timidité, ſe
défie toujours un peu de lui-même, ne ſe perſuade pas aiſément qu'il eſt venu au monde pour faire renaître une ſcience
toute entiere, craint de paroître charlatan s'il promet des
choſes trop merveilleuſes, de s'être laiſſé éblouïr s'il les croit
lui-même, de faire des ennemis à ſon ſyſtême s'il fronde trop
librement des uſages révérés. Je le lui paſſe : mais non pas
à ceux qui viennent après lui. Ils ne ſont pas plus en droit
d'avoir de pareilles craintes que de prétendre à ſa gloire. Rien
ne doit les empêcher de tirer, des lumieres qu'il leur a four-
nies, tout ce qu'on en peut tirer, de ſemer dans les terres
qu'il a découvertes tout ce qu'elles peuvent produire. On
vous préſente des principes démontrés. Suivez-les. Entrez
dans la carriere qu'on vous ouvre, & allez juſqu'au bout ſi

vous pouvez. Ne craignez pas d'y faire de mauvaifes rencon-
tres, foyez fûrs au contraire d'y trouver des tréfors que vous
n'attendiez pas. Les baftions valent mieux que les tours. Quit-
tez bien vîte ces dernieres : faites des premiers tout ce
qu'on en peut faire. Mais non : cela ne va pas fi vîte. On
inventa les fufils dans le fiécle paffé : on trouva qu'ils valoient
mieux que les moufquets : on fe contenta pourtant d'en mettre un certain nombre dans chaque compagnie. On n'ofa pas
faire d'abord la réflexion que l'on a faite depuis, que puifque cette arme étoit préférable à l'ancienne, il falloit s'en
tenir à elle uniquement, fupprimer entierement l'autre. Il
en fera de même de la Colonne. Si on l'adopte enfin, ce qui
ne peut guères manquer d'arriver tôt ou tard, ce ne fera pas
tout d'un coup, pleinement, & comme je le propofe. Une
fi grande révolution épouvante. Mais cette révolution ne fe
fera pas beaucoup attendre. Quoique faire l'expérience du
fyftême avec deux ou trois Pléfions feulement ne foit la faire
qu'à demi, que ce ne foit pas un bon moyen d'en voir tout
le mérite, dès qu'on aura permis à cette ordonnance de figurer avec le Bataillon ailleurs que fur le papier, celui-ci ne
tardera pas à quitter la place, ne tiendra pas à côté d'elle fi
long-tems que les moufquets ont tenu à côté des fufils. Je
ne crains pas de faire une fauffe prophétie. Je crains feulement que tout ceci n'arrive pas fi tôt, que fi une meilleure
plume, un homme plus expérimenté & plus accrédité s'étoit
chargé de cette affaire. Et fi cela tarde encore quelques années, (l'inventeur de la Colonne n'eut ofé le dire) ce fera
aux yeux de la poftérité un petit ridicule pour notre fiécle,
d'avoir eu tant de peine à quitter le mauvais pour l'excellent.
Elle nous comparera aux Gaulois, qui connoiffant les armes
des Romains, s'en tenoient aux leurs.

Je ne fais fi j'ai réuffi à effacer l'impreffion défavantageufe
que pourroit donner contre moi, & par contre-coup contre
le fyftême que je défends, la hardieffe avec laquelle je l'employe, l'étendue que je lui donne. J'ai dû tenter de détruire
cette prévention : mais je n'ai pas dû la craindre au point de
ne dire qu'une partie de ce que je croyois avoir démontré.
Ce feroit une efpéce de lâcheté. L'affaire d'un auteur eft de

dire ce qu'il penfe ; celle du lecteur d'en juger & d'en profiter, s'il y a de quoi. J'ai mis le fyftême dans l'état où il
m'a paru être le meilleur & le plus avantageux. Le voilà.
Tout ce que je pourrois ajoûter ici feroit inutile. Si l'on eft
content de mon ouvrage, on m'a pardonné. Et j'avertis cha-
ritablement les oppofants de ne pas trop appuyer fur ma témérité, fans faire voir en détail mes égarements. Ce reproche alors feroit un poëme à ma louange.

Ils auront plus beau jeu à dire qu'un pareil ouvrage n'é-
toit pas difficile à coudre, qu'il n'y a rien de neuf, que tout
le monde auroit fait mieux. Tout le monde n'avoit qu'à le
faire. Il n'y a rien de neuf ici : à bien le prendre, cela eft
très-vrai : au pied de la lettre, très-faux. Quoi qu'il en foit,
il ne s'agit pas de favoir fi cela eft neuf ou vieux, mais fi cela
eft bon ou mauvais. Je penfe moi-même qu'il n'étoit pas fort
difficile de montrer la fupériorité & l'univerfalité du fyftême, de l'étendre, de tirer de nouvelles conféquences d'un
principe fi fécond. Et la preuve que cela n'étoit pas difficile, c'eft que je l'ai fait. Grande marque de fon excellence.
Il faudroit plus d'habileté pour foutenir une mauvaife thèfe.

Autre reproche de plus grande conféquence, que l'on ne
manquera pas de faire à cet effai : c'eft un tas de fpéculations
géométriques, une piéce de cabinet. J'aurois à cela une
bonne reponfe. Mais laquelle de ces fpéculations eft chimérique, fauffe & mauvaife dans la pratique ? C'eft ce qu'il faut
dire & prouver. Autrement une paréille objection fe reduiroit
à dire qu'il eft trop démonftratif. Il ne faut point fe prévenir
contre l'air de Théorie qui regne dans un Livre de Géométrie. Celui-ci eft à-peu-près cela. La Tactique n'eft pas autre
chofe. Des corps qui fe chargent font des *forces* mouvantes ;
leurs mouvements, des *lignes* qu'ils parcourent en des *tems*
qui font entre eux en raifon compofée de l'inverfe de leurs
vîteffes, & de la directe des *longueurs* de ces lignes. Tout cela
n'eft-il pas fait pour être méfuré & calculé ? (*a*) Le faux de

_____

(*a*) Je n'ai pas mefuré & calculé dans
une forme fi géométrique ; non que cela
ne fût très-aifé. Mais il falloit ménager

les yeux qui trouveront encore cet effai
tel qu'il eft, trop fpéculatif.

cette Théorie feroit d'imaginer que ces rapports géométriques portent dans la pratique toute leur exactitude. On employe des êtres phyfiques: les caufes phyfiques peuvent déconcerter toute l'œconomie de la plus belle démonftration. On
mettra des troupes dans une difpofition taêtiquement démontrée: elles tourneront le dos fans rendre de combat, les ennemis fe comporteront en honnêtes gens; il faut bien qu'elles
foient battues: mais cela n'empêche pas que cette difpofition
ne foit excellente & fûre, qu'on n'ait raifon de lui promettre
la viêtoire. Le cabeftan eft une machine fort bonne, & fort
utile: fi on la fait de bois pourri, au lieu d'enlever le poids,
elle rompra. Il en eft de la Taêtique abfolument comme de
la Méchanique. Cette comparaifon n'eft pas inutile, & peut
fervir à déterminer l'étendue de la Théorie dans la guerre
de campagne. (a) Ces deux fciences ne font autre chofe
que la Géométrie appliquée à des êtres phyfiques, dont elle
mefure les forces & les mouvements, pour en connoître dé-
monftrativement les effets. Dans l'une ni dans l'autre, ces effets ne font dans la pratique précifément les mêmes que dans
la Théorie: mais il y a peu de différence, & on peut l'éva-
luant parvenir fûrement au but qu'on fe propofe. Des cordes
ne font pas fans roideur, des léviers fans flexibilité, des axes
fans frottement: une machine ne peut donc faire l'effet que
lui promet la Statique. Pour cela rejettera-t-on ces démonftrations? y aura-t-on moins de confiance? Ce feroit s'effaroucher très-mal à propos. On aura feulement attention d'augmenter la puiffance, autant qu'il eft néceffaire pour vaincre
ces petits obftacles, de ne pas compter fi jufte. De même
dans la pratique de la Taêtique, il y a des non-valeurs que la
Théorie n'a pas fait entrer en compte. Une troupe ne fait pas
toujours tout l'effort dont elle eft capable, ne parcourt pas
toujours tel efpace en tel tems comme cela doit être: mais
pour cela il ne faut pas rejetter les demonftrations de la Tactique. Il faut feulement, comme en Méchanique, ne pas compter

---

(a) Je ne regarde plus comme Théorie
ce qui n'eft pas proprement Taêtique:
quoique il y ait encore bien des chofes
qu'on peut apprendre dans le cabinet:
parce que un livre peut expofer, & enfei-
gner par conféquent la pratique.

trop juste. Il y auroit de la témérité à entreprendre à 100 pas de l'ennemi un mouvement qui pendant qu'il se fait met la troupe hors de défense, dans la confiance que ce mouvement n'étant que de 95, on aura le tems de le finir, avant d'être chargé. Mais si un mouvement est considérablement plus court que le tems dont on est le maître, & d'ailleurs fort simple, fort aisé, on peut l'entreprendre hardiment ; puisque le plus grand retardement qui puisse arriver dans l'exécution, ne sera d'aucune conséquence. J'ai démontré par exemple qu'un corps de Plésions attaquant une ligne qui le déborde n'a pas à craindre que cette ligne se replie pour charger ses flancs ; parce que elle présenteroit faisant le quart de conversion une partie foible, sur laquelle une Plésion pourroit se porter, par un mouvement sans comparaison plus facile, & plus court. Cela est vrai & infaillible, sur le pré, comme sur le papier. Les causes physiques ne peuvent l'empêcher. Puisque il faudroit pour cela qu'une Plésion qui est à l'abri du dérangement, & légére au point de courir quand elle veut, ne pût marcher devant elle l'espace de 30 pas, pendant qu'un front très-étendu, très-sujet au dérangement, & qui par conséquent va gravement, en parcourroit en décrivant un quart de cercle deux ou trois cens plus ou moins. Toutes les irrégularités qu'on peut supposer dans l'exécution du mouvement de la Plésion n'approcheront jamais du tems qu'elle a à perdre. D'ailleurs si l'on suppose qu'elle éprouve quelque retardement, il faut supposer qu'il en sera de même de l'ennemi. C'est ici l'avantage de la Tactique sur la Méchanique ; c'est ce qui fait que dans la premiere la pratique quadre plus parfaitement avec la Théorie. On n'examine la force & les mouvements d'une ordonnance, que relativement à ceux de l'ennemi. S'il y a du déchet d'un côté, il y en a de l'autre. Le rapport reste toujours à peu-près le même. On ne courroit donc pas beaucoup de risque à compter pleinement sur la Théorie, à prendre le résultat des démonstrations au pied de la lettre. Il y a plus. Cette diminution de force & de vîtesse que l'on éprouve dans la pratique, est causée uniquement par le dérangement de la troupe, par le flottement qui fait ici le même effet que le frottement dans la Méchanique.

Si donc nous fommes dans un ordre moins fujet à ce défaut que celui de l'ennemi, que d'ailleurs nos mouvements foient plus nets, plus fimples, moins propres à caufer de la confufion, nous pouvons être affûrés que fes manœuvres feront plus éloignées de la perfection que les nôtres ; d'où il fuit que ce qui eft bon pour nous dans la Théorie, l'eft à plus forte raifon dans la pratique. Cette obfervation n'eft pas moins vraie par rapport à la force. Puifque elle confifte dans l'union & le ferrement des files, l'ordre le plus uni & le mieux ferré perdra moins de fa force totale. Lorfque nous oppofons des forces quadruples, la force de notre choc fera donc tout au moins quadruple. Si je voulois étendre jufqu'au bout ce parallele de la Méchanique & de la Tactique, il deviendroit un peu trop long : il faudroit entrer dans le détail de toutes les caufes phyfiques qui peuvent agir en bien ou en mal fur une troupe qui combat. Mais fi je ne parle ici que de la principale, j'ai penfé aux autres, j'en ai même parlé ailleurs : & je me flatte que ceux qui m'auront bien lû conviendront que mes fpéculations, bonnes ou mauvaifes, ne perdroient rien à paffer dans la pratique.

Cette petite differtation eft fort inutile, fort ridicule même, aux yeux de quelques lecteurs gendarmés d'avance contre tout ce qui appartient à la Théorie, & à la Géométrie. Sans vouloir en pénétrer les raifons, ni leur citer l'exemple bien imitable du Maréchal de Puiségur ; j'ai à leur demander par quelle fatalité cette Théorie fûre ou trompeufe s'acharne contre les Bataillons toutes les fois qu'on l'y applique, & par les défauts qu'elle découvre en eux, donne fi beau jeu à ceux qui les combattent, & tant de peine à ceux qui les mettant en œuvre, font obligés d'y chercher des remédes.

Avant le Maréchal de Vauban, bien des gens n'avoient pas beaucoup de foi à la Théorie dans la guerre des places. Les ingénieurs ont montré depuis par expérience, que leur

(a) Tout le monde fait ce que ce grand homme a dit de la Théorie. Il n'étoit pas payé pour la vanter, devant à la pratique & à fon génie tout, même jufqu'à la Théorie qu'il s'étoit formée. Il n'étoit pas obligé non plus d'avouer qu'il a vû faire avec facilité par le fecours de la Géométrie, ce qui lui avoit coûté beaucoup à lui-même.

fcience n'étoit rien moins que chimérique. Les Tacticiens n'en font pas encore tout-à-fait au même point. Mais en attendant, il femble qu'on ne devroit pas trouver plus déraifonnable de calculer des forces & des mouvements en campagne, que de calculer l'effet de la poudre & de la valeur contre des forterelles; ni plus témétaire d'affûrer que par telle manœuvre, telle ordonnance battra telle autre quoi qu'elle oppofe, que de répondre que par tels travaux, on prendra telle piéce de fortification, telle chofe que puiffent faire les affiégés.

L'air de Théorie n'eft pas la feule chofe qui foit capable d'éloigner les lecteurs du fyftême que je leur préfente. Un autre point me privera de bon nombre de fuffrages, peut-être même de ceux qui me flatteroient le plus. Bien des perfonnes pourront goûter mes idées, mais non pas affez pour adopter un projet qui ne peut s'exécuter fans un bouleverfement général dans les troupes. Je répéterai à ce fujet, ce que j'ai dit en commençant, que ne cherchant qu'à mettre la Phalange coupée dans l'état qui m'a paru être celui de la perfection, je n'ai eû aucun égard à la compofition préfente des Bataillons. J'ajouterai maintenant que je ne vois pas la néceffité de la conferver, fi l'on prenoit une nouvelle Tactique, ni d'inconvénient à faire de quatre Bataillons trois Pléfions. Si cependant on croyoit néceffaire de laiffer fubfifter les corps tels qu'ils font aujourdhui, rien ne feroit plus aifé. D'un Bataillon fuppofé de 600 hommes, on feroit une Pléfion de 18 de front 28 de hauteur, & deux pelottons à pied chacun de 48 hommes. Il faudroit feulement laiffer le même arrangement dans l'intérieur de la Pléfion, toujours 4 fections, chacune de 2 compagnies qui ne feroient plus que de 63 hommes. Chaque Pléfionnette n'auroit alors que 14 hommes de front, & moins encore quand la troupe ne feroit pas complette. C'eft un inconvénient. Nous n'admettons point de Colonne au-deffous de 16 files. Au refte je n'affûrerai pas que ce défaut de la Pléfion fuppofée en foit un bien confidérable. Contre l'ordre actuellement en ufage, elle peut impunément n'être pas dans toute fa perfection. Les Pléfionnettes fur-tout, comme on a dû le remarquer, ne font deftinées qu'à des combats

peu

peu difficiles. Leur légéreté, & leur mobilité, leur ferviront plus fouvent que leur force.

Je terminerai cet article par une petite obfervation, à la-quelle je ne puis me refufer, dût-on la trouver déplacée. Depuis qu'on fe mêle de faire des livres, il n'en a peut-être paru aucun qui ait été approuvé tout entier, & fans réferve par un feul de fes lecteurs. Il y a pour cela deux bonnes rai-fons. La premiere, c'eft qu'il n'y a point d'ouvrage où il n'y ait réellement quelque chofe à reprendre. La feconde, qu'il n'y a point de lecteur qui puiffe fe flatter de ne jamais defap-prouver quelque chofe de bon. Tantôt on faifit mal une idée, tantôt on fe frappe d'une difficulté, dont on fe laiffe éblouïr au point de ne pas appercevoir ce qui pourroit l'applanir. C'eft ce qui arrive tous les jours aux têtes les mieux faites. Lorf-que on a ainfi découvert, où cru découvrir, quelque chofe de foible dans un ouvrage tel que celui-ci, fi on ne cherche qu'à blâmer l'auteur & le fyftême, on ne voit plus que ce point, & on conclut que l'idée n'eft pas foutenable : fi on cherche la vérité de meilleure foi, & fans prévention, on examine tranquillement fi ce qu'il refteroit d'avantages & de preuves au fyftême, fupprimant ce dont on n'eft pas content, fuffiroit ou ne fuffiroit pas pour établir fon excellence, & dé-terminer à l'adopter. J'ai approuvé celui de Folard plus que perfonne, plus que lui-même en quelque façon : j'avois pour-tant pris la liberté de trouver dans fon ouvrage bien des cho-fes très-mauvaifes. Je prie le lecteur de me juger avec la même équité. L'un dira que la Pléfion en bataille ne pourra courir, comme je le prétends : un autre, qu'elle fe défendroit mal chargée en flanc : un troifieme, que la pique n'eft bonne à rien : un quatriéme, que tous ces gens-là me font de mauvaifes que-relles, mais pourroient m'en faire une bonne fur mes pelot-tons dans une aîle de cavalerie, & généralement fur tout ce que je dis pour prouver qu'avec ce fyftême on n'aura pas befoin d'en avoir une fi nombreufe : un autre fera pis, & m'at-taquera fur tous ces points à la fois. Soit. Regardons, fi l'on veut, quelques propofitions comme avancées légérement, & mal prouvées : car il faut prendre les fuffrages comme on nous les donne. De même que je ne demanderai à perfonne d'ap-

H h h

prouver tel point, parce que il aura approuvé le reſte de l'ouvrage, il ne faut pas non plus rejetter l'ouvrage, parce que
on aura déſapprouvé tel point. Il faut voir ſi cette preuve de
moins il ne reſte pas encore bien établi que la Phalange coupée eſt ſupérieure à la méthode ordinaire. Car il eſt queſtion
de cela ſeul. Tout le reſte eſt acceſſoire. Des raiſons de préférence que je vous offre, deux ou trois ne vous plaiſent pas :
j'en ſuis fâché. Mais il n'y a pas tant de mal : laiſſez-les là,
peſez les autres, & prononcez. Si à de bonnes j'en ai joint
de mauvaiſes, j'ai eû tort : mais c'eſt une faute de l'ouvrage,
non du ſyſtême. De mauvaiſes preuves ne prouvent rien. Voilà
tout. Elles n'empêchent pas l'effet des bonnes. Des avantages
que j'aurai promis mal à propos à la nouvelle méthode ne
ſont pas des raiſons de la rejetter : ce ne ſont que des raiſons
de moins pour l'adopter. Et cent raiſons de moins pour elle
n'en ſont pas une ſeule contre elle ou en faveur des Bataillons. Pour établir ſon excellence, je préſente un corps de
preuves. Il ne ſuffit pas d'en attaquer quelqu'une. Il faut renverſer l'édifice, de maniere à pouvoir nier la conſéquence.
Un critique ſeroit bien étonné ſi à un étalage d'objections
ramaſſées à grands frais, & propoſées à grand bruit, je ne ré-
pondois autrement que par une nouvelle récapitulation dans
laquelle, pour le bien de la paix, je ſupprimerois les points
conteſtés, en toutes circonſtances & dépendances, ſans que
cette docilité m'empêchât d'arriver droit à la même concluſion.

Article II.

Récapitulation.

Selon le Maréchal de Puyſégur, toutes les parties qui peuvent contribuer à la victoire ſe réduiſent à, 1° profiter de
la ſituation des lieux, 2° avoir plus de troupes que ſon ennemi, ou du moins en faire combattre davantage, 3° plus
de courage dans les troupes, 4° plus d'art pour combattre.
Quand toutes ces parties ſe trouvent réunies, dit le ſavant auteur,
on peut être aſſuré de la victoire. (a) Toutes ces parties ſe trou-

_____

(a) On n'eſt pas moins aſſuré de la   partagées, de ſorte que, par rapport à
victoire ſi l'on a quelques-unes de ces   elles, on ſoit de niveau avec l'ennemi.
parties, & que les autres ſe trouvent

vent réunies dans le fyftême : & c'eft par conféquent fur la parole du Maréchal que je lui promets autant de victoires que de combats. On a vû les preuves. Mais comme la longueur de cet ouvrage en a pû faire oublier une partie, je crois qu'il ne fera pas inutile de rapprocher ici les principales.

La raifon & l'expérience prouvent que la profondeur fait la force de l'infanterie. Rien n'eft donc fi fort que la Pléfion : rien n'eft fi foible que le Bataillon. Il ne pourra jamais, je ne dis pas la renverfer ou repouffer, mais même tenir un inftant contre la violence de fon choc. La petiteffe de fon front augmente cette force de beaucoup : car, comme dit un de nos maîtres, *le bonheur naît de l'union, & du bon ordre*. Mais un petit front eft toujours plus uni & mieux en ordre. De-là vient encore la légéreté. Sans le flottement & la crainte du défordre, une troupe iroit auffi vîte qu'un homme feul. La Pléfion qui ne fe dérange point, peut courir en bataille. Cette grande légéreté augmente encore de beaucoup fa force; c'eft la vîteffe jointe à la maffe : prévient d'ailleurs les mouvements de l'ennemi : épargne les hommes, ne tenant la troupe expofée à la moufquetterie qu'un inftant : encourage fon monde, impofe au parti contraire. Auffi cette vivacité a-t-elle plus d'une fois tenu lieu de l'ordre. On a vû des Bataillons charger en courant, par conféquent arriver à l'ennemi tout en défordre, & cependant le renverfer : d'où l'on peut prévoir quel fera l'effet d'une charge unie & ferrée, faite avec la même violence.

La Pléfion ayant tant d'avantages, étant invincible lorfqu'elle charge de front, il faudroit, pour en avoir raifon, que l'ennemi trouvât le moyen de la combattre d'une autre maniere, de la charger en flanc. Mais cela n'eft pas poffible; & quand cela le feroit, il ne la trouveroit pas moins redoutable prife de ce fens.

Pour charger la Pléfion en flanc, il faut fe recourber, & c'eft ce qu'on ne peut faire fans tendre le flanc foi-même aux pelottons qui l'accompagnent. Quand elle n'en auroit pas, fa feule légéreté rendroit ce quart de converfion impoffible. Si une Pléfion marchant contre un Bataillon, & laiffant déborder fa droite de 100 hommes, cette partie débordante commence fon quart de converfion pour la charger en flanc, lorfque elle eft encore éloignée de cent pas, & même plus, la converfion ne s'achévera point, le Bataillon fera chargé de front, & percé auparavant. Si pour avoir le tems de l'achever, il la commence plûtôt, la Pléfion n'a qu'à marcher par la droite, elle fe portera fur le flanc de l'ennemi finiffant fon mouvement, qui lui deviendra non-feulement inutile, mais pernicieux. Je veux actuellement que la Pléfion, que je fuppofe toujours fans pelottons, ne profite point de cette facilité qu'elle a de fe porter fur le flanc de l'ennemi qui veut charger le fien, & qu'allant toujours fon train, lui laiffant faire fon quart de converfion, elle fe laiffe réduire à combattre dans cette partie. Ce n'eft point un flanc qu'il chargera. Au moyen du petit mouvement de Pléfionnettes, il fera chargé lui-même de front par deux petites Colonnes contre lefquelles il ne pourra tenir un moment. Mais quand la Pléfion pourroit être réellement chargée en flanc, qu'en arriveroit-il? Dans toute autre ordonnance un corps attaqué en flanc eft battu: parce que dans toute autre ordonnance les flancs font foibles. Mais c'eft de la foibleffe des files que vient celle des flancs. La profondeur affûre donc ceux de la Pléfion, ayant fur-tout une arme très-propre pour fe défendre par côté, même en marchant. La Pléfion eft donc fûre au moyen des pelottons & de la légéreté, de ne combattre jamais par côté: quand on pourroit l'obliger d'y combattre, ce feroit toujours de front & en Colonnes, au moyen d'un mouvement qui, ne demandant ni tems ni terrein, ne lui manquera jamais: quand on pourroit la charger en flanc comme une autre ordonnance, elle feroit en défenfe, & encore fupérieure au Bataillon chargeant de front. Ses flancs font donc affûrés mille fois pour une. Je l'ai répété plus d'une fois auffi: mais ceci n'eft pas un ouvrage d'agrément. Je ne peux trop inculquer au lecteur une propriété fi contredite & fi importante, puifque réduifant tous les combats de la Pléfion à celui du front, elle réduit nos adverfaires à la reconnoître invincible dans le fens le plus étendu.

Dans la foule d'avantages que donne la fécurité des flancs, il faut remarquer fur-tout l'indépendance. Si un Bataillon eft rompu, fon voifin dont le flanc foible fe trouve découvert, plie ou se fait battre, & bientôt toute la ligne est en déroute, pour peu que l'ennemi soit alerte à profiter de cet avantage. Une pléfion déplacée n'eft qu'une Pléfion de moins, pour quelques moments. Cela n'a pas d'autres fuites, n'empêche pas les autres de courir à la victoire. C'eft même le plus grand malheur qui puiffe arriver à un Bataillon que d'entrer dans notre ligne. Cet avantage ne lui fert qu'à apporter fes deux flancs à deux Pléfions, qui vont les charger, bien plus vîte qu'il n'aura fait le quart de converfion, qu'il ne peut faire d'ailleurs fans tendre le flanc aux pelottons. De cette propriété unique il fuit que, toutes les fois que le fuccès d'une premiere charge fera partagé, même très-défavantageufement pour les Pléfions, la victoire fera à elles, leurs avantages les y menant très-promptement, ceux de l'ennemi ne lui fervant à rien.

La Pléfion fe prête plus facilement qu'aucune autre ordonnance à toutes les circonftances poffibles, à tous les terreins qui peuvent fe rencontrer ; s'étend, fe referre, fe divife, fe réjoint, avec une rapidité prodigieufe, fans rien retarder ni déranger, en marchant & s'il le faut en combattant. Elle a des armes de toute efpéce, emploie celle qu'elle juge à propos, fans que les autres lui nuifent. Si quelquefois les piques mafquent le feu, c'eft dans des cas où il n'en faut point faire. Ce mêlange des armes fi recommandé par tous les maîtres de l'art, & qui fe trouve dans la Pléfion au point de perfection où l'a mis le Maréchal de Saxe,* lui rend plus facile encore la défaite du Bataillon, prévient tout ce qu'il pourroit tenter pour remédier à fa foibleffe, s'unit à la légéreté pour rendre fa déroute plus complette, & l'on peut affûrer qu'aucune ordonnance ne fut fi propre que la nôtre à vaincre, & pouffer la victoire.

Les pelottons fervent encore à obliger la Pléfion à fe bien comporter, à *réduire le foldat à être plus brave qu'il ne veut*. Sans eux cette ordonnance y eft déja très-propre : & c'eft précifément dans les cas où cette importante propriété eft plus néceffaire, qu'elle la poffède plus pleinement. Mais bien d'autres caufes fe joignent à celle-ci pour rendre les Pléfionites plus braves. La violence avec laquelle ils chargent les anime, leur dérobe le danger. Cette façon de combattre rendra tou-

H h h iij

* Cela feroit exactement vrai fi le Maréchal donnoit des piques à fes Légions.

jours terrible quelque troupe que ce foit, invincible une troupe Françoife. Chaque foldat étant fous la main de quelque officier, ira mieux, fera plus à portée de l'imiter & de le craindre. La connoiffance des propriétés, & des manœuvres de la Pléfion, donnera à la troupe la confiance la plus parfaite : ne craignant rien pour fes flancs, elle s'embarraffera peu de ce qui fe paffe autour d'elle : fûre de percer ce qu'elle trouve en fon chemin, ne craindra pas d'être coupée : fachant qu'elle n'a jamais de combat véritable que contre un front égal au fien, ne comptera pas fes ennemis : fe voyant toujours en ordre, fe trouvera toujours en force : en un mot n'ayant aucun motif de frayeur, ne connoîtra pas cette maladie.

L'ordonnance & l'arrangement intérieur de la troupe, fi propres à la valeur, ne le font pas moins à y conferver l'ordre & l'harmonie, à prévenir les accidents qui naiffent du défaut de difcipline. On n'y verra point de dérangement dans la marche ; point de décharges mal-à-propos ; point de confufion dans les mouvements ; aucune difficulté de fe rallier, quand même la troupe feroit totalement en défordre, ce qui eft impoffible. Et de tous ces accidents la Pléfion craint moins précifément ceux qui font caufés par la trop grande vivacité, ce qui rend cette ordonnance unique pour les François. On parle de leur premiere charge parce que on craint moins la feconde. Mettez-les au point de bien garder leurs rangs, de les reprendre aifément fi befoin eft, la fixiéme charge vaudra la premiere : car fi fur la fin d'un combat opiniâtre ils ne font pas tout-à-fait les mêmes qu'au commencement, ce n'eft pas que leur valeur s'ennuie.

L'arrangement de la Pléfion y mettant plus de valeur & de difcipline, la troupe fera *meilleure*, fera mieux ce qu'on lui demandera, lui demandât-on des chofes auffi difficiles qu'au Bataillon. Mais tout au contraire, les manœuvres de ce dernier le font au point qu'on ofe rarement tenter devant l'ennemi celles mêmes qui ne font pas abfolument impraticables, & qu'on les tentera encore bien moins devant les Pléfions : celles de la Pléfion toutes aifées. Il eft aifé de marcher droit devant foi : les converfions font toujours au moins très-difficiles. Mais il y en a dans tous les mouvements du

Bataillon. Sans elles il ne peut que marcher en avant, tant
bien que mal. La Pléſion marche en tout ſens, toujours très-
bien, très-vîte, & ſans converſion. Ses mouvements n'ont
aucuns défauts qui puiſſent rendre dangereux devant l'ennemi un mouvement praticable à l'exercice. Elle en fait tant
qu'elle veut, comme elle veut, où elle veut. Avantage
ſans bornes, ſi on la compare à une ordonnance qui ne
peut comme ſolide que marcher devant elle, comme fléxible que faire quelques mouvements aſſez peu utiles, &
qui ne lui ſont néceſſaires que parce que elle a des défauts
dont la Pléſion eſt exempte ; qui enfin n'en peut faire comme diviſible, ſans s'expoſer à une défaite preſque certaine.

Les meilleurs auteurs militaires, les plus grands Généraux anciens & modernes, ſont tous d'accord avec le bon
ſens, qu'il n'y a pas de façon de combattre plus avantageuſe
que d'aller à la charge, ſans s'amuſer aux armes de jet. Ce
principe généralement très-vrai, l'eſt plus encore pour notre
nation. Mais les Pléſions ſont faites pour cette façon de combattre, y ſont invincibles, la rendent facile & ſûre dans mille
occaſions où elle eſt impraticable pour des Bataillons, ſont à
l'abri des ſeuls accidents qui peuvent faire échouer une attaque d'armes blanches, leur légéreté diminue la perte d'hommes, ſans que cette grande viteſſe puiſſe cauſer aucun déſordre. Tout ce qu'on peut oppoſer à cette méthode d'aller
à la charge eſt abſolument faux, & ſans fondement. Rien n'eſt
moins à craindre que le feu quand on court deſſus. Ce qu'on
dit que celui du Bataillon empêchera la Pléſion d'arriver juſ-
que à lui, eſt inſoutenable.

L'excellence d'un ſyſtême de Tactique ne peut ſe prouver que par la raiſon, & par l'expérience. Quand les preuves de la première eſpéce ſont des démonſtrations, elles valent bien des exemples. Mais ces dernieres ſont les meilleures contre ceux qui s'opiniâtrent à rejetter des vérités démontrées. A de bonnes raiſons on peut en oppoſer de mauvaiſes : on ne peut rien oppoſer à des faits. Je ne ſais quand
on prouvera ainſi la ſupériorité du ſyſtême : en attendant on
trouve l'expérience toute faite dans l'hiſtoire : on voit quantité d'exemples de la Colonne employée avec ſuccès par les

plus grands Généraux, Epaminondas, Xénophon, Pyrrhus, Guftave, &c. On ne peut rejetter ces exemples, fous prétexte de la différence des armes. Je l'ai affez prouvé. J'ai fait remarquer auffi qu'on peut joindre aux autorités de ces grands hommes, celle de toute l'Europe, & fur-tout de nos critiques. On convient des principes, & de bien autre chofe ; on réfifte à la Colonne. C'eft une contradiction. S'il eft vrai que la profondeur augmente la force de l'infanterie ; que l'étendue du front y eft contraire, & plus encore à la légéreté & à la variété, caufant néceffairement la pefanteur & l'inertie, le défordre, & la confufion ; le plus petit front, & la plus grande profondeur, font les meilleurs, pourvû qu'on ne donne point dans l'excès de faire le front fi petit, qu'il ne puiffe fe foutenir, comme celui du triangle d'Elien, ou d'un Bataillon qui chargeroit par fon flanc, & les files fi grandes que les derniers rangs n'ajoutent plus rien à la force, comme dans les Bataillons Egyptiens de Créfus, qui étoient à 100 de hauteur. On ne peut reprocher à la Pléfion ni l'un ni l'autre de ces excès. Il faut donc convenir qu'avec raifon nous fuivons jufques là les principes que tout le monde admet.

Aux exemples de la Colonne épars dans l'hiftoire, il faut ajouter tous ceux du Coin. Je l'ai affez prouvé. Et il faut remarquer que, fi le Coin des anciens étoit invincible, le Coin moderne ou la Colonne fera fort fupérieure encore, nos armes étant bien plus propres à cette ordonnance que celles des Grecs & des Romains ; que s'il réuffiffoit dans les cas d'abandon, qui étoient fon ufage le plus fréquent, il réuffira bien mieux à l'employer dans les occafions ordinaires, où l'on eft le plus fouvent à peu près égal à fon ennemi, quelquefois fupérieur, jamais fi exceffivement inférieur.

Les remédes que le Bataillon peut apporter à la foibleffe de fes flancs ne font pas bien bons. S'il double les files cela fortifie un peu cette partie, mais non pas affez pour la mettre en défenfe. Le quart de converfion, lors même qu'on a le tems & le terrein pour le faire, ne fait que les changer de place : fi donc le Bataillon eft environné, ce mouvement ne fuffit pas, il eft obligé de recourir au quarré, au cercle, ou

à

à quelque autre pareille figure. Mais fuppofant même qu'il ait le tems de les former, ces figures font de très-mauvaifes reffources : elles ne peuvent tout au plus que fe maintenir dans le danger, encore faut-il pour cela qu'elles ne foient pas attaquées vigoureufement, mais ne peuvent abfolument s'en tirer : elles ne peuvent marcher même très-lentement, & en terrein fait exprès, fi l'ennemi eft à portée d'elles, & il y fera toujours, puifque elles ne font pas en état de l'éloigner. Elles font moins en état encore de percer ce qu'elles trouvent en leur chemin. Je veux qu'elles foutiennent bien une premiere attaque, ce qui n'eft pas très-vraifemblable pourtant, puifque elles augmentent tous les avantages qu'avoit déja l'ennemi ; on leur en fera une feconde, une fixiéme s'il le faut, elles feront entamées à la fin, & dès ce moment perdues. C'eft ce qui arriva à Craffus contre les Parthes, à deux Lieutenants de Céfar contre Ambiorix, aux Efpagnols à Rocroy, aux Suédois à Kalifch, en un mot à tous les ronds ou quarrés que l'ennemi a combattus, c'eft-à-dire, à tous ou prefque tous ceux qu'on a formés. La défaite de l'ordre accoutumé eft donc inévitable dans les cas d'abandon. Les Pléfions feules s'en tireront glorieufement. Cela eft prouvé par mille expériences autant que par leurs propriétés. Pour elles il n'eft point de mauvais pas : partout où elles font en ordre, & en armes, elles font bien. Les retraites les plus longues, & les plus difficiles, leur font fi aifées, que cette favante opération de la guerre en paroît prefque dégradée.

Les Grecs & les Romains nos maîtres dans la guerre, avoient chacun leur fyftême de Tactique, tous deux bons & faits pour être bien médités, fans être parfaits cependant ni l'un ni l'autre. Le fyftême actuellement en ufage a les défauts de tous deux ; fans avoir la force, & la fimplicité du Grec ; la légéreté, la variété, en un mot l'adreffe du Romain. Tous ces avantages fe trouvent dans le nôtre, même fort augmentés : les défauts n'y font point. Les deux ordres anciens auroient donc toujours battu les Bataillons, auroient été perpétuellement battus par les Pléfions. La méthode de ces deux peuples fameux différoit encore en ce que les Grecs

ne formoient qu'une ligne, les Romains plufieurs. Les modernes imitent en cela ces derniers, ce qui dans une bataille
bien engagée, dans une affaire de plaine, n'a encore fervi
qu'une fois, la défaite de la premiere entraînant toujours celle des autres. Il feroit abfolument poffible cependant, avec
beaucoup de fermeté, qu'une feconde ligne réparât le malheur de fa premiere battue par une armée de Bataillons : parce que ils pouffent leur avantage très-foiblement. Mais contre la violence & la vivacité des Pléfions, cette fucceffion
de lignes eft de toute impoffibilité. Ce point feul donneroit
des victoires continuelles à une armée de Pléfions, combattant fur une feule ligne une armée de Bataillons qui en auroit
deux, & oppofant ainfi toutes fes forces à la moitié de celles
de l'ennemi. Si la pluralité des lignes eft fi défavantageufe
contre les Pléfions, elles fauront bien elles-mêmes la mettre
en œuvre utilement, lorfque elles voudront donner à leur ordre de bataille une force prodigieufe. La grandeur des intervalles, la folidité des corps, la proximité des lignes, feront
que fans défordre, fans le plus petit dérangement, elles fe
pénétreront, fe fuccéderont tant qu'on voudra. Je donne à
penfer quelle eft la force de trois ou même deux Phalanges
coupées & doublées, qui marchent précédées d'une ligne de
grenadiers faifant un feu perpétuel, arrivent par conféquent
fans avoir rien perdu, à l'ennemi qui a déja beaucoup fouffert, & à 25 pas de lui fe trouvent démafquées pour charger
avec leur violence accoutumée, &, s'il eft néceffaire, à différentes reprifes, ou même toutes deux enfemble, font foutenues encore par une cavalerie d'élite dont elles vomiffent des
troupes dans les parties où elles ont pris quelque avantage,
pour le pouffer plus vivement qu'elles ne pourroient faire elles-mêmes.

Toujours maîtres d'oppofer à un feul Bataillon plufieurs
Pléfions, nous combattrions toujours avec grand avantage,
quand une feule ne feroit pas de force contre un Bataillon.
Mais fi l'on examine ce qui arrivera au Bataillon attaqué par
la Pléfion, on verra qu'il ne lui réfiftera pas un moment, ne
lui fera pas même acheter la victoire. Ne pouvant fe mefurer
avec elle à l'arme blanche, il n'a pour défenfe que fon feu.

Mais le feu direct du Bataillon feroit *autant que rien* contre
elle, quand elle n'auroit pas de pelottons. Par la petiteffe du
front elle y eft peu en prife, par fa légéreté n'y eft expofée
qu'un moment. Avec des pelottons qui le partagent, le ral-
lentiffent par celui qu'ils y oppofent, elle le craindra bien
moins. Le feu de Tenaille dont on s'eft avifé feroit moins
méprifable. Mais il ne peut fe faire que par un recourbement
que les pelottons rendent impoffible, & qui quand il s'exécuteroit, deviendroit plus qu'inutile par les mouvements de la
Pléfion pour s'y dérober. Il en eft de même de toutes les autres manœuvres que le Bataillon pourroit tenter : elles ne ferviront qu'à rendre fa défaite plus facile, & plus complette.
En un mot la Pléfion fans pelottons battroit aifément un Bataillon, fort ou foible, de 600 hommes ou de 2000, cela lui
eft prefque égal. Avec les pelottons elle le battra bien plus
aifément encore : tant qu'elle les poffède, elle n'a befoin pour
vaincre que de la force du choc, que de fa fupériorité contre
un front égal au fien, & c'eft ce que perfonne n'ofera lui refufer. Mais les pelottons ne peuvent être battus avant la Pléfion, puifque ils n'ont point de combat véritable à foutenir,
ne fervent qu'à la défendre du recourbement dans l'approche,
à pouffer la victoire quand elle eft acquife. Que malgré cela
les grenadiers, tout grenadiers qu'ils font, s'ennuient d'un
danger fi petit & fi court, s'enfuient comme des coquins,
cela ne fait rien à la Pléfion. Cette terreur ne les prendra pas
à 300 pas de l'ennemi, & lorfqu'ils en font près, elle n'a plus
befoin d'eux : le feu eft paffé, la converfion n'eft plus à craindre. Encore s'ils lui étoient fort néceffaires, fauroit-elle bien
les remplacer.

La cavalerie n'aura pas plus beau jeu contre nous. La raifon & l'expérience prouvent qu'un Bataillon mince & fans piques n'eft point en état d'en foutenir l'effort, que fon feu n'eft
pas capable de l'arrêter. L'infanterie des anciens n'avoit point
de feu : mais elle avoit la profondeur & les piques, ne craignoit point la cavalerie. Les Pléfions qui ont la profondeur,
les piques, le feu, & plufieurs autres avantages pour un combat de cette efpéce, font encore plus fûres d'en avoir raifon.
Un Efcadron chargeant une Pléfion ira fe brifer contre, & re-

Iiiij

viendra fans lui avoir fait aucun mal , ayant lui-même beaucoup perdu pour peu qu'il fe foit opiniâtré. Et il faut remarquer encore qu'un corps de cavalerie repouffé par un corps de
Pléfions n'ira pas fe rallier hors la portée du fufil , pour revenir à la charge le moment d'après , comme il pourroit faire
contre de l'infanterie ordinaire. La nôtre a toujours de la cavalerie qui l'accompagne , en petit nombre à la vérité , mais
fuffifant pour reconduire des Efcadrons rompus , de manierre
qu'ils ne reviendront pas fitôt.

Cette propriété du fyftême de rendre l'infanterie fupérieure à la cavalerie même en plaine , eft un de fes plus grands
avantages. En pareil terrein une armée inférieure en cavalerie feroit aujourdhui prefque fûre d'être battue. Avec notre
fyftême , on oppofera fans crainte l'infanterie à la cavalerie ,
on les mêlera enfemble , on les fortifiera l'une par l'autre , ce
qui n'eft ni fi facile , ni fi fûr , dans l'ordre accoutumé. Par-
là on rendra fa cavalerie égale , & même fupérieure à celle de
l'ennemi. D'ailleurs quand elle feroit battue , l'infanterie étant
dans un ordre folide , & fans crainte pour fes flancs , ne feroit
pas perdue. De tout ceci , & plus encore des ordres de bataille de Folard , & même de ceux que j'ai donnés , il fuit que
nous ne ferons point obligés d'avoir une cavalerie fi nombreufe , qui eft fort couteufe , fort incommode à caufe des fourages , fort inutile en pays coupé , & dans plufieurs opérations
de la guerre. A fa place nous aurons de l'infanterie qui fert
par-tout. Cela feul nous donnera une grande fupériorité.

Jufqu'ici nous n'avons parlé que des propriétés de la Pléfion , de fon avantage contre un corps de cavalerie , ou d'infanterie dans l'ordre actuellement en ufage. Mais c'eft dans les
batailles rangées qu'il faut la voir , c'eft là qu'elle eft dans toute fa gloire. Une armée de Pléfions poffédant en grand toutes
les propriétés d'une feule , eft fûre par fa force de renverfer
tout ce qu'elle charge de front , les Bataillons ne lui en oppoferont jamais une comparable. Mais par fa légéreté , & la rapidité de fes mouvements , elle eft fûre que l'ennemi ne par-
viendra jamais à engager le combat à fes flancs , fûre par conféquent de ne combattre que dans fon plus grand avantage ,
de vaincre même très-aifément toutes les fois qu'elle combat-

tra, inférieure ou fupérieure. Et quand l'ennemi pourroit attaquer nos flancs, nous nous en inquiéterions peu. Ils font auffi forts que le front. Quand ils ne feroient pas à l'abri de tous accidents, que les corps qui les protégent pourroient être battus, cela n'auroit pas de grandes fuites. Ces corps étant forts & folides, combattant de front, au moins réfifteroient quelques moments. Si enfin ils cédoient, ceux qui fuivent étant encore des Pléfions tiendroient à leur tour, d'autant mieux que doublant deux ou trois à la queue l'une de l'autre, elles feroient très-aifément un front tout pareil (a) à celui qui couvroit d'abord le flanc de l'armée, & que je fuppofe enfin avoir été battu. Tout cela joint au mouvement que l'ennemi a été obligé de faire pour fe recourber, prend un tems confidérable. Cependant notre ligne aborde la fienne, & a bien vîte terminé l'affaire. Tout le fuccès qu'il auroit pû avoir à nos flancs ne lui ferviroit donc à rien; cette partie de notre armée ne feroit affoiblie, qu'après notre victoire; les corps ennemis qui faifoient cette attaque ne fe trouveroient vainqueurs qu'au moment où il faudroit fe retirer. Si toutes ces raifons ne nous mettoient pas dans le cas de nous laiffer déborder fans crainte, nous pourrions éviter cet inconvénient tenant un front égal. Notre ordre de bataille n'en feroit pas fi fort, mais il-le feroit toujours beaucoup davantage que celui de l'ennemi. Nous pourrions encore refufer abfolument les flancs, par les ordres obliques & perpendiculaires, que nous fommes toujours maîtres de prendre, & très près de l'ennemi. Cet avantage de ne point craindre pour nos flancs fait que nous n'avons pas befoin de bons poftes : notre ordre de bataille eft un pofte excellent, que nous portons par-tout. Il ne nous arrivera jamais, comme cela ne manque pas d'arriver à une armée inférieure qui combat en plaine dans l'ordre ordinaire, comme cela eft arrivé fouvent à des armées égales, & même fupérieures; comme cela eft arrivé même à des armées bien poftées, mais qui perdant ou gagnant du terrein,

---

(a) Et après ce fecond corps de Pléfions on en préfenteroit auffi aifément un troifiéme, s'il le falloit. L'ennemi trouveroit donc toujours à qui parler à nos flancs; quelque fuccès qu'il eût-eu, n'auroit qu'un peu racourci notre ligne; mais ne l'auroit pas mife en défordre.

n'ont pû conferver cet avantage, d'être attaqués en flanc, &
battus. On ne peut nous faire de pareilles attaques, & on
nous les feroit très-inutilement.

La légéreté d'une armée de Pléfions, prefque égale à celle d'une Pléfion feule, nous donnera non-feulement des victoires promptes, & par conféquent peu cheres ; mais notre
armée n'ayant pas moins de vivacité dans le cours de l'action
qu'au commencement, pouffant fon avantage avec la même
violence, ne connoîtra que les victoires les plus complettes :
une feule la dédommageroit de dix journées malheureufes.
Aujourdhui gagner une bataille, eft perdre du monde, en
tuer un peu plus, pouffer l'ennemi quelques lieues en arriere, pas toujours encore. Pour nous une bataille, ou une victoire, confiftera à voir l'ennemi, courir à lui perdant quelque centaine d'hommes, détruire fon armée en moins de
tems qu'on n'en a mis à lire cette moitié de Chapitre. Cette
prodigieufe vivacité paroîtra une folie à bien des lecteurs. Ils
croiront qu'elle ne gît que dans mon imagination. Ils ont toujours vû des armées marcher très-lentement, être obligées
même dans la victoire de faire des haltes pour fe redreffer &
fe réformer. Ils attribuent à une armée en général, ce qui
n'appartient qu'à cette efpéce en particulier. Quand on aura
vû les Pléfions, on ne s'y méprendra plus. Et en attendant,
un moment de réflexion doit convaincre que cette lenteur
ne fubfiftera plus, lorfqu'on en aura ôté les caufes.

La variété des Pléfions, la facilité, & la promptitude avec
laquelle elles changent d'ordre quand elles veulent, fuffi-
roient pour leur donner de continuelles victoires. Une armée
ne peut éviter d'être battue, fi fon ennemi renverfe fon ordre, au moment de la charge, par un mouvement auquel elle ne puiffe répondre, & c'eft à quoi le fyftême eft merveil-
leufement propre. Il eft fufceptible de toutes les formes, de
toutes les difpofitions imaginables. Les prendre & les quitter
pour nous c'eft un badinage. En 100 ans de guerre nous pourrions ne pas combattre deux fois de la même façon. En un
mot tout ce qui s'appelle grandes manœuvres eft fi fimple, fi
aifé pour les Pléfions, qu'employant une ordonnance fi commode, je n'ai pas eû beaucoup de peine, moi Tacticien in-

digne, à rendre plus prompt, plus facile, plus fûr, cet ordre oblique fi vanté, mais fi difficile à toute autre ordonnance ; & à *inventer* l'ordre perpendiculaire, d'un ufage plus facile encore, plus étendu, & s'il eft poffible plus avantageux. C'eft au moyen de cet ordre perpendiculaire, varié felon les différentes circonftances, mais toujours également fimple, également fûr, qu'une armée dans notre fyftême abordera l'ennemi ; le chargera à l'arme blanche, lors même qu'il fera remparé d'obftacles inacceffibles fur les $\frac{99}{100}$ de fon front, & fera fûre,quoique inférieure, de le battre dans un pofte fi avantageux. C'eft ce même ordre qui employé dans la plûpart des affaires de poftes par l'attaquant, les rendra courtes, peu fanglantes, décifives ; au lieu qu'elles font aujourdhui précifément le contraire ; employé à la défenfe, rendra les poftes imprénables, ou du moins inconfervables. Enfin c'eft par cet ordre perpendiculaire, employé en plaine en 3 ou 4 parties de la ligne, que l'on pourra former fous le nez de l'ennemi les divifions de bataille, qui l'attaquant dans ces parties avec une fupériorité exceffive, le perceront en autant d'endroits, fans que le refte de fon armée puiffe prendre part au combat.

L'ordonnance accoutumée n'a pas cette variété. Toutes fes difpofitions en terrein égal, font à peu près les mêmes. L'ennemi connoiffant le champ de bataille, fait l'ordre qu'on va lui oppofer, prefque comme s'il l'avoit fait. Quand une armée de Bataillons feroit fufceptible de mille formes différentes, au moins elle ne pourroit en changer affez près de l'ennemi. Ses mouvements font trop lents, & trop dangereux, fur-tout vis-à-vis d'une armée légére comme la nôtre. Celle-ci eft toujours fûre que les Bataillons ne lui oppoferont rien de plus redoutable que la premiere difpofition dans laquelle ils fe font préfentés, ne répondront rien à fes mouvements. Mais quand ils auroient le tems & les moyens de former un nouvel ordre de bataille, en conféquence de celui qu'ils nous voyent prendre, par divifions, fuppofé, que feroient-ils ? Ramafferoient-ils à notre exemple leurs forces dans les parties que nous attaquons, pour nous en oppofer d'égales ? Mais ils ne pourroient mettre tant de troupes en fi petit

efpace, qu'en lignes redoublées. La premiere feule ferviroit.
Ils nous laifferoient tout notre avantage. Ils refteront donc
allongés, débordant nos divifions, & pour que ces troupes
contre lefquelles nous ne marchons point ne foient pas inutiles, pendant que nous accablerons le refte par des forces fupérieures, elles chercheront à fe replier fur les flancs des divifions. Mais ce recourbement n'eft pas plus praticable pour la
ligne ennemie, contre une divifion de bataille, que pour un
Bataillon, contre une Pléfion. Chaque divifion aura en arriere fur fes flancs, un petit corps de cavalerie qui fera le même
effet que les grenadiers à cheval de la Pléfion, & auquel l'ennemi faifant le quart de converfion tendroit le flanc. Si la divifion n'avoit point cet accompagnement elle fe le donneroit
aifément y employant une partie de fes grenadiers à cheval.
Quand elle feroit toute nue le recourbement ne feroit pas
moins inutile contre elle. Si deux Bataillons ennemis faifant
un front de 300 hommes, commencent le quart de converfion
fion lorfque elle n'eft qu'à 300 pas de fa ligne, cette ligne fera percée avant que le mouvement foit fini, S'ils le commencent plutôt, la divifion, ou feulement quelqu'un des corps
qui la compofent, marchera par fa droite, & fe portera ainfi
fur le flanc de la partie qui fe replie. Si la divifion continuant toujours de marcher en avant, la partie repliée parvient
à fon flanc, avant qu'elle-même arrive à la ligne ennemie,
alors elle fait à droite & perce cette partie même, fans que
celle contre laquelle elle marchoit d'abord puiffe y apporter
le moindre obftacle, puifque elle en eft encore à une certaine diftance. Je me fuis arrêté de préférence à ce changement d'ordre pour fe mettre en divifions, parce que il découvre beaucoup de flancs, & qu'on nous attaque toujours là-
deffus. Mais il en eft de même de tout autre : les Bataillons
n'ont rien à oppofer, n'ont aucun moyen d'en éviter l'effet.
Si l'on fait attention à ce point, fi l'on compare à ce fyftême
qui fait tout ce qu'il veut, le fyftême accoutumé renferme
dans la premiere difpofition de Végéce qui eft peu eftimée ;
fi l'on obferve que tous les ftratagêmes des anciens, & tous
ceux qu'on pourroit inventer, étoient difficiles pour les ordres Grecs & Romains, plus difficiles s'ils ne font tous impraticables

praticables pour les Bataillons, tout simples pour les Pléfions, on ne pourra disconvenir qu'un homme à la tête de celles-ci meneroit un Général d'égale force, mais qui commanderoit une armée dans le syftême ordinaire, comme un Annibal meneroit un Varron, que plufieurs de ces Généraux anciens fi vantés paroîtroient peut-être fort médiocres s'ils avoient commandé des Bataillons, que tel des modernes qui n'a pas joué un beau rôle les auroit peut-être furpaffés s'il eût commandé des Pléfions. Car enfin prefque toute la fcience d'un Général dans une bataille fe réduit à faire combattre plus grand nombre d'hommes à la fois : mais les Pléfions oppoferont toujours plus grand nombre d'hommes dans les parties où l'on combattra. On a reconnu en conféquence la fupériorité du fyftême en terrein ferré. Mais puifque tous les flancs que nous pouvons découvrir, lorfque nous nous referrons en terrein libre, ne peuvent être attaqués, beaucoup moins être entamés, il faut donc reconnoître dans les Pléfions la même fupériorité en plaine.

L'avantage de ce fyftême dans les batailles, quoique bien prouvé généralement, paroît dans un plus grand jour fi on l'applique à quelqu'une en particulier. C'eft ce que j'ai fait par rapport à 2 ou 3 des plus intéreffantes de notre fiécle. Si j'avois voulu rapporter toutes celles où il eût donné la victoire à celle des deux armées qui l'auroit fuivi, il auroit fallu rapporter toutes celles qui fe font données. Et je fomme le premier qui me critiquera de me dire quel eft l'ordre de bataille de Folard, qui n'eft pas fupérieur fans comparaifon, à celui à l'occafion duquel il le donne. Cette réflexion, fi on s'y arrêtoit, lui feroit une belle quantité de profélites. Polybe rapporte les actions d'Annibal, Scipion, & autres Généraux de la première force. Qu'eft-ce qu'un fyftême qui nous met en état de les furpaffer ?

Quoique les batailles foient les plus importantes opérations de la guerre, il ne fuffiroit pas à notre ordonnance d'être fupérieure un jour d'action à celle qui eft en ufage, fi elle ne lui étoit au moins égale dans les autres occafions : mais il n'en eft aucune dans laquelle les Pléfions ne foient autant & plus avantageufes que dans une bataille rangée. De même

qu'elles peuvent fans témérité, attaquer une armée fupérieure, dans un pofte qui paſſeroit aujourdhui pour inattaquable ;
elles peuvent dans le cours de la campagne, entreprendre
mille expéditions qui, dans les mêmes circonftances, feroient
téméraires, ou même abfolument impoffibles, pour des Bataillons. Des opérations dont j'ai parlé dans le Chapitre XIII,
il faut remarquer fur-tout 1º les attaques en marche, dans
lefquelles n'ayant point à fe mettre en bataille, & chargeant
l'ennemi, dès qu'elles le voyent, avec leur vivacité ordinaire,
elles ne lui donnent pas un moment pour fe mettre en défenfe, pour tâcher d'éviter la déroute la plus complette :
2º les paſſages de rivieres, qui pour elles ont fi peu de difficultés, qu'elles comptent précifément pour rien, & entre-
prennent fans crainte de paſſer devant une armée fupérieure,
telle riviere dont l'ordre accoutumé n'oferoit tenter le paſſage, pour peu qu'elle fût defendue ; d'où l'on peut croire
qu'elles ne craindront pas davantage les ravins, ruiſſeaux,
navilles, & autres obftacles de cette efpéce : 3º les attaques
de retranchements, pour qui exprès elles femblent imagi-
nées ; & la défenfe, dans laquelle elles vont au-delà de tout
ce qu'on peut défirer, ne peuvent être attaquées fans la plus
grande folie, ne peuvent fe laiſſer forcer fans la plus grande
lâcheté : 4º les fiéges, dans lefquels faifant fans danger les
forties les plus brillantes, & les plus efficaces, elles ne laifferont jamais fubfifter une batterie néceſſaire à l'aſſiégeant,
ne lui permettront pas d'attaquer un chemin couvert, ou de
donner un aſſaut, & fi elles n'ont pû lui faire lever le fiége,
comme cela doit être, & fe voyent après une défenfe longue & opiniâtre, au moment de céder à la force, le plus fouvent s'en iront, laiffant à l'ennemi pour prix de tant de fang,
& de travaux, un tas de ruines.

A voir le nombre & la force de nos preuves, les avantages
fans bornes de nôtre fyftême, dans toutes les occafions &
fur-tout dans les plus importantes, on ne balanceroit pas à
l'adopter, fi l'on n'étoit arrêté par des difficultés propofées, la
plûpart, par gens ennemis de toutes découvertes, ou qui
n'ont pas aſſez examiné celle-ci, groffies aux yeux des autres,
par la crainte de quitter une Tactique, qui bonne ou mau-

vaife ne laiffe pas de fervir, pour en prendre une autre qui auroit de plus grands inconvéniens. Mais quand toutes ces objections feroient auffi bonnes qu'elles font mauvaifes, elles ne feroient d'aucune confidération, ne feroient pas capables de faire rejetter le fyftême. Elles ne vont pas au fait, ne font que l'égratigner, au lieu que nous battons en ruine celui que l'on fuit actuellement. Quelle eft celle des objections de nos critiques, qui pourroit jamais fervir à prouver, qu'une armée de Pléfions peut être battue par un ennemi qui fuit la méthode ordinaire? Toutes ces objections tombent fur certains cas particuliers. Si elles font bien fondées, il ne faut point mettre la Colonne dans ces cas. Voilà tout. On nous dit qu'étant formée elle ne fait pas tant de feu que le Bataillon. Je n'ai pas dit le contraire : mais j'ai prouvé que cela n'empêche pas qu'elle ne lui foit préférable en toute occafion. On nous fait un grand étalage d'arguments fondés fur ce qu'elle eft débordée. Il n'y a qu'une petite difficulté, c'eft qu'elle ne l'eft jamais. Accompagnée de pelottons, ou d'autres Colonnes, elle n'eft pas plus débordée que fi elle étoit enchaffée dans une ligne de Bataillons. Cela eft bon, dira-t-on, pour chaque corps en particulier : mais l'armée entiere fera débordée. Elle ne le fera point, fi nous le voulons ; lors même que nous racourcirons le front, nous déroberons les flancs s'il nous plaît ; lors même que nous les préfenterons, on ne pourra en approcher. Quand on en approcheroit, ce ne feroit que pour fe faire battre. Tout cela eft prouvé 100 fois. Il faut donc réformer toutes les objections faites contre la Colonne en tant que débordée, & alors il n'en reftera guères, & celles qui refteront ne vaudront pas mieux.

Mais quand les critiques auroient prouvé que dans ce fyftême il y a des défauts, qu'en voudroient-ils conclure? Il y en a dans ceux des Grecs, des Romains, & des modernes. Celui qui en a le moins, & de moins grands, eft fans doute le meilleur : il faut donc pour prouver que le nôtre n'eft pas préférable à celui qui eft en ufage, juftifier ce dernier d'une partie des défauts que nous lui reprochons, faire voir que ceux que l'on avouera ne font pas fi confidérables que les nôtres. Je ne fais fi fur mes invitations réitérées quelqu'un ten-

tera l'aventure, & foutiendra le parallele. Perfonne n'a ofé
jufqu'ici. Ce qui fait que toutes les critiques font à compter
pour rien, & en juftice réglée ne demandoient point de réponfe. En effet quand nous avouerions tout ce qu'elles difent, tous les défauts qu'elles prétendent découvrir dans notre ordonnance, feroient-ils capables de balancer un feul de
ceux qu'elles reconnoiffent dans le Bataillon comparé à la
Colonne ? Celui-ci, par exemple, d'être renverfé néceffairement autant de fois qu'elle le chargera, *foit plaine, foit pays
fouré*, comme dit un de ces Meffieurs ? En tout, leurs obfervations fe réduifent à peu de chofe. Ils reviennent toujours
à la privation du feu, ne voulant pas fe mettre dans la tête
que nous nous en privons quand il n'en faut point faire, au
lieu que le Bataillon eft privé de l'ufage des armes blanches
lorfqu'il en auroit grand befoin. Du refte (je parle principalement de la critique la plus ample, & la plus répandue)
fuyant la replique, vont fe cacher dans l'obfcurité : ne difent
qu'une feule chofe, avec netteté & précifion, c'eft que la
Colonne eft invincible.

Depuis qu'il eft queftion de cette ordonnance, j'imagine
qu'on a dit contre elle tout ce qu'on avoit à dire, & ne prévois, ni ne crains de nouvelles objections. Avec les principes de Folard, il n'eft pas difficile d'y répondre. Je m'at-
tens bien auffi que l'on attaquera plus mon ouvrage, que le
fyftême, j'ai prévenu quelques-unes de ces objections per-
fonnelles. Au demeurant on m'en fera tant que l'on voudra.
Que l'on trouve le fyftême bon, l'ouvrage mal fait, c'eft un
fuccès dont je m'accommoderai à merveille.

ARTICLE III.

Conclufion.

Par les preuves repandues dans cet effai, & rappellées dans
l'article précédent, il me paroît démontré que le fyftême de
Tactique actuellement en ufage n'eft comparable en aucune
maniere à celui que Folard propofe aujourdhui par ma voix,
en *Phalange coupée & doublée foutenue par le mélange des armes*, ordonnance qui n'a été en ufage encore chez aucune na-

tion, quoique plufieurs Généraux, ayent tourné à l'entour, & femble effectivement faites pour le caractère de celle chez qui elle eft née, & deftinée à lui donner de nouveaux triomphes. Puiffe l'idée que j'en ai prife, n'étant point une illufion, être approuvée par les maîtres de l'art, confirmée par le fuccès. Rivaux des Grecs & des Romains dans prefque tous les genres, nous aurions donc comme eux la gloire d'avoir une Tactique qui nous appartint, de laiffer à la poftérité l'ordre François, que les Turennes des fiécles futurs préféreroient à ceux de ces deux peuples fameux, moins encore par l'idée qu'ils auroient de fon excellence, que par l'exemple des victoires qu'il nous auroit procurées. Ennuyé d'entendre toujours parler d'ordres Ioniques, & Corinthiens, Louis XIV fouhaita que l'on inventât une architecture Françoife. Cette idée méritoit d'être fatisfaite, & ne pouvoit venir qu'à un Prince auffi zélé pour l'avancement des arts & la gloire de fa nation. Mais malheureufement tous les Manfards & les Perraults ne firent rien qui vaille. Il fallut céder aux Grecs. Folard auroit-il été plus heureux ? Auroit-il enlevé aux anciens une couronne plus flatteufe ? Nous ferions bien vangés. Je me trouverois bien heureux moi-même, fi par mes foibles efforts j'avois avancé d'un jour une époque fi glorieufe à la nation en général, & en particulier au Roi, qui femble ne pouvoir plus ajouter à la gloire de fon régne triomphant, qu'en partageant celle de fes fucceffeurs, leur femant des lauriers qu'ils cueilleront à leur tour. Ainfi Philippe partage avec Alexandre l'honneur de la conquête de l'Afie. Le premier, comme on fait, augmenta la folidité de la Phalange Macédonienne. De ce moment cette nation foible, & méprifée, continuellement battue par fes voifins, prit le deffus : & peu d'années après renverfa l'empire des Perfes. Tel fut l'effet d'un changement très-petit au fond ; mais très-bon, puifque il augmentoit la force qui eft la premiere propriété que l'on doit chercher dans une ordonnance. Que feroit donc une nation déja au moins égale à tous fes voifins réunis, fi elle faifoit dans fa Tactique un changement de même efpéce, plus grand, & plus important, plus néceffaire puifque on s'eft plus écarté de cette propriété fondamentale ; plus avantageux, puifque il en donneroit en même tems d'autres qui ne font pas moins effentielles ? *Elle acquereroit de nouveaux dégrés de puiffance que la politique ne pourroit plus calculer.* Supérieure par l'art elle n'auroit plus befoin de toutes fes forces, réfifteroit en fe jouant aux plus grands efforts de fes ennemis, pour les accabler n'auroit qu'à vouloir. Je penfe bien qu'il n'en feroit pas toujours tout à-fait de même. La France adoptant les Pléfions, nos voifins perfuadés par nos victoires, s'ils ne l'ont été par nos raifons, en feront de même fans doute. Mais c'eft le pis qu'il en puiffe arriver : &, comme je l'ai dit ailleurs, nous aurons par devers nous ces victoires, à pur profit. D'ailleurs cette ordonnance eft faite pour la vivacité Françoife, nous fera employer plus fouvent, & plus utilement, ces armes blanches fi redoutées que nous laiffons rouiller; rendra inutile ce feu vif, & fuivi, que le flegme de nos ennemis fait, avec un ordre dont on croit que notre vivacité approchera difficilement. Lors donc que L'ORDRE FRANÇOIS fera devenu celui de toute l'Europe, il donnera encore un très-grand avantage à la nation. C'eft le feul but que je me fuis propofé. Une autre fois, fi je peux, j'écrirai pour ma gloire. Je n'ai pû ni dû efpérer de ceci que celle de l'Etat, & de la vérité. Efpérer encore ! On n'ofe prévoir un fuccès auffi beau. Croyant cet ouvrage bon, puifque je le donne, je voudrois, s'il étoit poffible, n'être lû que par des François : ne le croyant pas parfait, puifque il eft de moi, je fouhaite être critiqué par d'habiles gens.

F I N.

APPROBATION.

J'AI lû par ordre de Monseigneur le Chancelier un ma-
nuscrit intitulé *Projet de Tactique*, & je n'y ai rien trouvé
qui doive en empêcher l'impression. A Versailles, ce 28 Mars
1755. DE MONCRIF.

fcel des Préfentes; que l'Impétrant fe conformera en tout aux Régle-
mens de la Librairie, & notamment à celui du 10 Avril 1725; qu'a-
vant que de l'expofer en vente, le Manufcrit qui aura fervi de copie
à l'impreffion dudit ouvrage, fera remis dans le même état où l'ap-
probation y aura été donnée, ès mains de notre très-cher & féal Chevalier Chancelier de France le fieur de Lamoignon, & qu'il en fera
enfuite remis deux Exemplaires dans notre Bibliotheque publique, un
dans celle de notre Château du Louvre, un dans celle de notre très-
cher & féal Chevalier Chancelier de France le Sieur de Lamoignon,
& un dans celle de notre très-cher & féal Chevalier Garde des Sceaux
de France le Sieur de Machault, Commandeur de nos Ordres; le tout
à peine de nullité des Préfentes : du contenu defquelles vous mandons
& enjoignons de faire jouir ledit Expofant & fes ayans caufe, pleinement
& paifiblement, fans fouffrir qu'il leur foit fait aucun trouble ou em-
pêchement. Voulons que la Copie des Préfentes qui fera imprimée tout
au long au commencement ou à la fin dudit Ouvrage, foit tenue
pour dûement fignifiée; & qu'aux Copies collationnées par l'un de nos
amés & féaux Confeillers-Secrétaires, foi foit ajoutée comme à l'Ori-
ginal. Commandons au premier notre Huiffier ou Sergent fur ce requis,
de faire pour l'exécution d'icelles tous Actes requis & néceffaires, fans
demander autre permiffion, & nonobftant Clameur de Haro, Charte
Normande & Lettres à ce contraires. CAR tel eft notre plaifir. DONNE'
à Verfailles le vingt-fixiéme jour du mois de Mai l'an de grace mil fept
cent cinquante-cinq, & de notre régne le quarantiéme. Par le Roi
en fon Confeil. LE BEGUE.

Regiftré fur le Regiftre XIII de la Chambre Royale des Libraires &
Imprimeurs de Paris, N° 536, Fol. 415, conformément au Réglement de
1723, qui fait défenfe, Art. IV, à toutes perfonnes de quelque qualité qu'el-
les foient, autres que les Libraires & Imprimeurs, de vendre, débiter & faire
afficher aucuns Livres pour les vendre en leurs noms, foit qu'ils s'en difent les
Auteurs ou autrement; & à la charge de fournir neuf Exemplaires preferits
par l'Art CVIII du même Réglement. A Paris le 30 Mai 1755.

DIDOT, *Syndic.*